Thomas Schachinger

Die Leichtigkeit des Lebens

Roman

Bibliografische Information der Deutschen Nationalbibliothek:
Die Deutsche Nationalbibliothek verzeichnet diese Publikation in
der Deutschen Nationalbibliografie; detaillierte bibliografische Daten
sind im Internet über http://dnb.dnb.de abrufbar.

© 2016 Name des Autors/Rechteinhabers:
Thomas Schachinger

Illustration: Franz Marc
Entwurf: Verena Rauter
Lektorat: Elisabeth Burtscher

Herstellung und Verlag: BoD – Books on Demand, Norderstedt

ISBN: 9783741274299

Mit großem Respekt widme ich dieses Buch den ausgebeuteten Menschen dieser Welt und den vielen bunten Kulturen, die unser aller Leben bereichern.

Meine Anerkennung gilt auch jenen AktivistInnen, die sich mit jedem neuen Tag für die Gerechtigkeit einsetzen.

Bedanken möchte ich mich auch bei meiner Lektorin und guten Freundin Elisabeth Burtscher, die dank ihrer professionellen Arbeit den LeserInnen und mir den Weg zu unserer eigenen Leichtigkeit des Lebens ein Stück weit ebnet.

Die Leichtigkeit des Lebens

Tonis Reise von Tausenden Kilometern begann bereits mit einem kleinen Schritt. Denn er war es leid gewesen, sich den künstlichen Grenzen seines kleinen Kaffs dauerhaft ausliefern zu müssen. Und zu diesem Schritt verhalf ihm ein simpler Stein in seiner linken Hand. Mit viel Schwung und absoluter Entschlossenheit schoss Toni diesen harten Brocken direkt in das Auge der hoch am Himmel thronenden Sonne. Daraufhin begann sich über dem Dorf ein kleiner Sprung unaufhaltsam in alle Richtungen des Horizonts auszubreiten. Ein kurzer Atemzug aus der Lunge des jungen Mannes vollendete die Aufgabe, den gläsernen Himmel über ihm in eine Vielzahl an funkelnden, zu Boden gleitenden Kristallen zu zerbrechen.

Ich, ein dir, liebe Leserin und lieber Leser, noch unbekannter Erzähler, kenne bereits den weiteren Verlauf dieser wahren Begebenheit und erzähle dir zwischen Tonis Tagebucheinträgen von seinem Leben vor Antritt der Reise, womit sich der Kreis von Tonis Möbiusband endgültig schließt. Dabei wirst auch du mit diesem jungen Mann einen Reifeprozess für dich und dein weiteres Leben durchwandern. Er beginnt bereits mit einem kleinen Schritt.

1

Erster Tagebucheintrag
(Toni Schachner, am 24. Oktober 20..)

Im Augenblick sitze ich neben einem waschechten Asiaten in Lebensgröße. Links von ihm außerhalb des Flugzeugfensters zeigt sich mir eine gewaltige, über dem tropischen Dunst und den darin vermischten Abgasen des Verkehrs thronende Bergkette. Aber worum es mir eigentlich geht: Meine hier angeführten Einträge sollen mir dabei helfen, mir mehr Aufschluss über mein Leiden, die sogenannte Anthro-Gravitation und Hochdruck-Schwerhaftigkeit, zu geben. Seit einigen Jahren und nach vielen Traumata, verursacht durch mir bis heute in Vergessenheit schlummernden Ereignissen, wage ich es nun wieder, zum Stift zu greifen und meinen Gedanken auf Papier freien Lauf zu lassen. Heute im erwachsenen Alter erscheint es mir wichtiger denn je, mich auf die Suche nach dem zu begeben, was mich von meinem Leiden befreien könnte. Und auf diesen von mir zu bewältigenden Weg sollen mich meine Tagebucheinträge begleiten.

Als Kind hatte ich oft den Drang verspürt, mich mithilfe von Stiften mitzuteilen, doch war ich oft daran gescheitert, mich Außenstehenden gegenüber verständlich auszudrücken. Die sich daraus ergebenden Missverständnisse hatten zur Folge, dass man versucht hatte, mich unter Anwendung von Zwangsmaßnahmen in die Gesellschaft einzugliedern. Es war eine Art Zurechtgeschliffenwerden, das ich auch während meiner zehn Arbeitsjahre in einem 40-Stunden-Job als Handwerker erfahren musste, auf die ich heute im Alter von 26 Jahren zurückblicke.

Bis zum Tag meiner Abreise waren ständig Wachen um mich herum postiert, die sich im Kindesalter Erwachsene und später Vorarbeiter nannten und darauf aufpassten, dass ich mich bloß nicht wieder in meiner Fantasiewelt verschanzte. Deshalb hörte ich nur allzu oft Sätze wie „Sei still und lerne brav. Arbeit' was G'scheits, dass auch was wird aus dir." Wenn ich – wie so oft – widerspenstig nachfragte, warum, verliefen entsprechende Standpauken über den Sinn von Regeln in etwa folgendermaßen:
„Warum ist das so?"
„Ja, weil's halt so ist!"
„Und warum ist es halt so?"
„Ja, weil ich es so sage!"
„Und warum sagst du es so?"
„Jetzt reicht's, sei still! Mach die Hausaufgaben und räum dein Zimmer auf!"

Oder eben später in der Arbeit: „Jetzt reicht's, sei still! Mach endlich die Arbeit und räum die Werkstatt auf!"
Somit wurden meine fantastischen Träumereien von Jahr zu Jahr seltener, bis ich es völlig verlernt hatte. Heute werde ich nur mehr durch die Vielzahl meiner Skizzen und Blätter daran erinnert. Gemeinsam mit meinen damaligen, aller Wahrscheinlichkeit nach kinderfressenden LehrerInnen, die ihrerseits von staatlichen Behörden unter Druck gesetzt wurden, den 24 mich hänselnden KlassenkameradInnen, die mir eher als gefräßige Reptilien begegneten, und den späteren, immer männlichen Chefs und ArbeitskollegInnen versuchte ich mich mit der breiten Masse eine Zeit lang durchs Leben zu wursteln. Dabei fühlte ich mich in meinem Alltag als Entfremdeter und zugleich tickende Zeitbombe etwas unausgeglichen. Die Ereignisse der letzten Wochen in meinem Leben und die dabei ans Licht kommenden Erinnerungsfetzen und noch nicht sichtbaren Bedürfnisse von einem Leben das ich einst geführt hatte, gaben mir den Mut, mich der tropischen Luft zuzuwenden. Nepal, ich bin auf dem Weg zu dir ...

Das Leben davor
oder: Die Schwerhaftigkeit des Lebens

... und da lag er nun auf dem Boden, ohne sich wieder aufrichten zu können. KeineR der anderen ArbeiterInnen auf der Baustelle wusste so recht, woran es lag. MaurerInnen, Zimmerleute und MalerInnen wollten den Burschen wieder hochheben, doch es gelang nicht einmal den Stärksten unter ihnen. Als die RettungssanitäterInnen nach einigen Minuten bei dem 20-jährigen Toni ankamen, wussten auch sie nicht so recht, wie mit der Situation weiter umzugehen sei. Die anderen BauarbeiterInnen berichteten davon, dass der Bursche morgens noch ganz normal gearbeitet hatte und plötzlich zusammengebrochen war. Nur die Tage davor war Toni angeblich etwas zurückhaltend gewesen und hatte sich zudem etwas seltsam verhalten. Über Dritte erfuhr man, dass er in dieser Zeit verzweifelt und außer sich nach einer Person gesucht hatte. In seiner Hand hielt er ein Foto von ihr.

Als seine ArbeitskollegInnen versucht hatten, ihn wachzurütteln, war Tonis Gewicht so schwer gewesen, dass es ihnen nicht gelungen war, den Verunglückten aufzurichten. Allen war das unerklärlich gewesen, da der junge Wasserinstallateur mit etwa 168 Zentimetern Körpergröße eigentlich nicht mehr als 60 Kilogramm wiegen konnte. Toni war bei völligem Bewusstsein und ohne jegliche Schmerzen zu verspüren. Die ersten Untersuchungen des Arztes vor Ort wiesen auf keine Verletzungen hin. Anfängliche Versuche, ihn mit Brettern oder Rohren aufzuheben, scheiterten. Denn die Stahlrohre verbogen sich und das Holz zerbrach unter Tonis Körper wie morsche Zahnstocher. Selbst dem Gabelstapler, der ansonsten Hunderte von Kilo Zement transportieren konnte, misslang der Versuch, diesen jungen Mann wieder auf die Beine zu bringen. Also lag er nun dort auf dem Boden wie ein gestrandeter Wal.

Ich kenne Toni schon seit einigen Jahren. Bewusst begegneten wir uns das erste Mal auf der Feier zu seinem zehnten Geburtstag. Heute weiß ich, dass sich der von den vielen erwachsenen FreundInnen seiner Eltern und den seinigen Gefeierte lange Zeit nicht mehr an meine dortige Anwesenheit erinnern konnte. Der lebensfreudige Bursche war an diesem Tag zusammen mit unseren gemeinsamen Freunden Juicy, Trendy, Kränky und Burny sehr damit beschäftigt, Arschbomben von einem hochgelegenen Ast aus im überlaufenden

Schwimmbecken zu versenken. Ohne dass Toni davon wusste, war dieses Fest für ihn ein sehr wichtiges Jubiläum gewesen, da er an jenem Tag einen für ihn völlig neuen Abschnitt seines Daseins beschreiten musste. Beim Auspusten der Geburtstagskerzen äußerte der junge Bub einen nur mir bekannten Wunsch, der für sein weiteres Leben noch an Wichtigkeit gewinnen würde. Von diesem Tag an versuchte er, sich jeden Abend vor dem Schlafengehen oder nach jedem Aufleuchten einer Sternschnuppe am nächtlichen Sommerhimmel an diesen Wunsch zu erinnern. Doch in dem Maße, in dem die Anforderungen des Älterwerdens zunahmen, verblasste der Gedanke daran und jener Wunsch tauchte in ihm immer seltener auf, bis er ihn schlussendlich vergessen hatte.

In den darauffolgenden Jahren wurden für Toni andere Dinge wichtiger, an die er sich nun halten musste. Seine Gedanken kreisen jetzt um die Schule, die Noten, den Sportverein, den Freizeitstress und in der Pubertät ging es dann auch viel um Äußerlichkeiten und andere Unzufriedenheiten und Zwänge. Mit 15 Jahren hieß es für ihn plötzlich, er hätte nun genügend Zeit gehabt erwachsen zu werden, und er musste sich nun für ein zukünftiges Berufsleben entscheiden. Gestern noch hatte Toni mit seinen FreundInnen im Wald gespielt und heute schon wurde ihm gesagt, für Auto, Haus, Bankkredite, Pensionsanspruch und eigene Kinder vorsorgen zu müssen. Und das kam so: Für eine weiterführende Schule fühlte sich Toni zu lernschwach. Nicht, dass er dumm gewesen wäre, nur waren die Unterrichtsinhalte nun mal nicht jene, für die er sich besonders interessiert hätte. In der ersten Schulstufe hatte es ihm noch Spaß gemacht. Er durfte sich kreativ austoben und man unterschied noch nicht zwischen richtig und falsch, dazugehören oder ausscheiden. Anhand der Einführung von Noten und dem Druck des Bildungssystems brachte man Toni zwar bei, ruhig zu sitzen und zu schweigen, doch seine kindliche Freiheit und die Freude am Schaffen nahm man ihm damit von Tag zu Tag ein Stück mehr. Das galt auch für seine einstige Leidenschaft, sich Geschichten auszudenken. Denn bei Aufsatzarbeiten in der Schule mit deren konfusen Satzbau und den vielen potenziellen Fehlerquellen bei -ss, -ß, stummem h, also den klassischen Herausforderungen der deutschen Sprache, gab es mehr oder weniger kreative Einschränkungen, deren Sinn er damals nicht erkannte. Darüber hinaus hatte dem Träumer seine künstlerisch freie Interpretation von „Heidi und der Werwolf", deren Inhalt ihm im Laufe der Jahre nicht in Erinnerung blieb, sogar ein Gespräch mit dem Schulpsychologen eingebracht. Womöglich wäre er ein sauguter Schreiberling geworden, aber noch bevor der Bub sich seine Stifte selbstständig spitzen konnte, hatte ihn die terroristische Bildungspolitik schon zu einem faden, fantasielosen Zombie herangezüchtet. Die vielen schlechten Zeugnisnoten ließen den Jungen und die Menschen um ihn herum glauben, er würde es zu nichts bringen. Zumindest zu nichts weiter als das, was die ihn umgebende Gesellschaft als wertvoll betrachtete. Denn noch vor wenigen Jahren wäre er am liebsten Superheld oder professioneller Träumer geworden. Als Superheld wollte er die bösen „Chicago Boys"-Monster bekämpfen, die er sich selbst ausgedacht hatte. Toni hatte einige Comics gezeichnet, in denen die Boys versuchten, die Herrschaft über das Universum an sich zu reißen.

Als der junge Toni seinem Vater einmal dabei half, den alten Gewölbekeller im Haus von den Wassern der Frühjahresüberflutung mittels Pumpe zu befreien, erzählte er ihm von diesen Plänen. Zur Antwort bekam er darauf allerdings nur, dass seine Superkräfte für die Reinigung des verstopften Abflussrohres des Klos benötigt werden würden. Denn nur ein Wasserinstallateur würde diese Heldentat vollbringen können. Diese Aussage seines Vaters war für Toni wegweisend: Nur ein Wasserinstallateur hatte derartige Superkräfte, um den Menschen aus der Scheiße zu helfen. Daraufhin wechselte Toni seine Uniform von einem aus Textil und alten Lederhosen eigenhändig geschneiderten Heldenkostüm zu einem professionellen Blaumann. Aus seiner Steinschleuder wurde eine Rohrzange. Aus dem Superhelden-Baumhaus eine Werkstatt. Die Äste und Lianen im Wald verwandelten sich in stählerne Wasserleitungen. Und aus seinen tief im Inneren schlummernden Superkräften wurden ein mehr als übernatürlicher Muskelkater und monströse Rückenschmerzen. Die bösartigen Monster, von denen der Junge so gerne geschrieben und die er so gerne gemalt hatte, waren nun zu äußerst realen Hindernissen geworden: bestialische, furchterregende, fast schon apokalyptisch stinkende und verstopfte Toiletten. Das Leben eines Helden hatte sich Toni etwas anders vorgestellt. Auch sein nunmehriges Dasein als professioneller Träumer entsprach nicht ganz seinen Visionen. In seiner Kindheit war Tonis Kopf oft vollgefüllt gewesen mit verschiedensten Bildern und Vorstellungen. Nachts konnte er sich damals seine Träume selbst gestalten und er baute sich aus all seinen kreativen Fantasien Geschichten, die oft wie ein Netzwerk miteinander verwoben waren. Auch das Träumen tagsüber nahm kaum ein Ende, weshalb er oft nur körperlich anwesend war. „Wenn du so weitermachst, kannst du bald von Geld nur noch träumen", waren die Worte seines Vaters, nachdem ihm sein Sohn beim Vernageln einer Wand nur im Wege herumgestanden war. Und außerdem wollte Toni ganz gewiss vom Geld nicht nur träumen, das war ihm viel zu fade. Deshalb entschloss er sich dazu, sich den Gegebenheiten der Schule mehr anzupassen, und folglich hängte er seinen Beruf als Träumer an den Nagel. Doch auch dieser Plan sollte nicht so recht funktionieren. Immer noch vermischten sich seine Fantasien mit der äußeren Realität. Zu langsam war der Bub für die schnelle Welt da draußen. Ein Tollpatsch, hieß es, sei er. Keine Lust zum Arbeiten, kann sich nicht konzentrieren, unnütz, ein Närrischer, der zum Vogeldoktor, dem Hobby-Psychologen, müsse. In der Arbeitswelt findet sich für einen solchen Schläfer nur schwer ein Platz. Nach Ansicht seines Zigaretten qualmenden Vorarbeiters eigneten sich Stemmarbeiten und juckende Glaswolle am besten dazu, den Träumer dauerhaft aufzuwecken.

  Und nun lag er da auf dem schmutzigen Boden der Baustelle und konnte sich nicht mehr bewegen. Erst ein Kranlastwagen schaffte es mithilfe unzähliger Panzergurte, diesen Nichtsnutz auf seine Ladefläche zu heben und ins örtliche Mini-Krankenhaus zu transportieren. Dort angekommen, musste Toni jedoch im Krankenhauspark in einem extra für ihn aufgebauten Zelt untergebracht werden. Denn der Versuch, Toni in ein Zimmer zu verfrachten, war gescheitert, da sein Gewicht in den geschlossenen Räumen blitzartig angestiegen war und er deshalb durch den Zimmerboden gebrochen war. Dort draußen unter den Bäumen und den zwitschernden Vögeln stabilisierte sich sein Zustand und der tonnenschwere Ballast wurde langsam wieder weniger. Die Ärzte unterzogen Toni vielen Tests. Mit einem Magneten, den man ansonsten lediglich auf einem Schrottplatz bei Kranwagen verwendet, versuchten sie, seinen Eisengehalt im Körper zu bestimmen. Doch der zog nur den Nasenring des Patienten an, der daraufhin eine kurzzeitige Nasenlochüberdehnung erlitt. Als Toni wieder selbstständig aufstehen konnte, wurde sein Kreislauf getestet, indem er mehrere Runden im Kreis laufen musste. Auch diese Werte waren hervorragend, denn die Runden wiesen kein einziges Rechteck auf. Bei der Frage, ob der Erkrankte schon einmal Plädridisputin zu sich genommen hätte, gab er zur Antwort: „Was hab' ich?" Da war für seine Ärzte klar: Aufmerksamkeitsdefizit. Deshalb schrieben sie daraufhin eine 400 Seiten starke Liste an

Medikamenten, die sie ihm verschrieben: Deren Erzeugerkonzerne waren die Sponsoren des Ärzteclubs auf den Bahamas. Doch eine endgültige Diagnose konnte nicht gestellt werden. Nach mehreren wenig aufschlussreichen Tagen im Krankenzelt wurde der wunderliche junge Mann wieder entlassen. Doch dauerte es noch Wochen, bis Toni wieder sein Normalgewicht zurückerlangte. In dieser Zeit brach er noch öfters durch Treppensprossen, Fußböden und Toilettensitze. Seinen Beruf konnte er derweil nicht mehr ausüben, da sich sein Zustand schlagartig verschlechterte, sobald er sich seinen einst so hochgeschätzten Superhelden-Blaumann auch nur näherte, was ihn sofort erneut 50 Zentimeter tiefer im Boden verschwinden ließ. Nun war für Toni aber ohnedies der Zeitpunkt gekommen, sich für den Militärdienst zu melden. Denn wie alle Männer im kleinen Dorf im oberösterreichischen Innviertel sollte auch er als patriotischer Soldat im Dienste seines Vaterlandes ausgebildet werden und nicht als idiotischer Hippie im Zivildienst enden. Doch aufgrund seiner auffälligen Schwere wurde der junge Kerl ausgemustert und musste stattdessen diesen oft belächelten Sozialdienst absolvieren. Toni selbst war das egal. Er wollte ja eh nur zum Militär, weil die Stammtischmänner sagten, dass alle echten Männer das zu tun hätten. Dass der Bub vom Schachner nun doch nicht beim Wehrdienst landete, war Dorfgespräch Nummer eins und so manchen konservativen Frühschoppensäufern galt das als ein gefährliches Zeichen. Für sie war der mannhafteste Mann unter den männlichsten Männern im 21. Jahrhundert ohnedies schon vom Aussterben bedroht. Außerdem würde Toni dadurch einer der Ersten sein, die sich im Fall der Fälle durch den viel verriegelten Notfalltunnel hinaus aus dem Dorf und hinein in die gefährliche Welt da draußen begeben würde.

Solche Neuigkeiten schufen im kleinen Örtchen an der Hügelkette namens Hausruck im Alpenvorland natürlich eine Vielzahl an Gerüchten: „Was, der Bursch vom Schachner zieht in die große, weite Welt. Ja, die Jungen heutzutage sind ja eh nur z'faul zum Arbeiten. Als Nächstes bringt er uns noch so a Ausländerin daher. Der Bub will lieber Menschen helfen, als sie zu erschießen. Nur Blödsinn im Schädel. Früher war halt alles besser." So jammerte so mancher aus dem Jäger- und Schützenverein. Das nationalistische Gedankengut der Mitglieder spiegelte nur ihr gescheitertes Leben wider. Diese große, weite Welt war für Toni die Stadt Innsbruck, die schön eingebettet inmitten der Tiroler Alpen im grünen Inntal liegt. Am Anfang war dem recht nervösen Toni diese neue Kultur außerhalb seiner Gemeinde noch völlig befremdlich. Er stellte sich die TirolerInnen immer so vor, wie er sie aus dem Fernsehen kannte. Alle Männer würden also ausschließlich Lederhosen und Quastenstutzen tragen, die Frauen ein Dirndl. Sie hätten lange, blonde Zöpfe und eine jede von ihnen ziemlich viel Holz vor der Hütt'n. Da hatten der Musikantenstadl und die Schlagerparade, die sich Tonis Opa immer bevorzugt angesehen hatte, wohl ihre Spuren hinterlassen. Allerdings war der urzeitliche Tiroler à la „Bischt a Tiroler, bischt a Mensch. Bischt koa Tiroler, bischt a Oasch" wohl schon lange ausgestorben. Zum Grauen der Sonntagssäufer im trauten Innviertler Daheim konnte sich Toni ganz gut in dieser Bergstadt einleben. Er knüpfte mit Jenny, einer anfangs flüchtigen Bekannten, Freundschaft und besuchte sie öfter am Arlberg, wo sie lebte, um snowboarden zu gehen. Seine Zivi-Tätigkeit als Behindertenbetreuer machte ihm überraschenderweise tatsächlich Spaß. Der Bub vom Schachner hatte bisher immer nur erfahren, dass andere Menschen in der Berufswelt eine Konkurrenz, eine Art Bedrohung darstellten. Doch Tonis neue Aufgabe zielte nun darauf ab, eben diesen Menschen zu helfen und den Alltag dieser wie auch immer Beeinträchtigten zu erleichtern. Ein einfaches „Danke für deine Hilfe" war ihm nun wertvoller als eine Lohnerhöhung am Bau. Nach dem achtmonatigen Zivildienst versuchte Toni, sehr zur Freude der altbekannten, heimatlichen DorfbewohnerInnen, wieder in sein altes Leben und seinen ursprünglichen Beruf einzusteigen. Doch bereits nach zwei Wochen kehrten die ersten Anzeichen seiner Schwerhaftigkeit zurück. Manchmal konnte er aufgrund des Übergewichtes seine Hände nicht mehr hochheben. Ein anders Mal brachte er vor Beginn der Arbeit um sieben Uhr morgens seinen Hintern nicht mehr aus dem Bett. Die Folge davon war wiederum, dass sich seine Augenlider beschwerten und tagsüber immer wieder zufielen. Da sich Tonis Befinden in den Monaten in Tirol sichtlich verbessert hatte, wollte er sich jetzt konsequenterweise als Sozialarbeiter ausprobieren. Doch die Älteren im Kaff befanden das für keine gute Idee und überzeugten ihn davon, doch besser einen anständigen Beruf zu wählen. Ein Beruf war für sie dann anständig, wenn man dabei anständig schwitzen musste. Daher wurde aus Toni in den folgenden Monaten ein Leasingarbeiter. In dieser Funktion wurde er als Mann für alles einmal mehr auf verschiedenen Baustellen eingesetzt. Die darauffolgenden Wochen und Monate ließen seine Krankheit in einem bisher ungeahnten Ausmaß ansteigen und hätten im schönen

Monat Februar beinahe zu einem tragischen Ereignis auf der obersten Plattform eines Aussichtsturmes geführt. Doch ich konnte Tonis geplante, verzweifelte Tat gerade noch rechtzeitig verhindern. Nachdem viele Arztbesuche und die unzähligen Ratschläge der stetig in Bierkrüge stierenden GemeindebürgerInnen ihm zu keiner Gesundung verholfen hatten, begab sich Toni zu genau diesen Zweck – und als letztmöglichen Ausweg – heimlich zu dem verrufenen Hexenhaus am Rande des Waldes. In diesem mysteriösen Gebäude lebte eine etwas ältere Kräuterhexe. Von den Ärzten im Dorf wurde sie wegen ihrer heilenden Pflanzen und ihrem Wissen darüber verflucht. Die Gemeinde schimpfte, weil diese Hexe außerdem noch ihr eigenes Grundwasser besaß und somit dem Ortswasserversorgungsamt kein Geld für das Wasserrecht zu bezahlen brauchte. Auch der Supermarktbetreiber klagte, und zwar gerichtlich, weil sich die Hexe lieber mit den gesunden Produkten aus ihrem Garten ernährte als von seinen gespritzten. Die 40-Stunden-die-Woche-ArbeiterInnen hetzten gegen die Alte, weil sie sich weniger über ihre Arbeit definierte, als vielmehr mit ihrer Freizeit identifizierte und kaum einer gewerblichen Tätigkeit nachging. Und die Stammtischleute schufen düstere Mythen, da sie sonst nichts anderes zu tun hatten. Diese selbsternannte Geistheilerin ging fast immer barfuß. Sie begründete das damit, dadurch besser geerdet zu sein. Viele im Dorf konnten mit solch einem für sie befremdlichen Wesen nur wenig, und vor allen Dingen nichts Gutes anfangen. Als die zerzauste Grauhaarige damit begann, Toni zu untersuchen, war er zuerst sehr verwirrt. Denn von ihr bekam er keine Medikamente verschrieben, keine Spritze injiziert und er wurde auch auf keinem unsichtbaren Fließband zu anderen Fachleuten weitergeschoben. Hermi, so der Name dieser Hexe, fragte ihn nur, wie es ihm denn so ginge, und hielt mit ihrem neuen Patienten währenddessen Augenkontakt. Ohne Toni zu berühren, behandelte sie ihn in Form eines Gespräches. Ab diesem Zeitpunkt besuchte der gepeinigte Vollzeitarbeiter zweimal wöchentlich heimlich diese Hexe, die sich schon bald als Fee entpuppen sollte. Oft redete sie von Befremdlichem wie Energieschwingungen, Sinn des Daseins, Gefühle, dem Glücklichsein, der Selbstfindung und über die Leichtigkeit des Lebens. Von solchen ihm fremden Wörtern hatte Toni bisher noch nie etwas gehört, doch taten sie das, was Fremdes so häufig macht: Sie weckten in ihm ein zu Beginn noch angstvolles, allerdings großes Interesse. Obwohl es für die Arbeiterschaft in seiner Umgebung als

bürgerliche Pflicht erachtet wurde, viele Überstunden zu machen, entschied sich Toni nach und nach dagegen und damit dafür, auf das sich dadurch wie von Zauberhand anhäufende Geld zu verzichten und lieber mehr Zeit mit Hermi zu verbringen. „Ja, ja, die Jungen, z'faul zum Arbeiten. Nur haben wollen, aber nichts dafür tun", hieß es daraufhin im Wirtshaus. Nachdem Hermi bei einer Behandlung Tonis Energiekreislauf untersucht hatte, diagnostizierte sie eine im Westen immer häufiger auftretende Krankheit namens „Anthro-Gravitation und Hochdruck-Schwerhaftigkeit", kurz AGHS. Laut der Aussage der Kräuterhexe trat diese Krankheit bereits mit Beginn der Industrialisierung zum ersten Mal und dann im Laufe der Zeit vereinzelt immer öfter auf. Die Geistheilerin holte „Die Schwerhaftigkeit des Lebens", eines ihrer vielen Bücher, aus dem Bücherregal und zeigte Toni Bilder von grausam Verstümmelten, Erkrankten. Manche Betroffene hatten furchtbare, erschreckend dicke Tränensäcke. Andere verzweifelt traurige Mundwinkel, die sich beständig nach unten richteten. Einige auf den Bildern hatte die AGHS so sehr entstellt, dass Toni nicht einmal mehr unterscheiden konnte, ob die Abgebildeten eine 15-Stunden-Arbeitsschicht hinter sich gebracht hatten oder durch einen Fleischwolf gezogen worden waren. Am häufigsten aber waren davon jene betroffen, die an Störungen litten wie Müdigkeit, Wachsamkeit, Trägheit, Fitness, Blässe, Bräune, jene, die jung waren oder alt, Über-, aber auch Untergewicht hatten, groß oder klein waren und jene, die sich in Mann, Frau oder etwas anderes unterschieden. Betroffen davon waren außerdem nur Menschen aus industrialisierten Ländern, die zu 100,00 Prozent einer Erwerbsarbeit nachgingen. „Das Buch über die Schwerhaftigkeit des Lebens" – so lautete der exakte Titel – verwies auf eine statistische Hochrechnung, die zu dem Schluss kam, dass bei einem Arbeitsverhältnis im Ausmaß von 100,00 Prozent ein Lebensanteil von exakt 0,00 Prozent übrigbleibt. Das Buch und die wunderliche Frau Hermi waren einer Meinung: Diese unverhältnismäßigen Verhältnisse waren die Ursache dafür, dass die allgemeine AGHS überhaupt erst entstehen konnte. Doch leider wurde die Krankheit nur wenig erforscht und noch seltener als tatsächlich existierend anerkannt, da ihre Behandlung wohl keinen positiven Effekt auf das derzeitige System der ökonomischen Arbeitsideologie des Westens haben würde.
All diese Neuigkeiten brachten Tonis eingeengte Welt- und Wertevorstellung auf Hochtouren und brachen sein bisher festgefahrenes Gedankengut auf. Das verwirrte ihn so sehr, dass er irgendwann

das Bedürfnis verspürte, Jenny, die ihm in der Zwischenzeit eine gute Freundin geworden und soeben von ihrem Auslandssemester in Norwegen zurückgekehrt war, von seinen Erlebnissen mit der Hexe zu erzählen. Es war für ihn völlig neu, Fragen an das Leben zu stellen. Nie zuvor hatte sich Toni Gedanken über sein Dasein gemacht und wie er dieses führte. Einerseits wollte er die Alte nun verfluchen, da sie viele unbequeme Fragen aus einem sicheren Versteck geholt hatte, die ihn nachts nicht mehr schlafen ließen. Denn so vieles, einst in seinem Leben als so wichtig Erschienenes bekam nun Risse. Doch andererseits zeigte sie ihm, dass es noch etwas anderes gab. Mehr als ein vorprogrammiertes Leben. Mehr als nur ein produzierender und konsumierender Roboter zu sein. Die besoffene Stammtisch-Gang hatte den Burschen im Vorfeld vor der Alten gewarnt: „Lass' dich nicht mit diesem Teufelsweib ein."
Schon auf dem Freitagsmarkt im Dorf stellte Hermi ihren Mitmenschen Fragen über soziale Verhältnisse, die Sinnhaftigkeit eines endlosen Wirtschaftswachstums auf einem endlichen Planeten und die ungerechte Arbeitsteilung, von welcher nur wenige profitierten. Nun war auch Toni von ihren Fragen infiziert worden, wodurch sich sein Blick erweiterte, der jetzt in bisher unbekannte Gefilde bis hinter die Grenzen des Dorfes reichte. Selbst Jenny konnte ihn nach einem frühlingshaften Gletscherausflug nur schwer beruhigen, als sie sich am See außerhalb der Dorfschleuse an einem abendlichen Lagerfeuer wärmten. Noch nie zuvor hatte er so viele Fragen und so vieles zu erzählen gehabt. Das Mädchen war zwar ziemlich daran interessiert, was die Fee – oder war es doch die böse Hexe? – alles gesagt hatte, aber nach mehreren Stunden konnte sie Tonis Worten und dem Gewirr aus Gedanken einfach nicht mehr folgen. Als die Lichter der Häuser in der Dunkelheit um sie herum zu leuchten begannen, lag Jenny nur mehr kuschelnd auf Tonis Schoß. Beinahe so wie ein ratternder Mähdrescher war seine Stimme noch für Stunden weitergelaufen, bevor er ebenfalls in einer wärmenden Umarmung dicht an dem Mädchen eingeschlafen war.
Drei Jahre war es nun schon her, dass sich bei Toni zum ersten Mal die AGHS gezeigt hatte. Seitdem hatte er bereits oftmals einigen Mut aufgewendet, um sich gegen seine Mitmenschen zu entscheiden, nur um kein weiteres Mal einen Anfall der Schwerhaftigkeit zu erleiden. So ging er am Sonntag nicht mehr aus purer Gewohnheit und reinem Anstand in die Kirche. Es brachte ihn sogar so weit, dass der häufig noch unsichere junge Mann trotz Warnungen vor

dem Teufel aus seiner institutionalisierten Religionsgemeinschaft austrat. Nicht dass er sich gegen diesen Glauben stellte, aber in dieser Phase wusste er einfach nicht, ob überhaupt und an was er glauben konnte. Schon mit Beendigung seines Zivildienstes nützte Toni den Urlaub nun nicht mehr zur Schwarzarbeit, um noch mehr Geld zu verdienen. Er machte stattdessen, zur Überraschung vieler, tatsächlich Urlaub im Urlaub. Jenny zog ihn öfter mit sich mit, wodurch das einstige Fremde in der Umgebung zum Vertrauten wurde. Das eine Mal zelteten sie in strömendem Regen im schönen Salzkammergut und ein anderes Mal reiste Toni mit der Studentin sogar einen ganzen Monat per Anhalter quer durch die österreichischen Alpen. Immer seltener ließ er sich auf Stadelfesten und anderen Besäufnissen im trauten Daheim blicken. Die DorfbewohnerInnen wurden dem jungen Kerl von Tag zu Tag fremder. Das Wissen darüber, dass das Leben keinesfalls den Vorgaben einer fixen Arbeitswelt folgen musste, erschwerte Toni die Bewältigung seines Alltags mehr und mehr. So einfach war es doch immer gewesen, sich mit allen verstanden zu haben. So einfach, montags bis freitags zu arbeiten und die Wochenenden mit Partys zu füllen. Doch dorthin konnte er nun nicht mehr zurück. Toni fühlte sich verloren, was wiederum in den Anzeichen der AGHS seine symptomatische Auswirkung zeigte. Er distanzierte sich immer weiter von seinen einstigen FreundInnen und fand sich währenddessen oft einsam in einer dunklen Höhle wieder. Toni wollte nicht mehr das einfache Leben führen wie bisher. Doch welche Art von Leben es sonst sein sollte, konnte ihm die Hexe auch nicht verraten. Sie meinte nur, darauf müsse er selbst kommen.

Jahrelang lebte er nun in dieser dunklen Höhle und betrachtete die Handlungen der Menschen um ihn herum als natürlich gegeben. Doch nun zeigte ihm die Alte, dass die Umrisse der Gestalten nur Schattenbilder einer lodernden Flamme waren. Das echte Leben fand außerhalb der Höhle statt. Doch die ihm angelegten Ketten hielten Toni immer noch zurück. Nur er selbst konnte sie öffnen, um das wahre Leben zu entdecken. Nur er konnte sein verborgenes Buch öffnen und entschlüsseln. Dafür bräuchte er allerdings, so sagte die Kräuterfee, ein gutes Karma. Was ein Karma überhaupt ist, wusste der junge Mann nicht, doch in einem interessanten Kapitel in Hermis Buch über die Schwerhaftigkeit des Lebens fand er einen Bericht, wonach schon einige WestlerInnen die AGHS besiegen konnten. Außerdem stand in diesem Buch geschrieben, dass bisher noch kein einziger Fall der Anthro-Gravitation und Hochdruck-Schwerhaftigkeit in Lateinamerika, Afrika oder Asien aufgetreten war. Hermi schenkte Toni dieses Buch, da es ihren Worten nach wohl eher für ihn bestimmt war als für sie selbst. Über die folgenden Wochen hinweg brachte man Toni nur schwer von diesen aufschlussreichen Seiten los. Ob in der Arbeitspause, beim Essen, am Klo, unter der Dusche oder sogar beim Schlafen, wo ihn so manche in Vergessenheit geratenen Träume wieder besuchten. Und so erfuhr er mit der Zeit immer mehr über die Gründe seiner Krankheit. „Die Schwerhaftigkeit des Lebens" berichtete in seinem letzten Kapitel darüber, was er zur Bekämpfung der AGHS brauchte. Da es so viele verschiedene Formen der AGHS gibt, sind auch ebenso viele verschiedene SpezialistInnen vonnöten. Tonis Selbstdiagnose folgend, würde er selbst die passende Hilfe nur in Asien finden. Um diese aber auch tatsächlich zu finden, müsste sich der Bub vom Schachner im Himalaja auf die Suche danach begeben. Obwohl die meisten DorfbewohnerInnen wegen Tonis in das Auge der Sonne geworfenen Stein wütend auf ihn gewesen waren, waren sie gegen seine Entscheidung, ins gefährliche Ausland zu reisen. Er aber fasste all seinen Mut und kündigte Arbeitsvertrag und damit seinen Beruf, verkaufte sein Auto, verabschiedete sich schnell und ohne große Ansprachen von seinen engsten Vertrauten und stieg in das Flugzeug ...

2

... So, liebes Tagebuch. Was habe ich bisher im Kathmandutal alles erlebt? Die Panikmache zu Hause, dass mir gleich zu Beginn mein gesamtes Geld gestohlen werden würde, hat sich nicht bestätigt. Womöglich bin nun ich der für gefährlich gehaltene Ausländer im fremden Land. Am Flughafen von Kathmandu, der Hauptstadt Nepals, die erst in den 1950er Jahren für TouristInnen zugänglich gemacht wurde, brauchte ich nur ein Formular für das Visum auszufüllen und wurde danach völlig stressfrei in einen absolut stressigen Haufen von Menschen geworfen. 158,7 nepalesische Taxifahrer saugten sich an mich und bevor ich ein Wort in meinem unsicheren Englisch sagen konnte, saß ich bereits mit vier dunklen, unablässig grinsenden Typen in einem mikroskopisch kleinen Auto, das mich in ein vorab organisiertes Hotel brachte. Der sich um uns herum in alle Richtungen bewegende Verkehr war in seiner hupenden, verstaubten Hektik ein Kontrast zu den recht gut organisierten Schleppern auf meiner Rückbank. Ein paar wenige Ampeln, die noch weniger oft ein Licht aufleuchten ließen, lenkten mein Gefühl zu einer sehr tief im Smog verschwommenen Hoffnung, die rasenden VerkehrsteilnehmerInnen doch noch bändigen zu können. Da erschienen mir die uniformierten Polizisten auf ihren fünfzig Zentimeter hohen Podesten im Zentrum eines „Kreisverkehrs" wie gefesselte Toreros inmitten eines Stierkampfs. Zwischen den 1,2 Millionen oder drei Millionen, nein, doch sechs Millionen EinwohnerInnen der Stadt, die genaue Zahl konnte mir niemand nennen, sammelte sich an jeder Ecke eine Unzahl an modrigen Müllhaufen. Dazwischen hausten Familien in ihren mit Holz, Alu-Blech und Plastikplanen verkleideten Baracken.
Nach meinem Check-in in einem schäbigen Hotelzimmer wurde ich als wohlhabender weißer Europäer sehr oft von halbnackten Kindern, verstümmelten Alten und Müttern mit ihren im Arm getragenen Säuglingen angebettelt. Obwohl mir gesagt worden war, dass die TouristInnen immer mehr Bettelnde anlocken, diese damit gar nicht so schlecht verdienen und es sogar Mütter gibt, die das für ihr Baby bestimmte Essen weiterverkaufen, spendete ich aufgrund meiner Gewissensbisse Bananen und Milch und steckte ihnen zusätzlich ein paar Münzen zu. Währenddessen hatte irgendein schräger Nepalese diese Obdachlosen als Schattenmenschen beschimpft. Das heißt übersetzt, sie hätten keine Seele und brächten nichts als Unglück. Auch für mich war es auf offener Straße schon jetzt eine große Herausforderung geworden, allen denselben Respekt zu gewähren, den sie verdienen. In diesen von Reizen überfüllten Tagen war es mir noch schwergefallen, meine Tagebucheinträge in einen Text zu verwandeln, der einem

roten Faden folgen würde ...

... Dank meiner Schlepper war ich in einer sehr touristischen Straße namens Thamel gelandet. Dort reihten sich sehr viele Souvenirstände mit noch sehr viel mehr aufdringlichen HändlerInnen aneinander, die allerdings nach einigen dankenden Ablehnungen meinerseits immer noch freundlich mit mir quatschen wollten. Selbst wenn einige TouristInnen die Einheimischen ignorieren, hörte ich von den Einheimischen immer wieder, wie nett und schlau die Menschen aus Europa doch seien. Gerade deshalb besäßen sie, also wir, angeblich so viel Geld. Ihr eigenes Nepali-Volk bezeichneten sie hingegen als schlecht, weshalb sie von Gott mit dieser Armut bestraft worden seien. Den Grund für eine derartige Bestrafung bestätigten mir auch die Frauen, die mit ihren Kindern und ihren lackierten Zehen- und Fingernägeln und in schwere Kleider gehüllt auf Baustellen gewaltige Steine und Zementsäcke herumschleppen müssen. In ihren täglichen neun Arbeitsstunden verdienen sie etwa drei Euro am Tag. Deshalb können sie es sich auch nicht leisten, ihrem zierlichen Körper einen Tag Pause zu gönnen. Meist verrichten die Frauen der Newari, das sind die UreinwohnerInnen Nepals, diese anstrengenden Tätigkeiten. Das ist wohl der Hauptgrund, weshalb Nepal eine der höchsten Frauensterblichkeit weltweit aufweist.

Um ein weiteres, chronologisch etwas unpassendes Thema anzufügen: Die unzähligen Werbetafeln an den bröckelnden Hauswänden überforderten mich ebenfalls aufs Äußerste. Manchmal besteht die Wand selbst nur aus solchen Tafeln, die wiederum zu anderen Schildern verweisen, welche den Sinn haben, mich um die nächste Ecke zu einer anderen Tafel zu führen, die mit einem Pfeil auf das erste Schild zeigt. Womöglich blieb nur mir der konkrete Sinn für derartig viele Pfeile, Tafeln, Wegbeschreibungen, Hotels, Cargos, Internetcafés, Wander- und Reiseführungen, Restaurants, Läden voll mit gefälschten Sportartikeln und vielem mehr verborgen. Trotz Schuldgefühlen ließ ich mich von einem schwer schnaufenden Radtaxifahrer heil durch die vielen Gassen vorbei an offenen Metzgereien, Obstläden, kleinen Geschäften und ebenfalls vielem mehr kutschieren. Im Zuge dessen stieß ich beinahe überall auf Frauen in roten Kleidern, welche zur Huldigung der Götter Kerzen anzündeten, fliegende HändlerInnen, Bettelnde und TrägerInnen, die Schränke, Betten und anderes auf ihren Rücken schleppten. Oft tobte ich mich auch an den vielen Straßenrestaurants und Märkten aus. Zu essen gab es dort leckere Pakora, frittiertes Gemüse, oder Dal-Bat, auch Thali genannt, ein Alu-Teller belegt mit Reis, drei verschiedenen Gemüsecurrys und knusprigem Crap-Brot. Oder auch frische Momos, das sind aus der tibetischen Küche stammende Teigtaschen gefüllt mit Fleisch oder Gemüse. Die Einheimischen trinken dazu Hirsebier. Eine zünftige Brettljause mit Speck, Schweinshaxe und Brot erwartete ich mir bei dieser Vielfalt an vegetarischen Gerichten aber eh nicht. Zwischen den lieblos daliegenden Betonwüsten und Bambusgerüsten wirkte zu vieles noch zu neu und zu befremdlich, um alles bewusst aufnehmen zu können. Ruhe fand ich nur bei einer Tasse Milchtee in einem der vielen Teehäusern. Um mich selbst dem Neuen anzunähern, half ich in meinem Hotel mit dem winzigen Zimmer um zwei Euro pro Nacht und mit kalter Gemeinschaftsdusche den schüchternen Küchenburschen beim Kochen. Zu Beginn waren sie skeptisch gewesen, als ein Europäer sie beim Gemüseschneiden unterstützen wollte. Doch nachdem ich ihnen einen leckeren Kaiserschmarrn, den sie allerdings nicht mochten, serviert hatte, lockerte sich die Stimmung beim recht späten Abendessen und sie fragten mich, ob ich ihr Freund werden wolle. Die vielen sich laufend wiederholenden direkten Äußerungen und Komplimente waren für mich als Österreicher, für den es nicht selbstverständlich ist, offen darüber zu sprechen, was ich wie fühlte, noch neu. Diese drei höflichen Jungs konnten nichts anderes zubereiten als Chaitee und Dal-Bat, was sie sieben Tage die Woche von sechs Uhr morgens bis 22 Uhr abends für einen Verdienst von nur 25 Euro im Monat taten. Doch trotz der neuen Eindrücke wollte ich den Grund meines Aufenthaltes nicht beiseitelegen. Bei meiner Suche hatte mir bisher aber noch niemand weitergeholfen.

Im Gästehaus lernte ich ein paar Nepalesen, Inder, Bengali und Kaschmiri kennen. Letztere gehören irgendwie auch zu Indien, bezeichnen sich aber selbst nicht als Inder. Sie alle hatten sich zu einem Workshop getroffen, bei dem es um kulturelles Zusammenleben ging. In einem groben, vorurteilsbehafteten Überblick kann ich behaupten, dass die spuckenden, Mundschutz tragenden Nepalesen mir gegenüber relaxter gewesen waren als die seltsam mit dem Kopf von links nach rechts wackelnden Inder in ihrem Siebzigerjahre-Style. Die Bengalen starrten mich sehr, sehr gerne an, ohne dabei viel zu sagen, und die Kaschmiri mit ihren grün-gelben Katzenaugen wirkten mit ihrer überlegenen Körpergröße rauer als der Rest. Während des aussichtslosen Versuchs, mir ihre Sprachen beizubringen, hatten sie mich eingeladen, gemeinsam mit ihnen die Verbrennungsstätte von Pashupatinath und die Altstadt Bhaktapur zu besuchen ...

... Mit dem öffentlichen Bus, der sich erst einmal durch den ewigen Verkehrsstau zwängen musste, ging es aus der Hauptstadt hinaus. Am Ziel angelangt, schmuggelten wir uns gratis, zu Fuß und mit dem sehr schlechten Gewissen meiner FreundInnen beladen, durch einen nicht kontrollierten Hintereingang in die hinduistische Altstadt. Ein Teil der Nepalesen bekennt sich zum Hinduismus, der andere zum Buddhismus. Das sind die zwei Hauptreligionen, die irgendwie miteinander zusammenhängen. Aber so richtig gepeilt hatte ich das zu dieser Zeit noch nicht. Einer der indischen Hindu-Freunde erzählte mir davon, wie man ihn in seine Religion als vollwertiges Mitglied aufgenommen hatte. Es wurden ihm die Haare auf dem Kopf abrasiert, die Jeans wurde in eine traditionelle orangefarbene Hose eingetauscht und seine Brust musste er entblößen. Die mit dem Aufnahmeritual beauftragten Priester hatten auf dem Boden ein achteckiges Mandala mit Reismehl gemalt. Mit Reisbrei vermischte Früchte wurden als Opfergaben in ein zuvor entzündetes Feuer geworfen, bevor sich der Aufnahmewillige innerhalb der gekennzeichneten Markierung siebenmal darum herum bewegen musste. Danach hatten ihm die Priester eine Aufgabe gestellt, die sein Schicksal als Hindu beschreiben sollte. Die Worte der Weisen waren jene, die er schon von klein auf in seinem Dorf gelehrt bekommen hatte. „Nicht für dich selbst hast du zu leben. Sondern für die anderen. Kein egoistisches Nehmen, kein konkurrierendes Gegeneinander. Die anderen stärken und dabei selbst mit allen anderen wachsen. Das ist die Aufgabe eines Hindus." Anschließend legte ihm sein Onkel eine Decke über den Kopf und der Junge selbst bat wie ein Brahmane, der Höchste in der Kaste, um Speisen und Gaben. Daraufhin überreichten ihm die Priester ein langes Band als Zeichen dafür, dass er ein Mann ist, der heiraten und studieren darf, und das er seit diesem Tage um seinen Hals trägt. Dieses Band würde ihm für sein ihm bevorstehendes Leben Kraft schenken.

Das aus roten Ziegeln und alten, liebevoll verzierten Holzreliefs bestehende Bhaktapur ist neben Patan und Kathmandu eine der Hauptstädte der drei Königreiche im Kathmandutal. Außerdem boten sich uns ein paar hohe Pagodentempel mit mehrstöckigen Dächern und wunderschönen Steinskulpturen. Die Stadt liegt an einer alten Handelsroute nach Tibet und legt Zeugnis ab über die örtliche Töpferei und Landwirtschaft. Diese Stätte war durch die alte Route, die von Indien nach China führte, ein Ort eines jahrtausendealten kulturellen und wirtschaftlichen Austausches zwischen den Völkern geworden. Anschließend wurde mir am Schauplatz Pashupatinath etwas seltsam zumute. Kleine, nervige Affen, die auf alten Tempeln und Gedenkstätten abhingen und sich gegenseitig entlausten, versuchten mir Gleiches anzutun und klebten sich dicht an mein Heck. Die alte Königsstadt am Rande Kathmandus gilt neben dem indischen Varanasi als wichtigstes Heiligtum der hinduistischen Welt. Wer hier, am Sitz des Gottes Shiva, stirbt, darf ohne den Umweg über Wiedergeburten ins Paradies Shivas, genannt Shivaloka, aufsteigen. In dem aus dem 17. Jahrhundert stammenden Tempel steht ein riesengroßer, steinerner Phallus, der als Lingam bezeichnet wird. Er ragt aus einem Joni, dem Symbol für Weiblichkeit, und wird als die Wiedergeburt Shivas verehrt. Lingam und Joni versinnbildlichen Mann und Frau, Himmel und Erde, die Gesamtheit der menschlichen und göttlichen Existenz. Im Hinduismus ist alles miteinander verwoben. Wie ein großes Spinnennetz ist die Geburt mit dem Sterben, sind die Menschen mit dem Universum verbunden. Im hinduistischen Glauben treibt dieses Geflecht, das in einem ständigen und beständigen Einklang mit allem ist, das ewige Rad, den ewigen Kreislauf voran. Wir trafen dort auf Bob-Marley-ähnliche Gestalten, damit meine ich die sogenannten Babas, Yogis, Sadhus oder wie auch immer sie genannt werden wollen. Diese Kerle sind in orangefarbene Tücher gewickelt, bemalen sich ihre Gesichter mit bunten Farben, tragen einen Rauschebart, wie in selbst der Nikolaus in seinen besten Jahren nicht aufwies, und stecken ihre Dreadlocks zu einer Riesenschnecke hoch. Die Sadhus entsagen sich der Welt und durch diese Enthaltsamkeit möchten sie Erleuchtung erlangen. Manche unter ihnen sind jedoch nichts weiter als bekiffte Schnorrer, die sich als begehrtes Fotomotiv der vielen TouristInnen etwas Geld verdienen wollen. Aber das Krasseste neben dieser Skurrilität ist, dass neben dem mit Müll überladenen Fluss Leichen verbrannt werden. Meine neun FreundInnen, deren Namen ich nicht einmal annähernd aussprechen konnte, erzählten mir, dass die Hindus am Flussrand ihre verstorbenen Familienmitglieder einäschern lassen. Direkt am Ort Shivas sollten die Toten schnellstmöglich ins Nirwana gelangen. Nirwana – dass sich hinter diesem Wort nicht nur eine Band aus den 1990er Jahren verbirgt, hatte ich nun also auch endlich in Erfahrung gebracht. Nur Brahmanenpriester, Kinder und Schwangere werden nicht eingeäschert, sondern ohne Zeremonie erdbestattet oder einem heiligen Fluss übergeben, denn ihrer Wiedergeburt steht der Körper nicht im Wege. Bizarr fand ich die Szenerie, in der sich diese Rituale abspielen. Auf der einen Seite des Flusses sah ich Händler, die Chips verkauften, und TouristInnen, die mit ihren nicht zu übersehenden Zwölftausendfach-Zoom-Kameras einen wahren Klickmarathon auf das andere Ufer gestartet hatten. Denn dort drüben gab es trauernde Frauen und kahlgeschorene Männer zu sehen, die einen in orangefarbene Tücher gewickelten Leichnam trugen. Im heiligen Fluss Bagmati stehen Kinder und Jugendliche, die teures, halb verbranntes Holz suchen, um es weiterzuverkaufen. Am Ufer liegen die Arya Ghats, die Verbrennungsstätten der höheren Kasten, und die Surya Ghats, die den niederen Kasten dienen. Insgesamt sind es acht Feuerstätten. Eine besonders reichlich verzierte ist der ehemaligen Königsfamilie vorbehalten. Der zu bestattende Körper wird zuerst entweder mit Bagmatiwasser besprizt oder die Füße werden in das Flusswasser gelegt. Die kahlgeschorenen Trauernden, die als Symbol des Verlustes am Hinterkopf ein Büschel Haare stehen lassen, gehen dreimal um einen kunstvoll gestapelten Holzhaufen herum, bevor sie den toten Körper darauflegen, während Frauen ihn mit rotem Henna bestreuen. Falls es sich eine Familie leisten kann, wird neben normalem Holz zusätzlich das kostbare, teure, duftende Sandelholz verwendet. Danach geht der älteste Sohn oder ein Priester fünfmal im Uhrzeigersinn um den Leichnam herum. Fünfmal wegen der fünf Elemente. Das fünfte ist der Äther, die Erfassung natürlicher Phänomene wie Zeit und Raum. Der Zeremonienmeister entfernt anschließend die Tücher, legt den Kopf des Toten frei und bedeckt dessen Gesicht und Körper mit Schilf und Reisig. Zuletzt steckt man ihm einen in Butter getränkten Strohbüschel in den Mund und zündet diesen an. In den Geruch des Feuers mischen sie den Duft wilder Blumen und jenen von Räucherstäbchen. Dies soll die Götter gnädig stimmen und außerdem entfalten sie eine meditative und reinigende Wirkung. Die Asche wird nach Beendigung des Rituals im heiligen Fluss verstreut.

Eine nepalesische Hindu erzählte mir, dass die schwarze Göttin der Zerstörung mit Namen Khali sehr oft im Kathmandutal zu sehen sei. Sie ist die Gemahlin Shivas, der ihren Drang nach Zerstörung stoppen konnte. In manchen Tempeln schlachtet man als Opfergabe zu ihren Ehren Ziegenböcke oder Hähne. Noch vor wenigen Jahrzehnten wurden dafür sogar Menschen hingerichtet. Damit die Seele der Tiere sofort in den Hindu-Himmel aufsteigen kann, fragt der Priester sie zuvor um Erlaubnis. Wackelt das Tier mit dem Kopf, gilt das in Nepal als Zustimmung. Khali bekommt das Blut und die Familie das tote Tier, das anschließend in ein Festmahl verwandelt wird. Anschließend zeigte uns ein einheimischer Buddhist unserer Gruppe den großen Stupa von Bodnath, wo der drittgrößte Würdenträger der TibeterInnen, Cini Lama, residiert. Täglich strömen viele PilgerInnen zu diesem jahrhundertealten Kuppelbau, um Buddha zu ehren. Im Uhrzeigersinn bewegen sie sich um das Bauwerk, das mit unzähligen brennenden Kerzen aus Yakbutter bedeckt ist, sie drehen an den Gebetsmühlen und verbeugen sich. Hier beten viele Exil-TibeterInnen mit den einheimischen BuddhistInnen und der Klang ihrer Lieder vermischt sich mit jenem Tausender Gebetsglocken.

Hoch oben auf dem Hügel von Swayambunath im Zentrum des Tals findet sich bereits um sechs Uhr morgens eine Gruppe von Gläubigen ein, um die Formeln der Mantras, der heiligen Schriften, zu sprechen und zu singen. Swayambunath gilt neben Bodnath als wichtigstes buddhistisches Heiligtum Nepals. Wie alle Stupas, das sind buddhistische Bauwerke, repräsentiert Swayambunath die fünf Elemente Erde, Wasser, Luft, Feuer und Äther. Mein gläubiger Freund erklärte mir, dass sich der Buddhismus in drei Hauptgruppen unterscheiden lässt. Den Mahayana-, den Vajrayana- und eben den Hinayana-Buddhismus. In Nepal, aber auch in China, Japan oder der Mongolei, ist vorwiegend der Mahayana-Buddhismus verbreitet. Laut seinen Lehren ist jeder Einzelne für sein eigenes Schicksal verantwortlich. Nur durch Meditation kann man die Erleuchtung er- und ins Nirwana gelangen. Dies scheint für Mönche angemessen, jedoch kaum für Bauern, die anstatt zu meditieren den ganzen Tag auf dem Feld arbeiten müssen. Um den Mahayana-Buddhismus massentauglich zu machen, bediente man sich über längere Zeit hinweg kleinen HelferInnen, den Bodhisattva. Diese Wesen sind bereits erleuchtet, weigern sich jedoch, ins Nirwana zu gehen. Durch ihr Mitgefühl ist es ihre Aufgabe, anderen zu helfen, die noch nicht das Stadium der Erleuchtung erreicht haben. Über den Vajrayana- und den Hinayana-Buddhismus erfuhr ich zu diesem Zeitpunkt leider noch nichts. Es war schön zu beobachten, wie begeistert meine Freunde von ihren Religionen erzählten. Doch stellte ich mir die Frage, was sie wohl dazu motivierte, sich zu einem derart bedingungslosen Glauben zu bekennen. Warum fühlt sich der Mensch so oft als Untergebener und glaubt, seine Gottheiten mit Opfergaben stärken zu müssen? Welche Machtinstrumente benützen diese Religionen, um Millionen von Menschen an sie glauben zu lassen und ganze Völker damit zu steuern? Was oder wer sind diese Mächtigsten, die von den Menschen Götter genannt werden? Nach meinem Besuch in der größten Pagode der Welt, eine weiß-goldene, zu Ehren Buddhas errichtete „Kapelle" oder eben ein Tempel, sah ich Burger essende, mit ihrem iPhone spielende Mönche, die so gar nicht in meine Vorstellungen passten, die ich – wie schon bei den TirolerInnen, wohl diversen Fernsehsendungen zu verdanken hatte. Doch da ich glaubte, dass mir die Mönche hier bei meiner Suche weiterhelfen könnten, quatschte ich nervös, wie ich war, einen dieser Gläubigen an. Statt einem Handschlag gab es gefaltete Hände, ein Namaste zur Begrüßung und eine hilfreiche Auskunft. Seine Art zu sprechen erinnerte mich ein wenig an Obi Wan Kenobi aus „Star Wars": „Was Tourist suchen tust, in Berge du finden wirst." Er drückte mir seine Visitenkarte in die Hand, da er nebenbei Träger organisierte, und verabschiedete sich mit einem freundlichen „Möge die Macht mit dir sein" oder so ähnlich. Somit stand mein nächstes Ziel fest. Das Annapurna-Massiv. Mit einem Minibus, der ausgerichtet war auf zirka zwölf Personen, fuhren wir zu SIEBENUNDZWANZIGST, in zehn Stunden traumatisierende 150 Kilometer. Eine immense Anzahl von Kratern in der Straße und sich übergebenden Menschen im Bus hielten den Fahrer nicht davon ab, mit ätherischer Lichtgeschwindigkeit durch Zeit und Raum zu rasen. Plötzlich wurde von etwa 378 km/h auf null km/h gestoppt – eindrucksvoll veranschaulicht von einer 0,3 Meter langen Bremsspur. Alles, was nicht schon bei Kurve 10.000 hinausgefallen war, entfloh nun ins Freie. Jede und jeder, auch die sich noch vorhin übergebenden Ur-Ur-(Ur-)Omas, stopften sich gebratenen Fisch, überbackene Eier, Reis, Huhn, Currys und Samosas, das sind frittierte Gemüsetascherl, in Weltrekordzeit in ihre teilweise zahnlosen Münder, die wohl als Vorratskammern Verwendung fanden. Und danach ging es noch rasch aufs Klo. In einer sogenannten Hocktoilette, hinter einem Baum, vor dem Bus oder am Rande der Fahrbahn. Direkt neben dem quietschenden Straßenverkehr zeigten sich mir 26 hockende Frauen und Männer, die gut einstudiert, beinahe synchron und mit sichtlich erleichtertem Gesichtsausdruck dasselbe taten. Anschließend wurden ungeduldig neue Kotzsackerl ausgeteilt. Im selben quietschenden und sich übergebenden Rhythmus ging es dann munter weiter. Dies hielt einen Busangestellten allerdings nicht davon ab, auf das Dach des Wagens zu klettern, um das noch nicht verlorengegangene Gepäck neu zu sichern.

Am nächsten Tag war ich früh morgens ebenso verbeult wie der Bus in meinem Gästehaus in Besi Sahar aufgewacht, von wo aus ich schon von der Ferne die ersten schneebedeckten Gipfel sah. Mit einem Rucksack und der Wegbeschreibung der Einheimischen ging es durch schöne, braune, sich im Wind bewegende Reisfelder vorbei an Gärten, Bananen-, Papaya- und Orangenbäumen. Über wackelnde Bambusbrücken und durch kleine Dörfer führte mich mein Weg, auf dem ich Frauen traf, die mich heiraten wollten, und Kinder, die sich von mir fotografieren ließen, um danach um Geld oder Süßigkeiten zu betteln. Auch meine Stifte waren sehr begehrt, von denen ich mir einen für die Tagebucheintragungen behielt. Gemeinsam mit anderen TouristInnen aß und übernachtete ich in kleinen, spartanischen Unterkünften. In den nächsten Tagen marschierte ich täglich rund acht Stunden, in denen ich auch in Gedanken, es ging mir noch immer um meine Fragestellungen bezüglich der AGHS, kaum pausierte. Zu wichtig war mir das mögliche Ziel meiner Suche. Es ging durch Schluchten, an Wasserfällen und der sich schnell ändernden Vegetation vorbei, immer tiefer und höher in den noch buddhistischer geprägten Himalaya. Währenddessen traf ich auf Einheimische, die auf dem ziemlich ausgetretenen Pfad Tierfutter und Hühner aufwärts trugen. Auch Menschen von sehr jungem bis ins weit fortgeschrittene Alter schleppten schwere Steinplatten und reparierten mit Mannes- und Frauenkraft die Wege, auf denen wir TouristInnen wanderten. Aber auch Cola, Bier, Müsli, Chips, Plastikflaschen und lange Wasserrohre wurden zur Stillung sämtlicher westlicher Bedürfnisse auf dem Rücken der Esel oder der schwitzenden, mit Flip-Flops bekleideten Träger tief ins Gebirge geschleppt. Solche Träger nennt man nicht allesamt so, wie ich

gedacht hatte, nämlich Sherpa. Denn die Sherpa sind ein eigenständiges Gebirgsvolk, das sich um den Mount Everest angesiedelt hatte. Auf meinem Weg überholte ich einzelne dieser Unterbezahlten mit ihren sagenhaften Superkräften: Sie trugen bis zu fünf Rollkoffer ihrer Gäste auf dem Rücken, gesichert mit einem um die Stirn platzierten Gurt. Auf zirka 2.400 Metern Seehöhe zwischen Nadel- und Apfelbäumen, Krautsalat, Internet und Handy-Musik zeigte sich mir im roten Licht des Sonnenunterganges der fünfthöchste Berg der Welt, der Manaslu. Am nächsten Morgen wachte ich in dem mit offenem Feuer beheizten Gästehaus in einem mit Schnee angezuckerten Dorf wieder auf. Bauern, die mit ihren Rindern die morgens noch gefrorenen Felder beackerten, Männer, die mit einer vier Meter langen Handsäge Bretter zuschnitten, und mir entgegenkommende Ziegenherden streiften meinen Blick, der noch zu keiner Rast gekommen war. Um mit Glück gesegnet zu sein, passierte ich die kleinen Stupas, also die Gebetsmühlen und die mit Farbe bemalten Steinhaufen, die durch Torbögen und an im Winde wehenden Gebetsfahnen immer linker Hand vorbeiführten. An sehr schönen Steinhäusern und weidenden Hochlandrindern, den Yaks, vorbei, gelangte ich müde und inklusive eines Anfalls der gefürchteten Schwerhaftigkeit nach Manang. Bisher war ich zu sehr nur auf meine Suche konzentriert gewesen, sodass ich meine Umgebung oft nur hinter einem mich nach unten ziehenden Schleier liegend wahrnahm. Hier oben fand ich neben schimmernden Eisgipfeln, Apfelstrudel und Souvenirläden auch ein zerfallenes Kino, in welchem der Film „Sieben Jahre in Tibet" aufgeführt wurde. Zu schwer war ich für das Obergeschoss meiner Unterkunft, weshalb ich mir das Erdgeschoss mit einem netten österreichischen Bergsteiger namens Sepp teilte. Um mich zu stärken, bekochte mich die Besitzerin am offenen Feuer, während sie sich Daily Soaps aus Indien ansah, in denen es hauptsächlich um Geld, Wohlstand und Intrigen ging. Aufgrund meines leichten AGHS-Anfalls legte ich einen Pausentag ein und genoss es, mit Sepp im Dialekt zu sprechen.
Nach circa 47 Stunden und 23 Minuten hatte ich alle EinwohnerInnen mindestens 18-mal befragt. Doch niemand konnte mir bei meiner Suche behilflich sein. Auch Sepp nicht, der währenddessen gemütlich auf einer Anhöhe saß und in die Landschaft starrte. Mir waren das Pausieren und das Abhängen in der Natur etwas zu öde, weshalb ich wieder schleunigst weiterziehen wollte. Nachdem ich mich von Sepps Gruselgeschichten über die Passüberquerung, die uns erwartete, nicht beeindrucken ließ, entschloss er sich dazu, mich für den Fall einer Höhenkrankheit oder Schwerhaftigkeit über den Tilicho, den höchstgelegenen Gletschersee, zu begleiten. Schon früh morgens überholte ich aus dem Windschatten die ersten WanderInnen,

weshalb mich später Kopfschmerzen und schwere Glieder plagen sollten. Über Geröll und an zerbröckelnden Steinformationen vorbei ging es bis zur nächsten Hütte, die leider ausgebucht war. Aber eh wurscht, da Sepp sein Zelt im Gepäck hatte. Bei einem atemberaubenden, feuerroten Sonnenuntergang, der die uns umgebenden Eiswände wie lodernde Flammen erscheinen ließ, umschlang uns ein eisiger Wind, der mir etwas Gewicht von meinen Schultern nahm und mir eine ruhige Nacht bescherte. Am Morgen danach ging es mir bedeutend besser, weshalb ich Sepp überzeugen konnte, die Schneewarnungen der wieder Umgekehrten zu ignorieren. Noch vor Mittag gelangten wir deshalb an den spektakulären Eissee. Auf der einen Seite gezackte, braune Wände. Auf der anderen bis in den Himmel hinaufragende Eisdiamanten. Und dazwischen das reinste Blau, das ich noch nie zuvor in einem Gewässer gesehen hatte. Wir erlaubten uns nur eine kurze Rast, da wir noch am selben Tag den Meshokanto-Pass überschreiten wollten. Doch mit jedem neu erklommenen Höhenmeter bekam ich furchtbarere Kopfschmerzen und auch meine Verdauung glich einer Kernschmelze, die im Umkreis von mehreren Kilometern jedwedes Leben auslöschen hätte können. Es war, als ob ich entgegen der Laufrichtung eines Rollbandes wanderte. Ich fühlte jeden Pulsschlag in meinen Venen. Alles um mich herum verschwamm. Meine Beine bewegten sich wie durch einen Tunnelblick hindurch und marschierten einfach ohne mich Sepps Spuren hinterher. Bei jedem zweiten Schritt stolperte ich und fiel dadurch zu Boden und in der Sonne zog es mir einen gehörigen Sonnenbrand auf, während sich im eisigen Schatten Eiszapfen an meiner Kleidung bildeten. Sepps Höhenmesser zeigte uns 5.200 Meter über dem Meeresspiegel an. Mir war klar, dass ich für diesen Tag auf dieser Höhe nicht mehr weiterkonnte. Ich war zu müde. Eine andere Gruppe, die ihre Tour abgebrochen hatte, half Sepp beim Zeltaufbau und wünschte uns für die bevorstehende Überschreitung viel Glück. Mit einem völlig aufgeblähten Bauch, der in den letzten Stunden keine Nahrung mehr hatte aufnehmen können, und einem explodierenden Kopf versuchte ich, bei etwa minus dreißig Grad Celsius zu schlafen. Unsere Schlafsäcke hielten uns zwar warm, doch der Rest vom dem, was sich im Zelt befunden hatte, war schon nach kürzester Zeit tiefgefroren. Nicht nur mein stechendes Kopfweh weckte mich nachts auf, denn es stürzten auch sich lösende tonnenschwere Eisblöcke geräuschvoll in den See, dessen Wellen sich lautstark und mit einem Zittern unter unserer Schlafmatte vorbeischlichen. Ein wundervolles Naturspektakel, das ich leider kaum genießen konnte, umgab uns in dieser einsamen und leblosen Natur. Am nächsten Morgen baute mein erfahrener Freund das Zelt alleine ab, schmolz in seinem Kocher etwas Schnee, der mich später in Form

einer heißen Tasse Tee stärken sollte. Ohne Besserung ging es langsam weiter. Immer noch kamen wir zu Anstiegen, an denen ich mich nur mehr auf allen vieren irgendwie hochziehen konnte. An manchen Stellen nahm mir Sepp meinen Rucksack ab. Nach gefühlten zehn Stunden Wandern sah ich auf Sepps Uhr, dass doch erst zwei Stunden vergangen waren. Eine weitere Ewigkeit später gelangten wir endlich zum Pass, der mit Steinhaufen und Fahnen gekennzeichnet war. Ausgehungert, müde und trotz des Sonnenbrandes kreidebleich war ich am Ende meiner Kräfte. Hinter mir eine eisige Bestie, an deren Klippen sich selbst weiche Wolken in Tausende Splitter zerrissen, und vor mir ein steiler, ins Nichts führender Abstieg, der die Schneemassen mit jeder in der Sonne voranschreitenden Sekunde in ein tödliches Geschoss verwandeln konnte. Ich war eindeutig über meine körperlichen Grenzen hinausgestoßen und mein anfänglicher Stolz wurde mir nun zum Verhängnis. Da schon viele vor mir hier gewandert waren, wollte ich mich mit dieser Menge messen. Nein, ich versuchte, besser als sie zu sein. Ich sah die Leute, die mich vorwarnten, als eine Art Konkurrenz. Hosenscheißer, die wollten, dass ich immer auf Nummer sicher ginge, nur damit ich nicht besser sei als sie selbst. Es waren so viele Dinge, die während dieser Wanderung an mir vorbeizogen und ich nicht einmal im Entferntesten wahrnahm. Warum hatte mich der Mönch hierher geschickt? Hatte ich bei meiner bisherigen Suche etwas oder jemanden übersehen? Zwischen schmelzendem Schnee und noch vereistem Gestein tastete ich mich sehr langsam einen steilen Hang hinunter. Mein Hintermann hielt aus Sicherheitsgründen einen großen Abstand zu mir. Doch plötzlich machten sich dumpfe Geräusche unter meinen Tritten bemerkbar. Und dann folgte ein weiteres Pochen. In dieser Höhe hörte ich neben dem peitschenden Wind nur noch meinen eigenen kratzenden Atem. Das nächste Pochen durchstieß jedoch meinen Fuß und explodierte förmlich in meiner Brust. Als ich danach auftreten wollte, fühlte ich keinen Widerstand unter meiner Sohle. Aus dem Nichts umkreiste mich eine sich schnell ausbreitende zackige Schlange. Dieser getarnte Riss löste ein Schneebrett aus, das sich mit seinem weißen Körper immer fester um meine Beine schlang. Das Biest kroch blitzartig immer höher und versuchte, mich mit sich ins Ungewisse zu ziehen. An vorbeirasenden, zu Fels gewordenen Hängen versuchte ich noch, mich festzuhalten. Jedoch begrub mich der weiße Tod unter sich.
Als ich in den dunkelblauen Himmel starrte und dabei die frische, dicke Luft in meinen Lungen aufnahm, fiel m ir w ieder e in, w as m ir e in Bergführer in Manang gesagt hatte: „Buddha fand seine Antworten in Bodhgaya". Glücklicherweise hatte ich dem gefräßigen Schneemonster nicht besonders geschmeckt, weshalb es mich nach kurzer Zeit einige Höhen-

meter tiefer unsanft wieder ausspuckte. Dort unten beugte sich ein völlig aufgebrachter Sepp über mich und schüttelte mich als eine Form der Wiederbelebung fast zu Tode. Nachdem sich der Schock bei uns beiden wieder aus den Knochen verflüchtigt hatte, freuten wir uns beide auf eine Regentonnendusche und ein nicht enden wollendes Dal-Bat. Unsere Reise brachte uns auf überfüllten Busdächern an brennenden Müllbergen vorbei nach mehreren Tagen wieder hinaus aus den nepalesischen Bergen. Bei nächtlicher Fahrt wurden wir, falls wir doch kurz bei dröhnender Musik eingeschlafen waren, höflich zur hektischen Dal-Bat-Jause ohne Essensbesteck geweckt. Dafür durften wir ohne Hemmungen im entweder kochend heißen oder doch schon eiskalt gewordenen Essen herumwühlen. Hilfsbereit lehrten mich gleich mehrere Menschen die Wühltechnik mit der rechten Hand und wühlten dabei freudig in meinem Reis herum. Nach dem Essen wurden Sepp und ich von einem schwer bewaffneten Polizisten umarmt, weil wir sein Angebot seine Freunde zu werden, angenommen hatten. Da wir mit einer unfassbaren Freundlichkeit empfangen wurden, fühlte ich mich in diesem für mich skurrilen Alltag der Nepalesen wieder so richtig wohl und die AGHS rückte Stück für Stück in den Hintergrund. Im landschaftlich schön zwischen Hügeln und einem See gelegenen, aber schmutzigen und sehr touristischen Phokara durften wir das hinduistische Lichterfest Diwali miterleben. Warum es das Lichterfest gibt, hat einen guten Grund: Der Hindugott Rama war aus seinem unfreiwilligen Exil wiedergekehrt. Ein Sieg des Guten über das Böse. Des Lichts über die Dunkelheit, weshalb des Nachts Kerzen angezündet werden. Nach diesem Aufenthalt ging es in den schwülen Dschungel, wo wir außer die uns aussaugenden Moskitos nichts weiter Wildes sahen. Allerdings hatte durch mein Schwerhaftigkeitsleiden die Suche nach exotischen Tieren ohnehin nicht oberste Priorität, dennoch weckte dieser Aufenthalt eine längst vergessene Erinnerung in mir. Vor vielen Jahren war ich mit meinen Eltern im Schönbrunner Zoo gewesen und fand es damals schon bescheuert, eingesperrte Tiere, die an andere Klimaverhältnisse angepasst sind, zu beäugen. Während ich mich dieser Erinnerung hingab, fragte mich der Gästehausbesitzer, ob ich Interesse daran hätte, der Dorfschule einen Besuch abzustatten. Voller Zweifel, was denn ein einfacher Typ aus einem kleinen Kaff in Österreich den Kindern über die Welt erzählen könnte, lehnte ich dankend ab. So wie ich es auch in dieser Schule hätte tun sollen, mussten wir auf unserer Weiterreise immer wieder über das unerreichbar „goldene Europa" sprechen. Dabei posierten wir trotz Müdigkeit für Fotos oder ließen uns beim Teetrinken einfach nur beobachten. Nach einem kurzen Stopp in Lumbini, der Geburtsstätte Lord Buddhas, trennte ich mich wieder von

Sepp, denn ich musste als Nächstes zurück nach Kathmandu, mir dort mein Visum besorgen und anschließend so schnell wie möglich nach Bodhgaya reisen. So sollte Indien zu meinem nächsten Ziel werden.

3

Seit schon über eine Woche lag ich in Bodhgaya krank im Bett meines Gästehauses. Was war passiert? Früh morgens, nach einer eisigen und schlaflosen Nacht in einem staubigen Bus, war ich mit bedeutend kleinerem Rucksack – denn vieles von meinem bisherigen Gepäck hatte ich nach Österreich zurückgeschickt – an der nepalesisch-indischen Grenze angelangt. In dieser, mit feuchtem Nebel überzogenen Dämmerung, die sich in dieser schmutzigen und sehr armseligen Gegend langsam auflöste, wurde ich von mehreren dunklen Gestalten bedrängt. Jeder wollte mein Geld wechseln und mich auf seiner Pferdekutsche nach Indien bringen. In meiner aussichtslosen Lage nahm ich das erstbeste Angebot an und ließ mich auf einer solchen Tonga zu dem fünf Kilometer entfernten Grenzübergang fahren. Nach der Ankunft musste ich dem Fahrer plötzlich und unbegründet nicht weniger als das Dreifache des zuvor ausgehandelten Preises bezahlen. Auch der indische Grenzbeamte schmierte mich und verlangte eine Stempel- und Kugelschreibergebühr. Nur mit der Unterstützung anderer, die für ihren solidarischen Dienst ebenfalls gutes Geld verlangten, schaffte ich es, mir ein Busticket zu kaufen. Diese Fahrt auf einer Schotterpiste führte vorbei an mit Stroh bedeckten Lehmhütten und dreckigen Teichen, in denen Menschen, die mit Tüchern bekleidet waren, ihre Notdurft verrichteten. Die dürren Gestalten putzten sich ihre Zähne mit einem angenagten Zweig und wuschen an einem öffentlichen Brunnen auffallend gründlich ihre Körper. Nach einem mir schwer verdaulich im Magen liegenden Frühstück, das zuvor wohl schon lange offen in der Sonne gelegen hatte, schaffte ich es aus der mich völlig überfordernden Großstadt Patna nach Bodhgaya. Bei der Hinfahrt saß vor mir wieder eine der mir inzwischen wohlbekannten Ur-Ur-Ur-und-so-weiter-Omas, die mich bereits während der Busfahrt in Nepal das Fürchten gelehrt hatten. Wie auf einem Rodeo konnte sie sich nur schwer im Sattel der wackelnden Sitzbank halten. Dabei erlangte ein von ihr erst halbverdautes Curry seine Freiheit und entlud sich nach draußen. Nach einer Zehntausendstelsekunde sorgte das Geruckel des fensterlosen Busses für Ernüchterung – oder treffender ausgedrückt: für Erleichterung. Nämlich jene der alten Frau, deren Curryfontäne sich in meinem Gesicht wiederfand. Der Inder neben mir, sichtlich unbeeindruckt, wackelte nur seltsam mit seinem Kopf und sagte „No Problem! Was ist Name und welches Land du kommen von?" Sehr oft bekam ich von solchen „neuen besten Freunden" ähnliche Standardsprüche zu hören. Aber auf meine Antwort „Ich komme aus Austria" erhielt ich immer ein nicht enden wollendes „Oh, Australia, sehr vieles schön" zugesprochen. Ohne mich bei der Fahrtenpause vom Erbrochenen entkeimen zu können, wurde ich von Männern in engen Langkragenhemden und mit ebensolchen Schnauzbärten umzingelt, die ohne ein erkennbares Ziel drauflosredeten. Es waren Kerle dabei, die mich mit ihren Augen förmlich auszogen und sehr engen Körperkontakt pflegten. Wie schon in Nepal halten sich auch in Indien sehr viele Jungs an den Händen, was jedoch nichts mit ihrer sexuellen Neigung zu tun hat. Nach meiner Ankunft versuchte man mich des Öfteren, unter den 1,4 Milliarden InderInnen und wohl mindestens ebenso vielen Affen abzuzocken: Priester, für deren Götter ich bezahlen sollte, oder Sozialarbeiter, von denen ich zu einer Tasse Tee eingeladen wurde. Als Gegenleistung wollte er Geld für 100 Kilogramm Reis, die er – das versteht sich von selbst – an Bedürftige spenden würde. Am traurigsten stimmte mich jedoch ein junger Mönchsnovize. Er führte mich um eine Tempelanlage und zeigte mir den Bhodiebaum, unter dem Buddha einst seine Erleuchtung erlangt hatte. Der kleine Stümper betonte ständig, er wolle für diese Führung kein Geld, da er Mönch sei und sich nur darüber freuen würde, mir helfen zu können. Dieser in Orange gekleidete Bursche drückte mit seiner Lebensgeschichte echt auf meine Tränendrüse. Meine „Ich stecke deinen Kopf in den Hintern eines Elefanten und zwinge diesen, sich draufzusetzen"-Stimmung wurde erst aktiviert, nachdem ich mir eine weitere Geschichte darüber anhören musste, weshalb es für uns beide das Beste wäre, wenn ich ihm doch noch mein gesamtes Geld zukommen ließe. Trotz der raschen Flucht des Novizen, die sicher mit meinem Gesichtsausdruck auf der Suche nach einem passenden Elefantenhintern zu tun hatte, erfuhr ich bei dieser Begegnung einiges über diesen Buddha. Er lebte zirka 560 vor Christus als steinreicher, versnobter Prinz Siddharta mit Frau und Kind in einer megafetten Bude. Bevor er seine Frau mit 19 Jahren heiratete, lebte der Prinz in einer heilen Illusion innerhalb seiner Schlossmauern, welche die Armut der Welt dahinter, oder besser gesagt davor, vor ihm versteckt hielten. Erst nach seiner Hochzeit büchste er aus seinem goldenen Gefängnis öfter heimlich aus und wurde mit den immensen Nöten der Menschen konfrontiert. Dieses echte Leben im Kontrast zu seiner Scheinwelt ging Siddharta so nahe, dass er sich dem Reichtum entsagte, alles Bisherige aufgab und sechs Jahre lang einem armen Einsiedler gleich herumzuziehen begann. Er dachte viel über Götter, Menschen, das Leben und den Tod nach, bis ihm dann unter der Pappelfeige, dem Bodhibaum, nach langer Meditation ein Lichtlein aufging. Ihm war klargeworden, dass das Leiden der Menschen nur von unerfüllten Wünschen herrührt. Um nicht davon gepeinigt zu werden, müsse jeder selbst Herr über diese seine Wünsche werden. Nur jene, die sich von all diesen weltlichen Verlangen lösten und nichts mehr davon begehrten, würden nach dem Tod nicht wiederkehren. Erst dann findet die Seele ewigen Frieden im Nirwana. So wurde aus Prinz Siddharta Buddha, der Erwachte, der von nun an mit seiner Kritik am Kastenwesen den Menschen seine Erkenntnisse lehrte.

Noch nie zuvor hatte ich mir irgendwann Gedanken darüber gemacht, weshalb es auf diesem Planeten arme Menschen gibt. Als ob ich in meinem Schloss Europa höchstpersönlich ein solches naives Leben geführt hätte und nun ausgebrochen war. Woher kommt es, dass der Westen einen derartigen Wohlstand aufweist und die Länder des Südens immer mehr in die Armut getrieben werden? Und als ich mir diese Frage gestellt hatte, musste ich gleichzeitig von einem tragischen Ereignis erfahren, dass sich nur wenige Kilometer nördlich von meinem damaligen Standort zugetragen hatte. In Nepal war es zu einem furchtbaren Erdbeben gekommen, bei dem alleine im Kathmandutal mehr als 8.000 Menschen ihr Leben lassen mussten. In den betroffenen Gebieten wurde der Notstand ausgerufen. Bei dem Erdbeben, das als eines der stärksten seit über achtzig Jahren galt, waren auch in den Nachbarländern Indien, Bangladesch und China Todesopfer zu beklagen. In den darauffolgenden Tagen kam die Himalaya-Region nicht zur Ruhe und teils starke Nachbeben erschütterten abermals Städte und Landregionen, in denen ich noch kurze Zeit zuvor Gast gewesen war. Neben den Tausenden Todesopfern wurden auch Häuser sowie unzählige Tempel und Statuen aus dem zwölften bis 18. Jahrhundert beschädigt oder ganz zerstört. Länder aus aller Welt schickten im Rahmen von Sofortmaßnahmen Hilfsgüter wie Nahrungsmittel, Medikamente und Kommunikationsgeräte. Allein Indien flog 43 Tonnen Material ein, darunter Zelte und Wasser, außerdem wurden mehrere Helikopter zur Verfügung gestellt. Dennoch waren Krankenhäuser sowie Leichenhäuser weiterhin überfüllt und Blutkonserven und Medikamente gingen bald zur Neige. Da das Beben und die vielen Nachbeben auch die Wasserkraftwerke beschädigt hatten, bestand die Gefahr, dass die Stromversorgung für längere Zeit ausfallen könnte. Zu dieser Zeit dominierte dieses Ereignis die Berichterstattung in den globalen Medien. Doch bereits in wenigen Wochen würde diese Geschichte in der breiten Bevölkerung auf anderen Kontinenten in Vergessenheit geraten sein. Doch der Verlust großer Teile der nepalesischen Identität mit ihren Kultstätten, die Angst vor weiteren Beben und das Trauern um zu Tode gekommene Mitmenschen würde Nepal noch für eine lange Zeit in einen tiefen Schock stürzen. Ein Schock, der sich nur wenige Kilometer von mir entfernt ausgebreitet hatte. Dagegen war mein Magenleiden nur eine Lappalie. Die in meiner Unterkunft wohnende coole Luzy aus Kanada, meine Zimmernachbarin, versorgte mich für meine Genesung täglich mit Bananen und Kräutertee. Außerdem verabreichte sie mir regelmäßig Tabletten, die optisch einem Eishockeypuck ähnelten und mich langsam wieder stärkten. Mit ihrem Mann und den drei gemeinsamen Kindern war sie schon des Öfteren in Indien gewesen und kam daher gut mit der Mentalität und der vielfältigen Kultur zurecht. Da mir unter dem Bhodibaum nur eine kleine geldgierige Zecke erschienen war und nicht die erhoffte Erleuchtung, beschloss ich, meiner neuen Reisebegleitung in einen Vipassana-Meditationskurs zu folgen. Was genau mich dort erwarten sollte, wusste ich nicht. Aus ihrem französisch-kanadischen Dialekt hörte ich jedoch heraus, dass sie dort gefunden hatte, was sie schon so lange gesucht hatte.

Inzwischen lagen zehn Tage Meditation hinter mir. Zehn schweigende und schriftlose Tage. Von vier Uhr morgens, dazwischen Essenspausen, bis zehn Uhr abends saßen wir still in einem Saal auf kleinen Kissen und schnarchten beziehungsweise meditierten vor uns hin. Mit schmerzenden Gelenken galt es, sich nur auf seinen Atem zu konzentrieren. Als Steigerung gab uns unser Dharma, der Lehrer, die Aufgabe, fokussiert drauf zu sein, nichts zu denken, eine völlige Leere zu erlangen. Durch das mir Zeit dafür zu nehmen, nichts zu tun, außer eben nur daran zu denken, nicht daran zu denken, was ich dachte, wurde mir erstmals klar, wie viel unnötiger Blödsinn in meinem Kopf herumschwirrte. Nach und nach erlangte ich einen schärferen Blick für alltägliche Kleinigkeiten. So bemerkte ich, dass die Leute hier optisch weniger den Nepalesen glichen. Sie tranken aus Behältern, ohne diese mit dem Mund zu berühren, saßen oft am Boden und hielten bei Bestellungen für drei Personen Zeige-, Mittel- und Ringfinger hoch. Zeigte ich wie in Österreich mit Daumen, Mittel- und Ringfinger, bekam ich als Antwort nur ein nichtsahnendes Kopfwackeln. Des Weiteren wirken indische Wegdistanzen von 100 Metern auf die Bevölkerung wie unüberwindbare Hürden, und auf meine Frage danach bekam ich meist nur ein „Not possible" zu hören. In der meditativen Stille konnte ich mich auch deutlich daran erinnern, dass mich einige Leute aufgrund meines Nasenrings, den hier aus traditionellen Gründen nur Frauen tragen, sehr oft mit einer solchen verwechselten und mir dieser Umstand viele Einladungen zu einem Chai bescherte. In dieser Stille der Zeitlosigkeit aß ich die auf dem Boden servierten Speisen viel langsamer als die mich dabei schweigend anstarrenden und Essen in sich hineinschaufelnden Einheimischen. Ich aß so langsam und genussvoll, wie ich es wohl noch nie zuvor in meinem Leben getan hatte. Dabei überkamen mich auch gewisse Sehnsüchte. Sehnsüchte nach einem Wortwechsel und einem gesunden Kontakt zu den Frauen, von denen wir hier getrennt waren. Auch außerhalb der Einrichtung lebten auf der einen Seite Männer und auf der anderen Frauen, oft distanziert voneinander. An diesen Meditationstagen konnte ich mich etwa zehn Minuten konzentrieren und die restlichen Stunden füllte ich mit Tagträumereien. Im Zuge dessen entdeckte ich die mir bis dahin unbewusst gewesene Leidenschaft, mir Melodien, Texte und Geschichten auszudenken. Daraufhin meinte der Dharma, dass ich meine Gedanken bekämpfen sollte. Für Träumereien wäre hier kein Platz. Doch dieser ausgrenzende Versuch, der mir nur eine weitere Schwere verschaffte, veranlasste mich, nach Beendigung des Kurses zu Stift und Papier zu greifen und mein erstes Lied über ein Thema zu schreiben, das mich beschäftigte.

Nach Abschluss des Kurses schloss ich mich ein paar TouristInnen an, die auf dem Weg nach Varanasi waren. Denn der Heilige Fluss Ganges, der dort vorbeiführte, weckte in mir großes Interesse. Ob mir dieser so manches seiner Geheimnisse enthüllen würde?

Nach einer schier aussichtslosen Ticketbuchung am Bahnhof gelangten wir in die mit Menschenmassen, Märkten, Restaurants und Kleiderläden überfüllte Millionenstadt. Dort zeigte sich uns das Leiden der Welt von seiner klarsten Seite. Eine der zahllosen Tragödien war ein halb verwester Mann, der sich ohne Beine am mit Müll bedeckten Boden hinter eine zerfallene Toilettenwand zog und dort am Ende seiner Kräfte in seiner eigenen Urinpfütze liegen blieb. Und an der nahegelegenen Badetreppe Dasaswamedh Ghat explodierte am Tag vor unserer Ankunft eine von TerroristInnen gezündete Bombe, was wohl die starke Präsenz der Polizei erklärte. Vier Inder, zwei Touristen wurden dabei schwer verletzt und zwei Einheimische kamen zu Tode. Um trotzdem durch die Stadt zu gelangen, ließen sich mein neu gewonnener israelischer Freund Ronny und ich von einem Radtaxifahrer, der anstatt gestrecktes Benzin nur ein paar Tassen Milchtee tankte, um die Polizeiabsperrungen fahren. Von der pedalisierten Kutsche aus sahen wir einen sich am Boden windenden Mann, dessen Gelenke sich stark verkrampft hatten. Dank meiner Grundausbildung im Zivildienst war mir sofort klar, dass er einen epileptischen Anfall erlitten hatte. Da unser Taxifahrer Angst davor hatte, stehen zu bleiben, sprangen wir von dem rollenden Wagen ab und eilten zu dem aus dem Mund blutenden Mann. Nachdem ich meine gesamte Kraft aufwenden musste, um seinen Kiefer zu öffnen, steckte ich ihm den erstbesten weichen Gegenstand in den Mund, der ihn daran hindern sollte, sich die Zunge abzubeißen. Es war mir auch völlig egal, dass ein Schuh, dessen Besitzer nun selbst mit seinem Fuß zwischen dem Kiefer des Epileptikers steckte, dafür herhalten musste. Nachdem sich die Lage entspannte und sich wieder alle, selbst das sich angesammelte Publikum um uns herum, beruhigt hatten, verweigerte der Verletzte aus Kostengründen einen Arzt und flüchtete in die vielen Gassen der Stadt.

Durch Ronny erfuhr ich, dass Varanasi, die Stadt der Tempel, des Gebetes und der Pilger, eine der ältesten Städte der Welt ist. Die Hindus glauben daran, dass sie den Mittelpunkt des Universums bildet, weshalb es für sie besonders wertvoll ist, zumindest einmal in diesem Leben hierher zu kommen und ein Bad im Heiligen Fluss zu nehmen. In Varanasi leben etwa 50.000 Brahmanen, Angehörige der obersten Priesterkaste. Viele von ihnen arbeiten in den Tempeln oder den über 100 Ghats am Fluss. Durch das Aufsagen heiliger Sprüche in der alten Sprache Sanskrit versprechen sie eine Unterstützung bei der Suche nach Erlösung. Nachdem uns die Inder in alle Himmelsrichtungen geschickt hatten, fanden wir selbstständig zu diesem farbenfrohen Flussufer, wo ich jedoch das Erhoffte nicht fand. Ronny meinte, dass mir ein an den dortigen Ständen verkauftes Bhang Lassi mehr Klarheit über mein Gesuchtes verschaffen könne. Während wir mit diesem Joghurtgetränk anstießen, beobachtete ich in der abendlichen Dämmerung die vielen herumwandelnden Sadhus und die Blüten, Girlanden und Ölkerzen, die im Fluss der Göttin Ganga geopfert wurden. Neben dem mit Müll bedeckten Gewässer hatte sich eine Herde heiliger Kühe versammelt. Die Hindus glauben, dass Gott in allem existiert, also auch in diesen Tieren. Nach seiner Geburt wurde die Gottheit Krishna von einer Familie aufgenommen. Als Hirtenjunge verbrachte er viel Zeit mit den Tieren, die ihn wie eine Mutter ernährten. Aus diesem Grund betrachtet man Kühe heute noch als Heiligtum. Sie beschenken die Menschen mit fünf heiligen Produkten: Ghee ist ein Butterschmalz, mit dem man nicht nur kocht, sondern auch die Toten vor ihrer Verbrennung übergießt. Das zweite ist der Kuhmist, der als Dünger, Brennstoff und zum Hausbau verwendet wird. Der Urin der Tiere hat ebenfalls eine heilende Wirkung und soll selbst gegen Karies und Zahnschmerzen wahre Wunder wirken. Außerdem werden die sich zum Hinduismus Bekehrenden bei ihrem Eintritt in die Religion rituellerweise mit diesem Urin bespritzt. Das vierte ist die Milch, die alle Kasten miteinander verbindet, da jeder in Indien den sogenannten Milchtee trinkt. Und schließlich ist auch das Lassi, jenes kalte Getränk, das Ronny und ich uns gerade gönnten, ein heiliges Produkt der Kühe.

Im roten Licht des Sonnenunterganges widmeten sich die letzten InderInnen noch ihrer rituellen Waschung, um sich ihrer Sünden zu entledigen. Nicht wenige putzten sich mit dem Wasser des Ganges ihre Zähne oder tranken dieses heilige Gut. Durch das Bitten an diesem heiligen Ort um die Gesundung von kranken Familienmitgliedern, eine ertragreiche Ernte oder gute Schulnoten hatte sich bereits so manchem sein Wunsch erfüllt. Vor allem aber beten die wenig anerkannten Frauen für das Wohlergehen ihrer Männer. Denn ohne sie sind sie in Indien fast verloren. Von morgens bis abends strömen Tausende Gläubige hierher an den Fluss. Nach dem Bad ziehen sie sich ihre trockenen Kleider wieder an und ölen ihre Haare. Von den Priestern lassen sie sich für ein paar Münzen das Tika, jenes Stirnzeichen, welches ihnen Glück bringen sollte, aufmalen. An selbiges glauben auch die vielen BettlerInner, die die PilgerInnen daran erinnern, Gutes zu tun. Und auf diese Weise sacken sie für sich ein paar wenige Rupien ein. Im Minutentakt erklingen Gesänge von Männern, die in Laken verhüllte Verstorbene auf Bambustragen durch die engen Gassen zum Flussufer tragen. Am Manikarnika Ghat werden ähnlich wie in Nepal die Leichname auf dem Scheiterhaufen verbrannt, um anschließend ihre Asche dem Fluss der Wiedergeburt übergeben zu können. Der Körper geht dergestalt zu seinem Ursprung zurück: das Auge zur Sonne und der Atem zum Wind. Bei genauerem Hinsehen erkannten wir einzelne Glieder und ganze Körper im Wasser treiben. Es waren wohl jene der als rein betrachteten Priester, Schwangeren und Kinder, die sich im Laufe der Zeit aufgebläht hatten und deshalb an die Wasseroberfläche getrieben wurden.

Varanasi ist die Stadt Shivas, weshalb jedes Jahr Menschenmassen zum Fest Mahasivaratri, der großen Nacht Shivas, herbeiströmen. Shiva ist der Gott der Dreifaltigkeit. Der Schöpfung, der Erhaltung und der Zerstörung. In Varanasi tritt er in seiner schöpferischen Darstellung auf, die in den Tempeln in Form eines Lingams zu erkennen ist. Lord Shiva fing den Ganges beim Herabstürzen auf die Erde in sieben seiner Dreadlocks auf und teilte ihn in ebenso viele heilige Flüsse. Nur er konnte diese Wassermengen auffangen und bewahrte uns Menschen dadurch vor dem Zerschmettern der Erde. Zuvor floss der Ganges in Gestalt der Göttin Ganga in der Milchstraße. Da diese Stadt Shivas die Stadt der Schöpfung und zugleich der Erlösung ist, hat der Totengott Yama nur wenig Macht, um die Seelen entweder in die Hölle oder zur Wiedergeburt zu schicken. Genau deshalb warten in Varanasi so viele auf ihren Tod. Selbstverständlich dient der Fluss mit seinen zahlreichen Nebenarmen auch schon seit ewigen Zeiten als lebensnotwendiger Wasserspender für Felder, Tiere und Menschen. Denn er ernährt das ganze Land. Obwohl er eines der schmutzigsten Gewässer unseres Planeten ist, dient er einigen Städten auch als Trinkwasserlieferant. Doch warum ist Shiva oft blau gefärbt dargestellt? Ach ja, weil er das Gift der Welt trank, um sie zu retten. Dieses blieb ihm aber im Hals stecken, weshalb man ihn auch Nilakantha, das heißt Blauhals, nennt. Apropos Gift: Plötzlich fühlte ich mich sehr seltsam und alles begann sich um mich herum zu drehen ...

... An diesem letzten Abend in der kleinen Stadt Puskhar im Bundesstaat Rajastan wollte ich nun meine Erlebnisse der letzten Tage niederschreiben. In der heiligen Stadt Varanasi hatte sich eine feuerrote Sonne zu Gesängen, die aus Lautsprechern hallten, am Horizont verabschiedet. Dabei ließen hoch über den Dächern Erwachsene und Kinder Tausende im Wind wehende Drachen steigen. Mir stellte sich alles auf den Kopf, als die singenden Gläubigen und das Hupkonzert der vielen Autos immer tiefer in meine Gehörgänge vordrangen. Alles kreiste vor mir in Form einer Acht, während Affen versuchten, mir meine Tasche zu stehlen. Bilder verzogen sich immer stärker in alle Richtungen. Von überall her kommend, prallten Geräusche wie ein aus 5.027 Metern herabfallender 25 Kilo schwerer Amboss auf und in meinen Kopf. Weshalb war ich auf der Straße gewesen? Ich fragte Ronny, wo wir hingingen, nachdem ich mich mit diversen Kühen unterhalten hatte. Die Mauern der Stadt wehten wie Fahnen im Wind, während sich alles recht shanti – friedlich – anfühlte. Gedanklich noch im Gespräch mit den Kühen verhaftet, fand ich mich einen Atemzug später mit Sadhus, den Bettelmönchen bei einem berauschenden Gesang in einer Tempelanlage wieder. Trommeln und Schellen schallten aufeinander, als eine mit berauschenden Charas, also Hanf gefüllte Pfeife weitergereicht wurde. In diesem Augenblick wusste ich bereits, wie mir geschah. Stellt man sich eine Explosion unseres Sonnensystems vor, könnte man noch immer nicht fassen, wie weit mich der zuvor getrunkene Drogencocktail bestehend aus dem aus Hanf gezüchteten Bhang aus unserer Galaxie hinauskatapultiert hatte. Die Hanfpflanze gilt als Lieblingsblume Shivas. Wohl nicht nur Shiva verehrte sie. Wie den Österreichern ihr Bier, so ist den Indern ihr Bhang heilig. Die Hindus sehen den entscheidenden Teil des Lebens, des Sein, nicht, wie einige im Westen glauben, im Denkbaren. Nein, durch dieses göttliche Kraut erhoffen sie sich einen Zugang zu höheren Sphären. Während wir im Gebetskreis diese Pfeife, genannt Chillum rauchten, erzählte mir ein Brahmane, dass solche wie er sich eigentlich nicht berauschen dürften, doch helfe es ihnen dabei, tiefere Meditationen zu erlangen. Der Shivaismus, also die Verehrung Shivas, sieht die Erlösung in der Gewinnung eines gottähnlichen Zustandes. Obwohl ein Gesetz den Besitz und den Konsum von Drogen auf dem Subkontinent untersagt, existiert beides in der alltäglichen Lebensweise der InderInnen.

Wie aus heiterem Himmel war es mir in meinem Dauerrausch gelungen, mich inmitten eines Menschenzuges am Taj Mahal vorbeizubewegen und meinen Freund Ronny in die Französin Manon einzutauschen. Manon war eine 19-jährige Sprayerin, die sich ebenfalls das erste Mal in ihrem Leben auf Reisen begeben hatte. Da sie sehr oft von den jungen Männern bedrängt wurde, gab sie sich als meine Ehefrau aus, was ihr deutlich weniger Verehrung verschaffte. Doch weshalb haften so viele männliche Inder an den weißen Frauen wie Fliegen an einem Klebeband? Mit Manon lernte ich Aloo Baba kennen. Der Charas rauchende und nur Erdäpfel, die man hier Aloo nennt, essende Greis klärte uns über das Schönheitsideal „Weiß" auf: Je ärmer jemand ist, desto mehr muss sie oder er unter der Sonne arbeiten, zum Beispiel als Bäuerin oder Bauer. Die Reichen sitzen vor der Sonne gut geschützt in ihren Bürosesseln und bleiben dabei blass – und somit „schön". Außerdem musste sich Indien rund 300 Jahre lang unter das Joch der hellhäutigen englischen KolonialherrInnen stellen. Um 1915 beherrschte Europa mit seinen Kolonialmächten etwa 85 Prozent der gesamten Erde. Wie fast überall zu jener Zeit wurden auch die InderInnen von ihren europäischen HerrInnen erniedrigt und gedemütigt. Tagaus, tagein wurde ihnen vorgehalten, dass sie sich ihrer eigenen Rasse und Kultur zu schämen hätten. Nur wer bereit gewesen war, die Sitten und Werte der EuropäerInnen zu übernehmen, konnte auf einen sozialen Aufstieg hoffen. Mit dem europäischen Fortschrittskonzept, das als das einzig richtige galt, wurden die Völker auf ewig gebrandmarkt.

Mit dieser Niederschrift enden meine letzten Stunden in der von Affen und TouristInnen belagerten, rikschafreien Stadt Pushkar.

... Ganz ohne Feuerwerk hieß es für die westlichen TouristInnen in der goldbraunen Festung Jaisalmer, am Rande der Tar-Wüste gelegen, ein fröhliches neues Jahr. Bei einem nächtlichen Spaziergang wurden Manon und ich von einer ums Feuer tanzenden indischen Familie zum gemeinsamen Abend essen eingeladen. Ohne langen Aufenthalt ging es, mit etwas landschaftlich vergleichender Fantasieanregung, in das Gmunden Indiens, nach Udaipur. Am letzten gemeinsamen Abend mit Manon wurden wir dort von einem begnadeten Maler zu sich nach Hause eingeladen. Er beherrschte beinahe jede Technik. Von winzigsten Pinselstrichbildern bis hin zu Riesentempelgemälden hatte er schon alles zu Papier gebracht. Auf dem Boden sitzend, erzählte er uns viel Neues über sein Land. So zum Beispiel, dass jede Kleidungsfarbe, jeder Armreif, diverse Turbane, Ohrringe, Tiere oder verschiedenste Früchte in jeder Kaste ihre eigene Bedeutung haben. Indien, so sagte er, weist in den letzten Jahren einen wirtschaftlichen Boom auf, der nun wieder abflacht. Doch die konservativ-traditionelle Kultur ließe sich oft mit der wachsenden Gier und dem Streben, wie im Westen leben zu wollen, nicht vereinen. Immer wieder käme es in Delhi und vielen anderen Teilen des Subkontinents zu gewaltsamen Auseinandersetzungen zwischen der Polizei und Tausenden Demonstrierenden. Diese Proteste richten sich zum Teil gegen das jahrzehntelange Machtmonopol der Gandhis, die sich aufgrund der Wahlergebnisse zurückziehen mussten. Den Westen erreichen vor allem Berichte über die Massenvergewaltigungen junger Frauen, Mädchen oder gar Babys. Derzeit erfolgt in Indien etwa alle zwanzig Minuten eine Anzeige wegen sexueller Belästigung. In den wenigen Monaten meines Asienaufenthaltes wurde bis zu diesem Zeitpunkt hauptsächlich über die Vergewaltigungen einer 20-Jährigen in Kolkata berichtet, einer Elfjährigen, die nach der missglückten Tat von ihrem Peiniger mit Kerosin übergossen und danach angezündet worden war, einer US-Amerikanierin, die im Touristenort Manali Tätern zum Opfer gefallen war, und einer Schweizerin, die sich gerade gemeinsam mit ihrem Ehemann mit Fahrrädern auf den Weg nach Agra befand, als sie vergewaltigt wurde. Die zwei nach einer Vergewaltigung von ihren Peinigern erhängten Mädchen reihen sich ebenfalls unscheinbar in eine nicht enden wollende Liste von Verbrechen ein. So lange sich das Bild der Frau im Lande nicht ändert, werden weiterhin Schwangere ihre weiblichen Embryos abtreiben oder nach der Geburt verstecken. Das hat zur Folge, dass die vielen alleinstehenden Männer noch mehr Übergriffe gegen die wenigen Frauen begehen werden. Da die Polizei kaum gegen solche Verbrechen vorgeht, begannen sich einige wenige indische Frauen neben internationalen Menschenrechtsorganisationen, die sich dieser Sache annehmen, zum Beispiel im Bundesstaat Uttar Pradesh, den Roten Brigaden anzuschließen, um dort ein Selbstverteidigungstraining zu absolvieren.

Von Manon getrennt, führte mich meine Ziellosigkeit auf einen Berg, auf dem sich etwa 900 jainistische Tempel befinden. Der über viele Ecken vom Hinduismus abgeleitete Jainismus unterteilt sich in zwei Hauptrichtungen. Die der Weißgekleideten und jene der Luftgekleideten, also der Nackten. Auch in dieser Glaubensgemeinschaft kann man durch Enthaltsamkeit und Meditation ins Nirwana eintreten. Die höchsten Götter sind Sterbliche, welche im gegenwärtigen Leben als Heilige Prediger auftreten. Sie erlegen sich den unbedingten Schutz allen Lebens auf, weshalb manche einen Mundschutz tragen und sich gegenseitig ihre Körperhaare zupfen, um mögliche Tierchen beim Kämmen vor dem Tod zu bewahren. Andere entrichten ihre Morgentoilette nur unter der heißen Sonne, um eine Bakterienbildung zu verhindern. Trinkwasser wird ebenfalls rituell aufgekocht, damit die sich darin befindlichen Bakterien anstatt eines mehrmaligen nur eines einzigen Todes sterben. Es gibt noch viele weitere Beispiele dafür, wie Angehörige dieser Religion versuchen, in dieser Welt so wenig Schaden anzurichten, wie es den einzelnen Gläubigen nur möglich ist.

Während meiner Weiterreise begegnete ich dem Polen Marek, der an einer Dokumentation über die SklavenarbeiterInnen in einer Zuckerrohrfabrik für Biotreibstoff in Surat arbeitete. Mit eigenen Augen hatte er gesehen, wie die mehrheitlich indigenen Völker der Adivasi in kleinen Shaks, das sind aus Ästen gebaute Hütten, lebten und teils nur mit Würmern befallenes Essen bekamen. Sein nächstes Ziel war das im Bundesstaat Gujarat gelegene Alang, das zu den größten Schiffsfriedhöfen der Welt zählt. Aufgrund der lebensbedrohlichen Arbeitsbedingungen der rund zwanzigtausend Mitarbeiter und des immensen Giftmülls aus radioaktiven Stoffen und Asbest, der im Ozean treibt, setzte Greenpeace die Hafenanlage mit ihren Hunderten aus der gesamten Welt stammenden Stahlmonstern schon des Öfteren unter Druck. Trotz vieler Proteste wurde hier der 1989 vor der Küste Alaskas gesunkene Öltanker „Exxon Valdez" in seine Einzelteile zerlegt. Bis zum Untergang der BP-Plattform „Deepwater Horizon" galt dieses Schiff mit seinen 40.000 Tonnen ausgelaufenem Rohöl als verheerendste Ölkatastrophe, die sich bis dahin vor der Küste der USA abgespielt hatte.

Um an diesen Ort zu gelangen, reisten wir zu einem benachbarten Fischerdorf, von wo aus uns zwei Bootsbesitzer gegen etwas Kleingeld auf das Areal des Schiffsfriedhofes bringen sollten. Ausgestattet für eine mögliche Übernachtung im Freien, stapften wir auf einem matschigen Untergrund, der uns in vierzig Minuten keine zehn Meter voranbrachte, in Richtung Dunkelheit. Als sich uns die steigende Flut drastisch näherte, erschienen von Ferne blendende Scheinwerferstrahlen und eine Stimme forderte uns durch ein Megafon auf, uns nicht zu bewegen, was in unserer feststeckenden Lage keine allzu große Herausforderung war. Ein schnurrbärtiger, dickbäuchiger Polizist, der sich auf einem herannahenden Boot befand, fühlte sich offensichtlich von einer Blitzflucht unsererseits bedroht und wollte uns aus einer Distanz von etwa achtzig Metern und inklusive 27 Fehlversuchen mit einem Lasso einfangen. Nachdem die Polizei endlich ihre uns ununterbrochen nassspritzenden Schiffsschrauben abgestellt hatte, konnten wir uns freiwillig stellen. Durch den Schlamm verdreckt, vom Bootsantrieb durchnässt und von den gesamten DorfbewohnerInnen um uns herum bedrängt, fanden wir uns, nur in Unterhosen gekleidet, in der Mitte eines verstaubten Platzes in einem Verhör wieder. Nach neun Runden Chai, einem Abendessen und einem Fotoshooting mit den uns angrinsenden Polizisten, die sich mehrfach für die Unannehmlichkeiten entschuldigt hatten, erklärten sie uns, dass wir uns verirrt hätten. Denn wo wir waren, gäbe es keinen Badestrand. Nach synchronem Kopfgewackel und zustimmendem „Atscha" der Inder mussten wir unsere Visa- und Passnummer, Name, Heimatadresse, Herkunftsland – nein, das war in meinem Fall noch immer nicht Australia –, Religion, Beruf des Vaters, ob wir Vegetarier seien oder nicht, den Grund unseres Aufenthaltes in Indien und die Antwort auf die Frage, ob wir ihr Land auch liebten, auf ein Stück Papier niederschreiben. Nachdem später auch noch der hiesige Polizeichef eingetrudelt war, er uns noch mehr von dem süßen Gebräu einschenkte und uns die exakt selben Antworten ein weiteres Mal auf Papier schreibe ließ, forderten wir unsere neuen besten Freunde dazu auf, uns samt unserer inzwischen getrockneten Kleidung zurück zum Gästehaus zu bringen. Für eine passende Aufklärung der Sachlage mussten wir uns aber bis zum nächsten Morgen gedulden. Somit wurden wir Stunden später zum Polizeihauptposten nach Bhavnagar gefahren, wo wir uns, bevor wir vom dortigen Chef eine Antwort auf die Frage über den Grund dieses Aufruhrs bekamen, Reportern und ihren Fragen wie „Was Land du kommen von?" und „Mögen du Bollywoodfilme?" stellen mussten. Nachdem im November 2008 pakistanische Terroristen in Mumbai 166 Menschen getötet hatten, muss die Polizei in ständiger Bereitschaft sein. Da die HafenbewohnerInnen vor einem weiteren Terrorangriff Angst hatten, riefen sie die Polizei, die uns kontrollieren musste. Seit dem Terroranschlag waren die Spannungen zwischen den beiden Atommächten Indien und Pakistan ein weiteres Mal entflammt, was unter der damals nationalistischen Regierung ein neues Ausmaß angenommen hatte.

Geleitet von recht uneindeutigen Suchempfehlungen bezüglich einer Heilung meiner AGHS, ging es ohne Marek in der dritten Klasse eines überfüllten Zuges gen Süden. Dort wurden die Ärmsten der Armen weggestoßen, um für mich Platz in dem nach Urin und Schweiß stinkenden Waggon zu machen. Dieses überfüllte Abteil hatte mit dem farbenfrohen Indien, das ich aus Filmen kannte, absolut nichts gemein. Doch fühlte es sich für mich richtig an, in dieses Milieu einzutauchen und meiner Festung der Naivität ein weiteres Mal zu entfliehen.

Früh morgens weckten mich in der Hauptstadt Madhya Pradeshs melodische Muezzingesänge, die die Gläubigen zum gemeinsamen Gebet in die Moscheen einluden. 1989 kam es hier in der Millionenmetropole Bhopal zu einem katastrophalen Chemiewerksunfall. Die US-Firma Union Carbide Corporation sparte aus Kostengründen bei den ohnehin schon niedrigen Sicherheitsvorkehrungen massiv ein, was Tausenden von Menschen das Leben kostete. Mehrere Tonnen giftiger Stoffe gelangten innerhalb von nur weniger als zwei Stunden in die Atmosphäre. Es ist die bisher schlimmste Chemiekatastrophe in der Geschichte des industrialisierten Menschen. Nach langwierigen Gerichtsverhandlungen musste die Firma nur eine symbolische Geldstrafe an die Regierung bezahlen. Die Geschädigten blieben weitgehend ohne Unterstützung. Weiteres weigerte sich der Konzern, das

Gelände zu reinigen, weshalb die Giftstoffe immer noch ungebremst in Grundwasser und Atmosphäre entweichen. Am zwanzigsten Jahrestag des Bhopal-Unglücks trat jedoch ein Aktivist der durch ihre vielen Aktionen bekannten Yes-Man-Gruppe, verkleidet als Sprecher von Dow Chemical, in einer Sendung des Fernsehsenders BBC auf. Dow Chemical ist der neue Eigentümer von Union Carbide. Der gefälschte Konzernsprecher berichtete der BBC in einem Live-Statement, dass sich der Konzern erstmals zu seiner Verantwortung für die Katastrophe in Bhopal bekannt hatte und den Hinterbliebenen zwölf Milliarden US-Dollar Entschädigung zahlen würde. Nachdem die Aussage als Lüge dementiert wurde, war der Wert von Dow Chemical an der Börse bereits um etwa zwei Milliarden US-Dollar gesunken. Diese öffentliche Blamage und die finanzielle Einbuße blieben jedoch nur ein kleiner Trost für die bis zu fünfundzwanzigtausend Toten und die rund fünfhunderttausend Verletzten, die heute noch an den Spätfolgen leiden ...

... Auf dem Rücksitz des Motorrads meiner neuen, dänischen Reisebegleitung Jakob fuhr ich ins am Fluss gelegene PilgerInnendorf Omkareshwar. Wie schon des Öfteren vertraute ich auf meinem Weg mehr meinem Reiseführer als den InderInnen selbst, weshalb ich bisher nur sehr selten an Informationen über die Anthro-Gravitation und Hochdruck-Schwerhaftigkeit gelangt war. Zu weiteren Schritten, mich den einheimischen Menschen doch etwas weiter zu öffnen, verhalf mir am ersten Morgen unseres Aufenthaltes ein Sadhu, der uns bei einem Glas Bananen-Lassi über solche, wie er einer war, aufklärte. Sadhus genießen unter den Hindus einen hohen Status, da sie sich dem Glauben verpflichten. Diese umherziehenden heiligen Bettelmönche leben in völliger Enthaltsamkeit und bringen ihre Körper an äußerste Grenzen, um dem Göttlichen näherzukommen und die Erleuchtung zu erlangen. Manche von ihnen meditieren, betreiben Yoga oder unterziehen sich Selbstfolterungen wie Hungern und Frieren. Andere legen sich auf Nagelbretter oder hängen sich gar schwere Steine an ihre Hoden, um die Lust zu unterdrücken. Die meisten Shadus folgen Shiva, was ein Kenner an ihren vielen Gesichts- und Körperbemalungen in Form der Symbole dieser Gottheit erkennen kann, so zum Beispiel mit Asche bemalte Gesichter und ein Dreizack in der Hand. Dabei rauchen sie die für sie legale Chillum. Der Safran, die in diversen Farben erhältliche Bekleidung der Sadhus, gilt ebenfalls als heilig. Das Gelb ist die Farbe der Erde und bedeutet Demut, Orange ist die Hautfarbe der Götter und Rot steht für das Feuer, die Erleuchtung. Nach den aufklärerischen Worten des Yogis und einer Nacht mit Magenschmerzen reiste ich weiter nach Ellora, wo aus einem einzigen Fels geschlagene Steintempel aus dem sechsten bis achten Jahrhundert eindeutig meine im späten zwanzigsten Jahrhundert errichteten Sandburgen übertrafen. Ich nahm mir vor, mehrere Tage hierzubleiben, um zum einen meinen Magenkompressor wieder konsumtauglich zu machen und zum anderen, um weitere Liedtexte niederzuschreiben. Eines meiner Themen war das Unglück in Bhopal, ein weiteres drehte sich um Geld. Letzteres nahm in meinem Leben bisher so viel Platz ein, ohne dass ich jedoch jemals darüber nachgedacht hatte. Ob in Österreich oder hier in Indien – mein gesamter Alltag drehte sich um dieses Thema. Denn selbst ich stritt mich hier mit manchen VerkäuferInnen um unbedeutend wenige Münzen. Weshalb hatte also das Geld so viel Macht über mich? Die hier niedergeschriebenen Einträge gaben mir eine bisher unbewusste Spiegelung meiner Gedanken wieder. Ein Bewusstmachen des Täglichen, das in mir einen steigenden Drang des Hinterfragens auslöste. In diesem Zusammenhang rieten mir Einheimische, im Süden nach möglichen Antworten zu suchen.

Der rastlose indische Alltag führte mich vorbei an mich Anstarrende und Fotografierende. Dabei zerrten auszehrende Magenprobleme, die mich pausenlos an meinen Sonnenbrand erinnernde Hitze und ein völlig undurchsichtiges dauerhupendes Bussystem, welches mich in falsche Richtungen führte, sehr an meiner Gelassenheit. Ich brauchte wieder etwas Zeit für mich abseits der TouristInnenhotels und fasste deshalb den Entschluss, in den folgenden Tagen im Freien zu übernachten. Ich wurde jedoch, wie es hieß, zu meinem eigenen Schutz von Parkbänken und Stränden vertrieben. Dabei wirkte es für die aufdringlichen InderInnen völlig befremdlich, mir gegenüber einen gewissen Abstand einzuhalten. Das ständige Händchenhalten, mir an die Schenkel Tatschen, mich Anstarren und mir ihren Willen dahingehend aufzudrängen, doch ein Foto mit mir zu bekommen, brachte mich an meine Grenzen und ließ mich für einen kurzen Augenblick so erschweren, dass eine der Bänke unter mir zerbrach. Ich entschloss mich dazu, das in der Hitze kochende Mumbai auszulassen und um neue Kräfte zu sammeln, am Strand von Malvan entlang in Richtung Süden zu wandern. Trotz nächtlicher Warnungen, dass zwei Zentimeter große Babykrebse mich in mein Ohr zwicken könnten, so denn Gott einmal kurz nicht aufpasse, fand ich etwas Schlaf und Ruhe. Nach nachgeahmter Morgentoilette am Meer führte mein Weg vorbei an zahlreichen Fischerbooten und nur mager gefüllten Fischernetzen, an kleinen, bunten Dörfern zwischen kleinen Müllhaufen und dürren, sich in der Sonne badenden Kühen. Kurze Abstecher ins Landesinnere brachten mich teils zu Fuß, teils zu viert eingequetscht auf Motorradsitzen an Mangofeldern vorbei und zurück auf meine Kokosnüssen überhäufte Palmen-Route. Dort lud mich ein Mann zu sich in sein zweiräumiges Fischerhaus ein. Das schönste Zimmer war – wie so oft – der Tempelraum, in dem ein kleiner Altar zur Verehrung der Hindu-Gottheiten stand. Draußen flickte der Großvater das alte Fangnetz, während in der Küche die Ehefrau meines Gastgebers für uns kochte. Sie sprach Englisch, ihr Mann nicht. Doch die Tradition erlaubte es der Frau nicht, mit uns Männern im selben Raum zu essen, weshalb sie vom Nebenraum aus das Gespräch mit ihrem Mann übersetzte. Ein anderer junger Fischer, der mich zu sich eingeladen hatte, nahm mich in seinem kleinen bunten Holzboot mit hinaus aufs Meer. Auch er konnte, wie viele andere, nicht schwimmen. In den letzten Jahren füllten sich die Netze mit immer weniger Fischen. Seitdem der indische Staat das Fischen in diesen Gebieten mit Unterstützung von Entwicklungshilfen kommerzialisiert hatte, leerten fast nur mehr große Schiffe die Gewässer für den nationalen und internationalen Markt, in deren Netzen neben Fischen auch Wale und Delfine als Abfallprodukte verendeten. Ähnlich wie in Europa konnten auch hier aufgrund der Spottpreise der Großhändler die direkt Betroffenen nicht mithalten und standen mit ihrem seit Jahrhunderten von einer Generation zur nächsten weitergegebenen Handwerk vor dem existenziellen Ruin. Mit der grünen indischen Revolution, die darauf abgezielt hatte, möglichst große Flächen unter dem Einsatz von Pestiziden zu bewirtschaften, mussten auch die Fische aufgrund der Vergiftungen, die aus den bewässerten Reisfeldern stammten, entfernt werden. Und der kommerzielle Garnelenfang im Bundesstaat Orissa war ebenfalls für große Schäden an der Umwelt verantwortlich. Trinkwasser wurde verschmutzt, Mangrovenwälder beschädigt und die Fischbestände vernichtet. Solche Zuchtbetriebe gefährden selbst die Fischer in Bangladesch. Die wenigen, die den Mut haben, dagegen zu protestieren, mussten dafür schon des Öfteren mit ihrem Leben bezahlen.

Nachdem ich in dieser ausgebeuteten, aber doch gastfreundlichen Gegend neue Kräfte sammeln konnte, sehnte ich mich nach etwas Austausch von Reiseerfahrungen mit anderen TouristInnen, weshalb ich mich auf machte in das berühmte Goa. Doch die Hoffnung auf Gleichgesinnte wurde von der vorgefundenen Realität überschattet ...

4

... In diesem Althippieparadies, das ganz offensichtlich auf einem anderen Planeten als dem unseren existieren muss, machte ich Bekanntschaft mit den prähistorischen Ureinwohnern, den Goarniern. In das von Portugal kolonialisierte Goa strömten in den 1960ern und 1970ern Hippies, und zwar teilweise über den Iran, Afghanistan und Pakistan, als eine Art Gegenbewegung zum europäischen Kalten Krieg und dem amerikanischen Krieg in Vietnam. Hier wollten sie an Ort und Stelle in Frieden miteinander leben. Heute wird der kleinste indische Bundesstaat von mehreren Nationen gleichzeitig besetzt. Die Althippies sind ein vom Aussterben bedrohtes Volk, das ich nur mehr selten im hinteren Bereich der goanischen Strände zwischen diversen Fischerbooten auffand. Meist erkannte ich sie am typischen Gitarrenklang, der in Endlosschleife althergebrachte Weisen von „The Mamas and the Papas" oder „Simon and Garfunkel" wiedergab. Ein solcher Urhippie ist ein vom Kapitalismus befreites, mit sich und seiner Welt im Einklang lebendes Wesen, das gerne zu berauschenden Kräutern lädt und dabei über den Sinn des Lebens philosophiert. Okay, das alles kannte ich schon aus Kinderbüchern. Heute liegen hinter den einst idyllischen Stränden und Bars Berge von Plastikflaschen, die von den DorfbewohnerInnen als Brennstoff genutzt werden, während sie selbst mit Eimern ihr schmutziges Trinkwasser aus dem lehmigen Boden hochziehen müssen. Der vom Konsum geleitete Neuhippie, der sogenannte Hipster, Bobo oder – wie es eben hier der Fall war – Goanier, ist eine wilde Bestie. Er tritt möglichst auffällig auf die sandige Bühne der Welt, wo er sich mit seinen Jonglierbällen, Devilsticks, Hula-Hoop-Reifen und anderem in der Spielabteilung der Discounter Erhältlichen bewaffnet, um sich selbst als den hippieigsten Hippie der Welt und aller Zeiten zu feiern. Durch die Musik, die er über seine überdimensionalen Kopfhörer aufnimmt, kann der Goanier sich seinem sozialen Umfeld und der einheimischen Kultur entziehen und sich freudig bei individuell gestalteten Tänzen, Kampftechniken oder Yogaübungen entfalten. So manches Weibchen tritt in seiner emanzipatorischen Verantwortung als Repräsentantin des Westens meist oben ohne der traditionellen Lebensweisen der in Saris gehüllten indischen Armbandverkäuferinnen entgegen. Die Männchen wiederum bereiten sich mit Freudenpillchen, die es beinahe zu jedem überteuerten Kleidungskauf als Extra dazu gibt, auf den bevorstehenden Abend und einer sehnsüchtig erwarteten Paarung mit einer beliebigen Goanierin vor. Dieser Tourismus lockt neben den Obdachlosen auch viele Dealer aus aller Welt herbei. Nach mehrmaliger Anfrage, die jedes Mal mit „Hallo Fleund, walum haben Touristen nicht Zeit für

Inder. Wollen gerne splechen mit dich" begann, spielte ich bei solch einem Geschäft mit. Vier Inder luden mich und eine Kanadierin, die mit einem der Typen eine Urlaubsromanze begonnen hatte, in ihrem schönen Haus zum Essen ein. Am ersten Abend klärten mich die Jungs erstmals darüber auf, dass sie jede Frau aus dem Westen verführen könnten, da diese nie schwer zu haben seien. Ich wich dem abwertenden Frauenbild und dem Geschäftlichen noch etwas aus und erhielt dadurch eine Übernachtung. Am Morgen danach ließ ich mir von einem der Burschen die Hauptstadt Goas, Panji, mit ihren portugiesischen Kirchen zeigen. Nachdem ich mich zwei Tage und unzählige Currys lang vor einem ernsthaften Gespräch gedrückt hatte, wurde ich in ein kleines Büro gebracht, wo mit mir Klartext gesprochen wurde. Ich sollte echten Silber- und Goldschmuck im Wert von mehreren hundert Euro kaufen, den ich anschließend in Europa um den zwanzigfachen Preis weiterverjubeln könne. Gut bedacht machte ich ihnen klar, dass ich mich im Moment gerade etwas von der mich ständig umgebenden Geldgier lösen wolle und deshalb kein Interesse daran hätte, ihnen zu helfen. Dennoch bedankte ich mich mit sanfter Stimme recht herzlichst für die aufopfernde Gastfreundschaft und begann, nachdem sich das Büro um mich mit knurrenden Indern füllte, planlos, aber geführt von schnellen Schritten, um mein Leben zu laufen. Solche Banden lauern ähnlich ahnungslosen TouristInnen auch in Delhi auf, wo sie Touren verkaufen, auf die Abholung beim vereinbarten Treffpunkt wartet man jedoch vergebens. Denn ihre provisorisch errichteten Reisebüros waren bis dahin längst wieder geräumt.

Bei meiner Abreise musste ich am Bahnhof von Panji schlafen, da der Bankautomat nicht funktionierte und ich außer Sand nichts mehr in meinen Hosentaschen hatte. Ein Wächter, der am Busbahnhof arbeitete, befahl mir, ich müsse aufgrund der nächtlichen Gefahren neben ihm schlafen. Fünf Minuten später fand ich mich an einem anderen Platz wieder, da das Schnarchen des vermeintlich wachen Aufpassers mich nicht schlafen ließ. Ein weiterer Inder brachte mir daraufhin Essen und wollte mich nicht unter den Moskitos liegen lassen, weshalb ich mich nach tausendfachem Bitten seinerseits auf sein Motorrad setzte, um mich in ein Hotel einladen zu lassen. Wir fuhren etwa hundert Meter, bis mich irgendetwas von der Seite rammte und mich vom Motorrad runterwarf. „Ja. Sapperlot, Kreuzsakrament! Herrschaftsteufel noch mal", waren dabei meine fluchenden Worte. Mich hatte eine sich uns im Sturzflug nähernde weiße Eule aus den Sandalen gekickt und vom Motorrad zu Boden gestoßen. Das blöde ... das arme Vieh lag wie ich zappelnd und geschockt auf der Straße. Nachdem der Motorradfahrer den Vogel hochgenommen und ihn im Gepäckträger eingeklemmt hatte, meinte er „Eule gut, Geld gut" und ließ mich mit meinem einzigen Andenken, einem schmerzenden Kopfabdruck des Vogels auf meiner Schulter, liegen. Eine halbe Sekunde, nachdem die Federn im Fahrtwind zu Boden geglitten waren, blieb ein weiterer Kerl aus der Mopedgang stehen und fragte mich in seinem ihm eigenen Akzent, ob ich haben Plomlem und ob ich wollen schlaflen sein Haus. Sollte ich tatsächlich eine zweite Kamikazeeule riskieren? Seine Frau und die Kinder waren nicht zu Hause, wir könnten deshalb ungestört essen, Bier trinken und etwas miteinander Spaß haben. Welche Art von Spaß er meinte, war mir klar. Der Kerl versuchte mir deutlich zu machen, dass er schon seit Langem einmal eine weiße Frau vernaschen wolle. Oh je. Nach einer klaren Ansage dahingehend, dass in anderen Breiten prinzipiell auch Männer Nasenringe tragen können und auch WestlerInnen mit Respekt zu behandeln seien, fiel ihm sein schmieriges Grinsen mitsamt seines hochgestylten Schnurrbarts in die unterste Schublade. Ich: „Du haben Problem?" Er: „Haben Ploblem!" Woraufhin er mich in einer Abgaswolke alleine zurückließ. Erneut suchte ich mir auf der dreckigen Bushaltestelle, direkt neben dem schlafenden Wachdienst, eine Schlafecke. Für einen kurzen Augenblick fand ich tatsächlich etwas Ruhe, doch dann drückte etwas an meinen Füßen. Mein erschrockenes „Bist deppert, du Wappler?" ließ einen kleinen Kerl blöd grinsend mit dem Kopf wackeln, der damit begonnen hatte, mich zu massieren. In seinem gebrochenen Englisch erklärte er mir, dass er mich aus Mitleid in den Schlaf wiegen möchte, bevor ich wie alle anderen nach Hampi fahren würde. Eine gratis Massage und dieses mir unbekannte Dorf Hampi – beides klang für den Moment in meinen Ohren recht interessant ...

... In den letzten Tagen hatte sich mein Magen wohl zu hundert Prozent auf indisches Essen eingestellt. Idlis – gedämpfte Reisknödel mit Kokossauce, Bhelpuri –Puffreis mit gehacktem Gemüse und süßsaurer Sauce, Dhabeli, Uttapam, Mangocreme, Ananaspüree, Dahi Vada, Paneer Masala, Byriani Sheera, Paratha, Chapati, Banana Buns, Gobi Manchurian und noch vieles mehr an köstlich Vegetarischem, was die Straßenstände zu bieten hatten. Das Gebiet um das kleine Hampi zeigt sich in einer sagenhaft schönen Naturlandschaft, die bis zum Horizont aus goldbraunen Steinhaufen besteht. Zwischen diesen Gesteinsformationen und Palmenhainen schlängelt sich ein kleiner Fluss hindurch, der einigen zum Waschen dient. Hier treffen GoanierInnen auf kulturinteressierte Langzeitreisende und indische TouristInnen. Nach so manchen Gesprächen schlief ich die darauffolgenden Nächte alleine in einer der vielen, mich an das alte Athen erinnernden Tempelruinen hoch oben auf einem Berg. Dabei wurde mir in dieser wundervollen Landschaft ein bombastischer Sonnenuntergang geboten, der mir ein kurzzeitiges Gefühl von unendlicher Stärke verschaffte. Diesen unverhofften Halt wollte ich mir für meine Suche und die weiteren Stationen meiner Reise behalten.

Nach meiner Abreise aus Hampi sprach ich im Bus eine junge Touristin an, die mir sagte, dass sie aus Austria kam. Als ich ihr zur Antwort gab, dass mein Herkunftsland oft mit ihrem Land, also Australien, verwechselt wurde, schlug ich mir selbst heftigst auf die Stirn. Sabrina, eine 27-jährige hübsche Frau aus Wien, war auf dem Weg nach Gokarna gewesen. Womöglich brachte es mich etwas von meiner Suche ab, jedoch taten mir eine Pause vom Herumirren und die Gespräche mit einer Landsfrau ganz gut. Meine neue Reisebegleitung war erst seit zwei Wochen in Indien, somit konnte ich ihr mit meinen bereits bestrittenen drei Monaten nützliche Verhaltensregeln und den ein oder anderen guten Reisetipp geben. Sie erzählte mir, was sich teilweise seit bereits mehreren Jahren im Westen so abspielte, mir aber durch die Flut an Medien wieder in Vergessenheit geraten ist. Irgendeine Regierung wurde laut ihren Aussagen sowohl in Tunesien als auch in Libyen gestürzt, was Auswirkungen auf weite Teile der arabischen Welt hatte. Die dadurch entstandenen Flüchtlingsströme versuchte man mit Zäunen, ähnlich wie in vergangenen Tagen aus Europa, fern zu halten. In Japan hatte ein Tsunami ein Atomkraftwerk zerstört, wodurch Gewässer, Luft und Böden verschmutzt wurden, Griechenland hatte aufgrund korrupter Banken, Steuerhinterziehern und der blinden Kreditvergabe der EU finanzielle Probleme, aus denen ihm die zu Beginn vielversprechende Partei SYRIZA zu helfen versuchte, würde sie nicht durch die europäische Zentralbank, den internationale Währungsfond und die europäische Kommission daran gehindert. Europa und die USA stritten sich mit Russland um die ukrainische Krim und um Syrien, woraufhin alle drei und weitere Länder eine militärische Aufrüstung wie zu Zeiten des Kalten Krieges forderten, da offensichtlich niemand bereit war, miteinander in einen konstruktiven Dialog zu treten. Aus diesem Grund hatte man auch Russland vom konservativen und den SteuerzahlerInnen teuer zu stehen kommenden Treffen der weltkolonilalisierenden G-7-Staaten im deutschen Elmau wieder ausgeladen. Wie kleine, sich zankende Kinder wurde Präsident Putin von den anderen aus dem Sandkasten ausgeschlossen und es wurde mittels Sanktionen, die das russische Volk treffen, versucht, ihnen ihre Spielsachen wegzunehmen. Die aktuelle Weltlage wurde zusätzlich verschärft, indem rechtsradikale Parteien in ganz Europa bei diversen Wahlen eine seit den 1930er Jahren nicht mehr gekannte Machtfülle erhielten. Aber darüber hinaus war wohl alles noch immer beim Alten.

Gokarna ist ein Heiliger Platz, darum gibt es hier keine Partys. Von dort aus gelangt man hinter einem Hügel zu je drei versteckten Halbmond-Stränden. Es ist zwar touristisch inklusive der üblichen Restaurants, die deutsche Backwaren verkaufen, dennoch ist die Stimmung sehr relaxt. Abends werden Trommelveranstaltungen am Feuer mit Einheimischen geboten und tagsüber gemeinsam mit Tempelbesuchern Chillums geraucht. Die erste Nacht verbrachten wir noch am Strand unter sternenklarem Himmel. In der zweiten zeigte uns ein ehemals heroinsüchtiger Schweizer eine Lehmhütte, die seinen indischen Freundinnen, einer alleinstehenden Frau und ihrer Tochter, gehörte. Wir durften in der Hütte am Boden schlafen und bezahlten der armen Familie so viel, wie wir für angemessen hielten. Zusätzlich brachten wir jeden Abend so viel Reis aus dem Dorf mit, dass selbst unsere Gastgeberinnen ausreichend davon abbekamen. Trinkwasser gab es an einer kleinen Quelle, geduscht wurde mit dem Wasser, das wir uns mit einem Eimer aus einem tiefen Loch hochzogen. Die 16-jährige Tochter musste, nachdem ihr Vater, der Fischer, im Meer ertrunken war, die Schule abbrechen und Arbeit finden.

Neben diesen Tagebucheinträgen und den Liedern, die ich schrieb, genoss ich es, mich Sabrina mitteilen zu können. Die anfängliche Verschlossenheit, die mir in Österreich angelernt worden war, hatte ich hier abgelegt und ich sprach frei über meine Gefühle, Gedanken und bisherigen Erlebnisse. Als wir abends noch einmal im Meer schwimmen gingen, war ich von dieser nun in ein Tuch gehüllten Frau recht angetan. In den letzten Monaten war mir keine mehr so nahegekommen, wie sie es gerade tat. Ständig umgeben von einer männerdominierten Gesellschaft und herzzerreißender Armut, fühlte ich mich auch kaum zu mir selbst hingezogen. Mir blieb unklar, ob ich mich nach der Nähe von jemandem Unbestimmten sehnte oder doch nach einer konkreten Person. Jedenfalls blieb es bei Sabrina und mir bei einem Abend unter Freunden. Nach acht gemeinsamen Tagen führte sie ihre sechsmonatige Reise nun in den Norden und meine verbleibenden letzten vier Wochen ließen mich im Ungewissen. Was sollte ich tun und wohin wollte ich? Mit Ablauf meines Visums würden meine Suche und diese Geschichte in Indien enden. Sabrinas Geschichte in diesem Land ging weiter, jedoch mit einer völlig anderen Erinnerung und einem anderem Ziel, als dem meinigen ...

... Heute küsste mir, wie schon des Öfteren, ein Obdachloser meine Füße, da ich aus seiner Sicht der viel bessere, edle, reine Weiße war. Dieses Mal fasste ich all meinen Mut, ließ mich gegen seinen Willen vor ihm auf die Knie und tat es ihm gleich. Mit dieser Geste versuchte ich mir eine Zugehörigkeit zu verschaffen. Ich wollte nicht als ein Besserer betrachtet werden. Denn in Wirklichkeit hatte ich in meinem Leben noch nichts tatsächlich Wichtiges vollbracht, wodurch ich mich nun hier in Indien unverstanden und einsam fühlte. Ich vermisste Sabrina. Ich vermisste mein einstiges Zuhause, Menschen, die mich ehrlich behandelten und mich also auch kritisierten. Freunde.

In Indien ist der materielle Wert oft noch von viel größerer Bedeutung als mir das in Österreich bewusst gewesen war. So sitzen, abgebildet auf den vielen Plakaten, Hindugottheiten sehr oft in einem Goldhaufen und werden von einem Münzregen überschüttet. Warum nur steht die Macht des Geldes über den Menschen, gar über den Gottheiten selbst? Auch wenn mir Europa die Freiheiten ließ, durch einen gewissen finanziellen Wohlstand eine Konsumwahl treffen zu können, befriedigte mich diese Wahlfreiheit oft nicht. Weshalb sollte ich also als Europäer mehr wert sein als jene aus den Entwicklungsländern? Hatte nicht die Kolonialisierung ab dem Ende des 15. Jahrhunderts die gesamte kulturelle Entwicklung verändert, indem den Völkern eine europäische Fortschrittsideologie aufgezwungen worden war, sie aber selbst, die sie Sklaven waren, davon ausschloss? Zu Zeiten der Kreuzzüge im 14. Jahrhundert wurde das Abendland – und damit das mit ihm gleichgestellte Christentum – in der damals bekannten Welt als das einzig Richtige propagiert. Heute definiert sich das nach außen hin entchristlichte, aber nach innen noch stark von seinen religiöser Identität beeinflusste Europa über den Kapitalismus. Folglich zerstört der Zwang, sich nach dem westlichen Vorbild zu entwickeln, das Gleichgewicht in den sich über Jahrtausende selbstständig entwickelten Kulturen und weckte und weckt das Bedürfnis, sich mit Haut und Haaren, Kopf und Kragen dem Konsum zu verpflichten. Seit der Industrialisierung Europas im 18. Jahrhundert bestimmt die kapitalistische Marktwirtschaft bis heute ein vereinheitlichtes Weltsystem. Die Weißen brachten nicht Kultur und Zivilisation. Nein, sie brachten Kriege und beuteten damals so wie noch heute ganze Kulturen aus. Die Hälfte der Weltbevölkerung muss mit weniger als zwei Euro pro Tag auskommen. Jeden Tag sterben 100.000 Menschen an den Folgen des Hungers. Alle drei Sekunden stirbt ein Kind an Unterernährung oder an prinzipiell heilbaren Krankheiten, die entsprechenden Medikamente kann sich die Familie allerdings nicht leisten. Ist es nicht ein Irrglaube, das diese Pfadabhängigkeit des sogenannten einzig richtigen Systems nicht veränderbar ist, da es den größten Teil der Menschen ausschließt? Diese ungerechte Verteilung kritisierte im 19. Jahrhundert Karl Marx. Er strebte nach einer klassenlosen Gesellschaft, in der alle Güter gerecht verteilt sind. Dies führte 1917 in Russland unter dem bolschewistischen Anführer Lenin zur Revolution. Doch leider verwandelten korrupte Politiker die neue Sowjetunion in eine Art sozialistische Diktatur, die unter Stalin ihren Höhepunkt entgegenstrebte. Das kriegerische Ziel der Weltrevolution nach Vorbild der Sowjetunion fand im Kalten Krieg und mithilfe des Reformers Gorbatschow ihr Ende. Diese dem westlichen Marktsystem untergeordnete Politik existiert noch heute in Ländern wie China oder Nordkorea weiter und wird in unseren Breiten häufig als negativ Beispiel angeführt.

Die Lehren über die Entstehung der Arten von Charles Darwin und somit das entsprechende Gedankengut beeinflussen den globalen und globalisierten Kampf ums Dasein. Seine reine Theorie lautet folgendermaßen: Durch die Veränderung des Erbguts entstanden viele Arten. Jene, die sich am besten an die Umwelt anpassten, konnten überleben. Die anderen erlagen ihrem Schicksal – und starben aus. Diese Evolutionstheorie beeinflusst das gesamte westliche Denken und wird verschärfend auf das gesellschaftliche Leben übertragen. Es geht ums Überleben des Stärkeren. Arme und Schwache werden demgemäß für ihre erbärmliche Lage selbst in die Verantwortung genommen. Die, wie man glaubt, natürliche Ungleichheit verhindert die Entwicklung einer nachhaltigen Sozialpolitik. Und heute erleben wir nicht nur in österreichischen Städten, dass Bettelverbote verabschiedet werden, um einmal mehr die sozial Schwachen von den finanziell Reichen auszusondern. Auch Hitlers Ideologie stand für eine solche nutzenorientierte Weltanschauung, die unter anderem zum Völkermord an aller Wahrscheinlichkeit nach sechs Millionen Juden führte. In der Außenpolitik kommt es somit zu einem Konkurrenzdenken, was zu Kolonialisierung, militärischer Aufrüstung und Ausbeutung führt. Größe, Konkurrenz, Stärke, Macht und Wachstum erlangen in der globalisierten Weltwirtschaft ein bis dato noch nie dagewesenes Ausmaß. Die ersten britischen und holländischen Außenposten in Afrika und Asien waren keine Festungen, sondern Handelsstützpunkte, die auf privates Unternehmertum und nicht etwa auf staatliche Interessen zurückgingen. Mit dem Aufstieg des Kapitalismus und der wachsenden Industrie benötigte man nun auch mehr Rohstoffe. Die Europäer stahlen den Unterdrückten weite Landgebiete, rodeten Urwälder und errichteten Plantagen, die, wie es noch heutzutage der Fall ist, ausschließlich für die Produktion von Gütern und Waren verwendet wurden, die für den Export bestimmt waren. Dort werden seither Zucker, Kaffee, Kakao, Bananen, Baumwolle und Kautschuk angebaut, die damals von Sklaven abgeerntet wurden. Das immerhin hat sich zumindest der Form halber geändert. Viele einheimische Industrien, zum Beispiel die indische Textilindustrie, wurden ruiniert, um eine Nachfrage nach den Fabrikwaren der Kolonialisten zu schaffen. 1947 erkämpften sich die indischen BürgerInnen ihre lang ersehnte politische Unabhängigkeit zurück, was jedoch zu keiner wirtschaftlichen Befreiung führte. Die Hilfe der USA in den Entwicklungsländern zielte darauf ab, die neue Weltordnung für multinationale Unternehmen profitabel zu gestalten. Der europäische Kolonialismus und der US-amerikanische Imperialismus schufen eine Weltwirtschaft, in der die neuen Nationen zu bloßen Anhängseln degradiert wurden. Heute sind diese Anhängsel Lieferanten von Rohstoffen wie Öl, Gas und Agrarprodukten – und wiederum Konsumenten von Fertigprodukten wie Cola, Jeans und Waffen.

Mehr als vier Jahrzehnte lang hatten die kommunistischen Staaten und die kapitalistischen Demokratien ihre Keller mit konventionellen nicht nuklearen und nuklearen Waffen gefüllt. Zwischen 1970 und dem Ende des globalen Kalten Krieges, der mit der Kubakrise auch beinahe das Ende der gesamten Menschheit bedeutet hätte, wurden Waffen im Wert von Hunderten von Milliarden US-Dollar in den Nahen und Fernen Osten, nach Afrika, Südostasien und Lateinamerika geschickt. Durch diese Waffenlieferungen konnten sich Diktatoren an der Macht halten, die für Unterdrückung, Mord und eine permanent steigende Armut verantwortlich sind. Auf die USA entfällt die Hälfte des weltweiten Waffenexports, dicht gefolgt von Russland auf Platz zwei. Auch die deutschen Konzerne mischen als drittgrößte Waffenhersteller immer noch gehörig mit. Da sich diese Weltmächte einen derartig profitablen militärischen Export aufbauten, überrascht es nicht, dass Drogenkriege in Lateinamerika sowie Bürgerkriege in Afghanistan eskalierten. Die im Westen entwickelten Techniken wurden an den Irak verkauft, die Saddam Hussein in Form von Giftgasen gegen die eigene Bevölkerung einsetzte. Erst als der Diktator Hussein in den Kuwait einmarschierte, sah der Westen seine Ölreserven gefährdet und schritt militärisch ein – und errichtete dort dauerhafte Militärbasen. ExpertInnen vermuten, dass wir in den letzten 150 Jahren rund die Hälfte der gesamten Ölfelder leerpumpten. Da wir ständig immer mehr von dieser Öldroge benötigen, wird als Folge davon bei der Verbrennung dieses Rohstoffes immer mehr Kohlendioxid freigesetzt. Dies führt zum größten Beitrag, den der Mensch zur Klimaerwärmung beiträgt. Derzeit gibt es laut den Vereinten Nationen rund fünfzig Millionen Klimaflüchtlinge. Innerhalb der nächsten fünfzig Jahre könnten bereits die letzten Tropfen aus den Pipelines fließen. Auch Nigeria ist ein gutes Beispiel für den anhaltenden Ölrausch. Das erdölreichste Land Afrikas gehört weltweit zu den größten Exporteuren des schwarzen Goldes. Doch die Bevölkerung ist bitterarm und muss gleichzeitig unter Giftmüll wie Asbest, Säuren, Elektronikschrott und vielem anderen Zeugs überleben, das Europa und Amerika bei ihnen unter freiem Himmel ab- und vermeintlich endlagert. Mit diesem Elend wächst auch die Kriminalität. Oft werden Kinder von extremistischen Terrororganisationen wie der Boko Haram an Pädophile oder Plantagenbesitzer verkauft. Doch den westlichen Ölkonzernen kommt ein solcher verschuldeter und korrupter Staat gerade recht. Nachdem 1960 die letzten britischen Soldaten das Land verlassen hatten, wurde in Nigeria die Unabhängigkeit ausgerufen. Die kolonialen Sklaventreiber hinterließen nach ihrer Herrschaft viele ethnische Minderheiten einfach sich selbst – inklusive gefährlicher Spannungen zwischen den wichtigsten Volks- bzw. Religionsgruppen: den Muslimen und den Christen. Nach einem Militärputsch kam in Nigeria Gowon an die Macht und verbot dem französischen Ölkonzern Elf, das Land weiter auszubeuten. Das ließ sich Frankreichs Präsident Charles de Gaulle nicht gefallen. Der französische Geheimdienst half General Ojukwu bei seinem Vorhaben, die Ostregion des Landes unabhängig zu erklären. Währenddessen hetzte Elf unter Federführung der Werbeagentur Markpress gegen die Muslime. Es wurde behauptet, dass das bestialische muslimische Militär die armen christlichen BürgerInnen verfolge und diese in dem vom Demokraten Ojukwu gegründeten Staat Zuflucht finden müssten. Ojukwu wurde von Frankreich und Elf, Gowon von England und dem Konzern Shell mit Waffen und Unmengen an Geldern aus undurchsichtigen Quellen belohnt. Ein drei Monate lang andauerndes Massaker zwischen Christen und Muslime sowie anderen Unschuldigen hatte rund zwei Millionen Tote und unzählige Verletzte und Verstümmelte zur Folge. Danach hatten die Ölkonzerne keine Lust mehr auf Kriegsspiele, vertrugen sich, schickten ihre gutbezahlten Generäle zurück in deren Villen und ließen die Weinenden mit ihren Toten alleine.

Shell ist heute neben Exxon Mobil der größte Ausbeuter im nigerianischen Delta und besitzt beinahe uneingeschränkte Möglichkeiten, um an „ihr" Öl zu kommen. Früher war dieses größte Delta der Erde fruchtbar und Millionen von Menschen konnten in dieser Region von der Landwirtschaft und dem Fischfang leben. Heute ist die Natur weitgehend zerstört und das Volk lebt in fürchterlicher Armut. Immer wieder kommt es weltweit zu Ölkriegen und entsprechenden Umweltkatastrophen, von denen die Mehrheit der westlichen BürgerInnen beim Autofahren und Fliegen nichts hören will. Deshalb verschwinden sie auch immer wieder rasch aus den Medien und somit aus den Köpfen. Unaufhörlich werden Ölleitungen undicht und verschmutzen das Trinkwasser. Das Sterben der Palmen, der Felder, der Fische und das Sterben der Menschen führten im Delta zum Ausbruch von einem der blutigsten und heimlichsten Kriege, die je geführt wurden. Die größte dortige Widerstandsbewegung nennt sich MEND. Durch zahlreiche Geiselnahmen, bestochene Offiziere und die untereinander stark konkurrierenden Ölkonzerne gelangen sie an ein beängstigendes Waffenarsenal. So sprengten sie beispielsweise eine Agip-Pipeline in die Luft und entführten mehrere Ingenieure. Ähnliches passierte mit einer Ölplattform von Shell und anderen Pipelines. Nach friedlichen Demonstrationen in Odioma gegen weitere Bohrungen der Konzerne, die den Einheimischen ihr Land stahlen, kam es zu einem grausamen Abschlachten Tausender Menschen. Dank Greenpeace und der Unterstützung engagierter westlicher BürgerInnen gab es einen Massenboykott, der die Umsätze von Shell um bis zu achtzig Prozent einbrechen ließ. Derzeit protestieren mehrere Millionen Menschen gegen die Ölbohrungen von Shell in der Antarktis. Außerdem forderte Amnesty International Shell auf, ein Startkapital von einer Milliarde Dollar für die Reinigung des Deltas in Nigeria zu bezahlen. Sofern keine weiteren Lecks auftreten, wird die Säuberung dieses nach wie vor immer weiter zerstörten Gebietes voraussichtlich dreißig Jahre dauern. Dieses Beispiel mit Shell und dem nigerianischen Delta ist nur eines von vielen dafür, mit welchen Machenschaften die Ölbosse und ihre Konzerne weltweit arbeiten. Autoritäre, korrupte Regime können dafür garantieren, wonach multinationale Konzerne suchen. Europa führt keinen Krieg mehr, doch unsere Konzerne und Waffen tun es ...

...Heutzutage legten einige Staaten aufgrund eines hektischen ökonomisch motivierten Aufholversuchs die lebensnotwendige Entwicklung der Landwirtschaft auf Eis und konzentrierten sich auf ihre schwindenden Bodenschätze. Andere Entwicklungsländer wiederum verfügten über zu wenige infrastrukturelle Ressourcen, wie zum Beispiel ein gut ausgebautes Straßen- und Eisenbahnnetz. Häufig fehlte es auch an jemandem, der eine solche Infrastruktur instand halten oder reparieren konnte. Zusätzlich wurde auf dem Gebiet der Bildung häufig massiv eingespart, weshalb kaum Fachkräfte ausgebildet werden konnten, die mit dem internationalen Markt in Konkurrenz hätten treten können.

Einige Entwicklungshilfen, dazu gehören auch militärische Ausbildung, Waffen und Zahlungen an die Regime, zeigen das Bestreben unserer Länder, den Entwicklungsstaaten westliche Produkte aufzudrängen. So drohte die britische Regierung, Indien die Hilfen zu kürzen, falls sich die dortige Regierung nicht dazu bereit erklären würde, 21 Helikopter der Firma Westland zu kaufen. Das Ziel war, dass sich dadurch – wie schon im 19. Jahrhundert – britische Händler wie Parasiten im Land einnisten können. Nachdem die dortige Industrie zerstört worden war, schufen solche Vorhaben zwar Arbeitsplätze, nahmen jedoch den heimischen Unternehmen ihre Aufträge weg. Gibt dann eine solche übermoderne Maschine „made in

Europe" ihren Geist auf, benötigt man entweder teure europäische Ersatzteile oder sogar gleich einen eigens dafür einzufliegenden Techniker, der das Ding wieder zum Laufen bringt. Geld zu leihen, ist oft die wirksamste Methode, um sich Zugang zu den Märkten und natürlichen Ressourcen zu verschaffen. Durch eine solcherart kontrollierte Entwicklungshilfe werden Kredite vergeben, die aufgrund des ausbleibenden Reichtums nicht mehr zurückbezahlt werden können. Westliche Banken vollenden den Teufelskreis, indem sie noch mehr Geld verleihen, was schlussendlich in die internationale Schuldenkrise führte. Nun fühlen sich die verarmten Länder gezwungen, die Produktion für den Export zu steigern, und roden immer mehr Urwälder, enteignen noch mehr Landbesitzer und vertreiben gewaltsam ganze Völker, die heute als Flüchtlinge leben. Um die ausländischen Investoren anzulocken, müssen die staatlichen Mindestlöhne künstlich niedrig gehalten werden. Doch wehren sich starke Politiker mit strengen Kontrollen gegen zu große Umweltzerstörungen oder mit einer Anhebung des staatlichen Mindestlohns gegen grobe soziale Missstände. Packen die Konzerne ihre Koffer, lassen sie die Arbeitslosen zurück und ziehen in ein noch korrupteres, noch billigeres Land.

Zu leichtfertig geben wir amtierenden PolitikerInnen Schuld an ansteigender Arbeitslosigkeit oder dem Nichteinhalten von Wahlversprechen. Deshalb verstecken sich viele von ihnen immer mehr hinter den BürgerInnen, so wie zum Beispiel im Rahmen der gescheiterten Weltklimagipfel. Dort wälzten sie ihr Misslingen immer wieder auf das Volk ab, das dazu aufgefordert wurde, im eigenen Haushalt umweltfreundlicher zu leben. Dem ist nichts entgegenzusetzen, außer dass wir eine starke Regierung brauchen, die zu ihrem Scheitern steht und nicht einfach aufgibt. Aus dieser Politikverdrossenheit heraus – und oft aus Wut – wählen die EuropäerInnen konservative Rechte, die uns in einer international vernetzten Welt in ein gefährliches Desaster führen könnten, wie es uns die Geschichte der europäischen Kriege bereits des Öfteren lehrte.

Durch die nach wie vor wachsende Ausbeutung nähert sich unser Planet seiner ertragbaren Grenzen. Wir, die reichen zwanzig Prozent der Weltbevölkerung, benötigen durch unsere Industrie, den Stromverbrauch, zu viel sinnloses Autofahren und Flugzeugfliegen, einen zu hohen Fleischkonsum sowie die in Plastik eingewickelten Lebensmittel im Supermarkt achtzig Prozent der gesamten Ressourcen. Wenn ich mich hier in Indien umsah, konnte ich das kaum glauben. Überall lag Plastikmüll herum. Keine Mülleimer. Jeder warf es einfach beiseite, als ob sich niemand um unseren Planeten kümmerte. Aber warum sind weniger entwickelte Ländern oft derart mit Müll überladen? Wegen der jahrhundertelangen Unterdrückung?

Weil Konzerne begannen, ihnen unsere westlichen Plastikprodukte aufzudrängen? In einigen Gebieten, die sich kein Plastik, das übrigens ein weiteres Zeichen von Wohlstand darstellt, leisten können, wickelt man die Lebensmittel in Bananenblätter. Offenbar interessiert sich niemand dafür, den Leuten zu erklären, dass das Plastik nicht so einfach wie die biologisch abbaubaren Blätter verfaulen würde. So bleibt es bei dieser Tradition, in der nun schon die herangewachsenen Kinder weiterleben, die keinen Unterschied zwischen der Verrottung einer Bananenschale oder dem Entsorgen einer Cola-Flasche erkennen können. Unsere Betonflächen, die allein in Österreich täglich in der Größe eines Fußballfeldes entstehen, sind gefegt. Unsere Häuser, Swimmingpools und Autos reinigen wir permanent mit chemischen Putz- und Waschmitteln, die oft nur deshalb zugelassen werden und in unserem Grundwasser enden, weil ihre Herstellerfirmen genügend Geld und deshalb starke Interessenvertretungen in den Regierungen besitzen. Die darin enthaltenen mikroskopisch kleinen Plastikkugeln haben sich bereits weltweit in den Meeresgründen, Seen und Flüssen abgelagert und lassen sich deshalb in jedem Organismus dieser Erde nachweisen. Allein die Donau spült täglich über vier Tonnen Kunststoffteilchen ins Schwarze Meer. Ähnliches gilt für den Aluminiumanteil in Kosmetika, minderwertigem Geschirr und öffentlichem Trinkwasser. Bereits die Gewinnung von Aluminium lässt eine immense Vergiftung der Böden zurück. Trotz eines drastischen Anstiegs von nachweislich darauf zurückzuführenden Krebserkrankungen und Hirnschäden bleibt es bisher in den Deos, Töpfen und Wasserleitungen. Da vor allem Entwicklungsländer begeistert den Wohlstand des Westens nachahmen, kommt es dort verstärkt zu solchen Erkrankungen, denn heute trinken sie nicht mehr Regionales aus Tonkrügen, sondern westliches Bier und Softdrinks, die in dafür an sich ungeeigneten Aludosen abgefüllt werden. Selbst genetisch veränderte Lebensmittel wachsen in und auf mit Aluminium kontaminierten Böden, nehmen diese Gifte auf und lagern sich im Körper der Menschen ab. In Westeuropa essen die VerbraucherInnen beispielsweise fast ausschließlich Eier, Milchprodukte und Fleisch von Tieren, die mit Genmais und Gensoja gefüttert werden. Diese Produkte müssen aufgrund der Lobbyarbeit der Gentech-Konzerne nicht entsprechend gekennzeichnet werden. Die Auswirkungen zeigen sich zum Beispiel am Fall einer neunjährigen Europäerin, die an Demenz erkrankte.

Die WTO, das ist die Welthandelsorganisation, ermöglicht es Ölkonzernen wie Exxon Mobil, Shell und BP, Wasserversorgern wie Vivendi SA sowie Suez Lyonnaise des Eaux und Saatgutkonzernen wie Cargill und Monsanto, unsere natürlichen Ressourcen beinahe ohne Einschränkungen auszubeuten. Durch das ständige Wirtschaftswachstum und die Forderungen nach noch mehr Wohlstand bedarf es immer mehr Energie. Im Zuge der Weltproduktion von Chemikalien stieg der Giftmüll seit den 1950ern von sieben Millionen Tonnen auf eine Milliarde Tonnen an. Da die Gefahren, die von solchen Giftstoffen ausgehen, äußerst groß sind, wurden sie in Europa verboten. Die Konzerne wanderten in Entwicklungsländer ab, wo die Gesetze bezüglich einer derartigen Umweltzerstörung lockerer sind. Diese Überlastungen mit toxischen Stoffen führen im Boden zu einer kaum mehr zu stoppenden Trinkwasservergiftung und in der Luft zu einem immensen Methanausstoß, der das Seinige zur Entstehung von Krebs beiträgt. Somit erkranken wir heute doppelt so schnell an Krebs, wie es noch unsere Großeltern taten.

Ist uns dieser Wohlstand, diese Art des Wirtschaftens das alles wert? Wäre die Erde gerecht unter uns aufgeteilt, hätte jeder Mensch den Anspruch auf eine Fläche von circa zweieinhalb Fußballfeldern. Doch wir im Wohlstand lebenden EuropäerInnen verbrauchen laut ökologischem Fußabdruck insgesamt rund zwei ganze und dreiviertel Welten! Die USA sogar fünfeinhalb! Im Durchschnitt nützt jede/r InderIn nur ein Fußballfeld. Doch auch dieser Fußabdruck verändert sich, denn die Entwicklungsländer wollen nun auch zwanghaft mit dem vermehrten Export der noch übriggebliebenen Ressourcen so leben wie der Westen und verschulden sich durch die Schaffung gigantischer Staudammprojekte und Atomkraftwerke, die nicht unseren Standards entsprechen, immer weiter. Beispiele dafür sind Bhopal und viele andere, ähnlich gelagerte Ereignisse. Nur gemeinsam, mit der Hilfe eines jeden Einzelnen, kann der wirtschaftliche Raubzug der Konzerne gestoppt und einem ökologischen Weg angepasst werden. Die hart erkämpften Demokratien, in denen wir leben, dürfen nicht mehr von Konzernen geleitet werden, sondern müssen wieder dem Allgemeinwohl dienen. Nationale Regierungen haben kaum mehr Einfluss auf internationale, im Ausland operierende Konzerne, deren Gewinne auf internationalen Banken oder diversen Steueroasen liegen, in denen sich – wie im US-Bundesstaat Delaware – 285.000 Briefkastenunternehmen in einem einzigen Gebäude versammeln. Durch die weltweite Vernetzung der Unternehmen streuen sie ihre Gewinne in geografischer Hinsicht, wodurch in Ländern mit hohen Steuern gar ein Defizit aufscheint, sodass dem Staat jährlich Hunderttausende Milliarden an Steuergeldern entgehen oder sie irrsinnigerweise sogar Gelder an die Konzerne zahlen müssen. Die Bank Goldman Sachs verschleierte Griechenlands Schulden mit moralisch-fragwürdigen Mitteln, was zur weltweiten Wirtschaftskrise mit beitrug. Nur dank unzähliger Boykotte und Demonstrationen wurden Unternehmen wie Amazon, Colgate, Starbucks oder auch die griechische Kirche dahingehend unter Druck gesetzt, Arbeitsrechte oder Steuern einzu(be)halten und somit mussten sie sich teilweise geschlagen geben. Solange jedoch das Bankgeheimnis nicht aufgelöst wird, bleiben solche Länder wie Singapur oder die Schweiz weiterhin Paradiese für SteuerhinterzieherInnen.

Dieser Abhängigkeit von Konzernen wollte ich mich von nun an so weit wie möglich entziehen. Ich wollte kein Antibiotikafleisch aus der Massentierhaltung mehr essen und auch keine ihrer anderen Produkte konsumieren, da Tiere mit genetisch veränderten Lebensmitteln gefüttert werden. Bisher war mein gesamter Alltag von äußeren Einflüssen bestimmt gewesen, die mir sagten, was ich zu kaufen und zu tun hätte. Aus diesem Grund bemühte ich mich auch, mich von meinem konsumorientierten Reiseführer zu trennen, der mir nichts als die immer wieder gleichen Sichtweisen der AutorInnen spiegelten, die aber häufig nicht mit meiner eigenen Wahrnehmung übereinstimmten. Obwohl mir in den letzten Monaten das Unbekannte vertraut und das Neue zu Alltäglichem geworden war, hatte ich noch etwas Angst davor, mich nur auf mein Gefühl zu verlassen ...

5

… Nachdem ich siebenmal den Zugticketverkäufer und achtundzwanzig hektisch herumlaufende PassantInnen zum Abfahrtsplan meines Zuges befragt hatte, erhielt ich ebenso viele verschiedene Antworten, von denen manche nichts mit meiner Frage zu tun hatten. Irgendetwas mir Behilfliches konnte ich jedenfalls nicht in Erfahrung bringen. Also sprang ich einfach in einen Waggon, der mich überraschenderweise in den Bundesstaat Tamil Nadu fuhr.

Irgendwo in der Region Dindigul, in einer chaotischen Stadt, saß ich somit am Bahnhof und wartete auf einen Zug, der mich wieder auf meine noch vom Buch meines Reiseführers dominierte Route bringen sollte. Rechts von mir auf der Bank schnarchte währenddessen ein kleiner, dürrer Mann. Zu meiner Linken: ein junges Mädchen, zirka zwölf Jahre jung, mit schönen schwarzen Hennabemalungen an ihren Händen und Füßen. Auch sie trug einen roten Punkt auf ihrer Stirn. Ein Tika, der sie vor Schlechtem bewahren sollte. Da sie sehr schüchtern wirkte, aber mich immer wieder neugierig anschaute, begann ich mit ihr ein Gespräch. Sie erzählte mir nicht viel von sich, war aber sehr daran interessiert, wie die Menschen in Europa denn so leben. Als ich sie fragte, wo ihr Zuhause sei und ob sie zur Schule ginge, wachte der Typ zu meiner Rechten auf. Dieser ältere Mann packte das Mädchen am Unterarm und schnappte sich die zwei Taschen, die er bei sich trug. Sichtlich verärgert sagte er mir, bevor sie beide in der Menschenmenge verschwanden, dass ich nicht mit seinem Eigentum sprechen dürfe. Sie sei seine Sumangali. Erst als ich mich Minuten später in meinem Schlafwaggon wiederfand, fiel mir dieses Wort wieder ein. Ich fragte die noch wachliegenden Leute in unserem Bettabteil nach seiner Bedeutung. Keine Antwort. Aber einer, der aus einem anderen Abteil zu uns herüber gelauscht hatte, kam zu mir und wollte es mir erklären. Somit hörte ich mir um vier Uhr morgens bei einem Fladenbrot mit Gemüse-Curry und einer heißen Tasse Tee seine Geschichte an.

Ramesh, so hieß mein neuer Freund, arbeitete für eine indische Hilfsorganisation und kannte sich deshalb diesbezüglich aus. Das Wort Sumangali bedeutet übersetzt „glückliche Braut" und beschreibt in Tamil Nadu eine verheiratete Frau, die mit ihrem Mann zufrieden in materiellem Wohlstand lebt. Speziell in Südindien müssen Frauen bei ihrer Hochzeit ein hohes Brautgeld mitbringen. Eine solche Mitgift ist zwar gesetzlich untersagt, was für traditionelle Familien aber nach wie vor keine Rolle spielt. Da eine unverheiratete Frau in Indien weniger Bedeutung hat als eine vermählte, deren Status sich aber ebenfalls noch weit unter dem eines Mannes befindet, werden die Mädchen der ärmsten Familien oft an Fabriken verpachtet in der Hoffnung, mithilfe des dort verdienten Geldes verheiratet zu werden und somit soziale Sicherheit zu erlangen. Die Kleiderindustrie in Tamil Nadu boomt. Rund achtzig Prozent der indischen Spinnereien befinden sich in diesem Bundesstaat. Für die armen Familien, die sich kaum ihr eigenes Essen leisten können, sind die letztlich leeren Versprechungen der Textilfabriken oft der einzige Ausweg. Die genötigten Mädchen sind 14 bis 21 Jahre jung, oft auch jünger. Rund sechzig Prozent der Sumangali-Arbeiterinnen gehören der untersten Kaste, den Dalits, den Unberührbaren, an. Bei meiner Anfrage, ob ich eine dieser Fabriken besichtigen könne, meinte Ramesh, dass es für mich als Weißer kaum möglich sei, dort hineinzugelangen. Es sollte verhindert werden, dass die in Amerika oder Europa lebenden Menschen mitbekämen, unter welch grausamen Bedingungen ihre Kleidung hergestellt wird.

Die Fabriken gleichen einem Gefängnis. Durch die großen zu verarbeitenden Baumwollhaufen entsteht eine extreme Staubbelastung, die das Atmen in dieser kratzenden Luft immens erschwert. Die Frauen müssen zwölf bis 16 Stunden am Tag arbeiten – und das sechs bis sieben Tage die Woche und unter strikter Kontrolle von männlichen Wachen. Falls eines der Mädchen aufgrund der strapaziösen Arbeitsbedingungen für einen Tag erkrankt, muss sie einen ganzen Monat ohne jegliche Bezahlung nacharbeiten. Wie Industrievieh müssen sie in kleinen, fensterlosen Baracken am Boden nebeneinander schlafen. Diese Sklavinnen dürfen das Arbeitsgelände nie ohne Aufsicht verlassen. Die Modemarke GAP wurde beschuldigt, dass solche unter zehnjährigen Kinder in ihrem Auftrag ohne Bezahlung arbeiten mussten. Begannen sie zu weinen, wurden sie geschlagen und ihnen wurde ein in Öl getränktes Tuch in den Mund gesteckt. Auf diese Weise wurden sie für die Kleidung des Westens zum Schweigen gebracht. Im Allgemeinen beträgt der übliche Tageslohn unter sechzig Cent und wird nur ausbezahlt, wenn die Sumangali die verpflichtende Arbeitszeit von drei bis vier Jahren erfüllt hat. Überstehen sie die Demütigungen, die Schläge, den Hunger und die sexuellen Misshandlungen, bekommen die für ihr Leben gezeichneten Mädchen rund 1.300 Euro, dieses Geld wird für ihre Eheschließung verwendet. Verlassen sie das Sumangali-System jedoch vorzeitig, bekommen sie überhaupt keine finanzielle Entschädigung.

Hier trifft der Osten auf den Westen, eine traditionelle indische Lebensweise auf das profitmaximierende Gewinnstreben des zügellosen Kapitalismus. Durch die erzwungenen Überstunden kommt es zur Ermüdung – und dadurch oft zu Arbeitsunfällen. Von so einem Fall erzählte mir Ramesh. Eine defekte Nähmaschine hackte Mercy die halbe Hand ab. Ihr Lohn nach zwei Jahren Sklavenarbeit ohne Rechtsschutzversicherung war der Rausschmiss, der Verlust von Körperteilen und eine Abfertigung von sechzig Cent. Einige der rund 120.000 Sklavinnen halten diesem Druck nicht stand und beenden ihr qualvolles Leben durch ihre eigene Hand. Das Trinken giftiger Pestizide ist die häufigste Art, seinem Leben als Textilsklavin zu entkommen. Die am zweithäufigsten angewendete Selbstmordmethode ist, sich mit einem Eimer voll Benzin zu überschütten und sich anschließend anzuzünden.

Tamil Nadu zählt weltweit zu den größten Standorten der Textilindustrie. Fast alle großen westlichen Bekleidungslabels lassen hier produzieren und arbeiten laut der Kampagne für saubere Kleidung mit diesem Sumangali-System – oder besser gesagt lassen sie damit arbeiten. Von A wie Adidas bis Z wie Zara bekennen sich die Konzerne zu einer sozialen Verantwortung, denn der westliche Verbraucher verlangt danach. Sie kontrollieren jedoch nicht den Produktionsablauf auf den Feldern, auf denen bereits zu über achtzig Prozent genetisch veränderte Baumwolle wächst und gedeiht, bis hin zum fertigen Kleidungsstück in den Läden. Lieber schmücken sie sich mit einem freiwilligen Verhaltenskodex. Dem „Code of Conduct", der allerdings gesetzlich nicht gesichert ist. Sie stecken Millionen in Werbekampagnen, um zu zeigen, wie sie Sozialprojekte unterstützen, die jedoch gar nicht erst benötigt werden würden, würden sie faire Löhne bezahlen. Dort, wo sich Arbeitsbedingungen verbessern und Gewerkschaften gestärkt werden, protestieren die Konzerne. Vietnam, Myanmar und Bangladesch sind ein gutes Beispiel dafür, dass sich die Großunternehmen zunehmend dort ansiedeln, wo die Produktionskosten aktuell noch am niedrigsten sind.

Nach diesem aufklärenden Gespräch mit Ramesh war ich nun froh darüber, in den falschen Zug eingestiegen zu sein. Denn das Bewusstmachen darüber, welche Konsequenzen mein bisheriges Handeln auf und für die Welt gehabt hatte, erfüllte mich mit Zorn. Doch nun konnte ich mein neues Wissen als Stärke nutzen. Ich konnte jetzt aktiv dazu beitragen, solche Produkte zu boykottieren und in Protestmails die Kleidungsindustrien wissen zu lassen, dass ich biologisch faire Kleidung forderte.

An der offenen Zugtür saß ich nun und schrieb diese Zeilen. Langsam zeigte sich die Morgensonne hinter dem Dunst der Nacht. Friedlich flackerten die ersten Öllampen in den Bambus- und Lehmhütten, die zwischen den überdüngten Feldern standen. Inmitten dieser friedlichen Stimmung geschahen noch so viele andere Dinge, von denen ich wohl nie auch nur das Geringste erfahren würde ...

... Meter für Meter bewegte sich meine Indienreise dem Ende zu. In Dharmastala aß ich mit dreihundert am Boden sitzenden PilgerInnen, in Mysore sah ich Riesenbananen und bekam eine Statistenrolle in einem Bollywood-Film. Nach dem Satz „Indien ist mein sehr guter Freund" hing ich meine Vom-Spaziergänger-zum-Bollywood-Star-Karriere auch schon wieder an den Nagel. In der verwahrlosten Bergstadt Ooty genoss ich die Weltuntergangsstimmung und die kühlen Temperaturen, schrieb zwei Lieder, machte unzählige Bekanntschaften, an deren Gesichter ich mich nicht einmal mehr erinnern konnte, und kostete Milliarden von köstlichen selbstgemachten Schokoladen.

In einer holprigen Lok wackelte ich zwischen kühlen Bergen und Teeplantagen, neben einer jammernden „Ich hasse Indien, es ist laut, schmutzig, stinkt und keiner lässt mich in Ruhe"-Touristin hinunter in die staubige Sauna des Flachlandes. Da die Deutsche Lisbeth Indien eben nicht mochte, aber ihre letzten fünf Urlaubstage nicht mehr alleine verbringen wollte, lud sie mich ein, mit ihr nach Fort Cochin zu reisen. Sie war eine etwas anstrengende, aber doch lustige Lektorin Mitte fünfzig. Als sie sah, dass ich dieses Tagebuch bei mir hatte, versuchte sie, mich dahingehend zu motivieren, doch ein Buch über meine Erlebnisse zu veröffentlichen. Da ich gerade mal das Alphabet beherrschte und eigentlich kein großer Fan von diesen supercoolen Weltverbesserer-Selbstfindungstrip-Büchern war, hielt ich das für eine blöde Idee. Und außerdem wollte ich immer noch mehr über die AGHS herausfinden. Nachdem ich trotzdem noch etwas über Lisbeths Worte nachgedacht hatte, spazierten wir durch einen Markt, wo wir uns etwas zu trinken kaufen wollten. Doch dies war nicht so einfach, da wir das Verständnis für so manche indische Logiken wohl noch eingehender zu studieren hatten.

Ein Beispiel: Ich bestellte mir eine Ananas und einen Milchshake.
Der Verkäufer: „Nur eine Minute!"
Ich: „Atcha, passt Chef."
Er kletterte über den Ladentresen, startete sein Motorrad, fuhr los und ließ uns in einem ebenfalls wartenden Menschenhaufen stehen. Fünf Minuten später kam der Verkäufer mit der Milch zurück.
„Atcha, kein Problem. Eine Minute!"
„Okay, wir warten."
Er sprang ein weiteres Mal aus seinem kleinen Laden hervor und begann damit, auf dem Dach eines stehenden Busses große Säcke voll mit Kleidung, Reis, Gemüse und anderem abzuladen.

Die Leute hinter uns begannen, vor Ungeduld zu drängeln, was Lisbeths Stimmung Indien gegenüber nicht unbedingt positiv beeinflusste.

Zehn Minuten später.

„Atcha, nur fünf Minuten, dann fertig!"
Zuerst musste jedoch das Messer mit einem Stein geschliffen werden. Dazu sollte der Verkäufer aber auch einen solchen Stein besitzen. Dreißig Minuten später und bereits von Lisbeth verlassen, versuchte ich, auf dem Markt stattdessen Bananen zu kaufen. Dieses Vorhaben schien mir einfacher zu sein. Ich fragte, was die fünf Stück Bananen kosten würden, worauf mir die alte Verkäuferin zur Antwort gab:
„Zehn Rupien."
Ich: „Wie viel eine Banane?"
Sie mit ihrem zahnlosen Lächeln: „Eine Rupie."
Worauf ich nur mit einem „Atcha a-he! Jawohl!" antworten konnte und mir nicht fünf Bananen um zehn Rupien, sondern fünfmal eine zu insgesamt fünf Rupien leistete. Da sich Lisbeth, die ich inzwischen wiedergetroffen hatte, mit vielen Dingen gut auskannte, fragte ich sie nach meiner Rückkehr, woher die Bananen, die in Europa verkauft werden, eigentlich stammen. Und tatsächlich konnte sie mir weiterhelfen: Erst kürzlich korrigierte sie einen viel gelobten Bestseller von Thomas Schachinger, der unter anderem auch von der Bananenindustrie handelte. Daher wusste sie mir folgendes zu berichten: Die Bananen gelten als das Symbol schlechthin für die Massenproduktion, die der Massenkonsum notwendig macht. Im belgischen Antwerpen liegt der größte Bananenhafen der Welt. Vor etwa hundert Jahren war es zum Bananen-Boom gekommen und das dadurch mitverursachte Regenwaldsterben begann. Die United Fruit Company, die mit dem Mord an dem guatemalischen Präsidenten Àrbenz in Verbindung gebracht wird, schuf, indem sie von der Produktion bis hin zur Vermarktung alles übernommen hatte, die Industrialisierung der Banane. Die Chiquita mit ihren genormten zwanzig Zentimetern Länge an der Außenkurve wurde zur ersten Markenbanane. Dole und Del Monte zogen nach. Diese drei US-amerikanischen Unternehmen verwandelten ganze Länder Lateinamerikas in sogenannte Bananenrepubliken. Politisch hatten sie oft mehr zu sagen als die dortigen Regierungen. Indien ist heute übrigens der weltweit größte Bananenproduzent. Costa Rica, eines der ärmsten Länder der Welt, der größte Bananenexporteur. Allein in diesem Land werden zweihundert Kilogramm eines hochgiftigen Schädlingsbekämpfungsmittels auf 52.000 Hektar Felder gesprüht. Diese Pestizide greifen nicht nur Schädlinge an, sondern auch die sich unter der Schädlingsbekämpfungsmittelwolke befindlichen Arbeitenden, was bei den Männern eine erhöhte Unfruchtbarkeit verursacht. Dole wird beschuldigt, die Verantwortung dafür zu tragen, dass in der Region neun von tausend Kindern ohne Gehirn geboren werden. Der Grund dafür: Dole sprüht Tag und Nacht dieses Gift. Trotz des Wissens

darum, dass dieses Pflanzenschutzmittel namens Nemagon zu Hodenschwund, Lungen-, Leber- und Nierenschäden führt, wird es von Dow Chemical und Shell weiterhin als günstigstes Pflanzenschutzmittel verkauft. Diese unter anderem auch krebserregenden Mittel auf den Bananen waren ein ausschlaggebender Grund für viele Streiks der PlantagenarbeiterInnen. Sie wurden jedoch unter Einfluss der Unternehmen häufig blutig niedergeschlagen. Tausende Menschen verklagten Chiquita, Dole, Del Monte sowie Dow Chemical und Shell. Da es in Deutschland immer häufiger zu Demonstrationen und Boykottaufrufen kam, mussten die Konzerne einlenken. Chiquita reagierte auf die negative Werbung bezüglich der Bananen und schmückte sich mit Propaganda-Reklame und einem mittlerweile wieder verbotenen Pseudosiegel, das auf den vermeintlichen ökologischen Anbau verweisen sollte. Auch Discounter wie Aldi, Metro, Lidl oder Edeka weigerten sich mehrmals, Auskunft über die Missstände auf ihren eigenen Plantagen zu geben. Die gelbe Frucht dient heute oft nur mehr als Lockmittel, dass die Menschen in die Geschäfte der Millionenunternehmen führt, denn der Preis ist schon seit Jahren nicht mehr gestiegen. Doch solange die KundInnen weiterhin zu solchem Obst greifen, wird sich auch kaum etwas ändern.

Lisbeth genoss die für Indien untypische Ruhe in Fort Cochin mit seinen Fischernetzen und den portugiesischen Bauten. Sie fand auch die mit Dusche und Flachbildschirm ausgestatteten Touristenboote toll, die durch die zahlreichen Flussgänge tuckerten. Warum ich mir das dreckige Straßenessen antat, zerlumpte Kleidung trug und in billigsten, mit Wanzen verseuchten Baracken hauste, weshalb ich mich unter die aufdringlichen Menschenmassen mischte und meine Grenzen als Motiv für ein fünftausendstes Foto und beim nicht enden wollenden Preisverhandeln austesten möchte, fragte sie mich. Vor wenigen Jahren noch legte ich viel Wert darauf, cool gestylt zu sein, was jedoch nur an meinem sehr geringen Selbstwertgefühl und der medialen Predigt des Dazugehörens lag. In Wirklichkeit war ich oft zu feige, etwas zu tun, was als außergewöhnlich galt, weshalb ich bei meinen Erzählungen gerne übertrieb, nur um etwas Anerkennung zu erhalten. Mein bisheriges Schreiben machte mir nur noch eindringlicher bewusst, nicht mehr dieser zwanghaft Akzeptierte sein zu wollen, den ich jahrelang gespielt hatte. Doch welche ursprüngliche Persönlichkeit sonst in mir steckte, konnte ich beim besten Willen nicht feststellen. Womöglich scheiterte deshalb auch meine bisherige Suche, die mich zum Verschwinden meiner Schwerhaftigkeit lotsen sollte. Zum Abschied überließ mir Lisbeth ein paar Informationen zum Ashram in Amritapuri, in dem ich mich auch sogleich begab. Ein Ashram ist eine Art indisches Kloster, das allen offensteht. Man zahlt so viel, wie man für richtig und angemessen hält, und hilft beim Kochen, beim Aufräumen oder überall dort, wo gerade Hilfe benötigt wird. Durch dieses Helfen ohne Gegenleistung kann man mit sich selbst Frieden erlangen. Amma, die leitende Mutter dieses Ashrams, war eine echt tolle Frau. Sie setzte sich für Frauenrechte und für die hier 2004 im Tsunami Verunglückten und deren hinterbliebenen Familien ein. Ihre Gabe war es, Menschen durch eine bloße Umarmung von ihrer Last zu befreien, und das auch dann, wenn Tausende darauf warteten. Selbst der Hollywood-Schauspieler Richard Gere ließ sich von ihr knuddeln. Ihr wurde nachgesagt, Wasser in Milch verwandeln zu können und womöglich eine Gottheit zu sein. Ich fand gut, dass die Herbeiströmenden in ihr erkannten, was sie suchten. Ich wollte sie aber nicht anbeten und sie nicht um Erbarmen und Erlösung bitten, wie das die anderen taten. Ich wollte selbst aktiv werden, nicht die Verantwortung über mich, mein Handeln und meine Suche abgeben, sondern lieber mich selbst retten. Aus diesem Grund ließ nicht ich mich von ihr drücken, sondern gab ihr als Dank für diese Erkenntnis eine Umarmung.

In den kühleren Bergen um Kodaikanal teilte ich mir mein Zimmer mit Mike. Ein moderner, gut ausgebildeter 21-jähriger Inder, der sich zum ersten Mal für zehn Tage ohne seine Eltern auf Reisen begeben hatte. In Indien ist der Familienzusammenhalt oft viel stärker, als ich das aus Österreich kannte. Wie viele andere InderInnen war auch Mike sehr ängstlich und traute sich kaum, auf holprigen Steinen und Bäumen herumzukraxeln. Meine Begleitung bestand des Weiteren auf einen Fernseher im Zimmer, denn er war wie viele InderInnen ein großer Fan von Dramatischem wie Dirty Dancing und konnte sich kaum für Godzilla versus Megagodzilla begeistern. Er selber war ein Brahmane. Die Wurzeln des Kastensystems, wie er mir erklärte, reichen weit in die Zeit vor Christi Geburt zurück. Als die oft aus dem Iran stammenden arischen Volksstämme das Industal bevölkerten, führten sie die Kasten-Regeln ein, um sich von den Eingeborenen besser abgrenzen zu können. Erst 1949 wurde es offiziell wieder abgeschafft. Auch Mahatma Gandhi war ein klarer Gegner des Kastensystems. Da diese Ordnung mit Unterordnung von Menschen jedoch ein Teil der Religion geworden war, führt man es heute noch traditionell weiter. Das Kastenwesen wird grob in vier Hauptkasten unterteilt. Hierarchisch von oben nach unten kommen zuerst die bereits erwähnten Brahmanen, die Priester oder Politiker. Danach die Kshatriyas. Das sind Fürsten oder Soldaten. Zu den Vaishyas zählt man Handwerker, Kaufleute oder Bauern. Dann gibt es noch die Sudras, zu denen die Bediensteten und Diener gehören. Die Brahmanen, Kshatriya und Vaisya sind demnach Vornehme und Reine und werden nur zweimal wiedergeboren, bevor sie ins Nirwana gelangen. Diese Hauptkasten teilt man in 4.000 Unterkasten. Die entsprechende Zugehörigkeit kann häufig am Nachnamen erkannt werden. Nicht ins Kastensystem gehörten eigentlich die Unberührbaren, die Dalits. Sie erlangen jedoch durch diesen Ausschluss selbst wieder eine Kategorie. Die Betreffenden sind in diesem Leben in ihrer nunmehrigen tragischen Situation, weil sie in ihrem letzten Schlimmes angerichtet hatten. Jedoch können gute Taten dazu führen, dass man im nächsten Leben einer höheren Kaste angehören wird.

Als wieder Alleinreisender machte ich für einen Tag Halt in einer großen Stadt und nahm am legendären Farbenfest „Holi" teil. Holi dauert mindestens zwei bis nicht selten sogar zehn Tage. In dieser Zeit bewerfen sich in Weiß gehüllte Menschen mit verschiedenen Farbpulvern und Wasser, um sich so vom Winter zu verabschieden und den nahenden Frühling zu begrüßen. Oder auch das Gute, das ein weiteres Mal über das Böse siegte. An diesen Tagen vergessen die Menschen ihre Konflikte, oft ethnischer Art, und feiern gemeinsam ein Riesenfest und beglückwünschen sich mit dem Ausruf „Holi Hai!", frohes Holi, gegenseitig. Mit noch bunten Kleidern vom Farbenfest und einem mittlerweile guten Riecher folgte ich dann tatsächlich dem Geruch nach billigen Schlafstätten, für die ich mich immer öfter von den schwarz auf weißen getippten Tipps meines Reiseführers löste, was immer wieder mit neugierigen Blicken quittiert wurde. Meinen Schlaf fand ich am mit Menschen überfüllten Boden des Bahnhofgeländes, eingequetscht stehend in der dritten Klasse eines Zuges oder zwischen Alustühlen auf Bushaltestellen, wo nicht selten eine Ratte an mir schnupperte. Mit Röcken bekleidete Inder, Gestank von Urin und ein wackelnder Ventilator, der mich mit seinem Lärm, der durchaus mit einer Boing 747 mithalten konnte, und seiner Schnelligkeit eines indischen Bahnangestellten kaum vor den mich aussaugenden Moskitos schützte, waren ebenfalls keine Seltenheit. Irgendwie hatte ich eine Art Hassliebe zu diesem Land entwickelt. Ich musste mich dieser stressigen Langsamkeit, diesem geordneten Chaos der InderInnen anpassen und dabei lernen, mit deren, für mich oft fremden Blick dieses Land zu verstehen. Korruption, Armut, Schmutz, Hitze, Durchfall, Lärm, aber auch viele Farben, lachende Menschen, exotische Gerichte umgaben mich rund um die Uhr. Erlebnisse, die ich kaum in Worte fassen konnte. Diese vergangenen Monate konnte ich wohl nur mit mir selbst teilen. Meine letzten Stunden in Indien verbrachte ich also mit Hunderttausenden PilgerInnen in Tirumanamalei. In dieser Vollmondnacht wanderten wir stundenlang, verschwitzt und müde um eine immense Tempelanlage herum.

Wie war Indien? Ich wusste es nicht, es war halt einfach so wie es war.

Das war Indien ...

Das Leben davor
oder: Von SuperheldInnen, Feen und sozialen Zwängen

... Und da lag er nun auf dem Boden, ohne sich wieder aufrichten zu können. Keiner der anderen ArbeiterInnen auf der Baustelle wusste so recht, woran das lag. Das eine Jahr Zivildienst in Innsbruck hatte Toni dann wieder zu neuen Kräften verholfen. Die letzten Anzeichen seiner bis dato unerklärlichen Krankheit lagen nun auch schon in weiter Ferne. Gestärkt mit etwas Selbstvertrauen ließ sich der noch planlose Kerl von Jenny dazu überreden, sich mit ihr gemeinsam einen Monat lang per Anhalter durch die österreichischen Alpen zu schlagen. Die Reise begann mit einer Wanderung im spätsommerlichen Salzkammergut. Im Laufe einer regnerischen Übernachtung im Zelt bemerkte Toni das erste Mal, dass Jenny grüne Augen hatte. Nach dem anfänglichen Regenguss wurde das Wetter immer schöner und ihre Wanderungen führte die beiden zu wunderbaren Ausblicken auf die Alpen und sich darin versteckende Seen, an denen Toni und Jenny dann oft ihr Lager aufschlugen. Das Mädchen lehrte dem Burschen einiges über Pflanzen, aus denen sie zum Teil Tee kochten oder die sie als Gewürze verwendeten. Außerdem kannte Jenny viele verschiedene Waldpilze, die sie sammelten und über ihrem Lagerfeuer grillten. Auf den Straßen wurden sie immer wieder von Menschen aufgabelt, die in ihre Richtung fuhren. Das deprimierende Gefühl, das die beiden beim langen Warten auf ein Weiterkommen immer wieder überschattete, wich jedes Mal einer umso größeren Dankbarkeit, wenn doch jemand stoppte. Ein paar wenige ließen die beiden bei sich schlafen, luden sie zum Abendessen ein oder fuhren extra einen Umweg, um Jenny und Toni dort abzusetzen, wo sie hinwollten. Für Toni war es neu, sich per Anhalter auf den Weg zu machen. Neben der Tatsache, dass er sich durch die Fernsehnachrichten, die ihm oft Angst einflößten, für zu feige hielt, um sich gewissermaßen durch das Mitgefühl anderer fortzubewegen, war ihm so zuvor auch noch nie in den Sinn gekommen. Jenny jedoch hatte in ihren jungen Jahren oftmals keine andere Möglichkeit gehabt, als auf diese Art in die Schule zu gelangen. Sie stammte ursprünglich aus dem idyllischen Bregenzerwald, wohin sie immer wieder gerne zurückkehrte. Dort, auf dem alten Bauernhof ihrer Familie, wo sich ihre recht aufgeschlossenen und gebildeten Eltern und Jennys älterer Bruder größtenteils selbst versorgten, endete die Reise der beiden Freunde. Besonders für Toni war das ein sehr intensiver Septembermonat gewesen, der viel zu schnell vorübergegangen war. Die Nachricht, dass Jenny beschlossen hatte, die kommenden Monate studierenderweise im weit entfernten Norwegen zu verbringen, traf Toni hart. Trotz anfänglichem Interesse, sich von der Sozialeinrichtung in Innsbruck anstellen zu lassen, beschloss der 21-jährige Bursche, schweren Herzens zurück in sein kleines Dorf im oberösterreichischen Innviertel zu reisen. Denn Toni vermisste seine FreundInnen aus der Kindheit, die er während seines Aufenthaltes in Tirol aufgrund der abgeriegelten Dorffestung nur selten zu Gesicht bekommen hatte. Dort erwartete in innerhalb des Notschachtes, der das Dorf mit der Außenwelt verband, die halbe Dorfgemeinde bereits sehnsüchtig. Viele Sorgen hatten sie sich gemacht, dass ihrem Buben in dieser grausamen Welt da draußen, vor der sie sich bisher so erfolgreich verschlossen hatten, etwas zugestoßen war. Doch nun hatten sie ihren Verlorengeglaubten wieder sicher zurück und konnten seinen Geschichten über das Fremde, von ihnen als bedrohlich Empfundene lauschen, das außerhalb der Dorfgrenze lauerte. Viele wollten es nicht wahrhaben, dass der Bub vom Schachner tatsächlich von Fremden aufgenommen worden war und sie ihm nichts zuleide getan hatten. „Nur Glück hat er g'habt, der Bursch. Hätte der Herrgott nicht auf ihn g'schaut, wäre es wohl anders ausg'angen."

Doch die Ohren der Allerältesten wollten nichts von Tonis Erzählungen hören. Sie waren immer noch gefangen in ihrem alten Gedankengut, von den Ängsten vor da draußen, vor dem Fremden, weshalb sie Tonis Worten kein Vertrauen schenkten, ihm dafür aber große Naivität unterstellten. Aufgrund der Erwartungen, die die Dorfgemeinschaft und seine Eltern an ihn hatten, begann der Schachner-Bub, wieder in der Firma des Vaters seiner alten Arbeit als Wasserinstallateurslehrling nachzugehen. Die Handgriffe und die vielen Werkzeuge waren ihm durchaus noch bekannt und vertraut. Allerdings zeigte er an dieser Tätigkeit nach wie vor nicht das geringste Interesse.

„Willst einmal was werden, musst was Gescheites hackeln. Denn ohne Arbeit bleibst ein Trottel und wirst nie deine Träume verwirklichen können," so in etwa erklang es von allen Seiten. Was nun seine eigentlichen Träume waren, wusste Toni zu diesem Zeitpunkt schon lange nicht mehr, denn für seine Kinderwünsche, Superheld oder professioneller Träumer zu werden, war in dieser ArbeiterInnenwelt nicht der richtige Platz. Montags bis freitags klingelte der Wecker um sechs Uhr früh. Um sechs Uhr dreißig sprang Toni beinahe täglich mit halbem Herzanfall aus seinem Bett, da er wieder einmal verschlafen hatte. Auf dem fünf Kilometer langen Weg raste er mit noch verschlafenen Augen auf den meistens noch dunklen Straßen in die Werkstatt des Familienbetriebes. Während dieser kurzen Fahrt fanden seine Zahnbürste und sein Frühstück zur selben Zeit den Eingang in seinen überfüllten Mund quasi von selbst. Sein alter Blaumann, den er wie so oft in der Hektik verkehrt herum angezogen hatte, erinnerte kaum mehr an die letzten Heldentaten des ausrangierten Superkämpfers. In den folgenden Tagen wachte Toni täglich immer fünf Minuten später auf als am Tag zuvor und jeden Morgen fühlte er sich um fünf Kilogramm schwerer. Nach zwei Wochen in seiner neuen alten Rolle als Vollstrecker der verstopften Rohre waren die Anzeichen seiner Anthro-Gravitation und Hochdruck-Schwerhaftigkeit nicht mehr zu übersehen. Wieder waren Parkbänke und Steine unter seinem Hintern zerbrochen. Daraufhin wurde Toni zu Erholungszwecken für mehrere Wochen beurlaubt. In dieser Zeit kamen seine Eltern, die Kampftrinker aus dem Wirtshaus und die restlichen Ortsansässigen zur Einsicht, dass sich der Bursche am besten um einen neuen Beruf umschauen solle.

Während der freien Wochen versuchte Toni, bei seinen besten FreundInnen und ehemaligen KlassenkollegInnen Juicy, Burny, Trendy und Kränky Ratschläge für das Leben im Allgemeinen und deren Erfahrungen damit einzuholen.

„Juicy" war ursprünglich von ihrem früheren Spitznamen Luzi abgeleitet, da sie in ihrer Kindheit von vielen Dingen wie Säften, also englische Juices, krasse Hautausschläge bekommen hatte. Anfangs stellte der Dorfarzt, wie bei fast allen übrigen Jugendlichen auch, ADHS fest und verschrieb ihr einige Tabletten. Dieses Aufmerksamkeitsdefizit vieler Jugendlicher war zu einem Trend in deren Psyche geworden, mit dem sich die Kids immer öfter schmücken mussten, um von den vielbeschäftigten Eltern doch noch die ersehnte Aufmerksamkeit zu erhalten.

Juicy benötigte schon von klein auf eine zweite Pille gegen ihre Allergien bzw. die Nebenwirkungen einer anderen. Deren Nebenwirkungen bekämpfte man wiederum mit einer Tablette, wogegen sie eine Medizin erhielt, um die Nebenwirkungen der Nebenwirkungen von den Nebenwirkungen der Pille zu beseitigen, welche die Nebenwirkungen der Nebenwirkungen der zweiten Pille hervorgerufen hatten. Es verwundert nicht, dass Juicy in ihrer Kindheit häufig keinen Hunger mehr hatte, während sich die anderen Kinder in der Schulpause ihre Jause teilten. Oft bekam sie Pusteln im Gesicht, einen roten Kopf, blaue Finger, geschwollene Zehen, Schweiß auf der Stirn, Erfrierungen im Nacken, Haarausfall am Kopf oder Haarwuchs in der Nase. Was nun tatsächlich den Ausschlag auslöste und was die Nebenwirkung einer Medizin war, das wusste niemand mehr so genau. Doch dank eines Ereignisses in ihrer späteren Kindheit, das mit einer Liane und einem Schlammloch in Zusammenhang stand, konnte Juicy inzwischen völlig auf ihre farbenfrohen Essenspakete, bestehend aus den mysteriösen Rezepturen der Pharmaindustrie, verzichten.

Ein weiterer Liebling der Pillenmafia war der einst so strebsame Berny, aus dem ein ausgebrannter Burny geworden war. Auch bei ihm wurde ADHS festgestellt, für die ihn seine Erziehungsberechtigten übrigens selbst verantwortlich gemacht hatten. Burny hatte mit fünf Jahren bereits sein erstes Burnout gehabt. Seine Eltern, die als irgendwas Wichtiges in der Wirtschaft arbeiteten, waren seit seiner Geburt recht fordernd und wollten, dass ihre beiden Kinder Berny und die etwas ältere Waltraud doppelt so viel in ihrem Leben lernten wie jemand, der bereits fünfmal so viel wusste als sie selbst. Den Eltern ging es um eine ständige Steigerung, ein ewiges Wachstum und die völlige Ausschöpfung von Burnys Ressourcen. Waltraud schaffte bereits mit 15 Jahren auch tatsächlich ihren Doktor in Wirtschafts- und Politikwissenschaften. Sie betätigte sich später nebenbei in der Hirnforschung und beteiligte sich an Untersuchungen zur effektivsten Platzierung elektronischer Werbung, an der Entwicklung neuer Kriegswaffen und Gentechniken, an Lobbyismus und abends gab sie Erziehungsnachhilfe an Privatkindergärten, bei der es ihr um den ach so tollen Homo Oeconomicus ging.

Schon als Burny noch ein Baby gewesen war, glaubte man, sein musikalisches Talent erkannt zu haben, nachdem er auf eine Trommel geschlagen hatte. Bis zu seinem fünften Geburtstag musste er Mozart, Beethoven und Helge Schneider mit einer Hand und ausgewählte Werke aller drei Künstler zudem gleichzeitig auf dem Klavier spielen. Nachdem Burny mit knappen zwei Jahren schließlich seine ersten eigenen Schritte gehen konnte, ließen ihn seine Eltern dem hiesigen Fußballklub beitreten. Durch gute Kontakte seines Vaters spielte er mit acht Jahren in der österreichischen Nationalmannschaft um den Weltmeisterschaftstitel mit. Jedoch verfehlte diese ihr Ziel nur knapp und belegte den letzten Platz in der Qualifikation. Nachdem ihm in einer Privatschule und im Rahmen des Nachhilfeunterrichts seiner Schwester das Schreiben beigebracht worden war, wollten seine Eltern, dass ihr Sohn im Alter von neun Jahren die Biografien von Immanuel Kant, Albert Einstein und Josef Hader verfassen sollte. Burny konnte jedoch das Ziel seiner Eltern nicht erreichen. Daraufhin hatte er sein viertes Burnout und wurde – zur Enttäuschung seiner Eltern – mit Toni und den anderen in eine öffentliche Schule gesteckt. Auf diesen Umwegen wurde aus Burny später ein Kettenraucher, er jobbte als Tankwart und Apfelpflücker und hing am liebsten in der Würstelbude ab. In diesem zwielichtigen Laden ließ ihn dann seine Exfreundin Trendy zurück.

Diese dürre Prinzessin ging ebenfalls von klein auf mit Toni und den anderen in dieselbe Klasse. Von ihren Eltern wurde sie als Kind von allen Seiten vergöttert. Früher hieß Trendy Wendy, das änderte sich aber schnell, da sie schon im Kindergarten über ihren eigenen Stylisten verfügte, der sie stündlich dem neuesten Trend entsprechend umkleidete. Da die Beziehung zwischen ihrer Mutter und ihrem Vater nur nach außen hin funktionierte, war es für ihre Eltern umso wichtiger, gewissermaßen als Ablenkung für ein perfektes Auftreten ihrer Tochter zu sorgen. Ihre ersten Babystürze wurden deshalb von Choreografen einstudiert. Sie wurde also in höchster Perfektion an die sozialen Erwartungen, die die Allgemeinheit im Allgemeinen an eine Prinzessin hat, angepasst. Jeder Atemzug einstudiert, jede alltägliche Bewegung auswendig gelernt und die Gesprächsthemen unter den Kindern mussten folglich immer dem neuesten Klatsch aus Hollywood, dem Dschungelcamp, jenem über die neusten Top-Models und die üblen verdächtigen Castingshows entsprechen. Die schon seit Langem von den Eltern der beiden arrangierte Hochzeit mit Burny sollte dazu verhelfen, die volljährige Trendy auf den wackeligen Pop-Olymp zu hieven. Als sich Burny jedoch nicht als der eine Traumprinz herausstellte, ließ sie sich von ihm scheiden und bestritt ihren Weg in ihren ersehnten Starhimmel alleine. Nachdem sie bei mehreren Gesangs- und Model-Castingshows vor laufender Kamera blamiert worden war, schaffte sie es dennoch, und trotz der Kritik ihrer Eltern, eine glückliche Verkäuferin in einem Discounter und eine Jodlerin bei der Marktmusikkapelle zu werden.

Aus dem früher extrem molligen, blassen Lockenkopf Fränky –

dem Letzten aus der Truppe – wurde vor vielen Jahren ein Kränky. Seine Eltern, vor allem seine schwer katholische Mutter, wollten ihn aufgrund der Erbsünde vor jedweden weiteren Gefahren und Krankheiten beschützen, die ein Leben so mit sich bringt. Die ersten Jahre seines Daseins verbrachte Kränky in einem sterilen Raum, der einer Mischung aus modernster Welt und jener im Bauch seiner Mutter, wie er sie als Embryo kennengelernt hatte, entsprach. Erst nach seinem dritten Lebensjahr konnte man seine Frau Mama davon überzeugen, die Nabelschnur zwischen den beiden zu durchtrennen. So begann Kränky damit, das erste Mal selbstständig Lebensmittel zu sich zu nehmen, die noch nicht von seiner Mutter vorverdaut gewesen waren. Allerdings kaute sie ihm sein Essen noch bis zum Beginn der Volksschule weich, da er ansonsten, so dachte sie, eine Kiefer-Krampf-Muskel-Starre erleiden hätte können. In der Schule trat der Junge in den ersten zwei Jahren immer nur in einem dekontaminierten Schutzanzug auf, der einer überdimensionalen Luftblase glich. Erst nachdem ihm sein darin befestigtes Klopapier ausgegangen war, begab sich Kränky zum ersten Mal in die Atmosphäre, in der er aufgrund der frischen, der sogenannten gesunden Luft sofort eine Energie- und Vitaminüberdosis erlitt. Die folgenden Jahre bestritt er dennoch ohne Schutzanzug und bekam dadurch immer wieder Krankheiten, von denen er nicht einmal wusste, dass er derartige Erreger überhaupt in sich trug.

Bei einem leichten Niesen hatte er die Grippe. Sofern man seiner Mutter Glauben schenkte. Ein einmaliger Husten war ein Anzeichen für Bronchitis und zu kurz geschnittene Fingernägel führte man auf eine psychische Störung zurück. Vorbeugend bekam Kränky einen Gipsarm, da er somit im Falle eines Bruches schon vorab versorgt gewesen wäre. Wie sein Eishockeyschutzanzug mit Helm und Warnweste war auch ein Ersthilfepaket sein ständiger Begleiter. Noch im erwachsenen Alter pustete Kränkys Mutter ihm sein Essen kühl. Doch wie schon damals im Kindesalter verschwieg er ihr nach wie vor, welche Abenteuer er beim Spielen mit den anderen tatsächlich zu bestehen hatte.

Diese FreundInnen von Toni konnten ihm – wenig überraschend – nur halbwegs gute Ratschläge für sein weiteres Leben mitgeben. Letztlich hatte Kränky wichtige Kontakte, die Toni jedoch auch nicht längerfristig von seiner Schwerhaftigkeit befreien konnten.

Um Toni vielseitiger zu beschäftigen, verschafften ihm seine Eltern und die Stammtisch-Gang eine Stelle als Leasingarbeiter. Da das Interesse des jungen Schachner-Bubs an der Sozialarbeit nicht den der Dorfgemeinde eigenen Vorstellungen einer richtigen Hack'n im Sinne eines echten Knochenjobs entsprach, wurde dies im Großen und Ganzen ignoriert.

Der verblasste Superheld durfte eine Woche lang für eine Elektrofirma mit einer Stemmmaschine Rohrschächte aus Betonwänden freilegen. Von diesem Gerät, das größer und schwerer war als er selbst, bekam der Gepeinigte Schüttelkrampf und Schleudertrauma. Mindestens so abwechslungsreich ging es für Toni weiter, als er für einen Maurermeister Löcher bohren musste, durch die er selbst hindurch passte. Da er der Bohrmaschine mit ihrem achtzig Zentimeter dicken Bohrer nicht Herr wurde, schleuderte sie den Buben vom Schachner wie auf einem Karussell auf Höchstgeschwindigkeit im Kreis. Davon gab es Schwindelanfälle, Drehwurm und eingerollte Unterarme. Die einzige Aufgabe, bei der sich Toni nicht verletzte, war, wenn er um neun Uhr für die Arbeiter Leberkässemmel und Bier holen musste.

In der Familie und im Dorf war man wieder stolz auf den Burschen, denn er folgte nun seiner – das heißt, der ihm von ihnen auferlegten – Berufung. Der Bub hatte nun wieder eine Sozialversicherung, einen anständigen Beruf, bei dem er ausreichend Überstunden machen konnte, die außerdem insofern sehr nützlich waren, da sie ihn zusätzlich von den unerwünschten Träumereien abhielten. Toni bekam einen guten Lohn, mit dem er sich zukünftig Dinge leisten würde können, von denen er selbst noch nicht einmal wusste, dass er sie überhaupt haben werden wolle. Denn in seinem Dorf war es wichtig, ein Haus, ein Auto, die dazugehörige Doppelgarage, einen Garten, einen Rasenmäher, ein Biotop, eine eigene Werkstatt, jeweils einen Flachbildschirm im Wohn- sowie Schlafzimmer, zwei WCs, moderne Kleidung, geschnittene Haare, acht Paar Schuhe, ein Bücherregal voll mit Bestsellern, deren Inhalte niemand zu kennen brauchte, eine Frau mit mindestens zwei Kindern, einer Katze und einem Hund sein Eigen nennen zu können. Um diese Ziele zu erreichen, musste man natürlich nur eines tun: arbeiten, mehr arbeiten, arbeiten und noch mehr arbeiten. Durch die schweren Tätigkeiten am Bau hatten Tonis nun wieder gewaltig aufgepumpten Muskeln schon manchmal nicht mehr durch seine Zimmertür gepasst. Auch die andauernden Erwartungen, deren Erfüllung dem jungen Mann eine oberflächliche Anerkennung und Bewunderung verschaffte, machten ihn immer unglücklicher und auch wieder schwerer. Es wurde geschuftet, jedoch nur so lange, bis Toni nach mehreren Monaten beschlossen hatte, in diesem Laufrad nicht mehr mitzurennen. Nachdem er sich einmal bei einem seiner verträumten Abenteuer, denen er außerhalb der Arbeitszeit nachging und –hing, schwer verletzt hatte, begann er, sich über sein unbefriedigendes Dasein immer widerspenstiger werdend zu beschweren. Die Menschen im Kaff führten dies auf eine dieser klimatisch bedingten Krankheiten zurück, vermutlich aufgegabelt in dem weit entfernten Tirol. „Jetzt will der Schachner nix G'scheites mehr arbeiten. Das kann er nur von den Ausländern in dem Tirolistan haben. Man soll ihn am besten neun Tage die Woche schuften lass'n, damit er wieder richtig katholisch wird, der Bub."

Toni brach wieder vermehrt durch Stühle, hinterließ Fußabdrücke auf Teerstraßen und konnte seinen Kopf nicht mehr über dem Essenteller halten. Diese Schwerhaftigkeit war nun sogar bis in sein Innerstes vorgedrungen und drückte bereits schwerwiegend auf die Stimmungsorgane und seine Lebensfreude. Die anfänglichen Hilfen Kränkys wirkten in diesem Stadium jedenfalls nicht mehr. Deshalb beschloss der einsam Desillusionierte nach langen Überlegungen, sein bisheriges Leben so nicht mehr weiterführen zu wollen.

Nachdem er nach seinem Krankenstand wieder zur Arbeit antreten hatte müssen, verhielt sich Toni für mehrere Wochen zurückhaltend und ruhig. Er erschien täglich in der Firma, machte seine Überstunden und verschwand jeden Abend völlig unauffällig wieder von der Baustelle. Von seinen FreundInnen zog er sich auch immer mehr zurück. Selbst den traditionsreichen, traditionell als Kulturgut zelebrierten Wochenendbesäufnissen blieb er fern. Müde vom Schuften saß Toni oft mehrere Stunden alleine im Garten und versuchte nachzudenken. Doch da kam nichts. Irgendetwas musste er in seinem Leben ändern, doch wusste er nicht, was das sein könnte. Er war todunglücklich, hatte jedoch keine Perspektiven, wie er aus diesem Teufelskreis herauskommen könne beziehungsweise was er sich denn sonst vom Leben erwarten soll. Er sah keine Alternativen. Keine anderen Lebensweisen wurden ihm vorgelebt, ihm wurden keine befriedigenden Antworten gegeben. Selbst Jenny konnte ihm nicht mehr beistehen, sie war ja in Norwegen.

Für Toni gab es nur noch einen einzigen Ausweg. Es war ein kalter Februarmorgen. Viele der mit Eis und Schnee bedeckten Straßen waren an diesem Wochenende gesperrt. Zu dieser Jahreszeit schlossen sich die meisten Menschen in ihren warmen Häusern ein. Früher spielten noch Kinder im Schnee, doch heutzutage beschäftigten sie sich lieber im Haus mit ihren Elektrogeräten. Toni hatte sich an diesem Morgen zum Unausweichlichen entschlossen. Er vermummte sich in seine Winterkleidung, zog dicke, warme Stiefel an und begab sich im Schneesturm zu Fuß in den Wald. Keiner aus seiner Familie, niemand von seinen FreundInnen wusste, was er vorhatte. Er hinterließ nicht eine Notiz. Die Sicht war schlecht und trotz seiner dicken Haube und den Fäustlingen fühlte sich der Schachner-Bub klirrend kalt. Immer wieder blieb er in den dicken Schneemassen stecken. Trotz des stürmischen Schneefalles war es ein beeindruckender Morgen in diesem Nadelwald, in dem sich ihm heute sogar Rehe zeigten. Nach mehreren Stunden eiskalter Wanderung hatte der junge Mann sein Ziel müde und ausgekühlt erreicht. Inmitten des Hausrucker Waldes stand er nun vor dieser mächtigen Holzkonstruktion, die seinen Mitmenschen aus dem Kaff einen neugierigen Blick über die hügelige Landschaft bis hin zu den Alpen außerhalb der kontrollierbaren Dorfgrenze gewährte. Doch zu dieser Jahreszeit kletterte kaum jemand auf den Aussichtsturm. Der Holzboden war sehr rutschig und je höher Toni stieg, desto wackeliger wurde das Gebilde unter seinen Füßen. Als der von seinem Vorhaben geleitete Bursche auf der Plattform angelangt war, sah er in diesem stürmischen Nebel nicht einmal mehr den festen Boden neunzig Meter unter sich. Nur die im Wind wehenden Baumgipfel gaben ihm Orientierung und er fror. Der Frost peitschte Toni ins Gesicht und versuchte, ihn immer wieder zurückzudrängen. Doch er ignorierte diese Zeichen. Er widersetzte sich der stürmischen Natur und stieg vorsichtig auf die nächste Sprosse des Geländers. Aus dem Nichts kommend, erfasste ihn eine Windböe. Seine Schuhe fanden auf dem gefrorenen Holz keinen Halt mehr. Toni verlor für einen kurzen Augenblick das Gleichgewicht und stürzte nach hinten.

Blind für all diese Zeichen, die versucht hatten, ihn von seiner Tat abzuhalten, lag er auf der hölzernen Plattform am höchsten Punkt des Aussichtsturmes. Das Holz unter ihm knarrte bereits, da ihn seine Schwerhaftigkeit wieder zu Boden drückte. Toni wartete eine Weile, bis sich der Sturm etwas gelegt hatte. Er stand wieder auf und war dieses Mal entschlossener denn je. Vorsichtig setzte er einen Fuß nach dem anderen auf das Geländer. Mit zitternden Beinen stieg er immer weiter, bis er auf dem obersten Geländer des Turmes angekommen war. In diesem Augenblick hoffte Toni nur noch, dass ihm die Stuntübungen weiterhelfen würden, die ihm Kränky beigebracht hatte. Für Toni gab es nur noch einen Weg, um das herauszufinden. Er hatte in nichts mehr Vertrauen und keine Perspektiven. Und er hatte nur diesen einen Versuch – der sollte ihn retten.

Plötzlich blies eine weitere Windböe die dichten Wolken fort, die sich zuvor um ihn herum ausgebreitet hatten, und die Sonne fand ihren Weg in sein Gesicht. Nun konnte er auch den Boden tief unter sich wieder erkennen. Als Toni seinen Fuß etwas nach vorne setzte, um sich noch weiter vorne in die Tiefe zu stürzen, erblickte er mich gerade noch rechtzeitig im grell-zarten Lichtstrahl der Sonne.

Ich war ihm die ganze Zeit über gefolgt. Immer war ich in seiner Nähe gewesen. Aber der verzweifelte Bursche hatte mich schon lange nicht mehr beachtet. Ich war ihm fremd geworden, weshalb ich auch länger auf ihn einreden musste, bis ich ihn davon überzeugen konnte, vom Geländer herunterzusteigen.

Obwohl er mich vor ein paar Monaten noch gesucht hatte, konnte er sich nicht mehr an mich erinnern. In diesem Moment hielt ich es auch nicht für nötig, ihm von mir zu erzählen. Er würde mir ohnehin nicht glauben, da die Zeit dafür noch nicht gekommen war. Ich sagte ihm nur, dass er einen großen Fehler begehen würde, wenn er sich über das Geländer in die Tiefe stürzt. Es gab nämlich noch andere Auswege, die er nehmen konnte. Aber zunächst würde sich Toni über diese Möglichkeiten klar werden müssen. Ich sagte ihm, er müsste sich an die Dinge erinnern, die ihm einst etwas bedeutet hatten. Jene, für die es sich lohnt, zu leben, um danach zu suchen. Mit dieser übereilten Handlung auf dem Turm würde er seinem Dasein nur eine noch viel tragischere Wendung bescheren, als er es zu Lebzeiten je getan und gespürt hätte. Es gäbe immer einen Ausweg, einen anderen, doch nur er selbst könne diesen Weg hinaus aus der dunklen Höhle finden.

Danach verdichteten sich die Wolken wieder und die Sonnenstrahlen kehrten in ihren Winterschlaf zurück. So schnell mich Toni in dem Licht erblickt hatte, so schnell verschwand ich wieder im stürmischen Schneefall. Ich konnte ihm in diesem Moment nicht mehr weiterhelfen. Schon dadurch, dass sich dieser Kerl kurzzeitig an meine Existenz erinnert hatte, gelang es mir, ihn vom Endgültigen abzuhalten. Nach diesem kurzen Treffen fasste Toni wohl den größten Mut, als er sich dazu entschloss weiterzuleben.

Es war nun auch schon später Nachmittag geworden und der Schneesturm erschwerte ihm neben der Dämmerung die Orientierung auf seinem Rückweg zusätzlich. Als er sich im Dickicht aus Bäumen und Schneehaufen gar nicht mehr zurechtfand, lief an ihm ein braun-weißer Langhaardackel vorbei. Dieses verspielte Tier musste ganz eindeutig hier in der Nähe bei irgendjemanden leben. Seine Spuren im Schnee halfen Toni, auf den richtigen Weg zu gelangen, der ihn zu einem am Waldrand stehenden alten, hölzernen Hexenhaus führte. Aus dem Kamin stieg Rauch empor und die Lichter, die aus den Fenstern drangen, flackerten Toni schon von Ferne her warm entgegen. In seiner Not klopfte der Halberfrorene mehrmals an die Türe und eine zerzauste grauhaarige Frau, die – wie sich herausstellte – auf den Namen Hermi hörte, öffnete ihm. Barfuß stand sie dem Burschen gegenüber und begann ihn auszulachen. Denn auf sie wirkte er, als ob er gerade einem Gespenst begegnet wäre. Gastfreundlich, wie sie war, führte Hermi den vor Schock und Kälte Zitternden in ihre warme Stube mit einem Kachelofen und machte ihm eine heiße Tasse Milch. Toni wusste gar nicht, dass hier am Waldesrand so kurz vor der Außengrenze noch jemand wohnte, und schon gar nichts wusste er von einer schrulligen Geistheilerin.

Hermi ließ sich bis auf die Freitagsmärkte nur selten im Dorf blicken. Trotzdem hatte sie schon viele Gerüchte über diesen jungen Mann gehört und kannte ihn offensichtlich besser als er sich selbst. Wenn sie nicht hier im Haus wohnte, ging sie mit ihrem Mann und der gemeinsamen, jetzt erwachsenen Tochter oft auf Reisen. Die beiden befanden sich zurzeit außerhalb der Grenze und durch die außer Kontrolle geratenen Schneekanonen, die um das Dorf herum aufgestellt ein Vierteljahr lang dem Fortbestehen der Jahreszeiten sichern sollten, konnten sie die zugeschneiten Schleusen ohnehin nicht als Eingang benützen. Somit verbrachten sie die Zeit meditierenderweise bei Mönchen. Was ein Mönch und das Meditieren waren, wusste Toni bisher nur aus dem Fernsehen. Umso interessierter schaute er sich die vielen Reisefotos an, die Hermi und ihre Familie zeigten. Da sich der Sturm nicht legte und es schon dunkel geworden war, lud ihn die Alte ein, über Nacht im warmen Haus zu bleiben. Hermi kannte sich gut aus mit pflanzlicher und seelischer Heilkunde und glaubte deshalb, Toni dabei helfen zu können, seine Schwerhaftigkeitsanfälle in den Griff zu bekommen. Noch lange bis tief in die Nacht hörte sich Toni faszinierende Geschichten über Hermis Heilkunde und die Welt da draußen an.

In den nächsten Wochen besuchte Toni diese wundersame Frau immer wieder, wobei er einiges über seine Krankheit, die Anthro-Gravitation und Hochdruck-Schwerhaftigkeit, lernen konnte. Bis er eines Tages schließlich all seinen Mut fasste, die Grenzen zur Außenwelt mit einem Steinwurf gegen das Himmelglas beseitigte und sich auf seinem Weg in Richtung der Welt da draußen wiederfand ...

6

… In der letzten Nacht träumte ich nach langer Zeit wieder einmal von Jenny, und zwar davon, dass wir gemeinsam auf Reisen in Asien wären. Morgens befanden wir uns im Himalaya beim Snowboarden und am Abend relaxten wir an einem einsamen Strand in Indonesien.

Wie zu vielen anderen hatte ich auch zu ihr in den letzten Monaten keinen Kontakt mehr gehabt und wusste daher nicht, wie es Jenny ging. Aus irgendeinem Grund widerstrebte es mir, meinen FreundInnen über meine Suche und den Aufenthalt in Asien in geschriebener Kurzform zu berichten. Wenn ich an das weit entfernte Daheim unter dem gläsernen Himmel dachte, erschien es mir oft so nahe und ich begann, einen Teil davon zu vermissen. Es war ein beängstigendes Gefühl, das ich zuvor noch nie durchlebt hatte. Deshalb versuchte ich es zu verdrängen, um mehr im Hier und Jetzt zu sein, mich mehr auf dieses neue Land zu konzentrieren: Sri Lanka.

Sri Lanka als meine nächste Reisestation war für mich vor allem deshalb interessant, weil es damals in geografischer Hinsicht das am nächsten gelegene Land war, das ich erreichen konnte. Kurz vor dem Ablaufen meines Indien-Visums befand ich mich an einem Hafen im Süden des Landes und sah, dass dort eine Fähre lag, die überraschenderweise nicht in Betrieb war. Sie hätte mich nach Sri Lanka bringen sollen. Ein Fischer erzählte mir, dass aufgrund der dort herrschenden Unruhen der Verkehr immer wieder eingestellt werden musste. Meiner Frage, ob er mich trotzdem hinfahren könne, wich er zunächst aus. Doch als ich ihm meine letzten Rupien entgegenstreckte, fanden wir zu einem konstruktiven Gespräch. Sri-lankische Händler kaufen oft im billigeren Indien ein und führen das importierte Gut bei nächtlichen Bootsfahrten in ihr Land. Auf so einer mit Kleidern und Töpfen beladenen Holzfähre durfte ich mit geschätzten zehn anderen Passagieren die lange Fahrt bis Colombo antreten. Das wurde zu einer recht interessanten Erfahrung, die wohl in keinem Reiseführer beschrieben wird. In diesem Moment, in dem sich eines nach dem anderen aus dem Nichts heraus ergab, hatte ich kaum irgendwelche Bedenken, mich dem Ungewissen auszuliefern.

Als wir nach einer wild im Wasser schaukelnden Fahrt in der Morgendämmerung an Land anlegten, rutschte mir beinahe mein Herz in die Hose. Vor mir stand ein schlicht gekleideter Mann, der den wenigen InderInnen an Bord für ein paar indische oder Sri-Lanka-Rupien ein vorgefertigtes Visum ausstellte. Er fragte mich in einem tiefen Ton, was ich auf dem Boot machte und ob ich nicht wüsste, dass ich hier illegal eingereist sei. Ich antwortete nach kurzem Schlucken und einem anfänglichen Stottern, ob er denn nicht wüsste, dass seine Tätigkeit ebenfalls illegal sei. Ich, nun schon in einer weniger quietschenden Tonlage und übermannt von einer inneren Stärke, sei von einer europäischen Einwanderungsbehörde geschickt worden und ermittelte hier bezüglich des Konfliktes. Selbstverständlich hätte ich keine Ahnung, worum es sich dabei tatsächlich handle. Würde er mir ein Visum ausstellen, könne ich meinem Chef, der in Europa ein sehr angesehener Mann sei, davon berichten, dass die Grenzen zwischen Indien und Sri Lanka ganz hervorragend bewacht würden. Es fände kein illegaler Zwischenhandel statt und der lokale Konflikt gefährde Indien nicht im Geringsten. Der Beamte rümpfte kurz die Nase, spuckte blutroten Tabak aus seinem Mund beiseite und fragte mich nach dem Namen meines Chefs. Nach zögerlichem Stottern war das Erstbeste, das mir eingefallen war, meine Erfahrungen im Ashram und damit der Name Richard Gere. Grimmig verstimmt hakte der Dunkle nach, wer dieser Gere denn nun genau sei. Als ich mich dahingehend äußerte, dass er ein guter Freund von Amma, der heiligen Frau in Amithapuri, sei, sah ich mich bereits auf dem Scheiterhaufen brennen. „Oh, Amma, Amma. Du heilige Frau!", schrie er voller Begeisterung und patsch, hatte ich mein einmonatiges Visum. Einer der Einkäufer, Darshan, den ich auf dem Boot kennengelernt hatte, grinste mich währenddessen durchschauend an und gab mir ein Zeichen, in den auf ihn wartenden Van zu steigen.

Den ganzen Morgen hindurch fuhren wir zu Häusern, in denen wir gegen Provision seine indischen Produkte verteilten. Später fand ich im Haus seiner Familie für ein paar Stunden Schlaf. Nach einem köstlichen Essen, serviert von meiner Gastgeberin Jaya und ihrem Mann Mani, verrieten sie mir ein paar Informationen über ihr Land. Danach fuhr ich ohne einen konkreten Plan für meine Weitersuche in einem Bus in die Innenstadt Colombos, wo ich ein günstiges Hotel fand. Es war der Monat März und draußen überraschte mich seit Langem wieder etwas erfrischender Regen. Sri Lanka war mir als einer der weltweit größten Teeproduzenten bekannt. Seit meinem Aufenthalt im indischen Bodhgaya wusste ich auch, dass hier der Ableger des Heiligen Bhodibaumes steht, der von den vielen BuddhistInnen des Landes verehrt wird. Die Stadt mit ihren weniger aufdringlichen EinwohnerInnen ist bei Weitem sauberer, als ich es von Indien gewohnt war. Obwohl alles auf mich einen etwas besser entwickelten Eindruck machte als beim großen Nachbarn, taten sich die Sinhala-Sprechenden, das ist die eine Sprache Sri Lankas, mit Englisch doch etwas schwerer. Eine im Land lebende Minderheit jedoch, die Tamil aus dem indischen Tamil Nadu, deren Sprache ebenfalls Tamil heißt, taten sich leichter damit, mir Dinge in englischer Sprache zu erklären. Die Stadt beherbergt neben einem funktionierenden Straßensystem und vielen PolizistInnen auch AbzockerInnen und BettlerInnen, die bevorzugt auf ihr tragisches Schicksal hinwiesen, das dem Tsunami im Jahre 2004 geschuldet war. Aber damit nicht genug: Ich wurde hier außerdem, so wie auch in einigen Ortschaften, die ich anschließend besuchte, des Öfteren mit äußerst konkreten Angeboten von recht jungen potenziellen Sexgespielinnen konfrontiert, die ich aber allesamt fortschicken ließ. Da ich kein konkretes Ziel vor Augen hatte, besorgte ich mir einen dünnen Reiseführer, der mich in den Strandort Hikkaduwa führte.

Als ich mich in diesem Urlaubsort umsah, brach wie aus dem Nichts kommend ein Platzregen über mich herein, der mich für etwa zwanzig Minuten zu Boden drückte. Dies war meine erste Monsunerfahrung, auf die ich mich in der Folge täglich, auf die Minute genau, verlassen konnte. Später am Abend humpelte ein älterer, grauhaariger Typ mit Krücken auf mich zu. Er, Mr. Karan, lud mich ein auf ein im Alk-Shop erhältliches Bier. Auch er war ein Opfer des Tsunamis, der seinen tödlichen Ursprung in einem der stärksten bis dato registrierten Seebeben an der Westküste Sumatras gehabt hatte. Im Tsunami fanden insgesamt rund 230.000 Menschen ihren Tod. Manche von ihnen wurden bis an die Küsten Afrikas gespült. In Sri Lanka starben damals in etwa 40.000 Menschen. Ein tragisches Unglück, das ich neben dem Taifun auf den Philippinen 2013 beinahe vergessen hatte. Doch hier in Sri Lanka standen immer noch die Hausruinen, die die Naturkatastrophe hinterlassen hatte. Der Alte erzählte mir furchtbare Details darüber, wie die Flut ihn, seine damalige Frau und die gemeinsame, zu diesem Zeitpunkt dreijährige Tochter ergriffen hatte. Mit schlimmen Verletzungen überlebte nur er, von Narben fürs Leben gezeichnet. Frau und Kind musste er dem Ozean überlassen. Doch er fand sein Glück wieder. Er umschreibt es als einen Lottogewinn, denn er gründete eine neue Familie, zu der mich Mr. Karan nun zum Abendessen einlud. Drei ältere, aus seiner ersten Ehe stammende, und zwei junge Kinder, von seiner neuen Partnerin, stellte er mir stolz in ihrem schlichten Haus vor. Meine GastgeberInnen wollten mich am darauf folgenden Morgen auf eine Fahrt mit ihrem Katamaran einladen. Begeistert blieb ich die Nacht über und freute mich auf den bevorstehenden Ausflug, der jedoch mit einer unerwarteten Überraschung daherkam. Ich sollte für die gesamte Truppe, das Boot und den Kapitän bezahlen, wozu ich mich nicht bereit erklärte. Wütend forderte Mr. Karan daraufhin Geld für das von mir konsumierte Essen und die Übernachtung in seinem Haus. Diese herbe Abzocke, die darin bestand, mich als Sponsor zu missbrauchen, verletzte mich sehr. Es war ein so schöner Abend mit so netten Kindern gewesen. Doch stellte sich die gespielte Freundlichkeit als ein insgesamter Betrug heraus. Enttäuscht zahlte ich für die Unterkunft und das Essen und begab mich zurück zum Strand, wo ich den Abend unter erfrischendem Regen alleine in meinem Hotel verbrachte.

Obwohl es hier sehr schön und sauber war, fehlten mir nun das nervige Gehupe, der Dreck und das Chaos um mich herum. Mir war etwas langweilig zwischen all den russischen StrandurlauberInnen, den australischen SurferInnen und meiner im Sand verlaufenen Suche. Aus dieser Langeweile heraus kletterte ich am sonnigen Morgen am Strand über Felsen, um nachzuschauen, was sich wohl dahinter versteckte. Dort fand ich tatsächlich etwas: Neben einzelnen Häusern, die sich auf einer Ebene verteilten, fand ich eine bewohnte Höhle. Darin lebte direkt hinter ein paar TouristInnenhotels und zwischen Palmen ein alter, graubärtiger, dürrer Mann. In Sinhala sprechend und mir ein Handzeichen gebend winkte er mich herbei. Er saß gemütlich auf einer selbstgemachten Holzbank und rauchte genüsslich einen Joint. Ich versuchte ihm verständlich zu machen, dass ich seine Worte nicht verstand, während er begann, mir über dem Feuer einen Schwarztee zu kochen. Somit unterhielten wir uns mit Händen und Füßen für etwa eine halbe Stunde, bis ihm plötzlich vor Lachen die Tränen aus den Augen flossen. Der Opa begann sich mit mir in fließendem Englisch zu unterhalten. Nachdem er in den 1970ern auf einem Kamel durch Südindien gereist war, hatte er damit angefangen, in der Stadt Chennai Management zu studieren. Dort hatte der gebürtige Inder seine damalige Frau kennengelernt und später geheiratet und mit ihr fünf Kinder gezeugt, die nun alle in gutem Wohlstand lebten. Der gebrechliche Kerl war beruflich durch die ganze Welt gereist, weshalb er auch für längere Zeit in Europa gelebt hatte. Als noch Junger erfuhr der nun Alte von seinem Vater, dass sein Urururgroßvater mehrere Jahre als Sadhu in einer Höhle in Sri Lanka verbracht hatte, und zwar zum Meditieren. Das bisherige Leben des Geschäftsmannes hatte sich oft nur um Verträge und Finanzen gedreht. Immer musste er sich mit Ellbogen gegen die wachsende Konkurrenz durchsetzen, was ihn tagtäglich unglücklicher werden ließ. Aus diesen Gründen entschloss er sich dazu, in Colombo zu leben und sich auf die Spuren seiner Vorfahren zu begeben. Auf dieser Suche erlangte der einstige Auf-einem-Kamel-durch-Indien-Reisende seine alten Kräfte zurück. Es war, als würde er seinen vergessenen Ursprung, seine eigene Vergangenheit suchen. Und am Ziel dieser Suche fand er diese Höhle, in der einst sein Urururgroßvater meditiert hatte. Als er sich dank dieser neu erlangten Energie und dem Ende seiner Suche wie ein neu geborener Mensch fühlte, war ihm klar geworden, dass er exakt jenes Leben hier weiterführen wollte, das sein Vorfahre einst in dieser Höhle begonnen hatte. Von diesem Zeitpunkt an lebte Baba als Bettelmönch, getrennt von seinen fünf Kindern und seiner einsamen Frau. Getrennt von allem materiellen Wohlstand und vereint mit sich selbst, führte er ein Leben in Meditation.

Auch ich drückte ihm ein paar Geschichten über meine Reise in seine behaarten Gehörgänge. So zum Beispiel, dass ich mich nach meiner zehntägigen Meditation nicht wohlgefühlt hatte. Dass mir kein erhofftes Lichtlein für meine Suche aufgegangen war. Daraufhin meinte Baba, ich solle Geduld haben. Er sah, dass ich ein Suchender war, ein Wanderer. Ich müsse nicht auf einem Kissen sitzen und dabei auf Erleuchtung hoffen. Wenn ich mich auf meine Suche konzentrierte, das Buch in mir öffnete und mich von dem, was mich umgab, leiten ließe, würde ich finden, was ich suchte ...

... Nachdem mich der weise Alte aus seiner kleinen Höhle fortgeschickt hatte, ging es für mich über die sehr grüne Edelsteinstadt Ratnapura in das auf 1.580 Metern Meereshöhe gelegene Haputala. Schön liegt es da zwischen Bergen und Teeplantagen. Die kühleren Temperaturen schenkten mir frische Energie. Beim Spazieren zwischen den grünen Teeplantagen, auf denen in farbenfrohe Kleider gehüllte Frauen Blüten ernteten, traf ich Herbert, einen 57-jährigen, großgewachsenen Deutschen. Herbert redete gerne und das am liebsten ohne Pause. Ich selbst befand mich gerade in einer etwas schweigsameren Phase meiner Reise, weshalb ich ihm nicht immer folgen konnte. Bei einer netten Wanderung um sieben Uhr morgens begann er mit „... und die Teeplantagen kommen aus ..." und endete beim gemeinsamen Abendessen mit den Worten „... und das war mein Freund aus Mauritius." Für ihn war es ein Riesenschritt gewesen, sich für drei Monate alleine nach Sri Lanka zu begeben. Mit seiner Frau, die zu Hause die gemeinsame körperlich beeinträchtigte Tochter pflegte, klappte es wohl nicht mehr so gut, weshalb er sich eine Auszeit genommen hatte, die für ihn nun bald wieder enden würde. Erst hier nahm er sich nach 57 Jahren das erste Mal Zeit, über sein Leben nachzudenken. Und erst jetzt, nach rund dreißig Jahren Ehe, wurde er sich darüber bewusst, wie sehr er seine Familie liebte. Seine Flucht aus seinem Alltag hatte ihn hierher gebracht. Und genau hier in Sri Lanka sehnte er sich nun nach diesem Alltäglichen zurück. Mir war bis zu unserer Begegnung nie bewusst gewesen, dass sich in der Welt oft alles um dieselben Dinge dreht, die den Menschen beschäftigen. Natürlich liebte man sich hier auch. Selbstverständlich mussten die Leute hier auch essen, schlafen und arbeiten. Zu Hause in Österreich gaben mir viele Menschen oft das Gefühl, dass ich anders war als sie. Ständig hatte ich mich anzupassen und musste so sein, wie traditionelle Regeln es von mir erwarteten. Meine gescheiterten Versuche, akzeptiert zu werden und mich in einer Gemeinschaft geborgen zu fühlen, ließen mich vor ein paar Jahren bewusst von der Masse abgrenzen, um so die erhoffte Anerkennung zu finden. Ich wurde dadurch jedoch einmal mehr nicht akzeptiert. Aber nun erfuhr ich in der Welt da draußen, in meinem neuen Alltag, dass wir doch alle gleich sind. Die kleinen kulturellen Unterschiede fielen dabei kaum ins Gewicht. Bei kühlem Wetter versammelte man sich in Nepal gerne in netten Runden. In Indien genoss man die Lektüre einer Zeitung bei einer heißen Tasse Tee. In Sri Lanka quatschte man gerne mit seinem Nachbarn über das Wetter. Selbiges im Westen. Alle müssen wir atmen und alle lachen wir gerne. Es fühlte sich für mich gut an, nicht mehr anders sein zu wollen. Egal was ich tat und wie ich mich verhielt, es war mir unmöglich, nicht ein Teil der Gesellschaft zu sein. Einer vorurteilsbeladenen Gesellschaft, der es noch nicht gelungen war, nationale Barrieren zu überwinden und sich selbst als eine Gesamtheit wahrzunehmen, die jedem Individuum den Spielraum gibt, so zu sein, wie es sein wollte. Solche klaren Momente stärkten meinen Glauben daran, mein Ziel doch noch zu erreichen. Die Reise ging für mich noch weiter, denn es mussten zunächst noch viele, oft noch verborgene Fragen beantwortet werden. Als ich Herbert zwischendurch wieder einmal zugehört hatte, schnappte ich einige seiner Worte auf. Wonach er gesucht hatte, hatte er im Osten des Landes gefunden.

   Nach einer holprigen, nicht enden wollenden Busfahrt gelangte ich früh morgens dorthin. Umgeben von sehr vielen Sumpfgebieten, in denen ich wilde Elefantenfamilien spielen sah, endete die Straße am Meer. Auf der linken Seite gab es ein paar Hotels. Aber da es noch vormittags war, bog ich erstmals nach rechts ab. Hier lebten die Leute in bedeutend ärmeren Verhältnissen. Es standen einige Bambus- und Holzhütten zwischen Sanddünen und Palmen. Als ich so herumspazierte, lief mich am Strand beinahe ein Dutzend Kinder über den Haufen, von denen mich zwei Burschen am Arm zogen und mir klar machten, dass ich ihnen folgen solle, um zu helfen. Rund dreißig Mann zogen mit einem traditionellen Motivationslied ein riesengroßes Netz aus dem Meer, das auf der anderen Seite von einem bereits am Strand liegenden Boot eingekreist wurde. Mit viel Schweiß gelang es uns, die Fischfalle mitsamt Inhalt an Land zu ziehen. Die großen, noch zappelnden Tiere wurden auf den einen und die kleinen, qualvoll erstickenden Fische auf den anderen Haufen sortiert. Anschließend lud mich ein Englisch sprechender Lehrer zum Dank für meine Hilfe zu sich und seiner Familie ein. Jivan, so hieß mein tamilischer Gastgeber, seine Frau Sulthekaran und deren drei Kinder, ihre Namen verstand ich nicht, lebten hier mit zwei anderen Familien in einer wackeligen Holzhütte rund zweihundert Meter von den Strandhotels entfernt. Nachdem sich die Durcheinandersprechenden um mich herum beruhigt hatten, begann Jivan mir zu erzählen, weshalb sie, wie viele andere Tamilen auch, auf der Flucht gewesen waren. Im 19. Jahrhundert, als England Sri Lanka kolonialisierte, schleppten die Briten indische Tamilen mit, die für sie als SklavInnen auf Plantagen arbeiten mussten. Zu dieser Zeit lebten bereits Singhalesen und Sri-Lanka-Tamilen auf der damals noch Ceylon genannten Insel. Während der Kolonialzeit waren die Tamilen in Sprache und Schrift mehrheitlich besser kundig als die Singhalesen und wurden deshalb gerne in den britischen Verwaltungsämtern eingesetzt. Eine solche Bevorzugung der tamilischen Bevölkerungsminderheit wurde von den Singhalesen als grobes Unrecht empfunden. In der Zeit, als das Land seine Unabhängigkeit erlangte, führte dieser Umstand zu bewaffneten Aufständen. Die Wahlen gewann die Partei, die sich für die Singhalesen einsetzte, und somit begann die Unterdrückung der Tamilen. Daraus ergaben sich mehrere radikale Formierungen, unter anderem die LTTE, die Tamil Tigers der Sri-Lanka-Tamilen, die einen unabhängigen Osten und Norden der Insel forderten. Seit knapp dreißig Jahren dauerte dieser Bürgerkrieg nun schon an.

Ein alter Mann, der in der Ecke saß, befürchtete, wie Jivan mir übersetzte, dass selbst mit Beendigung des Krieges das Vertrauen zwischen den Singhalesen und den Tamilen noch lange nicht zurückgewonnen werden würde. Jahrzehntelang hatten sich die Menschen, propagandistisch erfolgreich begleitet vonseiten der Regierung, vor den Tamil Tigers gefürchtet. Diese Angst habe sich später auch auf die tamilischen BürgerInnen übertragen, was das Vertrauen längerfristig vergiftete. Der Buddhismus gefährdet ebenfalls die hinduistische Identität der Tamilen. Der Konflikt wurde von den politischen Eliten auf eine religiöse Ebene geführt, die reich an Auseinandersetzungen ist, in denen die Werte, die Identität und das Gemeinschaftsgefühl des jeweils anderen als etwas Falsches betrachtet werden. Eine solche kollektive Selbstinterpretation basiert jedoch lediglich auf den Erfahrungen der Geschichte, die eine gegenseitige Annäherung und eine gemeinsame Zukunft erschweren. Allerdings gab der alte Mann die Hoffnung nicht auf, den Frieden in seinem Zuhause noch mitzuerleben. Jivan und seine Familie flüchteten vor zirka zehn Jahren aus diesem kleinen Dorf im mittleren Norden der Insel. Sie entgingen nur knapp dem Tod, als sie früh morgens von zahllosen Schüssen geweckt wurden. Sie konnten nicht sagen, ob es die LTTE-Guerillas oder gar Truppen der Regierungsarmee gewesen waren. Nur eines war gewiss, und zwar, dass ihr Haus, nachdem die Schüsse und Bombardierungen wieder verstummt waren, in Trümmern lag. Als sie Stunden später mit ihren Kindern aus dem Kellerversteck wieder herauskrochen, begann eines der Kleinen fürchterlich zu schreien. Im großen Gemeinschaftskochtopf in der Küche lagen abgerissene Arme und

Beine von Flüchtlingen, die nicht so viel Glück gehabt hatten wie sie. Flüsse waren vom Blut der Ermordeten rot gefärbt. Überall lagen Leichenhaufen. Diese Opfer waren von den Tamil Tigers sowie der ebenfalls bestialischen Regierungsarmee hingerichtet worden. Zu Fuß verließen Jivan und seine Familie in der darauffolgenden Nacht diesen Kriegsschauplatz und sie wanderten wochenlang mehrere hundert Kilometer gen Süden, bis sie in diesem provisorischen Zuhause ankamen. Doch auch hier wurden die Flüchtlinge in ihrer Existenz bedroht. Denn die Hotelbesitzer beschwerten sich zunehmend darüber, dass die Hütten der Fischer den Blick auf das Meer stören und der Geruch der zum Trocknen ausgelegten Fische die Gäste vergraulen würden. Für die Tourismusindustrie war der Tsunami von 2004 gerade recht gekommen. Die Flut hatte den Strand von den dort lebenden Menschen und ihren – so manchen störenden – Hütten, Booten und Fischernetzen freigeräumt. Kurz darauf wurden die überlebenden Opfer landeinwärts und somit weit weg von den TouristInnen in Notlagern angesiedelt. Als Wochen später der Wiederaufbau beginnen hätte sollen, hinderte die Polizei die überlebenden Fischerfamilien daran, auf ihr ursprüngliches Land zurückzukehren, da der Strand von nun an für sie offiziell verbotenes Terrain darstellte. Damit hatte man ihnen ihre traditionelle und gleichermaßen existenzielle Grundlage, nämlich die Fischerei, genommen. Einen weiteren bitteren Beigeschmack hat die Tatsache, dass das den Wiederaufbau betreffende 80-Millionen-Dollar-Entwicklungsprojekt nicht für die Fischerfamilien aufgewendet wurde, sondern für die Tourismusindustrie. Mit der Zusage der damaligen Regierung Sri Lankas, die Wirtschaft für private Investoren zu öffnen, millionenschwere Aufträge für den Wiederaufbau an US-amerikanische Unternehmen zu vergeben und dabei niedrig gehaltene Arbeitsrechte ebenso einzuräumen wie allfällige Massenkündigungen, erhielt der Inselstaat von der Weltbank und vom Internationalen Währungsfonds Kredite in Millionenhöhe. Mit dieser Katastrophenhilfe wurden in den touristisch erschlossenen Gebieten Autobahnen, edle Flughäfen und eine verbesserte Wasser- und Stromversorgung errichtet. Ähnliches hatte sich auf den Malediven, im indischen Tamil Nadu, in Thailand und Indonesien zugetragen. Das einzige Geld, das die US-Regierung den Fischerfamilien in Höhe von einer Million Dollar direkt bereitstellte, sollte für eine Verbesserung der Notlager verwendet werden. Denn diese waren schon von Beginn an als dauerhafte Elendsquartiere gedacht gewesen ...

... Nach mehreren Tagen bei meinen neuen FreundInnen, die mich zu sich eingeladen hatten, obwohl sie selbst kaum etwas besaßen, verließ ich diesen eindrucksvollen Osten des Landes wieder. Unter spektakulären

Gewittern und durch wunderschöne Lianenwälder ging meine Reise weiter. In der ehemaligen Königsstadt Kandy legte ich einen Stopp ein. In dieser netten, touristischen Pilgerstadt befindet sich der Zahn Buddhas, in dem sich seine spirituelle Kraft gespeichert haben soll. Im achten Jahrhundert wurde die Reliquie von Indien hierher in diesen Tempelkomplex gebracht. Dreimal täglich wird der Schrein für BesucherInnen geöffnet.

Die portugiesischen und britischen Kolonialmächte hatten vergeblich versucht, den Kult um den Zahn zu unterdrücken, um die singhalesischen Könige zu schwächen. Was ich allerdings am allercoolsten fand, war, dass der Zahntempel sowohl von buddhistischen als auch hinduistischen Schreinen umgeben ist und sich in Sichtweite eine Kirche sowie eine Moschee befindet. Somit treffen sich hier in friedlicher Absicht auf nur wenigen Quadratkilometern vier Weltreligionen. Es gibt jedoch noch einen weiteren Punkt auf der Insel, der diese Weltreligionen vereint. Und dorthin führte mich meine nächste Station, denn womöglich konnte mir diese Achse weiteren Aufschluss über meine Suche geben.

Eine wunderschöne Zugfahrt durch mit singenden Tieren bewohnte Wälder und saftige Reisfelder, über kantige Felsen und stürmende Wasserfälle führte mich zum Fuße des heiligen Adam's Peak. In diesem Dorf herrschte eine ziemliche Abenteuerstimmung. Die vielen PilgerInnen warteten vergebens auf die sich nähernde Vollmondnacht. Denn über 5.000 Steinstufen, die mit Lichterketten beleuchtet wurden, sollten bis zum Sonnenaufgang bezwungen werden. Meist zu Fuß strömten Menschen aus fast allen Ecken der Insel herbei. Selbst für die Veddas, die UreinwohnerInnen, ist der Adam's Peak heilig. Der Grund, warum BuddhistInnen, HinduistInnen, MuslimInnen und ChristInnen diesen Berg gleichermaßen anbeten, ist der Fußabdruck auf einem Stein am Gipfel. Die MuslimInnen, die dem Berg seinen heutigen Namen gaben, behaupten, dass Adam und Eva, auf diese Insel kamen, nachdem sie aus dem Paradies verbannt worden waren. Adam hatte dann im Rahmen seiner tausend Jahre andauernden Buße, die er auf einem Bein stehend verbrachte, diesen Fußabdruck hinterlassen. Die Hindus glauben hingegen, dass der Abdruck von der Gottheit Shiva stammt. Und laut den singhalesischen und südindischen ChristInnen stammt er vom Heiligen Thomas, der hier gepredigt haben soll. Für die BuddhistInnen wiederum hat Buddha selbst diesen Abdruck hinterlassen, als er zum dritten und letzten Mal erschienen war.

Um halb drei Uhr morgens ging es für mich los. Ganze Familien, die sich immer wieder in den vielen Ambalanas, den Rasthäusern, stärkten, kämpften sich den Berg hinauf. Einige Eltern trugen ihre schlafenden Kinder in den Armen. Oben am Tempel angekommen, herrschte ein ziemliches

Gedränge. Ich bemerkte ein paar wenige TouristInnen, die mir freundlich zuwinkten. Nachdem mich jedoch ein paar alte Mütter finster angestarrt hatten, weil ich einen besseren Platz ergattert hatte als sie, bekam ich ein schlechtes Gewissen, an dieser Veranstaltung hier heroben ganz ohne spirituelle Überzeugung teilzunehmen. Vom Aufstieg hatte ich noch schlotternde Knie, deren Gelenke einen dringenden Ölwechsel benötigt hätten, und ich wurde von den übermüdeten Massen wie eine heiße Kartoffel zu Erdäpfelpüree zusammengepresst. Wir alle versuchten, einen Blick auf den sich nahenden Sonnenaufgang zu erhaschen. Und plötzlich wurde es still auf dem heiligen Gipfel. Man hörte beinahe die Flügelschläge der Vögel, die über dem mächtigen Urwald um uns herum kreisten. Es war eine faszinierend spannende Stimmung, als ob sich die Sonne ein letztes Mal hinter dem Horizont hervortraute. Im wärmenden Licht begannen nun auch die früh aufgewachten Myriaden, das sind kleine Schmetterlinge, in den feinen Windböen zu spielen. Für etwa zehn Minuten hörte ich nicht einmal mehr die angestrengten Atemzüge der PilgerInnen. Wir alle, selbst die Oma neben mir, hatten nun ein fröhliches Lächeln auf unseren Lippen. Als sich die ersten zu den Opfergaben in Form von süßen Speisen bewegten, sprach ein junger Mann zu mir und zeigte mit seiner Hand in Richtung aufgehender Sonne. Er erklärte mir, dass dort drüben im Sonnenlicht Buddha ebenfalls einen Abdruck hinterlassen habe. In diesem Moment dachte ich an Jenny und den Traum, den ich kurz zuvor von ihr gehabt hatte: Wir beide zusammen auf Reisen in Asien. Ich wusste genau, wo der Gläubige mit seiner Hand hinzeigte, ich wusste genau, dass er zu mir sprach. Er zeigte mir meinen weiteren Weg.

7

Quietschten hier die Reifen der kleinen Tuk-Tuks oder waren es die Stimmen der Einheimischen? Ein fröhliches Neues! Vom zwölften bis zum vierzehnten April, nach westlichem Kalender, feiert man hier in Thailand das Neujahrsfest, was mir einen Kulturschock der etwas anderen Art bescherte. Nach einem halben Jahr Herumziehen durch Länder, in denen ich wenig mit Frauen sprechen konnte, kaum nackte Haut zu Gesicht bekommen hatte und umgeben von Armut und Tod gewesen war, setzte mich mein Bus direkt an der legendären TouristInnenstraße Kao San ab. Dort herrschte die Mega-Fleischbeschau, womit ich nicht das in Essensständen herumhängende leblose Gefieder meine. War ich nun im Himmel oder in der Hölle? Halb nackte, wunderschöne thailändische Frauen und Transsexuelle tanzten in recht kurzen Kleidern auf Tischen mit besoffenen Touristen und trainierte, tätowierte Thai-Männer amüsierten sich mit aufgeschlossenen Touristinnen. Laute Musik von Pearl Jam und den Beastie Boys brachten die gesamte Straße zum Beben. Zwischen Farbpulver und Wasserspritzen pressten sich ebenfalls halb nackte, verschwitzte Körper an den meinigen, was mir in diesem Moment zu viel war: Deshalb suchte ich mir etwas abseits ein Zimmer, um erstmal in Ruhe in Bangkok, dieser mit Testosteron überfüllten Stadt, anzukommen. Am Morgen danach fühlte ich mich noch etwas schwer und träge, weshalb ich den Tag gemütlich angehen wollte. Gleich darauf spritzte mich jedoch ein thailändischer Mann auf einem Feuerwehrwagen mit seinem Schlauch und einem freundlich lachenden „Guten Morgen zum Wasserfest" von der Straße. Nachdem ich es wieder aus den Sträuchern herausgeschafft hatte, erkundete ich die fremde Stadt.

Dort konnte ich Typen aus dem Westen beobachten, die ohne Shirt vor buddhistischen Klöstern herumstanden und sich mit einer Dose Bier in der rechten Hand und einem Mönchsnovizen unter dem linken Arm fotografieren ließen, obwohl in einem gewissen Umkreis eines Klosters eigentlich kein Alkohol konsumiert werde darf. Neben dem hier nur wenig gesprochenen Englisch verständigte ich mich auf Thai, denn ich lernte recht schnell bereits erste Wörter wie die Begrüßung „Sabai dee". Beinahe überall im Land wird das Sonkran-Wasserfest gefeiert, dessen Ziel es ist, sich gegenseitig so nass wie nur möglich zu spritzen. Ursprünglich gingen Familien am ersten Tag des Neujahrsfestes in die Tempel und gossen Wasser über ihre Hände und die Buddha-Statuen. Das sollte im kommenden Lebensjahr vor schlechten Ereignissen bewahren. Im Laufe vieler Jahre waren daraus, dem heißesten Monat des Jahres sei Dank, ausgelassene Wasserschlachten geworden. In Chinatown geht es berauschend chaotisch zu. Dort vermischen sich Gerüche von scharfem Curry, Nudeln, Fisch, Fleischbällchen, frittierten Bananen und vielem mehr. Auch Kleintiere wie Ameisen, Heuschrecken, Frösche, Kakerlaken oder Maden werden hier serviert. Als ich dort gebratenes Phat Thai aß, erwischte mich wieder ein Eimer voll Wasser und verwandelte das leckere Nudelgericht in eine Nudelsuppe, weshalb ich von der Köchin ein paar Bat-Münzen zurückbekam, da eine Suppe günstiger war. Beim planlosen Herumlaufen fand ich durch einen Ausgang zu wunderschönen Tempeln und Palästen, die ich unabsichtlich kostenfrei betrat und mit schlechtem Gewissen beim Eingang zahlend wieder verließ. Monströse Buddha-Statuen mit bis ins Detail liebevoll eingearbeiteten Verzierungen verteilten sich in der ganzen Stadt, die ich problemlos mit einem Fahrrad erkunden konnte. Doch nach meinem Buddha-Statuen-Marathon wurde mir schnell klar, dass ich dort unter all den vielen Goldverzierungen, Diamanten und selbst bei Buddhas Fußabdruck nicht finden würde, was ich suchte, denn der neuerliche Druck auf meinen Schultern, eine heraufziehende, mich aber hinunterziehende Schwerhaftigkeit ließ mir dies deutlich werden.

Die nach außen hin schöne Fassade Bangkoks hatte hinter den tanzenden, vereinten Gläubigen ihre Risse. Thailands Politik ist zwischen den Rothemden und den Gelbhemden tief gespalten. Die Roten gründeten sich, nachdem 2006 der damalige Ministerpräsident Thaksin Shinawatra gestürzt worden war. Ihnen zugehörig fühlen sich meist Ärmere, weniger Gebildete aus der Landbevölkerung. Aber auch Studierende aus der Mittelschicht stehen zu den Roten, da diese den wachsenden Einfluss des Militärs kritisieren. Die Gelbhemden erzwangen 2008 mit der Besetzung der beiden Bangkoker Flughäfen den Sturz der Thaksin-Partei. Ihre Mitglieder sind mehrheitlich aus Militärs und Geschäftsleuten der Ober- und Mittelschicht. Die Gelben blockierten das Parlament, in dem ein Versöhnungsgesetz durchgebracht hätte werden sollen, das ihrer Meinung nach aber die Monarchie geschwächt hätte. Im Gebäude geriet die Debatte außer Kontrolle und sich prügelnde Regierungsmitglieder beider Parteien konnten nur mittels eines Polizeieinsatzes beruhigt werden. Das Gesetz wurde zugunsten der Gelben nicht durchgebracht und die Roten fühlten sich hintergangen. Daraufhin forderten die Rothemden aufgrund eines drohenden Militärputschs in friedlichen Protesten den Rücktritt der Regierung unter Abhisit Vejjajiva. Tausende Mitglieder dieser Oppositionsgruppe, darunter auch Frauen und Kinder, verschanzten sich hinter Barrikaden. Nachdem die Armee diese Hindernisse mit Panzern zerschlagen und das Feuer eröffnet hatte, eskalierte die Situation und es kam zu schweren Auseinandersetzungen zwischen Regierungstruppen und den Rothemden. In mehreren Stadtteilen wurden

Gebäude, darunter Theater, Fernsehsender, Einkaufszentren, die Börse und Banken, in Brand gesteckt. Mehr als 1.700 Menschen wurden verletzt und 74 getötet.

Nach mehrjährigen, zum Teil blutigen Auseinandersetzungen sollten sich beide Regierungen miteinander versöhnen, damit das Königreich nicht in zwei Teile zerrissen wird. Formell hat der König zwar keine Macht, doch ist er die Autorität, die von den meisten anerkannt wird. Er stünde vielmehr für die Stabilität des Landes als das demokratische System. Er unterstützt die arme Landbevölkerung und verhalf dadurch vielen Bauern zu besseren Lebensbedingungen. Nachdem 1992 bei Demonstrationen für die Demokratie fünfzig Menschen zu Tode gekommen waren, ließ der König die Palasttore öffnen und rettete dadurch mehren Menschen das Leben. Aber es gibt auch KritikerInnen, die sich dem millionenschweren König gegenüberstellen. So musste der prominente Politaktivist Somyot für zehn Jahre in Haft, weil er sich in zwei Zeitungsartikeln monarchiekritisch geäußert hatte. AktivistInnen sind der Ansicht, dass das Majestätsbeleidigungsgesetz oft für politische Zwecke und gegen die Rothemden missbraucht würde. Bis heute kommt es auf beiden Seiten immer wieder zu Ausschreitungen, weshalb die Zukunft des Landes unter der nach wie vor angespannten politischen Situation weiterhin offen bleibt.

Als neu angekommener Fremder bemerkte ich, dass mich meine bisherige Reiseerfahrung dieser Kultur mitsamt ihren Sitten und Gebräuchen schnell näherbrachte. Thailand war bei Weitem mehr entwickelt als die zuvor von mir besuchten Länder und deshalb auch viel einfacher zu bereisen, da vieles den touristischen Anforderungen angepasst war. Trotzdem sah ich auch Obdachlose, die mir neben den jungen, vermeintlich reichen Mädchen, die sich bei Sonnenschein von WestlerInnen fotografieren ließen, noch mehr leid taten als bisher. Hier, in dieser nach außen hin wohlhabenden Stadt, fühlten sich die Einzelnen wohl noch mehr von der Gesellschaft ausgegrenzt als die Obdachlosen und Dalits in Indien und Nepal. Auch die Spuren des lange andauernden Monsunregens, der in einigen Gebieten des Landes zu starken Überschwemmungen geführt hatte, waren noch zu sehen. In Bangkok war ein 77 Kilometer langer Schutzwall aufgebaut worden, der aber von BewohnerInnen aus dem ländlichen Norden teilweise zerstört worden war, damit die Fluten auf ihrem Land schneller abfließen konnten. Schon kurz vor der Hauptüberschwemmung starben im Süden 53 Menschen. Nach der letzten Katastrophe kamen weitere vierhundert Opfer dazu. Ich war noch ein Stück am Fluss entlang spaziert und gelangte in einen kleinen Park. Aufgrund der vielen dort offen gezeigten Zuneigungen füreinander fühlte ich mich auf meiner Bank unter einem schattigen

Baum etwas einsam. Um mich herum waren die Sitzgelegenheiten von bunt gemischten Pärchen besetzt, wie ich sie in meinem kleinen konservativen Dorf zu Hause noch nie gesehen hatte. Sehr viele verliebt wirkende Heterosexuelle, Schwule, Lesben und Transsexuelle zeigten stolz und frei von jeglicher Scham ihre Gefühle füreinander. Aber auch viele Sexurlauber umgaben mich, wo sowohl von touristischer Seite, aber auch vonseiten der Thais die Liebe offensichtlich nur vorgespielt wurde. Hier bestätigte sich das Gerücht der schmierigen alten Urlaubern, die sich ein kleines Thai-Mädchen kaufen. Wäre ich selbst ein alter, einsamer Mensch gewesen, so hätte ich mich möglicherweise auch über ein junges Ding gefreut, mit dem ich meine mir noch verbleibende Zeit genießen kann. Zumindest so lange, bis ich abends ein weiteres Mal alleine in meinem Zimmer säße und mich erneut nach jemandem sehnte. Aber nicht nur solche Gestalten, sondern auch fesche Burschen in meinem Alter zahlen für eine Woche bares Geld, um in den Genuss einer solch exotischen Beziehung auf Zeit zu kommen. Und immer mehr Frauen begeben sich inzwischen ebenfalls auf die Suche nach einem Thailänder oder einer Thailänderin.

Die männlichen Love-Boys stammen oft aus gut situierten Verhältnissen, haben meist einen universitären Abschluss und üben diese Tätigkeit nicht nur aus, um sich ein gutes Trinkgeld zu verdienen, sondern auch um Spaß an einem Abenteuer mit einer Weißen zu haben. Wobei ich nicht sagen kann, was in all den dunklen Ecken der Stadt tatsächlich alles passiert. Denn nicht alle Frauen wollen nur kuscheln.

Den weiblichen Prostituierten zeigt sich das Glück im Allgemeinen nicht von seiner sonnigen Seite. Die meisten stammen aus den armen ländlichen Teilen des Landes und arbeiten hier, um ihre Familien ernähren zu können. Sie werden bei Weitem schlechter bezahlt als die ohnehin schon wohlhabenden Love-Boys, die über eine gewisse Wahlfreiheit bezüglich ihrer weiblichen Freier verfügen. Doch weshalb gibt es hier in Thailand überall so viel Sex gegen Bezahlung? Wegen der Ausbeutung des Landes durch Konzerne und ungerechte Zölle macht der Staat mit regionalen Rohstoffen kaum Gewinne. Deshalb legt man mehr Wert auf den profitableren Massentourismus anstatt auf Bildung und soziale Unterstützung der Bevölkerung. Viele LandbewohnerInnen flüchten vor der steigenden Arbeitslosigkeit und der Angst, die eigene Familie nicht mehr ernähren zu können, aus den Dörfern in die Städte. Dort fehlt es an Ausbildungsplätzen ebenso wie an Arbeitsplätzen. Das sind die Hauptgründe für die nach wie vor ansteigende Zahl der Prostituierten, die sich dem wachsenden Tourismus unterwerfen. Aber es gibt natürlich auch solche, die sich durch das schnell und leicht verdiente Geld moderne Kleidung oder ein noch besseres Handy kaufen, um sich so Zutritt in eine Prestigewelt zu verschaffen, die nur in den Werbungen existiert. Obwohl das sogenannte älteste Gewerbe der Welt im Land verboten ist, bringt die Sexindustrie, diese Fließbandarbeit, dem Staat einen Haufen Knete ein. Menschen aus der ganzen Welt kommen in die Stadt, um sich ihre geheimsten Wünsche erfüllen zu lassen. Um die Zahlenden nicht zu verschrecken, werden skrupellose Freier bisher kaum verklagt. Die ersten Sextouristen waren in den 1960ern und 1970er Jahren während des Vietnamkrieges US-amerikanischen Soldaten. Sie verbrachten ihren Urlaub in den eigens dafür errichteten Erholungslagern, wo sie sich vor Ort an den meist minderjährigen Prostituierten abreagierten. Mit Beendigung des Krieges und dem darauf folgenden Abzug der Soldaten übernahm die Tourismusindustrie dieses Gewerbe. Ab den 1980ern kamen mit den TouristInnen, die sich für die Kultur und das Land interessierten, auch die SextouristInnen, die nur Interesse an der günstigen Ware Mensch zeigten. Die Prostitution ist keine thailändische Tradition oder verbirgt sich gar im frühen Buddhismus. Chinesische Gastarbeiterinnen brachten diese Tätigkeit, die auf dem Wohlstand von einigen wenigen basiert, als Erste ins Land. Selbst die Mehrheit der männlichen Thais macht ihre erste sexuelle Erfahrung mit einer Liebesbediensteten, die man in der thailändischen Gesellschaft jedoch nicht akzeptiert. Deshalb geben sich die Damen oder auch die Herren oft als Begleiterin oder Begleiter aus, deren Zuneigungen lediglich mit einem Geschenk entlohnt wird. Die Familien, die ein solches Geschenk erhalten, fragen nicht nach, woher es kommt, und nehmen es dankend an. Dieses Tabuthema ist ein Grund dafür, weshalb die Bevölkerung nur sehr mangelhaft über AIDS aufgeklärt wird. So tragen, mit der wachsenden Zahl der UrlauberInnen, auch immer mehr Prostituierte und SextouristInnen unwissentlich oder wissentlich den HIV-Virus in sich. Verlangten die Pharmakonzerne nicht derartig hohe Preise für Arzneien, könnten sich die Infizierten des Südens zumindest eine medikamentöse Therapie leisten.

Bisher ließ mich diese Reise Dinge erfahren, über die sich der breite Teil der Gesellschaft gerne ausschweigt. Ich wollte nicht mehr zurück in meine naive Festung, die mich unreflektiert von den sozialen Missständen wegsperrt. Immer mehr Fragen taten sich außerhalb der Festung meines Dorfes auf und immer öfter zerbrach das von mir zuvor als wahr Geglaubte in meinem stetig wachsenden Bewusstsein. Alleine auf der Parkbank sitzend, schaute ich wieder auf den leeren Platz neben mir und begann, Jenny einen Brief zu schreiben. Nach drei recht heißen Tagen beschloss ich, mit dem Zug in den kühleren Norden des Landes zu fahren. Und das ganz ohne Reiseführer, da ich nur mit dem Strom mitschwimmen musste.

Im netten Ayutthaya sah ich mir ein paar schöne Ruinen an und unterhielt mich so weit es ging mit den Thais. Die Leute verhielten sich mir gegenüber sehr freundlich. Das angeblich künstliche Gegrinsen war wohl ernst gemeint, also ein ernstes Grinsen flirtender Distanziertheit. Wenn das überhaupt einen sinngemäßen Zusammenhang ergibt. Es tat gut, wieder von Damen umgeben zu sein, ob junge Mädchen oder alte Omas. Die ausgeglichene Anwesenheit beider Geschlechter war wichtig für meine Freude und Motivation, wodurch sich das bedrückende Gefühl des AGHS auf meinen Schultern in Grenzen hielt.

Spontan fuhr ich mit einem Zug, der sich in Zeitlupe bewegte, weiter in den Norden. Und noch spontaner stieg ich irgendwo zwischen Reisfeldern wieder aus. In Phitsa...irgendwas. Nach einer nicht geplanten Übernachtung im Hotel, vor dem mir sehr aufmerksame junge Damen bei meiner Suche nach mir selbst behilflich sein wollten, ging es, wie damals mit Jenny in Österreich, weniger spontan und gut geplant per Anhalter weiter. Man sprach dabei zwar in der jeweiligen Muttersprache mit mir, doch gelacht wurde auf beiden Seiten. Und einer führte mich in die hohen Künste des Thaiboxens ein. Ich sollte, wie er mir nach zwei Schlägen in meine Rippen deutlich machte, mein ganzes Leben lang immer auf die Schultern meines Gegenübers achten. Dankend für die Mitteilungen beziehungsweise Austeilungen ging es für mich weiter. Ein Tipp führte mich in ein kleines Bergdorf zwischen großen Gebirgsketten. Naja, eher in eine große Stadt zwischen kleinen Hügeln. Chiang Mai, so heißt diese TouristInnenhochburg, wo es schöne Tempel und viele Mönche gibt. Neben einheimischen Essensständen, die meist mit einem Fernseher ausgestattet sind, gibt es unter anderem eine Starbucks-Filiale, der Aktivisten der „Church of Stop Shopping" aufgrund der oft schlechten Arbeitsbedingungen den Teufel austreiben wollten. Einige der Thai-Kids sah ich vor allem am Abend in den vielen Internetcafés Kriegsspiele zocken. Ich selbst war recht froh darüber, Abstand zu Internet, Fernsehen und Handy zu haben, und lernte dabei immer mehr, den Moment zu genießen ...

... Der eben noch von mir verwünschte Fernseher verkündete mir nun allerdings eine recht interessante Nachricht. Die staatliche Armee der Regierung von Sri Lanka hatte die Guerillatruppe der Tamil Tigers zerschlagen. Der Bürgerkrieg in Sri Lanka war nun offiziell vorbei. Nachdem rund 300.000 Menschen zu Flüchtlingen im eigenen Land geworden waren, wollte man sie nun mit internationalen Hilfswerken wieder ansiedeln. Rasch wurde mit den Aufbauarbeiten begonnen. Neben die Armee glorifizierende Propaganda-Statuen stellte man jetzt Schilder sowohl in singhalesischer als

auch in tamilischer Sprache auf. Das tragische Resultat von knapp dreißig Jahren Bürgerkrieg waren über 100.000 Opfer. Darunter Menschen wie Jivan, seine Frau Sulthekaran, deren Kinder und der alte Mann, der in der Ecke ihrer Hütte saß. Sie alle konnten nun in ihr kleines Dorf zurückkehren. Doch sie alle mussten wieder bei Null anfangen.
Da ich alleine jede Himmelsrichtung auskundschaftete, konnte ich so einiges beobachten. Ich sah TouristInnen, von denen die meisten identisch gekleidet und gestylt waren. TouristInnen, die sich selbst und die Tempel im Hintergrund fotografierten. TouristInnen, die zum Spaß mit ihren gemieteten Rollern im Kreis herumfuhren. Alte TouristInnen, die mit jungen Thais, und junge TouristInnen, die mit noch jüngeren Thais schmusten. Ich beobachtete einen Südamerikaner, der mit seiner Pantera- und Tool-Musikbar die Gäste vergraulte. Auch traf ich auf unter Drogen stehende Thais, die glaubten, der Kanaldeckel wäre eine Spinne und würde sie fressen. Und eine Transsexuelle fragte mich, ob ihre mit Taschentüchern ausgestopften Brüste aufreizend aussähen. Abends ging ich mit einem Taiwanesen in eine Bar. Nachdem ich 0,2 Sekunden in dieser gesessen hatte, umschlangen mich Frauen wie Graf Dracula seine Opfer und versuchten mir das Geld sowie bestimmte Körperflüssigkeiten herauszusaugen, weshalb ich diesen Ort nach 0,4 Sekunden vollkommen überfordert wieder verließ. Am Morgen danach wurde ich jedoch trotz abwehrendem Knoblauchgeruch vom nun leeren Inhalt meiner Tasche überrascht. Ich wagte einen zweiten Blick hinein, es fand sich aber immer noch nichts darin. Wo war meine Kamera hingekommen? In der Bar, in der ich gesessen hatte, konnte mir erwartungsgemäß niemand weiterhelfen. Nachdem ich mich im Rahmen eines kleinen Wutausbruchs abreagiert hatte, versuchte ich mit klaren Gedanken an die Sache heranzugehen. Da ich meine Fotos eh immer wieder auf einen USB-Stick kopiert hatte, fehlten mir ... Ach, du H;°#***^>!!!! Mir fehlten meine gesamten Sri-Lanka-Fotos! Doch an der Situation war nun nichts mehr zu ändern. Die Fotos waren für immer fort. Was immerhin ewig war, waren meine Erinnerungen und diese Tagebucheinträge. Ich, der einer Minderheit angehörte, die die Möglichkeit hatte, hier reisen zu können, wollte mich nicht mehr über solche doch recht unbedeutenden Dinge aufregen. Denn an meiner hohen Lebensqualität würde sich dadurch nichts ändern. Ich versuchte meine Freude am Leben nicht mehr zu sehr auf materielle Dinge auszurichten. Vielleicht musste dieses Ereignis genau deshalb stattfinden, damit ich mir darüber klar werden konnte.
Nachdem ich mich beim Umsehen in den Nebenstraßen fast verlaufen hätte, klärte mich eine Frau bei einem leckeren Papaya-Salat über die Geschichte der in den Bergen lebenden Giraffenfrauen, wie sie einst ein pol-

nischer Entdecker genannt hatte, auf. Neben vielen traditionell lebenden Bergvölkern sind sie die Hauptattraktion in den künstlich für TouristInnen angelegten Dörfern. Die Kayan, ein Urstamm der Karen, wanderten einst von China nach Birma, wo sie von den BirmanInnen Paudang genannt wurden. Dieser Name, der den Zustand ihrer Äußerlichkeit beschreibt, blieb ihnen bis heute erhalten. Die mündliche Überlieferung besagt, dass die Frauen vor den Angriffen der Tiger geschützt werden sollten. Aus diesem Grund wird ihnen ihre früher aus purem Gold bestehende Rüstung auferlegt. Im Laufe der Jahre und mit dem Verschwinden der Tiger erlangte dieses metallene Gefängnis den Status eines Schönheitsideals, definiert von den über die Frauen regierenden Männern. Als die diktatorische Herrschaft in Birma die Dörfer bedrohte, kamen einige der BewohnerInnen als Flüchtlinge nach Thailand und ließen sich im Westen des Landes nieder. Als sich bei ihnen durch den europäischen Einfluss das Christentum etablierte, schien die qualvolle Tradition der Paudang auszusterben. Allerdings begannen sich nun die FerntouristInnen, vorwiegend aus Europa, Australien, Amerika und Japan kommend, dafür zu interessieren. In der Hauptsaison werden noch heute täglich rund zwanzig TouristInnengruppen durch diesen Menschenzoo geführt. Füttern und streicheln ist jedoch untersagt. Mit einem Verdienst von zirka dreißig Euro pro Saison und dem zusätzlichen Verkauf von ein paar wenigen selbstgemachten Produkten muss so eine TouristInnensklavin ihre Familie durchfüttern. Da sie als Flüchtlinge von der thailändischen Regierung festgehalten werden, sind sie Besitzlose. Ähnlich wie die Flüchtlinge in Europa dürfen sie kein Land bebauen und erhalten auch keine Arbeitsgenehmigungen. Das alles trägt dazu bei, dass die Männer die meiste Zeit besoffen herumliegen. Die TouristInnen verlangen und die Regierung Thailands gibt. Im Alter von fünf Jahren werden den weiblichen Kindern in einer Zeremonie die eng sitzenden Halsringe angelegt. Von nun an kann das Kind nie wieder frei spielen und leben. Bis zum 16. Lebensjahr, wenn der Hals seine maximale Streckung erreicht hat, werden zwei weitere Ringe hinzugefügt. Diese Frauen tragen ihr Leben lang bis zu dreißig Kilogramm Metall mit sich herum. Würde man die täglich Schmerzen bereitenden Ringe entfernen, so brächten sich diese armen Frauen innerhalb kürzester Zeit das Genick. Ein solches Ausstellungsstück kann man sich übrigens auch für einen Tag mieten. Man bringt es in eine der Bars, wo die FreundInnen schon gespannt bei einem Cocktail warten, und lässt sich dann mit dem ängstlichen Wesen fotografieren. Unversehrt, bis auf die paar psychischen Schäden, muss man es abends wieder in sein Gehege zurückbringen. Wie in einem Tierpark wird vor Eintritt in eines dieser Sklavendörfer natürlich auch eine Bezahlung verlangt. Gerüchte besagen, dass ein Teil der Einnahmen auf dem Schwarzmarkt zum Kauf von Waffen für die in Myanmar befindliche Rebellenarmee, die sich gegen das diktatorische Regime stellt, verwendet werden. Ein anderer Teil des Geldes soll an die Grenzmilitärs gehen, die dafür den illegalen Waffenschmuggel übersehen. Bis auf die paar Brotkrümel, die für die Langhalsopfer zum Überleben reichen müssen, schnappen sich TourismusmanagerInnen den Rest der Beute. Würde keineR der jährlich 15 Millionen Thailand-UrlauberInnen diese perversen Gefängnisse mit den geächteten Menschen besuchen, könnte man mit ihnen kein Geld mehr machen und dadurch eine nächste Generation von Paudang-Kindern retten.

8

Ausgestattet mit einer neuen kleinen Kamera reiste ich in ein paar weitere landschaftlich schöne, aber trotzdem nur wenig authentische Orte und dann ging es für mich mit einem kleinen Boot über den Fluss nach Huai Xay. Ich war nun in Laos, dem armen Nachbarn Thailands. Nachdem ich dort lange im Regen auf einen Bus warten sollte, entschloss ich mich, per Anhalter durch die tropischen Hügeln zu fahren. Ohne lange warten zu müssen, gabelte mich ein Einheimischer mit seiner fahrbaren Klapperkiste auf. Im Regen, der sich immer wieder mit Sonnenschein abwechselte, ging es an auf Stelzen stehenden Bambushäusern und gerodeten Wäldern vorbei in den Ort Luang Nam Tha. Dort rastete ich fürs Erste für mehrere Tage, schrieb ein Lied und ging auf eigene Faust wandern. Es war eine sehr schöne, bergige Landschaft, doch wo waren die ganzen Bäume und warum rauchte es überall auf diesen kahlen Wiesen? Ein steirisches Ehepaar, das ich auf dem Markt kennengelernt hatte, erklärte mir, dass China bereits zwei Drittel der Wälder gerodet hatte, um seinen eigenen Verbrauch an Holz und Bodenfläche zu decken. Nachdem ich von den beiden, die schon über ein Jahr auf Reisen waren, ein paar mögliche Spuren für meine Suche erhalten hatte, ging es für mich nun im Regen auf der Ladefläche eines Lieferwagens weiter. Ich erkundete den hohen Norden des Landes, wo ich in der Nähe der chinesischen Grenze, versteckt zwischen Bäumen hinter den noch braunen, sumpfigen Reisfeldern, auf ein paar wunderschöne Bergdörfer stieß. Dort standen alte, auf Stelzen befestigte Hütten, die teils mit Blättern, teils mit modernem Wellblech bedeckt waren. Von frei herumlaufenden Hühnern und Schweinen wurde ich angestarrt, während vor den Häusern Kleider, geflochtene Körbe und selbstverständlich Satellitenschüsseln hingen.

Unwissentlich fuhr ich mit einem Fahrrad zur Grenze und blieb nicht stehen, da ich keines von den Schildern verstehen konnte. Also strampelte ich, wie ich später erfahren hatte, über die Grenze nach China. Dicht gefolgt von fünf schwerbewaffneten, kurzbeinigen Chinesen, die mir irgendwas mit „WANG ZANG ZING" nachriefen. In völliger Euphorie, mich endlich wieder auf einem Rad abstrampeln zu dürfen, drehte ich nach einigen Minuten um und fuhr zurück nach Laos, wo ich die überanstrengten Wächter keuchend in der Wiese liegen sah.

Ich fühlte mich hier recht wohl, da noch einiges im Land von mir erst noch entdeckt werden wollte, weshalb ich teilweise sogar auf meine eigentliche Suche vergaß. Nachdem ich mich ziemlich spaßig und unverständlich mit ein paar lustigen Omas unterhalten hatte, die offensichtlich darüber schimpften, wie ich, der Ausländer, aussah, wurde ich von einer thailändischen

TouristInnengruppe mitgenommen. Zwei der supergeilen Pimps checkten mir einen konkret krassen Platz in ihrer konkret krassen tiefergelegenen Karre. Bewaffnet mit Goldketten, Vokuhila-Friese, ums Lenkrad gewickelte Geldscheine und Britney Spears, die aus den Boxen unter mir herauströtete, ging es über Straßen ständig aufsitzend durch diese exotische Landschaft. Auf offener Straße lernte ich recht schnell Menschen kennen. Es machte mir Spaß, mich in unterschiedlichsten Sprachen mit den Einheimischen zu unterhalten. So kamen mehrere Mönche auf mich zu und stellten mir den einzigen ein kleines bisschen Englisch Sprechenden unter ihnen vor. Er sagte: „Wie dein Name?" Ich: „Toni". Und alle waren wir glücklich und schüttelten uns gegenseitig die Hände. Auf den Ladeflächen meiner Mitfahrgelegenheiten befanden sich häufig viele Mütter, die gleich mehrere Kinder stillten. Jedoch hatten einige Zapfautomaten dieser durchaus schon alten Frauen das Mindesthaltbarkeitsdatum bereits sichtlich überschritten. Auch mit anderen musste ich mir auch die Ladeflächen der Kleinbusse teilen, was nicht immer so schöne Erlebnisse zur Folge hatte. Einmal befand sich eine Mutter mit ihrem furchtbar entstellten Kind auf dem Transporter. Sie machte mir verständlich, dass ich ihr helfen solle. Doch da mich die Situation völlig überforderte, war ich feige und gab mich in diesem Sinne „unverständlich". Immerzu forderte sie „Noma, Hilfe! Noma, Hilfe!" Später erfuhr ich, dass sich hinter Noma eine Krankheit verbirgt, die vorwiegend bei unterernährten Kindern aufgrund von Mangelerscheinungen auftritt. Jedes Jahr holt sich Noma zirka 140.000 neue Opfer und reißt rund achtzig Prozent der Erkrankten mit sich in einen qualvollen Tod. Bis ins mittlere 19. Jahrhundert war diese Krankheit in ganz Europa und Nordafrika verbreitet. Während der Machtausübung Hitlers trat sie ebenfalls wieder massiv auf, und zwar in Konzentrationslagern wie Auschwitz. Hitler verfolgte einen „Hungerplan": Er stahl den besetzten Ländern deren Grundnahrungsmittel, um sich diese Länder gefügig zu machen. Ähnliches betreiben heute auf legale Weise NahrungsmittelspekulantInnen, die die Preise durch die Decke schießen lassen, sodass sich einige nichts mehr zu essen leisten können. Nach dem Ende des Zweiten Weltkriegs und der Verbesserung der sozialen Verhältnisse in Mitteleuropa verschwand Noma endgültig aus Europa. Die Krankheit beginnt im Mund zu wuchern und zerstört das Gesichtsgewebe. Es entstellt vorwiegend die Gesichter von Kindern zwischen einem und sechs Jahren. Lippen und Wangen werden aufgefressen und der Kiefer blockiert. Dadurch sind Familienmitglieder gezwungen, den Leidenden die Seitenzähne auszuschlagen, um ihnen Nahrung einflößen zu können. Der Anblick des zerfressenen Gesichtes ihres Kindes erzeugt bei den Eltern oft Scham. Viele verstecken ihre

Kinder, grenzen sie aus dem gemeinsamen Leben aus und lassen sie wie wilde Bestien sterben. Es gibt nur wenige Organisationen und Ärzte, die sich dazu bereit erklären, unentgeltlich Operationen durchzuführen, die zumindest einen Teil des Gesichtes retten können. Dabei könnte mit einer sofortigen medikamentösen Behandlung, die nur drei Euro kostet, diese Hungerkrankheit gestoppt und ausgerottet werden. Aber natürlich zeigen die Pharmakonzerne dafür kaum Interesse, da die Opfer, die vorwiegend kleinen Kinder und deren Eltern, eh über kein Geld verfügen. Diese Krankheit wird erst dann verschwunden sein, wenn die Tonnen an Nahrungsmitteln, die jährlich weggeworfen werden, nicht mehr im Müll landen, sondern ihren Weg zu den Menschen finden, um das künstlich erzeugte Hungerleiden zu vermeiden.

Und weiter ging's: Jedes Mal, wenn wir durch eines der Bergdörfer fuhren, wurde gehupt. Das war das Zeichen dafür, dass Leute aufspringen konnten. Von den Passagieren wurde erwartet, nach der Mitfahrt etwas zu bezahlen, weshalb ich mich zu Beginn ziemlich abgezockt fühlte. Aber mit der Zeit richtete ich mich bei der Höhe des Betrags nach den anderen.

Nach einigen Tagen, an denen ich kein weißes Fleisch gesehen hatte, begab ich mich gemeinsam mit einem netten laotischen Pärchen, das bei der Fahrt immer wieder einschlief, zurück in das feindliche Gebiet, das der Tourismus für sich okkupierte. Ausgeschlafen und in einem Stück war ich jetzt in Nong Khiaw angelangt, einem, schon wieder, Bob-Marley-Songs spielenden Hängematten-TouristInnenort. Da noch Nebensaison war, war es hier recht ruhig. Mit ein paar wenigen UrlauberInnen hing ich hier ab und genoss die wunderschönen Berge und die flussaufwärts liegenden Dörfer. In dem braun gefärbten Flussgewässer, in das die einheimischen Kids mit Saltos und anderen Verbiegungen hineinsprangen, konnte ich mich seit Langem endlich wieder einmal mit meiner biologisch abbaubaren Seife waschen. Währenddessen meinten einige Kinder, mich wegen meiner weißen Haut verscheissern zu können; weshalb die Dusche in einer braunfarbigen Lehmschlacht endete. Diese drei volle Tage dauernde Erkundungstour vollgepackt mit westlichen Gesprächen reichten mir vorerst als Pause von meiner Suche. Früh morgens konnte ich auf einen mit Strommasten beladenen LKW aufspringen, der im Schneckentempo beinahe zwölf Stunden durchfuhr. Mir war, als hätten uns in dieser Zeit eine Radfahrerin und ein 105 Jahre alter Fußgänger überholt. Menschen winkten mir nach, was mir das Gefühl gab, hier sehr willkommen zu sein. Im weiteren Verlauf meiner Reise begann ich, den vielen Alteisensammlern beim Auf- und Abladen ihrer Ware zu helfen, sobald sie mich mit ihren Lastern einfischten. Das machte sich auch insofern bemerkbar, als dass ich manches Mal gratis mitfahren durfte oder sogar die Nacht bei ihnen zu Hause verbringen durfte, und zwar auf dem Fußboden neben gackernden Hühnern. Bei diesen Besuchen wurde ich allzu oft von kleinen Kindern mit großen Augen beobachtet. Und nicht nur einmal begannen sie dabei zu weinen.

Früh morgens, nachdem ich wieder einmal stundenlang zu Fuß durch dunklen Nebel gegangen war, erreichte ich eine Passstraße, die mich an ihrer höchsten Stelle mit Sonnenstrahlen empfing. Um mich herum befanden sich noch alle Dörfer im Schlaf unter einem dicken weißen Schleier. Alles war ganz ruhig. Umgeben von einem Wolkenmeer und mich wärmenden Sonnenstrahlen dachte ich an einen üblichen Samstagmorgen daheim bei meinen FreundInnen in Österreich. Wir trafen uns an diesen Wochenendtagen regelmäßig zum Brunch und jede und jeder brachte etwas lecker Duftendes aus der Dorfbäckerei mit: frisches Brot, Salzstangerl, Mohnflesserl und Kornspitze. Dazu Mamas Marmelade und die selbstgemachte Butter vom Bauern nebenan. Auch Bergkäse, eingelegte Gurken und als Nachspeise leckeren Plunder fanden sich auf unserem üppig beladenen Tisch. Was hätte ich in diesem Moment hier in Laos nicht alles für ein paar Nussschnecken, Topfengolatschen oder Vanilletascherl gegeben. In diesem Zusammenhang bemerkte ich, dass meine Tagebucheinträge auf mich wie eine Art Erinnerungshilfe wirkten, wenn ich sie noch einmal durchlas. Vieles machte ich mir erst beim erneuten Lesen bewusst. Dadurch wurde ich mir über mich selbst und meine Suche etwas klarer. Meine Schwerhaftigkeitsanfälle wurden in dieser Zeit auf unerklärlicher Weise seltener und wenn ich eines meiner Lieder sang, spürte ich sie kaum. Um mich herum war es allerdings immer noch still, doch die Wolken begannen sich langsam aufzulösen. Das Warten hatte sich gelohnt. Manche Dinge, die vor Kurzem noch unklar im Schatten gelegen waren, wurden plötzlich viel klarer und verschwanden in der Leichtigkeit ...

... Ohje, die Stadt Phonsavan hielt eine neue Erfahrung für mich bereit. Ich versuchte, einer Obstladenhändlerin klarzumachen, dass ich gerne einen Papayasaft hätte – also mit meiner besten Körpersprache und einem echt sympathischen Grinsen im Gesicht zeigte ich ihr, dass sie die Frucht in den Mixer stecken solle, um anschließend den Knopf zu betätigen. Doch nichts geschah. Ihre kleine Tochter erklärte mir in fließendem Englisch, dass man Papaya nicht trinken könne, sondern sie erst schälen müsse, um sie danach zu essen. Gut zu wissen. Neben keinem Saft gab es hier außerdem mehrere Unterkünfte zur Auswahl, doch ich war auf der Suche nach etwas richtig Bodenständigem, das ich dank der Ehrlichkeit einiger Luxushotel-Angestellten auch fand. Der Besitzer des Hauses freute sich so sehr, dass er zwölfmal nachfragte, ob ich mir auch wirklich sicher sei, bei ihm wohnen zu wollen. Als Willkommensgeschenk gab es einen Sack voll Marihuana, den ich jedoch dankend zurückwies. Er stellte mir seine überaus freundliche Frau Phisamai vor, die mich zum Abendessen einlud. Der Besitzer, er hieß Lyming, wollte mir die Gegend zeigen und hielt sich daher für die nächsten Tage frei. Auf seinem Roller, dessen Sprit ich gerne bezahlte, ging es in die umliegenden Dörfer. Eigentlich gehörten er und seine Frau dem Stamm der Hmong an, eines in Thailand, Laos, Vietnam und China lebenden Bergvolkes. Doch seit mehreren Jahren betrieb er nun schon ein einfaches Hotel mit einem kleinen Laden, in dem Phisamai Zigaretten und Fertignudeln verkaufte. Mit dem Roller besuchten wir Lymings Bruder, der noch in einem der traditionellen Hmong-Dörfer lebte. Aber selbst die waren bereits im 21. Jahrhundert angekommen: Zwar schliefen die EinwohnerInnen auf den Lehmböden der mit Stroh bedeckten Hütten, aber sie hatten Mopeds und Handys, die in Laos übrigens sehr günstig zu haben sind. Im Haus des Bruders saß ein halbnackter Opa mit einem ein Meter langen Bambusrohr in der Hand. An dessen oberen Öffnung inhalierte er tief in seine Lunge. Und er saugte und saugte und saugte. In der Zwischenzeit gingen wir durchs Dorf, wo ich Frauen sah, die an einem Webstuhl sehr schönen Stoff webten. Einige Minuten später kamen wir wieder zurück und dort saugte der Opa immer noch an seiner mit Drogen gefüllten Bambusbong. Er setzte kurz ab, schaute mich an und gab einen kurzen, qualmenden Huster von sich. Ich versuchte, seine Augen hinter den tiefsten Canyons von Augenringen, die ich jemals gesehen hatte, zu finden. Vergebens, denn selbst aus der Nase und den Ohren rauchte es heraus. Unter der ledrigen Haut zeigte sich ein kurzes Grinsen, bevor er von neuem ansetzte. Und er saugte und saugte.

In einer anderen Hütte wurde mir selbst gezüchtetes Opium angeboten. Aus Neugierde und mit großem Respekt nahm ich einen Zug von der süßlich schmeckenden Pfeife. Lyming erzählte mir währenddessen, dass früher ihre kleinen Kinder ebenfalls Opium geraucht hatten, aber leider hatten sie davon leider Bauchschmerzen bekommen. Ähm, naja, ob ich meinen Kindern jemals Opium zum Rauchen geben würde, war sehr ungewiss. Aber vor kurzer Zeit hatten sie bemerkt, dass wenn die Kinder Opium in kleine weiche Bälle formten ... und schwuppdiwupp, weg war das Bällchen. Im selben Moment, als mich Lyming diesbezüglich aufklären wollte, hatte ein Kind eines dieser Opium-Zuckerl in seinen kleinen Mund gesteckt: Vom Opiumessen bekamen sie also keine Bauchschmerzen. Das Resultat dieser Hausmannskost war ein langer, tiefer Schlaf der Kleinen. Nach diesem einmaligen Erlebnis ging auch ich schlafen und ich wachte nach skurrilen Träumen wieder heil auf. Anschließend begab ich mich mit meinem Freund und seinem Moped über unwegsames Gelände tief in einen Wald, wo wir unseren fahrbaren Untersatz abstellten und zu Fuß weiter mussten.

Lyming wollte mir ein paar seiner alten FreundInnen vorstellen. Zugegeben: Ich fühlte mich dabei etwas unwohl. Ich war irgendwo im Dschungel und ein fremder Laote säbelte vor mir mit seiner Machete alles nieder, was ihm in die Quere kam. Doch nach einem etwa dreißigminütigen Fußmarsch durch dickes Geäst kamen wir in ein Versteck, in dem Hmong-Mitglieder lebten. Dieses Bergvolk war anders: Abgemagert, müde, krank und vom Leben gezeichnet hausten sie in provisorischen Lagern, weshalb Lyming mich einen Sack voll Reis zu ihnen transportieren ließ. Hier lebten also die Flüchtlinge des geheimen Krieges der Amerikaner gegen Laos. Ich hatte zuvor noch nie etwas von diesem geheimen Krieg gehört, der parallel zum Vietnamkrieg stattgefunden hatte. Durch die Anspannungen im Kalten Krieg fühlten die USA ihre Interessen in Asien bedroht, was in Laos zu einem Krieg führte, der zwei Millionen Menschen das Leben kostete. Zuvor waren Laos, Vietnam und Kambodscha bis 1945 unter dem Namen Indochina unter der Doppelherrschaft von Japan und Frankreich gestanden. In Vietnam kam es zur Widerstandsbewegung der Viet Minh, die unter Ho Chi Minh für die Unabhängigkeit kämpften. Da Frankreich die Wiedererstellung des Kolonialregimes forderte, kam es zum Bruch mit Japan. Als zu dieser Zeit die Kommunisten unter Mao in China an die Macht kamen und mit der Sowjetunion einen Freundschafts- und Verteidigungspakt schlossen, schritten die USA ein. Sie hatten Angst, dass angrenzende Staaten nun ebenfalls vom Kommunismus bedroht seien, deshalb verbündeten sie sich mit Frankreich. Unterstützt von der Sowjetunion und China rief Ho Chi Minh zu einem allgemeinen Aufstand gegen die Besetzer auf und erklärte Vietnam im Jahre 1950 zur Demokratie, die auch von den kommunistischen Staaten anerkannt wurde. Nicht jedoch vom Westen. Das hatte zur Folge, dass sich Vietnam dem Kommunismus annäherte. China verwaltete den Norden und Großbritannien den Süden. In der Folge entwickelten sich daraus ein kommunistisches Nordvietnam und ein antikommunistischer Süden, was in einem Bürgerkrieg endete. Als später die indochinesische Regierung gestürzt wurde, erlangten Laos, Kambodscha und Vietnam 1954 endgültig die lang umkämpfte Unabhängigkeit. In Südvietnam verhalfen die USA dem Diktator Dim an die Macht. Der darauffolgende Bürgerkrieg wurde 1964 endgültig zum amerikanischen Krieg gegen das kommunistische Nordvietnam. In Nordlaos kam es ebenfalls zu kommunistischen Bewegungen, währenddessen wurden im Süden von Laos Waffen für die

Kommunisten, den Vietcong, auf dem dort verlaufenden versteckten Ho-Chi-Minh-Pfad geschmuggelt. Das war Grund genug, dass von 1964 bis 1973 amerikanische Flugzeuge Bomben über Laos abwarfen. Für diese Bombardierungen wurden pro Tag dreißig Millionen US-Dollar ausgegeben. Diese Streubomben regneten über einen Zeitraum von neun Jahren etwa alle acht Minuten vom Himmel. Mit rund 270 Millionen abgeworfenen Bomben war Laos eines der am meisten bombardierten Länder der Welt. Doch das, was im Westen schon lange der Geschichte angehört, ist hier nach wie vor ein Kriegsschauplatz. Rund dreißig Prozent der Streubomben waren nicht explodiert. Das heißt: Im gesamten Land liegen nach wie vor etwa achtzig Millionen scharfe Bomben verstreut, die jederzeit explodieren können. Zuvor hatte sich das laotische Bergvolk der Hmong zu Verteidigungszwecken mit den USA verbündet. Sie wurden unter Geheimhaltung mit Waffen versorgt und vom CIA ausgebildet. Nach dem Krieg ließen die USA die Verbündeten wieder fallen. Seither müssen sie vor der laotischen Regierung versteckt im Dschungel leben. Die einzige Schuld, die diesen Menschen angelastet werden kann, ist, dass ihre Groß- und Urgroßeltern Anhänger einer Guerillatruppe gewesen waren. Diese hatten an der Seite von Frankreich und Amerika gegen Laos und Vietnam gekämpft. Erstere verfolgten sie. Letztere ließen sie in Stich.

In Laos existieren verschiedene Nichtregierungsorganisation, die versuchen, das Land von den Minen zu säubern, indem sie die Bevölkerung aufklären und unterstützen. Auch wenn der amtierende US-Präsident Obama Laos im Jahre 2016 besuchte und 90 Millionen Dollar als Unterstützung versprach, wird das Land niemals vollständig gereinigt werden können, so lange sich die USA nicht zu einer Säuberung verpflichten. Trotz dieser Bedrohung müssen die Menschen aber ihre Felder bebauen, damit sie ausreichend Lebensmittel zur Verfügung haben. Auf den Feldern begegnete ich oft Männer mit Ochsen, die den Boden umackerten. Vor ihnen her gingen ihre Frauen – ausgestattet mit einem Metalldetektor, um etwaige Bomben aufzuspüren. Jährlich sterben in Laos nach wie vor etwa eintausend Erwachsene und Kinder an den Nachwirkungen des Krieges. So wie Lyming und die Hmong benutzen auch viele andere die ausgeschlachteten Hülsen der Bomben als Regenrinnen, Stützen oder Blumentöpfe. Die kleinen, entschärften Streubomben, die auch Lyming zuhauf als Sammlerstücke aufbewahrte, gleichen tropischen Früchten. Diese perversen Instrumente richteten sich gezielt gegen Kinder, die beim Essensammeln von solchen Attrappen getäuscht und damit getötet werden sollten.: Die heranwachsenden Soldaten wollte man bereits vorab vernichten. Anouphon war der gemeinsame Sohn von Lyming und seiner Frau Phisamai. Erst im vergangenen Jahr hatte er einen Freund verloren, als der sich beim Fischen am Boden einen Regenwurm als Köder gesucht hatte und dabei auf einen Blindgänger getreten war. Da in Laos die Familien oft sehr arm sind, schickt man die Kinder regelmäßig zum Metallsammeln. Für ihre Beute gibt's auf den Schrottplätzen etwas Geld. Aber selbst wenn es die Eltern verbieten, versuchen die Kinder dennoch, die Stahldeckel von herumliegenden Bomben abzumontieren. So eine Kappe bedeutet entweder zwanzig Cent oder den Tod.

Erst nach unserer Rückkehr ins Dorf bemerkte ich die krasse Propaganda der hier häufig gezeigten Kriegsfilme „made in USA", in denen muskulöse Hollywoodstars gegen verbrecherische AsiatInnen kämpfen. Heutzutage können über 75 Prozent der Weltbevölkerung täglich Fernsehprogramme empfangen. Diese werden im Allgemeinen von westlichen Firmen produziert, die die Vorstellungen und Lebensweisen der westlichen Werte in alle Welt hinaus senden und somit vermitteln. Das hat eine immense Auswirkung auf den hiesigen Kulturwandel. Einheimische wie Lyming erinnern sich noch an die Zeit, als das Fernsehen die Häuser ihrer Umgebung eroberte. Daraufhin verloren die Kinder sehr schnell das Interesse an ihrer Muttersprache und wollten stattdessen Englisch lernen. Sie sehnten sich nach materiellen Gütern wie Autos, Spielkonsolen, Handys und Fahrrädern – obwohl es hier lange nicht einmal Straßen und dauerhaften Strom gab. Früher saßen die Familien abends zusammen und erzählten sich Geschichten. Heute läuft den ganzen Tag der Fernseher und alle sitzen dicht davor und starren hinein. Das Fernsehen vermittelte ihnen ein Bewusstsein über ihre Armut. Sie wollen keine Armen mehr sein, sie wollen keine LaotInnen, keine InderInnen, keine Sri LankerInnen, auch keine Thais oder ebenso wenig NepalesInnen mehr sein. Sie wollen so sein wie EuropäerInnen oder AmerikanerInnen. Diese Bilder fördern kein gemeinsames Miteinander. Im Gegenzug schaffen sie ein warenabhängiges Kaufbewusstsein, eine weitere Konsumgesellschaft. In Amerika geben Unternehmen jährlich über 150 Milliarden US-Dollar alleine für Werbung aus. Das ist bei Weitem mehr, als in Bildung investiert wird. Die Unternehmen in den USA bezahlen über fünfzig Prozent des öffentlichen Fernsehens. Je mehr seiner Werbung darin zu sehen ist, desto mehr Macht über den Sender und zugleich über dessen Publikum hat ein Konzern. Bei knappen staatlichen Budgets kommt es einigen Chemie- und Öl-Konzernen gerade recht, Schulkinder mit kostenlosen Büchern, Filmen und Software-Produkten versorgen zu können. In diese gesponserten Lernmaterialien wird die Natur als wichtige Ressource für wirtschaftliche Tätigkeiten dargestellt. Es heißt darin unter anderem, man solle sie in Form von Plantagen mit Chemikalien und Pestiziden bewirtschaften. Nur eines der vielen konkreten Beispiele dafür ist die Firma Lego, auf deren Spielsteinen Werbung für den scharf zu kritisierenden Konzern Shell gemacht wird. Dadurch wird bereits von Kindesbeinen an der ökonomische Raubbau aus Sicht der Konzerne reproduziert und ein nachhaltigen Blick auf unsere Gesellschaft und eine existentiell notwendige Umwelt wird regelrecht verblendet. Mit solchen Mitteln versucht ein Unternehmen nur das zu erreichen, was in seiner künstlichen Ideologie liegt: uns mit einer konsumorientierten Sprachweise zum Kaufen zu überreden. Die Leute müssen darauf trainiert werden, neue Dinge zu wollen, bevor sie die alten verbraucht haben. Diese psychologische Taktik lässt die Wünsche der Kundschaft nach Bedarf steigern. Kaufen bringt Befriedigung! Geiz ist geil! Gönn' dir was! Konsum macht frei! Kaufen! Kaufen! Kaufen! Als ich begann, diesen Kreislauf von Arbeiten und Einkaufen, von Produzieren und Konsumieren zu hinterfragen, wurde ich daheim in meinem kleinen Kaff von allen Seiten kritisiert. Das zeigte mir, wie sehr diese Propaganda des Konsumierens bereits in die Köpfe und Lebensweisen der Menschen vorgedrungen war. In den Entwicklungsländern findet diese Umerziehung ebenfalls in großem Stil statt. So hält unter anderem in China, Indien und den postkommunistischen Staaten das kapitalistische Wirtschaftssystem in Form einer drastischen Schocktherapie mit der Privatisierung und Einsparungsmaßnahmen in den Bereichen Bildung und Soziales Einzug. Die Frage, inwieweit mich das Fernsehen prägte und aufklärte oder mich zum Konsum hin manipulierte, konnte ich mir nicht beantworten. Doch mein Blick auf die Welt war ein verzerrter, da ich von Menschen erzogen worden war, die sich diesem System gebeugt hatten.

Per Anhalter gelangte ich nach mehreren Tagen in die TouristInnenstadt Luang Namtha. Ohne es zu ahnen, landete ich zwischendurch immer wieder in solchen Tourismusgebieten, in denen ich mich trotz der schönen Tempel nicht besonders wohlfühlte. Viele aßen dasselbe Essen wie bei sich zu Hause, und zwar bevorzugt in Läden, die westliche BesitzerInnen leiteten. Die meisten Touris schliefen in den Hotels, die in den Reiseführern angepriesen wurden und somit ohnehin massig Geld einnahmen. Das frühmorgendliche Highlight dieser Baguette essenden TouristInnen war es, Mönche möglichst auffällig und in unangebrachter, respektloser Art und Weise bei ihrem Bettelrundgang zu fotografieren. Ich wollte mich hier ausgestattet mit meinem materiellen Reichtum nicht raubend am Reichtum der laotischen Kultur bereichern, auch nicht die Menschen ihrer Werte und Ideale entmachten, indem ich Forderungen nach westlichem Standard stellte und ich europäische Verhaltensweisen erwartete und glaubte, mit Geld ließe sich hier alles regeln. Ich versuchte, so gut es mir gelang, etwas zu hinterlassen, was diesem Ort mehr Respekt entgegenbringen sollte als ihn nur als einen weiteren idealen Ort zum Partymachen zu sehen. Gleichzeitig wollte ich etwas aus dieser Kultur für mich mitnehmen. Ich wollte gegenseitiges voneinander Lernen. Ich hatte meine anfängliche Skepsis Fremdem gegenüber, die mich in Nepal noch so sehr gesteuert hatte, etwas abgelegt. Deshalb übte ich abends in meiner einfachen Unterkunft lieber mit den Kindern Sprachen, anstatt mich in einer der zahlreichen Bars zu besaufen. Der Wissensstand und das große Interesse der Kinder an der westlichen Kultur stand im enormen Widerspruch zu der Welt wie ich sie kannte. So wie ich hier versuchte, Einblick in den Alltag fremder Kulturen zu erhalten, so wollte ich durch meine Unterstützung ihre von westlichen Filmen und Werbungen verzerrten Vorstellungen des alltäglichen Lebens den tatsächlichen Realitäten anpassen.

Eine sehr holprige Straße führte mich auf einer offenen Ladefläche eines Pickups an wunderschönen Berg- und Felsformationen vorbei hierher. Der Fahrer setzte mich in Van Vieng, umgeben von atemberaubend megalomanischen Bergformationen, ab, da er vermutete, dass ich hier bleiben wolle. Das tat ich auch. Jedoch nur für 24 Stunden. Denn an diesem Ort saß man tagsüber in einer der vielen TouristInnenbars, stopfte sich mit Hamburgers und Pizzen voll und ließ „Friends", „American Dad" oder eine andere amerikanische Comedy-Serie an sich vorbeilaufen. Währenddessen postete man auf Facebook, wie exotisch es hier doch sei und dass man der oder die erste Weiße sei, der bzw. die ein Laote jemals gesehen hätte. Oder man ließ sich besoffen und bekifft auf einem Luftschlauch den Fluss hinuntertreiben. Mehr war über diesen Ort nicht sagen, denn mehr passiert hier wohl nicht. Auch meine Mitfahrgelegenheit hielt sich mit folgenden Worten recht kurz: „Unser Glaube sagt uns, dass wir alle Menschen akzeptieren sollen. Gefallen tut es mir nicht, aber die TouristInnen bringen Geld."

Mit dem Ablauf meines Visums und dem Entschwinden meiner letzten Geldscheine ging es zuerst an die Grenze, dann ins nächste Land.

9

Was für ein Start. In unheimlichem Nebel und starkem Regen, mit plötzlich auftretenden Magenschmerzen und einem ebenso überraschenden Abgezocktwerden wurde ich in Vietnam willkommen geheißen. Auf halber Strecke musste ich zuvor am Grenzübergang den Bus wechseln. Bei der Ankunft wollte der Fahrer nochmals von mir abkassieren, weshalb wir in Streit gerieten. Der Fahrer wurde wütend und aggressiv und ich war damit völlig überfordert. Aber als er endlich peilte, dass ich zu diesem Zeitpunkt eh kein Geld mehr hatte, öffnete er die Tür und warf mich in der erstbesten Stadt aus dem Bus. Beladen mit regionalen Geldscheinen und einem Gefühl der Schwerhaftigkeit fand ich dort nur ein teures, mit Fernseher und heißer Dusche ausgestattetes Zimmer, in dem ich mich erst mal etwas beruhigen und orientieren musste.

Die Leute wirkten hier auf mich etwas aufdringlicher als die LaotInnen. Aber zum Glück war ich das ja schon aus Indien gewohnt. An vielen Ecken wurde ich mit roten, im Wind wehenden Flaggen an die kommunistischen Verhältnisse erinnert, die hier herrschen. Diese Art des Regierens entwickelte sich mit Beginn der Industrialisierung aus den Klassenunterschieden, die sich zwischen vielen unterbezahlten ArbeiterInnen und wenigen, immer reicher werdenden Fabriks- und MaschinenbesitzerInnen auftaten. Karl Marx machte sich Gedanken darüber, wie man den technischen Fortschritt und die wirtschaftliche Leistung sozusagen gerecht unter den Menschen verteilen könne. Er forderte das Ende der Ausbeutung des Menschen durch den Menschen. Daher sollten alle Produktionsmittel wie Maschinen, Tiere, Häuser und Lebensmittel allen gemeinschaftlich gehören. Dies würde zu einer klassenlosen Gesellschaft führen – zumindest theoretisch. Doch Männer wie Mao und Stalin schufen um ihre Person herum einen Kult, der eine dramatische Unterdrückung vieler Völker zur Folge hatte. In Vietnam stieß ich allerdings auf eine sehr abgeschwächte Version einer solcherart unterdrückten oder gar klassenlosen Gesellschaft.

Nachdem mich niemand per Anhalter mitgenommen hatte, traf ich an einer Bushaltestelle Emma, eine aufgeschlossene U.S.-Amerikanerin in meinem Alter die einen Plan hatte, wo es für sie und mich hingehen sollte. Nachdem wir im Laufe unserer gemeinsamen Reise noch ein paarmal ziemlich abgezockt werden sollten, schafften wir es doch noch in die Plattenbaustadt Vinh, hinter der sich überraschenderweise eine schöne Landschaft erstreckt. Nachdem wir in einem Hotel bei einem sehr netten Rezeptionsangestellten eingecheckt hatten, konnte ich mich begleitet von Emma in den umliegenden Dörfern wieder ein wenig von dem Gefühl der Schwere erholen.

Inmitten giftgrüner, ziemlich aufgeschwemmter Reisfelder ragten wunderschön abstrakt wirkende Felsformationen in den Himmel. Im Gewässer am Fuße dieses Karstgebirges blühten frühlingshaft duftende Seerosen. Kleine Feldwege führten über Bambusbrücken zu einzelnen Häusern. Hier war es so idyllisch, dass sogar einheimische Schulgruppen einen Ausflug hierher machten.

Als ich so auf meinem Rad saß und die Natur an mir vorbeifliegen ließ, zogen plötzlich gefühlte 7.693 Hände an mir und warfen mich von meinem stählernen Ross. Ich edler Ritter und meine noch im Sattel sitzende Prinzessin posierten wieder einmal für freundliche, grausige, lustige, nervende und fragwürdige Fotos. Nette Gespräche mit einheimischen Jugendlichen ließen mich die anfänglichen TouristInnenschieber wieder vergessen und dadurch konnte ich in meiner andauernden Ziellosigkeit wieder neuen Mut schöpfen. Während unserer Reise in den Norden trafen wir aber leider wieder auf die altbekannten. Wir wurden mitten auf der Hauptstraße aus dem Bus geschmissen, wo bereits wie zufällig Motorradfahrer auf uns warteten, die uns gegen einen Wucherpreis in den Ort fahren wollten. Aus Protest dagegen lief ich aber die dreißig Minuten lieber zu Fuß. In diesem ruhigen Bergdorf fand Emma in der Zwischenzeit eine schöne Unterkunft in einem der hölzernen Häuser. Außerdem durften wir für einen gut ausgehandelten Preis gemeinsam mit der Gastgeberfamilie ein frisch zubereitetes Abendessen genießen. Wir verspeisten den landestypischen Reisbrei, der sehr einfach schmeckt, aber durchaus sättigend ist. Gekochte Eier, die einen vorgebrüteten Embryo in sich trugen, schmeckten mit geschlossenen Augen und sehr viel Ingwer besser als erwartet. Dafür blieb der am Markt zerhackte und anschließend käuflich erworbene Hund beim Versuch, meine Geschmacksnerven zu deaktivieren, einfach nur zäh und scharf zugleich. Danach gab es selbstgebrannten Schnaps, der aber auch nicht mehr viel half.

Meine Reisebegleitung Emma kam früh morgens und nach ausgiebigem Schlaf hupend um die Ecke und weckte mich damit. Auf ihrem gemieteten Roller machten wir dann die umliegende Gegend unsicher. Was wortwörtlich auch mit ihrer Fahrweise auf der holprigen Straße zu tun hatte. Wir badeten in Flüssen und tranken an einem der kleinen Stände ein paar kühle Getränke. Wie so oft saßen wir auch hier auf Mini-Plastikstühlen, die mich an eine Kinder-Teeparty erinnerten. Auf den ebenso kleinen Tischen befand sich immer eine Kanne voll mit Kräutertee, an der wir uns bedienen durften. Daneben stand, wie so oft, eine Bambusbong, die für Vietnam typisch sind. Damit wird Tabak geraucht und sie stehen der Allgemeinheit ebenso zur Verfügung wie der Tee.

Während der wackeligen Weiterfahrt erspähten wir an einer Straßenecke ein Wasserbecken, in dem sich Frauen und Männer, durch eine Steinwand voneinander getrennt, wuschen und badeten. Recht erfreut winkten sie uns herbei. Ich, auf Seite der Männer, ließ mich von den Jungs beeindrucken, die sich mit Saltos in das Becken stürzten. Sie zeigten ständig auf meine Nippel und deuteten zu den Frauen hinüber. Erst nachdem meine Begleitung und ich uns wieder vertschüsst hatten, kombinierte ich dieses Nippelerlebnis mit Emmas Geschichte. Die Frauen waren nackt und von Emmas großen westlichen Brüsten, die sie unter einem BH versteckt gehalten hatte sehr beeindruckt gewesen. Sie wollten andauern ihren Busen sehen, weshalb sie permanent an den Trägern zogen. Ich als selbsternannter fürsorglicher und einfühlsamer Mensch versuchte mich in die Situation der Ladys hineinzuversetzen und konnte – trotz meiner männlichen Herangehensweise – sehr gut nachvollziehen, dass alle Emmas Brüste bestaunen wollten.

In der letzten Zeit war ich auf meiner eigentlichen Suche schon lange auf keine heiße Spur mehr gestoßen. Emma meinte dazu nur, dass ich in den Norden reisen sollte, da es dort für viele etwas zu entdecken gäbe. Somit trennten sich unsere Wege wieder und ich gelangte in das nette Sao Lo. Die Besitzerin einer recht heruntergekommenen Unterkunft konnte anfangs gar nicht glauben, dass ich es mit der Übernachtung bei ihr ernst meinte. Aber ja, das tat ich, und es machte mir einen Heidenspaß, hier mit den einfachen Leuten, die nichts von mir wollten, die selbe Nudelsuppe wie sie zu schlürfen und mit Unmengen an Kräutertee hinunterzuspülen. Da mich kurze Zeit später allerdings die Hitze und sich häufende Magenschmerzen in Kombination mit den wieder auftretenden AGHS-Anfällen ziemlich fertigmachten, fuhr ich mit dem Bus weiter in eine Stadt, die mir empfohlen worden war ...

… Nach weiteren Streitereien hatte ich mich dazu entschlossen, zu Fuß zu gehen und darauf zu hoffen, dass irgendein Busfahrer mich irgendwann zum Einheimischen-Preis mitnehmen würde, was zu meinem Glück auch funktionierte. Immerhin hielten mich die angenehmen Temperaturen in der Bergstadt Sa Pa noch etwas bei Laune. Auf dem exotischen Markt, der neben Fischen, Hühnern, Innereien und regionalem Gemüse auch einfache Gerichte zu bieten hatte, fand ich jedoch niemanden, der mir bei meiner Suche weiterhelfen konnte. Auch in der restlichen Stadt, die ausschließlich aus Pizza, Pasta, deutschen Backwaren und Caffè Latte mit amerikanischem Frühstück zu bestehen schien, hatte noch nie jemand von der Anthro- Gravitation und Hochdruck-Schwerhaftigkeit gehört. Spätestens als die in traditionellen Gewändern gekleideten Bergvölker versuchten mich abzuzocken, begann ich mich wieder schwerer zu fühlen. Ich fand nur einige wenige, mit denen ich nette Gespräche führen konnte, obwohl ich ihnen nichts abkaufen wollte. Die vielen Einladungen in die Herkunftsdörfer meiner GesprächspartnerInnen lehnte ich dankend ab, da diese Angebote immer mit einem beigefügten Preisanschlag versehen waren und niemand wirklich Interesse an meiner Person zeigte. Ganz so, als ob mein schweres Gefühl anziehend auf Abzocker wirkte. Deshalb verließ ich diesen unbefriedigenden Ort schnell wieder und kam sehr müde in Hanoi an. Umgeben von vielen TouristInnen, die ebenfalls kaum Interesse daran hatten, mit mir zu reden, wurde ich in dieser Stadt von einem jungen vietnamesischen Mädchen interviewt. Sie war meine kurzzeitige Rettung. Es handelte sich dabei um eine recht nette Schülerin, die sich im Rahmen eines Schulprojekts mit TouristInnen unterhalten musste, um ihr Englisch zu verbessern. Trotz dieser einen netten Bekanntschaft überwog die Schwerhaftigkeit. Zu viele TouristInnen, zu viel Gier, zu laute Menschen, viele BetrügerInnen und zu guter Letzt Schuhmacher, die versuchten, mir meine Schuhe zu zerschneiden, um sie anschließend wieder zu reparieren – zum absoluten Spezialpreis, aber das versteht sich von selbst. Ich musste raus aus dieser Stadt! Also schloss ich mich einem langhaarigen Amerikaner und seinem glatzköpfigen französischen Freund an, was dazu führte, dass ich in einem Touristenbus in Richtung Halong-Küste endete. Zu meiner Überraschung waren Mike und André echt stressfreie Typen, die die übliche Partyroute Bangkok – Chain Mai – Van Vieng – Hanoi – Halong-Küste auf dem Plan hatten. Nachdem wir wieder einmal auf dem Highway aus dem Bus geworfen worden waren und ich bereits wütend die sechs Kilometer zum Küstendorf zu Fuß gehen wollte, entschuldigte sich einer der schon auf Kundschaft wartenden Motorradfahrer überraschenderweise bei mir und nahm mich noch überraschendererweise unentgeltlich mit. Wir landeten in einem sehr freundlich geführten Hotel. Dort überredeten mich Mike und André zu einer dieser Bootstouren, die zwischen den schönen, kleinen Berginseln draußen im Meer hindurchführen. Nachdem wir einen guten Preis ausgehandelt hatten, mussten wir nur noch bis zwölf Uhr mittags warten. Die eine Hälfte der aus aller Welt heranströmenden TouristInnen kommt für die Bootstour und die anderen fünfzig Prozent wegen billigem Sex, der in den vielen bunt beleuchteten Häusern angeboten wird.

Wir warteten und warteten. Es kam jedoch niemand, der für die Tour verantwortlich gewesen wäre. Im Büro hieß es, dass das Boot Verspätung hätte. Doch eine Stunde später warteten wir immer noch. Antwort Nummer zwei lautete: Die Polizei überprüfe gerade das Boot. Nachdem der Ticketverkäufer ins Büro gekommen war, verriet er uns, dass das Boot bereits ausgebucht sei, und das, obwohl wir im Voraus Tickets besorgt hatten. Das alles endete in einer sinnlosen Diskussion, aus der ich mich immer mehr zurückzog. Ich hatte für solche Auseinandersetzungen einfach keine Nerven mehr und der Druck, der auf mir lastete, schien überhandzunehmen. Stattdessen starrte ich gekränkt und wütend zugleich aus dem Bürofenster, wo jene Kinder Spaß hatten, mit denen wir am Abend zuvor Fußball gespielt hatten. Irgendwie schaffte es der ziemlich überzeugend auftretende André, uns doch noch mit Tour-Tickets zu versorgen, aber wir hatten inzwischen beinahe keine Lust mehr auf die Tour. André liebte Vietnam, war aber kein großer Laos-Fan, weshalb ich vor ihm nicht beides in einen Topf werfen durfte. Aber in mir sammelten sich die vielen kleinen, negativen Erlebnisse an. Ich bemühte mich, das als eine Herausforderung zu sehen, und hoffte durchzuhalten und meine Suche glücklich beenden zu können.

Und tatsächlich starteten wir mit einem edlen Holzkutter inklusive mehrerer klimatisierter Zimmer, heißer Duschen und Speisesaal. Insgesamt fühlte ich mich auf diesem Boot wie jemand aus einer höheren Klasse. Außer uns befanden sich zehn andere Gäste an Bord. Darunter war auch eine vietnamesische Familie mit zwei kleinen Kindern. Unsere Reise schien nun wirklich cool zu werden – aber nur, bis das Abendessen serviert wurde. Da wir angeblich weniger als die anderen bezahlt hatten, bekamen wir konsequenterweise auch weniger zu essen. Das hieß eine Handvoll Fischbällchen und geröstete Nüsse. Als während dieses Ereignisses aufgrund meines zunehmenden Gewichtes der Stuhl unter mir zu knirschen begann, atmete ich einfach nur ruhig und tief ein und aus und fragte mit einigem Erfolg die anderen Gäste, ob wir ihre übriggebliebenen Essensreste haben dürften. Später sahen wir an Deck, dass all die vielen anderen Boote dieselbe Route zu einer überfüllten Höhle fuhren. Bei einem weiteren Halt konnte man gegen Aufpreis mit Kanus zu einer Höhle und auf Holz schwimmenden Häusern paddeln. In diesen Gebäuden lebten Fischer, die versuchten, sich mit dem Kanuverleih ihren mageren Verdienst aufzubessern. Am nächsten Morgen, nachdem wir uns wieder etwas Essen erbettelt hatten, fuhren wir die exakt selbe Route zurück und ließen uns dadurch viel schöne Landschaft entgehen. Wir blieben wieder an den Kanubooten stehen, die diesmal zum Ärgernis aller, die am Tag zuvor bezahlt hatten, gratis in die Tour miteinbezogen wurden. Das durften wir uns nicht entgehen lassen! Die vielen Felsformationen im Gewässer waren wirklich sehr schön. Man gestattete uns eine halbe Stunde Zeit, in der wir umher streunten, versteckte Höhlen fanden und uns dort eine gehörige Schlammschlacht lieferten. Als wir zurückkamen und begannen, unsere Boote zu putzen, gab es plötzlich Megastress. Anfangs verlangten die KanuverleiherInnen von uns, dass wir für die von uns bereits blitzblank gesäuberten Boote bezahlen sollen. Das taten wir natürlich nicht. Wieder kam es zu Streitereien, die nun sogar in körperlichen Übergriffen mündeten. André wurde mit dem Paddel mit nur einem Schlag ins Wasser gestoßen. Währenddessen kletterte einer der Wütenden in unser großes Holzboot und beanspruchte den dort angebrachten Feuerlöscher für sich. In diesem Chaos begannen plötzlich die Holzbretter unter mir zu knarren und wir bekamen Angst, alle miteinander unterzugehen. So schnell sich die Risse auf dem Boden verbreiteten, so schnell endeten auch die vielen Diskussionen um Geld und unser Boot legte mit einem konstant bleibenden Gewicht meinerseits wieder ab. Allseits schlechtgelaunt ging es zurück nach Hanoi, wo ich mir auf der Straße einen stimmungsaufhellenden Fruchtsaft kaufen wollte, der normalerweise maximal fünfzig Cent kostete. Da zog mir die alte Vietnamesin einen Geldschein im Wert von fünf Euro aus meiner Tasche und gab ihn mir nicht mehr zurück.

Nun saß ich im Bus in Richtung Süden. Das Erlebnis mit der alten Frau war für mich der ausschlaggebende Grund gewesen, das Land zu verlassen. So gut es mir gelang, versuchte ich bisher den Streitereien um das liebe Geld aus dem Weg zu gehen. Ich konnte es mir nicht erklären, wie dieses Papier eine solche Macht und Magie über uns Menschen ausüben kann, sodass wir uns immer wieder bekriegen. Erfolglos hatte ich mich also bemüht, dem Geld nicht mehr so viel Macht über mich zu geben, bin aber genau deshalb auf meiner Reise zum ersten Mal ziemlich unkontrolliert ausgetickt. Ich explodierte, aber so was von, und hatte die Alte mit selbst mir bis dahin völlig unbekannten Schimpfwörtern verflucht, sodass ich mich beinahe in eine Schlägerei mit den Einheimischen verwickeln hatte lassen. Bei dieser Wutexplosion entlud sich zugleich der Druck der Schwerhaftigkeit aus meinem Körper und fegte die wütende Meute, die um mich herum stand, mit einem Windstoß in so manchen Obststand auf der anderen Straßenseite. Daraufhin ließ ich an einer Bushaltestelle in Hanoi das Schicksal entscheiden und stieg in den erstbesten Bus ...

... Dieser Bus brachte mich nach Ho-Chi-Minh-Stadt, das ehemalige Saigon, im Süden des Landes. Hier herrschte eine bei Weitem freundlichere Stimmung, die mich in ein paar Städte am Mekong-Delta, dem Fluss, der die Grenze zwischen Laos und Thailand bildete und hier in Vietnam in den Ozean mündet, begleitete. Als ich an einem der Wasserkanäle mit Ananas beladene Boote sah, lernte ich einen etwa 19-jährigen Burschen kennen, der mit seinem Motorrad in Richtung Westen des Landes unterwegs war. Er fragte mich, ob ich auf seinem Gefährt mitfahren möchte. Da ich mich, um ehrlich zu sein, schon ein bisschen auf das nächste Land freute, nahm ich seine Einladung an und begleitete ihn.

Mit meinem Gepäck auf dem Rücken, meinen über dem heißen Asphalt gleitenden Sandalen und der puren Angst in meinen Augen rasten wir auf dem Highway, genauer auf dem Pannenstreifen, in Richtung Sonnenuntergang. Abends bei einer Tasse Kaffee fragte ich meinem Begleiter – er hieß Hung –, ob er wüsste, warum ich die Menschen im Norden des Landes und jenen des Südens als derart unterschiedlich empfand. Er vermutete, dass das mit dem Vietnamkrieg zu tun hatte. Im Krieg propagierten die Kommunisten unter Ho Chi Minh im Norden gegen das westliche, also hier südliche Volk und im Süden versuchten die westlichen Staaten, sich mithilfe ihrer Unterstützung die dortige Bevölkerung zu Freunden zu machen. Die Folgen waren bis heute deutlich zu spüren: Die Leute sahen nicht den einzelnen Menschen, sie sahen nur, was ihnen die Propaganda eingetrichtert hatte. Nachdem die USA Südvietnam nicht stabilisieren hatten können, zogen sie wieder ab. Der Krieg forderte mehrere Millionen Leben und endete, nachdem die NordvietnamesInnen die Stadt Saigon eingenommen hatte. Seine Nachwehen schmerzen nach wie vor, vor allem die Auswirkungen von Agent Orange, teilte mir der gebildete junge Mann mit und lud mich zum besseren Verständnis zu seiner Tante ein, die außerhalb der Stadt in einem kleinen Dorf lebte. Während der Fahrt auf dem Motorrad über eine monströse Brücke dachte ich mir, wie gut es mittlerweile den VietnamesInnen hier in diesem wirtschaftlich wachsenden Land ging. Ich sah kein Zeichen, das auf die grausame Vergangenheit hindeutete. Die Fahrt führte uns über eine schlammige Straße tief in die grünen Wälder hinein zu einer kleinen Ansiedlung von Häusern, die von Reisfeldern umgeben waren. Hung erzählte mir, dass die Natur erst vor ein paar Jahren hierher zurückgekehrt war. Davor waren nur mehr ein paar dürre Bäume und abgestorbene Pflanzen stehengeblieben, die die Überreste der Vergiftungsaktion vonseiten der USA gewesen waren. Davon abgesehen sah man in diesem Dorf allerdings noch nichts vom wirtschaftlichen Wachstum Vietnams.

Frau Truong, Hungs Tante, saß in ihrer Holzhütte. Hier beackerten Ochsen die Böden, um darauf Reis für den heimischen Markt anzubauen. Truong und ihr Mann hatten sechs Kinder. Vier davon wurden mit einer körperlichen und geistigen Behinderung geboren. Eines davon war bereits gestorben und die zwei Jüngsten im Alter von 23 und 16 Jahren mussten rund um die Uhr betreut werden. Doch Troung musste oft bis zu 14 Stunden auf dem Feld arbeiten. Sie war sehr gastfreundlich, brachte mir eine Tasse Tee und stellte mich ihren beiden Jüngsten vor. Deren Beine waren dürr wie Zahnstocher, die Knochen krumm gewachsen und ihre Köpfe im Vergleich zum Rest riesig.

Der Einsatz von Agent Orange hatte 400.000 Hektar landwirtschaftliche Nutzfläche vergiftet und zwanzig Prozent der Wälder Südvietnams zerstört. Das Ziel der AmerikanerInnen war es gewesen, die sich in den Wäldern versteckenden Vietcong aufzuspüren und ihre Ernten, und damit ihre Nahrung, zu zerstören. Darum wurden zur Entlaubung der Bäume achtzig Millionen Liter des giftigen, weil dioxinhältigen Entlaubungsmittels aus den US-amerikanischen Flugzeugen abgeworfen. Die Auswirkungen betrafen rund fünf Millionen Menschen direkt und lassen noch immer, jetzt bereits in dritter Generation, Kinder und Erwachsene an den Spätfolgen sterben. Dioxin verseucht nach wie vor die Böden und Nahrungsmittel der VietnamesInnen. In Vietnam werden heute rund 150.000 durch Agent Orange beeinträchtigte Kinder vermutet. Außerdem erhöht es das Risiko um 75 Prozent, eine besonders aggressive Form des Prostatakrebses zu entwickeln. Nach wie vor investiert die heimische Regierung jedoch mehr Geld in den wirtschaftlichen Ausbau als in die Versorgung der betroffenen Nachkriegsopfer. Erst vor Kurzem beteiligten sich die USA das erste Mal an der Säuberung eines derart vergifteten Ortes. Doch auf eine finanzielle Entschädigung mussten Frau Troung und viele andere Familien vergebens warten, da ihre Klagen zurückgewiesen wurden.

Auf der Rückfahrt dachte ich wieder an das Unglück von Bhopal und überlegte mir, wer denn eigentlich dieses Gift produziert hatte. Die Hauptlieferanten waren das mir aus Indien bekannte Dow Chemical und der weltweit größte Saatguterzeuger Monsanto, der schon oft aufgrund seiner aggressiven Art des Wirtschaftens von vielen Seiten heftig kritisiert worden war, gewesen. Monsanto steht seit dem Ende der 1940er Jahre in Verbindung mit dem giftigen Dioxin, und zwar wegen dem von ihm produzierte Unkrautvernichtungsmittel. Die hauseigenen Angestellten klagten über Hautausschläge, Schmerzen und einige andere Symptome. 1949 explodierte eine dieser Unkrautvernichtungsmittelfabriken. Seitdem ereigneten sich in der Geschichte Monsantos immer wieder ähnlich gelagerte Unfälle, die einige Todesopfer forderten. Doch das schien niemanden zu kümmern, da sich die Abteilung für Chemiewaffen der US-Armee für Monsantos-Produkte zu interessieren begann.

Agent Orange enthielt einen höheren Dioxingehalt als das vergleichbare Produkt von Dow Chemical. Aus diesem Grund wurde Monsanto bei einem Gerichtsverfahren gegen Vietnamveteranen in den USA zu einem der Hauptangeklagten. Sie standen aber in Hinblick auf Agent Orange nicht zu ihrer Schuld und Verantwortung. So zum Beispiel, als im Bundesstaat Missouri eine Kleinstadt evakuiert werden musste, weil diese mit Dioxin vergiftet worden war. Der Konzern bestreitet noch heute jegliche Verbindung mit den Vorfällen. Auch die Verwendung ihres auf dem Markt erhältlichen Unkrautvernichtungsmittels Round-up führt laut Umweltschutzbehörden ebenfalls zu gesundheitlichen Beeinträchtigungen. Angeblich kamen bis in die 1990er Jahre von Monsanto rund 17 Millionen Kilo giftige Chemikalien in unsere Luft, unser Wasser und in unsere Erde. Besteht ein solches Unternehmen aus Menschen, die skrupellos von ihrem Bürosessel aus gegen jegliche Art von moralischen Gesetzen verstoßen oder ist es komplexer? Ein Konzern ist doch nichts menschlich Fehlerhaftes. Es genügte nicht, sich auf die Schuld des Einzelnen rauszureden. Ein Unternehmen ist eine gefühllose Maschine, die nur ein Ziel verfolgt, nämlich der fehlerhaften Ideologie des ewigen Wirtschaftswachstums zu folgen und somit seinen Profit zu maximieren. Wenn ein Konzern zum Beispiel Menschenrechte verletzt, kann man ihn in seiner Gesamtheit weder einsperren oder hinrichten. Fügt sich jemand nicht der Wachstumsideologie des Unternehmens, wird derjenige beseitigt. Konzerne überlebten oft ihre GründerInnen und wachsen zu etwas unvorstellbar Mächtigen heran, was nicht einmal mehr von demokratischen Rechten beherrscht werden kann. Einzelne Menschen sterben, Unternehmen nicht.

10

Liebe Selbsthilfegruppe, ich gestehe, ich bin durch die vielen Leckereien auf den Märkten zu einem Fressaholic geworden! Es gibt alles, was der Magen begehrt, von Gemüse-Nuss-Nudeln mit Chili-Zitronengras-Soße über Reismehl-Gemüse-Leibchen bis hin zu Kokosmuffins im Bananenblatt und undefinierbaren Puddings. Hier reihen sich Essensstände an Friseurläden und Tierschlachter, weshalb man während einer Sitzung beim Friseur ein Tier bestimmen kann, dass getötet werden soll, um es sich anschließend in der Garküche von nebenan frisch zubereiten zu lassen. Während ich versuchte, mein vegetarisches Gericht zu genießen, fanden sich, ähnlich wie in Nepal, bis zu acht runzelige Hände in meiner Essensschüssel. Alte Frauen zeigten mir, wie ich mein Mahl mithilfe von Stäbchen zu verzehren hätte. Mit einer eigens dafür kreierten Stäbchentechnik versuchte ich, mein Essen gegen die erfahrenen und geübten Omas zu verteidigen – jedoch erfolglos.

Nachdem ich in einem Bus sitzend auf einer sehr holprigen Straße, die meine bis zu diesem Zeitpunkt noch fruchtbare Männlichkeit in Rührei verwandelte, zu stehen gekommen war, blickte ich noch einmal zurück zum Grenzübergang: Ich war jetzt in Kambodscha.

Das Land ist weniger entwickelt als sein kommunistischer Nachbar im Norden. Neben den immensen Spielkasinos, die wenig einladend auf mich wirkten, zeigten sich die Leute während meiner ersten Aufenthaltstage wiederum recht entgegenkommend. Nachdem ich allerdings per Anhalter nur langsam weitergekommen war, sprang ich in einen verbeulten Bus, der mich günstig durch eine Gegend führte, die mich ein klein wenig an Indien erinnerte. Dunkelhäutige Bäuerinnen und Bauern trieben ihre Rinder an den saftigen Reisfeldern vorbei. Dazwischen erblickte ich bunt gekleidete muslimische und buddhistische Frauen, die mit einer Hacke die Feldarbeit verrichteten. Meine unwegsame Fahrt führte mich in die Hauptstadt Pnom Phen, wo mich gleich nach der Ankunft an der Bushaltestelle ein paar Typen ansprangen, die mir Tausende verschiedenste Genüsse feilboten. Darunter waren Frauen, Männer, etwas zu trinken, Hotel, Essen, Bustickets, Marihuana, Heroin, Souvenirs für die Familie und vieles mehr – alles zum absoluten Bestpreis. Unter all diesen Angeboten nahm ich die Einladung von einem an, der seiner Tochter Informationen über ein mögliches Auslandsstudium in Europa beschaffen wollte. Ohne davon Ahnung zu haben, fuhr ich trotzdem mit ihm auf seinem Motorrad mit. Als er mir zu erzählen begann, dass seine Tochter zwar im Krankenhaus läge, er mich aber dennoch zum Essen bei seiner Frau einladen wolle, kam mir das Ganze schon ein klein wenig schräg vor. Doch meine Neugierde überzeugte mich davon, mitzufahren. Nach einem leckeren Abendessen und einer recht widersprüchlich erzählten Familiengeschichte begann mir mein Gastgeber im Verlauf des Abends eine Story darüber zu erzählen, wie er einst in einem Kasino als Kartenmischer angestellt gewesen war. Als er damit anfing, mir Tricks lehren zu wollen, um mit mir im Team seine NachbarInnen abzuzocken, unterbrach ich ihn und erwähnte, wie toll es doch sei, von solch ehrlichen Menschen wie sie es waren, eingeladen worden zu sein. Ich erzählte ihnen davon, wie sehr mich in meinem Leben so manche Lügengeschichte schon verletzt hatte. Geld sollte für mich von nun an niemals mehr zwischen mir und meinem Vertrauen zu meinen FreundInnen stehen und dürfte folglich nicht mehr als Maßstab für Ehrlichkeit dienen. Ich geriet während meiner Ansprache in eine Art lebhaften Rausch. All das, was ich bisher erleben durfte, hätte mich geprägt. Ob Gutes oder Schlechtes. Ich wäre in diesem Moment allem dankbar, das mich mehr über das Leben erfahren hatte lassen. Und nun würde ich von solch netten Menschen, wie sie es waren, eingeladen und ihre Bekanntschaft würde mich weiter prägen, erzählte ich meinen GastgeberInnen stolz. Ich puschte mich selbst in ein unwiderstehlich schönes Gefühl hinein, an allem teilhaben zu dürfen, dass ich für einen Augenblick auf meine Schwerhaftigkeit völlig vergaß. Nach meiner Dankesrede an die Menschheit mit all ihren Ecken und Kanten starrten sich die zwei KambodschanerInnen an und der Mann, dessen Namen ich immer noch nicht kannte, schlug vor, mich am besten wieder schleunigst zurückzubringen. Ob sie mich nun abzocken wollten oder nicht oder ob ich sie auf eine gewisse Art und Weise ausgetrickst hatte, wusste ich nicht. Aber ich war mir sicher, ihnen und mir selbst das gute Gefühl gegeben zu haben, einander vertrauen zu können und uns gegenseitig zu respektieren. Mir so lange positives Denken einzureden, bis es tatsächlich Macht auf meine Laune hat, war eine ebenso wichtige Erfahrung, wodurch ich lernte, dass ich meine Gedanken und mein Gemüt aktiv steuern konnte. Indem ich begann, an etwas zu glauben, konnte es tatsächlich Macht über mich und andere ausüben. Dabei wurde mir bewusst, wie behutsam ich diese Waffe einsetzen musste. Dieses Machtinstrument ist dazu in der Lage, Massen in jegliche Richtung zu steuern. Wie weit ich diese Erkenntnisse auf meiner noch bevorstehenden Reise einsetzen konnte, würde sich noch zeigen. Ein erstes Bewusstsein darüber hatte ich aber soeben in mir erzeugt.

    Die letzten Meter meines Rückweges brachte mich ein Radtaxifahrer in ein einfaches Hotel, welches zwischen einigen Ruinen stand. Daneben befand sich ein zur Hälfte mit Bauschutt zugebaggerter See. Die Regierung baute hier Geschäftshäuser und nahm den Menschen gegen einen sehr geringen Geldbetrag nicht immer freiwillig ihr Land weg und schickte sie dann fort. Meine GästehausbetreiberInnen, die mich auf ein Glas Whiskey einluden, erzählten mir, dass auch sie bald ohne Aussicht auf eine künftige Existenzgrundlage weggeschickt werden würden. Sie meinten, dass die aktuelle Regierung mit ihren Einschüchterungsaktionen beinahe den Roten Khmer unter der Führung von Pol Pot glich.

Kambodscha war ebenso wie einige andere Länder des Südens grausam von europäischen Staaten wie Frankreich kolonialisiert worden. Neben vielen anderen Minderheiten waren die Khmer eine ethnische Gruppe in Indochina. Kurz nach dem Vietnamkrieg, dem Amerikanischen Krieg, wie man ihn hier nennt, kam für vier Jahre das kommunistische Regime der Roten Khmer an die Macht. Ihr Führer Pol Pot forderte einen endgültig freien Staat, der von keinen anderen Ländern mehr beherrscht werden sollte. Dank dieser Zielsetzung gewann er die gedemütigten und unterdrückten KambodschanerInnen für sich und eroberte nach einem mehrjährigen Bürgerkrieg die Stadt Pnom Phen, wo die dortige Regierung gestürzt wurde. Um von Außenstehenden völlig unabhängig zu werden, sollte ein Agrarstaat gegründet werden. Voller Vertrauen hoffte das Volk auf eine friedliche und bessere Zukunft: von einem fruchtbaren Land voller Reis und glücklicher Menschen ohne Hunger. Doch Pol Pot hatte seine eigenen Vorstellungen von einem gerechten Staat. Zunächst wurden Pnom Phen und andere Städte gewaltsam menschenleer gemacht. Zwei Millionen Menschen – egal ob alt, jung, krank oder schwach – wurden in ihnen zugewiesene Dörfer und Arbeitslager geschickt. Diese Märsche dauerten oft wochenlang. Einige KambodschanerInnen waren freiwillig dazu bereit, diese Strapazen für ein neues, aufblühendes Kambodscha auf sich zu nehmen. Wie zu Zeiten, als noch die Angkor-Könige herrschten, sollte das Land wieder mit Wasserkanälen durchzogen werden, um in der Trockenzeit die Felder zu bewässern. Die kommunistische Führung versprach ein Land, in dem alle gleichgestellt seien. Doch die harte körperliche Arbeit, zu der die Bevölkerung verurteilt war, ließ Tausende zugrunde gehen. Die Praxis stellte sich oft anders dar als versprochen, auch weil die Angehörigen der Armeen des Regimes privilegiert waren. Sie bekamen ausreichend zu essen und übten mit ihren Waffen radikale Gewalt auf die misshandelte Bevölkerung aus. Anfangs wurden jene, die nicht in diese Agrargesellschaft passten, aussortiert und ermordet. Intellektuelle, das umfasste auch Menschen, die Fremdsprachen beherrschten, LehrerInnen, ehemalige PolitikerInnen oder selbst jene, die einfach nur eine Brille trugen, wurden ausgeraubt, hingerichtet und tot am Straßenrand liegengelassen. Pol Pots paranoische Angst ging so weit, dass irgendwann niemand mehr verschont blieb, nicht einmal die Mitglieder der Roten Khmer. Die Macht des Verfolgungswahns überschattete die

Realität. Soldaten, Frauen und Kinder wurden so lange gefoltert, bis sie eine nicht begangene Tat gestanden. In Vernichtungslagern wie den Killing Fields kann man sich noch heute vor Augen führen, wie Menschen, mit einfachen Werkzeugen zu Tode geprügelt wurden, um teure Munition zu sparen. Selbst Babys schlug man so lange gegen Bäume, bis sie starben. Nach Grenzzwischenfällen marschierte 1978 das wiedervereinte Vietnam in Kambodscha ein und versuchte die Roten Khmer zu stürzen, um eine pro-vietnamesische Regierung zu bilden. Dagegen protestierten Deutschland, die USA und andere westliche Staaten jedoch aus Angst vor dem Kommunismus. Selbst die Vereinten Nationen erkannten die Exilregierung des grausamen Pol Pots in Malaysia an. 1993 fanden in Kambodscha unter Aufsicht der UNO die ersten freien Wahlen statt. Die Roten Khmer boykottierten diese und schleppten noch bis 1995 Tausende ZivilistInnen in ihre tief im Dschungel versteckten Konzentrationslager. Großzügige Angebote der neu gegründeten Regierung, die es den Angehörigen und Führern der Roten Khmer ermöglichten, sich ein neues Leben aufzubauen, führten zum endgültigen Zerfall der Partei.

Während der vier Jahre andauernden Herrschaft der Roten Khmer verloren bis zu drei Millionen Menschen auf tragische Weise ihr Leben. 1998 starb Pol Pot unter ungeklärten Umständen im Norden des Landes.
Ob die Kreuzzüge der EuropäerInnen, die Sklaverei in den USA, der Völkermord an den ArmenierInnen unter der türkischen Regierung, Hitlers Massenmord an den Juden, Milosevics Krieg im zerfallenen Jugoslawien, die terroristischen Märtyrer oder gar das anhaltende Verhungern lassen in vielen Teilen der Erde: Millionen von Menschen lassen unter der Herrschaft konkurrierender Ideologien, die sich heute in der konkurrierenden Wirtschaftslogik reproduzieren und verstärken, ihr Leben. Im Arabischen Frühling zeigten sich ebenfalls Menschen, die gegen ihre Führer kämpften und nach einem Leben in Freiheit und Würde strebten. Doch trotz der Unterstützung eines intakten Rechtsstaates von außen ist, solange diese Unterstützer nur ihren eigenen Interessen folgen, eine solche Revolution äußerst anfällig für global agierende terroristische Organisationen. Nur durch die gebündelte Macht des Volkes und die Solidarität starker Regierungen wurden bis dato grausame Formen der Unterdrückung gestürzt. Eine aktive Solidarität aller BürgerInnen kann den Kampf der Kulturen unter Zuhilfenahme der Waffen unserer Industrien noch verhindern ...

... Auf meiner Reise in den kühleren Nordosten des Landes stieß ich auf viele Menschen, die an mir interessiert waren. Ich begegnete orangegekleideten Mönchen und Frauen in Teddybär-Pyjamas, die mich fragten, woher ich denn käme. Kinder, die mich vor Freude besprangen, Väter, die mich mit ihren Töchtern verkuppeln wollten, und Mütter, die mir meinen Rücken massierten. Folglich kam ich per Anhalter keinen Meter voran, weshalb ich öfter an Bushaltestellen auf eine zuverlässigere Mitfahrgelegenheit wartete. Dort wurden mir gehäutete Frösche und frittierte Vogelspinnen angeboten. Ich traf an einer dieser Haltestellen auf einen alten Mann, der sich sehr darüber freute, dass ein kleiner Pigmentfleck auf meinem Unterarm dieselbe Farbe hatte wie seine braune Haut. „Ich, du, gleich", waren seine stolzen Worte. Und dabei hatte er so was von recht. Auf irgendeine Art und Weise sind wir alle gleich.

Dank einiger spannender Tipps von Einheimischen kämpfte ich mich tiefer in den wunderschönen Nordosten des Landes vor. Meine Belohnung waren kaum TouristInnen, dafür aber viele grüne Regenwälder. Wie Tarzan versuchte ich mich durch das satte Grün zu schlagen. Doch wie ein Städter in den österreichischen Alpen kam ich nur langsam durch das Geäst, das mich Hobby-Indiana-Jones zu einer interessanten Lichtung führte. Dort befanden sich allerdings keine wildgewachsenen, tierreichen Wälder mehr. Nein, ich war umgeben von Kautschukplantagen.

Nach dem täglichen dreißigminütigen Erfrischungsregen, der über mich hereingebrochen war, inspizierte ich das Gebiet, wo ich auf einen ziemlich überraschten russischen Fotografen stieß. Er fragte mich, was ich hier zu suchen hätte. Ich hatte eigentlich keine Ahnung, weshalb ich hier war, also fragte ich ihn, was denn sein Grund sei. Der große Mittdreißiger Joseph betätigte sich als Journalist und schrieb gerade an einem Artikel zum Thema Landenteignung.

Wir befanden uns hier in der Provinz Ratanakiri, in der der Jairi-Minderheit das Land entzogen wurde. Eine Kautschukfirma wollte das fruchtbare Gebiet, unabhängig davon, ob die UreinwohnerInnen kooperierten oder nicht , in ihren Besitz bringen. Staatsbeamte behaupteten, dass das Land für invalide Soldaten gebraucht werden würde, weshalb die Jairi mit Alkohol gefügig gemacht wurden und dem Deal unter Druck zustimmen mussten. Den Betrunkenen wurde daraufhin ihr Grund und Boden mithilfe eines Fingerabdrucks, der als Unterschrift galt, genommen, und zwar in einem größeren Ausmaß als im Vorhinein vereinbart. Bis heute ist ihnen der Zutritt verboten. Zudem verwehrt man ihnen jegliche Möglichkeit, mit rechtlichen Schritten dagegen vorzugehen. Außerdem wurden immer wieder friedliche Demonstrationen gegen illegale Landenteignungen gewaltsam niedergeschlagen. Denn solche Landverkäufe waren für die Regierung ein gutes Geschäft, darum waren auch immer wieder Polizisten und Militärs darin involviert. Zusätzlich plant die Energiefirma China Guodian Corporation, am Oberlauf des Areng-Flusses ein Wasserkraftwerk zu erbauen. 20.000 Hektar Regenwald, die Hälfte davon im geschützten Kardamon-Wald, sollten den Fluten zum Opfer fallen. Unzählige bedrohte Tierarten müssten flüchten. 1.000 indigene Khmer müssten umsiedeln. Verschärfend kommt hinzu, dass der Damm einen hervorragenden Zugang für illegale Holzfäller und Wilderer darstellen würde. Doch für mich war das Interessanteste an dieser ganzen korrupten Sache, dass die Deutsche Bank ihre Finger mit in diesem blutigen Spiel hatte. Laut der britischen Umweltorganisation Global Witness hätten die Tochterfirmen der Weltbank und der Deutschen Bank die zwei größten vietnamesischen Kautschukfirmen bei deren weiterer Expansion in Laos und Kambodscha finanziert. Häufig erfahren die Menschen erst von ihrer Landenteignung, wenn die Bulldozer bereits anrollen. Widerstände werden gewaltsam niedergeschlagen und das Volk versinkt in große Armut. Anstatt sich für nachhaltige Projekte und den Kampf gegen Armut einzusetzen, was die eigentliche Aufgabe der Weltbank wäre, unterstützt sie immer wieder ökologische Katastrophen und Menschenrechtsverletzungen. Auch die Deutsche Bank steht aufseiten des Palmölgiganten FELDA, um mit diesem Raubzug die Regenwaldabholzung an die Börse zu bringen. Durch diese Aufhebung von ethischen und ökologischen Grenzen wird die Lebensgrundlage aller Menschen zerstört. Die Natur wird sich untertan gemacht, privatisiert und in eine Ware für den Export verwandelt.

Joseph erzählte mir noch sehr viel mehr grausame Geschichten über die Banken. Aber er gab mir auch eine Alternative mit auf den Weg, und zwar in Form ökologischer beziehungsweise demokratischer Banken, die mein Geld nicht in Ausbeutung und Menschenrechtsverletzungen investieren würden.

Nach meiner Rückkehr in den kleinen Ort checkte ich nach langer Zeit wieder einmal meine E-Mails. Jenny hatte mir eine recht erfreuliche Rückmeldung auf meinen Brief geschickt. Aufgrund des Inhalts ihrer Nachricht entschloss ich mich dazu, rasch wieder weiterzureisen.

Nach zahlreichen entsprechenden Schwärmereien der Einheimischen war nun das achte Weltwunder namens Angkor Wat in der Nähe der sehr kontrastreichen TouristInnenstadt Siem Riep meine letzte Station in diesem aufregenden Land.

Im Rahmen eines Gespräches in meiner Unterkunft erfuhr ich, dass nach dem Einmarsch der Vietnamesen in Kambodscha die Firma Sokimex gegründet worden war. Sie unterhält die Treibstoffversorgung des ölreichen Kambodschas. Der millionenschwere Konzern, der nebenbei auch ein paar Luxushotels führt, kassiert die Eintrittsgelder von Angkor und lässt das stolze Volk in ihre leeren Teller schauen.

Im zehnten Jahrhundert wurden im ganzen Land Stauseen und Bewässerungsanlagen errichtet. Dies führte zu einer mehrmaligen Reisernte im Jahr und verhalf dem Khmer-Reich zu seinem unsagbaren Reichtum, der im Bau von großen Städten und mächtigen Tempeln sichtbar wurde. Angkor Wat diente als Staatstempel des Königs und zur Verehrung des Hindugottes Vishnu. Im 13. Jahrhundert wandelte sich Angkor Wat von einer hinduistischen Kultstätte in eine buddhistische. Erst sehr viel später wurden westliche MissionarInnen und ForscherInnen auf die Tempel aufmerksam. Letztere begannen Anfang des zwanzigsten Jahrhunderts mit der Restaurierung dieser Anlage. Das reiche kulturelle Erbe war auch der Hauptgrund, weshalb Kambodscha im 19. Jahrhundert von den Franzosen kolonialisiert und es der Vorherrschaft der VietnamesInnen entrissen wurde. Dies hatte Forderungen zur Folge, die Kambodscha an Thailand stellte, da diese im Norden des Landes Gebiete erobert hatten, die sie aber später wiederum an die Franzosen verloren. Angkor Wat ist nach wie vor ein Nationalsymbol und wird seit der Unabhängigkeit von Kambodscha kontrolliert. Dennoch versucht Thailand immer wieder, die von der Kolonialmacht eroberte Tempelanlage zurückzubekommen. Als in einer thailändischen Fernsehsendung berichtet wurde, dass die Tempelanlage einst den Thais gehörte, brachen 2003 in Phnom Penh Demonstrationen gegen solche und andere Realitätsverzerrungen aus. Heute sind es die im Nordwesten des Landes an der Grenze zu Thailand stehenden Ruinen von Preah Vihear, die immer wieder zu Unruhen führen. Beide Regierungen versuchen, das jeweilige Volk zu manipulieren und es für sich zu gewinnen, was 2008 zu weiteren Zusammenstößen führte. Dieses Anstacheln veranlasste, dass sich Truppen beider Länder zwei Tage lang einen erbitterten Kampf lieferten. Die thailändische Zeitung berichtete von 64 toten Kambodschanern. 2010 überquerten mehrere Thais die Grenze zum Osten und wurden durch ihren provokant formulierten Besitzanspruch bezüglich der Ruinen von der kambodschanischen Polizei verhaftet. Diese Aktionen verwandelte die innenpolitische Situation Thailands zwischen Gelb und Rot in einen brodelnden Hexenkessel und man befürchtete nun, es würde bald zu einem Militärputsch kommen, was – wie bereits erwähnt – auch der Fall war. Aber zurück zur Gegenwart:. Heute ist Siem Riep mit Hotels, Restaurants und Fischbecken, in denen einem kleine Fische die Füße massierten, zugebaut. Von All-inclusiv-TouristInnen über Partyreisende, die aus Thailand kommen, bis hin zu grauslichen Kerlen, die nur billigen Sex suchen und auch finden, ist hier alles vertreten. Massen von TouristInnen aus der gesamten Welt finden sich hier am Fuße der Tempel ein, wo ich mich erwartungsgemäß etwas unwohl fühlte.

An einer gut beleuchteten Straßenecke sprach mich eine aufreizende Prostituierte an und fragte mich, ob ich mit ihr Sex haben wolle, was ich zwar ablehnte, sie aber trotzdem um ein Gespräch bat, da mich unter all den sich hier befindlichen Facebook-Infizierten, die mit nichts anderem beschäftigt schienen, eine unvorstellbare, bestialisch grausame und zugleich Brechreiz auslösende Langeweile überkam. Die junge Dame sprach gut Englisch und stimmte meinem Vorschlag zu. Mithilfe eines kleinen Lächelns meinerseits ließ sie sich als Bezahlung für ihre Dienstleistung auf ein leckeres Abendessen herunterhandeln. Ihr Name war Jiut und sie war 19 Jahre jung. Jiut wollte mir zu Beginn nichts über sich erzählen. Nachdem ich sie allerdings neugierig über ihren Beruf ausgefragt hatte, begann sie nach anfänglicher Schüchternheit darüber zu sprechen. In dieser für mich durchaus makabren Situation überraschte mich Jiut mit ihrem breiten Wissen über die Sexindustrie und somit über die ihrige und jener ihrer Freundinnen.

UNO-Soldaten, die in den 1990ern das Land verwalteten, wurden Kunden der Bordelle, die sich in dieser Zeit in Kambodscha bildeten. Seitdem steigt der Sextourismus bis heute pausenlos an. Thailand verschärfte die Gesetze für Sex mit Minderjährigen drastisch, weshalb nun in Kambodscha der Pädophilenkreis deutlich zunimmt. Weltweit arbeiten vermutlich eine Million Kinder als Zwangsprostituierte. Dieses lukrative Geschäft wuchert also in der ganzen Welt, die höchsten Zahlen findet man allerdings in Indien. In dem von Ölkonzernen unterdrückten Nigeria wurden 2007 66 nigerianische Kinderhändler eines italienischen Pädophilennetzwerks verhaftet. Im selben Jahr verschwanden Hunderte nigerianischer Kinder in Holland und 2014 wurden 219 entführte Schülerinnen mit Mitgliedern der Terrororganisation Boko Haram zwangsverheiratet. Daneben zählt in dieser Hinsicht auch Thailand mit vermutlich 200.000 jugendlichen Opfern zu den tragischsten Ländern, das seinen Platz aber inzwischen nach und nach an seinen kleineren Nachbarn abgibt. Durch die zunehmende Arbeitslosigkeit und die Enteignungen von kambodschanischem Land entsteht soziale Not und aus dieser heraus verkaufen in Kambodscha immer häufiger Eltern ihre eigenen Kinder. Häufig werden die Eltern mit der falschen Versprechung gelockt, dass die Kinder eine qualifizierte Ausbildung mit guter Bezahlung erhalten würden. Aus Kambodscha, Laos, Myanmar und dem Nordosten Thailands kommend, landen diese Kinder oft in illegalen Pädophilenbordellen oder werden Ausländern auf der Straße angeboten. Mafiaähnliche Schlepperbanden bauen einen organisierten Menschenhandel auf und suchen sich ihre in Not lebenden Opfer gezielt aus. Diese gequälten Kinder werden meist für lange Zeit gefangen gehalten und müssen sich an einem

Abend zehn, zwanzig oder noch mehr Männern hingeben. Die meisten Kunden, so verriet mir Jiut, sind Japaner und Männer aus den westlichen Industrieländern. Immerhin können die Täter auch nach der Rückkehr in ihr Heimatland für ihre Taten bestraft werden. Deshalb ist es wichtig, dass TouristInnen nicht wegsehen, wenn ihnen etwas auffällt, was auf eine solche Tat hinweisen könnte.

Vor fünf Jahren starb eine von Jiuts Kolleginnen an einer Überdosis Drogen. Sie wäre inzwischen 19 Jahre alt. Doch hatte sie, wie viele andere in einer derartigen Situation, zu harten Drogen gegriffen. Als ich meine nun immer unruhiger werdende junge Gesprächspartnerin fragte, in welchem Alter sie in die Prostitution eingestiegen sei, sprang sie rasch auf und verabschiedete sich. Vergebens suchte ich ihren Augenkontakt, während sie mir abschließend erklärte, dass ich in den insgesamt elf Jahren ihrer „Karriere" der erste Kunde gewesen sei, vor dem sie keine Angst gehabt hatte. Schweigend blickte ich ihr noch hinterher, bevor sie in einer der dunklen Ecken verschwand, um dort wieder um ihr nacktes Überleben zu kämpfen.

Mein Blick kreiste um mich und meine Umgebung, wo ich befremdliche Menschen sah. Hier befanden sich viele Einheimische und TouristInnen und alle trugen ihre persönlichen Geschichten mit sich herum. Doch in diesem Moment wollte ich mit meiner eigenen alleine sein. Ich mietete mir ein Rad und fuhr zu den vom Vollmond beleuchteten Tempeln von Angkor. Unzählige Ruinen und Heiligtümer hatte ich auf meiner Reise schon gesehen. Von innen und von außen. Sie alle waren so unterschiedlich und doch so gleich. Auf irgendeine mystische Art und Weise waren sie mit den Menschen verwandt. Allerdings hatte ich bisher noch nie die spezielle Energie dieser alten Gebäuden erfühlt, die doch so viele Geschichten erzählen könnten. Ganz mit mir alleine verbrachte ich bis zum Sonnenaufgang Zeit damit, die in der Dunkelheit stehenden Bauwerke nur mit meinen Händen und meinen Sinnen zu erfassen. Zwischen den Spalten und Rissen der Steine lachten mir mit den ersten Sonnenstrahlen blühende Orchideen entgegen. Bis in den Himmel hinauf wachsende Würgefeigen, die mit ihren Wurzeln Steinmauern umarmten, zeigten sich mir im dämmrigen Morgenlicht. Durch den Frieden des Waldes und die wärmenden Strahlen auf meiner Haut fühlte auch ich mich von dieser Natur umarmt, die meine Schwerhaftigkeit und das Streben nach dem Ziel meiner Suche einen Moment lang verbannte. In diesem Augenblick waren wir uns mit einem Mal nicht mehr so fremd ...

11

... Da ich nun kurzzeitig ein anderes Ziel verfolgte, ging es wieder zurück nach Bangkok, von wo aus ich im Zug auf einer Holzbank die Nacht hindurch bis ins südlich gelegene Chompon fuhr. Leider hatte ich nun nicht mehr so viel Zeit, weshalb ich mir lediglich einige wenige der legendären Plätze ansehen wollte. Als ich um vier Uhr morgens in Chompon ankam, lief dort das Leben bereits auf Hochtouren. Der Morgenmarkt war schon in vollem Gange und die letzten LieferantInnen brachten noch tonnenweise Gemüse und Obst herbei. Nachdem ich mich tagsüber unter der warmen Sonne von neuerlichen Magenschmerzen erholt hatte, nahm mich eine freundliche Thailänderin und ihre Tochter mit zum Hafen. Hier warteten Fähren, die die berühmten Urlaubsinseln ansteuerten. Doch wohin fuhren die alten Holzboote, die mit Essen und Getränken beladen wurden? Glücklicherweise auf dieselben Inseln. Mit Händen und Füßen erklärte ich dem Zigarette rauchenden und voll tätowierten Kapitän eines Holzbootes, dass ich auf seinem Boot mitfahren wolle. Ich half beim Ein- und Ausladen der Lebensmittel mit und kam dadurch zu einer coolen Überfahrt mit noch cooleren Hochsee-Thais.

Da ich mir kaum etwas von den Inseln erwartet hatte, überraschten mich die vielen Pizza-Restaurants, Bars und Clubs für Teenies und SextouristInnen an den schönen Stränden kaum. Um dem zu entkommen, checkte ich mir in einer kleinen Bucht Schnorchelzeug und ließ mich über Stunden hinweg im Wasser treiben. In dieser absolut relaxten Stimmung ließ ich mich nicht einmal von den paar wenigen kleinen Haien aus der Ruhe bringen, die mit mir um die Wette schwammen. Es war bereits eine Ewigkeit her, dass ich mit einem Schnorchel bewaffnet einfach nur im Wasser gelegen und die Schwerelosigkeit genossen hatte. Alles fühlte sich so leicht an, nicht nur mein Körper, auch das Leben an sich, all die guten und schlechten Dinge, die mich umgaben. Je mehr ich darüber lernte, desto besser verstand ich Zusammenhänge und desto mehr Sinn sah ich darin, aktiv an der Gestaltung der Gesellschaft teilzuhaben. Seit dem Morgen in Angkor versuchte ich mich nicht mehr distanziert von meiner Umwelt zu betrachten. Ich wollte mich nicht mehr von der Gesellschaft und ihrer Art des Lebens abgrenzen. Ich wollte wieder Teil ihrer Gesamtheit werden und je mehr ich mir über meine Rolle darin und über meinen Weg dorthin bewusst wurde, desto einfacher erschien es mir, meinem Ziel immer näherzukommen.

Nach einer ganzen Weile umgeben von dieser Leichtigkeit öffnete ich wieder meine Augen, als mein Kopf an einem kleinen Fischerboot andockte. Das holte mich wieder auf den Boden der Tatsachen zurück. Diese

Tatsachen waren zum Beispiel eine andere Bucht, in die ich gespült worden war. In dieser kleinen Bootsanlegestelle befand sich eine nette Bar. Genauer genommen eine Striptease-Bar. Obwohl sie noch geschlossen hatte, lud mich eine dort arbeitende Frau – oder war sie doch ein Mann? – zu einem Getränk ein. Ach so. Agnes, so der/die/das Name, war eine der drei Geschäftsführerinnen und sie verklickerte mir, dass sie eine Frau im Körper eines Mannes sei. Meines Erachtens sah sie genauso hübsch aus wie all die anderen Frauen um uns herum. Erst nachdem ich die feenhaften Gestalten genauer begutachtet hatte, bemerkte ich, dass ich mich in einer Bar umgeben von Transsexuellen befand. Die Mädels bereiteten sich schon für die Show am Abend vor. Es waren richtige Zicken dabei, die sich gegenseitig Beleidigungen wie „Deine Schminke ist verwischt" oder „Du siehst alt aus" an die Köpfe warfen. Außerdem arbeiteten dort Prostituierte, Kellnerinnen und Stripperinnen. Agnes erklärte mir, dass nur TouristInnen das Wort Ladyboy in den Mund nehmen. In Thailand nennt man sie Kathoeys. Einige ihrer Angestellten waren tagsüber Männer, andere wiederum waren so sehr Dame, dass man sie nicht einmal als Kathoeys erkannte. Die Transsexuellen findet man beinahe überall in Thailand, ob in Bordellen, Friseurläden, als Köchinnen, in Fabriken, als Studentinnen, beim Beten im Kloster oder seit Kurzem auch als in Gold gekleidete Stewardessen in Flugzeugen. Nur in die Regierungsarbeit und in Bildungsinstitutionen werden sie noch nicht integriert – und auch vor dem thailändischen Gesetz gelten sie nach wie vor als Männer.

Laut einer Interpretation der alten buddhistischen Schriften gibt es mehr als nur zwei Geschlechter. Gemäß dieser Auslegung werden die Kathoeys durch die Sünden, die sie in ihrem vergangenen Leben begangen hatten, im „falschen" Geschlecht wiedergeboren. Deshalb akzeptiert man sie in der Gesellschaft auch mehrheitlich, denn jede bzw. jeder Thai konnte in einem seiner vielen Leben schon einmal ein Kathoey gewesen sein oder als solcher wiedergeboren werden. Demnach gibt es in Thailand nicht unbedingt mehr Transsexuelle als in anderen Ländern, der Unterschied liegt lediglich in der Anerkennung und dem Mut, diese Neigung nach außen hin zu zeigen. Schon seit Menschengedenken unterteilen wir uns in zwei Geschlechter, nämlich in Mann und Frau. Diese Zweiteilung ist so tief in unserer Wahrnehmung, im Denken, im Verhalten und in unserem Handeln eingeprägt, dass wir ein drittes Geschlecht wie die Kathoeys nicht zuordnen können. Die „normale" Zweigeschlechtlichkeit führt im Falle der Transsexualität zu einem „anormalen", somit zu einem abgewerteten dritten Geschlecht. Viel zu oft in der Geschichte galt – und gilt noch immer – das bloße Vorhandensein eines Penis als dominierend und ausschlaggebend für eine bestimmte Geschlechtszuschreibung. Da muss man nur an den Lingam des Hindugottes Shiva denken. Fehlt dieses männliche Zeichen, gilt man in der Gesellschaft als Frau, und zwar weltweit. Demnach vermisst die Frau etwas. Gilt sie denn immer noch nur als eine Rippe Adams? Allerdings: Frauen können bedenkenlos unweiblich auftreten, denn sie blieben für die Gesellschaft allein durch das Vorhandensein einer Vagina Frauen. Transsexuelle dürfen sich einen solchen Spielraum hingegen nicht erlauben. Mit der Angst, sich bei der gesellschaftlich eingeforderten Darstellung einer Frau einen Fehler zu leisten, wird das Geschlecht und die damit verbundene Rolle für sie zu einem unumgänglichen Thema. Dabei betrachten wir doch weniger das Geschlecht des Einzelnen als die komplexen Muster von „Weiblichkeit" und „Männlichkeit", die eine Sie und ein Er zu erfüllen haben. Selbst nationale, kulturelle und ethnische Identitäten sind gesellschaftliche Konstruktionen, die sich nur aus einer vagen überlieferten Geschichte irgendwie ergeben haben. Denn das Gedächtnis der Menschen ist oft parteiisch und neigt zur Verzerrung. So basieren Zuweisungen von ÖsterreicherInnen, MuslimInnen, Männern oder Frauen unter anderem auf den politisch, kulturell und sozial geprägten Erfahrungen der eigenen Nation. Nicht unsere Hautfarbe, unsere Religion oder das Geschlecht machen uns im Alltag zu dem, als was wir wahrgenommen werden, sondern die konstruierten sozialen Prozesse, ein Narrativ aus Erinnerungen, tun dies. Unter diesem Druck begann auch Agnes sich mit neuer Kleidung, Frisur, Schminke, selbst mit ihrer Figur, ihrer Stimme und vielen anderen der Situation angemessenen Verhaltensweisen erwartungsgemäß als Frau zu präsentieren. In der Beziehung zwischen zwei Menschen ist das Verhalten von Mann und Frau ebenfalls abhängig von verschiedenen Faktoren wie Größe, Alter und den Kompetenzen, die man mitbringt. Nicht jede Frau will die unbeholfene Schwache sein, die einen Beschützer braucht.

Die geschlechtsspezifische Einteilung beginnt bereits in der frühen Erziehung von Kindern. Ganz vereinfacht dargestellt, lassen wir die Jungs mit Actionfiguren und Fußbällen spielen. Später muss sich der westliche Mann für Technik, schnelle Autos und Biertrinken interessieren. Das Mädchen wird mit Puppen und vermittelten Kenntnissen über das richtige Haarefrisieren herangezogen und die daraus hervorgehende Frau nach westlichem Vorbild steht gerne in der Küche und ihre Hobbys sind Putzen, Stricken und sich halbnackt in Magazinen zeigen. Dass ich selber mit Puppen spielen wollte und ihnen zum Gräuel meiner Schwestern die Haare abschnitt, wurde mir gerne ausgetrieben, denn meine Freunde lachten mich aus, weil sie behaupteten – obwohl sie selbst nicht wussten, warum –, dass nur Mädchen mit Puppen spielen. Erwachsene sind kaum anders. Die Arbeitsteilung an sich ist eines jener Phänomene, an dem sich die Geschlechtertrennungen am deutlichsten zeigt. In den meisten Ländern der Welt verdient eine Frau für dieselbe Tätigkeit immer noch weniger als ein Mann. Aber will ein Mann Friseur werden, gilt er heute noch oft als eindeutig homosexuell. Wird eine Frau Mechanikerin, wird sie häufig als Mannsweib oder Lesbe abgestempelt. Dennoch haben Männer in „Frauenberufen" leichtere Aufstiegschancen als Frauen in „Männerberufen". Der Mensch sollte sich langsam von seinen alten Gewohnheiten und Normen lösen. Immer noch gibt es zu viele konservative Strömungen, die gegen eine Veränderung der Perspektive ankämpfen. Ich selbst hatte das Wort schwul früher öfter für Negatives benutzt. Doch nun war mir klar geworden, dass ich über meine Wortwahl und meine Aussagen in Zukunft besser zweimal nachdenken würde, denn zu schlimm sind die Unterdrückungen gleichgeschlechtlicher Beziehungen. So war 2003 in den Medien nachzulesen, dass sich jemand vor dem Altar der Kathedrale von Notre-Dame in Paris umgeben von Erwachsenen und Kindern erschossen hatte, weil er die in Frankreich damals legalisierte homosexuelle Ehe nicht akzeptieren wollte. Es gab und gibt immer wieder Demonstrationen gegen diese Bindungen, doch was viel wichtiger ist: Die Mehrheit der Französinnen und Franzosen ist laut Umfragen für die Anerkennung gleichgeschlechtlich Liebender. Eine solche voranschreitende Gleichberechtigung ist ein bedeutender Schritt für ein friedliches Miteinander. Für diese Form der Gleichberechtigung der Geschlechter und Homosexualität setzt sich unter anderem immer wieder die in der Ukraine gegründete Feministinnengruppe „Femen" mit ihren provokanten Nacktauftritten ein. Mittlerweile handelt es sich dabei um ein internationales Aktivistinnen-Netzwerk, das mit seinen Auftritten unterdrückten Frauen in islamisch, aber auch christlich geprägten Ländern helfen möchte und die korrupte Regierungsweise des russischen Präsidenten Putin stark kritisiert.

Obwohl es bereits während der Französischen Revolution hieß, dass Frauen frei geboren und in allen Rechten den Männern gleichgestellt seien, sieht die Realität noch immer anders aus. Durch die frühindustrialisierte Lohnarbeit des Mannes wurde die entgeltliche Hausarbeit der Frau abgewertet. So wurde die Frau von Beginn an zuerst durch das Geschlechterverhältnis und dann durch den Kapitalismus doppelt benachteiligt. In den beiden Weltkriegen begannen Frauen, sich durch die Kriegsdienste der Männer und später aufgrund deren Kriegstraumata in der täglichen Organisation zu emanzipieren, was mit der 68er-Bewegung endgültig zu einem Thema der breiten westlichen Gesellschaft wurde. Bedenkt man den langen

Kampf gegen die Unterdrückung der Frau, die aktuellen Theorien zufolge bereits bei den Jägern und Sammlern begonnen hatte, ist dies der beste Beweis dafür, weshalb es sich lohnt, für Utopien zu kämpfen. Ich denke, dass dank des Einsatzes solcher Pionierinnen wie Johanna von Orléans bis hin zur Kunstfigur Conchita Wurst Millionen von Unterdrückten ein gerechteres Leben führen können.

Mit zwölf Jahren fühlte Agnes, die sich damals noch Jai nannte, dass sie ein Mädchen sein wollte bzw. musste. Aus dem Thaiboxen mit Freunden wurde das Schminken mit Freundinnen. Manche Jungs in seiner Schule beschimpften ihn als Monster, andere verliebten sich in sie, die Prinzessin. Jai bekam von anderen Kathoeys Ratschläge und Hormontabletten, die ihr zu dem erhofften Busen verhalfen. Dass solche medikamentöse Behandlungen zu Kopfschmerzen, Knochenschwund und einem erhöhten Brustkrebsrisiko führen können, wusste Jai damals noch nicht. Mit zwanzig schickten ihn seine Eltern in die Hauptstadt, um für die Familie Geld zu verdienen. Dort begann er, als DJ in einem Nachtclub zu arbeiten. Als er dort das erste Mal in einem Kleid als Agnes auftrat, wurde sie gekündigt. Wie Agnes' Vater hatten auch viele andere Thais kein Problem mit den Kathoeys – solange sie nichts mit ihnen zu tun hatten. Demnach erfuhr ihr Vater bis zu seinem Tode nichts von der neuen Identität seines Sohnes. Um über die Runden zu kommen, musste Agnes anfangs als Prostituierte arbeiten. Ihr brachte dieses Gewerbe so viel Geld ein, dass sie vor wenigen Jahren mit ihren Freundinnen ihre Bar eröffnen konnte. Andere Kathoeys gehen bei Weitem steinigere Wege. Nicht selten besteht ein solches Leben aus nichts als tiefste Depression. Viele töten sich, weil sie darauf hoffen, als Frau wiedergeboren zu werden. Oder sie enden als Drogenabhängige, HIV-Infizierte, Prostituierte oder einsam und im falschen Körper gefangen in der Gosse. Eine Freundin von Agnes hatte einen reichen Freund aus Deutschland. Er kam jedes Jahr ohne seine Familie hierher und verbrachte mehrere Tage mit ihr. Doch die endgültige Geschlechtsumwandlung wollte er nicht bezahlen. Denn er liebte den Kathoey in ihr und nicht das, was sie so gerne sein wollte und somit eigentlich war. Auch Agnes erhoffte sich, mit dem Verdienst in ihrer Bar eine endgültige Verwandlung finanzieren zu können.

Ihre Transsexualität trat als Gegensatz zu den Selbstverständlichkeiten unseres Alltagswissens auf, dass es nur zwei, nämlich ein weibliches und ein männliches, Geschlechter gibt. Eine Geschlechtszugehörigkeit ist nicht immer natürlich vorhanden, sie wird angestrebt und kann heutzutage operativ vollzogen werden. Der Wunsch nach einer solchen Operation folgt ebenfalls der alltäglichen Überzeugung, dass es nur zwei Geschlechter gibt und geben darf. Mit einer solchen OP wollte sich Agnes die „Echtheit" ihrer Geschlechtszugehörigkeit verschaffen, wie sie die Gesellschaft von ihr forderte. Sie hoffte, damit in eine „naturgegebene" Zweigeschlechtlichkeit aufgenommen zu werden und somit als Frau ihre lange ersehnte Anerkennung zu finden.

Nach Einbruch der Dunkelheit endete der Abend für Agnes und mich bei einer abschließenden funkelnden Feuershow abseits der Menge: Wir unterhielten uns noch eine Weile am dunklen Steg unter Milliarden von Sternen und genossen die Stille zu zweit ...

... In LKWs, auf Motorrädern und in privaten Autos ging es dann für mich weiter in den Süden. Geschlafen wurde an Stränden, auf Bänken oder in Häusern von freundlichen Thais. Mein letzter Stopp, bevor ich nach Malaysia einreiste, wurde Krabi mit seinem legendären türkisen Meer. Ich war von einer schönen Gegend mit spektakulären Felsformationen und Stalaktiten umgeben, die von den hohen Wänden bis zum Boden reichten. Auf die altbekannten Bierbars, die nackten TouristInnen und, und, und muss ich wohl nicht mehr näher eingehen.

Nachdem ich mich nach meinem Abendessen in meinem Zimmer schlafen gelegt hatte, wachte ich am Morgen danach ohne Reisepass und meine Kamera auf. Beides hatte ich am Abend zuvor auf den Boden neben meiner Schlafstätte gelegt. Vergebens bemühte ich mich, die gesamte Zeitspanne gedanklich noch einmal durchzugehen. Mir kamen keine seltsamen Erlebnisse oder Angebote von Getränken, in die mir jemand etwas hineinleeren hätte können, in den Sinn. Die nur Thai sprechenden Polizisten konnten mir auch nicht weiterhelfen. Bei Tausenden Telefonaten mit verschiedensten Behörden und Botschaften erhielt ich immer wieder dieselbe Antwort: Ich musste für die Ausstellung eines Notfall-Passes zurück nach Bangkok. Mein Thailand-Visum endete jedoch bereits in drei Tagen und in sechs Tagen musste ich in Kuala Lumpur sein. Ich war völlig am Boden zerstört. Warum – und wie überhaupt – konnte mir jemand meine Sachen stehlen? Und zum zweiten Mal bereits die Kamera. Wieder waren Fotos verlorengegangen, doch noch schlimmer war der Verlust des Reisepasses, was mich nun an der Einreise nach Malaysia hinderte. Trotz ziemlich angepisster Stimmung hatte ich eh keine andere Wahl, als zurückzureisen. Und das tat ich auf die für mich am richtigsten erscheinende Art und Weise. Ich wollte mein Vertrauen in die ThailänderInnen zurückgewinnen und begab mich deshalb ohne Geld auf den Rückweg in die Hauptstadt. Und tatsächlich schaffte ich in rund vierzig Stunden die zirka 1.000 Kilometer nach Bangkok. Menschen, die mich danach fragten, hörten meine Geschichte und unterstützten mich. Ich hatte nie gebettelt und bekam doch zu essen und Schlafmöglichkeiten. Alles, was ich dafür tat, war, sie wissen zu lassen, dass ich mein Vertrauen in ihr Volk zurückgewinnen wollte. Es war ein wundervoll aufbauendes Gefühl, von so vielen Menschen Hilfe zu erhalten. Dieses Gefühl wurde verstärkt, als der dienstälteste Monarch der Welt, König Bhumibol, und Hunderttausende mit ihm in Bangkok seinen Geburtstag feierten. In dieser Menschenmenge war eine Energie vorhanden, die sich über das ganze Land ausbreitete. Niemand spekulierte in diesem Moment, wie es denn nun tatsächlich um den gesundheitlichen Zustand des Monarchen und seiner Ehefrau Sikirit stand. Die in den gelben Farben des Königs gekleideten Menschen beteten zu diesem Monarchen wie zu einer Gottheit. Doch eigentlich war es das Volk, das diese feurige Energie erzeugte und die Konflikte zwischen Arm und Reich, zwischen Gelb und Rot in einem solchen Moment vergessen ließ. Es hatte die Stärke, jenen Weg zu gehen, den ihnen ihr König wies. Weshalb durfte aber nicht über seinen Zustand spekuliert werden? In irgendeiner Form würde er ja doch wiedergeboren werden. Oder würde ihm sogar das ersehnte Eintreten ins Nirwana gewährt werden? Nicht darum trauern, sondern sich daran erfreuen, so besagen es doch die Lehren des Buddhismus, wie ich ihn bisher verstanden hatte. Vielleicht war gerade diese Herangehensweise an das hiesige Denken ein wichtiger Schritt, mich näher an mein Ziel zu bringen. Doch selbst die Heiligsten führten mich mit ihrer Interpretation des Buddhismus in die Irre. Sie, die Mönche, verweigerten mir ihre Hilfe und ließen mich, da ich nur ein Tourist war, nicht in ihrem Kloster übernachten. Die schlimmste Nachricht bekam ich jedoch in der Botschaft. Dort wurde mir gesagt, dass ich als Österreicher nur zu Hause einen Reisepass beantragen könne. Die Frau, die sich hinter einer distanzierenden Glasscheibe versteckte und mir durch ein rauschendes Mikro klarmachen wollte, dass meine Reise hier zu Ende sei, traf mich mit ihren entsprechenden Ausführungen sehr tief. Daraufhin wurde mir ganz kalt. Nur mit einem triftigen Grund könne sie mir einen Notpass für die Dauer von einem Jahr ausstellen. Doch meine guten Gründe, hier bleiben zu wollen, die ich – als ein weiterer Tourist unter vielen – hatte, erschienen ihr ausreichend zu sein. Meine Lippen wurden trocken und um mich herum begann sich alles zu drehen. Ich musste mich verabschieden, da ich in diesem Moment völlig überfordert war und keinen klaren Gedanken mehr fassen konnte. Die darauffolgende Nacht verbrachte ich auf einer zusammengebrochenen Parkbank, die meiner Schwerhaftigkeit nicht Herr wurde. Gegessen hatte ich nichts und dann fing es auch noch an zu regnen. Diese Nässe spülte anfangs nur den salzigen Geschmack meiner Tränen von meinen Lippen. Aber der Regen schwemmte auch meine Angst vorm vorzeitigen Ende meiner Reise, meiner Suche ins Nirwana. Ich erinnerte mich wieder an den einen Satz: Nicht darum trauern, sondern sich daran erfreuen. Es war noch nicht vorbei. In dieser regnerischen Nacht kam mir eine Melodie für ein neues Lied in den Sinn, die ich hastig niederschrieb. Es durfte noch nicht vorbei sein, es konnte noch nicht vorbei sein.

Dreckig, nass und hungrig, aber zugleich gesättigt mit Selbstvertrauen trat ich am nächsten Morgen wieder vor die sprechende Glasscheibe, deren künstliche Grenze ich ein weiteres Mal durchbrechen musste. All das, was ich mir in den letzten Monaten aufgebaut hatte, konnte ich mir nicht von einem Stempel oder einer Nummer, die mich identifizierte, nehmen lassen. Ich erzählte der Beamtin all meine Erlebnisse von den Anfängen in Nepal, von den Sumangalis in Indien, von den Tigers auf Sri Lanka, den Giraffenfrauen in Thailand, dem geheimen Krieg in Laos, dem Massenmord durch Agent Orange und von den Landenteignungen in Kambodscha. Ich war mehr als nur eine Passnummer. Ich hatte besondere Gründe, warum ich hier war und weshalb ich noch weiterreisen musste. Es waren noch so viele Fragen zu stellen und so viele verschlüsselte Antworten zu finden. Würde sie mich nicht nur als einen weiteren Problemfall ansehen und nur im Geringsten verstehen, warum ich weiterreisen musste, würde sie mir den befristeten Notpass ausstellen. Im Raum herrschte eine Totenstille. Selbst die Wachen um mich herum richteten ihre sichtlich angespannte Aufmerksamkeit auf mich. Drei Stunden später händigte mir – wie inzwischen vereinbart – die Frau in der österreichischen Botschaft meinen neuen Identitätsbeweis in Form eines Notpasses aus. „Alles Liebe zu Ihrem Geburtstag Herr Toni Schachner", waren dabei ihre Worte. Ach ja, mein nächster Geburtstag würde mich unweigerlich an das Ende meiner Reise erinnern. Ein Jahr konnte lange dauern, doch der Gedanke daran, nicht selbst über meine Entscheidungen Herr zu sein, wirkte sich auf mich erniedrigend und zugleich fesselnd aus. Doch vielleicht lernte ich auf diese Weise, Dinge höher zu schätzen, wenn sie vergänglich sind.

Nun erwartete mich jedoch ein weiteres Problem. Als eines von wenigen asiatischen Ländern akzeptierte Malaysia meinen Notpass nicht. Hunderte E-Mails und ein ständiges Auf und Ab am Flughafen von Bangkok ließen meine letzten Stunden vor Ablauf meines Touristenvisums noch sehr hektisch verlaufen. Ohne zu wissen, wie sich meine Entscheidung auswirken würde, musste ich nun einen Flug buchen. Ich hoffte, meine E-Mails würden noch rechtzeitig gelesen werden. Ich buchte und stieg in das Flugzeug.

Das Leben davor
oder: Freie Geister gefangen im Fremden

... Und da lag er nun auf dem Boden, ohne sich wieder aufrichten zu können. Keiner der anderen ArbeiterInnen auf der Baustelle wusste so recht, woran das lag.

So ganz ohne bekannte Gesichter fühlte sich Toni in der Großstadt Innsbruck zu Beginn seines Zivildienstes noch sehr verloren. Vieles war für ihn noch neu. Zum Beispiel die Straßenbahnen, die die eingeborenen TirolerInnen Tram nennen. So eine Tram brauchte Toni nun, um von seiner Einzimmerwohnung in die Innenstadt zu gelangen. Dort spielt sich das Leben nicht mehr nur auf ein paar wenigen geschützten Quadratmetern ab.

Anfangs begrüßte Toni noch jede und jeden, die bzw. der ihm begegnete, so hatte er es in seinem Kaff gelernt. Doch die Stadtmenschen sind wohl etwas anders und gaben ihm oft keine Antwort. Zusätzlich war es für das Landei eine große Anstrengung, neben seinen Begrüßungen den Straßenverkehr zu beachten und dabei nicht die Orientierung zu verlieren. Für viele mag Innsbruck eine kleine Bergstadt sein, doch für Toni war es ein neuer Planet, auf dem nur wenige seine Sprache beherrschten. Viele der UreinwohnerInnen sagen dort nämlich nach jedem Satz das Wort „oder" inklusive mitschwingendem Fragezeichen. Deshalb glaubte Toni, ein jedes Mal, nach jedem einzelnen vernommenen Satz etwas antworten zu müssen. Heute ist ein schöner Tag, oder. Heute hab' ich gut gefrühstückt, oder. Magst du die Berge, oder nicht? Deshalb war Toni oft zu verwirrt, um im richtigen Augenblick eine Antwort zu geben, oder eben nicht. Zusätzlich leben hier auch wälderische VorarlbergerInnen, die in jeden Satz ein „g'örig" und ein „gsi" einbauen. Aus einem Satz wie „Heute war ein schöner Tag" wurde ein unverständliches „Hüt isch ä g'örigs Tägle gsi". Weiters leben hier TürkInnen, die Toni fremdartig anmuteten und vor denen er vor seiner Abreise in seinem Dorf ausdrücklich gewarnt worden war. Das galt auch für die SchwarzafrikanerInnen, Roma, Sinti, JugoslawInnen, SüdtirolerInnen, Deutsche, WienerInnen und alle anderen, die hier leben bzw. nicht aus seinem kleinen Kaff in Oberösterreich stammen. Die Trunkenbolde im Dorf waren der Meinung, dass die OsteuropäerInnen den Einheimischen jene Jobs wegnahmen, für die sie sich selbst aber eigentlich eh viel zu schade waren. Gehen sie keiner solchen Tätigkeit nach, heißt es wiederum, sie seien zu faul, um zu arbeiten. Und bekennen sie sich zu einer nicht-christlichen Religionsgemeinschaft, werden sie der Einfachheit halber mit TerroristInnen in einen Topf geworfen. Die Dunkelhäutigen seien fast noch schlimmer, so sagten zumindest die Stammtischler aus dem konservativen Dorf. Sie seien böse, weil sie anders aussehen, eine andere Kultur als die österreichische haben und viele damit verwirren, in einem persönlichen Gespräch überraschenderweise doch nicht als böse zu erscheinen. Vor den Deutschen wiederum müsse man sich zum einen schützen, weil sich Österreich nach wie vor als Opfer des Zweiten Weltkriegs sieht, und man sie zum anderen ganz einfach deshalb nicht mag, weil man sie eben nicht zu mögen hat. Punkt. Alle anderen sind aufgrund ihrer Ähnlichkeit zur „österreichischen Rasse" mehr oder weniger akzeptiert, weshalb man das Gerücht, dass die Alpennationen engstirnig und konservativ sei, vehement bestreitet. Dieses Gerücht war wohl von den rund acht Milliarden Menschen jenseits der österreichischen Grenze verbreitet worden, was nur ein weiterer Beweis für die Schlechtigkeit der Welt da draußen darstelle.

Doch in dieser augenscheinlich so schlechten Welt konnte sich Toni langsam, aber doch immer besser einleben. Jenny war ihm dabei behilflich. Und das kam so: Toni fiel ein, dass er auf einem Festival vor langer Zeit ihre Handynummer bekommen hatte, woraufhin er sie nun kontaktierte und sie ihn zu sich nach St. Anton am Arlberg einlud. Jenny hatte sich dort in ihrer Heimat eine kurze Auszeit von ihrem Studium genommen und arbeitete für wenige Stunden pro Woche als Kellnerin. Die restliche Zeit verbrachte sie mit Snowboarden und Lesen.

Nach St. Anton reisen viele Menschen aus der ganzen restlichen Welt. Jenny machte Toni mit vielen dieser Fremden bekannt, die zu seiner Überraschung nun doch nicht so gefährlich waren, wie er zuvor gedacht hatte. Aber er fühlte sich zwischen den vielen Betrunkenen und dem ganzen Glas- und Plastikmüll neben den Pisten nicht wohl. Das tat er nur weit abseits im Tiefschnee mit seiner Freundin. Sie hatte eine Menge Schnee- und Lawinenkenntnisse und brachte ihrem noch etwas unerfahrenen Gast auf verborgenen Abfahrten mit einer unberührten Winterlandschaft in Kontakt. Während Tonis ersten Sprüngen über schneebedeckte Felsen blieb für ihn einen Augenblick lang die Zeit stehen. Er schwebte über dieses Gestein, vorbei an Nadelbäumen und eingeschneiten Büschen. Nichts in der Welt konnte ihn während seines Fluges stören. Toni fühlte sich in solchen Momenten wie der freieste Mensch auf Erden. Es gab keine Vorurteile, keine Regeln und kein sich zwanghaftes Anpassen, keine Schwerkraft. Während einer dieser vorbeigleitenden Flugzeiten durchströmte ihn eine vollkommene Leichtigkeit, die ihn hinnahm, wie er war, und mit sich hinfort trug.

An diesen sich immer wieder wiederholenden Wochenenden wurden Toni und Jenny dicke Freunde. Deshalb fiel es ihm umso schwerer, als Jenny ihm später verriet, dass sie schon bald für mehrere Monate nach Norwegen ziehen würde.

Mit seinen Erinnerungen im Herzen und der Abreise seiner Freundin vor Augen verschloss sich Toni wieder dieser neuen, großen Welt. Ganz ohne Unterstützung fühlte er sich erneut unfähig, sich in der Umgebung außerhalb der Festung seines Dorfes zurechtzufinden. Die ersten Einblicke in diese Welt außerhalb dieser dunklen Höhle hatten sich allerdings bereits tief und fest in sein Unterbewusstsein eingebrannt. Trotz großer Angst wollte er in Zukunft nicht mehr nur auf Jenny oder die Menschen im Dorf angewiesen sein.

Schon während seines Aufenthaltes in Innsbruck konnte Toni durch Kränky, der ihn dort besuchte, neue interessante Bekanntschaften knüpfen. Toni begann damit, mit dem Bestehen bisher unerforschter Abenteuer diese Welt der Leichtigkeit für sich immer in Reichweite zu halten. Ähnlich wie bei den Snowboardsprüngen gelang ihm das auch, aber nur für eine begrenzte Zeit. Der Weltenentdecker fing damit an, sich – befestigt an einem Bungeeseil – von Brücken und Kränen zu stürzen. Oder er sprang und landete ohne Seilen in Sicherheitsnetzen und auf Luftkissen. Toni ließ sich auch von Klippen hinab ins Wasser fallen. Und an Katapulten ließ er sich – fast schon adrenalinsüchtig geworden – durch die Lüfte schleudern. Er war ein vom Kick Getriebener und sprang deshalb auch in 4.000 Metern aus Flugzeugen. Selbst von einem Sprung aus der Mesosphäre ließ er sich nicht mehr abschrecken. Doch je mehr er dem Gefühl dieser stillstehenden Zeit einer solchen Leichtigkeit nachjagte, desto mehr verblasste es und schmeckte fade. Aus den Sprüngen wurden Stürze und aus dem Fliegen ein Fallen. Da sich Toni aber immer weiter steigern wollte, verlor er jegliches Gefühl für seine Wahrnehmung und seine eigenen Grenzen. Nach Beendigung des Zivildienstes kehrte der inzwischen vom alltäglichen Größenwahn Getriebene zurück nach Oberösterreich, wo ihn nun der Alltag der Bodenständigen tiefer fallen und mit vergehender Zeit immer härter auf dem Boden der Tatsachen aufschlagen ließ.

Selbst nach Jennys Rückkehr aus Norwegen konnte ihm ihre anschließende gemeinsame Reise durch die Alpen nicht mehr längerfristig helfen, denn dieser sich neu ge- und erfundene Toni wurde von seinen Leuten daheim nach wie vor nicht akzeptiert. Oder gerade deshalb.

Schon als Kind versuchte er, sich immer wieder neu zu definieren und sich selbst zu finden. Doch dieses Streben nach immer mehr, nach einem Wachstum über sich selbst hinaus führte ihn in eine Sackgasse. Die vorgegaukelten Ziele einer am Markt orientierten Gesellschaft, deren Bedürfnisse nur mit dem individualisierten Konsum, dem propagierten einzigen Weg zur Selbstverwirklichung, befriedigt werden konnten, fielen bei Toni auf keinen fruchtbaren Boden mehr. Doch nun, mit seinen 21 Jahren, zeigten sich ihm zum ersten Mal keine neue Mode, kein cooler Trend oder keine wünschenswerte Tätigkeit. Nichts, was Toni von seiner Umwelt, den Medien und deren Selbstfindungsgurus aufnahm, half ihm diesmal weiter. der Bursche probierte sich in vielen neuen Dingen aus. Er trat dem Fußballklub bei, ging zur Feuerwehr, der Landjugend und der Burschenschaft. Toni begann zu boxen, Zitter zu spielen und übte sich im Schützenverein. Doch so schnell er sich in diesem Freizeitstress verlor, so rasch wurde ihm immer klarer, dass ihn all diese Beschäftigungen nur weiter von sich selbst entfernten und dabei schwer auf seinen Schultern lasteten. Toni fehlte Zeit, die immer rascher voranzuschreiten schien. Oft wünschte er sich, dass in seiner schnelllebigen Welt der Tag vierzig Stunden hätte und man die Woche um mehrere Tage erweitern könnte. Doch die ihn umgebende Wirtschaftsweise erzeugte eine sich auf das Leben übertragende künstliche Knappheit, der er sich noch nicht bewusst war. Diese ihm als real erscheinende Zeit tickte pausenlos weiter, ganz so, als ob sie sich von Sekunde zu Sekunde immer schneller im Kreis bewegte. Einmal mehr holten ihn die Überstunden, die gut gemeinten Erwartungen der anderen, der Sechs-Uhr-Weckruf in einer immer rascher voranschreitenden Alltäglichkeit und damit seine Schwerhaftigkeit ein. Tick, tack, tick, tack. Montag, Dienstag, Mittwoch, Donnerstag, Freitag, Samstag, Sonntag und nach sechzig Sekunden, sechzig Minuten, 24 Stunden und sieben Tagen sollte dieser nicht enden wollende Teufelskreislauf von Neuem beginnen.

Tick, tack, tick, tack. Es war Montag, sechs Uhr, doch Toni über-

hörte dieses Mal den Weckruf. Erst Stunden später war er in seinen Kleidern unter einem Berg alter Fotos, die er sich am Abend zuvor durchgeschaut hatte, aufgewacht. Er war noch schlaftrunken, als er sich mit starren Gliedern und Rückenschmerzen langsam aus seinem Bett bewegte und in Richtung Badezimmer taumelte. Nachdem sich Toni dort das Gesicht mit kaltem Wasser gewaschen hatte, ließ in sein Blick in den Spiegel fürchterlich erstarren. Mit lauten, unregelmäßigen Atemzügen wagte er einen zweiten Blick in sein spiegelverkehrtes Ebenbild. Doch die Person, die ihm gegenüberstand, war nicht der 21-jährige Toni Schachner. Es war ein viel älterer Mann Mitte fünfzig. Er konnte das nicht glauben: Übermannt von einer Panikattacke zog er an dieser faltigen Haut. Die Tränensäcke in diesem befremdlichen und doch so vertrauten Gesicht hingen tief. Seine Hände waren geschunden und zitterten. Sein eigentlich junger Körper erinnerte nun an die überstandenen Strapazen eines harten Lebens, das sich schnellen Schrittes seiner letzten Jahreszeit näherte. Verzweifelt durchwühlte er die Fotos, die er am Vortag betrachtet hatte, bis er ein längst vergessenes Bild von sich fand. Darauf war er im Alter von zehn Jahren auf seiner Geburtstagsfeier abgelichtet worden. Wer war nun dieser einsame ältere Mann, durch dessen Gesicht er nun hindurchblicken konnte? Wem gehörte dieser verbrauchte, unglückliche Körper und wo war sein junges Ich, sein verloren gegangenes Leben? Hastig und mit Tränen überströmt stürmte Toni mit seinem Kindheitsfoto in der Hand aus dem Haus. Auf der Straße begann er überstürzt seine Nachbarn zu fragen, ob sie diese Person auf dem Foto irgendwo gesehen hätten. Hier in diesem Dorf, seinem alten Gefängnis, blickten sie ihn jedoch nur fragend und fragwürdig zugleich an. Toni rannte in die Gärten der anderen BewohnerInnen und belästigte auch diese mit derselben Frage. Selbst Kränky, Burny, Trendy und Juicy glaubten, ihr Freund sei in der Zwischenzeit wohl verrückt geworden. Sie und selbst die dauertrinkenden Wirtshausbesetzer versuchten ihm klar zu machen, dass er diese Person auf dem Foto sei. Er, dieser alte, unglückliche und alleinstehende Mann, war einst dieses glückliche und freie Kind gewesen. Sogar seine Eltern, die nun wie durch Zauberhand gleich alt waren wie er, waren von seiner plötzlichen Verzweiflung und den vergessenen letzten Jahren überrascht. Hatte er sich doch in seiner alltäglichen Routine bisher noch nie über die vergangenen, nun verlorenen Jahre beschwert.
In Tonis Kopf pochte das immer lauter werdende Tick-tack-tick-tack

eines rasenden Sekundenzeigers. Wo waren all die jungen Lebensjahre hingekommen, im Laufe derer sein Körper zu diesem fremden herangewachsen war? Selbst seine FreundInnen waren noch Anfang zwanzig und lebten den einstudierten und noch unreflektierten Kreislauf ihres Lebens. Nur Toni hatte etwa dreißig Jahre seines Daseins sichtlich und spürbar verloren. Noch am Abend zuvor hatte er sich so sehr nach Identität und Anerkennung gesehnt, dass er seine gesamten Kindheitsalben durchgeblättert hatte, und nur wenige Stunden später wachte er als Mann auf, der seine jungen Jahre schon längst hinter sich gebracht hatte. Er war kein Stück weiser geworden, weshalb er mit seinen fünfzig Jahren immer noch nicht wusste, wie Toni sich in seinem Leben zurechtfinden konnte und wer er überhaupt sein wollte. Auch nach mehreren Tagen hatte sich Tonis Verzweiflung nicht gelegt und die DorfbewohnerInnen begannen, sich Sorgen um ihn und sein Verhalten zu machen. Für sie war es, als ob ein verlorener Geist aus diesem älteren Mann sprechen würde. Eine fremde Seele, die dieser Körper gefangen hielt. Sie sahen nicht den jungen Toni hinter der faltigen Schale, der sein altes Ich erweckt hatte, bevor er die noch verbleibende Zeit seines Lebens vergeuden konnte. Sie sahen nur etwas Gefährliches und keine Sehnsucht, die sich in einem verborgenen Gefühl versteckt gehalten hatte. Vor einem solchen Geist hatten viele Angst, denn sie konnten sich noch an ihn erinnern. Er war wild und tat dem Toni, wie sie ihn bisher gehabt hatten und weiterhin haben wollten, nichts Gutes. Denn er stellte unbequeme Fragen, hielt sich nicht an vorgegebene Gewohnheiten und störte den geregelten Tagesablauf. Nach gemeinsamen Sitzungen mit dem konservativen Bürgermeister, dem Kulturverein, der Blasmusik, den Säufern, Tonis FreundInnen und seinen Eltern beschloss die Mehrheit der BürgerInnen, Toni diesen Geist ein weiteres Mal auszutreiben: Schon vor mehreren Jahren war er von ihm besessen gewesen und hatte Unordnung und Probleme in das althergebrachte, gewohnte Leben der Dorfgemeinde gebracht. Seit diesen Ereignissen in Tonis Kindheit versuchte man, das Leben im Ort mehr und mehr vor den gefährlichen Einflüssen der Außenwelt abzuschotten, weshalb man einen gläsernen Himmel über den gesamten Lebensraum der Gemeinde bauen hatte lassen.

Toni war es nie bewusst, wie sehr er durch diese vergangenen Vorkommnisse das Leben anderer auf ewig beeinflusst hatte. All seine Handlungen spiegelten sich wider in der Gesellschaft, in der er lebte.

Ähnlich wie damals sollte Toni nun dieses rebellische Gefühl, das in ihm wohnte, wieder loswerden. Deshalb wurde der Unruhestifter zuerst von seinem alten Hausarzt untersucht, der das Ganze wieder einmal auf ein vorschnell diagnostiziertes Aufmerksamkeitsdefizit zurückführte. Mit einem bunten Sammelsurium an Tabletten sollten die neuen Bedürfnisse einmal mehr abgestellt werden. Doch der fünfzigjährige Bub vom Schachner wehrte sich gegen die Einnahme dieser Pillen. Die Hobbyphilosophen und Besserwisser am Stammtisch kannten sich ebenfalls nicht allzu gut mit der Austreibung von Fragen, Gefühlen, Bedürfnissen und vermeintlich jugendlichen Geistern aus. Deshalb bat man den Pfarrer um Beistand. Da die Kirche doch das Böse erfunden hatte, sollte sie sich doch auch mit der Beseitigung solcher Probleme auskennen. Das konnte man schon erwarten!

Der Herr Pfarrer versuchte es zunächst mit der Verbreitung von Weihrauch in Tonis Zimmer und allen anderen Aufenthaltsorten, die er jemals aufgesucht hatte. Während Tonis Freizeit wollte er dann einen besonders genauen Blick auf Toni und seine dunklen, höllischen Mächte werfen. Denn eines stand für den Pfarrer fest: Toni war besessen und sollte Buße tun und den Rosenkranz 666-mal aufsagen. Der Priester stellte sich dicht hinter Toni, legte ihm seine Hände auf und beschwor, dass selbst in Toni ein guter Christ stecken würde. Doch selbst diese üblichen Kirchenbestrafungen ließen den Schachner-Bub nicht zur Ruhe kommen. Er wusste ganz genau, dass er keinen guten Christen in sich stecken haben wollte. Oder gar dicht hinter ihm. All diese erzwungenen Ereignisse führten dazu, dass er kurzerhand aus dieser Religionsgemeinschaft austrat, da sie versucht hatte, sich in ihm wie ein Parasit einzunisten. „Er ist vom Teufel besessen! Jesus ist für ihn gestorben und deshalb soll er, wie alle anderen Christen, sein Leben lang dafür Reue zeigen und bitte einen monatlichen Betrag von neunzig Euro auf das Konto von Kontoinhaber Herr Gott, Wolke 7, Postleitzahl 0000 Himmel einzahlen." So oder so ähnlich klangen die Worte des fluchenden Geistlichen. Doch Toni hatte keine Ahnung, was oder wer ein Gott war, und an die Ermordung eines jüdischen Tischlerjungen konnte er sich auch nicht erinnern.

Nach so vielen Fehlversuchen hatte nur noch der Direktor der örtlichen Bank einen Plan, wie die Dorfgemeinschaft den ergrauten Toni bezwingen könne: Sie mussten ihn – wie schon einige Jahre zuvor – erneut zu einem monotonen und lustlosen Geschöpf heranzüchten, dessen einziger Sinn darin lag, Geld zu erwirtschaften. Dieses sich anhäufende Geld und die damit einhergehende Konsumgier würde ihn, und nebenbei auch die durch Zockerei pleite gegangene Bank, wieder auf den richtigen Weg führen.

Das in den letzten Tagen durcheinandergebrachte Leben des alten Toni glich in seinem bisherigen Alltag noch exakt dem seines jüngeren Ichs. Und nun bemühten sich die ängstlichen DorfbewohnerInnen darum, diese Gewohnheit wiederherzustellen. Toni wurde trotz seines ausgemergelten Körpers dazu überredet, seine Arbeiten auf der Baustelle wieder aufzunehmen. Dort wurde im Verborgenen darauf geachtet, dass er einer möglichst einseitigen Tätigkeit nachging, die ihm durch ihre Abgestumpftheit zurück in sein monotones Leben führen sollte. Zusätzlich musste er immer mehr Überstunden leisten, die ihm einen höheren Lohn bescherten, der wiederum in Toni eine Illusion des glücklichen Käufers inklusive wachsender Gier auf Materielles einwickeln sollte. Mit fortschreitender Zeit begann nun wieder das Gewohnte, nämlich dass ein Tag dem anderen so exakt glich wie nur möglich, und der nunmehr Resozialisierte verlor sich wieder in dieser rotierenden Siebentagewoche. Falsche FreundInnen begannen im Zuge dessen, sich für ihn zu interessieren. Deren Aufgabe war es, Tonis leere, frei Zeit abseits der Arbeit, mit Alkohol, Fernsehen und Autos zu füllen.

Selbst seine Eltern, die ebenso nur Gefangene dieser kapitalistischen Konsumideologie waren, glaubten, dass der Geist, der in ihrem Sohn steckte, kein guter sein konnte, und befolgten den Rat des Gemeinderegimes. Auf dessen Druck hin musste ihm seine Mutter immer wieder einreden, wie lebensnotwendig eine Pensionsvorsorge sei, und zwar nicht nur für ihn, sondern auch für den Erhalt dieser Lebensweise im Allgemeinen. Und nicht zuletzt, wie wichtig auch all die materiellen Konsumgüter seien, weshalb er noch mehr arbeiten solle, um sich dieses Glück auch leisten zu können. Kurz gesagt: Er solle wieder teilhaben an der Wirtschaftsreligion. Es zählte zu den Aufgaben seines Vaters, seinen Buben zu diversen örtlichen Veranstaltungen mitzubringen, wo meist nur über die Kirche, das Saufen, die Arbeit und die bösen AusländerInnen geredet wurde. Außerdem sollte Toni möglichst viel Fleisch und Bier zu sich nehmen. Zum einen, weil nach wie vor das festgefahrene Glaubensbekenntnis gepredigt wurde, dass ein richtiger Arbeiter Bier und Fleisch zum Überleben brauche, und zum anderen machen beide Produkte aggressiv. Diese Aggressivität sollte dem verweichlichten

Nachdenker wieder zu mannhafter Männlichkeit unter den männlichsten Männern verhelfen. Solche urzeitlichen Rollenbilder werden noch heute in der Gaststube im Kirchenwirt in Form von eingerahmten Totenbildern als Helden und Idole verehrt. Zu dieser Ehre kamen meist übrigens jene, die am lautesten einen Doppelliter anschreien oder selbst den zähsten Rinderbraten ohne zu kauen hinunterwürgen konnten. Und eines war allen klar: Wäre Toni einer von diesen inzwischen verstaubten Helden gewesen, wäre in seinem Kopf kein Platz gewesen für Flausen wie Sozialarbeit oder Selbstfindung.

Mit dem Vergessen des Hinterfragens anderer Lebensformen verwandelte sich Tonis Äußeres wieder in jenes des 21-jährigen Arbeiters, der sich fürs Erste keinen Zukunftsängsten vor einem unglücklichen Altwerden mehr zu stellen brauchte. Nach außen hin wurden seine vielen Fragen wieder weniger und die anderen glaubten, ihr Sorgenkind hätte sich normalisiert. Doch dieses Mal versuchte der rebellische Junge im Geheimen, sich die Ereignisse und die damit verbundenen Erinnerungen an das Gefühl der Leichtigkeit zu behalten. Oder besser gesagt: für sich zu behalten. Wie schon damals vor mehreren Jahren Tonis Handlungen und die entsprechenden Ereignisse unter anderem Kränky beeinflusst hatten, so versuchte nun wiederum Toni, sich an diesem Freund und an anderen zu orientieren, die sich ein Stück weit über die Grenzen der Gewohnheiten hinausbewegten. Anfangs folgte Toni dabei jedoch noch fremden Vorstellungen und Ideologien, von denen er aber meistens absolut keine Vorstellung hatte. Wie schon in jüngeren Jahren übersah er dabei die Möglichkeit, sich nur daran ausprobieren zu können. Nun aber legte er sich stattdessen eigenhändig deren Identitäten zu. In dieser Hinsicht tastete er sich immer mehr an die Grenze des Tolerierbaren heran. Doch darüber hinaus wagte sich Toni nicht. Wie denn auch hätte er das schaffen können, denn er war nach wie vor von seinen gewohnten Gedanken gefesselt und besaß zu diesem Zeitpunkt noch nicht die Fähigkeit, eigenständige Fragen und Vorstellungen hervorzubringen. Er konnte sich nur an dem orientieren, was ihm von außen vorgegeben wurde, allerdings vertiefte sich in dieser Phase seine Orientierungssuche. Sein Innenleben drehte sich nun im Gegensatz zum nach außen hin Wahrnehmbaren weniger um äußerliches Auftreten, sondern vielmehr um Werte und Vorstellungen. Doch daran haftete nach wie vor der zwanghafte Drang, Gleichgesinnte zu finden, trotz der Versuche, anders zu sein. Toni versuchte bewusst, von Verhaltensweisen, die von ihm erwartet wurden, abzuweichen. Unter den Linken spielte er den Rechten und umgekehrt. Unter den Jägern war er der Tierschützer und unter den Vegetariern schwärmte Toni vom zarten Wildbraten beim Wirten. Bei den Kaffeerunden seiner Mutter und ihren Freundinnen schimpfte er über die Hausfrauen an sich, während er Bier trank. Und beim Frühschoppen wurde bei einer Tasse Kaffee fleißig über die Trunkenbolde hergezogen. Im Nichtschwimmerbecken war Toni Langstreckenkrauler und auf den Schwimmbahnen Schlauchbootfahrer. Im Fußballverein war er Golffan, bei der Feuerwehr ein Brandstifter, im Friseursalon der Glatzkopf und auf einem Musikkonzert der Taube. Verzweifelt versuchte Toni, sich eine, also seine Identität zu kreieren. Doch diese eigentliche Orientierungslosigkeit, dieses sich nirgends Zurechtfinden schien ihn nur immer weiter in einen Strudel der Selbstverzweiflung zu ziehen. Zu hektisch ging er vor. Zu früh erwartete er sich Antworten und Befriedigung. Immer öfter testete Toni die Grenzen Fremder aus und schlug dabei selbst immer härter und tiefer auf den Boden. Es waren nicht seine Grenzen, nicht seine Vorstellungen vom Leben und das bekam er immer deutlicher zu spüren, als er sich weiterhin an Kränkys FreundInnen zu orientieren versuchte. Zwanghaft hatte er versucht, einen Lebensweg zu finden, der für ihn und für seine Mitmenschen akzeptabel gewesen wäre. Und auf einen solchen stieß er anfangs mit seinen extremen Sportarten. Zunächst belächelte man ihn, als er sich an Gummiseilen in die Tiefe stürzte. Doch als Toni an den Wochenenden, neben den vielen Überstunden am Bau, nebenberuflich als Hochseilpark-, Canyoning-, Bungee- und Fallschirm-Trainer zu arbeiten begann, verschaffte ihm das die ersehnte Anerkennung. Endlich hatte er etwas gefunden, das ihm Spaß machte und gleichzeitig von den anderen im Dorf bewundert und anerkannt wurde. „Der Bub vom Schachner, der traut sich was!", so hieß es. Und dabei arbeitete er auch noch wie ein Ross.

Als Jenny wieder von ihrem Auslandsaufenthalt zurückkam, besuchte sie Toni, diesen alten, aber nun irgendwie völlig neuen Freund. Einst war er in seinem Dorf ein nicht akzeptierter junger Mann gewesen, jetzt hatte es sich in einen Popstar verwandelt, war fast schon zu einer Gottheit herangewachsen. Es verwunderte nur Jenny, dass er es inzwischen zum Ehrenbürger seines Dorfes gebracht hatte: Bei Zeltfesten übernahm er das feierliche Bieranzapfen. Frischgebackene Eltern gaben ihren Kindern die Namen Toni oder Tonia. Bei Beerdigungen durfte ihm die Trauerfamilie als Trost die

Hände schütteln. Selbst der Schlagerhit „Toni aus Tirol" basiert offensichtlich auf seinem Leben, mit Fokus auf seinen Aufenthalt in Innsbruck. Auf der Schwimmbahn im Freibad bekam er die ersehnte eigene Schlauchbootstrecke und aus dem sonntäglichen „Vater Unser" in der Kirche wurde ein „Toni Unser". Hinzu kam, dass einige in der Ecke in ihrer guten Stube neben dem traditionellen Jesus-Kreuz nun auch eine aus Holz geschnitzte Toni-Figur hängen hatten. Bei jeder Veranstaltung musste er präsent sein. Selbst Neueröffnungen von Unternehmensstandorten, die ihm zuwider waren, musste Toni wohlwollend anpreisen.

Doch im Laufe der Monate hatten all diese Aufmerksamkeit und Anerkennung ihren Preis. Toni hatte kaum mehr Zeit für Jenny und seine anderen FreundInnen. Immer wieder forderten die DorfbewohnerInnen neue mutige Abenteuer ihres Dorf-Stars, die seinen oberflächlichen Status aufrechterhalten sollten. Schon lange machte er keine Fallschirm- oder Bungee-Sprünge mehr nur für sich selbst. Er tat es, um vor den Leuten gut dazustehen und sein Ego zu streicheln und es damit auf ungeahnte Größe aufzublasen. Doch innerlich schaffte das alles nur eine weitere Leere, denn kaum jemand interessierte sich für ihn als Menschen. Für viele war nur das, was er tat, von Bedeutung. Und in diesem Wahn nach Aufmerksamkeit vergaß er auf seine echten FreundInnen.

Toni begann, sich unter all seinen Fans einsam zu fühlen. Seine einst so hohen Flüge wurden nun zu immer tieferen Stürzen. Zu dieser Zeit fing er an, sich über sein Dasein zu beschweren. Rasch verbreitete sich das Gerücht, er hätte sich eine Art Höhenflug-Krankheit eingefangen, weshalb ihn nun seine Fans langsam, aber sicher im Stich ließen. Er versuchte zwanghaft, sie noch festzuhalten, und überschritt dafür seine eigenen Grenzen: Als letzten Ausweg wollte der waghalsige Bursche allen beweisen, dass er ohne ein Gummiseil an seinen Beinen aus großer Höhe sanft zu Boden gleiten könne. Nur dank dem Applaus seiner ZuschauerInnen und seinem Vertrauen in sich selbst wollte er dieser Aufgabe Herr werden. Doch ihm war nicht bewusst, dass er diesen Sprung nur aus Verzweiflung und dem Wunsch nach Anerkennung heraus wagen würde.

Jene, die solche Sprünge überstehen, besitzen Fähigkeiten, die sie mit sich selbst und dem Rest der Welt in Einklang bringen. Für solche Menschen ist das keine zwanghaft ausgeführte Aufgabe, es ist ein Lebensgefühl, das sich durch lange Arbeit an sich und ihrer Welt zu erkennen gibt. Doch davon war Toni, der im Moment mutterseelenallein in einem Absprungkorb stand, ziemlich weit entfernt, als er unter sich die vielen DorfbewohnerInnen applaudieren sah. Seine Mutter, die beiden Schwestern und der Vater konnten aus Angst ihre Augen nicht offen halten und drehten sich weg. Toni stieg an die Kante des wackelnden Aufzuges und setzte zum fünfzig Meter tiefen Sprung an. Die Menge jubelte. Und für Toni blieb wieder einmal die Zeit stehen. Doch dieses Mal schien sie nur für Toni anzuhalten, denn nach dem Bruchteil einer Sekunde nahm er den Asphaltboden in beängstigender Nähe wahr.

Nach etwa 24 Stunden wachte Toni, umgeben von seiner Familie und seinen wenigen treuen FreundInnen, im Krankenhaus wieder auf. Von Kopf bis Zeh war er eingegipst und konnte dabei noch froh sein, diesen Fall überlebt zu haben. Ebenso schnell wie sein Sturz gewesen war, kehrten ihm auch seine letzten Fans den Rücken zu. Und so hieß es einmal mehr, dass der Bub vom Schachner nur Blödsinn im Kopf habe und ihm das Unglück ganz recht geschehen sei. Aber vielleicht würde er von nun an vernünftig werden und endlich etwas Anständiges arbeiten.

In den Wochen nach seinem Krankenhausaufenthalt verhielt sich Toni ganz ruhig und unauffällig. Durch die Arbeit, die ihm nach seiner Gesundung wieder auferlegt worden war, war er Tag für Tag sehr erschöpft und pflegte abends kaum mehr Kontakt zu seinen Mitmenschen. Nach langen Grübeleien entschloss er sich an einem kalten Februarmorgen dazu, sich selbst und allen anderen endgültig etwas zu beweisen. Toni wollte sein bisheriges Dasein beenden und er glaubte, deshalb über die vorgegebenen Grenzen noch einen letzten Schritt weiter hinausgehen zu müssen, um diesmal zu einem länger anhaltenden Höhenflug zu gelangen. Er begab sich zum Aussichtsturm.

12

"Hallo Mister" waren die beiden Worte, die ich hier in den ersten fünf Minuten zirka 10.520-mal zu hören bekam. „Du bist süß" waren die zweithäufigsten: Willkommen in Indonesien. Bisher hatte ich in der Stadt Medan, im Nordwesten Sumatras gelegen, den üblichen Lärm, verdreckte Straßen und neugierige Einheimische erlebt. Da Indonesien weltweit die höchste Zahl an muslimischen BürgerInnen aufweist, hätte ich mir viel mehr verhüllte Frauen erwartet. Die meisten Leute hier sind jedoch komplett locker, sie redeten mich an und posierten neben mir für ihre Fotos. Ein nettes Ehepaar hatte mich daraufhin gleich an meinem ersten Abend in ihrem Land zum Essen eingeladen. Der kulinarische Treibstoff bestand aus getrockneten Minifischen mit Nüssen und Temphe, fermentierten Sojabohnen, die in Öl und Knoblauch gebraten werden.

Da ich noch vergebens auf eine E-Mail gewartet hatte, konnte ich in der ersten Nacht in meinem kleinen, staubigen Zimmer vor Aufregung kaum schlafen. Früh am nächsten Morgen wartete ich bereits eine Stunde am Flughafen und flehte um die erhoffte reale Bestätigung meiner virtuellen Nachrichten: Als ich Jenny im Park in Bangkok einen Brief schrieb, fragte ich sie darin, ob sie mich für eine Weile auf meiner Reise begleiten wolle. Nach mehreren Wochen bekam ich schließlich via Mail eine Zusage. Jenny sollte zwei Monate lang mit mir herumziehen. Ursprünglich hätten wir uns in Kuala Lumpur getroffen, doch meine letzten Nachrichten an sie verwiesen nach Indonesien. Trotz großer Vorfreude war ich zugleich nervös, nicht mehr alleine meinen Weg bestimmen zu können, mich auf sie einlassen zu müssen und für sie mitverantwortlich zu sein, denn mit ihrer Ankunft würde meine Suche in den Hintergrund treten müssen. Als mir all diese Gedanken durch den Kopf gingen, öffnete sich die verdunkelte Flughafentür und zwischen all den anderen PassagierInnen stand tatsächlich Jenny. Ungehemmt fielen wir uns in die Arme und heulten uns den Vorratsspeicher unserer Tränenkanäle aus den Augen, während ein Zittern meinen Kreislauf aus der Bahn warf. Ich begutachtete sie von allen Seiten und drückte Jenny noch ein weiteres Mal fest an mich. Wie aus einem explodierenden Vulkan schossen Wörter aus mir heraus und ungebremst stillte ich das Verlangen, mit ihr alles zu teilen, was ich in den vergangenen Monaten erlebt hatte. Ich redete und redete und redete, überquerte dabei chaotische mehrspurige Straßen und redete unaufhaltsam weiter. Ich schlängelte mich an vielen Essensständen und an hektischem Treiben vorbei durch enge Gassen und fand mich Stunden später, immer noch ins Gespräch vertieft, bei einer Tasse Tee wieder. Erst als ich dort eine Atempause einlegte und zur Schilderung meines nächsten Erlebnisses ausholen wollte, bemerkte ich, dass meine Zuhörerin wohl irgendwo auf der Strecke verlorengegangen war.

Ich fand sie noch immer auf mich wartend am Flughafenausgang hinter dem immerwährenden Verkehrslabyrinth, das sie scheinbar ein klein wenig überforderte – zumindest noch. Zum Glück war sie Vegetarierin und hatte folglich kaum Interesse daran, mir meine Eingeweide herauszureißen. Ich rief mir meine Vorsätze wieder ins Bewusstsein, von nun an nicht mehr alleine durch Hindernisse zu schlüpfen. Bei meiner zweiten und Jennys ersten Tasse Bandrek-Milchtee fanden wir doch noch zu einem gemeinsamen Gespräch, in dem ich mich zurückhielt und auch ihr Raum zum Sprechen gab. Es war für mich ein sehr seltsames Gefühl, Jenny mir gegenüber sitzen zu haben und dabei nach langen Blicken der Stille in ein gemeinsames Gelächter auszubrechen.

Meine Haare waren länger gewachsen, Jenny trug ihre kürzer. In Bezug auf unsere Beinlänge hatte sich jedoch noch nichts geändert, denn immer noch war sie die schlanke Giraffe von uns beiden. Außerdem hatte sie sich ihren Humor behalten und Sprüche am Start, bei denen ich mir jedes Mal vor Lachen beinahe in die Hosen machte. Sie war mir auf Anhieb wieder so vertraut, als ob wir uns nur ein Wochenende lang nicht gesehen hätten.

Da wir nach einem Malaysia-Aufenthalt ohnehin auf Sumatra reisen wollten, hatte Jenny bereits einen Plan, wohin es weitergehen sollte: nämlich nach Bukitlawang. Unsere Gästehausbesitzer in Medan warnten uns zuvor aber noch eindringlich vor Typen, die in den Bus steigen und übertreuerte gefälschte Tickets verkaufen wollten. Tatsächlich trafen wir auf einen solchen Mistkerl, der uns zunächst hinauswerfen wollte, aber nach unserer strikten Weigerung zum Glück von selbst wieder ausstieg.

Nach einer kurzen Fahrt in einer verbeulten Blechdose gelangten wir in dieses im Grünen gelegene Flussdorf, in dem 2003 bei einer Überflutung 350 Menschen gestorben waren. In dem von Vogelgezwitscher umgebenen Dorf standen mehrere Restaurants und Hotels an beiden Seiten des Flussufers, die man über Hängebrücken bequem erreichen konnte. Neben wenigen westlichen TouristInnen gab es hier auch einige recht freundliche indonesische UrlauberInnen, die sich mit einem Luftschlauch flussabwärts treiben ließen.

Jenny und ich fanden in einer am Ufer gelegenen Höhle und am Essensmarkt genügend Ruhe, um uns zu unterhalten. Da sie das erste Mal in Asien war, erzählte ich ihr so manches über Sitten und Gebräuche, in denen ich zwar routinierter war als sie, aber auch noch des Öfteren manchen HändlerInnen ohne Grund misstrauisch begegnete. Aus genau diesem Grunde war ich auch gegen eine gebuchte Dschungeltour, sodass wir uns selbstständig auf den Weg begaben. Nachdem wir etwa eine halbe Stunde am Fluss entlanggewandert waren, rief ein junger Mann nach uns, der mit seiner kleinen Harpune versuchte, im Wasser Fische zu fangen. Wütend kam er uns damit, dass wir in diesem Gebiet ohne Führer nicht wandern dürften, weshalb wir Mutterficker verschwinden sollten, bevor er uns töten würde. Jenny eingeschüchtert und ich sprachlos entschlossen wir uns für eine unauffällige Kehrtwendung und marschierten ohne Diskussion zurück. Als Alternativprogramm bezahlten wir Eintritt für eine Orang-Utan-Fütterung. Die offizielle Story dort lautete, dass TierschützerInnen die Menschenaffen langsam wieder auswildern und deshalb nur mehr wenige gefüttert würden. Inmitten eines scheinbaren „Wer kann am lautesten reden"-Wettkampfs und einer mit Hightech-Kameras bewaffneten Sondereinheit bestehend aus nervigen SensationsurlauberInnen warteten wir auf die Affen. Die sehr gechillten Tiere mussten erst langwierig herbeigerufen werden, da sie schon längst wieder selbstständig fressen konnten und hoch oben in den Bäumen hingen. Dem Projekt musste zugutegehalten werden, dass die Einnahmen zur Rettung der vom Aussterben bedrohten Tiere aufgewendet wurden. Doch weshalb so vieles an und in ihrem Lebensraum zerstört und gerodet wurde, wussten wir nicht. Allerdings konnten uns später beim Frühstück in einem kleinen Restaurant dessen Besitzer Andika und seine Frau Maryam weiterhelfen. Da Jenny und ich uns sehr für dieses Thema interessierten, luden die beiden uns in ein nahe gelegenes Dorf ein, was später dazu führen sollte, dass uns die Reaktion des schimpfenden Mannes am Fluss verständlicher wurde. Mehrere Umweltschutz-Organisationen trugen den Protest bis nach Europa, der Grund dafür war Konzernen wie der kanadischen East Asia Minerals Corporation geschuldet, die die Regenwaldabforstung vorantrieb und allein in der Region Aceh 1,2 Millionen Hektar roden wollte. Seit Jahrzehnten wurden Zigmillionen Euro in die Instandhaltung des Regenwaldes gesteckt, der nun mit Unterstützung der korrupten indonesischen Regierung im Auftrag derselben Länder gerodet wurde.

Indonesien ist nach China und den USA der drittgrößte Kohlendioxid-Erzeuger der Welt. Mit rasant steigendem Tempo werden dort jedes Jahr mehr als eine Million Hektar Regenwald gerodet. Weltweit fällt jede Sekunde eine Fläche eines halben Fußballfeldes, was pro Minute etwa 35 Fußballfeldern entspricht. Europa will zum einen billiges Fett und zum anderen fordern die EuropäerInnen für ihr gutes Gewissen grüne Energie. Deshalb werden Tropenwälder unter anderem deshalb von Großkonzernen gerodet, um Palmölplantagen zu errichten. Selbst die Nachhaltigkeitssiegel verhindern nicht, dass Gewässer durch die Abfälle der Palmölindustrie verseucht werden und Menschen als direkt Folge davon von ihren Ländereien flüchten müssen. Sogar der Erwerb von 18 russischen MiG-29 Kampfflugzeugen, die an den malaysischen Staat gingen, wurde teils mit Palmöl aus Malaysia bezahlt.

Der weltweit größte Palmölanbieter ist der Konzern Wilmar mit seinen rund 600.000 Hektar großen Plantagen auf Sumatra und Borneo. Dieser Konzern ließ in der Provinz Jambi illegal 7.200 Hektar geschützten Regenwald roden. 18 Bauern wurden verurteil, weil sie dort Palmölfrüchte an sich nahmen, die Wilmar für sich beanspruchte. Die UreinwohnerInnen der Suku-Anak-Dalam müssen seit es diese gigantischen Plantagen gibt in armseligen Hütten hausen. Ähnlich wie in Kambodscha und vielen anderen Ländern des Südens leben die Menschen dort heute in Slums, da sie den verzweifelten Kampf um ihr Land verloren haben, das bereits ihren Ahnen gehört hatte. Zeigen sie Widerstand, bekommen sie Waffengewalt zu spüren oder werden weggesperrt. So stürmten Sicherheitskräfte des Wilmar-Konzerns und 700 bewaffnete Soldaten der Spezialeinheit Brimob die kleine Siedlung Sungai Beruang, die zerstört und geplündert wurde. Männer, Frauen und Kinder mussten vor den Gewehren und Bulldozern in den Wald flüchten.

Das Geschäft mit dem Palmöl boomt. Es ist mit rund 55 Millionen Tonnen pro Jahr das weltweit am häufigsten produzierte Pflanzenöl, das inzwischen in fast jedem zweiten Alltagsprodukt Verwendung findet. Darum gilt es derzeit als einer der wichtigsten Rohstoffe überhaupt. Dafür, dass wir Produkte wie Biodiesel, Margarine, Shampoos, Hautcremes oder sogar Schokolade kaufen können, müssen der Regenwald und die dort lebenden Menschen büßen. Aus diesen Gründen protestierten indonesische UreinwohnerInnen vor der deutschen Zentrale des Konzerns Unilever, da sie von dessen Handelspartner Wilmar von ihrem eigenen Grund und Boden vertrieben worden waren. Unilever ist mit rund 1,3 Millionen Tonnen pro Jahr der größte Palmölverbraucher der Welt. Nestlé folgt mit 320.000 Tonnen. Unilever schmückt sich mit Öko- und Nachhaltigkeitsauszeichnungen, obwohl in fast jedem Unilever-Produkt Palmöl steckt. So verwundert es nicht, dass die Unilever-Margarine Rama einmal als blutiger Aufstrich bezeichnet wurde. In der ganzen Welt floriert das Geschäft mit dem grünen Gold auch deshalb, weil ein Hektar Palmen rund 5.000 Liter Agrodiesel liefert.

Der Amazonas ist das größte Regenwaldgebiet der Erde. Rund 35 Prozent des in Europa verbrauchten Palmöles stammt aus dem fünftgrößten Produzentenland Kolumbien. Durch die aus diesem Grund erfolgten Attacken des Paramilitärs verschwanden bzw. starben dort von 2002 bis 2007 rund 14.000 Menschen, darunter auch Frauen und Kinder. Der Regenwald in Zentralafrika ist die zweitgrößte grüne Lunge unserer Erde, wo der italienische Konzern ENI, um nur einen von vielen zu nennen, im Kongo 70.000 Hektar Ölpalmen besitzt. In weiten Teilen Afrikas existieren keine Grundbuchverzeichnisse, weshalb die BewohnerInnen ihr Land nur nutzen, aber nicht besitzen dürfen. In den betroffenen Regionen kommt es zu gewaltvollen Zwangsvertreibungen durch paramilitärische Einheiten, die im Dienste der transnationalen Konzerne stehen. Selbst Finanzeinrichtungen wie die Weltbank, die Europäische Investitionsbank und die Afrikanische Entwicklungsbank machen sich mithilfe unserer Steuergelder zu Komplizinnen.

Nach der Lebensmittelkrise im Jahre 2008 machten sich reiche Geschäftsleute mit Unterstützung korrupter Regierungen Ackerland in Entwicklungsländer zu eigen. Manche nutzen es, um gentechnisch veränderte Nahrung wie Reis oder Getreide für den Weltmarkt zu exportieren. Banken wie die Crédit Suisse und die UBS hatten sich mittels Land-Grabbing an dem indonesischen Konzern Golden Agri-Resources beteiligt, der ebenfalls große Regenwaldflächen niedermetzelt. Andere wiederum nutzen den Boden gar nicht. Sie warten, bis der Marktpreis für Land ansteigt, und verkaufen es dann weiter. Derartige Spekulanten jonglieren mit unser aller Leben und führten uns in die bis dato letzte Wirtschaftskrise, die für Millionen Menschen tödlich ausging.

Am gefährlichsten ist in dieser Hinsicht wohl die Weltbank, die mit Hunderten Millionen Euro an Krediten dieses Land-Grabbing in Afrika, Asien und Lateinamerika unterstützt. Für die ausgebeuteten Kleinbauern und Kleinbäuerinnen sowie TeilpächterInnen empfiehlt sie eine sogenannte marktgestützte Landreform. Diese besagt, dass die Mittellosen von den unrechtmäßigen Großgrundbesitzern das Land mieten sollen, und zwar mithilfe von Wucherkrediten. Durch irreführende Werbungen war es den Banken und Konzernen gelungen, den Großteil der öffentlichen Meinung davon zu überzeugen, dass pflanzliche Fette und Treibstoffe die Wunderwaffe gegen den Klimawandel darstellen. Doch benötigt man für die Herstellung von einem Liter Bioethanol 4.000 Liter Wasser, während bereits weltweit jeder dritte Mensch gezwungen ist, verschmutztes Wasser zu trinken.

Im Gegensatz zu künstlichen Monokulturen reguliert sich die Natur in Mischkulturen häufig von selbst. Das geschieht durch die dortige Artenvielfalt, die sich unter anderem auch für einen weitaus geringeren Schädlingsbefall verantwortlich zeichnet. Oft fahren die Bauern und Bäuerinnen damit zwar kleinere Ernten ein, sie bekommen für ihre daraus resultierenden Bioprodukte jedoch mehr Geld als für konventionelle Erzeugnisse. Das gefällt den Großgrundbesitzern und Chemiekonzernen natürlich überhaupt nicht, weshalb beispielsweise Angestellte von Novartis bei Bauern und Bäuerinnen auf den Philippinen, in Kolumbien und in Indonesien für ihre giftigen Wundermittel werben, die allerdings immer wieder für Raupenplagen und Missernten verantwortlich sind. Die Konzerne geben Milliarden für Werbungen und Wahlkampfkampagnen aus, um eine für sie profitable Regierung zu unterstützen. Trotz der Verwendung von Pestiziden werden viele Ernten, zum Beispiel in Indien, zerstört: Nachdem sich dort einige der Bauern und Bäuerinnen aufgrund des Kaufes der Giftmittel verschuldet hatten, begingen 150 indische LandwirtInnen Selbstmord. In Indien führte dieser Irrglaube an wundersame Gifte und Monokulturen in den 1960ern und 1970er Jahren zur sogenannten Grünen Revolution. Plötzlich musste alles immer schneller, effektiver und ertragreicher sein, was einen klaren Wendepunkt in Bezug auf die traditionelle Landwirtschaft darstellte, über Jahre hinweg die Böden zerstörte und die Anzahl der Krebserkrankungen innerhalb der betroffenen Bevölkerung ansteigen ließ. Heute lassen sich solche Pestizidrückstände sogar in den Tieren des Nordatlantiks nachweisen. Während mehr und mehr Menschen an Hunger leiden, steigen die Gewinne von Chemiekonzernen wie Monsanto, Bayer und Novartis immer weiter.

Wir produzieren heute so viele Lebensmittel, dass wir sie aufgrund des Überschusses und der Profitgier wegwerfen müssen. Um den Preis hoch zu halten, wird in Europa zehn Prozent der Obsternte sofort vernichtet. In Wien wird an einem Tag so viel Brot weggeworfen, dass man damit die Stadt Graz über denselben Zeitraum hinweg ernähren könnte. Des Weiteren wird in Europa bei Getreide ein jährlicher Überschuss von etwa sechzig Millionen und bei Rindfleisch knappen zwei Millionen Tonnen erwirtschaftet. Wir roden mit unserer Art des Wirtschaftens Regenwälder, rauben Länder aus und vergiften unser aller Boden. Die Wachstumsideologen degradieren die Menschen, die auf Plantagen arbeiten, zu SklavInnen, schicken sie in Slums, wo die Säuglinge von Ratten angefressen werden und die Kinder als Prostituiere arbeiten müssen. Wenn eine Milliarde Menschen Hunger leidet, liegt das nicht daran, dass wir zu wenig Nahrung produzieren. Millionen Tonnen an Nahrungsmittel werden verbrannt, nur zu dem einen Zweck: um Preise zu steigern und dabei Hungernden den Zugang Lebensmitteln zu verwehren, was nichts anderes bedeutet, als sich für den Mord dieser einen Milliarde verantworten zu müssen.

Nachdem man beim Kauf eines Bustickets versucht hatte, uns ein weiteres Mal zu bescheißen, konfrontierte ich den Betrüger damit, kein ehrenwerter Muslim zu sein. Daraufhin händigte er uns mit einem finsteren Blick die zu viel bezahlte Gebühr aus. Jenny konnte sich bisher noch kein bisschen an den chaotischen Straßenverkehr gewöhnen und auch die streunenden

Hunde lösten in ihr spontane Schreianfälle aus und ließen ihr graue Haare wachsen. Eine dieser chaotischen Busfahrten brachte uns in die Bergstadt Berastagi, in der schon seit einer Ewigkeit der Frühling zu herrschen schien.

Da Jenny Soziale Arbeit studierte und ständig irgendwas am Schaffen war, tat sie sich zu Beginn noch etwas schwer damit, sich auf dieses zeitlose Leben auf Reisen einzustellen: Auch wenn es von außen betrachtet so aussah, als arbeite man nichts, so tat sich innen drin doch einiges. Ich selbst durfte zum Beispiel erfahren, dass es mir sehr viel Spaß macht, Lieder oder Texte niederzuschreiben, selbst wenn mir dabei die Professionalität fehlt. Hier, in diesem Leben als Reisender, brauchte ich mich vor niemandem sonst außer mir selbst zu rechtfertigen, wenn es darum ging, in einer Disziplin, der ich gerne nachging, gut sein zu müssen. Oft verstand ich gar nicht, weshalb ich manches gerne tat. Allerdings wurde mir mit wachsender Erfahrung wichtiger, in etwas zu vertrauen, noch bevor ich einen Sinn darin erkennen konnte. Somit übte ich mich darin, dem Leben mehr Verantwortung und Spielraum zu schenken als bisher.

Bei Wanderungen durch das Dickicht des Dschungels und vorbei an qualmenden Vulkankratern fanden wir beide gute Gelegenheiten, über vergangene Erlebnisse zu sprechen. Jenny und ich waren uns das erste Mal auf einem Rockfestival begegnet, als sie 16 und ich 18 Jahre jung gewesen war. Ohne es zu planen, trafen wir uns in den darauf folgenden drei Sommern zufällig immer wieder auf dieser Veranstaltung. Erst nach unserem dritten Wiedersehen besorgte ich mir ihre Handynummer, ein Treffen ließ jedoch bis zum nächsten Winter auf sich warten. Als Kellnerin war Jenny eine Saison lang in den tiefen Tiroler Bergen angestellt und lud mich für ein Wochenende zu sich zum Snowboarden ein. Zu diesem Zeitpunkt absolvierte ich in Innsbruck gerade meinen Sozialdienst als Behindertenbetreuer und konnte mir meine Dienstzeiten recht flexibel einteilen. Zugegeben: Ich hatte damals mehr Interesse am Boarden in den Bergen als an Jenny, weshalb ich mir nicht viel von einer Freundschaft erwartete. Doch in diesen wenigen Tagen lernten wir uns besser kennen. Und dieses Mädchen stellte sich mir als eines der lustigsten und freundlichsten Geschöpfe dar, das die Natur je hervorgebracht hatte. Dies bedeutete den Start unserer lange währenden Freundschaft.

Nach den Tagen in Berastagi überzeugte mich meine Reisebegleitung, zum See Danau Toba zu fahren. Auf der Ladefläche eines Lieferwagens fuhren wir durch saftiges Grün, vorbei an Moscheen und blühenden Feldern. Die Idylle wurde gestört, als wir einen uns überholenden Bus rammten, sodass uns die Splitter der beiden Seitenspiegel um die Ohren flogen. Jennys Beruhigungsrede, ob ich gesehen hätte, wie gefährlich die Busfahrt sei, führte nicht unbedingt zu einem gesteigerten Vertrauen meinerseits in den Kleintransporter. Deshalb verließen wir die sich prügelnden Autofahrer und gelangten doch noch sicher an den traumhaft ruhigen See, wo wir den Tag am stillen Gewässer mit Blick auf die umliegenden Berge ausklingen ließen. Am nächsten Morgen mieteten wir uns einen Roller, den ich, der starke Mann, steuern wollte, da sich Jenny, die schwache Frau, vom Verkehr schier überrollt fühlte. Nachdem ich gleich einmal überheblich – geradezu hochnäsig – kopfüber zwischen Chili- und Reisfeldern gelandet war, übergab ich der emanzipierten Dame das Ruder, die uns anschließend sicher durch die Verkehrswellen schaukelte. Trompetenblumen, Büsche, katholische Kirchen und traditionelle Spitzdachhäuser begleiteten uns auf dieser malerischen Rundfahrt. Bei einem Nasi Goreng, Reis mit Ei und Gewürzen, erzählte uns der Koch, dass er seine in den Niederlanden verheiratete Schwester schon einmal dort besucht hatte. Er mochte Europa nicht so gerne, da die Menschen dort immer ihre Haustüren verschlossen halten, weshalb man keine spontanen Feste feiern oder sich Dinge aus einem Haus ausborgen kann. Zudem verbringen die Menschen auch mehr Zeit in der Arbeit als zu Hause. Seine Frage, warum wir im Westen die Arbeit in den Mittelpunkt unseres Lebens stellen, konnte ich ihm jedoch nicht ausreichend beantworten. Er, dieser leidenschaftliche Jazz- und Soulsänger, nannte sich Nancy Sumatra und sang für Jenny englischsprachige Liebeslieder. Geld war ihm nicht so wichtig. Mit Geld konnte er sich ein Bett kaufen, aber keinen Schlaf, einen Computer anschaffen, aber kein Gehirn. Essen kaufen, doch keinen Appetit. Medizin bezahlen, aber keine Gesundheit. Es schuf Luxus, jedoch keine Kultur. Sex, aber nicht Liebe. Und es brachte Unterhaltung, doch kein Gefühl für die Leichtigkeit des Lebens. Seine Liebe, seine Leichtigkeit war die Musik, weshalb er lautstark weitersang und -tanzte. Selbst als wir Nancy Sumatra nur mehr im Rückspiegel des Rollers sahen, folgten seine Tanzschritte immer noch seinem Gesang.

Nach ein paar erholsamen Tagen ließ ich mich wieder von Jennys Gefühl und ihrem Reiseführer in Buchform leiten und wir begaben uns nach Bukittingi. Erste Unstimmigkeiten bei der Zimmerwahl beseitigten wir, indem wir uns bei der Entscheidungsfindung abwechselten. Einmal durfte sich Jenny ein geschmackvolleres, teureres Zimmer aussuchen und einmal nahm ich das Recht wahr, zur Überraschung meiner Freundin, die sich noch gut an einen etwas strukturierteren Toni erinnern konnte, in einer billigen, abgefuckten Baracke abzusteigen. Unterschiedliche Meinungen vertraten wir auch bei den TouristInnenpreisen, die uns manchmal unterkamen. Jenny waren die preislichen Unterschiede, die sich an der Hautfarbe orientierten, egal und wenn ich berücksichtigte, was die Niederländer und die Portugiesen bei ihrer Kolonialisierung mit der bis heute vom Westen ausgebeuteten Kultur angerichtet hatten, war ihre Ansicht wohl auch durchaus legitim.

In Bukittingi angekommen, lernten wir Dia, eine 22-jährige Indonesierin, kennen, die uns eine mit Müll belagerte Schlucht zeigte, in der wir vor Einbruch der Dunkelheit riesengroße Fledermäuse beobachten konnten. Am nächsten Morgen gingen wir zu dritt wandern. Dia führte uns über alte Wanderwege und stillgelegte Gleise zu schönen Wasserfällen und Aussichtspunkten. Ihre drei Lieblingssätze waren „Jenny, pass auf, wo du hin steigst", „Toni, mach Fotos" und „Meine Lieblingsfrucht ist die Königsfrucht Durian". Diese stachelige grüne Frucht stank tatsächlich schlimmer als ein Langhaardackel in der Regenzeit, was uns zunächst noch vom Kosten abhielt.

Das Mädchen, das in Padang studierte, lud uns zu sich nach Hause ein. Das Dorf erinnerte mich wegen seiner Dynamik und Bauweise ein wenig an Indien, nur dass ich hier auch sehr viel mit Frauen in Kontakt kam. Auf dem Boden sitzend, aßen wir mit der rechten Hand mir völlig unbekanntes Essen. Später brachten uns die Einheimischen mit Rollern auf eines ihrer stolzen Durianfelder. Dort saßen bereits ein paar Erwachsene und Kinder und warteten gespannt auf die bei Nacht abfallenden Früchte. Nach jedem Aufprall schwärmten wir alle wie verrückt mit unseren Taschenlampen aus. Anfangs zierten Jenny und ich uns noch, die mit Macheten aufgehackten Früchte derart massig wie unsere Begleiter es taten hinunterzuschlingen. Doch irgendwie machten die klebrige Konsistenz und der beißende Gestank uns beide doch noch süchtig. Jenny saß derweil mit den Einheimischen an einem offenen Feuer, während ich mit den Kids auf Bäume kletterte. Ich hatte völlig vergessen, wie viel Spaß mir das als Kind gemacht hatte.

Später überraschte mich Dia mit Sprüchen darüber, dass sie schon immer einen Europäer heiraten hatte wollen und ob ich zuvor schon einmal ein Mädchen geküsst hätte. Für sie und auch viele andere IndonesierInnen ist ein Kuss bereits etwas sehr Intimes, Persönliches, mit dem in unserer westlichen Welt selbst ein einmaliges Sex-Abenteuer nicht mithalten kann. Ich wollte sie nicht belügen und erzählte ihr von meinem bislang intensivsten Kuss, den ich mit Jenny erleben durfte. Enttäuscht blickte sie zu ihr hinüber.

Nachdem Jenny und ich schon gute Freunde geworden waren, gingen wir wieder einmal im Salzkammergut wandern. Es war bereits Spätsommer und das Wetter spielte nicht so richtig mit. Überraschend kamen wir in ein Gewitter und wurden von allen Seiten mit heftigen Regentropfen torpediert. Um nicht nasser als ein vollgesaugter Schwamm zu werden, beschlossen wir, früher als geplant unser Zelt aufzustellen. Am ganzen Leibe zitternd und geschützt in unserer feuchten Bleibe, verbanden wir mit den Reißverschlüssen unsere Schlafsäcke zu einem einzigen und kauerten uns aneinander. Ohne anfangs auch nur einen Gedanken daran verschwendet zu haben, dass wir vielleicht mehr als nur gute Freunde hätten sein können, fiel mir in dieser Nacht das erste Mal auf, dass Jenny grüne Augen hatte. Im Halbschlaf kuschelten wir uns dicht aneinander und unsere Münder atmeten sich gegenseitig die warme Luft aus unserer jeweiligen Brust zu. Im tiefen Schlaf hatte ich meinen Kopf näher an Jennys herangerückt, wobei sich unsere Lippen berührten, wovon ich aufwachte. Für eine Sekunde, die mir wie eine Ewigkeit vorkam, öffneten sich unsere Münder und unsere Zungen umschlangen einander. Nie zuvor und auch danach nie wieder fühlte sich ein Körper so mit meinem verschmolzen wie in dieser Nacht.

Nachdem wir am nächsten Morgen mit den Sonnenstrahlen aufgewacht waren, lachten wir beide über das Ereignis in dieser Nacht. Doch in jener Nacht war Jenny mir so nahegekommen wie noch kein anderer zuvor. Es war für mich das erste Mal, dass ich jemandem gegenüber ein Gefühl verspürte, das mit steigender Sympathie immer größer wurde. Je besser ich sie kannte, desto mehr mochte ich sie. Dies hielt bis zu jenem Zeitpunkt an, an dem sich unsere Wege trennten.

Vorbei an duftenden Zimtrinden, die vor den Häusern getrocknet wurden, fuhren wir nach Maningjao. Ein kleines Dorf, das sehr schön an einem See liegt. Dort konnte Jenny, wie bisher schon öfter in Indonesien, ihre Gitarrenleidenschaft mit den Einheimischen teilen. Sehr viele Leute spielen hier ein Instrument und sie versammelten sich häufig um meine Freundin und begannen beinahe überall und zu jeder Zeit mit ihr eine Jamsession. Selbst in Bussen spielten ganze Bands, von denen sich manche auf diese Weise ihren gesamten Lebensunterhalt verdienten, und andere, die ihre Leidenschaft nur mit einem Publikum teilen wollten. Beim gemeinsamen Musizieren verliebten sich durchaus mehrere Männer in Jenny. Sie fand das zwar lustig, wollte aber auch nicht andauernd als weißes, williges Stück Fleisch abgestempelt werden. Teils per Anhalter, teils im Bus ging es weiter nach Padang, wo wir für eine Nacht in Dias Studentenunterkunft, einem sehr einfachen Wellblechschuppen, übernachten konnten. Das Duschwasser mussten wir uns mit einem Eimer aus dem Brunnen hochziehen. Die Toilette befand sich in Form eines Loches im Boden am selben Ort wie die Dusche. Leider ergab sich nach ein paar gemeinsamen Tagen auch zwischen Dia und uns nicht mehr als nur ein weiteres oberflächliches Gespräch. Deshalb beschlossen wir, uns freundlich von ihr zu verabschieden und uns in den stillen Straßen ein Hotel zu organisieren.

Stille Straßen? Das war neu. Inzwischen hatte nämlich der muslimische Fastenmonat Ramadan begonnen. Früh am Morgen vor Sonnenaufgang und abends nach ihrem Untergang darf gegessen werden. Und das nützen die Leute auch so richtig aus und schaufeln dann tonnenweise Longtong, eine Art gepresster Reis, und Lotex mit Haselnusssauce in sich hinein. Manche essen tagsüber heimlich mit vorgehaltener Hand. Andere ohne Scham und auch uns wurde gesagt, dass wir aus Respekt unserer Kultur gegenüber ebenfalls jederzeit etwas speisen dürften. Aus eben diesem Respekt, nämlich unseren Gastgebern gegenüber, bemühten wir uns aber, trotzdem nichts zu futtern. Doch unser beider Kopfweh und ein schummriger Kreislauf spielten bei diesem Vorhaben unter der Tropensonne nicht mit. Somit beschränkten wir uns am Tage auf das Verzehren von Früchten, auch weil die meisten Restaurants ohnehin geschlossen hatten.

Am Hafen erfuhren wir dann von ein paar Wartenden von der Insel Pulau Siberut. Ein junger Mann erzählte uns, dass sein Onkel im Stamm der Sakkuddei lebte und wir ihn dorthin begleiten durften. Jenny und ich waren davon völlig begeistert und mit einer fast gänzlich abgelegten Skepsis den IndonesierInnen gegenüber kauften wir uns ein Bootsticket und warteten, bis die Nacht hereinbrach und wir endlich ablegen würden. Auf einem knarrenden, hölzernen Schiff fuhren wir komplett überladen die Nacht hindurch hinaus aufs offene Meer. Schon während der Fahrt wurde uns bewusst, dass unser neuer Freund Matheo ein TouristInnenführer war und für seine Dienste Geld haben wollte. Er schien jedoch ganz nett zu sein und nach meinem anfänglichen Misstrauen überzeugte mich Jenny endgültig vom Wert dieses Einblickes in die traditionelle Lebensweise von Matheos Onkel, weshalb ich meine Spaßbremse endgültig entriegelte.

Der hohe Wellengang ließ bei den PassagierInnen manches Verdaute wieder hochkommen und auch im stickigen Frachtraum oder auf dem offenen Deck war kaum Platz. Mit ihrem Kopf auf meinem Schoß fand Jenny dennoch etwas Schlaf. Ich zählte währenddessen die Sterne über dem Ozean. Erst am späten Nachmittag des nächsten Tages erreichten wir die abgeschiedene Insel. Matheo brachte uns zu seiner Familie im Dorf, wo wir uns zunächst aufs Ohr legen durften. Bevor wir nach unserer Rast aufbrachen, schenkte uns seine Mutter sieben spezielle Pflanzensamen, die die InselbewohnerInnen im Dschungel gegen Malaria zu sich nahmen. Zuerst fuhren wir mit einem hölzernen Motorboot den Fluss hinauf, bevor uns eine kurze Wanderung inmitten des Urwalds zu einem sehr großen, auf Pfählen stehenden Holzhaus führte. Eine ältere, nur mit einem roten Rock bekleidete Frau und ein ebenso alter Mann, der eine aus elastischer Baumrinde gefertigte Hose trug, waren unsere Gastgeber. Beide hatten lange, schwarze Haare und trugen Perlenketten und goldene Armringe. Er, der Medizinmann Lala, der wie seine Frau an den linienförmigen Tätowierungen am ganzen Körper wiedererkannt werden konnte, trug zusätzlich Ohrringe und im Mund steckte eine megafette Zigarette, auf der er mehrere Tage lang herumkaute. Alle waren supernett zu uns, doch fühlten wir uns, als hätten wir uns selbst eingeladen. Matheo übersetzte uns Lalas Aussage, dass TouristInnen ihnen bisher immer Zigaretten mitgebracht hätten, denn auch die Sakkuddei rauchten, wie beinahe alle anderen im Land, liebend gerne. Uns wurde gezeigt, wie die Eingeborenen früher Fallen gebaut und Giftpfeile hergestellt hatten und am Abend kochten Matheo und seine Begleiterin extra für uns ein Fertig-Nudelgericht. Die Alten aßen ihre Durian und einen selbstgemachten Teig, den sie Sagu nannten. Ihre drei Kinder, die westliche Kleidung trugen und je ein Handy besaßen, aßen dasselbe wie wir. Lala zeigte uns alte Zaubertricks und sang in der Dunkelheit die von seinen Großeltern an ihn weitergegebenen Lieder. Als Gegenleistung räumten wir die Lieder „I am from Austria" und „Großvater" aus der verstaubten Austropop-Kiste. Sehr schräg fanden wir jedoch, dass Matheo unseren Gastgebern Zigaretten dafür gab, dass diese uns bei Laune hielten. Nach Absprache mit Jenny sagten wir unserem Guide, dass wir auf unserer viertägigen Tour von nun an keine Extrawürste mehr haben wollen und die traditionelle Kost bevorzugen würden. Außerdem wollten wir den Leuten gerne bei der Bewältigung ihres Alltags helfen, ohne dass sie dabei für uns die Clowns spielen sollten. Aus diesem Grund führten uns Lala, Matheo und seine Begleitung am nächsten Morgen auf eine lange Wanderung tief in den Regenwald. Barfuß kämpften wir uns stundenlang durch hüfthohen Schlamm, bis wir zu einem sehr alten und teilweise eingestürzten Haus gelangten. Ein sehr alter Mann und seine zweite, recht junge Frau führten dort ein sehr einfaches Leben. Unter dem Haus lebten, umgeben von Matsch und Durianschalen, Schweine und Hühner, mit denen sich die Männer in dieser Gegend Ehefrauen kaufen konnten, aber nur, wenn die Auserwählte einwilligte.

Jenny half der mit Blättern bekleideten Frau beim Kräuter sammeln und erst nachdem wir uns etwas aufgedrängt hatten, durften wir Lala und dem alten Medizinmann mit den Macheten bei der täglichen Arbeit helfen. Unsere Aufgabe war es, die Sagubäume mit einer Axt in ein Meter lange Stücke zu hacken und über einen Pfad zurück zur Hütte zu transportieren. Die Sagustücke waren vergleichsweise nicht allzu schwer und das Holz schwamm bei den notwendigen Flussüberquerungen ganz von selbst auf der Wasseroberfläche. Mit einem Nagelbrett verarbeiteten Lala und ich das daraus gewonnene Material zu feinen Spänen. Jenny reinigte es anschließend mithilfe eines Siebes im Wasser. Das daraus entstandene Mehl ließen wir in der Sonne trocknen. Anschließend rollten wir es in Blätter und backten das Ganze über dem Feuer. Sobald das Sagubrot fertig war, schlug man traditionell mit einem Stock auf einen ausgehöhlten Baumstamm, um den im Wald Arbeitenden mitzuteilen, dass nun Essenszeit war. Als Dank für unsere Unterstützung wurden wir von dem Alten für eine weitere Nacht in seiner Hütte eingeladen. Am selben Abend kamen zusätzlich zu uns einige NachbarInnen zu Besuch. Vor dem Abendessen hielt der Alte ein Huhn hoch, betete ein paar Verse und spuckte dem Tier ins Gesicht, um dessen Geister auszutreiben. Doch schlachten darf es ein Medizinmann nicht, weshalb er es an Matheo weiterreichte, der das übernahm. Ein Medizinmann, der in manchen Fällen auch Medikamente aus der Apotheke beziehen kann, geht zwar auf Jagd, tötet allerdings niemals seine eigenen Haustiere.

Unter den BesucherInnen war auch eine junge Frau. Sie zog trotz ihren etwa 15 Jahren bereits ein kleines Kind groß. Diese Mutter ließ jedoch niemanden erfahren, wer der Vater war. Sie selbst gab dem Kleinen mehr Schläge ins Gesicht als Liebe in sein Herz. Lala plante, die junge Frau in vier Jahren zu heiraten. Würde seine derzeitige Frau nicht damit einverstanden sein, würde diese das Haus verlassen müssen.

In dieser fremden Welt fiel mir auf, dass ich mich öfter mit Jenny hätte abstimmen können. Zu sehr ging ich immer noch meinen Weg. War es denn gut für mich und meine Umwelt, zuvor so lange alleine gereist zu sein? Ich war nun nicht mehr als Einzelner auf dem Weg. Dass war ich wohl auch noch nie gewesen. Denn auch zuvor beeinflussten die Menschen um mich herum meine Reise. Waren die Leute nicht freundlich zu mir, spiegelte das oft nur meine eigene Stimmung und es ging mir schlecht. War auch ich glücklich, so halfen mir manche weiter und es wurden mir dadurch unzählige Erlebnisse möglich gemacht. Es gab auch bei den Sakkuddei unterschiedliche Rangordnungen – und, wenn ich mir die junge Mutter mit ihrem Baby ansah, auch soziale Probleme –, doch war hier dennoch ein sich gegenseitiges Helfen die höchste Priorität für den Grundbaustein eines friedlichen Miteinanders.

Nach unserer Rückkehr auf Sumatra wollten wir in Padang unsere Visa verlängern lassen und auf die Insel Java weiterreisen. Zuvor verbrachten Jenny und ich den letzten Abend auf der Insel Siberut, jeder für sich alleine am Strand. Es tat gut, sich für ein paar Stunden Pause voneinander zu gönnen. Bei geschlossenen Augen ließ mich eine frische Meeresbrise vom Fliegen träumen. Ich hob ab vom festen Untergrund und flog über Dörfer und Städte, über Länder und hinfort über die ewige Veränderung auf diesem Planeten. Doch noch nie hatte jemand diese Veränderung von Natur und Mensch zur Gänze wahrnehmen können. Und in ihrer Gesamtheit würde die Welt und ihr Leben darauf wohl auch nie jemand so ganz verstehen können.

13

Weil Jennys günstigster Rückflug von der Insel Bali starten würde, bezwangen wir den Süden Sumatras in einer kurvenreichen vierzigstündigen Busfahrt, bis wir in die Hauptstadt Jakarta auf der Insel Java gelangten. Hinter ein paar Armenvierteln konnten wir in einem von Wachmännern beschützten wohlhabenderen Stadtteil bei einem jungen Pärchen schlafen. Couchsurfing sei Dank! Gleich zu Anfang erfuhren wir dort, dass wir den Obdachlosen kein Geld geben durften, da dies von der Regierung bestraft wird. Ähnlich wie in manchen Städten Europas, wo man anstatt der Armut lieber die Armen beseitigt.

Unsere GastgeberInnen waren ein desillusionierter Deutscher, der nur das Beste für das gemeinsame Baby wollte, und eine bereits mehrfache junge indonesische Mutter, die sich kaum um das kleine Kind sorgte, weshalb es ihr auch schon mehrmals zu Boden gefallen war. Wie Peter, der Deutsche, uns anvertraute, würde er mit seiner Tochter am liebsten nach Europa abhauen. Allerdings würde er niemals das Sorgerecht bekommen.

Im Erdgeschoss des Hauses lebten seine indonesischen Schwiegereltern, die Jenny und mich nur räumlich voneinander getrennt schlafen ließen, da wir nicht verheiratet waren. Somit versuchte ich, auf der Terrasse in der tropischen Hitze unter Milliarden stechender Moskitos ein Auge zuzubekommen. Jenny hatte währenddessen mit Ratten, die durchs Haus spazierten, zu kämpfen.

Ohne viel von der heißen und lauten Hauptstadt gesehen zu haben, ging es dann mit dem Bus nach Yogyakarta. Dort hatte sich 2006 ein tragisches Erdbeben ereignet, bei dem mehr als 6.000 Menschen ihr Leben gelassen hatten. In dieser Stadt wurden wir erneut via Couchsurfing von jungen, reichen Studenten aufgenommen. Von dort aus machten Jenny und ich einen Tagesausflug zum buddhistischen Tempel Bodoburo, der von BesucherInnen jeglicher Glaubensrichtung bewundert wurde.

Am nächsten Tag trennten sich Jenny und ich für mehrere Stunden. Sie besuchte den Hindu-Tempel Prambanan und ich machte mich per Anhalter auf den Weg zum aktiven Vulkan, dem Merapi. Auf der Straße passte mich jedoch Jocki ab, ein zwanzigjähriger Künstler, und lud mich in sein Haus ein, in dem er mit seinen Freunden wohnte.

Jocki stammte ursprünglich von der Insel Kalimantan. Mit 15 Jahren wurde er von seinen Eltern mit etwas Kleingeld ausgestattet alleine nach Java geschickt, um dort Geld für die Familie zu verdienen. Hier in Yogyakarta lernte er zwei andere Jungs kennen. Gegenseitig brachten sie sich das in dieser Künstlerstadt so beliebte Sprayen bei. Sie begannen, für TouristInnen Workshops zu veranstalten, wodurch sie selbst Englisch lernten. Mit dem verdienten Geld kauften sich die Jungs ein altes Ein-Zimmer-Haus, in dem sie nun ohne Strom und Möbel wohnten. Vor drei Jahren begannen die Künstler damit, einen eigenen Biogarten zu kultivieren. Zusätzlich zu den Workshops verkauften sie von diesem Zeitpunkt an ihr eigenes Gemüse auf dem lokalen Markt. Außerdem veranstalteten sie in Schulen Gärtner-Kurse oder hielten dort Englischunterricht ab. Einer, dessen Namen ich schnell wieder vergaß, war Tattoo-Künstler und hatte sich den gemeinsamen Garten auf seinen Oberschenkel eingraviert. Einen Teil des aus den vielfältigen Tätigkeiten erworbenen Geldes konnten sie an ihre Eltern nach Hause schicken. Keiner von ihnen hatte je eine Schule besucht und doch hatten sich alle ein Weltverständnis angeeignet, das ihnen in ihrem tagtäglichen Leben zu einer gewissen Leichtigkeit verhalf. Ich blieb die Nacht über bei den Jungs und wir spielten mehrere Partien Schach.

Nachdem sich am Morgen die praktische Umsetzung ihres Versprechens, mich zum Merapi hochzubringen, ins schier Endlose hingezogen hatte, begab ich mich alleine per Anhalter dorthin. Eine Aussicht, die mich an einen Weltuntergang glauben ließ, brachte mich hautnah an das Grauen heran, das der Vulkan hier bei seinem Ausbruch wenige Jahre zuvor ausgelöst hatte: Über neunzig Menschen starben, darunter viele Kinder, und mehr als hunderttausend mussten in Notlagern untergebracht werden. Die Betroffenen stehen noch heute vor den Trümmern ihrer Existenz.

Als ich Jenny abends im Hotel wiedersah, wirkte sie auf mich etwas niedergeschlagen. Nachdem ich sie gefragt hatte, was geschehen war, begann sie zu weinen. Sie wusste selbst nicht so recht, was mit ihr los war. Die vielen Menschen, der ständige Lärm, der Schmutz, die Hitze und diese sich ständig wiederholenden oberflächlichen Freundschaften waren wohl etwas zu viel. Jenny begann, ihre FreundInnen in Österreich zu vermissen. Zögernd nahm ich sie in meine Arme und hielt sie fest, wodurch sich ihr Atem beruhigte. Kurze Zeit später schliefen wir auf dem Bett eng umschlungen ein.

Dass letzte Mal, als wir uns die Nacht hindurch umarmt hatten, war nun etwa drei Jahre her. Sie war damals für zwei Monate aus Norwegen in die Heimat zurückgekehrt und wir verabredeten uns für ein gemeinsames Wochenende in den Bergen. Es war ein warmer Maitag und wir tobten uns auf einem Gletscher beim Snowboarden aus. Sehr viel Sonne später und müde vom Sporteln entschlossen wir uns, nachmittags an einen See zu fahren, um dort noch etwas in den frühlingshaften Temperaturen abzuhängen. Mehrere junge Familien luden uns ein, uns an ihr Lagerfeuer zu setzen, und teilten mit uns ihr Gegrilltes. Als uns zu später Stunde die GastgeberInnen verließen, saßen wir zu zweit am Feuer und übten uns darin, wer die blödesten Lieder singen konnte. An diesem wundervollen Tag fühlte ich die Wiederkehr alter Gefühle. Wir hatten uns so gut wie schon lange nicht mehr verstanden. In Decken gehüllt, ließen wir unser Lagerfeuer zur Glut und dann zur Asche verkommen und beobachteten mit voranschreitender Dunkelheit, wie die Lichter in den umliegenden Häusern der Bergdörfer erleuchteten. Mit dem langsamen Erlöschen unseres Feuers entflammte jedoch die Nacht hindurch eine leidenschaftliche Umarmung, die unsere bislang letzte wurde.

Mit meinen Gedanken wieder im Jetzt angekommen, führte uns eine schöne Bergstraße ins Hochplateau von Dieng, wo wir uns beide von den tropischen Temperaturen erholen konnten und dabei wieder bessere Laune und klarere Gedanken bekamen. Die Landschaft hier oben ist gefleckt von verschiedensten Gemüsefeldern und Plastikplanen. Wir wanderten zu kleinen Geysiren und Pseudokratern und ließen es uns unter der frühlingshaften Sonne und den netten Menschen gutgehen.

Nachdem wir für mehrere Tage etwas vom andauernden Herumziehen pausiert hatten, ging es schließlich um vier Uhr morgens zu Fuß in Richtung eines Aussichtspunktes. In der Dunkelheit konnten wir bereits die ersten Gebete aus den Moscheen hören, die wir hinter uns gelassen hatten. Nach einem kurzen Anstieg durch einen Wald breitete sich vor uns ein flauschig-weiches Wolkenbett aus, das am Horizont langsam von einem warmen Rot geweckt wurde. In dieser friedlichen Stille verspürte ich seit langer Zeit erstmals wieder ein Gefühl für Jenny, das über das Freundschaftliche hinausging. Ich wollte sie wieder fest in meine Arme schließen, doch ich traute mich nicht und ließ den Moment hinüberziehen.

In einem Zug, der voller war als ein Tiertransporter auf dem Weg zum Schlachthof, fuhren wir die Nacht hindurch in Richtung Osten. Die ersten paar Stunden versuchten wir, sitzend auf dem Boden zu schlafen. Doch vorbeischleichende Fahrgäste und Fertigsuppen-VerkäuferInnen die „Pop Mie" riefen, was keine sexuelle Anspielung war, sondern der Name einer Nudelsuppe, hielten uns wach. Das letzte Stück legten wir in einem Bus zurück. Das Fahrzeug war wie so oft völlig überfüllt, sodass ich nur mehr einen Platz neben dem Fahrer und direkt über dem heißen Motor fand. Hätte die Fahrt zehn Minuten länger gedauert, wären meine beiden Sitzsteaks zwischen meinen Schenkeln wohl durch gewesen. Al dente und müde fanden wir schließlich am Berg eine günstige Unterkunft. Am höchsten Punkt des Dorfes überraschten die spektakulärsten Naturlandschaften, die wir beide je gesehen hatten. Eine mächtige Sandwüste lag uns dort in einem viele Kilometer langen Tal zu Füßen. Darin kämpften wenige dürre Sträucher und Bäume um ihr Überleben. Inmitten dieses fremden Planeten stand der mächtige Vulkan Bromo, aus dem bedrohlicher Rauch aufstiegt. Nachdem wir uns bei einer Tasse Tee ausgeruht hatten, begaben wir uns in der befremdlichen Mondlandschaft zu Fuß auf den Weg. Ein paar wenige TouristInnenführer brachten ihre Kundschaften mit Pferden aus dem ruhigen Bergdorf über das bizarre Sandfeld. Einen Zwischenstopp legten wir an einem in Sand gehüllten Hindutempel ein, der ebenso ein gelandetes Raumschiff aus einer anderen Galaxie hätte sein können. Danach ging es über eine sandverwehte Treppe auf den mächtigen, mehrere hundert Meter umspannenden Vulkankrater. Einheimische verschiedenster Religionszugehörigkeiten warfen dort als Opfergabe Blumen und andere Symbole in den feurig-dunklen Schlot des Bromo. Mit zunehmendem Wind verdunkelte sich langsam der Himmel über uns und die Sicht verlor sich in einem dichten Nebel bestehend aus herumwirbelnden Sandkörnern. Ein Sandsturm war losgebrochen. Barfuß und geschützt mit einem vor den Mund gehaltenen Schal und einer Sonnenbrille genossen wir diesen Spaß und sprangen von diversen Sanddünen in ein Meer aus Staub. Wir wussten nicht mehr, wo oben und unten war. Völlig von Dreck und Körnern bedeckt, mussten Jenny und ich uns nach unserer heilen Rückkehr samt Kleidung in einer eiskalten Dusche waschen, die, wie hier üblich, aus einer Schüssel zum Wasserschöpfen bestand.

Nachdem wir zwei Tage lang unsere Ruhe in dem stillen Dorf gefunden hatten, begaben wir uns um drei Uhr morgens unter einem Sternschnuppenfeuerwerk auf eine sehr kalte, neunzigminütige Bergwanderung zu einem Aussichtspunkt. Wiederum in Decken gehüllt, verbrachten wir die längste Zeit alleine unter diesem wunderschönen Glitzermeer.

Kurz vor Sonnenaufgang näherten sich unzählige laute Geländewagen vollbeladen mit TouristInnen aus aller Welt, die mit ihren tosenden Kameras für fünf Minuten den ruhigen Frieden zerstörten. Nachdem sich dieser kurze Sturm von Menschen wieder gelegt hatte und die letzten Rücklichter der Karawane hinter den Wäldern verschwunden waren, konnten wir die gesamte Schönheit dieser unwirklichen Kraterlandschaft im Morgenlicht der Sonne genießen. Jenny und ich unterhielten uns dabei über Gott und die Welt, lästerten über Leute, die wir gar nicht kannten, und scherzten über FreundInnen in Österreich.

Auch in mir kam in der morgendlichen Kälte ein Gefühl von Sehnsucht hoch. Nicht, dass ich eine Art Heimweh verspürt hätte. Bloß erinnerte ich mich gerne an die Menschen zu Hause und wollte ihnen einen Augenblick lang nahe sein. Nähe suchte ich auch zu Jenny und berührte ihre kalte Hand. Ein kurzer Blick in meine Augen reichte ihr jedoch völlig aus, um mich zu durchschauen. Auch mir wurde bei diesem Blickkontakt klar, dass wir unterschiedliche Vorstellungen einer Freundschaft hatten. Worauf Jenny ihre Hand zurückzog. Es war nicht mehr so, wie es einmal begonnen hatte. Zuvor hatte ich sie bereits schon einmal in mein Herz geschlossen:

Nach Beendigung meines Zivildienstes beschlossen Jenny und ich, einen gemeinsamen Monat lang per Anhalter durch die Alpen zu ziehen. In der ersten Woche kamen wir uns langsam immer näher. Anfangs zufällige Berührungen häuften sich bewusst und füllten sich mit Geborgenheit. In den nächsten Wochen begannen wir, einander zärtliche Küsse zu geben. Niemals mehr bekam ich vergleichbar schöne Lippen und Umarmungen zu spüren wie von dieser wundervollen Frau. In dieser Phase meiner Schutzlosigkeit verschwand alles um sie herum und ich konnte mich auf nichts anderes mehr konzentrieren als auf Jenny. Alle meine Träume und Vorstellungen von Glück. Jedes noch so schöne Erlebnis und meine allerbesten Momente hätte ich gegen Jenny getauscht. Mit etwas Abstand betrachtet, unterstelle ich mir eine gewisse Blindheit und Naivität, die mich damals übermannte. War jenes Gefühl nur deshalb vorhanden, weil ich jemanden an meiner Seite brauchte, so wie es mir mein Urinstinkt befahl? Doch wenn das ein kurzer Augenblick von Liebe gewesen sein sollte, so war ich dankbar, ihn erfahren haben zu dürfen.

Mit dem Fortschreiten unserer Reise wurden auch die Berührungen und das Gefühl wieder weniger und all das, was war, verschwand in unserem Alltag. Auch wenn es wehtat, sollte mir klar geworden sein, dass Vergangenes vergangen war und Neues kommen würde.

Während ich unfähig war, diesen Schmerz der Zurückweisung in Worte zu fassen, teilte mir Jenny mit, dass sie in Österreich einen anderen kennengelernt hatte. Mich durchstieß dabei ein kalter Schauer. Meine Lippen fühlten sich plötzlich völlig trocken an und für einen Augenblick brach eine Schwerhaftigkeit über mich herein, die sich auf meine Brust legte und meine Atemwege straff umklammerte.

Dass ich mich für sie und ihre Bekanntschaft freute, war eine glatte Lüge, die wir wohl beide durchschauten. Dennoch sprachen wir nicht mehr über dieses Thema.

Eine etwas andere Erfahrung brachte das Erlebnis mit einem Ticketkassierer, der Jenny und mir unser Restgeld nicht mehr herausgab. Aufgrund unseres Protestes wollte er uns dann nicht mehr aus dem Bus aussteigen lassen. Somit versuchte ich es mit der Hilfe von Polizisten, die aber recht wenig Interesse an unserem Problem zeigten. Erst als mich ein ahnungsloser Passant an das Fahrzeug drückte, kam Jenny dazwischen und beendete die Situation, indem sie mich wegzog und dem Kassierer das Restgeld überließ. Dabei stellte ich mir ein weiteres Mal die Frage, wie wohl die dahinterstehende Macht beschaffen war, die uns Menschen wegen des Geldes immer wieder gegeneinander aufhetzte.

Mit verschiedenen Transportmitteln gelangten wir zur Fähre, die auf die weltberühmte Insel Bali übersetzte. Um vier Uhr morgens kamen wir in das Stranddorf Lovina, in dem es fast nur teure Hotels und Restaurants gab. Dafür waren wir umgeben von sehr vielen hinduistischen Gebäuden, die mit traditioneller indischer Architektur kaum etwas zu tun hatten. Auf dieser Insel folgt die Mehrheit der IndonesierInnen dem Hinduismus. Da wir uns beide in den letzten Wochen ein paar wichtige Sätze in Bahasa Indonesia beigebracht hatten, fragten wir eine am Morgenmarkt arbeitende Frau, ob wir bei ihr im Haus übernachten dürften. Auf Bahasa hieß das „Bisa saya Tidur di Rumah?" „Bisa, bisa" war ihre freundliche, zustimmende Antwort. Ihre Tochter, die sehr gut Englisch sprach, führte uns in das einfache Haus der Familie, das sie eigens für uns saubermachte, und beschenkte uns mit Papayas und gegrillten Maiskolben. Nach unserem zweitägigen Aufenthalt weigerten sich unsere Gastgeberinnen, Geld von uns anzunehmen, weshalb wir ihnen ein paar symbolische Geschenke da ließen.

Viele andere Dörfer auf Bali bestanden ebenso wie dieses dem Anschein nach ausschließlich aus Restaurants mit englischsprachigem Fernsehen, Pizzen und Bier. Immer wieder wurden wir in diesem Teil des Landes – ob im Bus oder per Anhalter – mit überteuerten Preisen konfrontiert. Mindestens genauso oft wiederholten sich auch die Sprüche der supercoolen Surferboys und halbnackten, besoffenen Teenies, die uns auf Bali ebenso sehr langweilten wie auf den Gili-Inseln bei Lombok. Auf diesen Gili-Inseln war es dank des bald zu Ende gehenden Ramadans noch etwas ruhiger. Es gibt dort bunte Fische, Riesenschildkröten und glücklicherweise keine Autos.

Neben Tafeln, die darauf hinwiesen, aus Respekt vor der heimischen Kultur nicht oben ohne am Strand zu liegen, grillten Touristinnen aber exakt auf diese verbotene Art und Weise ihre zu Fleisch gewordenen Melonen. Zu beobachten war auch, dass sich einige der InselbewohnerInnen in Form einer modernen Sklaverei vom Tourismus abhängig machten. Das Ausbleiben von TouristInnen bedeutet für diese Einheimischen die Bedrohung ihrer gesamten Existenz, weshalb sie manche kulturellen Fehltritt der reichen WestlerInnen akzeptieren. Doch sind solche Geschäftsleute glücklicher, wenn sie 18-jährigen UrlauberInnen Drogen verkaufen oder sie für ein paar Rupie wie Könige bedienen können, weil sie darauf hoffen, doch noch einige ihrer Armbänder und den Schmuck verkaufen zu können. Diese existenzielle „Selbstsorge" führte zum Abbau der althergebrachten hiesigen sozialen Gesellschaft. Die Sorge, selbst für sich verantwortlich zu sein, löst ein individuelles Streben nach Glück, nach einer Selbstverwirklichung aus, die allzu oft im Wunsch nach finanziellem Wohlstand endet. Solche Individualisierungsprozesse werden vor allem in den westlichen Ländern vollzogen und durch politische Strategien in eine globalisierte Wirtschaft integriert, was zum Abbau des Sozialstaates führt. Denn der Irrglaube an eine Freiheit der individuellen Persönlichkeit in dieser hervorgebrachten Form beschränkt den modernen Menschen ausschließlich auf die eine Komponente, nämlich nur mehr KonsumentIn und ProduzentIn in einer Welteinheitskultur zu sein. Da man das expandierende System nicht rückgängig machen kann oder will, muss eben der Mensch angepasst werden. Heute werden die von der Wirtschaftskrise betroffenen BürgerInnen einerseits zum Sparen angehalten, da die Steuergelder zur Rettung der Banken ausgegeben werden, und andererseits dringlich dazu ermahnt, den bürgerlichen Pflichten als KonsumentInnen nachzukommen. Denn nur so würden Arbeitsplätze geschaffen und Wachstum gefördert. Und tatsächlich begnügen sie sich oft mit dieser Version einer unter Zwang stehenden Freiheit, im Sortiment der Supermärkte und Einkaufszentren frei wählen zu können. Die moderne Macht der Bedürfnisbefriedigung hat sich in unseren individuellen Freiheitswahn eingenistet. Doch wollen dürfen wir nur das, was uns unaufhaltsam in den Medien angeboten wird, ohne es tatsächlich zu brauchen. Diese Maschinerie wird nur von der neiderfüllten Gier nach einem begehrten Produkt in Gang gehalten, das aber leider ein anderer besitzt. Die Befriedigung, im Besitz von etwas zu sein, kommt oftmals keineswegs von diesem Objekt selbst her, sondern vielmehr von den neidvollen Blicken der anderen, die dann zu einem hochblicken, sofern man selbst der Besitzende ist. Dies lässt einen zum Beneideten werden. Und beneidenswert will eine jede und ein jeder sein. Denn nur was knapp verfügbar ist, was nicht jede und jeder besitzen kann, gilt als wertvoll. Doch eine solche Abhängigkeit davon, mit den geforderten Lebensstandards auch tatsächlich versorgt zu werden, löst in den Menschen erst recht die Angst aus, nicht mehr eigenhändig für sich und andere Sorge tragen zu können. Diese Besorgnisse heizen den Drang nach einem Immer-Mehr und Immer-Weiter an, da sie auf eine vermeintliche Sicherheit abzielen. Doch da das Leben an sich durch seine Vergänglichkeit in jedem denkbaren Moment bedroht ist, kann es nie genug geben. So einfach ist das.

Durch die sich intensivierenden Handelsverzweigungen mit den Kolonialmächten war es bereits im 19. Jahrhundert zur ersten Globalisierung gekommen, die durch neue Technologien und einer sich damit wandelnden Wirtschafts- und Finanzpolitik zu einer Art neuen Religion des Westens geworden war. „Globalisierung" wurde zu einem gesellschaftspolitischen Schlagwort, um neoliberale Interessen durchzusetzen. Der Ideologie des Neoliberalismus folgte die seit den 1970er Jahren vorwiegend von den beiden Seelenverwandten USA und Großbritannien forcierte Öffnung der Märkte durch die Beseitigung alter Reglements und den Rückzug staatlicher Regelungen inklusive ihrer Gesetze. Das versprach, Wirtschaftskrisen durch neues Wachstums und neue Stabilität dauerhaft zu bekämpfen und durch die regellose Entfaltung der Märkte Wohlstand für alle zu schaffen.

Damals zielte Wachstum auf Wohlstand ab. Nachdem dies im Westen erreicht werden konnte, war fortan das neue Ziel das Wachstum selbst, um sich diesen erworbenen Wohlstand auch dauerhaft sichern zu können. Ein solches Wachstum um des Wachstums willen ist auch das Prinzip einer Krebszelle. Ein unerreichbares Vorhaben, denn dieses angestrebte unendliche Wachstum auf einem endlichen Planeten kann auf lange Sicht gesehen nur in eine Sackgasse führen.

Die immer komplexer werdenden Aufgaben in einer solcherart gestalteten Welt müssen von kompetenteren Fachkräften bewältigt werden, weshalb in den 1970ern das Bildungsniveau in den Industriestaaten angehoben wurde. Durch diese Maßnahme einer gebildeteren Gesellschaft kam es zu einem breiteren Bewusstsein in Hinblick auf die bisher herrschende Ungerechtigkeit zwischen Mann und Frau. Von nun an war klar: Die Frau ist genauso gut wie der Mann. Nur lässt er sie nicht gewähren. Doch da der Markt flexible und mobile Arbeitskräfte braucht, bedient er sich beider Geschlechter. Die steigende Frauenerwerbstätigkeit verändert auch das Machtverhältnis in der Familie. Früher war zum Beispiel der Großvater Bauer, weshalb der Vater und dessen Sohn denselben Weg einschlugen. Heute gilt diese Tradition nur mehr selten als ein natürlicher Prozess und viele individualisierte Junge folgten dem, was der Markt für sich braucht und dem Volk zur Verfügung stellt.

Väter und Mütter gehorchen und vernachlässigen dabei ihre Kinder, die oft den Unterschied zwischen ihrer Tagesmutter und der leiblichen nicht mehr (er-)kennen. Hier gefährdet das neoliberale System das Gleichgewicht zwischen auf dem Arbeitsmarkt in feindlicher Konkurrenz zueinander stehenden MitarbeiterInnen und dem friedlichen Miteinander einer Kleinfamilie.

Der Wohlstand wurde angehoben, doch ist das Verhältnis zwischen Arbeit und Privatleben in einem Ungleichgewicht. Die Arbeitszeiten wurden in den letzten Jahren zwar um rund ein Viertel gesenkt und die Löhne stiegen um ein Vielfaches. Die Lebenserwartung von Frauen und Männern stieg im selben Zeitrahmen um mehrere Jahre.

Das Mehr an Geld und das Mehr an Freizeit verlocken dahingehend, sich dem Massenkonsum zu beugen. Die Strukturen des frühen Kapitalismus, also der Herrschaft weniger über viele, wurden nur durch die Autorität der wenigen und das Gehorsam der Unterdrückten aufrechterhalten. Es herrschte eine völlige Anpassung an die Autorität der Ökonomie. Bereits die Erziehung in der Familie war milieuspezifisch und herrschaftsstabilisierend.

In der frühindustrialisierten Gesellschaft hatte der Vater durch seine ökonomische Stärke, seinen Gehalt und seiner damit verbundene Rolle als Ernährer der Familie eine doppelte Autorität, die wiederum durch seine Anerkennung der Regeln seines Chefs aufrechterhalten blieb. Da diese Autorität auf Angst basiert, der Angst, seine Eltern zu verlieren oder seinen Arbeitsplatz, erzeugt sie bei denjenigen mit wenigen finanziellen Mitteln ein geringes Selbstvertrauen und bei den Privilegierten durch die entsprechende Erziehung Machtgefühle und Stärke. Durch die kapitalistische Kolonialisierung der Lebenswelt mithilfe von Medien und Bildungsstätten sind sämtliche menschliche Äußerungen sehr häufig bereits vorgeprägt und entstehen nicht individuell. Die sich im Zuge der Globalisierung vorwiegend in den Industriestaaten vollzogene Bildungsreform schafft ein steigendes Konkurrenzdenken und verschärft den weltweiten Wettbewerbsdruck. Da die Mächte der Globalisierung nicht mehr zu stoppen sind, wird die neoliberale Sprache der Politiker zu einer Modernisierungsideologie. Der Bologna-Prozess von 1999 hat das Ziel der Beschäftigungsfähigkeit, weshalb sich Bildung nur mehr an der Wettbewerbsfähigkeit der Ökonomie orientiert. So sind selbst die Universitäten zu Wirtschaftsunternehmen geworden, weshalb beispielsweise ein Weiterbestehen linker Vertretungen gegenüber dem konservativ-rechten System immer weniger Unterstützung erhalten könnte. Die neoliberale Stimme predigt, dass am Ende der Gesellschaft im Ganzen höherwertige Berufe zufließen würden, während sich die Arbeit reduziere. Eine solche sogenannte Wissensgesellschaft bleibt jedoch immer ökonomisch diktiert. Das Konzept des lebenslangen Lernens richtet sich auf das Individuum und dessen Fähigkeiten, die jedoch der neoliberalen Logik in einem stahlharten Gehäuse folgen, weshalb durch die Privatisierung von öffentlichen Dienstleistungen wie dem Finanzwesen, der medizinischen Versorgung oder der Lebensmittelproduktion der Abbau von bereits erreichten Standards und des Sozialstaates erfolgte.

Immer mehr Menschen sind nun immer besser ausgebildet. In dieser Form der Weltwirtschaft muss sich jeder von den anderen Gleichen unterscheiden bzw. abheben, weshalb Gemeinsamkeiten verloren gehen. Jugendtreffs, Stammtische, Fußballklubs oder Theatergruppen und selbst Familien lösen sich aufgrund einer solchen Abgrenzung immer häufiger auf. Die hohe Konkurrenz kann sowohl für HandwerkerInnen als auch für ÄrztInnen zu einem persönlichen Problem werden. Durch diese individualistische Ausprägung werden Fehlschläge immer mehr als persönliches Schicksal empfunden, was zur Gefahr für die größten bisherigen Errungenschaften der Bevölkerung werden könnte: Es droht der Verlust der bürgerlichen Öffentlichkeit und der daraus folgende Untergang der Demokratie.

Die 2007 in den USA entstandene Finanz- und Wirtschaftskrise zeigt uns einmal mehr, dass durch fehlende Regulierungen vonseiten des Staates die neoliberale Ideologie zu einer Regellosigkeit und maßlosen Gier führt. Durch die politische Deregulierung und den Mentalitätswechsel der Marktteilnehmer zeigt sie die Habgier Einzelner und wie diese ganze Länder ins Verderben schicken, indem sie ihre Selbstverwirklichung und die Suche nach dem Kick nicht mehr stoppen können. Banken, Spekulanten und andere Profitsüchtige der Finanzwelt ließen die Industrieproduktionen weltweit um zwanzig Prozent fallen. Dies kreierte im Westen Millionen von neuen Arbeitslosen. In Spanien wurde dadurch sogar ein Hungerleiden ausgelöst, von dem über zwei Millionen Kinder betroffen waren. In den Ländern des Südens führte das Spekulieren auf Grundnahrungsmittel zu einem drastischen Anstieg der Hungertoten.

In den Entwicklungsländern gingen Gelder für Investitionen um rund achtzig Prozent zurück. Die verantwortlichen Regierungen gaben lieber Tausende Milliarden Euro den kriminellen Banken in die Hand, um diesen nach ihrem missglückten Raubzug wieder auf die Beine zu helfen. Dieser Betrag hätte für zirka 75 Jahre professionelle Entwicklungshilfe gereicht. Ohne für Massenmord verurteilt zu werden, profitierten einige von der Krise und machen weiter wie bisher, denn die Marktgesetze kümmern sich nicht um ethisches Handeln. Es ist kein organisches System mit Gefühlen, das die Menschheit in sich trägt. Die von der Diktatur der Wirtschaft ermüdete europäische Gesellschaft ist nun an einem Punkt angelangt, an dem sie einen starken bürgerlichen Zusammenhalt braucht und hinaus auf die Straßen gehen müsste. Im Zeitalter von neoliberalen Ideologien und undemokratischen Freihandelsabkommen wie TTIP, CETA, TISA und anderen werden die Errungenschaften der Vergangenheit untergraben und die Vielzahl der europäischen Werte und Identitäten dauerhaft bedroht.

Die Krise gibt uns die Chance für einen Kurswechsel, der eine von Grund auf neue Denkweise erfordert, um ein System zu erschaffen, in dem unter anderem nicht mehr auf Grundnahrungsmittel spekuliert werden kann und das nicht den größten Teil der Weltbevölkerung ohnehin von Vornherein ausschließt. Wie kann das Aufflammen von nationalistischem Rechtspopulismus und anwachsender Terrorgefahr eingedämmt werden, wenn das vorhandene System dasselbe repräsentiert und produziert? Es bedarf einer Stärkung solidarischer und ökologischer Gemeinschaftsgüter, für die sich eine Gesellschaft verantwortlich fühlt, denn das bisherige Handelssystem zerstört Leben, Existenzgrundlagen und Gemeinschaften. Von dieser Notwendigkeit des Umdenkens überzeugt, schlossen sich über fünfzig europäische Organisationen, die Bauern und Bäuerinnen, Gewerkschaften, MenschenrechtsaktivistInnen, UmweltschützerInnen, Netzwerke für einen gerechten Handel und EntwicklungshelferInnen zusammen, um das Alternative Handelsmandat ins Leben zu rufen. Der Mensch will von seinem Wesen her moralisch richtig handeln und in unserer Gesellschaft bieten sich viele Möglichkeiten, sich solcher Sachverhalte bewusst zu werden.

Heute geht es in der westlichen Gesellschaft mehr denn je um die Selbstfindung und die Selbstverwirklichung, die immer in einer Sackgasse enden kann. So verschließen die vielen Formen von Kapital der Mehrheit Optionen, da es als soziales Verhältnis der wenigen Herrschenden daherkommt, in dem viele kaum etwas zu bestimmen haben und diese vielen nur ihre Arbeitskraft verkaufen können. Anstatt um das Vorgegebene, das auf den Erwartungen der Mitmenschen basiert, sollten sich Menschen vermehrt um ihre Eigenbedürfnisse, ihre nach innen orientierten Werte kümmern. Der oft schwierige Weg, sich über sich selbst und seine Werte klar zu werden, könnte in ein solidarisches Miteinander münden: Durch meine Beeinflussung der äußeren Lebenswelt und meine tiefere Orientierung nach innen erlangte ich mehr Klarheit über den Sinn meiner Suche und meinem damit verbundenen Ziel.

Die Frauen, die hier auf den Gili-Inseln versuchen ihre, Souvenirs loszuwerden, wollen keine Leute, die so sind wie ich einer war. Die touristifizierten Busfahrer haben kein Interesse an Jenny und mir, wenn wir die lokalen Ticketpreise für Einheimische kennen. Für mich waren Bali und die Gili-Inseln ein weiteres Beispiel dafür, wie sich das westliche System ungebremst über den gesamten Erdball stülpt und Menschen wie die nette Frau mit ihrer Tochter, die uns eine Unterkunft zur Verfügung gestellt hatten, infizieren kann.

Einst hatten die Einheimischen in diesen Gebieten ihr Grundeigentum zu Spottpreisen an zum Teil aus Europa und Australien stammende Geschäftsleute verkauft, auf dem nun profitable Geldanlagen stehen. Hinter türkisfarbenem Gewässer und weißen Stränden befinden sich in Pools stehende Bars, die zu exquisiten Hotels gehören.

Und noch weiter landeinwärts fand man Jenny und mich, die wir bei einheimischen Essensstand-BesitzerInnen wohnten. Am letzten Tag des Ramadans luden sie uns auf Longton und Kuchen ein. Dem sehr belesenen dürren Mann und seiner lachenden dicken Frau machten die nackten Menschen am Strand nichts aus, da sie diese spezielle Form unserer Kultur respektieren wollten. Wenn wir uns gegenseitig akzeptieren, können wir alle glücklich werden. Das eigene Verhalten spiegelt sich immer in den Reaktionen der anderen wider. Laut dem dürren Kerl befinden wir uns alle in einem Netzwerk, das nur aus einem einzigen Strang besteht. Lässt nur ein Einziger dieses Seil los, kann dies eine Kettenreaktion auslösen und das gesamte Netz zerstören. Doch alle müssen diese Grenzen des Machbaren kennenlernen. Trotz Grenzüberschreitungen ist es unser aller Aufgabe, dieses Netzwerk des sozialen Miteinanders aufrechtzuerhalten. Wir hinterlassen auf unseren Reisen durch das Leben in all denen, die uns begegnen, gute sowie schlechte Erinnerungen, die einem Zweiten oder Dritten zum Verhängnis werden können. Auch unser ökonomisches System ist in dieser globalisierten Welt immer mehr nicht nur mit-, sondern ineinander vernetzt. Wir müssen uns darüber klarwerden, dass bereits der Kauf einer Ware hier auf einem anderen Kontinent erhebliche Kettenreaktionen hervorrufen kann. Auch wenn wir denken, mit unserem Glauben an eine bessere Welt alleine zu sein und als Einzelne nichts verändern zu können, befinden sich immer auch andere in unserer Nähe. In deren sowie in unseren eigenen Köpfen und Herzen existieren und entscheiden wir selbst, ob dies in positiver oder negativer Art und Weise geschehen soll. Jede einzelne Reaktion spiegelt die Welt wider, weshalb es in der Macht des Einzelnen liegt, sich mit der Gesamtheit zu solidarisieren.

14

... Als ich am Abend zuvor mit Jenny am Strand saß, fragte sie mich, welche Gefühle ich ihr gegenüber denn nun wirklich hätte. Nach dieser Frage warf ich einen kurzen Blick auf den Umschlag meines Tagebuchs. Darauf stand immer noch sein Titel: „Die Leichtigkeit des Lebens".

Es fühlte sich so an, als ob ich Jenny gehen lassen müsste. Sie war aber ohnehin schon seit Langem nicht mehr bei mir und nun musste ich sie teilen. Sie, die nie mein Besitz gewesen war. Trotz der Schmerzen darüber waren meine Gefühle ihr gegenüber bisher sehr egoistisch gewesen. War denn selbst diese Art der Zuneigung nur eine Konstruktion? Denn diese Form der Liebe strebte in mir nach Macht, nach dem Drang, etwas zu besitzen. Konnte dieses ökonomische Denken trotz oder wegen der Stiche in meiner Brust überhaupt Liebe bedeuten? Auch wenn der dürre Warung-Besitzer damit recht gehabt hatte, dass wir nie alleine sein können. Auch wenn Jenny immer noch in meinem Herzen war und ich in ihren Erinnerungen vorkam. Auch wenn wir uns auf den Gili-Inseln im Guten getrennt hatten und ich mich einsam auf dem Vulkanberg Rinjani wiederfand. Sie ging von nun an wieder ihren Weg und ich den meinen. Zu wissen, keinen Platz mehr an ihrer Seite zu haben, tat furchtbar weh.

Sie war schon lange fort, schon lange hatte sie sich von mir verabschiedet, schon lange war ich ohne Jenny. Diese endgültige Gewissheit gewährte mir in all meiner Traurigkeit eine kleine Erlösung von meiner Hoffnung auf mehr. Sie löste mich von der Verantwortungspflicht, die ich mir Jenny gegenüber auferlegt hatte.

Um mich abzulenken und wohl auch, um mir eine kurzweilige Flucht meiner Gedanken und Gefühle zu verschaffen, konzentrierte ich mich wieder mehr auf meine Suche und reiste per Anhalter weiter. Rauchende Autofahrer, kreischende Babys, mit Müll überladene Meeresbuchten, die von Zeit zu Zeit mit Abfällen von der staatlichen Fähre Pelni verunreinigt wurden, stinkende Hotels und MotorradfahrerInnen, die mich mitten im Dunkeln stehen ließen, wiesen mir einen Weg voller Überraschungen bis zur Insel Sumbawa.

Dort lernte ich Aaly, Chitra, Winda und Argyl kennen. Sie waren waschechte indonesische RucksacktouristInnen aus Jakarta. Diese gebildeten vier Mädchen und Burschen in meinem Alter luden mich zu einer für mich neuartigen Form des Zeltens ein. Untermatte, Küchenzelt, Kochzeug, Essen, Tee, Kaffee und noch vieles mehr schleppten sie mit sich herum. Und das, obwohl es beinahe überall an jeder Hausecke etwas zu essen gab. Sie waren dermaßen bepackt, als ob sie ihren gesamten Kontinent durchqueren wollten. Mein Plan war es, das Zelt aufzubauen, ein Lagerfeuer zu entzünden und mir gemeinsam mit den IndonesierInnen den Sonnenuntergang anzuschauen. Mit meinen neuen Freunden verhielt es sich allerdings ein wenig anders. Zuerst befragten sie etwa eine Milliarde Menschen, wo wir an diesem Strand am besten campieren könnten. Nachdem uns einige verschiedenste Plätze gezeigt und wir uns Stunden später auf den erstgezeigten geeinigt hatten, sahen uns viele Menschen beim Aufbau zu. Dabei machte ich mit meiner Jugenderfahrung irgendwie alles falsch.

Nachdem ich in die hohe Kunst des indonesischen Lagerbaus eingeführt worden war, ging Chitra in irgendein Haus nebenan, um sich dort zu duschen. Ein solches Verhalten ist in ihrem Land durchaus nicht ungewöhnlich, und zwar nicht nur in Hinblick auf das Duschen, sondern wenn es darum geht, jemanden um alltägliche Hilfestellungen zu bitten, die, wie in Chitras Fall, auch gerne geleistet werden. Auch ich wurde als Gast ihres Landes angesehen und deshalb mit ebensolchem Respekt behandelt.

Nach dem Sonnenuntergang, den wir leider verpasst hatten, entfachten wir das Feuer, in dem ziemlich romantisch mehrere Plastikflaschen verbrannten, die sich in Form von chemischem Rauch durch meinen Luftfilter hinab in meiner Lunge einbrannten. Spätnachts bereiteten meinen FreundInnen auf ihrem Gaskocher mehrere leckere Gerichte zu und danach legten sich die Mädels schlafen, ohne zuvor gegessen zu haben. Nur die beiden Jungs und ich schaufelten alles in uns hinein. Spät schlief ich ein und träumte von Jenny. Im Traum lachten wir so laut, dass es für mich real wurde und ich davon aufwachte. Schön, dass sie mich zum Abschied doch noch einmal besuchte!

Am nächsten Morgen trennten sich die Wege von meinen neuen FreundInnen und mir. Denn um mir mein Visum erneuern zu lassen, wollte ich nach Osttimor einreisen. Allerdings konnte mir keiner der zirka 732 Millionen von mir Befragten erklären, wann denn nun die nächste Fähre von Flores nach Timor ablegen würde. Kurzerhand entschloss ich mich, der Antwort Nummer 265 Glauben zu schenken, denn ohne zu wissen, welcher Tag aktuell überhaupt war, klang der Mittwoch für mich am überzeugendsten.

Auf dem Weg zum Hafen fand ich mich nach kurzer Zeit auf einem Kleintransporter inmitten von Fischfässern wieder. Grüne Reisfelder, Dschungelwälder, Steppen, Flüsse und Wasserfälle – die Inselkulisse zeigte sich ebenso von ihrer besten Seite wie die Einheimischen. Letztere winkten und jubelten und freudige Kids hingen bei jeder kurzen Fahrtenpause in meinen Armen. Da sich der Fahrer kaum an Gravitationsgesetze hielt, schafften wir die 7.476 Haarnadelkurven bis in die kleine Stadt Ruteng in Lichtgeschwindigkeit. Meine einzige Sorge dabei war, nicht verklumpt wie ein kalter Grießbrei auf der Fahrbahn zu enden. Kurz vor Ruteng wurde ich, nachdem ich meine vom Fahrtwind deformierten Gesichtszüge wieder in ihre Ursprünglichkeit gebracht hatte, von Nicky, einem Taxifahrer, und seinen Freunden an der Bushaltestelle zum Fußballspielen eingeladen. Mit jedem herannahenden Bus stoppten wir das Spiel, da die Jungs nach neuer Kundschaft angelten. Der Bus, der diese fünf Kilometer von der Stadt entfernte Haltestelle passierte, blieb hier immer stehen. Die InsassInnen gaben jedem Taxifahrer die Hälfte des Preises, den er für seine Fahrt in die Stadt verlangte. Danach fuhr der Bus samt seiner PassagierInnen weiter bis ins Stadtzentrum. Dies war eine Geste, die die Leute verabredet hatten, um die mager verdienenden Taxifahrer zu unterstützen und sich selbst bei Beendigung der Fahrt an der Bushaltestelle den vollen Taxipreis zu ersparen.

Nicky teilte sich sein Taxi und die Tageseinnahmen mit drei Freunden. Für diese Menschen war es in ihrem Alltag ein natürliches Bestreben, sich gegenseitig zu unterstützen. Sie hatten sich zusammengeschlossen und bestimmten größtenteils mit den wenigen Mitteln, die sie zur Verfügung hatten, über sich selbst und die Gemeinschaft, der sie angehörten. Je mehr Zeit ich hier, auf diesem einst so befremdlichen Kontinent, verbrachte, desto mehr begann ich Europa als das andere, das auf mich fremd Wirkende zu betrachten.

In der Abenddämmerung trank ich mit Nicky köstlichen Palmwein, während seine freundliche Frau neben dem gemeinsamen Sohn, dem einjährigen Gil, Abendessen kochte. In der aus zwei Zimmern bestehenden Holzhütte gab es mit spärlichen Gewürzen, aber reichlich Liebe zubereiteten Reis mit Kraut und Spiegelei.

Mit noch schläfrigen Gedanken erwachte ich am nächsten Morgen recht früh aus einem meiner traumhaften Kindheitserlebnisse. Aus dem Radio in der Küche hörte ich Kirchenlieder und draußen im Garten krähte der Hahn. Es war ein kalter Morgen. Papa war bereits damit beschäftigt, den alten Kamin im Wohnzimmer einzuheizen. Ich wollte noch nicht aus meinem Bett, doch Mama hatte mir bereits Kakao gekocht und die frischgebackenen Weihnachtskekse dufteten bis unter meine Decke.

Mit zunehmender Wachheit verblasste diese wiedererlangte Erinnerung und das Jetzt überraschte mich mit Kaffee und Süßkartoffeln im Hause der indonesischen Nachbarin. Auch ohne Weihnachtskekse und die mich in den letzten Nächten immer wieder einholenden Sehnsüchte fühlte ich mich hier ebenso wohl. Trotz des für mich recht fragwürdigen Versprechens von Nicky, in seinem Dorf alles zu finden, was ich suchte, und dass ich doch noch mehrere Wochen bleiben solle, konnte ich dieses Angebot nicht annehmen. Denn neben dem Visumszwang trieb mich etwas Unbestimmtes voran.

In einer LKW-Karawane gelangte ich bis in den Ort, in dem tatsächlich Menschen auf eine Fähre warteten. Anfangs wollte ich dort, so wie viele andere, im Hafenbüro übernachten, ging dann aber doch noch spazieren. Als ich ein sich im Kanon wiederholendes „Mister, Mister, Mister, Mister" vernahm, bemerkte ich Menschen, die wohl wegen einer soeben fertiggestellten Hausfassade ein Fest veranstaltete, und mich dort mit Hundefleisch, Hühnerinnereien und nur halb ausgenommenem Fisch verköstigen wollten. Hier war der richtige Ort, um eine Schüssel voller Reis ohne jegliche Beilagen erst so richtig schätzen zu lernen. Den an mir Interessierten konnte ich schon einiges in der Sprache Bahasa Indonesia über mich, Europa und mein religiöses Bekenntnis, das ich der Einfachheit halber dieser christlich geprägten Insel angepasst hatte, erzählen.

Zum Dank packte mich eine achtköpfige Familie, die mich zu sich in ihr Zuhause eingeladen hatte, mit ein. Dort duftete es aus der Küche nach selbstgebackenem Brot, das sie in ihrem kleinen Shop verkaufte. Ein Familienmitglied zeigte mir stolz sein selbst geschnitztes Modellholzboot und ein anderes rappte mir seine eigenen Reime vor. Nachts hieß es dann wieder einmal „Du musst jetzt schlafen". Neben meinem indonesischen Freund und sieben mich anstarrenden Gesichtern schlief ich bei Licht, dröhnendem Fernseher und vorgetragenen Liedern seelenwohl ein. In solch schönen Momenten dachte ich immer weniger an Jenny. Es tat gut, sie beiseite zu legen, zumindest für einen Teil dieser Reise. Denn auf dem schnelllebigen Kontinent Europa würde mich mein altes Leben wieder einzuholen versuchen. Auch meine Familie und FreundInnen bewegten sich weiter. Doch für viele würde ich sicherlich noch der Alte sein, der ich gewesen war, bevor mich die AGHS hierherführte. Ich würde mich wieder so verhalten müssen, wie es die Gesellschaft, die Bekannten von mir erwarteten. Doch von außen betrachtet würde wohl niemand bemerken, dass sich innen bereits einiges verändert hatte. Fern war mir diese Festung am Ende der Welt geworden und fragwürdig das Leben, das ich dort geführt hatte.

Mit vierstündiger Verspätung ging es nach einem ausgiebigen Frühstück auf die chaotischste und überfüllteste Fähre, deren Bekanntschaft ich bisher hatte machen dürfen, in Richtung Kupang, einer Stadt auf der Insel Timor. Meine Hautfarbe hätte mir ein Extrabett verschafft, das ich aber dankend anderen überließ. Viel lieber war ich umgeben von Menschen, die sich am Klo vordrängelten, von wo aus sie ihren Plastikmüll über Bord ins Meer warfen, und von anderen, die auf ihren Handys Lieder von System of a Down, Avril Lavigne, Roxette und mir unbekannten Countrysängern abspielten. In diesem Ambiente fand ich mit angewinkelten Füßen eine kleine Ecke am Boden, von der aus ich rund zwanzig im Ozean spielende Delphine beobachten konnte. Nachdem sich die Wassershow wieder beruhigt hatte, schrieb ich Jenny einen Brief über all das, was ich für sie fühlte und ihr nicht sagen konnte. Denn auf Papier fiel es mir oft leichter, meine Gedanken in geordneter Form darzulegen. Erst nachdem ich die Grenze nach Timor-Leste passiert hatte, würde ich ihn abschicken.

Im selben Bus wie Frau Siti mit ihrem dauergrinsenden Bruder, mit dem ich mich relativ gut in der Nationalsprache unterhalten konnte, ging es nach unserer Ankunft weiter in die Grenzstadt Atambua. Es war bereits Freitag und der vorletzte Tag meiner Aufenthaltsgenehmigung in diesem Land war somit angebrochen. Nach einer Übernachtung bei Siti brachte mich der nun schon extra de luxe grinsende Bruder mit seinem Motorrad an die Grenze. Dort verabschiedete ich mich von ihm. Zunächst wurde mein Reisepass kontrolliert, bevor man meine – leider nicht vorhandene – Eintrittsgenehmigung genauer unter die Lupe nehmen wollte. Oha, der Grenzwart teilte mir mit, dass ich ohne eine solche Genehmigung nicht einreisen dürfe. Nach einer langen Bettelei meinerseits und einer noch längeren freundlichen Zurückweisung vonseiten des Beamten wurde mir klar, dass ich nach Kupang zurückmusste.

In meiner unglücklichen Lage erhaschte ich rasch einen Freudenblick auf ein nobles Taxi, das mich, ohne dass ich zu bezahlen brauchte, auf seinem Rückweg nach Kupang mitnahm. Der Fahrer hieß Gorman, ein junger Typ, der irgendwann einmal Pfarrer werden wollte. Da ich eh übers Wochenende warten musste, um mir die Genehmigung bei der Botschaft abzuholen, fuhr ich mit zu ihm nach Hause. Von dort aus begaben wir uns auf eine Inselbesichtigung. Dort besuchten wir seine FreundInnen, die uns in ihren runden Lehmhütten mit Kaffee verköstigten. Weiter ging es in StudentInnenheime, wo mich Jungs mit ihrer Zigarette im Mund und der Kamera in der Hand neben sehr nervösen Mädchen fotografierten. „Mister Bule, Mister Bule", rief es von überall her. Damit war ich, der weiße Tourist, gemeint. Nachts gab es in beinahe jedem Nachbarhaus ein speziell für mich zubereitetes Abendessen, weshalb sich mein immerzu voller Bauch wie gequetschte Äpfel in einer Mostpresse anfühlte.

Hier auf Timor leben viele Menschen mit Kräuselhaaren, die denen der SchwarzafrikanerInnen ähnlich sind. Auch die Mentalität erschien mir hier etwas anders als im Westen Indonesiens, denn im Vergleich haben die Männer hier untereinander viel mehr Körperkontakt. Und als Gorman im Bett, das wir uns teilten, seine Hand um mich legte, um mit mir zu kuscheln, entfloh ich gerade noch rechtzeitig aus der drohenden Löffelchenstellung.

Dies führte mich geradewegs und zeitlich perfekt passend zu der Botschaft, die nun am Wochenbeginn wieder geöffnet hatte. Eine attraktive junge Frau streckte mir dort meine Genehmigung unter die Nase, während sie einen genaueren Blick auf meinen Reisepass warf. Laut ihrer Aussage durfte ich mit meinem Notpass nicht in das Land, das sich von Indonesien abgespalten hatte – namentlich nach Timor-Leste –, einreisen. Ich hatte bereits vierzig Euro wegen Überziehens meines Visums bezahlen müssen. Nun hieß es zusätzlich auf einer kleinen indonesischen Insel, dass ich nicht in das nächste Land einreisen durfte. Hoi, allerdings bot sich im Umkreis von mehreren tausend Kilometern auch kein anderes Land an, das ich zu Fuß oder per Bus erreichen hätte können. Ich sah der jungen Beamtin winselnd in ihre großen, braunen Augen. Das erwiderte sie mit einem tiefen Blick und währenddessen wurden unsere Pupillen immer größer. Über unser beider Netzhäute liefen feuchte Schimmer und zeitgleich begannen wir, ohne genau zu wissen, weshalb, furchtbar zu weinen, dann fiel sie in meine Arme. Mein erster Gedanke war wohl, dass nun meine Reise ihr endgültiges Ende gefunden hatte. Und dabei begann sich unter meiner Haut das Gewicht meines Inneren zu vervielfachen.

In dieser Situation musste ich jedoch zunächst einmal in aller Klarheit darüber nachdenken, weshalb ich mich dem Druck aktiv zu widersetzen versuchte.

Während mich die heulende Frau ein wenig von der AGHS ablenkte, machte ich ihr klar, dass ich als Nächstes auf das Konsulat gehen würde, um mir dort weiterhelfen zu lassen. In dieser schwierigsten und prägendsten Zeit ihres Lebens war es für die traumatisierte und mit Tränen überströmte junge Dame besonders wichtig, stark zu sein. Die Arme versprach mir, sie würde für mich beten und wünschte mir alles Gute. „Möge Gott bei dir sein, du süßer Kerl", waren ihre Worte, die ich zuvor schon des Öfteren gehört hatte. Allerdings von Männern.

Mein nächster Tatort war das Konsulat. Ohne bei meiner dortigen Ankunft irgendetwas gesagt zu haben, wollten mir gleich zehn in Uniform gekleidete BeamtInnen helfen und auf Facebook meine Freunde werden, weshalb ich zuerst einmal ausgiebig für gemeinsame Fotos posieren musste. Nach zwei Stunden Blitzlichtgewitter schaffte ich es endlich zum Oberboss Mr. Moon. Zunächst musste ich etwa eine weitere Stunde lang ihm genau gegenüber auf einem Stuhl ausharren, bis er seine Zigarette genüsslich ausgeraucht hatte. Als ich zu sprechen beginnen wollte, stoppte er mich mit einem hinter der Qualmwand nur schwerlich erkennbaren Handzeichen, denn bevor er mit seiner Arbeit beginnen konnte, trank Mr. Moon noch in sich gekehrt eine Tasse Kaffee. Nun gut, eine Ewigkeit und einer weiteren

Erhöhung seines Lungenkrebsrisikos später durfte ich ihm mein Problem erklären. Ich sagte diesem Mann im – oder doch vom, wenn nicht gar von hinterm – Mond, dass ich aufgrund meines abgelaufenen Visums nach Timor-Leste einreisen wollte. Doch ließen die mich nicht hinein, weshalb er mir doch ein neues Visum ausstellen solle. Ansonsten bräuchte ich einen billigen Flug in ein anderes Land, in das ich mit meinem Reisepass einreisen durfte. Mr. Moon zündete sich derweil eine weitere Zigarette an und unterhielt sich mit seinen KollegInnen, die ich hinter der rauchenden Nebelmaschine bis zu diesem Zeitpunkt noch gar nicht bemerkt hatte. Er schlug mir einen Deal vor, der in etwa so lautete: Der Boss könne mir kein Visum ausstellen. Ich müsse also mit einem billigen Flug in ein anderes Land ausreisen und danach wieder kommen. Das sollte ein Deal sein? Mr. Moon, wo leben sie? Denn das war exakt dasselbe, was ich ihm zuvor vorgeschlagen hatte. Daraufhin schlug ich ihm einen anderen Deal vor: Er solle mich, bis ich einen Flug organisiert hätte, für die nächsten Tage und ohne weiterer Aufenthaltsstrafe im Konsulat wohnen lassen. Das war zwar ebenfalls kein Deal, aber er stimmte meinem Vorschlag zu.

Den ersten Abend verbrachte ich neben mehreren Sicherheitsbediensteten, die alle einen Kopf kleiner waren als ich, und einem Algerier, der beim Versuch, illegal nach Australien einzureisen, erwischt worden war. Den Grund für diese Tat wollte mir dieser Intellektuelle nicht verraten. Nur so viel, dass Tausende Kriegsflüchtlinge einen ähnlichen Weg verfolgen und, wie er, immer wieder auf dem offenen Meer vor der australischen Küste abgefangen werden. Kriegsflüchtlinge aus Afghanistan, dem Irak und anderen Ländern, unter denen sich neben Männern ebenso viele Frauen und Kinder befinden, werden daraufhin aufgrund eines Abkommens zwischen Indonesien und Australien in das bis aufs Mark ausgebeutete Papua verstoßen.

Auch in Europa werden Flüchtlinge, falls ihnen die lebensbedrohliche Überreise auf dem Mittelmeer oder die strapaziöse Passage über den Balkan gelingt, immer wieder mit derartigen Problemen konfrontiert. Die vom Krieg Traumatisierten stoßen dabei allzu oft auf rassistische Vorgehensweisen, die darauf abzielen, sie nach Möglichkeit gar nicht erst an Land zu lassen und wenn doch, so schnell es geht wieder abzuschieben. Wie uneinheitlich sich die europäische Flüchtlingspolitik präsentiert, zeigen Länder wie Ungarn oder England, die weitere Aufnahmen verweigern. Auch der Drei-Stufen-Plan der EU, der vorsieht, sich vermehrt auf Schmugglerbanden zu konzentrieren, reicht noch lange nicht aus. Denn es sollte erst gar nicht dazu kommen müssen, dass Männer, Frauen und deren Kinder aus ihren Heimatländern flüchten müssen. Wenn ein Land wie Deutschland weiterhin seine Waffen exportiert, steht es in der Pflicht, die Verantwortung für die Konsequenzen zu übernehmen. Deshalb können langfristig betrachtet nur unterstützende Maßnahmen direkt in den Krisenländern zur Stabilisierung der betroffenen Staaten effektiv beitragen.

Ich selbst durfte das Konsulat jedenfalls nicht unbeaufsichtigt verlassen, da ich mich im Moment nicht legal im Land befand. Schon am zweiten Abend musste ich den bequemen Herren, die nachts am Boden und auf den Bürotischen schliefen, das Essen bringen. Nur wenige Stunden später ging ich ohne Konsequenzen tagsüber zum Strand und abends wurde ich von den Beamten zum Essen bei deren Familien eingeladen. Im Zuge dessen musste ich immer wieder nett gemeinte Heiratsanträge ablehnen. Außerdem nahm ich am allfreitäglichen Fußballspiel der Konsulatscrew teil. Nachdem ich jede Nacht auf einer anderen Bürocouch verbracht hatte, öffnete ich bereits früh morgens den Konsulatsangestellten die Türen. Ich sah dabei viele an mir vorbeiziehende Menschen auf der Flucht, die nicht so nett behandelt wurden wie ich. Und jeden Morgen musste ich mich bei Mr. Moon in seiner Räucherkammer zu einem Lagebericht einfinden. Ich saß immer zwanzig Minuten vor ihm, bis er seine Zigarette aufgesogen und seinen Schreibtisch bis ins kleinste Detail in Ordnung gebracht hatte.

Nach einigen leeren Versprechungen hatte ich mir dann selbst alles für meine Abreise organisiert. Ich wusste noch nicht, was mich nach meiner Ausreise erwarten würde. Doch mir war bereits jetzt klar, dass ich wieder einreisen wollte und danach exakt von diesem Ort aus weitermachen musste.

Nachdem ich noch eine billiardenmal von meinen neuen FreundInnen fotografiert worden war, bemerkte ich auf dem Weg zum Flughafeneingang, dass der Brief für Jenny noch in meiner Tasche steckte. Wenn sie ihn lesen würde, wüsste sie, wie es um meine Gefühle für sie stand. Doch würde dies irgendetwas an ihren Gefühlen mir gegenüber ändern? Ich lieh mir ein Feuerzeug, legte das Kuvert auf den Boden und zündete es an.

Mir war nun klargeworden, dass das alles nichts ändern würde. Meine Suche sollte nun wieder möglichst ohne Jenny weitergehen.

15

Wie ich es noch aus Indonesien gewohnt war, grüßte ich all jene, die an mir vorbeigingen und lächelte sie an. Verstörte und überraschte Blicke kamen mir entgegen, aber auch reflexartige Lächeln bekam ich zurück. Nach unzähligen Versuchen, in Privathäusern eine Schlafgelegenheit zu finden, gab ich meine Suche allerdings entmutigt auf. Für mich hieß es: willkommen in der Businesswelt Singapurs. In meinem durchlöcherten Shirt, meiner stinkenden Hose und meinem Zweiwochenbart fand ich in der durchgestylten Stadt überraschenderweise einen günstigen Schlafsaal. In dieser sauberen, stillen und auf mich doch etwas leblos wirkenden Umgebung besuchte ich in einem der teuersten und vornehmsten Wolkenkratzern die österreichische Botschaft, um diverse Informationen zu erhalten. Danach hinterließ ich meinen Reisepass auf der indonesischen Botschaft. In den nächsten vier Tagen musste ich in dieser Finanzstadt auf mein Visum warten.

Beim Durch-die-Stadt-Laufen starrten mich die vielen bengalischen Gastarbeiter sehr genau an. Sowohl sie als auch Inder arbeiteten hier als Straßenarbeiter für einen – zumindest für sie – relativ guten Lohn. Einige von ihnen hausten während der befristeten Zeit ihres Aufenthalts in einer leerstehenden Halle auf engstem Raum mit ihren Arbeitskollegen.

Für sie ist diese Welt häufig eine nicht enden wollende Überflutung an Reizen und Bedürfnissen. Der flüssigen Gesellschaft der modernen Reichen, die mit ihrer traditionellen Kultur gebrochen haben, stehen bettelarme Gastarbeiter gegenüber, denen hier aufgrund ihrer festgeschriebenen Lebensformen mit jeder Sekunde immer mehr bewusst wird, wie arm sie selbst sind, dass ihre Existenz hier als unnütz und wertlos gilt.

Der kulturell bunt zusammengewürfelte Tigerstaat hat in wirtschaftlicher Hinsicht schon seit Langem den Ruf als Land der unbegrenzten Möglichkeiten. Diese geben Hochtechnologie-Firmen alle Freiheiten und haben die Schweiz als Finanzplatz Nummer eins bereits überrundet.

Am namentlich perfekt dazupassenden Wohlstandsbrunnen wurde im Wasser mit einer von China gesponserten Lasershow dieser Wirtschaftsethos weiter angekurbelt. „Arbeiten, arbeiten, arbeiten", lautet die Nachricht, die die animierten Geldscheine und der materielle Wohlstand propagieren. Der Alltag der Leute zwischen den Wolkenkratzern dreht sich in einem monotonen Rhythmus aus morgens früh aufstehen, danach arbeiten und abends in die zahlreichen Einkaufszentren gehen, um dort zu konsumieren. Kaufen, kaufen, kaufen! Danach geht man schlafen, denn am nächsten Tag wiederholt sich dasselbe Spiel von vorne. Ist denn Singapur ein Versuchslabor von verrückten Konzernen und WissenschaftlerInnen, die eine menschliche Monokultur herangezüchtet haben, oder doch nur der geeignete Ort für den Homo oeconomicus in seiner höchsten Perfektion? Schlafen, arbeiten, kaufen. Produzieren, konsumieren. Ein Zwangscharakter, an dem der freie Markt, die neoliberale Religion keinen Zweifel zulässt.

Doch während die Wirtschaftspolitik beinahe alles erlaubt, was Geld einbringt, zeigt sich die Regierung den BürgerInnen gegenüber weit weniger offen. Nachdem jahrelang das Kauen von Kaugummi verboten gewesen war, darf man diesen nun ausgestattet mit Personalausweis und Arztrezept konsumieren. Jenen, die achtlos Müll auf die Straße werfen, drohen hohe Geld- oder Sozialdienststrafen. Für Homosexuelle ist Anal- und Oralverkehr verboten. Bei der Ausreise mit dem Auto nach Malaysia muss der Tank noch mindestens zu Dreiviertel gefüllt sein, ansonsten droht eine Strafe. Wenn jemand lügt und dabei erwischt wird, zahlt man oder entscheidet sich alternativ pro ertappter Lüge für drei bis acht Schläge mit dem Rohrstock. Außerdem werden in Singapur im Verhältnis zur Einwohnerzahl weltweit die meisten Hinrichtungen vollzogen, und das durch den Strick.

Als ich nun nach vier qualvoll langweiligen Tagen meinen Pass wieder abholen wollte, sagte mir das dafür zuständige Personal, dass ich mir zuvor erst noch ein Ausreiseticket aus Indonesien besorgen müsse. Ohne fuchsteufelswild zu werden und mich in einer Schwerhaftigkeit zu verlieren, folgte ich den Anweisungen. Weil dies schon der letzte Tag vor meiner Abreise war, musste ich so schnell es ging mit dem Taxi zum Hafen fahren. Dort kaufte ich mir ein Singapur-Indonesien-Fährticket. Zurück in der Botschaft wurde aus der netten Frau, die mir zuvor freundlich weitergeholfen hatte, ein grimmiger Mann, der schon auf seinen Feierabend wartete. Er änderte mein für zwei Monate gültiges Visum, das auf sechs Monate verlängerbar war, vor meinen Augen und ohne Gründe zu nennen um. Es wurde eine einmonatige, auf drei Monate verlängerbare Aufenthaltsgenehmigung daraus. Nachdem ich mich etwas aufregte und zusätzlich den halben Geldbetrag zurückverlangt hatte, knallte mir Mr. Unbeeindruckt eine Tafel vor meine Rübe. Auf dieser stand geschrieben: Schalter geschlossen.

Fürs Erste hatte ich es überstanden. Vordergründig war ich immerhin wieder erleichtert, dass es weitergehen konnte. Am Flughafen begegnete ich noch einem Mann, der bei mir einen bleibenden Eindruck hinterließ. Er trug keine Schuhe und hatte bei unserem wohl dreißigminütigen Gespräch kein einziges Mal mit seinen Augenlidern geblinzelt. Er erzählte, dass er aus keinem Land, aus keiner Nation stamme und auch keinen Namen trage. Der rund vierzigjährige, mit britischem Akzent sprechende Fremde war ein Wissenschaftler, der irgendetwas mit Biologie und erneuerbaren Energien zu tun hatte. Er selbst sprach von sich in der Mehrzahl, da er seinen Körper und seine Seele, seine innere Stimme, getrennt betrachten würde. Er, also die beiden, erzählten mir von einer chinesischen Wurzel, die in naher Zukunft in allen Lebensmitteln enthalten sein und einen großen Beitrag zur Heilung aller menschlichen Krankheiten leisten würde. Auf Basis dieser Wurzel würde in der Schweiz bereits an einer Maschine gebaut, an der er mitarbeitete, die den biologischen Körper völlig durchleuchten und somit Krankheiten wie AIDS, Malaria oder Krebs schon frühzeitig erkennen und heilen könne. Die in Pulverform verwendete Pflanze könne auch als Treibstoff verwendet werden. Alle Automarken würden daraufhin nur mehr schadstofffrei produzieren. Das Wundermittel war angeblich schon bei den Waffen in Gebrauch, die von den Polizisten in Singapur verwendet wurden. Es solle aggressive Menschen friedlich machen und dadurch würde irgendwann die gesamte Welt in Frieden miteinander leben.

Doch was war, so fragte ich ihn nebenbei, mit dem weniger friedlichen Klimawandel, der uns alle qualvoll vernichten konnte? Die Eisfelder schmelzen, das ist Fakt, und der Meeresspiegel hebt sich weltweit unterschiedlich hoch an. Das bedeute, so mein Gesprächspartner, dass es nur die am Äquator liegenden Länder betreffen würde. Afrika würde geflutet und dadurch in einem fruchtbaren Grün erstrahlen. Die eisigen Nord- und die tropischen Südwinde träfen aufeinander, um dadurch weltweit ein angenehmes Klima zu schaffen. Alaska, der Südpol und die sibirische Tundra würden sich ebenfalls erwärmen und wären somit für die Menschheit als Lebensraum nutzbar. Der Wandel würde sich bereits in den kommenden fünfzig Jahren vollziehen, wodurch das Leben eine neuartige Vielfalt der Leichtigkeit erlange.

Tatsächlich hatte ich noch viele weitere Fragen an diesen schrägen, aber durchaus interessanten Kerl. Doch er musste seinen Flug erreichen. Ein weiteres Mal würden wir die Gelegenheit haben, miteinander zu sprechen, und zwar würde ich die beiden in acht bis zehn Jahren irgendwo in Peru oder Ecuador wieder treffen. Ohne ihm irgendetwas von meinem Grund meiner Reise erzählt zu haben, sagte er abschließend mit seiner sehr sanften Stimme, dass ich bei meiner Suche nicht zu sehr meinen Augen und Ohren folgen solle. Nur wenn ich meinem Gefühl vertraute, würde meine Reise zu einem glücklichen Ende führen.

16

Als ich wieder in Kupang gelandet war, bemerkte ich erst, wie sehr mich Singapur aus meinem Reiserhythmus zwischen zwei Welten katapultiert hatte.

Ein Airline-Angestellter ließ mich bei sich in seinem kleinen Zimmer schlafen und brachte mich am nächsten Morgen zur Fähre nach Kalabahi. Zugegeben, den Tipp des schrägen Wissenschaftlers, mehr auf mein Gefühl zu hören, konnte ich nicht anwenden, denn diese Überfahrt war die Idee von Menschen auf Timor gewesen und nicht diejenige meiner inneren Stimme, deren Frequenz ich noch nicht abhören konnte.

Jeffrey, der mich nach der Überfahrt zu sich in sein Lehm- und Holzhüttendorf einlud, war wie die meisten hier katholisch. Da er im nächstgelegenen Ort eine Ausbildung zum Lehrer absolvierte, befand er sich tagsüber in der Schule. Dadurch fand ich Zeit, aus meinem Wörterbuch Bahasa zu lernen. Zumindest so lange, bis Fremde in mein Zimmer sprangen und mich zum „Makan", also zum Essen, riefen. Selbst nach mehreren Tagen musste man mich noch immer mit einem Stock von der Zimmerdecke kratzen, da mich die explosionsartig gestaltete Aufweckzeremonie ständig aus meiner Haut fahren ließ.

Nach diesem Mal relaxte ich anschließend gemeinsam mit anderen auf einer kühlen Terrasse neben runzeligen Omas, die knackiges Gemüse schälten.

An diesem idealen Ort für ein Mittagsschläfchen musste ich an das weit entfernte Balkonien denken. Balkonien war der Grill- und Chillplatz von meinen FreundInnen und mir in meinem vermeintlich gut beschützten und beschützenden Geburtsdorf. Im Sommer verbrachten wir dort so gut wie jeden freien Augenblick. Manches Mal waren die HausbesitzerInnen nicht anwesend und wir machten es uns auf deren großem Besitz trotzdem bequem.

Wie erging es nun dieser alten Gang, deren Mitglieder sich in den letzten Jahren außerhalb des gläsernen Himmels in Wien, Graz, Innsbruck und Oberösterreich angesiedelt hatten? Manche studierten, wenige waren bereits Eltern, andere arbeiteten oder hatten private Gründe, um nicht mehr so oft auf Balkonien zu sein. Vielleicht wussten noch nicht einmal alle, wo ich war, oder sie erfuhren das erst über Dritte. Ich war ja auch fast heimlich, still und leise durch die Schleuse der Ortsgrenze verschwunden.

Nach der indonesischen Mittagshitze und einer Tasse Kaffee sahen wir uns Jeffreys Schule an, in der für eine Theateraufführung geprobt wurde. Als die Dunkelheit hereinbrach, wurde ich von seinem Ausbildner zu sich nach Hause zum Essen eingeladen. Extra für mich gab es wieder einmal zähes Hundefleisch. Nach Hunderten weiteren, aber weniger starken Tassen Ingwerkaffee und ein paar gekauten blutroten Bettelnüssen beobachtete ich Eltern, die mithilfe der Taschenrechner die Mathe-Übungen ihres Nachwuchses erledigten – mit der Begründung, dass die Kleinen es doch noch nicht so gut konnten. Margarete, eine Frau aus einer etwas wohlhabenderen Familie, fütterte ihren fünf Jahre alten Jungen, weil dieser seine Finger nicht von der Spielkonsole lassen konnte.

Das Frühstück bei meiner Gastfamilie bestand jeden Morgen aus süßen, frittierten Leckereien. Mein Drang danach, im Gegenzug dafür etwas geben zu müssen, war oft fehl am Platz. In der Gegend, in der ich aufgewachsen war, ist es üblich, sich für eine Einladung eine Gegenleistung zu erwarten. Hier wurden an mich jedenfalls keine diesbezüglichen Erwartungen gestellt. Ich konnte und durfte so sein, wie ich wollte – und das nicht nur wegen meiner Hautfarbe, sondern auch, weil ich als Gast in ihrem Haus willkommen war. In diesem Teil der Welt stehen die Türen wortwörtlich allen offen.

Jonny, der Sohn von Margarete, erzählte mir, dass mich ein in der Nähe lebender Stamm zu sich eingeladen hätte. Ich nahm dieses Angebot gerne an. Jonnys größte Sorge war, das fünf Kilometer entfernte Dorf, das neben der einzigen Straße dieser Gegend liegt, nicht zu finden. Aber trotz mancher tatsächlich irreführender Wegbeschreibungen schafften wir es nach einigen Minuten doch noch nach Takpala. Die Menschen dort hausen in dreistöckigen, Pyramiden ähnlichen Bambushütten. Demnach befindet sich das kleinste Zimmer ganz oben. Im offenen Erdgeschoss, das etwa einen Meter über dem Boden auf Pfählen steht, bereitete man für Jonny und mich die wohl schon Tausendste Tasse Kophe, also Kaffee, zu. Diese Menschen waren die ersten, mit denen ich mich vollständig in Bahasa unterhalten konnte. Sie zeigten mir handgewebte Tücher und ihre Schwerter, die sie aber nur noch für heimische Schulklassen und BesucherInnen bei sich trugen.

Es war ein gegenseitiges Interesse an der Kultur des anderen ohne zwanghafte Erwartungen. Auf Wunsch der in Lumpen gekleideten Kinder blieben wir die Nacht über in deren Häusern. Es war ein so schönes Gefühl zu spüren, dass sich Menschen einfach nur über meine bloße Anwesenheit freuten. Egal wer oder wie ich war.

Nach dieser vom Wind durchzogenen Nacht legte mir eine der Frauen als Souvenir eine selbstgemachte Holzkette um den Hals. Als ich dabei die Hand dieser Dame festhielt, verlor ich für einen kurzen Augenblick das Gefühl des Bodens unter meinen Füßen. Irgendein unbeschreibliches Gefühl durchfuhr mich, als sie meine Hand umschloss. Ich wusste nicht, was das war, doch trieb es mir Freudentränen in die Augen. Selbst die Kinder standen mit offenen Mündern neben uns und spürten wohl ebenfalls diese Energie, die mich plötzlich umgab.

Wieder alleine, ging es anschließend auf einer wackeligen Fähre in der engen Bucht zu den nächsten Inseln. Nur mühsam kämpfte ich mich dort auf den wenig befahrenen Straßen per Anhalter durch die Wälder weiter zu einem Ort, wo noch mit Pfeilen Walfische gefangen wurden. Am kleinen Strand lagen tote, stinkende Riesensäugetiere, die mit Macheten zerstückelt worden waren. Während ich diesen appetitlichen Anblick genoss, wurde mir eine Preisliste gereicht. Auf dieser stand, wie viel ich zu bezahlen hätte, wenn ich mit einem Speer eigenhändig auf einen Wal oder Delphin einstechen wolle. Der vorwiegend für asiatische TouristInnen kommerziell betriebene Gestank verfaulender Eingeweiden und Geldgier ließ mich sofort ziellos weiterreisen.

In der wunderschön gelegenen Hafenstadt Larantuka erfuhr ich von einer Fähre, die hier nur alle zwei Wochen anlegt. Sie fährt zur Insel Sulawesi, was ich als eine Art Zeichen interpretierte und deshalb diese Chance nützte. Mit achtstündiger Verspätung tuckerte das Monsterschiff ein.

Am Deck angekommen, fand ich Minuten später unter den Sternen meinen Schlaf, und zwar neben Typen, die nicht damit aufhören wollten, mit mir zu sprechen.

Nach etwa 27 Stunden auf offener See fühlte ich mich nach unserer Ankunft in der Stadt Makassar wie in einem neuen, anderen Land. Es gibt dort viele Radrikschas und die Bemos, das sind kleine Taxibusse, die hier nicht mehr bunt bemalt, sondern einfarbig gestaltet sind.

Noch halb verschlafen taumelte ich früh morgens durch die Stadt, als mich plötzlich ein Mann, Mr. Nur, zu sich rief. Mr. Nur war ein erfolgreicher Autohändler, der Besitzer von vier Hotels und wohnte in einer vierstöckigen Villa. Dort hießen mich seine Frau, ihre gemeinsamen zwei Töchter und zwei Söhne für mehrere Tage in der Welt der Reichen willkommen. Thika und Agus, die beiden älteren Kids, unterhielten sich mit mir über Europa. Wie schon so oft zuvor in den bereits bereisten Ländern wurde ich auch hier zu den üblichen verdächtigen Dingen befragt: Ob alle Frauen so sind wie in den Hollywood-Filmen, ob wir wirklich alle so gebildet und wohlhabend sind und ob ich nicht einsam bin, da ich ohne meiner Familie reise. Trotz ihrer großen Sehnsüchte nach Europa, deren Erfüllung sich diese Leute allemal finanzieren konnten, hinderten sie ihre traditionellen Ansichten daran, denn sie hätten ihre gesamte Familie mitnehmen müssen. Sie wussten selbst nicht einmal, warum sie in dieses Europa wollten. Alle wollten, das war Agus Antwort. Trotz der Armut, die mich hier umgab, hätte ich lügen müssen, hätte ich diesen Ausflug in die wohlhabende indonesische Kultur nicht genossen. Bei meiner neuerlichen Visum-Verlängerung hieß es nun zum ersten Mal, dass ich einen Sponsor bräuchte, jemanden, der für mich bürgt. Zum Glück erklärte sich die 19-jährige Thika sofort dazu bereit. Die Beamtin versicherte mir, dass ich als herumreisender Tourist bei der nächsten Visum-Verlängerung meinen Sponsor wechseln könne.

Langsam fühlte ich, dass mir der bürokratische Kram, die brennende Sonne, die sich wiederholenden Gesprächsthemen und Witze wieder einmal etwas zu viel wurden. Ich musste in die kühleren Berge. Agus gab mir den Tipp, nach Rantepao zu fahren, was ich dankend befolgte.

Nach zwei Tagen kam ich in diesem Bergdorf an und verspürte das Verlangen, mich in einem gemieteten Zimmer mutterseelenalleine auszuruhen. In den ersten Tagen bewegte ich mich kaum vom Grundstück meines Gästehauses. Ich war müde: zum einen von den zahlreichen kurzen Begegnungen und zum anderen von meiner Orientierungslosigkeit.

Nach der wohltuenden Rast und neu getankter Energie begab ich mich zu Fuß auf den Weg, um die Berge in der Umgebung zu besuchen. Ausgesetzt mit Reisfeldern zwischen schönen, sanften Felsen zeigte sich mir hier das kühlere Gebiet von Toraja. Die traditionellen Hausdächer erinnerten mich an Wikingerboote, die den Gebäuden in der Danau-Toba-Gegend auf Sumatra ähneln. Vorne am Dach waren Stierhörner befestigt. Je mehr, desto größer war der Wohlstand der BesitzerInnen. Oft sah ich kleinere Versionen dieser Häuser in zwei Metern Höhe auf Pfählen stehen. In diesen wurde die Ernte der Bäuerinnen und Bauern aufbewahrt. Aber nicht nur, erklärte mir Johannis, der mir auf seinem Motorrad freiwillig die Gegend zeigte. Solche Bauten dienen auch als Grabkammern.

Johannis war ein korpulenter Mittdreißiger, der eigentlich auf der Insel Kalimantan lebte und nur wegen der Bestattung einer Verwandten hierhergekommen war. Zuvor hatte er diesen seinen Geburtsort jahrelang nicht mehr besucht und freute sich nun sehr darüber, mir die Gegend zeigen zu können. Auf der Straße fiel mir auf, dass uns des Öfteren vollbeladene Pickups mit schwarz gekleideten Menschen entgegenkamen, und zwar dicht gefolgt von TouristInnenbussen. Johannis und drei junge Mädchen, die mit mir ihr Englisch üben wollten, erzählten mir bei einer Tasse Tee, dass sich diese düsteren Gestalten auf den Weg zu einer Beerdigung befanden. Ebenso häufig sah ich Rettungswagen, begleitet von sehr vielen Motorradfahrern und Autos, die Verstorbene in ihre Häuser zurückbrachten.

Die Beerdigungen waren für alle eine große Attraktion. Es gab sogar Zeiten, in denen sich bei diesen Gelegenheiten ebenso viele schaulustige TouristInnen wie Einheimische sehen ließen. Ursprünglich hatten die BewohnerInnen Torajas den Glauben der Vorväter Aluk To Dolo. Doch nachdem Anfang des 20. Jahrhunderts die NiederländerInnen mitsamt ihren MissionarInnen gekommen waren, wurden sie zum Großteil zu ProtestantInnen, die in ihrem Alltag allerdings nach wie vor eine Mischung aus Altem und Neuerem leben.

Johannis und ich fuhren, nachdem ich für seine Eltern zum Abendessen Fisch gekauft hatte, noch weitere Grabstätten an. In einer Felswand befinden sich Löcher, in der einige Särge ruhen. An diesem Ort befindet sich außerdem eine Art Balkon für Holzfiguren. Diese Figuren werden Tau Tau genannt und sie stellen als eine Art Grabwächter die nachgeschnitzten Ebenbilder der Verstorbenen dar.

Danach machten wir einen Abstecher in eine Höhle. Dort präsentierten sich uns ebenso viele Kindersärge neueren Datums wie bereits verfaulte Särge, aus denen Skelette heraushingen. Vor dieser gespenstischen Grotte hängen zudem hoch über dem Boden oder in Bäumen hölzerne Gräber.

Es leben nicht mehr viele, die dieser Tradition folgen. Es ist allerdings der Wunsch der Elterngeneration, diese Kultur aufrechtzuerhalten, weshalb man immer öfter Geschwister miteinander vermählt. Aus diesem Grund kommt es in und um Toraja auch vermehrt zu Missbildungen bei Säuglingen.

Johannis lud mich für den bevorstehenden Nachmittag ein, der Beerdigung seiner Tante beizuwohnen. Trotz anfänglicher Skepsis stimmte ich zu. Wie schon zuvor bei den Sakkuddei war es angebracht, als Geschenk eine Stange Zigaretten mitzubringen, weshalb ich dieses Mal auch eine besorgte. Mit dem Motorrad ging es über malerische Bergstraßen vorbei an mit Buschwerk bewachsenen traditionellen Häusern, bis wir den Ort der Zeremonie erreichten. Die letzten hundert Meter hinter einer kleinen Siedlung meisterten wir zu Fuß. Schon auf dem Marsch dorthin sahen wir traurige Gesichter, eingehüllt in dunkle Kleidung. Manche brachten auf Bambusstangen befestigte Schweine, die sich quiekend und zappelnd aus ihrer Fesselung zu befreien versuchten. Als ich den Platz betrat, auf dem die Feierlichkeiten stattfinden sollten, durchdrang mich eine unheimliche Stimmung. In einem Hof waren düstere, in Schwarz und Rot gehüllte Bühnen und Sitzmöglichkeiten aufgebaut. Insgesamt glich diese Szenerie einer imposanten Theaterkulisse. Über ihren schwarzen Roben trugen die TeilnehmerInnen rot-grün-gelbe Ketten. Manche Männer und Frauen waren hingegen in rote Gewänder mit zahllosen aufgestickten Mustern gekleidet. In einem liebevoll errichteten zweistöckigen Tempel befand sich der Sarg der verstorbenen Tante. In der Mitte des Hofes waren an künstlich errichteten Palmen Schweine gebunden, die unter der prallen Sonne mit einem grauenvollen Ruf ihrem eigenen Tod entgegensahen. Ihnen allen wurde im Abstand von längeren Pausen nacheinander die Kehle durchgeschnitten. Das tote Fleisch wurde anschließend in Bambusrohre gesteckt, um es in dieser Form über offenem Feuer oder im kochenden Wasserbad für die Gäste zuzubereiten. Zwischendurch spielten Kinder auf selbstgebauten Instrumenten aus Bambus, bevor sich die TorajanerInnen in einer langen Karawane und mit dem Durchlaufen vieler aufeinanderfolgender Ritualen von ihrer Verstorbenen verabschiedeten.

Johannis brachte mich an einen Tisch, der extra für TouristInnen reserviert war, und ließ mich dort zurück. Manche Einheimische grüßten uns freundlich, andere unterhielten sich mit uns. Dennoch herrschte insgesamt eine gedrückte Stimmung, ähnlich wie bei einer christlich-europäischen Beerdigung.

Ich begann mich unter den aus der einheimischen Masse herausleuchtenden Menschen unwohl zu fühlen. Die meisten der anderen acht TouristInnen hatten einen Guide dabei. Mit ihren Kameras hielten sie alles fest, was ihnen vor die Linse kam. Aber erst, nachdem ich meine vorurteilsbehaftete Einstellung hinterfragt hatte, fiel mir auf, dass einige IndonesierInnen ebenfalls Fotos schossen. Vielleicht ist es tatsächlich eine Art Statussymbol, wenn westliche UrlauberInnen auf einer solchen Veranstaltung erscheinen. Die insgesamt dreitägige Zeremonie endet mit einem Kampf zwischen zwei Stieren, wobei nur ein weißer Bulle eines der wertvollsten Opfer abgab. Am letzten Tag wurden die ohnehin schon angeschlagenen Tiere geschlachtet und ihr Fleisch wurde unter den Mittrauernden verteilt.

Unter diesen Menschen war meine Anwesenheit akzeptiert. Ich fühlte mich jedoch kein einziges Mal dazugehörig, weshalb ich erleichtert war, als das Spektakel zu Ende ging. Es war jedenfalls ein sehr mystischer Ort, an dem ich einiges missverstanden und mich zudem recht unwohl gefühlt hatte.

Über eine kurvenreiche Straße ging es durch Bergdörfer, die nach frisch geschnittenem Holz dufteten, und ich gelangte ans Meer nach Pelopo. Ein kurzer, aber langwieriger Ritt auf einem Minitransporter endete mit einem Platten. Das Ersatzrad hatte bei Weitem mehr Löcher als der kaputte Reifen und hinter dem abgefahrenen Reifenprofil lachte uns bereits der Draht entgegen. Nach weiteren fünf Kilometern hatten wir die nächste Panne. Wenig überraschend, war diesmal der Ersatzreifen dafür verantwortlich gewesen. Als Nächstes nahm mich ein schwer mit Holz beladener Sattelschlepper im Schritttempo Richtung Norden mit. Da es sowieso nur eine Hauptstraße gab, fiel mir die Entscheidung nicht allzu schwer, wohin es für mich als Nächstes gehen sollte. Der Fahrer und sein jugendlicher Lehrling sprachen kein Wort Englisch, weshalb wir uns in ihrer Nationalsprache unterhielten. Andika, so der Name des Fahrers, transportierte Eisenholzbäume, die aus dem Morowali-Naturschutzgebiet stammten. Dieses Gebiet bestand aus einer reichen Biodiversität – noch, denn es war bereits seit Längerem in akuter Gefahr: Nachdem die indonesische Bergbaufirma PT – Gemah Ripah Pratama eine Genehmigung für Nickelbohrungen mitten im Schutzgebiet des Regenwaldes bekommen hatte, begann sie mit illegalen Rodungen. Das zügige Voranschreiten des Straßenbaus durch die kleinen Dörfer war ein drastisches Zeichen dafür, dass hier in Zukunft immer mehr Bäume sterben würden. Andika war nicht bewusst, welches Unheil er bereits als Einzelner für Mensch und Natur anrichtete, denn ihm ging es ausschließlich darum, genügend Geld zu verdienen, um seine Familie mit den vier Kindern durchzubringen. Aber wer kann ihm das verdenken?

Nachdem wir uns getrennt hatten, wartete ich inmitten des bedrohten Waldes auf meine nächste Mitfahrgelegenheit. Es wurde einmal mehr ein Fischtransport. Neben dem Beifahrer und zwischen den mit Eis und Fisch befüllten Styroporkisten ging es in einer Drei-Wagen-Kolonne weiter. Mit Höchstgeschwindigkeit näherten wir uns unweigerlich der Dämmerung. Nachdem ich eingeschlafen war, wurde ich in der Dunkelheit vom jungen Beifahrer wenig sanft geweckt.

Wir legten in einer einsam am Straßenrand gelegenen Bar einen Teestopp ein. Dort herrschte eine sehr bizarre Szenerie, die mir das so freundliche Indonesien von einer ganz anderen Seite zeigte. Vor der Bar standen mehrheitlich LKWs, die entweder Holz oder Fisch von einem Ende der Insel Sulawesi zum anderen beförderten. Aus dem Lokal schallten alte Rock-Songs, zu deren Rhythmus sich junge Frauen bewegten, die eindeutig unter Drogen standen. Draußen im dunklen Wald zirpten friedlich die Grillen vor sich hin. Der Fahrer des Fischtransporters packte eines der Mädchen grob am Hintern, zog es heran und bot es mir an. Die Bar war also ein Bordell, das nachts aufrichtige Familienväter, bekennende Christen und Muslime besuchten, um sich geheime Momente mit sehr jungen Frauen zu gönnen. Eine der Teenagerinnen, sie war mit einem Shirt mit Teddybär-Aufdruck bekleidet, setzte sich auf meinen Schoß, zeigte mir ihre Brüste und wiederholte mehrmals das Wort „ficken". Die rauchenden Männer neben mir applaudierten und begrapschten gleichzeitig andere Kellnerinnen, die an ihnen vorbeigingen. Ich verschloss mich den Ereignissen und konzentrierte mich auf das lauter werdende Zirpen der Grillen.

Es war eine angenehm kühle Nacht inmitten einer Berglandschaft. Nun waren schon einige Monate vergangen, seit ich meinen kalten Atem in Form von Dunst aufsteigen gesehen hatte. In diesem Moment erinnerte ich mich an die E-Mail, die ich von meiner Mutter vor zwei Tagen erhalten hatte, und ließ die Gestalten um mich aus meiner Wahrnehmung verschwinden. In der Nachricht hatte sie mir mitgeteilt, dass mein Opa bei einem Verkehrsunglück zu Tode gekommen war. Er war auf einen rasch bremsenden Lastwagen aufgefahren, wodurch der Airbag-Aufprall seinen Herzschlag gestoppt hatte. Auch wenn sich meine Großmutter und die große Mehrheit im Dorf sicherlich gewünscht hätten, dass ich auf seiner Beerdigung erscheine, nahm mir meine Mutter diese Entscheidung überraschenderweise ab und bestand darauf, dass ich die Reise nicht abbrechen solle. Mir selbst war mit Beginn meines Abfluges bewusst gewesen, dass mich nichts zurückbringen würde, solange ich nicht gefunden hatte, was ich suchte.

Nebenbei beobachtete ich meinen aufsteigenden Atem, der sich mit der Luft des Waldes vereinigte. Ich vermisste die Jahreszeiten. Wieder erinnerte ich mich an Auszüge aus meiner Kindheit. An einem Sommer in den Schulferien besuchten meine älteren Geschwister und ich für eine Woche Opa und Oma. Sie lebten damals noch in einem alten Bauernhaus, das sie später renovieren ließen. Der Geruch nach frischem Holz hier im Regenwald erinnerte mich gerade daran, wie ich damals Opa beim Holzhacken helfen musste. Der Alte war nach außen hin ein rauer und starker Mann gewesen. Der Grund dafür war wohl, dass meine Oma und er es in ihrem Leben oft nicht einfach gehabt hatten. Gezeichnet von den Weltkriegen, mussten sie die meiste Zeit ihres Lebens schwer arbeiten, um für sich und ihre Kinder genügend Essen auf den Tisch zu bringen. Sie besaßen eine kleine Landwirtschaft mit mehreren Schafen und drei Milchkühen, die ihnen zwar nützlich waren, jedoch viel Zeitaufwand mit sich brachten. Selbst als ich schon geboren war, gab es bei meinen Großeltern jeden Morgen und jeden Abend frische, von Hand gemolkene Milch. Oma kochte sie auf, gab ein paar Erdäpfel, Sauerrahm, Salz und Pfeffer dazu und wir aßen diese Speise mit darin aufgeweichten Brotbrocken. Im Herbst gab es immer einiges zu tun. Meine Großeltern besaßen viele Obstbäume, deren Früchte zu Säften, Marmelade oder Schnäpsen verarbeitet wurden. Ich konnte mich auch daran erinnern, dass Opa einmal beim Absägen eines Astes hoch oben auf einem Baum das Gleichgewicht verloren hatte und in die Tiefe stürzte. Er brach sich dabei beide Beine.

Leider wurde meinem Opa sein selbst gebrannter Schnaps mit den Jahren zum Verhängnis, was nun schlussendlich zu seinem tragischen Tod geführt hatte. Was viele nicht hinterfragten, war, dass er selbst keine rosige Kindheit gehabt hatte. Arbeiten und Prügel standen für ihn auf der Tagesordnung. Für einen Schulbesuch war kein Geld vorhanden und auch keine Zeit, da auf dem Feld geschuftet werden musste. Die Beziehungen zwischen den Eltern und ihren Kindern basierte damals meist nicht auf jener Art von Freundschaft, wie sie heute in Familien oft die Regel ist. Darum sollten Eltern heutzutage die Chancen, die die Möglichkeit von geringeren Arbeitszeiten für solche Freundschaften bieten, umso mehr nützen. Diese nicht vorhandene Beziehung in seinen jungen Jahren war wohl einer der Gründe, warum die sonntäglichen Frühschoppenbesuche meines Großvaters im Laufe der Zeit immer länger und ausfallender wurden.

Ich war damals noch zu klein, um das alles bewusst mitzuerleben, das meiste wusste ich aus den Erzählungen meiner Geschwister. Opa trank immer mehr und wurde immer aggressiver. Seinen Frust ließ er allzu oft an Oma aus, die das mit blauen Flecken büßen musste. Warum mein Vater und seine Geschwister diese Handlungen ignoriert hatten, verstand ich nie, es wurde aber auch nie über deren schlechtes Verhältnis zu ihrem Vater gesprochen. Den auch mein Papa unterdrückte nichtssagend die Beziehung zu meinem Großvater.

Oma stand bis zum Schluss an der Seite ihres Mannes. Zwischendurch verließ sie ihn tageweise oder für einige Wochen. Doch er kam immer wieder angekrochen und sie vergab ihm, in der Hoffnung, dass er sich dieses Mal ändern würde. Sie stand dabei unter dem selbst auferlegten Druck, nicht die Schuld daran tragen zu wollen, die Familie zerstört zu haben. Doch er änderte sich bis zum Schluss nicht. Opa war kein schlechter Mann gewesen. Für mich war er ein armer Kerl. Nach außen hin stark, doch innen gebrochen, was oft erst im Suff durch seine Tränenausbrüche zum Vorschein kam. Da redete er über die schlechte Beziehung zu seiner Familie, das wenige Materielle, was er zu bieten hatte, und von seinem Eingeständnis, seinem Drang nach Alkohol nicht Herr werden zu können, was ihm Grund genug für eben dieses Verhalten war.

Nüchtern gab es solche Eingeständnisse nie, denn er hatte, wie er sagte, keine Probleme. Opa versteckte sich in den letzten Jahren seines Lebens immer mehr in seiner eigenen Welt und spann sich gedanklich wirres Zeugs zusammen. Oma würde ihm fremdgehen und seine Kinder seien schuld daran, wenn sie ihn wieder verlassen würde. Das tragische Leben meines Großvaters war ihm selbst wohl nie wirklich bewusst. Es steckten sicherlich auch Probleme in ihm, die er nicht mit Worten ausdrücken und somit aufarbeiten konnte. Der einzige ihm logisch erscheinende Ausweg war das Trinken, das aber dazu führte, dass er am Ende beinahe alleine in seiner unglücklichen, schmerzvollen Welt dastand.

Im Laufe des Herbstes fielen die Blätter langsam von den Bäumen. Der alte Nussbaum, von dem mein Großvater einst gefallen war, stellte seine Wasserversorgung ein und legte sich schlafen. Mein Opa war nun ebenfalls in der vierten Jahreszeit seines Lebens angelangt: im wunderschönen Winter, wo alles unter einer weichen Schneedecke ruht.

Derweil hatte ich in Österreich nichts zu suchen. Ich war erst im Frühling meines Lebens angekommen und meine Knospen hatten gerade erst zu blühen begonnen. Eine trauernde Familie würde mir im Moment kein willkommenes Gefühl bereiten. Doch genau dieses Gefühl beschlich mich nun, als ich im Hafenort Ampana neben meinem wenig charmanten Fahrer aufwachte. Wir waren die ganze Nacht durchgefahren und ich stand nun am Eingangstor dieser touristischen Inseln der Molukken. Mit einer Fähre setzte ich auf die Inseln über. Ich spürte, dass ich etwas Ruhe und außerdem „westliche" Gespräche brauchte. Dieses Verlangen stillten an Bord kurzfristig zwei niederländische Frauen und ein tschechisches Pärchen. Zwischen Einheimischen und diesen EuropäerInnen fanden witzige Gespräche statt, wie ich sie schon tausendfach gehört hatte und deshalb nur stillschweigend mitlauschte. Ich nahm das Angebot meiner neuen Reisebegleitungen an und fuhr gemeinsam mit ihnen auf die Insel Kelidiri. Dieser Ort bestand aus drei, zum Teil von EuropäerInnen geführten Hotels. Es gab nur einen Strand, an dem sich wunderschöne Korallen fügten. Dort hatte ich mit den beiden Niederländerinnen ein nettes Gespräch über das Leben und den Tod, doch herrschte hier ein verzerrtes Bild der Welt: Traumstrand, Kokosnüsse und nacktes Menschenfleisch veranlassten mich trotz ihren Verlockungen, am nächsten Tag weiter auf die Insel Malenge zu fahren. Iwan, ein Hotelangestellter, wartete dort an der Anlegestelle auf TouristInnen wie das tschechische Pärchen, weshalb meine FreundInnen und ich mit einem kleinen Boot auf die andere Seite der Insel gebracht wurden. Einsam gelegene Hütten unter Palmen und ein türkisfarbenes Meer umgeben von Korallen luden zu einem romantischen Aufenthalt zu zweit. In diesem Moment musste ich nun doch wieder an Jenny denken. Mit meinen etwas traurigen Gedanken verabschiedete ich mich deshalb von den beiden und fuhr mit Iwan zurück ins Dorf. Der Indonesier wollte mich gegen Bezahlung auf der Insel herumführen. Verständlich, denn mit seiner 14 Jahre alten Frau und einem kleinen Baby lebte der 28-Jährige in einer verwahrlosten Hütte. Trotz seiner finanziellen Lage erkundete ich die kleine Insel lieber alleine, ohne mich vor ihm rechtfertigen zu wollen.

Ich sah farbenfroh leuchtende Vögel und über meinem Kopf schwangen Makaken an mir vorbei. Anfangs noch verfolgt von lediglich zwei Kindern, wurden es beim Spaziergang durch das Dorf immer mehr. Auch Erwachsene schlossen sich uns an. Sie zeigten mir einsame Strände und mit einigen schnorchelte ich über den Korallen und beobachtete bunte Fische. Kokospflücker holten uns mit ihren Macheten Erfrischungsgetränke aus den Gipfeln der Palmen und die Älteren zeigten mir, wie sie auf den Holzstegen fischen. Immer, wenn ein Fisch am Haken anbiss, schleuderte der Angler seinen Schuh auf die Bretter unter sich und zog gleichzeitig an der Schnur. Die Tiere erschraken und verhedderten sich in ihrer Beute. Einige dieser farbenfrohen Fische wurden für rund dreißig Euro pro Kilo nach Japan verkauft. Damit sie bei ihrer Ankunft nicht entstellt aussahen, ließ man sie an Land qualvoll ersticken.

Zudem wurde mir täglich ein kurzer Wolkenbruch geboten, der in der Bucht dramatische Wellen zerschmetterte. Anschließend spannte sich ein Regenbogen über den Himmel, der am Horizont im schier endlosen Meer verschwand. Diese Unwetter erinnerten mich daran, wie ich als kleiner Bub nur mit meiner Badehose bekleidet auf dem warmen Asphalt im strömenden Regen herumsprang.

Die Menschen hier freuten sich darüber, dass ich ihr Dorf besuchte. Die Frau, in deren Gästehaus ich wohnte, bekochte mich immer aufopfernd und gemeinsam aßen wir zum Frühstück Schoko-Nuss-Matarbak, zu Mittag scharfes Sambal mit Reis, gebratenen Fisch und Kürbissuppe. Als Nachspeise wurden unter anderem in Kokosnussmilch gekochte Süßkartoffeln mit Palmzucker gereicht. Diese Mama flickte auch meine zerrissenen Kleider, ganz so, wie es früher auch meine Mutter für mich immer getan hatte. Während dieser Tage machten die Kids, die mir nach wie vor auf meinen täglichen Spaziergängen folgten, jedes Geräusch nach, das ich von mir gab. Ich begann mit einem Indianerlied, das ich aus meiner Kindheit kannte und mir plötzlich wieder ins Bewusstsein rief, und die bis zu zwanzig Kinder sangen mit: „Nitschi tai tai enowai, oranika oranika, hey jou hey jou, ouwai". Keine Ahnung, welche Bedeutung das Lied hat, aber im Rauschen der Wellen hörte es sich verdammt gut an.

Als mit der Dämmerung wieder ein heftiges Gewitter über uns hereinbrach, setzte ich mich alleine auf die Terrasse, deren Pfeiler bis ins tobende Wasser hineinreichten. Mit fortschreitender Dauer des Gewitters legte sich der Wind und ließ einige Sternschnuppen durch den sich aufklarenden Kosmos blitzen. Als sich im Wasser Tausende kleine, leuchtende Fische wie die Spiegelbilder dieser verglühenden Sternenschweife zeigten, verschmolz der Übergang zwischen Himmel und Ozean zu einer Gesamtheit. Einige kleine Fische sprangen aus dem Wasser und verschwanden als Sternschnuppe am Himmel. Gleiches geschah mit einigen Himmelskörpern, die sich im Wasser zu leuchtenden Tieren verformten. Ein atemraubendes Naturschauspiel nahm mich in sich auf und ließ mich all die Schwerhaftigkeit vergessen, die mich auf meiner Reise immer wieder heimsuchte. Das Oben verschwamm mit dem Unten und ich verlor völlig den Boden unter meinen Füßen. Raum und Zeit schmolzen ineinander und meine Vergangenheit erschien mir so klar und nahe wie schon lange nicht mehr. In dieser Nacht war mir die Natur für wenige Augenblicke nicht mehr fremd und ich fühlte mich in ihrer Gesamtheit daheim. Dabei erschienen mir die Worte von Johannis aus Kalimantan wieder in meinen Gedanken. Würde ich wahrhafte Magie kennenlernen wollen, müsste ich zu den Medizinmännern auf seine Insel kommen. Nirgendwo sonst auf der Welt lebten so viele Geister unter den Lebenden wie auf dieser Insel. Dort könne man mir bei meiner Suche vielleicht weiterhelfen.

Dann strich mir eine aufkommende Windböe über mein Gesicht und ein plötzlicher Knall weckte mich aus meinem verträumten Dasein. Wolken verhüllten ein weiteres Mal den Mond und ließen die Fische wieder Tiere des Meeres und die Sternschnuppen sterbende Körper des Himmels sein. Der Knall wurde vom Wind hervorgerufen, als er den Stuhl, auf dem ich mich gerade befand, umwarf. Wie konnte das sein? Ich hatte doch mit meinem gesamten Gewicht darauf gesessen.

17

Da das offensichtlich mein Schicksal sein sollte, nahm ich das Angebot eines von einem Ehepaar gebuchten Taxifahrers an, sie von Atambua bis in das elf Stunden entfernte Palu zu begleiten. Ohne sich auch nur eine einzige Atempause zu gönnen, schaffte es der Fahrer, die gesamte Strecke hindurch auf mich einzulabern.

Nach unserer Ankunft in der heißen Küstenstadt Palu litt ich dementsprechend an rauchenden Gehörgängen und bereits nach einer Sekunde unter der heißen Sonne Palus hatte ich einen krassen Sonnenbrand, auf dem sich eine weitere Sekunde später mit Wasser gefüllte Blasen bildeten, wie es für Verbrennungen des 18. Grades typisch ist.

Abkühlung erhielt ich erst, als sich der fetteste schwimmende Wolkenkratzer, den ich je gesehen hatte, im Hafen vor die Sonne stellte und mich kurz darauf die Nacht hindurch in die boomende Ölstadt Balikpapan auf der Insel Kalimantan brachte. Dort begegnete ich dem jungen Straßenmusiker Ramu, der sich seinen Unterhalt mit Ukulelespielen und Tätowieren verdiente. In einem sehr einfachen Studentenheim, wo die Mädchen im Erdgeschoss und die Jungs im ersten Stock wohnten, stellte mir Ramu seinen Freund Aghmad vor. Aghmad war ein dunkelhäutiger Südafrikaner, der, ebenso wie sein ägyptischer und südkoreanischer Wohnkollege, im Zuge eines Auslandssemesters Bahasa Indonesia studierte. Aghmad verdiente sich ein kleines Nebeneinkommen, indem er an einer Schule Englisch unterrichtete, wohin ich ihn belgeiten durfte. Die dortigen LehrerInnen wollten, dass ich den SchülerInnen etwas über Europa erzähle. Sie baten mich, ein langärmeliges Hemd überzuziehen und meinen Nasenring zu entfernen. Ihnen persönlich sei es zwar völlig egal, wie ich aussah, doch der Tradition halber solle ich in dieser Grundschule aufgrund der Vorbildwirkung nicht in meiner üblichen Erscheinung auftreten. Wegen dieses zunehmenden Drucks von außen, mein Äußeres zu verändern, bevor ich mich den Kindern überhaupt vorstellen hatte können, sah ich keinen anderen Ausweg, als das Angebot abzulehnen. Die Lehrkräfte selbst wollten alles über mich erfahren, doch den Kindern versperrten sowohl sie als auch ich durch meine Sturheit diese Möglichkeit.

Die Universität durfte ich mit den Gaststudierenden hingegen ohne Probleme betreten und ich wurde dort von ihrer Professorin herzlich aufgenommen. Spontan änderte sie das für diese Stunde geplante Thema und wollte von mir wissen, wie es mir hinsichtlich der verschiedenen kulturellen Alltäglichkeiten bisher auf meiner Reise ergangen war. Nach diversen Berichten meinerseits erklärte uns die Frau Professorin aufgrund meiner dahingehenden Anfrage einiges über die ökologischen, ökonomischen und politischen Probleme in ihrem Land, die westliche Institutionen meist nur schlimmer machen. Die drei wohl einflussreichsten Organisation in dieser Hinsicht sind die Weltbank, der Internationale Währungsfonds (IWF) und die Welthandelsorganisation (WTO).

Die Weltbank, die sich weitgehend aus den Krediten ihrer Schuldner finanziert, wurde zur Finanzierung des Wiederaufbaus Europas nach dem Zweiten Weltkrieg gegründet. Von den Vereinten Nationen entwickelt, hat sie sich die Bekämpfung der Armut zu ihrer größten Aufgabe gemacht, indem sie staatliche Entwicklungsprojekte unterstützt. Deshalb stellt die Weltbank den wirtschaftsschwachen Staaten Kredite zur Verfügung. Ohne Rücksicht auf Umwelt und Menschen werden Großprojekte wie Riesenstaudämme, Ölpipelines und Wasserkraftwerke finanziert. Multinationale Konzerne verdienen daran und die vertriebene Bevölkerung muss darunter leiden.

So zum Beispiel im ölreichen Entwicklungsland Nigeria. Nigeria zählt mit seinen Bodenschätzen zu den reichsten Staaten der Welt. Damit es in diesem Land zu keinen Hungeraufständen kommt, sponsert die Weltbank ein Minimum an Sozialleistungen. Sie füttert jährlich mit rund zwei Milliarden Dollar die Ölherren und verweigerte gleichzeitig Ländern, die über keine Rohstoffe verfügen, Gelder für deren Entwicklung. Damit die Banken, die solche Projekte finanzieren, kein Risiko des Scheiterns eines Bauprojektes eingehen, wird dies von westlichen Regierungen übernommen. Kommt es zu Naturkatastrophen, Putschen, Währungskrisen oder Kriegen, wird ein Milliardenprojekt abgebrochen und der Staat, das heißt die SteuerzahlerInnen, kommen für diesen Schaden auf. Die Weltbank schert sich offensichtlich nicht darum, ob sie Demokratien oder Diktaturen unterstützt. Den Industriestaaten, besser gesagt ihren KonzernvertreterInnen, gehören die größten Anteile an dieser Bank, weshalb sie mehr Stimmrechte haben als die sogenannten Entwicklungsländer. Diese Zuschreibung unterstellt den betreffenden Staaten übrigens, zumindest nach den Vorstellungen dieser „Interessensvertretungen", in keinster Weise entwickelt zu sein. Die Regierungen der dergestalt in der Kreditfalle gelandeten Länder verpflichten sich in der Folge zur Durchführung eines Strukturanpassungsprogrammes, das nicht den Menschen, sondern wiederum nur der neoliberalen Logik des freien Marktes zugutekommt. Um die Schulden zurückzahlen zu können, muss ein solcher Staat soziale Ausgaben für Bildungseinrichtungen, Krankenhäuser, das Gesundheitswesen im Allgemeinen, Gehälter und Arbeitsrechte kürzen. Solche Institutionen, die eigentlich dem Gemeinwohl dienen sollten, werden dem Staat entzogen und privatisiert, womit die Reichen noch fettere Profite erzielen. Wie sollen diese Staaten je aus der Krise kommen, wenn ihnen durch diesen Ausverkauf der Weg zur Deckung ihrer existentiellen Bedürfnisse wie Wasser, Land, Bildung und medizinische Versorgung verwehrt wird?

Der IWF wurde gegründet, um unter den verschiedenen Währungen stabile Wechselkurse zu gewährleisten. Da an die Entwicklungsländer nur Kredite vergeben werden, wenn diese Devisen, also stärkere ausländische Währungen, besitzen, müssen sie ihre Rohstoffprodukte verkaufen. Der IWF verlangt dafür die Ausbeutung von Rohstoffen wie Kakao, Tee, Bananen, Kaffee, Baumwolle, Öl und andere, denn die Länder des Südens erhalten nur auf diese Weise die notwendigen Devisen. Die Refinanzierung ihrer Schulden wiederum wird nur durch die Strukturanpassungsprogramme gewährt, denen auch die EU-Mitgliedsstaaten seit der Wirtschaftskrise ab 2008 der Reihe nach zum Opfer fallen. Kurzum: Gibt es keine sozialen Einsparungen, werden keine Kredite von jenen vergeben, die selbst das Gros an Steuervorteilen genießen. Außerdem arbeitet der Internationale Währungsfonds sehr eng mit der Weltbank zusammen, die beide Bestandteile des UNO-Systems sind. Die Institution sollte das weltweite Wirtschaftswachstum fördern und dafür sorgen, dass die Entwicklungsländer ihre Schulden auch abzahlen können. Somit ist eine weitere Aufgabe des IWF, den freien Handel zu fördern und selbst demokratische Staaten für private Konzerne zu öffnen. Haiti musste zum Beispiel infolge des Strukturanpassungsprogramms den Schutzzoll für ausländischen Reis von dreißig auf drei Prozent reduzieren. Das führte dazu, das der künstlich preisgedrückte Billigreis den einheimischen Markt zerstörte. Haiti muss seither achtzig Prozent seiner mageren Einnahmen für Lebensmittelimporte aufwenden. Als sich der Weltmarktpreis für Reis 2008 verdreifachte, konnte der Staat nicht mehr genügend Reis einführen und der Hunger verbreitete sich so schnell, wie sich die Konten einiger weniger Nahrungsmittelspekulanten füllten.

Dazu gibt es noch unzählige weitere Beispiele: Selbst ganz Afrika gab 2010 insgesamt 24 Milliarden Dollar für den Import von Lebensmitteln aus. Diese Länder des Südens müssen häufig außerdem noch Schulden abbezahlen, die ihre (einstigen) Kolonialherren verursacht hatten. Oder Brasilien, wo die Militärdiktatur von Siemens und der Deutschen Bank unterstützt wurde, um Atomkraftwerke zu bauen, die einen Schuldenberg entstehen ließen, der bis heute nicht abgetragen werden konnte. Die Aufgabe des Internationalen Währungsfonds ähnelt jener der Weltbank. Hoch verzinste Kredite werden unter der Bedingung vergeben, soziale Ausgaben zu kürzen und gleichzeitig Privatisierung und Großprojekte zu fördern, was einen zunehmenden Hass der Unterdrückten auf den Westen zur Folge hat. Auch die Welthandelsorganisation dient vorwiegend den neoliberalen Projekten, indem sie die Errungenschaften von Gewerkschaften wie Arbeitsrechte sowie Verbraucher- und Umweltschutz beseitigen möchte. Ihre Aufgabe ist es, die Interessen der Konzerne im globalen Konkurrenzkampf zu schützen, weshalb die vorhandenen Standards der Staaten als Hemmnisse betrachtet werden. Wenn ein Staat als Reaktion auf den Druck von Gewerkschaften und Bürgerbewegungen gegen derartige Interessen der WTO ist, hagelt es Handelssanktionen. Das bedeutet, dass der Staat seine Gesetze ändern muss, ansonsten blühen ihm hohe Geldstrafen.

Ein Beispiel: Die USA verklagte 2003 die EU vor dem Gericht der WTO mit der Begründung, Konzerne wie Monsanto würden einen großen Verlust erleiden, wenn sie ihre genetisch veränderten Lebensmittel nicht auch in Europa verkaufen dürften. Die EU musste sich entscheiden: entweder den Konzernen entgegenkommen oder hohe Geldstrafen begleichen. Die Ansicht der Bevölkerung, die sich klar gegen Genprodukte aussprach, was in unzähligen Protestaktionen gipfelte, wurde ignoriert. Ihre Meinung war wurscht, woraufhin in Österreich 2007 gentechnisch verändertes Futtermittel für Tiere zugelassen wurde, das folglich auch in Endprodukten wie Milch, Käse oder Fleisch landet. Dank dieser Investorenschutz-Abkommen, kurz ISDS, und den damit möglich gemachten Klagen der Konzerne hatten sich diese seit dem Nordamerikanischen Freihandelsabkommen (NAFTA) aus dem Jahre 1994 rasant vermehrt. Heute existieren rund 3.200 solcher Abkommen, von denen die meisten kein Berufungsverfahren vorsehen. Milliardenklagen vom Zigarettenhersteller Philip Morris gegen Uruguay und Australien, dem schwedischen Energiekonzern Vattenfall gegen Deutschland und seinen Atomausstieg oder von Occidental Petroleum aufgrund einer Vertragsauflösung in Höhe von drei Milliarden Dollar gegen Ecuador markieren nur der Anfang dieser Entwicklung. Selbst die Republik Österreich wurde aus ähnlichen Gründen bereits von der Meinl Bank auf 200 Millionen Euro verklagt. Wenn die laufenden Freihandelsabkommen nicht dauerhaft und in ihrer Gesamtheit gestoppt werden, würde das das Ende unsere selbstbestimmten Demokratien bedeuten.

Verweigerte ein Staat den Beitritt zu diesen drei Institutionen, gleicht das einer Weigerung, am Weltmarkt teilnehmen zu wollen, womit man sich dann selbst ins Abseits stellt.
Die Sklavenhalter des 19. Jahrhunderts sind nicht ausgestorben. Heute sind es vorwiegend weiße Männer, die schicke Anzüge tragen und in dunklen Aktentaschen Verträge mit geheimnisvollem Inhalt mit sich herumtragen,

die über das Leben von Milliarden von Menschen bestimmen. Seit Beginn der Kolonialisierung werden die südlichen Völker unterdrückt, versklavt, ausgebeutet und ermordet. Doch nie zuvor hatte der Westen ein derart mörderisches Unterdrückungssystem wie den neoliberalen Welthandel erschaffen, das sich in Form von Konzernen die gesamte Weltbevölkerung mitsamt der westlichen Völker untertan machen konnte.

Ein Beispiel dafür sind die geheimen Freihandelsabkommen über die Privatisierung von Wasser, wie es in Bolivien der Fall war, wo das staatliche Trinkwasser an westliche Konzerne verkauft wurde. Wenig überraschend sank danach die Qualität, während die Preise stiegen. Dank der Aufstände der BürgerInnen wurde diese Privatisierung wieder zurückgenommen. Dasselbe Schicksal ereilte auch die Bevölkerung von Johannesburg. Zahllose Familien mussten sich daraufhin ihr Wasser aus verschmutzten Bächen und Tümpeln holen, weshalb die Kindersterberate drastisch anstieg. Auch in diesem Fall zogen die Betroffenen vor Gericht und gewannen.

Laut Einschätzungen der UNO verfügen durch das derzeitige Wirtschaftssystem bis zum Jahre 2030 etwa zwei Drittel der Weltbevölkerung nicht mehr über ausreichend sauberes Trinkwasser.

Der Lebensmittelkonzern Nestlé saugt in Pakistan für sein Produkt „Pure Life" die Brunnen der Bevölkerung leer. Dem Wunsch eines Dorfes, eine Wasserleitung oder zumindest einen Ziehbrunnen von Nestlé gesponsert zu bekommen, ist der Konzern bisher nicht nachgekommen.

Ähnliches geschah im US-Bundesstaat North Carolina, wo PepsiCo, so wie die Coca-Cola-Company in Georgia, selbst während einer Dürreperiode täglich 1,5 Millionen Liter Wasser aus dem Boden der Gemeinde pumpte. Als diese auf dem Trockenen saß, musste sie dem Konzern ihr eigenes Wasser abkaufen. Die PepsiCo-Angestellten Susan Wellington und Robert Morrison äußerten sich dazu mit klaren Worten: „Leitungswasser ist unser größter Feind ... Wir sind erst fertig, wenn wir Leitungswasser zum Duschen und Geschirrspülen verbannt haben." Alleine die USA verbrauchen für die Herstellung der PET-Flaschen, in denen das ursprüngliche Leitungswasser abgefüllt wird, jährlich knappe drei Milliarden Liter Öl. Dort, wo diese Ölraffinerien in Texas stehen, sterben die BewohnerInnen überdurchschnittlich häufig an Krebs und ihre Kinder haben eine 85-prozentige höhere Wahrscheinlichkeit, mit körperlichen Fehlbildungen zur Welt zu kommen. Viele der Milliarden Einwegplastikflaschen, die täglich verwendet werden, landen im Meer. Im Atlantik, im Indischen Ozean und im Nordpazifik haben sich bereits immense Müllteppiche gebildet. Im östlichen Pazifik ist diese Plastiksuppe bereits doppelt so groß wie der gesamte Bundesstaat Texas.

2010 verkündete die UNO, dass der Zugang auf sauberes Wasser und Sanitäranlagen ein unantastbares Menschenrecht ist. Daraufhin beschloss 2013 der von Konzernen lobbyierte Deutsche Bundestag, dass Wasser kein solches Recht mehr sein durfte. Die multinationalen Finanziers der Medien berichten uns zwischenzeitlich lieber von einer heilen, poppig-bunten Welt voll von Castingshows und Werbeschaltungen.

Die Vereinten Nationen, die durch ihre allgemeinen Menschenrechte einen großen Teil zur Sicherung des Friedens beitragen, spielen beim Kampf gegen Armut nur mehr eine untergeordnete Rolle. Denn das Geld, nicht der Mensch regiert in dieser Welt, wie wir sie heute vorfinden. Erdölfirmen wie Exxon Mobile gehörten zu den größten Wahlkampfspendern des ehemaligen US-Präsidenten George W. Bush, was womöglich ein Grund dafür ist, dass die USA nach wie vor die meisten Treibhausgase ausstoßen und nur sehr wenig für den Klimaschutz tun. Dazu kommt, dass sich die meisten großen Zeitungen und TV-Sender im Eigentum von Großunternehmen befinden. Diese Multis haben mächtige Interessenvertretungen, die sowohl die Medien als auch die amtierenden Regierungen in ihrem eigenen Interesse beeinflussen. Aus Angst des Staates, dass die Konzerne in Billiglohnländer abwandern, und dadurch, dass ehemalige Konzern- und Bankenbosse heute oft in hohe Posten des Staatswesen wechseln, erhalten die Unternehmen steuerfreundliche Bedingungen, die aber auch zur Finanzierung von Sozial- und Umweltstandards oder Bildungs- und Staatseinrichtungen hätten verwendet werden können.

Die durch den Entzug von Nahrung und Wasser entstehenden Seuchen werden nicht wie die immer wütender werdenden unterdrückten Völker vor der Festung Europa im Mittelmeerraum zurückgehalten. Das ist wohl auch nicht mehr nötig, denn die treibende Kraft wuchert bereits wie ein Krebsgeschwür im Herzen Europas, in den Regierungen, im Rechtsstaat und in der Demokratie. Durch den Druck der NATO, den einzelnen Forderungen nach einer gemeinsamen europäischen Armee, dem einklagbaren ISDS-Abkommen mit der Waffenindustrie und den kontrollierten Strukturanpassungsprogrammen, die selbst Griechenland dazu zwangen, einerseits Sozialleistungen zu kürzen und andererseits deutsche Kriegs-Unterseeboote zu kaufen, rüsten wir uns bereits für einen Kampf. Einen Kampf, den wir nicht in Form der marktorientierten neoliberalen Ideologie gewinnen können, denn dies ist nur ein Kampf gegen unseren Planeten und somit gegen uns selbst.

In Balikpapan wollte ich mit Unterstützung von Ramu als meinen neuen Sponsor mein Visum verlängern. Selbstbewusst, aber mit schmutzigem

Shirt und fettigen Haaren trat ich an den Schalter. Der Beamte dahinter starrte mich schief an, warf einen kurzen Blick auf meinen Reisepass und meinen tätowierten Freund und sagte mir, dass ich für eine Verlängerung denselben Sponsor wie zuvor in Makassar haben müsste. Unbeeindruckt davon, was andere Behörden mir mitgeteilt hatten, blieb er auf seinem Standpunkt und gewährte mir keine Hilfe. Zu lange hätte er auf Bali mit TouristInnen wie mir zu tun gehabt, weshalb ich in seinem Büro kein Visum erhalten würde. Wütend riss ich ihm meinen Reisepass aus der Hand, lächelte ihn dreist an und machte ihm verständlich, dass Leute wie er der Grund dafür sind, weshalb sein Land so korrupt und arm ist, und er es nicht anders verdient hätte, als in diesem Drecksloch leben zu müssen. Daraufhin verließ ich das Gebäude, nicht ohne schwerhafte Fußabdrücke im Boden zu hinterlassen.

Später, nachdem sich meine AGHS wieder stabilisiert und ich mich wieder beruhigt hatte, wurde ich mir über die Boshaftigkeit meiner Aussage erst so richtig bewusst. Keine Ahnung, was das gewesen war, aber irgendetwas Gespenstisches war über mich gekommen und hatte mich diese respektlose Lüge sagen lassen, zu der ich mich nun bekennen musste.

Mein neuer Plan war nun, meinen Visumsantrag in der Stadt Banjarmasin zu stellen. Nach einer langen Fahrt in einem Arbeiterbus für Minenarbeiter gelangte ich nach Sungai Danau. Dies war ein dreckiges Bauarbeiternest, in dem die Sonne durch den aufgewirbelten Staub der herumfahrenden LKWs hindurch nur ein spärliches Lebenszeichen von sich gab. Jede Baustelle war abgesperrt und man sah kaum in die Minen hinein, in denen sich die Mehrheit der in eine einheitliche Arbeiterkluft gekleideten Menschen ihren Unterhalt verdiente. Ich hauste dort zusammen mit 17 jungen Männern in einer Zweizimmerwohnung. Manche drückten sich vor der Arbeit mit interessanten Begründungen. So gaben sie zum Beispiel an, unter Schock zu stehen, da sie einen Beinahe-Zusammenstoß von zwei Autos gesehen hätten.

Eigens dafür angestellte Frauen kamen täglich, um die Unterkunft der Burschen zu putzen und für sie zu kochen. Das war zwar ganz nett, doch ihre ständigen sich wiederholenden Fragen, woher ich käme und wer ich denn sei und weshalb ich herumreiste, wurden mir auf Dauer wieder einmal etwas zu anstrengend. Doch erst später bemerkte ich, dass ich immer wieder etwas anders lautende Antworten von mir gab, die im Zuge meiner bisherigen Reise zum Teil nachdenklicher, klarer und oft auch kritischer geworden waren. Als mir diese Gedanken im Kopf herumkreisten, ließen mich die Burschen alleine vor einem Fernsehgerät sitzen, da ihre Schicht begann. Lange hatte ich schon nicht mehr in eine solche Röhre geglotzt, doch es schien der richtige Moment zu sein, es nun doch wieder einmal zu tun: Es wurde gerade eine Reportage über die Schweizer Alpen gezeigt, die sich mir durch ihre Ferne mit ihren ruhigen Bergen, dem noch klaren Gewässer und den saftigen Almwiesen in ihrer Vollkommenheit zeigten. Das Bild trat aus dem Fernseher heraus und umschlang mich, sodass ich die frische Bergluft, das Rauschen der Flüsse und den Hauch des Windes förmlich in mich aufnahm. Als die Reporterin auf einem der Schweizer Gipfel stand und ihre Hand ausstreckte, sagte sie, dass hinter diesem von ihr gerade bezwungenen Berg das Land Österreich liege. In diesem Moment begann ich, vor Freude springflutartig zu heulen. Mich überkam eine Art Sehnsucht, ein Heimweh, was ich bisher noch nie zuvor in meinem Leben verspürt hatte. Dabei stellten sich mir Fragen, die in meinem Kopf eine gefühlte Ewigkeit nachklangen: Woher komme ich? Wer bin ich? Weshalb bin ich hier? Fragen, die ich mir bisher so noch nie gestellt hatte und dennoch noch nie so klar beantworten konnte.

Mein Alltag, der sich unter einem gläsernem Vorhang vollzogen hatte, in dem sich die Anthro- Gravitation- und Hochdruck-Schwerhaftigkeit gehäuft hatte, hatte mich hierher gebracht. Und nun begann ich, diesen Alltag wieder zu vermissen. Hätte ich nie an dieser ökonomisierten Illusion einer heilen Arbeits- und Konsumwelt teilgehabt, hätte ich nun wohl keinen Bezug und kein Verständnis für diese Art des Lebens. Doch die Erfahrung und eine damit klarer in Erscheinung tretende Kritik würde mir erst ermöglichen, das gegebene System aktiv umzugestalten und damit einhergehend den Grund meiner Krankheit und meine Identität besser zu beleuchten.

Der auf Bali aufgewachsene Mr. Made war ein Polizist, dem ich auf meiner Weiterreise begegnete. Er war mit seinen drei Kindern und seiner Frau gerade auf dem Rückweg nach Banjarmasin.

Das Haus der Familie stand in einer Gegend, die mit hohen Zäunen gesichert war und von Wächtern beschützt wurde. Der Grund für diese von allen dort Ansässigen geforderten Sicherheitsvorkehrungen waren Bandenkriege und Terroranschläge. An eine solche Realität wurde geglaubt, ganz so, wie sie von Hollywood und den globalen Nachrichtensendungen unentwegt vorgeführt wurde. Die andere Realität außerhalb ihrer Festung war jedoch kein bisschen gefährlich.

Im Haus lebten auch zwei Haushälterinnen und zudem das kleine Mädchen Ganitri, die junge Tochter des Hauses Pimkan mit ihren 15 Lebensjahren, und ein 13-jähriger Bursche, der absolut fernsehsüchtig war und mich deshalb nicht einmal wahrnahm. Ein Freund der Familie half mir ganz nebenbei bei der nun plötzlich problemlosen Verlängerung meines Visums.

Am zweiten Tag meines Aufenthaltes kam der Großvater der Familie zu Besuch. Überraschenderweise rüsselte er mit seinem lauten Schnarchen, den Fürzen und einer sehnsüchtigen Nachtumarmung neben mir im Bett. Selbst Pimkan schlief noch mit ihrer kleinen Schwester Ganitri in denselben Betten wie ihre Eltern. Der Bursche hingegen nächtigte entweder auf, unter oder vor dem Fernseher.

Mit Pimkan, die im Gegensatz zu meinen bisherigen asiatischen Bekanntschaften gerne Sport trieb, radelte ich zu einem wunder-, wunder-, aber so was von wunderschönen schwimmenden Markt. Dort verkauften mit Kopftuch bedeckte Damen auf ihren Holzbooten tropische Früchte. Während ihre schwimmenden Untertassen andauern von angespültem Grünzeug umschlungen wurden, trieben sie zwischen den kleinen bunten Flusshäusern stromabwärts.

Später am Tag durfte ich die Haushälterin Renny zu ihren Eltern begleiten. Zwischen den dortigen Stelzenhäusern befand sich ein stinkender Müllberg, der die sonst so üppige Vegetation überdeckte. Dort wohnten in winzigen Baracken jene Menschen, die gegen eine geringe Entlohnung wertvollen Müll wie Stahl aussortieren.

Mr. Made hatte in der darauffolgenden Nacht Sonderdienst, da sich der amtierende Ministerpräsident zu einen Kongress in Banjarmasin eingefunden hatte. Glücklicherweise durfte ich ihn begleiten. Es war ein wildes Getümmel, als unter anderem der Ministerpräsident und ein arabischer Scheich aus ihren dicken Limousinen ausstiegen und damit begannen, PassantInnen die Hände zu schütteln. Plötzlich umschlangen auch mich ein paar Hände, was mich auf eine spontane Idee brachte. Ohne von den Sicherheitswächtern bemerkt zu werden, stieg ich an der einen Hintertür des Wagens ein, aß schnell ein paar Trauben, die ich im Wageninneren in einem Obstkorb vorfand, und trat auf der anderen Seite, exakt vor dem Eingang des Gebäudes, wieder heraus. Somit gehörte ich nun wohl mehr oder weniger offensichtlich einer der politischen Fraktionen an. Polizisten, Frauen und Männer schüttelten mich auf diesem Laufsteg, der die Bühne für ein nicht enden wollendes Fotoshooting war, vor Begeisterung so richtig durch. Noch zitternd wie eine Stemmmaschine befand ich mich schnurstracks im Gebäude und fuhr mit den Männern, die sich teilweise untereinander nicht kannten, in einem Fahrstuhl bis zum ersten Stock. Zu meinem Glück trug ich noch die schöne Kleidung, die mir Mr. Made zuvor für meine Visumsbeschaffung geliehen hatte, weshalb wohl niemand Verdacht schöpfte. Zirka eine Stunde lang wurde über Kohleminen und deren Ausbau geredet. Ich grinste dabei nur blöd und nickte in passenden Momenten mit meinem Kopf. Danach durften wir uns alle frei an einem Buffet bedienen. Während ich meinen Resonanzkörper mit tropischen Früchten vollstopfte, fragte mich ein Mr. Bakrei, ob ich denn zu den australischen Sicherheitsinspektoren gehörte. Dabei verschluckte ich mich erstmals ordentlich und stimmte danach verwirrt zu. Auf Bitten von Mr. Bakrei sollte ich mich doch am kommenden Mittwoch persönlich von dem Zustand auf der Mine in Tanjung überzeugen. Im Rausch meiner schauspielerischen Leistung versprach ich, dass mich mein frei erfundener Chauffeur selbstredend dorthin befördern würde.

Nach meinem Abschied von Mr. Made und seiner Familie reiste ich per Anhalter mit ein paar Technikingenieuren mit, die in den Minen in Tanjung arbeiteten. Ohne deren Wissen stellte ich mich am Eingang der Mine als australischer Sicherheitsinspektor vor, doch war dort niemand über mein Erscheinen informiert. Ich sagte, dass mich Mr. Bakrei hierher eingeladen hätte. Da sie diesen sehr wohl kannten und keine Kündigung riskieren wollten, organisierten die Schrankenwächter drei Jeeps, die mich abholten und auf dem Gelände herumführten. Ich fühlte mich wie eine Ameise im Sandkasten. Soweit das Auge reichte, wütete dort die Zerstörung. Wir fuhren an den größten Lastern und Baggern vorbei, die je von Menschenhand erschaffen worden waren. Vorne an unserem kleinen Geländewagen war in einiger Höhe eine Fahne angebracht, die uns für die Fahrer der Monstervehikel sichtbar machte, denn da alleine die Räder im Durchmesser knappe drei Meter maßen, wäre es ein Leichtes gewesen, uns damit wie einen Strudelteig unter einem Nudelholz plattzuwalzen. Als professioneller Sicherheitsinspektor durfte ich mich natürlich auch überall hineinsetzen. Das Gute war, dass die Leute genauso wenig einen Plan von meiner beruflichen Aufgabe hatten wie ich selbst. Sie freuten sich aber tierisch, dass sich ein Mann meines Ranges mit ihnen fotografieren ließ und mit ihnen das Mittagessen auf dem Fußboden in ihrer Baracke teilte. Einer, er nannte sich Andy, obwohl das nicht sein richtiger Name war, erzählte mir, dass er ein Mitglied des Stammes der Dayak sei. Als die Mine hier errichtet worden war, musste seine Familie flüchten. Nun arbeitete er für die Männer, die einst seine Eltern und Großeltern vertrieben hatten. Weiters erzählte mir dieser schmächtige Andy, dass man auf dem berühmten Fluss Sungai Mahakam tiefer ins Innere der Insel käme, wo noch mehrere Dayak im Einklang mit sich selbst und einem starken Willen gegen die Lasten der Schwerhaftigkeiten ihres Alltags lebten. Nachdem ich auf der Mine meine Inspektionen mit bestem Gewissen beendet hatte, begab ich mich auf die heiße Spur der Dayaks und ihrem Kampf gegen die Schwere.

Von Kota Bangun aus sollte ich mit der Fähre bis ins weiter flussaufwärts gelegene Melak gelangen. Mitten in der Nacht wachte ich jedoch als einziger Passagier im Schlaflager des kleinen Holzgefährts auf. Es war eine rabenschwarze Nacht, in der uns nur ein einziges Scheinwerferlicht durch die beängstigende braune Brühe manövrierte, in der das Boot immer wieder auf Grund lief. Wir waren schon längst an Melak vorbeigekommen und bewegten uns nun fort in die dunkle Ungewissheit des tiefen Regenwaldes.

Der sich im Morgengrauen auflösende Nebel zeigte jedoch, dass meine Angst unbegründet gewesen war. Hier in Long Iram gab es Gästehäuser, kleine Geschäfte und hupende Motorroller, doch keine Spur von einem unberührten Regenwald.

Am Flussufer sah ich alle paar Meter haufenweise gerodetes Holz liegen, das im Wasser forttransportiert werden sollte, und Schiffe, die tonnenweise Kohle, die vom Inneren der Insel stammte, geladen hatten, ließen das Gewässer zu einer vielbefahrenen Autobahn werden.

Im Ort begegnete ich einem jungen Burschen, mit dem ich den folgenden Abend im Haus seiner verstorbenen Großeltern verbrachte, in dem er bereits seit drei Jahren alleine wohnte. Zuvor war sein Zuhause die Stadt Samarinda gewesen, aus der er aber weggeschickt worden war. Mit 13 Jahren hatte er dort einen Freund erstochen, der, so sagte er mir, von einem bösen Geist befallen gewesen war. Der Dämon wollte seinem Kollegen wehtun und dessen Seele stehlen, weshalb die Ermordung die letzte Chance gewesen sei, um den Kollegen zu retten. Mit Einbruch der Dunkelheit mussten wir das Haus wieder verlassen, da darin ebenfalls böse Wesen spukten. In der Dunkelheit trennten sich dann auch unsere Wege. Der seine führte in den Wald und ich spazierte zurück zur Flussfähre.

Während ich mir mit der Schiffscrew eine Durianfrucht teilte, entschloss ich mich dazu, mit ihnen weiter flussaufwärts zu fahren.

Nach einer wackeligen Nacht im Boot war es dann endlich so weit: Nach mehreren Stunden schafften wir es durch das seichte Gewässer bis in das nächste Dorf. Dort standen Häuser, zum Teil auf großen, schwimmenden Baumstämmen, und in einem davon fand auch ich einen Platz.

Der junge Woody, der mich bei sich aufnahm, hatte in Samarinda studiert. Dort war erst kürzlich die vielbefahrene Mahakambrücke eingestürzt, wodurch einige Menschen ihr Leben lassen mussten. Das war auch der Grund dafür, weshalb mein Freund seine Eltern besuchte, denn er wollte ihnen zeigen, dass es ihm gut ging. Nach den ersten 24 Stunden meines Aufenthaltes wurde Woody von einem Lehrer gefragt, ob ich der Dorfschule einen Besuch abstatten wolle. Ohne dass mein Erscheinungsbild irgendwelche Probleme machte, konnte ich dieses Mal frei vor den SchülerInnen sprechen. Von allen Seiten erntete ich stille Blicke, die meinen Geschichten über das so ferne Europa folgten. Meine Ansprache weitete ich thematisch auch auf den Plastikmüll aus, den die DorfbewohnerInnen entweder verbrannten oder einfach auf den Boden oder in den Fluss warfen. Des Weiteren sprach ich über die im Fluss schwimmenden Waschmittelreste, die dadurch verursacht wurden, dass die Einheimischen ihre Kleidung und sich selbst in diesem Gewässer reinigten, und welche negativen Auswirkungen diese Verschmutzungen für Tier und Mensch haben. Doch der Lehrer unterbrach mich mehrmals. Er sagte, dass dies die Kinder zum einen nicht verstünden und zum anderen der Müll und dessen Dämpfe für sie und die Natur kein Problem darstellen würden. Seine Begründung war, dass sie sich daran gewöhnt hätten. Wie schon so oft in meinem Leben war ich wieder einmal vor Menschen gestanden, die dem Sinn meiner Worte nicht folgen konnten oder sich davor gar bewusst verschlossen, denn meine Aussagen brachten ihre vermeintlich heile Welt ins Wanken.

Nach diesem für mich sehr entmutigenden Gespräch führte mich Woody durch das restliche Dorf. Er zeigte mir eines der alten Langhäuser, das sowohl für Feste der BewohnerInnen als auch für touristische Veranstaltungen genutzt wurde. Die Kinder des Dorfes mussten oft vor den Kameras tanzen, was sie aber nicht gerne taten. Das Langhaus, das von vielen alten Schnitzereien und Wandbemalungen geschmückt war, war früher oft die einzige Unterkunft der Menschen hier gewesen. Früher trugen die Frauen, aber auch einige Männer der zum Christentum konvertieren Dayaks sehr schwere Ohrreifen. Dieser Schmuck führte dazu, dass sich die Ohrläppchen bis zu den Schultern hinab dehnten, was als Schönheitsideal galt. Außerdem hatten sie sich mit Tinte rituelle Muster auf ihre Unterarme und Waden tätowiert. Nur mehr selten traf man auf solche lebenden Kunstwerke, denn ebenso wie Woodys Oma verhüllten viele andere ihre Bemalungen und hatten ihre überdehnten Ohrläppchen operativ entfernen lassen. Der Grund dafür war der zunehmende Tourismus, denn mancher schämte sich vor den fremdländischen BesucherInnen für diese Besonderheiten. Andere wenige wiederum schlugen aus dem Interesse der TouristInnen Kapital und verkauften sich teuer für Fotos.

Unter all den vielen Eindrücken war für mich eine rituelle Stierschlachtung der muslimischen Minderheit ein besonders prägendes Erlebnis. Zuerst wurde eines von insgesamt zwei Tieren am Schwanz festgehalten und mit einem Strick wurden seine Beine zusammengebunden, sodass es nicht mehr flüchten konnte. Während die Männer ihre Hand auf den noch lebenden, aber sich stark zur Wehr setzenden Wiederkäuer-Körper legten und dabei ein mehrminütiges Gebet sprachen, bereitete sich ein eigens dafür auserkorener Mann darauf vor, das Opfer mit nur einem einzigen Schnitt durch die Kehle zu töten. Er legte die scharfe Klinge an den Hals des Stieres und zog durch. Ein großes Baumblatt, das andere wiederum sofort auf die offene Wunde legten, verhinderte, dass die Umstehenden von dem spritzenden Blut getroffen wurden. Nach minutenlangem Zappeln und Ächzen waren aus dem Tier auch die letzten Lebensgeister entschwunden. Dem noch lebenden Stier, der diese Tragödie mitansehen musste, sollte Gleiches widerfahren. Als auch dieses Tier nach dem Schnitt durch seine Kehle unter den Blättern verstummte, dachte man, oder zumindest ich, das Ritual sei beendet. Doch plötzlich sprang er wieder wild röchelnd auf und taumelte vor den ängstlichen Kindern und deren lachenden Vätern scheinbar in alle Richtungen gleichzeitig. Neben den sterbenden Atemzügen, die langsam im eigenen Blut erstickten, war in die schwere Stille hinein das Gebet aus der Moschee zu hören. Erbarmungslose Tritte brachten den zweiten Stier endgültig zu Fall. Doch der Todeskampf des langsam zugrunde gehenden Tieres zog sich noch mehrere Minuten lang fort. Als es endlich so weit war, wurde das tote Fleisch zerstückelt und gerecht unter den DorfbewohnerInnen aufgeteilt.

Nach diesen grausamen Tötungsakten hatte ich mir geschworen, soweit es mir möglich war, kein Stück Fleisch mehr zu essen und Vegetarier zu werden, denn selbst in Europa floriert ein grausames Geschäft mit der Massentierhaltung, die bei Weitem schlimmer ist, als diese Schlachtung, die ich mit eigenen Augen mitansehen musste. Ein Drittel des in Frankreich geschlachteten Viehs wird aufgrund der Akkordarbeit, die in dieser Industrie vorherrscht, nicht sorgfältig geschlachtet, sodass die Tiere häufig bei lebendigem Leibe ausgenommen werden. In derartigen Massentierhallen stehen die Lebewesen, egal ob Schweine, Hühner oder Rinder, in ihren Exkrementen oder gar neben bereits verwesenden Tierkadavern. Wegen dieser Umstände werden den Tieren immer mehr Medikamente verabreicht, damit das derart erbärmlich dahinvegetierende Vieh doch noch auf den Tellern der EuropäerInnen landen kann. Bereits jedem zweiten Huhn in Teilen Europas, müssen heute Antibiotika verabreicht werden, um überhaupt lebensfähig zu sein. Durch den gestiegenen Wohlstand wird heute fünfmal mehr Fleisch konsumiert als noch vor fünfzig Jahren. In China ist bereits ein Drittel der Bevölkerung übergewichtig. Dort treten heute Krankheiten auf, die man bisher nur aus dem Westen kannte.

Früher warf eine Sau jährlich bis zu 15 Ferkel. Heute wird sie so hochgepumpt, dass sie dreißig schaffen muss. Bringt sie weniger zur Welt, entspricht das nicht mehr dem geforderten Umsatz und sie wird geschlachtet, um Platz für ein noch hochleistungsfähigeres Produkt zu schaffen. Noch nie lebten auf unserem Planeten derart viele Schlachttiere wie heute, womit der Mensch den Kreislauf der Natur zu bestimmen versucht und dabei das gesamte Ökosystem in ein Ungleichgewicht bringt. Für ein Kilo Fleisch wird 16 Kilogramm Getreide benötigt, dafür werden jährlich allein in Deutschland zwei Millionen Tonnen giftiger Dünger auf den Böden versprüht, was in den umliegenden Bächen zu Vergiftung und entsprechend besorgniserregenden Messwerten führt, die um ein Vielfaches höher sind, als ursprünglich erlaubt. In den Ländern des Südens sind bereits in der Vergangenheit viele Babys und Erwachsene an den Folgen solcher Gifte gestorben. Durch einen unbewussten Fleischkonsum unterstützen wir Menschen die Rodung von Wäldern, die Enteignung von GrundbesitzerInnen, die Vergiftung von Böden, des Grundwassers und das florierende Weiterbestehen aller Konzerne, denen in diesem Zusammenhang zudem die Einfuhr von genetisch veränderten Lebensmitteln erleichtert wird.

Als hätte ich mir den Appetit nicht schon genug verdorben, sollte ich auch noch einen Kampf zwischen Hähnen beobachten. An den Beinen der Hähne wurden scharfe Klingen befestigt, um sich im Kampf zur Wehr setzen zu können. Der Gewinner überlebte und dessen Besitzer sackte das dagegen gewettete Geld ein. Der andere Besitzer ging nicht nur leer aus, auch sein verletzter Hahn wurde getötet. Wenn ich an meine bisherigen Erlebnisse mit den vielen Formen von Ausbeutungen und Sklaverei dachte, packte mich die Wut und ich sah keine andere Logik darin, als dass sich die Menschheit letztendlich nur selbst vernichten wollte. Doch eine solche Ansicht endet nur selbst wieder in einer Sackgasse. Sie dient nämlich als Rechtfertigung dafür, so weiterzumachen wie bisher, da es dann nämlich keinen anderen Weg als die derzeit herrschende Wirtschaftsreligion gibt, in der Geld die einzige von allen Völkern gemeinschaftlich anerkannte Gottheit darstellt. Mit jedem Atemzug schaden wir der Umwelt und uns selbst. Mit jedem weiteren haben wir aber auch die Macht, neues Leben zu erschaffen.

Und als mir diese Gedanken zum ersten Mal gekommen waren, lief ich barfuß auf einer ewigen Lehmstraße durch den nur mehr karg existierenden Regenwald. Ich rannte so schnell, wie ich schon seit Jahren nicht mehr gelaufen war, während sich über mir ein Regenschauer zu entladen begann. Je schneller mein Herz in meiner Brust pochte, desto stärker und lauter entkam mir ein erleichternder Schreianfall. Ganz so, als ob sich die vielen angehäuften Geister in mir lösten und anschließend lautstark flüchteten.

In der Zwischenzeit hatte der Regenbruch den Lehm unter meinen Füßen in eine Rutschbahn verwandelt, die mich mit meinem Gesicht voraus in einen Matschhaufen katapultierte. Dabei bekam ich einen himmlischen Lachkrampf, so wie ich ihn seit meiner Kindheit nicht mehr erlebt hatte.

In dieser Leichtigkeit der Freude hatte ich bemerkt, dass mein Gesicht zwar sehr wohl, meine Kleidung aber kein bisschen schmutzig geworden war. Sie war, obwohl ich im Schlamm gelandet war, nur vom Regen durchnässt. Wie konnte das sein?

Mit einem kleinen Holzboot ging es drei Stunden durch ein Labyrinth aus Flussarmen zu einer Hochzeit von Woodys FreundInnen. Als wir das versteckte Dorf erreichten, wurde uns schon aus der Ferne freudig zugewunken. Da es hier im Landesinneren eine bedeutend wildere Vegetation gab, fragte ich berechtigterweise nach den Gefahren, die von Anakondas und Krokodilen ausgehen. Doch der Frage wich man aus, da solche Tiere anscheinend nur auftauchen, wenn man über sie spricht.

Beachtliche, auf Stelzen stehende Holzhäuser, eine abendliche Stromversorgung und Fernsehen zeigten, dass auch hier das 21. Jahrhundert Einzug gehalten hatte. An diesem Ort traf ich auch endlich auf die traditionellen alten Frauen mit ihren langen Ohren und tätowierten Händen und Füßen. Einige der Hochzeitsgäste trugen farbenfrohe, mit Plastikperlen bestickte Kleider. Ebenso bunte und verzierte Hüte waren zusätzlich mit Federn geschmückt. Frau und Mann hatten je einen dazu passenden Rock und gingen meist barfuß mit Trommeln musizierend von einem Haus zum nächsten. Die Braut wartete derweil in ihrem Familienhaus auf den zukünftigen Gatten, der wiederum in seinem Elternhaus ausharrte. Vor jedem dieser Gebäude tanzte eine Frau beziehungsweise ein Mann mit Federn geschmückt einen Tanz. Immer wieder unterbrachen Ältere die Vollziehung des Rituals, begannen freudig zu schreien und tanzten wild zu traditioneller Dangdut-Musik. Aus dem Haus der Braut brachte man symbolische Besitztümer in jenes des Bräutigams. Anschließend holte dieser auf dem mit Blumen geschmückten Fußweg seine Geliebte in sein Haus. Dort teilten sie sich Essen, Getränke, Räucherstangen und anderes symbolisch. Es herrschte eine Stimmung wie auf einem Konzert. Alle riefen, klatschten und trommelten, während sich die Alten in die Mitte drängten und mit Gesang und Tanz die Show rockten. Es gab dabei kein Richtig oder Falsch. Alles, was Spaß macht, war erlaubt. Selbst mir, dem im Hintergrund Stehenden, drückten sie die Federn in die Hände und aufgeputscht von dieser Energie begann auch ich auszuflippen.

Unter den Hochzeitsgästen befand sich auch eine Waria, das ist die indonesische Mischung aus Wanita und Pria, Mann und Frau. Noch bevor die Muslime ins Land kamen, wurden die Warias im animistischen Indonesien als eine Art Wanderer zwischen den Welten angesehen. Diese transsexuellen Wesen werden noch heute in vielen Gebieten Indonesiens akzeptiert und gelten als Symbol für Fruchtbarkeit. Darum ist es möglich, dass sie Frischvermählten in der Anfangszeit ihrer Ehe beistehen oder eine schwangere Frau während der Zeit bis zur Geburt unterstützen. Diese christlich geborene Waria mit Namen Marianne erzählte mir, ursprünglich in Yogyakarta gelebt und dort mit einigen anderen den muslimischen Glauben praktiziert zu haben. Ihr Gelehrter unterrichtete die Warias aus folgendem Grund: Da vor Gott alle gleich sind, werden sie von einem Gelehrten darin unterrichtet, den heiligen Koran zu verstehen.

Nachdem man hochzeitstechnisch inzwischen einer ruhigeren Gangart Platz gemacht hatte, wurden die beiden Brautleute von den Müttern, später von den Vätern mithilfe einer Machete, einem Ritterschlag ähnlich, gesegnet. Anschließend wurde ein Festmahl ausgerichtet. Für die christlichen Dayaks gab es Schweinefleisch und für die Muslime hatte man Rind gekocht. Nicht ich, sondern das frisch vermählte Paar stand im Mittelpunkt, was mir eine Zugehörigkeit verschaffte: Ich war hier kein Tourist. Ich fühlte mich wie ein gewöhnlicher Nachbar, der von seinen FreundInnen zu dieser Feierlichkeit eingeladen worden war.

Woodys Bruder, der noch weiter flussabwärts lebte, sollte in zwei Tagen mit seinem großen Motorboot hier vorbeikommen. Beruflich transportierte er Lebensmittel von der im seichten Wasser steckengebliebenen Fähre ins Landesinnere. Aufgrund dieser Reisemöglichkeit verabschiedete ich mich nach dem Fest von Woody und seinen Eltern und blieb bei einem Missionar und dessen Familie in deren kleinen Kirche.

Am letzten Tag meines Aufenthaltes erfuhr ich dort von einem Mädchen, das in der Schule ohnmächtig geworden war. Die Leute erzählten mir, dass ein Geist von ihr Besitz genommen hätte. Im Monat zuvor wären bereits zwanzig Mädchen kurzzeitig besessen gewesen. Sie hätten es allerdings geschafft, den Mädchen diesen bösen Geist auszutreiben. Trotzdem versuchte ich, die DorfbewohnerInnen davon zu überzeugen, das schwache Kind zu einem Arzt zu bringen. Sie meinten allerdings, dass ein Mediziner nichts gegen einen Geist unternehmen könne. Es war mir also leider nicht möglich, an der Situation der Kleinen etwas zu ändern, woraufhin ich mit Woodys Bruder Kade weiterreiste.

Vollbeladen mit Nahrungsmitteln, voll befüllten Benzinkanistern und drei Mitreisenden ging es auf der Flussstraße in Richtung Norden. Da der Sprit im Landesinneren beinahe so viel kostete wie in Europa, wurden wir gebeten, uns zu gleichen Anteilen finanziell zu beteiligen. Am Ufer, das an mir vorbeizog, konnte ich ein paar wenige Hütten erkennen. Wir fuhren an gerodeten, toten Wäldern vorbei und trafen auf GoldschürferInnen, die mit der alten Technik aus dem Wilden Westen sehr vertraut zu sein schienen. An manchen Stromschnellen schafften wir es nur mit viel Mühe flussaufwärts, wo wir mit voller Geschwindigkeit haarscharf Felsen vorbeirasten, an denen wir beinahe zerschellten. Begleitet von Schluchten, von denen Wasserfälle herabstürzten, und immer größer werdenden Urwäldern kämpften wir uns durch das unbeständige Wetter. Nach einigen Stunden waren wir völlig durchnässt am höchstgelegenen der erreichbaren Flussläufe angelangt. Aber auch hier war kaum eine Spur von wilden Tieren und einer unberührten Natur auszumachen, denn selbst in diesen Gebieten hatte der Wilmar-Konzern mit seinem Palmöl-Raubbau bereits gewütet.

Seit 1965 finanziert die Weltbank weltweit Palmölprojekte. Allein in Malaysia und Indonesien sponserte die Bank für die Regenwaldrodung bis heute eine Milliarde US-Dollar an Steuergeldern. Da die Aufstände der UmweltschützerInnen und der indonesischen Bäuerinnen und Bauern zu groß wurden, mussten die Kredite für Palmöl kurzzeitig gestoppt werden. Doch gekaufte Nachhaltigkeitszertifikate lassen den Boden weiterhin bluten.

Wir befanden uns nun in einem kleinen Dorf, das ein schmales Straßennetz für Motorroller bot. Beim Aussteigen kam ich mit einer Frau, Celine, ins Gespräch, die rund neunzig Minuten vom Dorf entfernt in einer kleinen Ansiedlung mit einigen Hütten lebte. Beladen mit in Säcken verpackten Grundnahrungsmitteln begab ich mich mit Celine auf den Weg in den Urwald. Dort gab es neben ein paar Häusern, einer kleinen Schule und einem Stromgenerator ein mit beeindruckenden Skulpturen verziertes Langhaus. Vor dem Haus von Celine, ihrem Mann Paulinus und ihren zwei erwachsenen Kindern trockneten unter der Sonne Kakaobohnen. Mein Angebot, ihnen bei der Ernte der Früchte zu helfen, nahmen sie zunächst etwas zögerlich an.

Am Tag, bevor wir auf die kleine Plantage fuhren, bekam ich wieder sieben Stück jener Samen, die mich vor einer Malaria-Infektion schützen sollten.

In einem kleinen, mit einem Motor betriebenen Holzboot begleiteten uns vier Kinder, die, anstatt die Schulbank zu drücken, Geld verdienen mussten. Zirka 15 Minuten flussabwärts kamen wir zu dem Platz mit dem braunen Gold. Noch vor wenigen Jahren besaß das Dorf viele Plantagen, deren Erträge die Einheimischen selbst direkt an die HändlerInnen verkauften. Dann kamen reiche Großgrundbesitzer, die sich für Kohle, Palmöl, Holz und Kakao interessierten, und stahlen ihnen ihre Felder – und damit einen wesentlichen Teil ihrer Existenzgrundlage.

Auf der nun nur mehr rund 200 Quadratmeter großen Fläche standen Kakaobäume, von denen rot-gelbe Früchte herabhingen, während wir unter der drückend heißen Sonne von unzähligen Njamuks, das sind Stechmücken, attackiert wurden. Trotzdem hackte eine Weile Paulinus, später eines der Kinder die Früchte mithilfe eines scharfen Buschmessers von den Bäumen und alle gemeinsam transportierten die Ernte anschließend in selbstgeflochtenen Körben ans Ufer. Dort teilten Celine und ich die Schalen der Früchte in zwei Hälften, denn erst darunter verbergen sich eingehüllt in einem weißen, schleimigen, sauren, aber leckeren Fruchtfleisch die Kakaobohnen. Gereinigt wurden sie mithilfe hungriger Vögel, die die Frucht abnagten, danach wuschen wir die Bohnen im Wasser und ließen sie an der Sonne trocknen. Für ein Kilo Kakao erhielten Celine und Paulinus 18.000 Rupie, das sind etwa 1,50 Euro. Und aus dieser Menge lassen sich vierzig Tafeln Schokolade produzieren!

Aber Rohstoff für Schokolade wird nicht nur in Indonesien angebaut. Der größte Teil dieser süßen Droge stammt aus Westafrika. Laut Schätzungen arbeiten allein an der Elfenbeinküste 820.000 Kinder in der Kakaobranche. Darüber hinaus vermutet UNICEF 200.000 Kindersklaven, die für unsere Schokolade schuften müssen.

Frankreich kolonialisierte im 19. Jahrhundert die Elfenbeinküste. Ab diesem Zeitpunkt entstanden viele Plantagen, die die Völker aus umliegenden Grenzgebieten anzogen. Als die Elfenbeinküste 1960 ihre Unabhängigkeit erlangte, war vielen unklar, welche Staatsangehörigkeit sie nun hatten. Die Probleme in Hinblick auf die ethnisch-nationale Zugehörigkeit wurden in diesem Landstrich immer häufiger, was in einen grauenvollen Bürgerkrieg mündete. Seit 2002 ist die Elfenbeinküste in ein nördliches, von Rebellen besetztes, und in ein südliches Gebiet, in dem die Regierung die Oberherrschaft hat, geteilt. Laut UNO finanzieren die Rebellen und die Regierung ihren Bürgerkrieg mit dem blutigen Kakaohandel. Um einige Zollgebiete zu umgehen, wird Schokolade häufig geschmuggelt. So kann die Elfenbeinküste jährlich 63 Tonnen Kakao nach Deutschland verkaufen, obwohl sie nur zehn Tonnen produziert.

Aus Burkina Faso und Mali stammende Kinder im Alter von rund acht Jahren landen oft in den Fängen von Kinderhändlern. Diese Kindersklaven werden entführt und an einen Sklavenhändler an der Elfenbeinküste, in Nigeria, Kamerun, Togo oder Ghana verkauft. Von dort stammt auch der größte Teil der Schokolade, die nach Europa gelangt. Diese Kinder verdienen nichts, sie bekommen nur so viel zu essen, dass sie gerade nicht verhungern, und werden nachts in Baracken eingesperrt. Mit den scharfen Macheten, die sie für das Abhacken der Kakaofrucht benutzen, verletzen sie sich oft, aber eine medizinische Versorgung wird ihnen vorenthalten. Sie müssen ungeschützt giftige Pestizide versprühen, was zu Erkrankungen wie Hautausschlägen oder Atemwegsbeschwerden bis hin zum Tod führen kann. Es versteht sich von selbst, dass die Sklavenhalter mit ihrem Besitz machen dürfen, was sie wollen: Sie schlagen die Kinder oder vergewaltigen sie. Wenn so ein kleiner Körper dann nicht mehr funktioniert, wird er entsorgt und die Sklavenhalter kaufen sich einen neuen. Solche Sklaven sind bereits für rund 200 Euro zu haben, oft sogar für noch weniger, denn der Menschenhandel war noch nie so lukrativ wie heute.

Die fünf bedeutendsten Schokoladenhersteller sind Kraft Foods, die sich in Europa Mondelēz nennen, Nestlé, Mars, Ferrero und Hershey. Gemeinsam beherrschen sie mehr als die Hälfte des weltweiten Schokolademarktes.

Mit nur einem Prozent der gesamten Marketingausgaben dieser Konzerne könnte man die Hälfte der Bäuerinnen und Bauern mit Schulungsprogrammen und -einrichtungen versorgen. Da nur wenige große Konzerne das Schokoladegeschäft regieren, haben sie folglich einen großen Einfluss auf den Weltmarkt insgesamt und könnten dadurch für weitaus mehr Arbeitsrechte bzw. bessere Arbeitsbedingungen sorgen.

Wir EuropäerInnen essen jährlich rund 15 Milliarden Tafeln dieser blutigen Schokoladen. Wir wollen es billig und die Reichen sorgen mit allen Mitteln dafür, dass uns die unterdrückten Familien und Kinder dies auch ermöglichen.

Nestlé ist zum einen der größte Lebensmittelkonzern der Welt, der dank seines Börsenwertes zu den zwanzig wertvollsten Unternehmen der Welt gehört. Zum andern ist er aber auch der am meisten boykottierte. Nestlé sah sich mit der ersten großen Welle an weltweiter Kritik konfrontiert, als eine Broschüre mit dem Titel „Nestlé tötet Babys" veröffentlicht wurde. Dem Unternehmen wurde darin vorgeworfen, mit unethischen und unkorrekten Werbemethoden Frauen aus Entwicklungsländern dazu zu bewegten, von natürlicher Muttermilch auf Nestlé-Trockenmilch umzusteigen. Der Lebensmittelkonzern mit Sitz in der Schweiz hatte nämlich gratis Trockenmilchprodukte verteilt, und zwar mit der Folge, dass die Mütter nach mehreren Wochen abstillten. Die Mütter waren somit an das Produkt gebunden, die Kinder davon abhängig. Außerdem tarnten sich Verkäuferinnen als Krankenschwestern, um noch mehr Mütter dazu zu bewegen, ihr Produkt zu verwenden.

Laut UNICEF sterben noch heute jährlich 1,5 Millionen Säuglinge an den Folgen dieser falschen Flaschennahrung. Die Gründe dafür sind eine ungenügende Aufklärung und ein extrem eingeschränkter Zugang zu sauberem Wasser. Das blutige Kapitel der Nestlé-Geschichte reicht von Beschuldigungen von Umweltzerstörungen über das Töten(lassen) von Gegnern, wie den Kolumbianer Luciano Romero, bis hin zur Finanzierung des

Paramilitärführers Salvatore Mancuso, was zur Hinrichtung von Hunderten AktivistInnen führte. Zuerst retteten die Regierungen mit Steuergeldern Banken, die daraufhin gegen die Staaten spekulierten und damit die europäische Staatsschuldenkrise auslösten. Ähnlich verhält es sich mit den Spekulationen auf Nahrungsmittel. Da Kakao wie Erdöl und Stahlkohle als Rohstoff an der Börse gehandelt wird, hängt der Preis nicht nur von Angebot und Nachfrage bzw. der Qualität der Bohnen ab, denn schätzungsweise 75 bis achtzig Prozent der Ware sind lediglich Spekulationen. Das heißt: Sie existieren überhaupt nicht, was wiederum zu drastischen Preisschwankungen auf dem Weltmarkt führt, womit nur die Masse verliert und die Elite, die sich aus Spekulanten rekrutiert, gewinnt. So wie der Londoner Anthony Ward, der sich mithilfe seines Hedgefonds sieben Prozent der gesamten weltweiten Jahresproduktion an Kakaobohnen sicherte. Er mietete Lagerhäuser und Schiffe, hielt den Kakao vom Weltmarkt zurück und wartete, bis der Preis explodierte.

Schokolade verspricht uns genussvolle Sinnlichkeit, sie gilt als Synonym für Glück und Liebe, sofern man der Werbung Glauben schenken darf. Die Realität sieht jedoch anders aus, denn der Großteil der Menschen, die auf dem reichsten Kontinent der Erde leben, dreht den Euro nach wie vor zweimal um: Pro Kopf essen wir im Durchschnitt zehn Kilo Schokolade pro Jahr und geben dafür etwa fünfzig Euro aus. Warum genießen wir nicht fünf Kilo fair gehandelter Schokolade aus den Weltläden und zahlen dafür etwas mehr, ohne uns beim sinnlich-süßen Genuss den blutigen Beigeschmack auf der Zunge zergehen zu lassen?

Noch vor wenigen Jahren wurde das damals unbedeutende Bio-Siegel von der Mehrheit verlacht. Heute bevorzugen bereits 95 Prozent der Deutschen biologische und unter fairen Bedingungen produzierte und gehandelte Produkte. In Österreich sind schon zwanzig Prozent der sich im Handel befindlichen Schokolade fairgehandelt, in der Schweiz sogar die Hälfte. Die Zahlen steigen und der Wandel in den Köpfen wird bereits vollzogen. Fair bedeutet in der Praxis jedoch nur insoweit fair, als dass noch eine ausreichend große Warenmenge verkauft werden kann, um Gewinne zu erzielen. Denn werden in den Geschäften von den KonsumentInnen keine fairproduzierten und -gehandelten Produkte gefordert, können die ProduzentInnen diese auch nicht verkaufen, weshalb sie nicht selten einen Teil ihrer Produkte konventionell anbieten müssen. Die europäischen VerbraucherInnen verhalten sich in dieser Hinsicht oft schizophren: Mehrheitlich sind sie gegen Kindersklaven, Ausbeutung oder gentechnisch veränderte Pflanzen, gleichzeitig greifen sie kaum zu Produkten, die natürlich und fair erzeugt werden. Es kann nur nachhaltig und moralisch gerecht produziert werden, wenn diese Produkte auch ihre KundInnen finden. Wer den ursprünglich fairen Handel unterstützt, fördert vor allem einen anderen wirtschaftlichen Umgang der Menschen untereinander, denn dadurch können die ProduzentInnen den Gewinn vor Ort in einer Gemeinschaft regeln, in der es keine singulären Sieger mehr gibt. Die Allgemeinheit profitiert beispielsweise von einer Kaffeekooperative in Chiapas im südöstlichen, die die indigenen revolutionären Gruppierungen der Zapatistas in ihrem Kampf gegen die Vertreibung von ihrem Boden und im Kampf um ihre Rechte unterstützt. Leider hat sich das Fairetrade-Siegel durch die Marktöffnung in Richtung der Millionenverdiener wie Lidl, Hofer oder Rewe selbst verwässert. Diese Unternehmen beziehen ihre Waren meist von Großgrundbesitzern und kaufen die vom Weltpreis unabhängigen Produkte erst, wenn der Preis das fairgehandelte Minimum erreicht. Die Großkonzerne und Discounter schmücken sich gerne mit dem Siegel, wollen jedoch ihre Art des Wirtschaftens nicht verändern. Aus diesem Grund machen die fairen Produkte nach wie vor nur einen sehr kleinen Teil ihres gesamten Sortiments aus. Die Zertifizierungskosten des Labels sind ein weiterer Kritikpunkt, denn viele können sich diese gar nicht erst leisten.

Um die FeldarbeiterInnen gerecht bezahlen zu können, würde ein geringer Aufpreis auf die Produkte bereits ausreichen. Doch da die Discounter, die ihre Ware von Großplantagen beziehen, die Preise bestimmen, sind sie die größten Gewinner im fairen Handel. Wie dem auch sei: Auch wenn sich das „faire" Siegel dem Großmarkt geöffnet hatte, war ich davon überzeugt, dass schon das Etikett an sich ein Bewusstsein schafft und die Menschen kritischer denken lässt.

Nach diesen anstrengenden Tagen auf dem Kakaofeld und mit den sehr dankbaren Menschen dort wurde ich eingeladen, weiter flussaufwärts an einer Zeremonie teilzunehmen, die abgehalten wurde, um die Geister für eine ertragreiche Ernte gnädig zu stimmen. Mit vier kleinen Holzbooten schlängelten wir uns entlang eines Seitenarms des sehr seichten Flusses, wo uns in einem kleinen Dorf Paulus' FreundInnen empfingen.

Wie bereits zuvor andernorts konnte ich mich auch hier nur im Fluss waschen. Direkt neben mir wurde flussabwärts die Wäsche mit Waschpulver gewaschen, daneben war das Plumpsklo und darunter ein kleines Fischgehege, in dem unser wohl reichlich gefüttertes Essen heranwuchs.

Wie ich erfahren durfte, beobachteten mich beim Waschen nicht nur Einheimische. Auf der anderen Flussseite tauchten immer wieder hungrig dreinschauende Krokodile auf, deren kulinarische Vorlieben aller Wahrscheinlichkeit nach keine vegetarischen Gerichte waren.

Am Abend, nachdem sich die Njamuks zurückgezogen hatten und die Schwüle etwas erträglicher wurde, erklangen als Auftakt der Zeremonie vor einigen Häusern zwei Meter lange Trommeln, bevor sich eine Menschenraupe tanzend durch das Dorf zu schlängeln begann. Strahlende Sterne, im Wind wehende Riesenbäume und sich im Kanon wiederholende Klan-Gesänge ließen Österreich von mir ganz weit weg sein. Viele Menschen waren in traditionelle Kleider gehüllt. Männer hatten zusätzlich einen engen, aus getrockneten Stängeln hergestellten Hut auf dem Kopf und die Frauen trugen als Kopfbedeckung bunte, offene Reifen, die am Hinterkopf mit einem Stab versehen waren. Ähnlich der Hochzeit einige Tage zuvor, gab es auch hier die FedertänzerInnen und ebenso faszinierend gekleidete Kinder. Doch wie ich es von den Dajaks bereits gewohnt war, wurden der Ablauf und die Vorschriften nicht ganz so strikt befolgt: Willkommen war eine jede und ein jeder. So fanden sich unter den jubelnden Massen auch Personen, denen ein Stofftier um die Hüften hing, oder andere, die eine hollywoodeske Scream-Maske trugen, und Männer hüllten sich aus reinem Spaß an der Freude in Frauenkleider und umgekehrt. Vor dem Langhaus tanzten wir dann bis zur Erschöpfung mehrere Runden im Kreis. In der Mitte bewegten sich derweil ein paar echt schräge Gestalten in einer Art Robotertanz. Ihr Kostüm bestand aus Blättern, die in längliche Fäden geschnitten waren. Um ihre Schulter hing ein rotes, mit Rüschen besticktes Tuch, auf dem sich gefleckte Muster zeigten und eine Holzmedaille platziert war. Als Maske fungierten schwere Holzköpfe, die in den traditionellen Dayak-Farben Weiß, Rot und Schwarz bemalt waren. Die Nasen und Münder dieser Maskerade standen sehr weit hervor. Kleine Hörner, eine lange Zunge und spitze Zähne betonten die liebevoll geschnitzten Kunstwerke. Riesige Holzohren, an denen Ringe baumelten, verwiesen auf die aussterbende Tradition, und am Kopf waren große, schwarz-weiße Federn zu einer Krone geformt.

Die Karawane zog weiter in das Innere des Langhauses, in dem wir noch stundenlang weiter tanzten und wo sich meine hochgepuschte Hysterie in eine unbeschreibliche Leichtigkeit verwandelte.

Am nächsten Tag begaben sich eine Handvoll Dayaks und ich zu Fuß durch das dunkle Grün. Unter den riesigen Baumblättern kam ich mir vor wie ein geschrumpfter Zwerg, der sich in einem Garten verirrt hatte. Bis ins tiefe Weltall hineinragende Bäume umgaben uns und wiesen den Weg in die Hütte eines Medizinmannes. Ezzy, ein junger Mann, der eigentlich in Jakarta lebte und nun hier bei seiner Familie zu Besuch war, sagte mir, dass er auf unserem bisherigen Weg bereits die Anwesenheit von Geistern gespürt hätte. Ich, der sich ein Leben lang kaum mit seinen eigenen Empfindungen und Wahrnehmungen befasst hatte, hatte nichts davon bemerkt. Nach einer halbstündigen Wanderung erreichten wir eine weitere Ansiedelung. Dort wurde mir der Medizinmann Mr. Laurentius Bing, auch Bing Dang genannt, vorgestellt. Er war ein noch recht junger, rund 40-jähriger, von Kopf bis Fuß tätowierter Medizinmann, der mir in weißen Shorts gegenübertrat. Mit einer Zigarette lässig zwischen die Lippen geklemmt, führte mich Bing Dang stolz um sein Haus. Zuerst präsentierte er mir sein neuestes Mobiltelefon, für das er hier zwar kein Netz hatte, das ihm aber trotzdem Spaß machte. Danach zeigte er mir viele Affen, Vögel und andere Tiere, die er einmal selbst gefangen hatte und die er nun in einem kleinen Käfig verwahrlosen ließ. Eine Sammlung von gravierten Affen- und Krokodilschädeln, die er, wie schon sein Vater und dessen Vater, stetig erweiterte, zierte die Hauswand.

Dann begann es zu gewittern und wir zogen uns zum Mittagessen in sein Haus zurück. Wie immer saßen wir dabei auf dem Boden und löffelten unsere Schüsseln mit Reis und tropischen Früchten leer. Danach kam die an ihren Handgelenken tätowierte Celine auf mich zu und fragte, ob auch ich ein Angehöriger der Dayaks, also ein Familienmitglied, werden wolle. Völlig außer mir vor Begeisterung stimmte ich mit stotternder Stimme zu. Daraufhin schloss sich ein Kreis um mich. Celine kam in die Mitte und streifte mit ihren geschundenen Händen ein selbstgemachtes Armband um mein Handgelenk. Mein Puls war rasend schnell. Bing Dang kam als Nächster auf mich zu. Er hielt ein kleines Brett mit einer in Tinte getränkten Nadel in seinen Händen. Ein selbstbewusstes Nicken meinerseits stimmte seinem Vorhaben zu. Schnelle Stiche brannten sich in meine Haut. Nach etwa zehn Minuten voller Schmerzen wand sich ein tätowiertes Band um mein rechtes Handgelenk, das mich ein Leben lang mit meiner zweiten Familie verbinden würde. Nacheinander kamen weitere zwölf Dayak-Mitglieder aus dem Haus und auf mich zu und hießen mich mit einem sanften Handschlag in ihrem Klan willkommen. Abschließend schenkte mir Bing Dang aus einer großen Flasche einen kleinen Schluck starken Alkohol ein.

Bis hinein in die 1960er Jahre hatte es auf dieser Insel noch Kopfjäger gegeben. Sie waren mit anderen Stämmen verfeindet und schlugen ihren Gegnern im Gefecht den Kopf ab. Deren Herz oder Lungen wurden nach der Rückkehr vom Schlachtfeld in Alkohol eingelegt. Um sich vor einem erneuten Kampf zu stärken, nahm man davon einen herzhaften Schluck. Heute findet diese Art des Kannibalismus nicht mehr statt. Die WaldbewohnerInnen bzw. die verschiedenen Stämme hatten untereinander und miteinander ihren Frieden gefunden. Doch Bing Dang besaß noch immer diese eine Flasche, die ihm einst sein Vater weitergereicht hatte. Ohne auch nur kurz zu zögern, nahm ich einen feurigen Schluck und starrte dabei auf die menschlichen Innereien im Krug vor mir.

Dieses intensive Ritual steckte voller erleichternder Energie, wodurch es mir förmlich den Boden unter den Füßen wegzog. Je mehr ich über die Welt da draußen erfuhr, desto mehr war mir über meinen eigenen kleinen Kosmos klargeworden. Dieses noch sehr grobe Gesamtbild beflügelte mich und ließ mir die guten ebenso wie die schlechten Dinge des Lebens in einer solchen Klarheit erscheinen, in welcher ich sie bisher noch nie betrachten konnte.

Diese teils modern, teils traditionell gekleideten Menschen gaben mir einen nur für mich bestimmten Stammesnamen: Liq, was so viel wie Gesundheit bedeutet. Ich wurde von ihnen so aufgenommen, wie ich war, und ich hatte im Zuge dessen ganz und gar auf meine Suche vergessen. Hier kümmerte es kaum jemanden, wie ich aussah, woher ich kam oder welcher Religion ich angehörte. Niemand erwartete sich etwas von mir und niemandem war ich etwas schuldig. Diese Menschen versteckten sich nicht unter einer Glaskuppe vor fremden Kulturen und sie weigerten sich, anderen ihre Werte und Ideologien aufzuzwingen. Sie strebten danach, von allen und allem zu lernen. Es waren wunderschöne Tage und Wochen, in denen ich das gab, was ich geben konnte, und als Dank mit viel Freude und Respekt behandelt wurde. Trotz der tragischen Ausbeutung von diesem und anderen Völkern erkannte ich in den Alten und den Jungen eine große Lebensfreude, wie sie auch bei mir nun wieder aufblühte. Als ob auf dieser Insel einmal der Ursprung des menschlichen Glücks gewesen wäre. Doch dieses Volk, diese für die Menschheit wichtige Freude, war bedroht. Bedroht von uns allen, die wir ihnen ihr Land, ihre Kultur, ihre Identität mitsamt der ihr innewohnenden unbedingten Dankbarkeit und Freude enteignen und somit uns selbst den Zugang zu unseren eigenen Bedürfnissen und Sehnsüchten erschweren. Wenn wir diese eine noch fließende Quelle der unbedingten Menschlichkeit kappen, steuern wir unaufhaltsam einer gleichgeschalteten Weltbevölkerung entgegen, die nur dem einen Zweck einer kapitalistischen Marktideologie folgt.

Als der Regen sich etwas legte, beschlossen wir, von Bing Dangs Dorf aufzubrechen. Noch donnerte es vereinzelt und der Schlamm, der sich in der Zwischenzeit gebildet hatte, erschwerte uns den Rückweg. Paulus bemerkte am Boden seltsame Abdrücke, die ihn zur Vorsicht mahnten, denn er wusste genau, von welchem Tier sie stammten. Leise und mit ihrer Machete bewaffnet, gingen Paulus, Ezzy und zwei andere Männer in langsamen Schritten voraus, als plötzlich hinter uns ein Rascheln erklang. Wir hielten den Atem an und erstarrten. Eine etwa vier Meter lange Anakonda bewegte sich elegant und zugleich furchteinflößend an uns vorbei. In voller Bereitschaft postierten sich die bewaffneten Männer rasch vor uns. Sie waren auf den Kakaofeldern schon öfter von Schlangen überrascht worden, die diesem Exemplar ebenbürtig waren – und schon öfter hatten sie dabei ein solches Tier getötet. Zu Schaden war ein Dayak deswegen aber schon lange nicht mehr gekommen. Doch die Gefahr, die langsam unter dem dichten Geäst wieder aus unserem Blickfeld verschwand, befand sich ständig in unmittelbarer Nähe.

Ezzy blickte dem Tier nach und äußerte ein weiteres Mal, dass er schon wieder die Gegenwart von Geistern verspüre. Im selben Moment kippte das hinter uns stehende Mädchen mit Namen Asmara zur Seite und blieb bewusstlos auf dem Boden liegen. Es war nicht mehr weit bis ins Dorf und die sich nähernde Dunkelheit ließ uns die Entscheidung treffen, dass wir Asmara schnellstmöglich zurücktragen sollten. Als wir das geschafft hatten und aus diesem Grund auch einigermaßen erschöpft waren, brach über uns ein weiteres Mal ein Unwetter herein, das mit seinem Regen auf die mit Wellblech bedeckten Häuser herabstürzte. Mit jedem Donner erbebte das Haus in seinen Grundfesten und jeder einzelne Blitz ließ uns zusammenzucken. Asmara war nun wieder bei Bewusstsein und man half ihr, sich aufzurichten. Mit reglosen Augen und totem Blick starrte sie ins Leere. Skeptisch verfolgte ich das Szenario, in dem angeblich ein Geist Herr über ihren Körper wurde. Die Männer postierten sich kreisförmig um sie herum. In dieser Runde waren nur Männer zugelassen, da der Geist, so wie die Dayaks glaubten, nur in die „schwächeren" Frauen eindringen konnte. Dieser männliche Schutzwall sollte verhindern, dass er auf andere Frauen übersprang, die sich in unmittelbarer Nähe befanden. Meine Skepsis wich endgültig einem ungläubigen Entsetzen, als Asmara zu sprechen begann. Mit jedem ihrer Worte lief mir ein kalter Schauer über den Rücken. Ich wusste nicht, wer oder was aus ihr sprach, doch es war ganz gewiss nicht mehr sie selbst. Keinen Augenblick lang ließen sich ihre starren, glanzlosen Augen stören, während sich eine dunkle, trockene Stimme ihren Weg über die Lippen des Mädchens bahnte. Asmara war eine unter den Dayak lebende Muslimin und begann vermutlich deshalb, auf Arabisch zu sprechen. Einer, der dieser Sprache mächtig war, setzte sich vor das Mädchen auf den Boden und begann, ein arabisches Gebet zu sprechen. In dieser Not standen sich zwei Weltreligionen, der Islam und die dayak'sche Interpretation des Christentums, heilbringend zur Seite.

Die Worte wurden uns übersetzt und wir erfuhren, dass sich der Geist einen Körper gesucht hatte. Er war eine Art Seele, die von einem alten, ermordeten Krieger stammt und hier inmitten des Dschungels auf dem Weg ins Reich Gottes verlorengegangen war. Sie, die Seele, wollte dem Mädchen kein Leid zufügen, schwächte es jedoch trotzdem sehr. Die Männer saßen immer noch im Kreis, hielten sich an den Händen und begannen mit einem weiteren Gebet. Ich wusste nicht, was dabei genau geschah. Das, was ich mit meiner Aura nicht fühlen konnte, blieb mir ein Rätsel, doch das, was ich mit meinen Augen sah, war in der Tat kein Schauspiel. Vor mir saß ein Mädchen und irgendetwas hatte die Kontrolle über sie erlangt.

Nach einigen Minuten konnten die Männer mit Gebeten und Bitten den Geist davon überzeugen, den schwachen Körper wieder zu verlassen. Von hinten strich ihr einer der Gruppe geschwind über den Rücken, als ob er den Geist von ihr abwischen wollte. Daraufhin glitt Asmara zu Boden, sie fiel in einen tiefen Schlaf und brauchte nun Ruhe.

Wovon ich hier Zeuge geworden war, hatte in meiner bisherigen Wirklichkeit nicht existiert. All die Dinge, die mich in meiner äußeren Umgebung tagtäglich beeinflussten, all das, was ich gelernt hatte, jenes, wovon mir gesagt worden war, es sei richtig oder falsch. Wahr oder Unwahr. All das wurde immer öfter widerlegt. Fast täglich erfuhr ich Neues, von dem ich zuvor nicht gewusst hatte, dass es überhaupt in irgendeiner Form existiert. Meine kleine, mir angelernte Welt wurde immer mehr in Frage gestellt, denn das einst so robuste Fundament, auf dem dieses Leben errichtet worden war, hatte sich in Treibsand verwandelt, der mich nicht mehr ruhen ließ.

Die Dayaks hatten recht damit, dass sich die Geister näherten. Ich wusste nun, dass sie in jedem von uns, egal ob in Männer oder Frauen, sind. Sie zeigen sich sowohl in der Gier eines Spekulanten als auch in Form einer wütenden Mutter, die ihr verhungertes Kind im Arm hält. Die Geister lassen Planierraupen durch den Regenwald fahren oder Flugzeuge in einen Wolkenkratzer fliegen, aber sie sind ebenso als Geschichte in den Augen eines Kindersklaven zu lesen. Die Geister waren für mich also nichts Fremdartiges mehr, sie sind ein Teil von uns selbst. So wie bei Asmara und ihrem Volk sind sie ein Teil unserer eigenen Vergangenheit, unserer Kultur, deren Handlungen sich schon vor unserer Geburt auf unser späteres Leben auswirken. Schon oft hatte ich bisher die Macht über das, was ich sagte und tat, verloren, da mich ein solcher Geist übermannt hatte. Ich musste lernen, mich und meine Gefühle besser wahrzunehmen und selbst Herr über die vielen Ausdrücke meiner selbst zu werden, denn bei Weitem nicht alle waren schlecht. Ich musste mir dieser Seelen der Vergangenheit bewusst werden, um mehr Klarheit über das zu erlangen, was mich in meinem Leben prägte und bedeutend für mich war. Die Suche würde noch andauern, der Weg war noch nicht zu Ende.

Das Leben davor
oder: Das suchende Ich in einer Welt der Anderen

Während der langen Wochen nach seinem Krankenhausaufenthalt verhielt sich der endlich aus seinem Ganzkörpergips befreite Toni sehr ruhig und unauffällig. Doch nach langen Grübeleien, die er anstellte, als er der ihm wieder auferlegten Arbeit nachging, entschloss er sich an einem kalten Februarmorgen dazu, sich selbst und allen anderen endgültig etwas zu beweisen. Er wollte sein bisheriges Dasein beenden und um zu einem dauerhaften Höhenflug zu gelangen glaubte Toni, über die vorgegebenen Grenzen weit hinausgehen zu müssen. Er begab sich zum Aussichtsturm.

Immer öfter hatten sich Tonis FreundInnen in den vergangenen Tagen und Wochen große Sorgen um ihn gemacht. Er schien nur mehr ein unglückliches Produkt der Gesellschaft zu sein, das darin aber keinen Platz fand. Doch als der junge Mann über sein Treffen mit Geistheilerin Hermi in deren verschneitem Haus zu sprechen begann, sahen manche wieder Begeisterung in seinen Augen. Auch Jenny, die anfangs glaubte, ihr Freund wäre lediglich auf einen weiteren Trend aufgesprungen, wurde spätestens im Laufe ihres gemeinsamen frühlingshaften Gletscherausflug klar, dass er dadurch, dass er dieser Frau zuhörte, einiges über sich selbst lernen konnte.

Für Jenny, aber auch für viele andere war Toni schon immer ein etwas schräger Vogel gewesen. Doch eigentlich hatte der Bursche nie besonders auffallen wollen.

Vor seinem zehnten Lebensjahr wurde er durch seine vielen aus dem gewöhnlichen Rahmen fallenden Aktionen von einigen seiner SchulkollegInnen gefeiert und von den meisten Erwachsenen gefürchtet. Nach seinem zehnten Geburtstag trat bei Toni jedoch eine Entwicklung ein, die ihn mehr und mehr zum Außenseiter degradierte. So lachten ihn viele Kinder wegen seiner seltsam aussehenden grauen Weste aus, die er aufgrund seiner Kinderkrankheit tragen musste.

Das ihm zwanghaft auferlegte Sich-anpassen-Müssen trug schließlich endgültig dazu bei, dass Tonis wilde Geister eingefangen wurden und er sich im Zuge dessen mit der Zeit selbst vergaß. Er hatte zu dieser Zeit nicht nur Probleme damit, seine Identität und seine Vorlieben und Hobbys im eigenen Kopf zu behalten, sondern auch, sich an die Ereignisse zu erinnern, die vor seinem zehnten

Geburtstag stattgefunden hatten. All die schönen Vorkommnisse und die Freude in und an seinem Leben verblassten im Nebel der sich anhäufenden negativen Geschehnisse. Seine früher so freie Denkweise passte sich den von seinen Mitmenschen oft als wichtig eingestuften Leistungsbeurteilung an, die Toni in seinem Alltag immer mehr beeinflusste.

Die Schulnote Drei war nun nicht mehr nahe an der Zwei, sondern eher an der Vier. Der Bursche musste plötzlich schon um 21 Uhr ins Bett und durfte nicht mehr bis lange nach 21 Uhr wach bleiben. Der Sommer war nun nicht mehr glücklicherweise wärmer als der Winter; Toni betrachtete ihn nur mehr als die unangenehm brütend aufbrühende heißeste Jahreszeit. Sein einst so geliebter Winter wurde zu den unwirtlich-frostigsten Monaten des Jahres und die Übergangszeiten waren konsequenterweise ebenso nichts weiter als bloße Vorboten der nahenden katastrophalen Extreme.

Durch den Druck der Mitmenschen im kleinen Kaff lernten seine FreundInnen und Toni auch nicht mehr, was sich im Wald Tolles erleben lässt. Toni sah nur mehr die Gefahren für sich und die Natur, die dadurch geradezu heraufbeschworen wurden, wenn er zum Beispiel auf einen Baum kletterte. Die Natur wurde ihm fremd und der Fernseher sein neuer bester Freund. In diesem Teufelskreis des sozialen Druckes und seiner negativen Betrachtungsweisen hatte er nach und nach sein Selbstvertrauen und das Vertrauen in seine Stärken verloren.

In seiner Pubertät versuchte der mit Pickel übersäte Bursche, seiner Entfremdung entgegenzutreten, und hoffte, dadurch irgendwo dazuzugehören. Die Beziehungen zu seinen gleichaltrigen FreundInnen waren jedoch meistens von einer wettbewerbsorientierten Hierarchie bestimmt. Der junge Toni wusste nicht, wie ihm geschah, aber plötzlich musste er seine Fäuste benutzen, um akzeptiert zu werden. Das hatte ihm auch der Säufer Adi einmal erklärt, als dieser wieder einmal besoffen an der Schulbushaltestelle herumlungerte:

„Du, Schachner-Bub, wennst mal was werden willst, brauchst viel Geld und beim Geld hört sich jede Freundschaft auf. Keinem kannst vertrauen. Drum musst dich mit den Fäusten durchschlagen."

Mit solchen Sprüchen wurde der Bub vom Schachner, denn für viel mehr als nur für den Sohn seines Vaters hielt er sich selbst auch nicht mehr, auf eine Welt vorbereitet, in der nur der Größere und Stärkere siegte. Darin fand er für sich selbst aber keinen Platz mehr, weder als Superheld noch als Träumer. In dieser Welt, die für Toni real geworden war, wurde er von diesen Größeren und Stärkeren verprügelt, geknebelt, im Klo hinuntergespült und zu einem zwanzig mal dreißig Zentimeter großen Rechteck zusammengestampft.

Tonis Rache sah so aus, dass er sich mit ähnlichen Boshaftigkeiten an den noch Kleineren und Schwächeren verging, um sich auf diese Weise bei den Klassenführern Anerkennung zu verschaffen. Er fühlte sich, wie viele andere Kinder auch, oft zu schwach, um gegen die Mächtigen in seiner noch kleinen Welt vorzugehen, denn ihm war nicht mehr klar, was er als Einzelner denn schon bewirken könnte. Er trat mehr unbewusst als absichtsvoll Banden bei und verschaffte damit dem hierarchischen Machtgehabe immer mehr Kraft und Durchsetzungsvermögen: Die Großen waren durch die Teilnahme der Kleinen immer stärker geworden.

Oft buhlte Toni nur mehr mit plumpen Äußerlichkeiten und aufgesetzter Coolness um die Aufmerksamkeit und Anerkennung der anderen. In dieser Phase seines Lebens gelang es mir nur mehr sehr selten, an ihn heranzukommen. Nach seinem zehnten Geburtstag distanzierte er sich immer mehr von mir und vergaß irgendwann völlig auf mich. Dennoch wich ich in seinem Leben niemals von seiner Seite und beobachtete ihn bei all seinen Versuchen herauszufinden, wie er sein wollte und wer er vielleicht schon immer gewesen war.

Als ganz kleiner Junge war Toni mit seinen Engelslocken und dem treuherzigen Blick, den er nach jedem angestellten Blödsinn gezielt einsetzen konnte, der Liebling aller Mütter. Als er zu einem jungen Mann heranwuchs, lernte er, seinen Feuerwehrschlauch nicht nur zum Löschen des Lagerfeuers und zum Düngen der Erdbeeren im Garten zu verwenden. Ihm fiel in dieser Zeit auf, dass Juicy und Trendy in der Brustgegend jeweils zwei seltsame Geschwülste wuchsen. Da Toni dachte, es seien immense Pickel wie die in seinem Gesicht, spielte er den guten Samariter und wollte sie den Mädchen zuvorkommend ausquetschen. Warum sie dabei jedoch hysterisch zu schreien begannen, konnte sich der Spätzünder damals nicht erklären.

Ähnlich wie mit Fingerfarben im Kindergarten bemalten die jungen Damen außerdem plötzlich ihre Gesichter. Nur durfte Toni dieses Mal nicht mehr mitmachen, denn sie sagten, das alles wären Mädchensachen und er müsse Bubensachen machen.

Toni war ziemlich verwirrt. Als seine Tante ihm einmal mitteilte, dass er mit noch längeren Locken wie eine weibliche Person aussehen würde, ging ihm ein Lichtlein auf. Der neugierige Bub war danach der festen Überzeugung, dass wenn er wie ein Mädchen aussehen würde, er diese auch verstehen könne.

Nachdem ihm seine beiden Schwestern aber nach seinem Selbstversuch ihre Stöckelschuhe und Kleider wieder weggenommen hatten, mussten die langsam heranwachsenden Haare auf Tonis Kopf für ein mögliches Verständnis der Frau ausreichen. Trotzdem wurde ihm in den nächsten Monaten die Welt seiner Freundinnen immer weiträumiger versperrt. Als Mann konnte er nun dieses und jenes nicht mehr tun, da jenes und dieses ausschließlich zum Verhalten und Erscheinungsbild einer Frau gehören. Auch nach monatelangem Ausharren brachten ihm seine immer länger werdenden Locken nicht die erhoffte Erleuchtung. Toni fühlte sich geschlagen, widmete sich von nun an der Erfüllung seiner Zuweisung als Mann und gab sich dabei große Mühe, in dieser vorgefertigten Backform heranzureifen.

Wegen seinen langen Haaren wurde er im Dorf immer wieder als Hippie bezeichnet. Durch diese Beschreibungen verbreitete sich schnell das Gerücht, dass der ohnehin bereits vom rechten Weg abgekommene Bub vom Schachner nun durch und durch ein solches Blumenkind sei. „Habt's g'hört: Der Bub ist jetzt ein Hippie. Der Sepp hat erzählt, dass ihm der Fritz g'sagt hat, was er von Karl seiner Frau, derer Schwester Fini, ihres Enkels Hans, dessen Großcousine Irmis Ehemann Gustl, seines Schwagers Bepi, dessen Saufbruder Adi von mir selbst während eines Rausches und dabei sinnlos zusammengewürfelten Gedankengängen erfahren hat."

Genau so oder so ähnlich verbreitete sich nun die Kunde, dass diese Hippies, von denen einige im Dorf zuvor noch nie gehört hatten, Gras rauchen.

Toni bemühte sich so sehr, den Erwartungen seiner Mitmenschen zu entsprechen, dass er sich dazu verpflichtet fühlte, dieses Gras zu probieren. So skurril es für ihn auch klang, aber mit einer kleinen Sichel bewaffnet begab er sich auf die Wiese und schnitt dort einige Büschel ab. Stolz spazierte er danach mit dem getrockneten Gras im Mund auf den Marktplatz und zündete es vor der Kirche neben den staunenden Gesichtern an. Der aufsteigende Rauch rief jedoch in Tonis Lunge einen grauenvollen Hustenanfall hervor. Ein paar Wissende näherten sich und erklärten ihm, dass er nur richtiges Gras rauchen dürfe, also Marihuana, da er doch jetzt einer der Regenbogenmenschen sei.

Was das genau sein sollte, konnten ihm die Stiefeltern seines Vertrauens, namentlich Herr und Frau Internet, näher erklären. Der Sicherheit halber bestellte sich Toni dort auch gleich mit nur wenigen Klicks ein paar Proben. Im Paket, das Toni kurz danach im Postkasten vorfand, war auch eine ausführliche Bauanleitung enthalten, die darüber Auskunft gab, wie man sich einen Joint fachgerecht zusammenbaut. Nach dem ersten Zug fühlte sich der Entdecker etwas schwindelig und schlief gleich darauf ein.

In den nächsten Wochen rauchte Toni je einen Joint pro Tag, um sich so die erhoffte Zugehörigkeit zum dorfeigenen Außenseitertum zu verschaffen. Insgesamt war er nun viel friedlicher und gelassener und verspürte in sich das dringende Gefühl, die Beurteilungen seiner Person vonseiten der Ortsbekannten nicht mehr allzu tragisch zu nehmen. Doch nun wollten diese, dass er doch kein Hippie mehr sein sollte, denn Kiffen ist einerseits illegal und macht andererseits – angeblich – nur blöd im Kopf, was Toni ohne Widersprüche glaubte, denn wegen der vielen verwirrenden, sich widersprechenden Forderungen von allen Seiten kannte er sich nun wirklich nicht mehr aus.

Als Toni dann mit 18 Jahren Jenny auf einem Rockfestival außerhalb des gläsernen Vorhanges kennenlernte, steckte er schon tief in einer neuen Identitätskrise. Eigentlich wollte er mit ihr an traumhaften Stränden auf einem Pferd dem feuerroten Sonnenuntergang entgegenreiten. Gemeinsam exquisit speisen, Sekt trinken, Händchen halten, der Angebeteten Rosen pflücken und schenken, kleine Origamiblumen aus der Plastikverpackung der längsten Praline der Welt basteln, mit ihr in einem Eigenheim leben mit Doppelgarage und den dazugehörigen Autos, ihr gegenüber jederzeit einfühlsam sein, sie verstehen, mit ihr gemeinsam Kinder machen, haben und großziehen und vieles mehr, was eine perfekt inszenierte Liebe halt so hergibt.

Jenny fand seine aufrichtige Ehrlichkeit recht amüsant, musste Toni jedoch dahingehend aufklären, dass ihm all seine Vorstellungen von einer perfekten Beziehung nur von den kommerziellen Werbungsmachern vorgegeben worden seien. Doch weil Jenny diesen Burschen mitsamt seiner geringen Erfahrung im Umgang mit Frauen so lustig fand, gab sie ihm Jahre später bei gleicher Gelegenheit doch noch ihre Nummer.

Zu dieser Zeit war Toni eine Art Punk, und diese Entwicklung war bereits im Winter zuvor vor sich gegangen.

Den Anfang für seinen Werdegang hin zu einem Linken markierte der Tag, als Toni mit dem Snowboarden begann. Dabei zog er sich des Öfteren eine Blasenentzündung zu. Zu verdanken hatte er dies dem von der Szene gesellschaftlich eingeforderten Tragen moderner Skaterhosen, die er sich – so wie es sich gehörte – bis unter die Knie zog. Das dadurch regelmäßig auftretende Krankwerden und seine ihm eigene Betrachtungsweise des negativen Denkens veranlassten ihn dazu, etwas Farbe in sein Leben zu lassen. Darum ließ er sich seine Haare bunt färben, nur um etwas Freude in die graue, krankmachende Jahreszeit zu bringen. Womit er sich aber gleichzeitig der Frage stellen musste, was denn nun ein ihm derart wesensfremdes fremdartiges Punk-Wesen alles zu machen und zu tun hätte.

Gemäß der Informationen, die er darüber in Erfahrung bringen konnte, war das übrigens nicht viel. Er musste nichts weiter tun, als immer wieder sinn- und stillos am Marktplatz abzuhängen. Dafür lieh er sich den kleinen Pudel seiner Nachbarin Herta aus, denn eine punk-typische Bulldogge gab es im Dorf leider nicht. Mit Hertas Hündchen setzte sich Toni also an den Brunnen und trank sein billiges Dosenbier. Beim Genuss dieses ungenießbaren Getränks schummelte Toni anfangs und füllte Wasser in die Dose, bis man ihm auf die Schliche kam und er deshalb angeklagt und im selben Schritt auch noch dazu verurteilt wurde, von Rechtswegen kein echter Punk zu sein. Das Biertrinken stellte außerdem eine unauflösliche Verbindung zu seinen restlichen MitösterreicherInnen dar, da 99 Prozent davon den Gerstensaft täglich literweise vernichteten. Der Junge, der eigentlich Hollersaft bevorzugte, musste sich an diesen speziellen Geschmack erst gewöhnen. Außerdem fiel es Toni schwer, sich seine sauberen Hosen zu zerreißen. Und erschwerend kam hinzu, dass von ihm erwartet wurde, diese grauenvolle Musik zu hören, die ihm erst durch die langsam eintretende Gewohnheit besser und besser gefiel. Seine ursprüngliche Leidenschaft für Mozart und Bach ließ der Möchtegern-Punk mithilfe von Bands wie Die Toten Hosen, Refused oder Enter Shikari verschwinden.

Die ganze Aufmerksamkeit führte dazu, dass der Punk Toni junge NachahmerInnen fand, die ebenfalls gerade um ihren Platz in der Gesellschaft kämpften und nicht so recht wussten, wohin sie ihre wilden Geister steuern sollten.

In dieser für ihn aussichtslosen Lage wurde ihm, dem Verlorengeglaubten, erst viel zu spät sein gesundheitlicher Zustand bewusst.

Und da lag er nun auf dem Boden, ohne sich wieder aufrichten zu können. Niemand auf der Baustelle wusste so recht, woran das lag.

Über die Jahre hinweg wurde es Toni leid, immer alles falsch zu machen. Nie konnte er den Erwartungen der anderen entsprechen. Doch ohne es zu bemerken, brachte ihn diese Inakzeptanz langsam immer mehr dazu, seine eigentliche Identität zu entdecken, die er dadurch Stück für Stück selbst aktiver mitgestaltete. Da Toni bisher immer jemand anderes sein musste, konnte er natürlich nicht wissen, wer denn dieser Toni Schachner in ihm überhaupt war.

Dadurch, dass der junge Mann durch seine vielen Misserfolge seine Zugehörigkeit erst noch finden musste, lernte er, dass sein äußeres Auftreten nie allen recht sein würde. Dieser Gedanke motivierte ihn und so entschloss er sich dazu, sich an verschiedenen Verhaltensweisen zu orientieren, die in der Gesellschaft als gut anerkannt waren, oder sich gar an Dingen festzuhalten, die Bewunderung und eine Vorbildwirkung zur Folge hatten. Eine große Hilfe bei diesem Vorhaben war ihm der inzwischen weltberühmte Kränky, da ihm dieser Freund viele interessante Möglichkeiten eröffnete.

Doch die im Zuge dessen um seine öffentliche Person herum erzeugte Bewunderung seiner Fangemeinde verleitete Toni am gefrierenden Aussichtsturm beinahe zu einem Verzweiflungsakt.

Aber all diese Ereignisse, Misserfolge und Herausforderungen hatten stattfinden müssen, damit Toni schlussendlich auf die Geistheilerin Hermi treffen konnte. Sie war der festen Überzeugung, dass es kein Zufall gewesen war, dass Toni an diesem einen kalten Februartag an ihre Türe geklopft hatte. Solche oder ähnliche Ereignisse fanden tagtäglich im Leben aller statt, nur waren viele oft nicht bereit, diese Zeichen auch zu erkennen.

Tonis Unterbewusstsein hatte bereits wahrgenommen, in welche Richtung er sich entwickeln würde. Dieses für ihn noch im Verborgenen liegende Gefühl war ihm immer einen Schritt voraus und versuchte ihn, der noch blind dafür war, auf den richtigen Weg zu bringen.

Hermi hatte für all das eine Erklärung, denn sie war der festen Überzeugung, dass seit Anbeginn jeglicher Existenz Alles mit Allem ineinander verknüpft ist und sich aus diesem Grund für jedes Leben eine Vielzahl von Möglichkeiten ergibt. Selbst jedes vergangene Zeitalter ist mit unserer heutigen Lebensweise und dem dazugehörigen Wissen verbunden und wird auch die Zukunft aller weisen. Die Luft, die schon ein Urmensch in sich aufgenommen hatte, stärkt noch heute unsere Lungen. Genauso müssen wir auch den Geist der Zeit und die Schatten der Vergangenheit am Leben erhalten, um darauf aufzubauen. Für welche der vielen Wege sich die gesamte Menschheit ebenso wie jede einzelne Person entscheidet, ist jedoch ungewiss.

So stand es auch in Hermis Buch über die Schwerhaftigkeit des Lebens, das sie ihrem eifrigen Besucher geschenkt hatte. Denn Tonis Vergangenheit war neben der Gegenwart ebenso mitverantwortlich für das Auftreten seiner AGHS.

Mithilfe seines Kinderfotoalbums konnte ich dem erwachsenen Toni später bei seiner Spurensuche behilflich sein, denn nur dadurch, dass er nach meiner Anwesenheit verlangt hatte, führte er nun sein aktuelles Dasein als ermüdeter und ermatteter Fünfzigjähriger. Mein jungengleiches Auftreten ließ ihn erst bewusst werden, wie alt er im Vergleich zu mir inzwischen geworden war. Deshalb sehnte er sich so sehr zurück in seine Vergangenheit, in unsere gemeinsame Jugend.

In dieser Jugend waren wir unzertrennlich und teilten alles miteinander. Über Jahre hinweg verband uns ein derart starker Zusammenhalt, wie wir ihn mit niemandem sonst verspürten. Toni und ich konnten einander blind vertrauen und wussten intuitiv, was wir gemeinsam fühlten und anstrebten. Wir waren mit uns eins gewesen.

Jene Menschen, die das Beste für uns wollen, bewirken oft nur, dass wir uns von ihnen trennen.

Mit ihren Bemühungen, Toni ein gutes Leben zu ermöglichen, waren seine Eltern den allgemein anerkannten Vorstellungen und Werten gefolgt. Sie waren zwar für ihre Kinder aufopfernde Wegweiser, doch lebten sie selbst schon mehrere Jahre unter diesem damals noch so robusten Glashimmel. Für Tonis Eltern und auch für seine Geschwister gab es einen geregelten, bis ins Detail vorgezeichneten und -gefertigten Ablauf des Lebens, der ihnen Komfort und Sicherheit bot, und deshalb niemals hinterfragt werden durfte. Die Welt außerhalb der durchsichtigen Festung war für die Mehrheit schon alleine aus diesen Gründen weniger von Bedeutung.

Natürlich gab es dank der Schleuse vereinzelt Ausflüge in benachbarte Dörfer. In den 1990er Jahren nach der Öffnung des Eisernen Vorhangs zwischen Österreich und Ungarn wurden für Extremreisende Touren an die Grenzübergänge Österreichs zu dessen postkommunistischen Nachbarländern immer beliebter. Ein paar wenige brachten sogar den Mut auf, die andere Seite zu besuchen, dorthin, wo das Ungewisse und Fremde wartete oder lauerte, je nachdem. Manche, die wieder zurückkehrten, berichteten davon, dass es dort drüben gar nicht so anders war, wie viele vermuteten. Nachdem in Westeuropa die Erfahrungen einer kriegerischen Vergangenheit in eine offiziell anerkannte Erinnerungskultur aufgenommen werden konnte, musste man sich von dem bisherigen Gedankengut die feindlichen Nachbarn betreffend trennen. Doch bis auch diese mentalen Grenzen endgültig in Scherben zersplittern, wird es wohl noch einige Jahre dauern. Denn Österreich selbst sah über einen langen Zeitraum hinweg keinen Grund, die eigene Geschichte zu hinterfragen. Verantwortlich dafür war unter anderem die offizielle Anerkennung als erstes Opfer Nazideutschlands. Der Nationalsozialismus galt lange als ein rein deutsches Phänomen, weshalb alle anderen Staaten nach dem Zweiten Weltkrieg zumindest nach außen hin all das vertraten, was Deutschland in Form des Dritten Reiches ausdrücklich nicht gewesen war. Nachdem in Österreich 500.000 ehemalige Parteigenossen Hitlers ihre vollen bürgerlichen Rechte zurückerhalten hatten, herrschte ab 1948 eine Amnesie, die sehr viel später mit Kanzler Helmut Kohls Anerkennung der deutschen Schuld und seiner Ansprache 1984 in Israel über ein „neues Deutschland" dazu führte, dass sich die Republik Österreich selbst derart lange seiner Verantwortung entziehen hatte können, bis sich schließlich 1991 der damalige Bundeskanzler Franz Vranitzky erstmals zur österreichischen Mitschuld bekannte.

Da sich Österreich, ähnlich wie viele andere Staaten Europas, lange Zeit mit einem einheitlichen, typisch österreichisch ausgeprägten Opferkult schmückte, in dem weder Juden, vor allem aber Roma, Sinti, Homosexuelle oder andere von der NS-Verfolgung und -Vernichtung betroffene Minderheiten über Jahrzehnte hinweg nicht erwähnt wurden, wurde diesen Menschen eine offizielle Anerkennung verweigert, sowohl was deren Identität als auch ihr Leiden betrifft. Nachdem aber der Zweite Weltkrieg in den 1960er Jahren als Unterrichtsstoff auch in den Schulen angekommen war, konnten die Staaten Westeuropas durch die Anerkennung der Mitschuld diesen Teil ihrer Vergangenheit langsam in ihr kulturelles Gedächtnis mit aufnehmen. Die kommunistischen Bruderstaaten hinter dem Eisernen Vorhang hüllten sich hingegen bis Anfang der 1990er Jahre in eine künstlich erzeugte Illusion, die das Regime um sie herum errichtet hatte. Was unter der kommunistischen Herrschaft für sie als falsch galt, fand nach dem Untergang ihrer Regime breiten Anklang. Da mit dem Zusammenbruch der Sowjetunion der Zwangscharakter einer einheitlich vom Staat diktierten Gesellschaft beseitigt wurde, musste logischerweise das als falsch Gegoltene nun doch richtig sein. Aus dieser Ideologie heraus schlugen Nationalismus und Rassismus alter Tage wieder fruchtbringende Wurzeln. Selbst Liberalisierung, Privatisierung und Freihandel im Sinne des Neoliberalismus waren durch die Erfahrungen mit dem Kommunismus im Vergleich zu dessen staatlichen Regelungen reizvoll geworden. Erst mit der Aufnahme der postkommunistischen Länder Osteuropas in die Europäische Union und deren Beitritt in den Schengener Raum wurde eine Gemeinschaft geschaffen, die den Kontinent dauerhaft vor Kriegen mit sich selbst schützen sollte.

Die Gedanken daran, dass die EU eine Wertegemeinschaft sein sollte, welche die Demokratisierung des Kontinents unterstützt und Kriege zu seinen Nachbarn verhindert, ließ auch die Neugierde von Tonis Eltern und einiger anderer DorfbewohnerInnen auf die fremde Welt wachsen, weshalb sie sich einmal in einer abgeschirmten Bustour eines professionellen Reiseunternehmens nach Deutschland, Italien oder Ungarn wagten. Doch es gab auch solche wie den Bürgermeister des Dorfes, der schon vor Beginn dieser Tour wusste, dass es ihm nicht gefallen würde. Was dank dieser Denkweise natürlich auch tatsächlich eintraf. Solchen PessimistInnen wiederfahren exakt jene Ereignisse, die ihnen die Medien zuvor präsentieren und vor denen sie sich nun heillos fürchten. Dieses skeptische Denken, das durch die Idee von „uns" und den „anderen", dem Fremden, nur neue, aber weichere Grenzen erzeugt, ist ein Phänomen, das rechtspopulistische Parteien für sich nutzen. PolitikerInnen aus diesen Lagern warnen vor denen, die weit gereist sind, denn die Wahrheit ist, dass diese von Menschen mit vermeintlich befremdlichen Hautfarben, Kleidern, Sprachen und Religionen erzählen, die oftmals nicht dem Feindbild der Mythen und Medien entsprechen. Und gerade dieses erfrischende Gedanken-„Gut" gefährdet die Grenzen von Dörfern wie unserem kleinen Kaff im Innviertel: Dadurch verwandelte sich die Welt, die dort hinter der Festung errichtet worden war, immer mehr in eine zerbrechliche Glasfassade.

Dies alles veranlasste auch Tonis Eltern dazu, ihre Kinder vor den vermeintlichen Gefahren der bösen Welt da draußen beschützen zu wollen. Für eine derart statische Denkweise, die sich in der Vergangenheit verkriecht, ist es nämlich auch un-denk-bar, dass Menschen, die einst das Land verließen und nicht mehr zurückkamen, heute auf einem anderen Fleckchen Erde ihr Leben glücklich genießen.

Wie schon die Babyboomer der 1990er Jahre, denen wir eine historische Aufarbeitung der Vergangenheit zu verdanken haben, waren die als Generation Maybe oder Generation Y kategorisierten Jungen in Tonis Alter neugieriger und hatten noch mehr Mut – aber auch mehr Distanz zur Vergangenheit – als ihre Eltern. Aus Erzählungen oder gar selbst erlebten frühen Jahren kannten sie noch die alte kleine Welt, in der es einen Familien- und gesellschaftlichen Zusammenhalt zwischen Alt und Jung gab, der trotz oder wegen gestiegener Wahlfreiheiten heute oftmals zu kurz kommt. Sie lernen auch immer mehr von und über andere Kulturen, darum gelten sie als wichtige VermittlerInnen zwischen diesen verschiedenen Lebensweisen. Durch ihr immer individueller werdendes Kulturverständnis laufen viele Gefahr, sich ebenso wie Toni nirgends mehr zugehörig zu fühlen. Wenn sich diese Menschen im Chaos der neoliberalen Weltreligion nicht zurechtfinden und am Umbau aktiv mithelfen, werden die folgenden Generationen nur mehr wie unsoziale und ferngesteuerte Roboter auf einem vergifteten und ausgebeuteten Planeten funktionieren.

Tonis Eltern und all die anderen hatten ihn doch nur vor dem Fremden schützen wollen, vor dem sie selbst Angst hatten. Doch das Fremde hatten sie sich ebenfalls selbst durch neue Grenzen erschaffen. Deshalb konnten sie auch die rebellischen Geister, die in Toni ihr Unwesen trieben, nicht akzeptieren.

Ich sehne mich oft an die Tage vor Tonis zehntem Geburtstag zurück, denn das war die Zeit, in der er noch wusste, wer er war.

Er wollte keinen Familien- und Gemeinschaftszusammenhalt, der sich an Verurteilungen Außenstehender stärkte. Er sehnte sich nach einer offenen Gesellschaft, die bereit war, von anderen zu lernen. Doch diese ängstliche Sicherheit und zwanghafte Liebe, die man ihm gab, fesselte ihn immer mehr.

Schon einmal, vor seinem AGHS-Anfall auf der Baustelle, fühlte sich Toni ähnlich schwer. Es geschah in der Zeit kurz nach seinem zehnten Geburtstag, dass er sich mit dem Anthro-Gravitation- und Hochdruck-Schwerhaftigkeit-Virus infiziert hatte. Das war die Zeit, in der die Gemeinschaft beschlossen hatte, Toni eine Bleiweste anzulegen.

18

In einer kleinen Maschine für acht Personen, von der aus ich das enorme Ausmaß der Regenwaldzerstörung sehen konnte, gelangte ich aus dem Kernland zurück nach Samarinda.

Da mein Pass nur mehr für ein halbes Jahr gültig war und ich noch nicht wusste, wohin mich meine Reise als Nächstes führen sollte, bot sich der hiesige Knotenpunkt Bangkok als erste Station an. Während ich dort auf den quer durch die Hauptstadt fließenden Fluss Chao Phraya schaute, stellte ich mir die Frage, ob ich überhaupt noch weiterreisen wollte, denn die Zeit in Indonesien war für mich derart spektakulär gewesen, dass sich weitere Erwartungen nur schwerlich erfüllen lassen würden.

Soll ich nun meine Reise mit diesen Erlebnissen in Indonesien beenden? Jetzt, wo ich meine Heimat vermisste, bekam ich auch etwas Sehnsucht nach dem Ort in Österreich, der sich lange nicht mehr wie ein Zuhause angefühlt hatte: Nun befand ich mich also wieder in einer dieser unnatürlichen Zwischenwelten, in der ich abermals nicht so recht wusste, wohin ich eigentlich gehörte.

Dieser überraschende Stimmungswechsel hing womöglich auch damit zusammen, dass Weihnachten war und ich allein auf meiner Parkbank saß.

Aus diesem Grund begab ich mich nach längerem Zögern zu Hermann, einen siebzigjährigen Rollstuhlfahrer aus Deutschland, der ebenfalls hinaus auf den Fluss starrte. Er litt unter den Folgen einer Kinderlähmung und er sagte mir, dass ihn seine Frau kurz vor seiner Abreise zu seinem zweimonatigen Thailand-Aufenthalt verlassen hatte. Um besser mit dieser Situation klarzukommen, war er hierher nach Asien geflüchtet. Sie wollte wandern, radfahren oder schwimmen – all die Dinge, die Hermann nicht mehr machen konnte. Mit seinem Sohn hatte er sich auch zerstritten, denn dieser war, so sagte Hermann, nur an seinem Geld interessiert: Früher hatte Hermann als Makler gearbeitet und konnte sich im Laufe der Zeit ein komfortables Sümmchen auf die Seite legen. Nun, nachdem seine Frau ihn verlassen und der Sohn ihm den Rücken zugekehrt hatte, fühlte er sich oft sehr einsam. Nachdem er bereits mithilfe mehrerer Vermittlungsbörsen verschiedene Thailänderinnen kennengelernt hatte, verlor er jedoch das Interesse daran. Am liebsten wollte Hermann jemanden haben, der nichts weiter als eine junge Reisebegleitung darstellte. Jemanden, der oder die ihm mit dem Rollstuhl helfen konnte, woraufhin er mir anbot, dass ich ihn ja begleiten könne. Mir war aber klar, dass mein Weg sich nicht mit dem seinen vereinen ließ.

Hermann kam beinahe täglich in den Park, wo er ein Tagebuch für seine

Enkel schrieb, denn der Alte wollte nicht, dass sie ein falsches Bild von ihrem Opa, den sie kaum besuchen durften, bekommen.

Nachdem ich zwei Tage lang eine Frau in meinem Alter im Gras sitzen gesehen und sie beim Schreiben beobachtet hatte, sprach ich sie an. Theresa kam aus Bayern und hatte dort als Apothekerin gearbeitet, ihren Beruf inzwischen aber aufgegeben. Sie befand sich nun schon seit acht Monaten auf Reisen und war sich – so wie ich – im Moment nicht sicher, wie es für sie weitergehen sollte. Zurück nach Deutschland mochte sie jedenfalls noch nicht, aber das immerwährende Reisen und nie Ankommen machte Theresa sehr einsam. Über dieses und andere große Themen wie über das Leben und die Liebe unterhielten wir uns noch eine ganze Weile.

In den nächsten Tagen verbrachte ich meine Zeit hauptsächlich im Park, wo ich Jane und Jan kennenlernte. Letzterer lieferte mir den ausschlaggebenden Grund, in Bangkok doch noch ein weiteres Visum zu beantragen.

Nachdem ich mir am frühen Morgen mit Hermann eine Waffel und Ananasstücke geteilt hatte, setzten wir uns zu Jan, der ebenfalls bereits mehrmals hier erschienen war. Der Holländer hatte bereits 84 Jahre auf dem Buckel. Fast sein gesamtes Leben lang war er Kapitän eines Frachters gewesen und hatte dadurch die ganze Welt bereist. In ihm vereinten sich so gut wie alle Klischees eines echten Seebären. Da war ein Anker auf seinen Unterarm tätowiert, außerdem trug er eine schwarze Seemannsmütze und paffte an seiner tabaklosen Pfeife, da das Rauchen im Park untersagt war. Mit 54 Jahren wurde er Alkoholiker. Seine Frau ließ sich daraufhin und nach unzähligen, jahrelangen Streitigkeiten von ihm scheiden. Viele Liter hochprozentigen Alkohols später fand ihn eines Tages eine Gruppe der Anonymen Alkoholiker in der Gosse liegen. Dank deren Hilfe wurde ihm klar, dass es so nicht weitergehen konnte. Er versuchte sein Leben zu ändern, was ihm trotz mehreren Rückfällen gelungen war.

Auch Jan schrieb fast jeden Tag einen Brief, und zwar an seine Exfrau. Doch abgeschickt hatte er davon noch keinen. Immer noch schämte er sich für das, was er ihr angetan hatte, obwohl sie inzwischen wieder miteinander befreundet waren. Aber dafür entschuldigen konnte er sich bei ihr noch nie.

Im Park stieß ich noch auf weitere Personen. Eine davon war Karl, ein junger Mann aus Singapur. In Form eines Studienprojektes hatte er die Aufgabe, ThailänderInnen darüber auszufragen, welche Auswirkungen der Tourismus ihrer Meinung nach auf ihre Kultur hat.

Karl stellte mir wiederum Jane vor. Die Mathematik-Professorin aus den USA war 75 Jahre alt und hatte ein Wissen, das mir die Haare zu Berge stehen ließ. Als Kind setzte sie sich zum Ziel, sich alles bis auf die Mathematik selbst beizubringen. Und mir schien, das war ihr auch gelungen. Mit historischen Berichten über Österreich und den Rest Europas, von denen ich noch nie zuvor etwas gehört hatte, beeindruckte sie mich nachhaltig.

Als sich Jan eines Morgens zu Jane, Karl und mir gesellte, tauschten die Alten Geschichten aus den wilden 1960ern und 1970ern aus. Jan begann mit seinen Matrosen-Erzählungen, in denen er so manche Whiskyflasche leerte. Jane toppte das Ganze mit ihren Geschichten über die Hippiebewegung. Aktiv hatte sie an Demonstrationen teilgenommen, LSD probiert und zusätzlich erzählte sie einige Geschichten über Kommunen und freie Liebe, die wohl den alten Seebären mehr interessierten als mich. Jane hatte bereits mehrere Bücher über verschiedenste Weltverschwörungstheorien geschrieben, veröffentlicht hatte sie jedoch keines davon. Weshalb denn auch, meinte sie, da die Werke ohnedies nur zu ihrer alleinigen Freude entstanden waren und sie sich diese nicht aufgrund der Kritik anderer nehmen lassen wollte.

Als Jane und Jan gegangen waren, gesellte sich ein junger Thai zu Karl und mir. Tagsüber saß er mit Anzug und Krawatte in der Bank und am Abend tobte er sich mit seinem BMX-Rad in zerrissenen Jeans aus. Ich merkte schnell, dass es zwischen den beiden anderen Jungs funkte, weshalb ich sie recht schnell verließ.

In meinem Hotel begegnete ich Martina. Sie war eine ehemalige Amnesty-International-Mitarbeiterin und hielt sich derzeit als Übersetzerin von Texten über Wasser, und zwar solange, bis sie wieder für ein neues Projekt nach Indien einreisen durfte. Kurz vor dem Schlafengehen hatte sie sich mit mir über Menschenrechtsverletzungen unterhalten. Sie konnte mir einiges über das Hungern der vielen und die Konflikte mit Politikern und Großkonzernen erzählen.

Mit den meisten dieser völlig unterschiedlichen Menschen hatte ich zwei Dinge gemeinsam: Das eine war, dass wir alle auf der Suche nach etwas waren. Das andere war unsere Vorgehensweise, diesem Ziel näherzukommen: Jane schrieb an ihren Weltverschwörungstheorien, Jan die Briefe an seine Exfrau, Hermann ein Tagebuch für seine Enkel, Karl für sein Studium, Theresa verfasste Gedichte, Martina übersetzte Berichte über die Menschenrechtssituation und ich arbeitete an meiner Leichtigkeit des Lebens. All ihre guten Gründe fand ich auch in meinem Tagebuch wieder und erinnerte mich an die Lektorin Lisbeth, die mir empfohlen hatte, an meiner Geschichte dranzubleiben.

Meine Leichtigkeit des Lebens hatte für mich eine außerordentliche Wichtigkeit. Ich lernte dabei einiges über mein Inneres, aber auch über das, was dieses beeinflusste. Nämlich eine oft nicht allzu glückliche Welt da draußen, die in mir immer wieder eine AGHS hervorrief.

Wie in Janes Büchern verhalf mir mein Schreiben zu einem Bewusstwerden darüber, dass ich alles, was mir in dieser Welt vorgegeben wurde, anzuweifeln sollte, dass alles eine Art Verschwörung oder falsche Propaganda sein konnte. Denn diese allgemein als natürlich geltende Lebensweisen führten wie in Martinas Fall zu Menschenrechtsverletzungen, da die Mehrheit Hunger leidet, der Grund dafür ist wohl zu komplex, um nur einigen wenigen die alleinige Schuld daran zu geben. Verarbeiten konnte ich das Ganze in meinen Liedern und Tagebucheinträgen, ähnlich wie Theresa in ihren Gedichten, und ebenso wie Jan musste ich mir über meine Gefühle klar werden, und zwar über meine Gefühle für Jenny.

Und nun sah ich in dem Ganzen eine Wichtigkeit, ja, fast schon eine Verantwortung, ganz so wie Hermann diese Ereignisse, die tatsächlich geschehen waren, die nicht nur mich, sondern die gesamte Welt betreffen, mit anderen zu teilen, denn nicht nur mir ging es so. Es finden sich viele, die meine Gedanken verstehen, Ähnliches fühlen oder durch das Geschriebene eine Orientierung auf ihrem Weg finden können. Erst wenn ich Bruchteile des Äußeren verstehe, kann ich das Innere klarer betrachten. Zwischen diesen beiden Polen, dem Äußerem sowie dem Inneren, herrscht eine Wechselwirkung, die ich nicht außer Acht lassen darf.

Nachdem ich Jan wieder auf seiner Bank sitzen gesehen hatte, sprachen wir über das Schreiben und die Briefe an seine Exfrau. Überraschenderweise wollte er gar nicht mehr zurück zu ihr. Der alte Seemann liebte sie zwar noch immer, aber das bedeutete für ihn nicht, dass er seine Verehrte nicht gehen lassen konnte. Mit den Briefen bewahrte er sie in seinem Herzen. Jahrelang hatte ihn der Verlust immer tiefer in die Sauferei geführt. Doch nachdem er trocken geworden war und vor zwanzig Jahren den nie abgeschickten ersten Brief an sie verfasst hatte, überkam Jan jene gewisse Klarheit, die jedem Anfang innewohnt. Allein das Niederschreiben seiner Gedanken wirkte auf ihn therapeutisch. Aus der Feigheit am Beginn dieses Prozesses war ein bewusster Akt geworden, und zwar jener, dass er die Briefe für sich behielt. Bei all seinen Worten, die er für seine Geliebte hatte, war ihm eines klar geworden: Es würde nichts an seinen Gefühlen zu ihr ändern. Für Jan war das ganze Leben, die gesamte Natur, einfach alles wie ein spiralenförmiges Möbiusband. Ein solches Band ist ein Ring, dessen innerer Anfang mit dem äußeren Ende verbunden ist. Ein Kreislauf, bei dem man am Beginn eines Lebens an der Schneide zwischen außen und innen steht. Durch die gesellschaftlich bedingte Sozialisation orientiert sich der individuelle Blick jedoch ausschließlich an dem konkret Erfassbaren. Erst die Erfahrungen mit sich selbst und seiner Umwelt ließen bei Jan diese Oberflächlichkeit verschwinden. Wenn man dem Band jedoch weiter folgt, führt es einen selbst nach innen. Es schafft einen tieferen Blick für die Gegebenheiten. Somit ist es kein Leben und Sterben, sondern ein ewiges Teilhaben in einem sich ständig wiederholenden Wunder. Die Ältesten und die Jüngsten, der Winter und der Frühling stehen an der Wende des Möbiusbandes und sind somit am engsten miteinander verbunden. Die Kinder verfügen über das Geschenk, von ihrer Umwelt noch am wenigsten beeinflusst zu sein. Die Alten können, sofern sie sich darüber bewusst sind, auf ein Repertoire von jahrelangen Erfahrungen zurückgreifen, was ihnen wie den Jüngsten einen Blick hinter die Bühne des Lebens erlaubt.

Der ergraute Kapitän hatte in dieser Frau die absolute Liebe erfahren. Früher, als er dieses fremde Gefühl noch von der Oberfläche aus betrachtet hatte, verspürte er eine Gier. Es war ihre Aufgabe, ihn glücklich zu machen: War sie nicht da, war er traurig. Nur sie brachte ihn zum Lachen. Nur sie teilte mit ihm das Bett und nur sie war der Grund für sein Leben. Diese Liebe war an so viele Bedingungen, an so viele Erwartungen geknüpft und mit so vielen Zweifeln versehen, dass Jan schlussendlich an diesem ständigen Streben nach dem einen Glück zerbrach und deshalb irgendwann zur Flasche griff. Erst jetzt, im Alter von 84 Jahren, hatte er eine Klarheit über das Leben und die Liebe erlangt, was ihm seine persönliche Leichtigkeit des Lebens brachte. Jan durfte erfahren, was wahre Liebe für ihn bedeutete. Er konnte sie gehen lassen. Er begegnete seiner Exfrau mit ihrem neuen Partner und bei diesen Zusammenkünften betrachtete sich der Kapitän nicht als den Einsamen. Jan sah sie lachen. Er sah sie glücklich und der Seebär hatte dabei keine Erwartungen, keine Hoffnungen, keine Sehnsüchte mehr. Er genoss alles, wie es war. Eine völlig bedingungslose Liebe allein dem Menschen gegenüber, die über all das Körperliche und alle Sehnsüchtige hinausgeht. Das ist wahre Liebe ...

19

Am Morgen danach, nachdem ein buntes Feuerwerk das neue Jahr eingeläutet hatte ging ich noch einmal in den Park. Dort konnte ich beobachten, wie Karl und sein thailändischer Freund sich küssten. Auf einer anderen Bank unterhielten sich Theresa und Hermann über ihre gemeinsamen Reisepläne. Jane und Kapitän Jan führten ein hitziges Gespräch über eine Weltverschwörung die Liebe betreffend. Und auf derselben schattigen Parkbank unter einem Baum, wie schon einige Monate zuvor, saß nun ich wieder allein und etwas einsam. Noch fühle ich mich nicht wie Jan. Während ich auf den leeren Platz neben mir blickte, vermisste ich Jenny. Aber dabei stellte ich mir auch die Frage, ob sie mir wirklich fehlte oder einfach nur irgendjemand an meiner Seite. Mit meiner Antwort auf diese Frage war ich noch nicht so weit gekommen wie der weise Alte. Doch gerade diese Frage und Jans Erkenntnis verschafften mir Erleichterung. Es würde nicht einfach werden, doch ich musste daran arbeiten, denn der Kreislauf meiner Reise, meiner Suche nach den Gründen meiner AGHS sollte sich nun langsam wieder schließen.

Nachdem ich so vieles über die schmutzigen Geschäfte der Ölfirmen und deren Abgase, die nicht nur unsere Luft verpesten, gelernt hatte, wollte ich mich nicht mehr in den erstbesten Klimakiller in Form eines Flugzeugs setzen, und nützte eine alternative Möglichkeit. Probeweise wurde die Grenze von Thailand zum einst diktatorisch regierten Myanmar geöffnet und ich konnte in einem TouristInnenbus einreisen.

Dort, in der ehemaligen Hauptstadt Yangon, überkamen mich verschiedenste Eindrücke, die sich mit meinen bisherigen Asienerfahrungen vermischten. Bethelnuss kauende Frauen, Röcke tragende Männer, indisches Essen und mit Tanaka, der traditionellen Schminke, bestrichene Gesichter. Die EinwohnerInnen von Yangon waren etwas zurückhaltend, aber sprachen, speziell die älteren, gutes Englisch. Auf Schritt und Tritt zeigten Kids großes Interesse an mir, indem sie mich anbettelten. Ich wollte ihnen aber nichts geben, weshalb ich umso mehr über die paar Früchte überrascht war, die sie mir schenkten. Da diese Gegend in den letzten Jahren einen regelrechten Ansturm von TouristInnen erlebt hatte, durften alle Gästehäuser straffrei AusländerInnen aufnehmen. Bei meiner Suche nach einer einfachen Bleibe wurde mir aber bewusst, dass sich leider nur wenige trauten, diese Möglichkeit zu nutzen. Zu groß war noch die Angst vor unnötiger Aufmerksamkeit. Trotz der vielen ausgebuchten Hotels hatte ich Glück und mein Gästehausbetreiber ließ mich bei sich auf dem Boden schlafen. Morgens, nachdem ich, wie bereits zuvor in Indonesien, der Familie im

Haus geholfen hatte, durfte ich anstatt Toastbrot mit industriell hergestellter Marmelade in mich hineinzustopfen, mit der Familie Reis mit Linsen essen. Auf meine Fragen hin, wie es mit den Sperrgebieten aussah und ob ich hier per Anhalter reisen konnte, rieten sie mir von Zweitem ab. Weniger wegen meiner eigenen Sicherheit, sondern wegen der Sicherheit der Einheimischen. Würde ich mich in ein abgeriegeltes Gebiet schleichen, müsste ich bei den BurmesInnen wohnen und essen. Mir würde das vielleicht eine Strafe in Höhe von ein paar Dollar oder schlimmstenfalls eine kurze Haftstrafe und ein Einreiseverbot einbringen. Doch für meine HelferInnen könnte mein Vorhaben mit Zwangsarbeit oder Schlimmerem enden. Augenblicklich wurde mir klar, dass ich mich im kommenden Monat zurückhalten würde müssen. Es blieb mir nur eine einzige Möglichkeit, nämlich auf dem TouristInnenpfad zwischendurch immer wieder auszusteigen und das Beste daraus zu machen.

In Gästehäusern musste ich mit US-Dollar bezahlen und bei Essensständen benötigte ich wiederum die nationale Währung Kyat. Das machte die Sache etwas komplizierter. Außerdem waren die wenigen Bankautomaten häufig außer Betrieb. Also musste ich mir schon vorab in Bangkok meine Dollarscheine besorgen. Diese wurden allerdings nicht akzeptiert – eine Erfahrung, die ich in den ersten Stunden meines Aufenthalts bereits mehrmals machen musste.

Die Stadt Yangon, der die Militärs 2005 den Rücken zugewandt hatten, wirkte auf mich ziemlich stressfrei. Über den Köpfen der Menschen befand sich ein Stromkabelsalat, der versuchte, die launische Infrastruktur aufrechtzuerhalten. Umgeben von alten britischen Häusern, an denen die letzten Jahre tiefe Narben hinterlassen hatten, spazierte ich durch diese Stadt, die mir den Eindruck vermittelte, dass ihr endgültiger Zusammenbruch kurz bevorstand. Nachts waren die Straßen und Gassen kaum beleuchtet und die mit Moos bewachsenen Kolonialbauten strahlten eine unheimliche Stimmung aus. Sie hatten wohl eine Geschichte zu erzählen, über die der Großteil des burmesischen Volkes nicht zu sprechen wagt.

Außerdem fiel mir auf, dass es in Yangon kaum Motorräder gibt. Das hat zum einen den offiziellen Grund, da diese Zweiräder zu viele Abgase verursachen, und zum anderen einen inoffiziellen, weil angeblich ein Offizier einmal von einem dieser Gefährte angefahren worden war. Darüber war er sehr wütend, weshalb verständlicherweise über die gesamte Stadt ein Motorradverbot verhängt wurde. Die wenigen, die hier dennoch unterwegs sind, gehören RegierungsmitarbeiterInnen. Außerdem erfuhr ich von Einheimischen einiges über die Obdachlosigkeit, die hier kaum vorhanden schien. Als der Tourismus in den letzten Jahren wuchs und immer mehr

Neugierige in die Stadt lockte, war im Auftrag der Offiziere ein LKW durch die Straßen gefahren. Auf diesen wurden unter Anwendung von Gewalt alle Obdachlosen aufgeladen, in ländliche Sperrgebiete befördert und dort sich selbst überlassen. Auf ähnliche Weise geschieht das auch in einigen touristischen Städten Europas, wo man anstatt die Armut zu beseitigen schneller Hand die Obdachlosen und Bettelnden aus den Augen und aus den Köpfen verschwinden lässt.

Nur wenige meiner zahlreichen Fragen über das Land, aber auch über AGHS konnten bisher beantwortet werden, denn viele der Einheimischen befürchteten, man würde sie beobachten und ausspionieren, also verhielten sie sich still. Es passiert hier wohl tatsächlich einiges unter der Oberfläche, die mir als Tourist präsentiert wurde.

Währenddessen lernte ich eine recht interessante Frau aus Bangladesch kennen. Sie ging an mir vorbei, als ich eine Tasse Instantmilchtee trank, und setzte sich zu mir. Sunita, so ihr Name, war aus beruflichen Gründen im Land. Sie arbeitete für den amtierenden Präsidenten Bangladeschs und hatte ein paar Grenzkonflikte zwischen beiden Ländern zu regeln. Ich war überrascht, sie an einem gewöhnlichen Straßenladen anzutreffen, doch sie genoss es, sich von Zeit zu Zeit mit dem einfachen Volk auf Augenhöhe zu befinden, und wirkte nicht so versnobt, wie es PolitikerInnen oft eigen ist.

Sie schenkte mir einen tiefen Blick aus ihren schwarzen Augen. Wenn ich in drei Wochen wieder nach Yangon käme, könne mir eine ihrer burmesischen Freundinnen ein Dorf zeigen, das für den Tourismus noch immer im Verbotenen lag. Unsicher, wo ich zu dieser Zeit tatsächlich sein würde, nahm ich die Adresse aus Sunitas hübschen Händen dennoch an mich.

Nachdem ich nach sehr vielen planlosen, aber freundlich gemeinten Ratschlägen endlich einen Bus gefunden hatte, fuhr ich in das etwas nördlich der Hauptstadt gelegene Bago. Ein staubiger und lauter Ort, der sich an die Hauptstraße fügte. In einem der paar netten Tempeln – die ich erst abends bei freiem Eintritt besuchte, um dem noch amtierenden Regime möglichst wenig Geld zu hinterlassen – lernte ich Nina kennen. Sie kam aus Deutschland, sprach fließend Burmesisch und betätigte sich bei der Organisation „Ärzte ohne Grenzen". Sie erzählte mir einiges über die derzeitige Situation im Lande. Von außen betrachtet, vollzog sich tatsächlich ein großer Umschwung: Private Zeitungen durften unzensiert publiziert werden, politische Häftlinge wurden freigelassen. Bis vor noch wenigen Jahren gab es hier kaum Hotels und TouristInnen, doch nun floss das Geld in immer größeren Mengen. Schon zu der Zeit, als der Westen dem Regime noch Sanktionen auferlegt hatte, witterten Unternehmen wie Sony oder Philips Profit. Nachdem dieses Druckmittel fallengelassen worden war, eröffneten

Coca-Cola und eine Reihe von Textilunternehmen im Land neue Fabriken. Aber noch 2007 ereignete sich nach der Erhöhung aller Preise durch das Regime ein neuerlicher Aufstand der Mönche, der blutig niedergeschlagen wurde. Kurz danach im Jahre 2008 versagte die Regierung, als der Zyklon Nargis übers Land fegte: Über 130.000 Menschen kamen ums Leben, unter anderem weil das Regime die Unterstützungsmaßnahmen und Hilfeleistungen von internationalen Rettungseinheiten massiv behinderte. Kritische ReporterInnen, die darüber berichteten, wurden verhaftet. Erst kürzlich waren aufgrund eines erneuten Zyklons zweihundert Muslime mit ihrem Boot gekentert und die Regierung unternahm kaum etwas, um ihnen zu helfen. Nachdem im Jahre 1988 Studenten gegen das Militärregime demonstriert hatten, wurden die Aufstände blutig niedergeschlagen und Tausende verloren ihr Leben. Früher operierten diese Gruppen im Untergrund, doch heute darf in Zeitungen über sie berichtet werden.

Nina stand dem, zumindest vordergründigen, Wandel jedoch skeptisch gegenüber. So hatten das Ende der Apartheid in Südafrika und der Zusammenbruch der DDR eine gespaltene Bevölkerung zur Folge, was eine Abgrenzungsmentalität schuf. Der amtierende Präsident Myanmars, Thein Sein, ist ein ehemaliger General und im Parlament haben die Militärs nach wie vor die Mehrheit. So werden die Schuldigen an einer knapp fünfzig Jahre währenden Militärdiktatur – ähnlich wie in Österreich nach 1945 mit seiner rein symbolischen Entnazifizierung – wohl niemals für ihre Taten bestraft.

Hier im Land haben sich viele noch immer vielfältige Geschichten über Feindschaft zu erzählen und nun müssen ehemalige Generäle lernen, mit ehemaligen politischen Häftlingen zusammenzuarbeiten. Ähnliches kennt man aus dem ehemaligen Nazideutschland, das beinahe über Nacht mit Beginn des Kalten Krieges vom Feind zum Freund gemacht wurde.

2011 hatten die neuen Machthaber Myanmars unter Präsident Thein Sein Friedensabkommen mit den vielen Rebellen des Landes geschlossen. Daraufhin wurden einige zu Unrecht verhaftete DemonstrantInnen freigelassen. Noch kurz zuvor hatte dieser Präsident aber geleugnet, dass solche Gefangene überhaupt existieren. Im selben Jahr ging das Friedensabkommen wieder in die Brüche und die Armee begann mit Luftangriffen auf die Rebellenhochburg Laiza. Dennoch schien sich Thein Sein tatsächlich um eine Aussöhnung der vielen ethnischen Minderheiten zu bemühen.

Aber noch immer gibt es im Land so viel Unrecht und die einzelnen Gruppen berufen sich häufig lediglich auf unterschiedliche Weltanschauungen, wie beispielsweise im Fall der Gräueltaten gegen Muslime und andere ethnische Minderheiten. Erst ein erwachendes kollektives Gedächtnis könnte die neu gefundene Vergangenheit in eine Basis einer besseren Zukunft verwandeln.

Einen weiteren Lichtblick stellt die Friedensnobelpreisträgerin Aung San Suu Kyi dar, die 15 Jahre unter Hausarrest stand und heute im Parlament sitzt, was die Bevölkerung wieder hoffen lässt.

Nach zwei Übernachtungen und zurückhaltenden Gesprächen mit den Einheimischen ging meine Reise weiter. An einer Straßensperre musste ich zum wiederholten Male meine Daten hinterlegen, doch ich gab dabei niemals die richtigen an. Das machte ich aus dem einfachen Grund, um zu sehen, ob die Behörden tatsächlich meinen aktuellen Aufenthaltsort kontrollierten. Der freundliche Polizist, der sich mit seiner Tätigkeit lediglich seinen Lebensunterhalt verdienen wollte, schrieb mir jedoch vor, wo ich die folgende Nacht zu verbringen hatte. Das Hotel Dingstibums, dessen tatsächlichen Namen ich schnell wieder vergaß, wurde vom Staat geführt. Mit klaren Worten sagte ich ihm, dass ich seine Regierung möglichst wenig unterstützen möchte. Er schenkte mir daraufhin ein Lächeln, doch im selben Moment äußerte sich sein strenger Vorgesetzter: Falls meine Daten morgen Früh nicht in Hotel ihrer Wahl aufscheinen würden, würde ich dort, wo ich das nächste Mal meine Passnummer vorweisen musste, an Ort und Stelle verhaftet werden. Ich durfte auch nicht in der neuen Hauptstadt Naypyitaw übernachten, denn diese Stadt war zur Zeit meines Aufenthaltes für TouristInnen noch gesperrt. Ich verspürte ein stärker werdendes AGHS-Gefühl und teilte meinem Gesprächspartner mit, dass ich mich an seine Regeln halten würde. Danach stieg ich mit schweren Beinen wieder in den Bus. Da allerdings niemand wusste, wohin ich und meine echte Passnummer unterwegs waren, stieg ich mit mutig gestärktem Selbstvertrauen auf halber Strecke in einen anderen Bus um und sah mir trotz aller Verbote die junge Stadt an.

Als Grund für den Umzug der Hauptstadt wurde die bessere Erreichbarkeit in Hinblick auf die geografische Lage Naypyitaws angegeben. Hier, in der „Stadt der Könige", präsentierten sich mir mehrspurige saubere Straßen, prachtvolle Villen neben ebenso prunkvollen Regierungsgebäuden, Golfplätze und Zoos mit Springbrunnen und eine bunte Auswahl an mit Blumen dekorierten Kreisverkehren. Diamanten-Museen, Casinos und Hotels standen jedoch leer, da sich kaum Menschen in dieser surrealen Welt befanden. Nach offiziellen Angaben lebten hier angeblich über eine Million Menschen.

Am Stadtrand fuhren wir an der im Jahre 2009 eingeweihten Uppatasanti-Pagode vorbei, die einer der berühmtesten Stupas der Welt, der Shwedagon-Pagode in Yangun, nachempfunden ist. Unter diesem wichtigsten

Heiligtum des Landes befinden sich laut der Legende drei Haar-Reliquien Buddhas. Beim Vorbeifahren an den Stupas wurde dreimal anerkennend gehupt und die buddhistischen Fahrgäste verbeugten sich symbolisch. Nicht so an der Uppatasanti-Pagode, mit der sich die Regierung den Segen Buddhas erkaufen wollte. Das Millionenbauwerk wird von der Bevölkerung ignoriert.

Als ich wieder zu der Kreuzung kam, die mir als Abzweigung in die Hauptstadt gedient hatte, war es bereits dunkel. Ein Restaurantbesitzer machte sich etwas Sorgen darüber, dass ich die Nacht hindurch bei ihm und nicht in einem gemeldeten Hotel verbringen wollte. Doch als sich ein paar Typen ohne mein Wissen von mir zum Tee einladen ließen, wurde die Stimmung lockerer. Vor mehreren Monaten noch regte ich mich darüber auf, wenn mich jemand ausnützte und auf meine Rechnung anschreiben ließ, doch nun bei einer mitternächtlichen Portion Paratha mit Kichererbsen-Curry, die wir miteinander teilten, war das alles kein Problem mehr. Auch die anderen Anwesenden tauten daraufhin aus ihrem stillschweigenden Halbschlaf auf. Neugierig durchwühlten sie meinen Rucksack, betrachteten mein Tagebuch und knipsten ein paar Fotos mit meiner Kamera. Als ich irgendwann später auf einem Plastikstuhl einnickte, wurde ich um vier Uhr morgens von ein paar Jungs zu einer Tasse Tee geweckt. Eine Stunde später kam ein Bus in Richtung Irgendwo im Nirgendwo. Für die Reise mit diesem Gefährt sollte ich, wie ich höflich gebeten wurde, doch bitte einen größeren Geldbetrag bezahlen, da ich ja auch mehr Geld als die anderen besäße. Auf eine gewisse Art und Weise musste ich ihnen recht geben, weshalb wir uns auf einen Preis einigen konnten, der für beide Seiten vertretbar war.

Als die Busfahrt früh morgens immer holpriger wurde, wachte ich auf und beobachtete den roten Feuerball, der über den im Dunst liegenden Ackerfeldern aufstieg. Vorbei an schmutzigen Dörfern, die teilweise nur aus Bambus- und Strohhütten bestanden, fuhren wir in die unwegsamen Berge. Frauen, Männer und Kinder zerschlugen am Straßenrand mit einem Hammer große Steine zu kleinen. Sie alle beteiligten sich am staubigen Ausbau der Straße. Zu diesem Zeitpunkt wusste ich bereits, dass mich meine Fahrt an den touristischen Inle-See bringen würde.

Ein Fahrgast gab mir den Tipp, dass ich schon an der Kreuzung abspringen solle, was ich auch tat. Dann bremste plötzlich ein mit Planen überspannter Wagen in der Kurve ab und mir winkten seine Insassen zu. Ich hüpfte daraufhin zu ihnen auf und versteckte mich unter deren lachenden Gesichtern und umging somit dem Eintrittspreis, den man zu berappen hat, sobald man das am See gelegene Dorf betritt.

Hier liegt also der TouristInnen-Hotspot Nummer zwei, direkt nach den Tempeln von Bagan. Leider ist es einigen Reisenden tatsächlich egal, wie viel Geld sie der Regierung zustecken. So wohnen manche in staatlichen Hotels oder buchen eine vom Staat organisierte Bootstour. Mit jedem Dollar aber, den ich dem Staat überlasse, hat dieser die Chance, verwandelt in eine Patrone in der Brust eines Kindes zu enden.

Nachdem ich mich etwas eingelebt hatte, erlebte ich gemeinsam mit einem Schweizer Pärchen, einer Südkoreanerin und einem Italiener freudige Momente. In den folgenden Tagen saßen wir beinahe an jedem Abend mit dem Küchenpersonal in der Dämmerung auf der Terrasse, tranken deren Kanne Tee leer und halfen, Gemüse zu schneiden. An einem Morgen besuchte ich einen Essensmarkt. Dort strömten buntgemischte LandbewohnerInnen aus der Umgebung des Sees herbei, weshalb die Kanalgänge mit Holzbooten überfüllt waren. Zahnlose Omas mit lediger Haut, einem Kopftuch über ihren Haaren und einer dicken Zigarette zwischen den Backen verkauften dort Fisch, Obst und Gemüse. Als ich mit einer dieser Alten ein unverständliches Gespräch über meinen Nasenring führte, knallte eine Touristin an mein Steuerbord. Sie feuerte mit ihrem digitalen Erinnerungsspeicher eine Flut an Fotos ab, welche ihr zu Hause wiederholt das Gefühl eines Erlebens verschaffen sollten, denn hier hatte sie wohl keine Zeit dafür. Nachdem die gestresste Urlauberin so schnell verschwunden war, wie sie aufgetaucht war, blickte die Oma ganz verdutzt aus ihrem Gemüsehaufen hervor.

Beim Spazierengehen lud mich Phyu Phyu, eine junge Frau, die zwischen all den Hotels in einer kleinen Bambushütte lebte, zum Abendessen ein. In diesem wackeligen Haus lebte sie mit ihrem Mann, dem kleinen Baby, ihrer jüngeren Schwester, der blinden Mutter und dem Vater, der sich abends oft mit Whisky zuknallte. Zum Broterwerb bot sie in „Phyu-Phyu's Bamboo Hut" traditionelle Massagen an und organisierte Bootsausflüge in die umliegenden Dörfer. Leider hatte sie kaum Kundschaft, da sich diese von ihrem offensichtlich armseligen Dasein abschrecken ließ. In den folgenden Tagen legte ich bei dieser Familie öfter eine Rast ein. Trotz ihrer Blindheit grüßte mich die alte Mutter immer freundlich, nachdem ich sie auf mich aufmerksam gemacht hatte, und danach versorgte sie mich mit Tee. Als Geschenk brachte ich ihr manchmal vom Markt frisches Gemüse und Obst mit. Abends unterhielten wir uns hin und wieder vor einem kleinen Lagerfeuer über den Kontrast unser beider Leben.

Ein Spaziergang durch die auf Stelzen gebauten Dörfer führten mich zu einigen Tempelruinen. Eine traumhaft schöne Bergkulisse und die angenehmen Temperaturen animierten mich dazu, mir mit den beiden SchweizerInnen Fahrräder zu mieten um die Gegend auszuchecken. Viele feuchte

Reisfelder, auf denen noch von Mensch und Tier gearbeitet wurde, Schmiede, die mithilfe von Hämmern ihre Messer herstellten, und Burschen, die auf Kühen saßen und ihre Herde trieben, gaben einen idyllischen, kleinen Einblick in das alltägliche Leben der BurmesInnen, der mich für eine Weile von meiner Schwerhaftigkeit befreite. Auf einem Hügel, der uns eine spektakuläre Aussicht auf das eingebettete Tal ermöglichte, wurden wir von einem Mönch und einer Frau auf eine Tasse Tee eingeladen.

Anschließend hatte ich mich alleine auf den Weg gemacht, um mich ein wenig umzusehen. Als ich zurückkehrte, wurde ich von ein paar Kindern umzingelt. Sie brachten mich in eine Hütte, in der eine Frau gemeinsam mit ihrer Tochter Zigaretten von Hand herstellte. Sie boten mir eine grüne Tabakstange an, die lehnte ich aber ab, doch die Einladung zum Essen nahm ich gerne an. Einige der hier lebenden Kinder litten an einer Art Neurodermitis und dem Vater, der sich nebenbei betrank, wuchs ein schmerzhaftes Geschwür aus dem Hals. Anfangs führte ich mit den BewohnerInnen dieser Hütte ziemlich nette Gespräche, die aber mit dem allmählichen Erblassen ihrer vermeintlich heilen Welt in eine etwas andere Richtung drifteten. Mir wurde eine Schüssel Reis und etwas Gemüse, das auf offenem Feuer gekocht wurde, vor die Nase gestellt. Ohne mir anfangs darüber Gedanken zu machen, wurde mir mit jedem Bissen bewusster, dass ich in dieser halb zusammengefallenen Hütte der Einzige war, der aß. Als ich satt war, kippte die Stimmung endgültig. Die Familie mit den vier Kindern stürzte sich auf das noch übriggebliebene Essen und schob sich die Reste in ihre hungrigen Münder. Ich war geschockt und fand mich in einer schwerhaftgleichen Situation wieder. Der Vater, nun mehr und mehr betrunken, fragte mich, ob ich ihm 1.000 Dollar zu Verfügung stellen könne, um endlich die heruntergefallene Hüttenwand zu reparieren. Ich war für meine Gastgeber der tolle Reiche und sie nur Verlierer, die es nicht verdient hatten zu leben. In diesem Moment zeigte der Vater besoffen lallend durch das Loch in der Wand in Richtung Fluss. Dort fuhren selbst für europäische Verhältnisse nobel gekleidete UrlauberInnen auf weichen Stühlen thronend in ihren Booten vorbei und schossen Fotos von den armen, in Strohhäusern lebenden Menschen. Zusätzlich reihte sich am Flussrand ein von EuropäerInnen geführtes Luxushotel an das nächste. Es war grausam, dieses Schauspiel von dieser Seite, der Seite des Hungers, aus zu betrachten. Als mir der Mann immer näherkam und mit seiner Flasche in der Hand zu betteln begann, wurde es mir jedoch zu viel. Warum auch immer: Ich zeigte mich bei ansteigendem Körpergewicht auf darunter knirschendem Bambusboden verständnislos. Ich tat, als ob ich nicht verstünde, was er meinte, und verabschiedete mich dankend, ohne der Familie auf irgendeine Art und Weise geholfen zu ha-

ben.
Nach diesem Erlebnis besuchte ich wieder Phyu Phyu. Sie erzählte mir, dass viele, so wie ihr Vater, der ihre Mutter schlug, in den letzten Jahren zu trinken begonnen hatten. Der Tourismus brachte mit der ihm eigenen unbändigen Gier nach mehr für ein paar wenige das große Geld. Aber die, die über kein Startkapital verfügen, sind jene, die von ihren einfachen Hütten aus die Reichen dieser Welt beobachten. Für diese Menschen bringt der Tourismus nichts weiter als das Bewusstsein, selbst komplett arm zu sein. Man kann den Tourismus gut oder schlecht heißen. Sicher ist jedoch, dass wir, die über die Möglichkeiten verfügen, in diese Länder zu reisen, auch eine große Verantwortung des kulturellen Austausches mit uns tragen. Denn in diesem Zusammenhang darf keinesfalls außer Acht gelassen werden, dass einige Urgroßväter von so manchem heutigen Gast nicht in friedlicher Mission in diese Länder einmarschierten.

Ich wusste, dass Phyu Phyu nur über wenig Geld verfügte, denn von der Durchführung der Bootstouren bekam sie nur wenig ab. Darum luden meine Schweizer FreundInnen und ich sie gemeinsam mit ihrem Sohn dazu ein, mit uns mitzukommen. Wir organisierten dafür einen Extra-Deal: Kein Vier-Personen-TouristInnenboot mit Stühlen, nein, ein einfaches Fischerboot, das einem von Phyu Phyus Freunden gehörte, auf dem wir mit anderen jungen TouristInnen zu acht am Boden Platz fanden. Jede und jeder von uns zahlte den Betrag, der auch auf einem Viererboot verlangt worden wäre. Somit konnten wir unserer Freundin eine doppelte Freude machen.

In der mit einem Motor betriebenen Holzwanne ging es an schwimmenden Tomatengärten und über dem Wasser thronenden Stelzenhäusern vorbei. Anfangs hielten wir an Souvenirläden, in denen regional erzeugte Schmiede- und Textilarbeiten feilgeboten wurden.

Für mich waren aber die schönsten Erlebnisse jene, als wir in den Heimatdörfern von Phyu Phyus FreundInnen zu ihnen nach Hause eingeladen wurden. Auch ihr Onkel, ein Mönch, ließ für uns Essen zubereiten und dessen Dankbarkeit für unseren Besuch befreite mich wiederum von den Zwängen meines Anfalles. Schräg fand ich die anderen Mönche, die ihre Katzen durch Reifen springen ließen. Die respektvollen einheimischen Reisenden verbeugten sie vor diesem heiligen Tier, während EuropäerInnen eine Katze verscheuchen, die sich an sie herankuschelt. Wir, und besonders Phyu Phyus Sohn, hatten im Laufe des Tages eine Menge Spaß. Immer, wenn uns eines der zur Hälfte mit Snobs besetzten Boote entgegenkam, winkten und riefen wir den BootsinsassInnen zu. Wenn diese keine Reaktion zeigten, was meistens der Fall war, bespritzten wir sie dann mit Wasser.

Zwischen neuen und alten Tempeln und verschiedensten Kleiderständen trafen wir auf eine Langhalsfrau. Ähnlich wie in Thailand wurde sie nur gebucht, um für Fotos zu posieren und damit den Verkauf von Textilien anzukurbeln. Die in Thailand lebenden Giraffenfrauen hatten wohl noch nichts davon mitbekommen, dass sich ihr einstiges Herkunftsland gerade BesucherInnen öffnete. Doch wenn ich die um diese lebende Attraktion versammelten Schaulustigen betrachte, erkannte ich, dass es noch lange keine Freiheit für ihr Volk geben würde. Trotz meiner neugierigen Blicke beließ ich es in Bezug auf diese Stammesfrau bei einer burmesischen Begrüßung. „Mingalaba".

Als sich die Sonne langsam wieder hinter den Bergen verstecke und die Luft kühler wurde, begaben wir uns auf den Rückweg, auf dem mehrere Dutzend Vögel über uns kreisten. Ein kleiner Bub warf ein paar Brotkrümel in die Luft und blitzartig schnappten sich die Vögel ihre Beute. Allerdings setzte ebenso schnell ihre Verdauung ein, die uns von oben herab ziemlich einsaute.

Es waren interessante Tage am Inle-See, die mir unter anderem einen kleinen Einblick in das Leben hinter die Fassaden der Luxushotels gewährte. Bis sich mein schwankendes Gewicht wieder etwas beruhigte, wollte ich mich noch ein wenig ausruhen und dann auf der mir vom Staat vorgegebenen Route weiterreisen.

Am Bahnhof von Mandalay wurde mir gesagt, dass mein Zug in der Nacht starten würde. Nachdem ich meinen Rucksack an einem Essensstand aufbewahren durfte, spazierte ich planlos in der morgendlichen Stadt herum. Dabei traf ich auf einen etwas gelangweilten Mann, der mir anbot, gemeinsam mit ihm ein paar Tempel zu besuchen. Über mehrere hundert Stufen ging es auf einen Berg zu einer solchen Anlage.

Später brachte mich der nette Kerl zur heiligsten Buddha-Statue des Landes. Der Mahamuni-Buddha in Mandalay wird von den Gläubigen hoch verehrt. In Myanmar ist er neben der Shwedagon-Pagode und dem Goldenen Felsen eines der Hauptpilgerziele der hiesigen BuddhistInnen. Ebenso wie in anderen Heiligtümern des Landes dürfen sich nur Männer der sitzenden Statue nähern, die ihr als Zeichen der Verehrung Blattgold aufkleben, weshalb die vier Meter hohe Bronzefigur mit einer bis zu 15 Zentimeter dicken Goldschicht geschmückt ist .

Mein neuer Freund erzählte mir, dass der Hinayana-Buddhismus in Myanmar, ähnlich wie in Thailand, Laos, Kambodscha und Sri Lanka, die Hauptreligion ist. Diese Glaubensrichtung besagt, dass Buddha mit achtzig Jahren an einer Lebensmittelvergiftung starb. Dieses Konzept des frühen Buddhismus kennt keinen Gott oder Heilige, die man um Hilfe bitten kann.

In dieser Variante führt nur eine gute Lebensweise zu einer besseren Wiedergeburt im nächsten Dasein und somit irgendwann ins Nirwana. Der historische Buddha selbst hatte angeblich über 500 Wiedergeburten durchlebt, bis er schließlich im Reich des absoluten Glücks kam.

Mit Einbruch der Dunkelheit startete meine Zugfahrt nach Mytkyina. Es wurde ein dreißigstündiger Ritt auf der Achterbahn, der meinen höchstpersönlichen Stoßdämpfern am Hintern das Äußerste abverlangte, denn die Holzbank federte mein fast schon durchgewetztes Sitzfleisch eher weniger ab. Aber stellte man sich als Begleitmusik den Wiener Walzer dazu vor, hoben das Gepäck und wir Passagiere passend zum Takt regelmäßig je zurückgelegten Meter ein bisschen ab. Für jene, die Essen durch die Waggons beförderten, war das Ganze wohl weniger amüsant. Sie mussten das Gekochte, das sich ebenfalls rhythmisch in Richtung Decke abhob, immer wieder mit ihren Eimern und Tabletts auffangen.

Trotz dieser Knüppelmassage konnte ich die Aussicht auf die im Nebel liegenden Reisfelder immer noch genießen. Männer, die Holz auf ihre von Rindern gezogenen Kutschen aufluden, Frauen, die exotisches Essen verkauften und immer wieder Militärstützpunkte, in denen schwerbewaffnete Soldaten saßen, zeichneten das Bild. Als wir um drei Uhr morgens an dem von Stacheldraht und Soldaten geschützten Bahnhof ankamen, versuchte ich, eine Holzbank zu finden, auf der ich schlafen konnte. Im Gebäude selbst durfte ich nicht ruhen und auf die Treppe, auf der bereits eine Menge Einheimische lag, ließ man mich auch nicht. Aus diesem Grund wollte mich ein besoffener Taxifahrer in ein Hotel bringen. Er riss zuerst an meiner Tasche, dann an mir und wurde dabei ziemlich aggressiv. Zu meiner Überraschung blickten die Menschen um mich herum weg und kamen mir nicht zur Hilfe. Nachdem mir die Flucht gelungen war, fand ich unter einem Baum ein gutes Versteck, wo ich mich bis zum Morgengrauen etwas ausrasten konnte. Am Morgen danach lud ich zuerst einen freundlichen Obdachlosen zum gemeinsamen Frühstück ein, der mir daraufhin den Weg zu einer Herberge wies. Dort ergab sich ein interessantes Gespräch mit einem anderen, dem Gästehausbesitzer.

Von außen betrachtet sah ich, dass sich gerade einiges änderte. Die Menschen schöpften wieder Hoffnung, was ihre größte Stärke ist, doch die tatsächliche Lebensweise der Landbevölkerung hatte sich bisher kaum gewandelt. Laut Akash, so der Name meines Gesprächspartners, dem Chef der Herberge, waren die einstigen Sanktionen, die Europa und die USA über das Land erließen, für die Bevölkerung vorwiegend schlecht. Durch den Druck des Westens wurden zwar die vielen Gelder gestrichen, die an die Offiziere gingen, aber büßen mussten das jene, die ohnehin schon wenig hatten. Trotz der Sanktionen holten sich die staatenlosen Konzerne, ähnlich wie in manchen Ländern des Arabischen Frühlings, in Kooperation mit dem Regime burmesische Rohstoffe, die wiederum für die Völker des Westens bestimmt waren. Beim Bau von Erdgasleitungen für die Geschäftspartner Unocal und Total wurden dadurch zum Beispiel Tausende Männer, Frauen und Kinder versklavt. Die Offiziere tauschten ihre Uniformen gegen Anzüge und nennen sich nun Demokraten, die Kämpfe hier im Norden leben jedoch immer wieder auf. Die Leute wehren sich zum Teil gegen internationale Konzerne, die ihnen ihr Land wegnehmen. Zum Zeitpunkt meines Besuches waren rund zwanzig Staudämme im Entstehen begriffen, manche wurden von Indien, andere angeblich sogar von Italien, und zwar mit Geldern der EU, gefördert. China und sein Energiekonzern China Power Investment Corporation mussten in Hinblick auf ihren rohstoffreichen Nachbarn jedoch einen schweren Schlag hinnehmen: Der burmesische Präsident ließ ein millionenschweres Staudammprojekt stoppen. Seine Begründung: Das Risiko für den Fluss Irrawaddy sei zu hoch. Bis zu diesem Zeitpunkt hatte sich China auf die burmesische Militärjunta verlassen können. Das strategisch günstig am Indischen Ozean gelegene Land nutzt China für den Großteil seiner Überland-Ölimporte. Konsequenterweise wollte das kommunistische Land mit einer Investition von 35 Milliarden US-Dollar eine Hochgeschwindigkeitsbahn, Autobahnen sowie Öl- und Gaspipelines durch Myanmar bauen. Doch offensichtlich versuchte sich die neue Regierung aus den Fängen ihres großen Nachbarn zu lösen, was zu unerwarteten Spannungen führte und einige große Projekte scheitern ließ. Dass diese Schulden aus den Staatskassen beglichen werden mussten, war für eine kleine Elite eine willkommene Tatsache.

Durch die vielen Grausamkeiten und das daraus resultierende Leid kommt es in Myanmar immer wieder zu Volksaufständen. Indien befürchtet, dass diese Unruhen in den konfliktreichen Nordosten ihres Landes übergreifen könnten, und beliefert das Regime deshalb mit Waffen. Die gesperrten Straßen und der eingestellte Busverkehr in Mytkyina verweisen darauf. Ich saß fest. In manchen Nächten hörte ich in dieser Geisterstadt das Echo der Schüsse aus nicht allzu weiter Entfernung.

In den umliegenden Bergen sterben mehrheitlich Menschen, die um ihr Recht auf Freiheit, Land und Nahrung kämpfen. Die Nichtanerkennung dieser Bedürfnisse, die man als sadistisches Werkzeug gegen die Betroffenen nutzen kann, indem man beispielsweise ganze Völker hungern lässt, ließ den Druck auf meinen Schultern ein weiteres Mal ansteigen, denn sie war nichts Naturgegebenes. Selbst ohne genetisch manipulierte Lebensmittel könnte unser derzeitiger Nahrungsüberschuss zwölf Milliarden Menschen ernähren. Einige versuchen allerdings, uns etwas anderes weiszumachen. Der Weltmarktführer im Bereich gentechnisch veränderten Saatguts heißt Monsanto und mithilfe seiner Produkte erhofft sich die Regierung in Myanmar, den Export erhöhen zu können. Zudem ist Monsanto drittgrößter Baumwollproduzent in Indien. Folgendes Beispiel könnte in Zukunft in ähnlicher Weise auch in Myanmar der Fall sein: Zwei Jahre, nachdem Monsanto dort regionale Saatgut-Unternehmen aufgekauft hatte, wurde aufgrund der radikalen Lobbyarbeit des Konzerns auf dem indischen Markt gentechnisch veränderte Baumwolle zugelassen. Da Monsanto beinahe den gesamten Markt regiert, hatten die Bauern und Bäuerinnen kaum eine andere Wahl, als sich das viermal so teure Saatgut mithilfe von Krediten zu kaufen. Doch als Folge davon wurden ihre Felder vermehrt von Pilzen, immer aggressiverem Superunkraut und sich den neuen Bedingungen anpassenden Schädlingen befallen, weshalb die gesamte Ernte bedroht war und viele Bauern und Bäuerinnen aufgrund der schlechten Erträge in Konkurs gehen mussten. Als deshalb Unruhen ausbrachen, wurden einige verhaftet.

Aufgrund der daraus entstandenen Überschuldungen brachten sich seit dem Jahre 2000 etwa 300.000 Menschen um. Bei ihren Selbstmorgen folgen die vorwiegend männlichen Bauern einem Ritual: Im Vorfeld ziehen sie sich für mehrere Tage aus ihrem Familienleben zurück. Sie sitzen nur noch in ihren Hütten, ohne zu sprechen, zu essen oder zu trinken. Während eines Sonnenaufgangs halten sie dann jenes giftige Pestizid über ihren geöffneten Mund, das Schande und Bankrott über sie gebracht hat, und dann trinken sie davon. Ihre Besitztümer werden gepfändet und ihre Frauen, die nun alleinstehende Mütter sind, müssen häufig aufgrund ihrer prekären Lage von ihrem Grund und Boden, der ihnen nicht mehr gehört, flüchten.

Wie auch schon bei den Ölgiganten und Bankern gibt es auch im Falle von Monsanto, Pioneer, Bayer und anderen Multis viele Überläufer, die in den nationalen Regierungen oder in der Europäischen Kommission eine konzernfreundliche Politik betreiben. In den USA selbst erkauften sich Monsanto und andere Biotech-Konzerne die Verfassung durch gezielten Lobbyismus, wodurch ein demokratisch legitimiertes Gericht die Zulassungen weiterer Gentechnik-Pflanzen nicht mehr verhindern konnte. Diese Biotech-Konzerne stehen auf legale Weise über dem Gesetz.

Monsanto und Co. versuchen also auch in der EU, immer mehr Einfluss zu erlangen. Nachdem Monsantos Wachstumshormon für Rinder auf den Markt gekommen war, versuchte man, einige Zwischenfälle zu vertuschen. Die Tiere litten nämlich unter Entzugserscheinungen, hatten Probleme beim Kalben und starben zum Teil an den Nebenwirkungen. Mit der konzernfreundlichen Saatgut-Verordnung der Europäischen Union kommen auf die Bäuerinnen und Bauern erhebliche wirtschaftliche Belastungen zu. Anvisiert wird eine drastische Einschränkung der Artenvielfalt von Obst- und Gemüsesorten, die allerdings dank groß angelegter Proteste der sich zur Wehr setzenden Bevölkerung bisher noch nicht durchgesetzt werden konnte. Das Hauptziel dieser EU-Verordnung vor dem Hintergrund der Ideologie des freien Handels ist, die Produktivität und Wettbewerbsfähigkeit zu steigern.

Wollen wir, so die EU-Verantwortlichen, weiterhin mit europäischen, aber dennoch nicht an geografische oder staatliche Grenzen gebundenen Agrarkonzernen wie Bayer und Syngenta auf dem Weltmarkt gegen Monsanto und DuPont bestehen, müssen wir diese Verordnung durchgehen lassen.

Die Konzerne wollen eine geringe Vielfalt an Saatgut anbieten, worauf sie – und nur sie – ein Patentrecht besitzen. So können ZüchterInnen von Melonen, Gurken, Tomaten oder Broccoli verklagt werden, wenn sie die Saat der letzten Ernte zurückhalten und nicht die jährliche Technologiegebühr bezahlen. Ein Beispiel dafür, was uns in Zukunft blüht: Ein kanadischer Bauer wurde angeklagt, da durch Pollenflug Monsanto-Produkte auf seinem Feld landeten und das auch nachgewiesen werden konnte. Die andauernden Verhandlungen rund um das geplante Freihandelsabkommen beinhalten solche Klagerechte von Konzernen.

Daneben werden auch die sogenannten Terminator-Techniken bereits kommerziell eingesetzt. Diese Methoden verhindern, das Keimen von Pflanzensamen. Diese ethisch fragwürdige Technik der Terminatoren und der Gentransformation wirken einem naturgegebenen Kreislauf entgegen, indem sich die Pflanzen wie schon seit Anbeginn der Zeit weiterentwickeln können.

In Argentinien stieß man auf 200 Säcke illegal importierter, gentechnisch veränderter Sojabohnen, deren Herkunft bis zu Monsanto zurückverfolgt werden konnte. In diesem südamerikanischen Land beherrschen Genmais und -soja den Markt zu fast hundert Prozent.

Nach dem Fund von genmanipuliertem Weizen, der wiederum von Monsanto stammte, stoppten Japan und Südkorea 2013 kurzzeitig die Lieferungen aus den USA. Andere asiatische Staaten und die EU verschärften daraufhin die Überprüfungen, was besonders in Europa eine oft widersprüchliche Einstellung ans Licht bringt.

Inzwischen sind es nicht mehr nur die UmweltschützerInnen in Entwicklungsländern, die sich gegen die Diktatur der Konzerne erheben. Es sind auch Hobby-Imker, Biobäuerinnen und -bauern, Kirchen, SelbstversorgerInnen und andere gewöhnliche Menschen, die es satthaben, sich unterdrücken zu lassen. Aus diesem Grund stieg in den USA die Nachfrage nach nicht genetisch veränderten Produkten. Auch in Deutschland wurde Genmais MON 810 verboten und im französischen Lyon wurde Monsanto wegen der Vergiftung eines Bauers verklagt.

Inzwischen existiert bereits eine App, die den KonsumentInnen beim Kauf eines Produktes Auskunft darüber gibt, welcher Konzern dahintersteckt und welche positiven sowie negativen Praktiken dieser vertritt. 2013 kam es in 436 Städten in 52 Ländern erstmals zu einem globalen Massensturm von Protesten gegen Monsanto und gentechnisch veränderte Organismen, der nach wie vor im Steigen begriffen ist. Diese damals über zwei Millionen Menschen riefen zu einem weltweiten Boykott gentechnisch veränderter Produkte auf.

Das Hungerleiden wird künstlich erzeugt und etwas so Unnatürliches können wir folglich auch wieder verändern. Schon seit der Versklavung in den Kolonialreichen schützen wir uns selbst mit einer speziellen Ideologie gegen den Vorwurf, Schuld am Hungerstod von Millionen zu sein. Der Gedanke hinter dieser Ideologie ist, dass die Natur gibt und nimmt. Ein natürlicher Kreislauf von Leben und Sterben also, in dem die Stärkeren nun einmal über die Schwächeren siegen. Bisher wächst aber die Bevölkerung auf diesem einen begrenzten Planeten, der schon bald bis zur Gänze erschöpft sein könnte, unaufhaltsam weiter.

So sind das Hungerleiden und die Kriegstoten für viele das Resultat eines natürlichen Gleichgewichts, denn die Gesellschaft wird in dieser Hinsicht als eine rein organisch funktionierende betrachtet und der derzeit von den Naturwissenschaften fraglos anerkannten Evolutionslehre gleichgestellt.

Gemäß dieser Evolutionstheorie handelt der Mensch nicht basierend auf Werten und Normen, sondern ausschließlich nutzenorientiert. Der Kampf ums Dasein treibt den Gesamtorganismus namens Gesellschaft voran, wobei das individuelle Schicksal als Mittel dem Zweck untergeordnet wird. Das Gesetz des Stärkeren führte in der Kolonialzeit unter den damaligen „Weltherrschern" zu einem Wetteifern. Somit wurde ein immer stärker werdendes Konkurrenzdenken geschaffen, das niemals zuvor eine größere Macht entfaltete als im Jahrhundert des freien Handels. Diese Sichtweise gründet auf der Annahme, dass eine unsichtbare Hand die ökonomische Natur des Menschen steuert. In diesem Zusammenhang führt das immer größer werdende Machtstreben der Menschen und ihrer allerdings zu einem Abbau der sozialpolitischen Errungenschaften. Immer, wenn es zu einer Finanzkrise kommt, wird dort eingespart, wo der Mensch Großzügigkeit eigentlich am nötigsten hätte: nämlich am Menschen selbst.

Nach dem Zweiten Weltkrieg wussten die Menschen in Europa, was Hunger bedeutet. Eine Agrarreform und die Steigerung sozialer Ausgaben trugen dazu bei, dass sich die Leute langsam, aber doch und in Frieden eine Landwirtschaft aufbauen konnten, von der sie leben konnten. Doch mit der Globalisierung schien eine neue Staatsdiktatur an die Macht gekommen zu sein: Beherrscht man das Öl, so kann man Staaten gemäß seiner eignen Interessen steuern. Doch besitzt man die Nahrung, so macht man sich die gesamte Menschheit untertan.

Nach Aussagen der Agrarkonzerne könnte der Markt nur dank eines absolut freien Welthandels und der Privatisierung staatlicher Einrichtungen den Hunger in der Welt beseitigen. Die Mehrheit dieser Organisationen will jedoch keine Lebensmittel produzieren, um Hunger zu stillen. Ihr Ziel ist es vielmehr, Waren herzustellen, mit denen sie anschließend spekulieren können, um möglichst satte Gewinne einzufahren. Deshalb beherrscht eine Handvoll solcher modernen Eliten den gesamten Produktionsverlauf von Pestiziden und Saatgut über Lagerung und Transport bis hin zu den auf dem Weltmarkt herrschenden Preisen. So gehört zum Beispiel der umstrittene Konzern Cargill zu den größten Baumwoll- und Getreidehändlern der Welt. Mit seinem eigenen Dünger bewirtschaftet er die eigenen Sojaplantagen in Latein- und Nordamerika, deren Erträge er selbst wiederum zu Mehl verarbeitet. Auf seinen Frachtern wird dieses Grundnahrungsmittel nach Thailand transportiert wo es an die konzerneigenen Hühner verfüttert wird, die der Konzern wiederum selbst schlachtet und abpackt. Mit seinen auf der ganzen Welt stationierten Lastwagen werden Supermärkte, die zum Teil ebenfalls zum Konzern gehören, direkt mit diesen Produkten beliefert. Um die lokale Konkurrenz auszuschalten, verkauft der Konzern seine Produkte zu Dumpingpreisen. Sind sämtliche regionalen Unternehmen, Bäuerinnen und Bauern sowie ViehzüchterInnen beseitigt, lässt er den Preis steigen und die Menschen, nun zu Arbeitslosen degradiert, müssen ihre gesamten Ersparnisse für Nahrungsmittel aufwenden.

Jedes Jahr vernichten Epidemien, schmutziges Wasser, Hunger und Bürgerkriege, die durch diese Missstände häufig hervorgerufen werden, ebenso viele Menschen, wie es der Zweite Weltkrieg innerhalb von sechs Jahren getan hatte. Der Todeskampf gegen den Hunger dauert lange und verursacht qualvolle Schmerzen. Der Zerfall des Körpers zerstört die Psyche und löst panische Angstgefühle der Einsamkeit aus, was unter anderem dann zu einem bedeutenden Aspekt wird, wenn man bedenkt, dass sich die arme Bevölkerung möglichst viele Kinder wünscht, da diese eine Art Lebensversicherung darstellen. Falls der Nachwuchs die Kindheitsjahre überlebt, können sie den Eltern dabei helfen, alt zu werden, ohne Hunger leiden zu müssen. Doch die Wirtschaftsreligion, die uns Glück bescheren sollte, lässt sich nicht mit den Hoffnungen der Menschenmehrheit vereinbaren. Schon eine mangelhafte Ernährung während der Schwangerschaft führt bei den Ungeborenen zu Hirnschädigungen, wodurch sich der Hunger von selbst reproduziert. Bei ausreichender Nahrung, Bildung, Wohlstand und einem damit einhergehenden Mehr an Freizeit würden sich wohl die meisten Völker dieser Erde vermehrt auf das individuelle und familiäre Bedürfnis eines jeden Einzelnen konzentrieren. Man könnte sich dann mehr nach innen orientieren und würde dadurch möglicherweise kleinere Familien gründen, die einem Mann und einer Frau ein gewisses Maß an persönlicher Freiheit erlauben.

Doch das weltweite Hungerleiden verhindert die Schaffung einer friedlichen Gesellschaft, was für den Aufbau einer demokratischen Zivilisation Grundvoraussetzung wäre, und vergiftet das Vertrauen, das untereinander (nicht) herrscht, und zwar wegen der ständigen Angst ums eigene Überleben. Die heutige Form des Kapitalismus braucht solche Katastrophen. Beginnend mit der von Wissenschaftler Milton Friedman formulierten Ideologie wurde die freie Regellosigkeit des Kapitalismus unter dem Namen Neoliberalismus zuerst in Lateinamerika mit Hilfe der CIA durch die Installation von Diktaturen und später über die postkommunistischen Staaten bis hin zu den sich etablierten Demokratien Westeuropas in eine globale Schocktherapie verwandelt.

Der Verlust von Selbstidentität seit Anbeginn der Sklaverei steckt nun schon seit Jahrhunderten in den Menschen der unterdrückten Nationen. Dieses Trauma kann mehr und mehr in Richtung eines sich abschottenden Extremismus führen. Das Einzige, was den davon betroffenen Menschen nicht genommen werden kann, ist ihr religiöser Glaube, an den sie sich mehr und mehr klammern und für den eine stetig wachsende Zahl zu heiligen Kriegern werden, die irgendeinem selbsternannten Führer folgen.

Nach Aussagen der Occupy-Wall-Street-Bewegung, die 2011 Bereiche des Finanzdistrikts der New Yorker Wall Street besetzt hielt, beträgt in den USA der Anteil der wirtschaftlichen Elite an der Gesamtbevölkerung ein Prozent. Dieses eine Prozent übt mit seinem unglaublichen Reichtum und gemeinsam mit seinen Verbündeten in der Anti-Islam-Politik eine immense Macht aus, was Völker wie das irakische, das afghanische, aber auch das palästinensische gewaltsam zu spüren bekommen. Um dem entgegenzuwirken, schlossen sich weltweit Tausende Protestierende unter dem Slogan „We are the 99 percent" zusammen.

Die Wut der Menschen erwächst aber bereits aus den Industriestaaten selbst heraus. Sie nähert sich allerdings auch von außen verstärkt den Festungen USA und Europa, und wenn die derzeitige Unterdrückung nicht gestoppt wird, werden die westlichen weltlichen politischen FührerInnen versuchen, die Betroffenen auf ihrem von Hass und Hunger erfüllten Märschen mit Waffengewalt zurückzudrängen.

Derzeit wird das politische Gleichgewicht von 20.000 atomaren Sprengköpfen durch die Atommächte bestimmt. Weil vor allem die europäischen Staaten Terrororganisationen ideologisch oft mit der islamischen Religion verknüpfen, grenzen wir in Europa einen beträchtlichen Teil unserer eigenen Bevölkerung aus. Doch wenn dieser vom „Westen" ausgeschlossen wird, finden diese Suchenden ihre Dazugehörigkeit nur mehr in extremistischen Lagern. Der Hass der Völker beruht meist auf dem Leid von Generationen, das auf den Handlungen des einen Prozent basiert, das allerdings seine Macht ausschließlich durch das Volk erhalten hat und weiterhin erhält. Immer noch plündern die westlichen Truppen, nun aus anderen, neuen Gründen, und stellen im Zuge dessen die Vereinten Nationen, die auf friedensschaffende Maßnahmen abzielen, immer weiter in den Hintergrund.

Die EU schließt mit Ländern, mit denen sie Handel treibt, Verträge ab, die fordern, dass beide Seiten die universellen Menschenrechte nicht verletzen dürfen. Doch andererseits will die Europäische Union die Handelsbeziehungen unter anderem zur israelischen Regierung ausweiten, obwohl militärische Maßnahmen das palästinensische Volk in seinem eigenen Land unterdrückt.

Die EU müsste aktiv, jedoch nicht mit dem Blick einer westlichen Weltanschauung, in den Krisengebieten dieser Welt langfristige und effiziente Unterstützung leisten. Schon alleine die Geschichte der Kolonialisierung verpflichtet dazu. Es dauerte oft Jahre, bis man über ein traumatisches Erlebnis sprechen kann. Demnach benötigt auch eine Gesellschaft meist mehrere Generationen, bis eine kollektive Erinnerung an die Traumata der Vergangenheit entstehen kann. Kommt es jedoch vonseiten der unterdrückten Entwicklungsländer zu Forderungen, verbünden sich die Staaten des Nordens, geleitet von der Ideologie des Neoliberalismus, und beschließen einstimmig einen Boykott. Bei internationalen Krisensitzungen bleiben dann die für den Westen bestimmten Stühle leer und die Zahlung finanzieller Entschädigungen, wie zum Beispiel für den Genozid, der an indigenen Völkern verübt wurde, wird abgelehnt.

Stattdessen streuen wir Salz in die Wunden und errichten Statuen, die das koloniale Heldentum, die einstigen Sklaventreiber, ehren. So geschehen am 500. Jahrestag der sogenannten Entdeckung Amerikas, als die Regierungen der Kolonialstaaten Christoph Kolumbus in Bolivien eine Ehre erweisen wollten, die Ehre, einen Kontinent entdeckt zu haben, auf dem bereits Tausende verschiedener indigener Völker wohl ohne der vom Westen verübten

Sklaverei, ohne dessen Vergewaltigungen an Frauen und Kindern und ohne dem Massenmord an ihren Brüdern und Schwestern lebten. Doch zu den Feierlichkeiten strömten Hunderttausende „Indianer"-Männer, -Frauen und -Kinder in ihren traditionellen Kleidern herbei, warfen die Ehrenstatue um und besetzten die Stadt La Paz für vier ganze Tage. Am fünften Tag zogen sie friedlich in ihre Bergdörfer zurück und hinterließen ein eindeutiges Zeichen: Die Vergangenheit darf nicht vergessen werden.

Anstatt einer Entschuldigung folgten Beleidigungen wie jene des ehemaligen französischen Präsidenten Nicolas Sarkozy, der zum Beispiel Schwarzafrika aufgrund seiner persönlichen Fehlinterpretation der Geschichte daran erinnerte, dass die afrikanischen Völker dankbar dafür sein sollten, dass ihre Jugend die Erben des Samens sind, den der Westen einst in die Seele ihres Kontinents gepflanzt hatte. Gemäß den Worten Sarkozys seien sie selbst schuld an ihrer heutigen Lage, da sie es nicht zustande gebracht hätten, den Hunger durch die fachgerechte Bewirtschaftung ihrer Felder zu beseitigen.

Nach so viel Verachtung fordern die nun erwachten Kolonialvölker Rechenschaft von ihren Unterdrückern. Die Bestimmung des Rechts auf Freiheit darf nicht bei einigen wenigen liegen. Die Entscheidungskraft der Menschen über unsere wirtschaftliche, gesellschaftliche und ökologische Zukunft muss von jeder und jedem aktiv gestärkt werden. 20.000 atomare Sprengköpfe in den Händen der Falschen können den Untergang der gesamten Menschheit bedeuten.

Da ich sonst keine andere Möglichkeit hatte, aus dieser im Norden Myanmars gelegenen Stadt hinauszukommen, fuhr ich mit dem, wie ich erfuhr, staatlich betriebenen Zug wieder etwas weiter in den Süden und beendete meine kurze, aber sehr staubige Busfahrt in dem netten Flussdorf Katha. Ein wunderschöner Sonnenaufgang, der sich über dem Nebel hinter dem Fluss zeigte, weckte mich sehr früh. Zu dieser Uhrzeit waren bereits die in Rot gekleideten Mönche und die in pinken Kutten gehüllten Nonnen unterwegs, um sich ihr Essen zu erbetteln. Das Leben findet in Katha überwiegend am Wasser statt. Dort ruhen Fischerboote, Menschen reinigen sich und ihre Wäsche, mit Tanaka geschminkte Kinder winken und Alte tuscheln. Und trotz eines Baustopps wurden auf dem Fluss für die Errichtung eines Staudamms im Stundentakt chinesische Bagger und Lastkipper flussaufwärts transportiert.

Große Bambusflöße, die nur per Hand mit Stangen gesteuert werden können, trieben den Fluss hinunter. In ihrer Mitte befindet sich ein kleines, aus einer Plastikplane gefertigtes Zelt, in dem die Ruderer während der mehrtägigen Fahrt untergebracht werden. Trotz einer Anfrage meinerseits durfte ich nicht aufspringen und musste mir deshalb die Fähre in Richtung Süden gönnen. Diese Bootsfahrt sollte mehrere Tage dauern. Die Seitenwände des Bootes waren offen, weshalb bei Nacht ein sehr kühler Wind durch das Schlaflager wehte. Kaum geschützt, besorgten mir die BurmesInnen eine Plane als Unterlage und gaben mir Decken, um mich zu wärmen. Wenn der Nebel zu dicht wurde, stoppte das Boot für mehrere Stunden. Dann machten wir oft in kleinen Flussdörfern halt, wo Menschen ein- und andere ausstiegen. Die Neuankömmlinge brachten Reis, Bananen, Palmzucker, Holz, Kohle und vieles mehr an Bord. Diese Pausen ermöglichten mir, Spaziergänge in die Siedlungen zu unternehmen, wo ich auf Mönche traf, die mir ihr Kloster zeigten, oder auf andere, die mich beim Kauf von Essen übers Ohr hauten. Bei solchen Erlebnissen schwankte mein Gewicht zwischen einer angenehmen Leichtigkeit und einer Schwerhaftigkeit, die mich immens bedrohte.

Auf dem Boot war war ein junger Typ besonders auffällig, dem sein Styling wohl das Allerwichtigste im Leben war. Denn er war stolz darauf, sich zu präsentieren, und zog sich mehrmals am Tag um. Einmal trug er ein Shirt, auf dem das Hakenkreuz abgebildet war. Es handelte sich dabei eindeutig nicht um das sogenannte Swastika, das von den BuddhistInnen, den Jains und den Hindus verwendet wird. Ursprünglich stammt das Hakenkreuz aus dem griechischen Raum und wurde vermutlich von wandernden Ariern ins Industal gebracht. Es wird allerdings bereits seit Jahrtausenden in beinahe jeder Kultur als ein Zeichen des Glücks und des Schutzes angesehen. Dieses Symbol existiert in zwei unterschiedlichen Ausführungen: Das nach rechts im Uhrzeigersinn gedrehte Swastika symbolisiert die Sonne und das Feuer. Das nach links gegen den Uhrzeigersinn gedrehte ist Ausdruck des Schutzes vor dem Bösen. Ich konnte mich entsinnen, in diesem Teil der Welt schon mehrmals Shirts mit Naziparolen gesehen zu haben. Außerdem traf ich hier immer wieder auf Leute, die einen SS-Helm trugen und in nazideutscher Kriegskleidung antanzten. Das hatte einen ganz besonderen Grund: Nach dem Zweiten Weltkrieg wurde die dafür typischen Utensilien unter anderem in diesen Gegenden zu barem Geld gemacht.

Immer wieder saßen wir im seichten Gewässer kurzzeitig auf Sandbänken auf, bis unsere Fähre für mehrere Stunden endgültig zum Erliegen kam.

Daraufhin nahmen vorbeifahrende Kleinboote ein paar Passagiere von unserem Boot auf. Nach längerer Wartezeit trieb ein zehn Quadratmeter großes Bambusfloß an uns vorbei und der Typ, der mir noch in Katha eine Abfuhr erteilt hatte, winkte mir nun zu. Ich durfte tatsächlich aufspringen. Umgeben von grünen Hügeln, staubigen Holzhütten, Bauern, die auf ihren von Rindern gezogenen Kutschen fuhren, und Frauen, die ihre Felder bewirtschafteten, ging es flussabwärts. Eine nicht enden wollende Anhäufung von Stupas zierte die Dörfer und die umliegenden Hügel. Auf offenem Feuer, das in einer Schale entflammt worden war, kochten wir auf unserem schwimmenden Untersatz Reis und Gemüse. Die darauffolgenden kalten Nächte verbrachte ich unter freiem Sternenhimmel, bis eines Abends die drei Männer und zwei Frauen, die sich außer mir an Bord befanden, wie verrückt herumzappelten und den Namen der Tempelstadt „Bagan, Bagan" riefen.

Nachdem ich einen angemessenen Betrag für die Mitfahrt und das Essen bezahlt hatte, stieg ich dort bei tiefster Dunkelheit am Flussufer aus. Natürlich hatte ich keine Lust, den Eintritt in die weltberühmte Tempelstadt an die Regierung zu zahlen, weshalb ich den Schutz der Nacht zu meinen Gunsten nutzte. Nach einem kilometerlangen Fußmarsch sah ich bereits von Weitem den Schranken, der die Stelle markierte, an der ich bezahlen sollte. Doch mit verhülltem Gesicht und der burmesischen Begrüßung „Mingalaba", was zu Deutsch so viel bedeutet wie „Möge Segen über dich kommen", kam ich problemlos an den ersten Polizisten vorbei. Am Schranken selbst kroch ich unentdeckt auf allen Vieren unter ihm hindurch und verschwand in der Dunkelheit.

Die nächsten beiden Tage verbrachte ich mit Radtouren zu den mehr als zweitausend Ziegel-Pagoden und -Tempeln dieser historischen Königsstadt.

Durch Bagans günstige Lage am Irrawaddy-Fluss bildeten sich dort vor mehreren Jahrtausenden Handelswege nach China und Indien. Aus Letztgenanntem wurde der Buddhismus hierhergebracht. Die Könige, Beamten und reichen Kaufleute erhofften sich damals, ebenso wie noch heute, mit der Finanzierung neuer Tempel eine bessere Ausgangsposition für den Eintritt ins Nirwana zu verschaffen. Deshalb ließ beispielsweise das burmesische Regime als Wiedergutmachungsversuch an den aus Alt-Bagan vertriebenen Menschen und für den sich öffnenden Tourismus von Zwangsarbeitern weitere Tempel bauen und verzieren. Nachdem ich den großen, von TouristInnen und HändlerInnen belagerten Tempel ausgewichen war, fand ich in den alten, kleinen Ruinen meine Ruhe. Ich kletterte an einer Außenwand bis ganz nach oben und verschaffte mir einen atemberaubenden Ausblick. Die gesamte Bagan-Ebene war mit rot eingefärbten Gebäuden bedeckt. Als sich dann auch noch die Sonne hinter den Bergen versteckte, breitete diese abendliche Stimmung über dieses doch so kriegerische Land wohlverdiente Ruhe und Frieden.

Meine letzten Tage verbrachte ich in Yangon, von wo aus ich in den Westen reisen wollte. Ohne nähere Informationen über die AGHS bekommen zu haben, hatte ich auch hier in Myanmar so viel anderes gefunden, was mich von meinem eigentlichen Weg abgebracht hatte. Bei so vielen Gedanken und Erlebtem fiel mir ein, dass ich noch die Adresse von Sunita, der Frau aus Bangladesch, hatte. Ohne zu erwarten, sie in ihrem Hotel tatsächlich anzutreffen, fragte ich dort an der Rezeption nach ihr. Und – oh, Wunder! – sie war anwesend und begrüßte mich recht erfreut. In dem noblen Gebäude, in dem sie wohnte, unterhielten wir uns bei einer Tasse Tee über meine Erlebnisse der letzten Monate.

Die hübsche Frau hielt ihr Versprechen, das sie mir bei unserer letzten Begegnung gegeben hatte, und machte mich zu ihrer Freundin Megh bekannt. Diese war eine politische Aktivistin, Lehrerin, Sozialarbeiterin und zugleich TouristInnenführerin. Mit ihr begab ich mich alleine auf unsere offiziell-inoffizielle TouristInnentour in eines der abgeschotteten Dörfer. Sunita wollte aufgrund ihrer beruflichen Situation nichts riskieren und blieb in der Zwischenzeit in ihrem Hotel.

Ich durfte mit Megh in der Öffentlichkeit nicht sprechen, weshalb ich mich bei unserem Ausflug an ein paar Vorgaben zu halten hatte. Zuvor hatte sie mir noch erzählt, dass sie von Agenten beschattet werden würde, die unter anderem ihre E-Mails kontrollierten, da sie im Jahre 2000 bereits zweimal im Gefängnis gelandet war. Megh war Tochter einer wohlhabenden Familie, studierte mehrere Jahre in England, wo sie einige Freundschaften geknüpft hatte. Zurück in ihrem Land und gestärkt durch ihre europäischen Zeugnisse, fand sie den Mut, etwas aktiver gegen das Regime ihrer Heimat vorzugehen. Sie begann, zuerst Freunde und später als „TouristInnenführerin" Fremde in die Sperrgebiete des Landes zu bringen. Einige ihr bekannte Soldaten drückten dabei gegen die Zahlung einer kleinen Abfindung ein Auge zu und ließen sie und ihre Gäste passieren. Die zwei Male, als sie für kurze Zeit eine Haftstrafe absitzen musste, wurde sie von einem Grenzposten, der für seinen Verrat eine noch größere Geldsumme als Meghs Abfindung erhalten hatte, verpfiffen.

Bei unserer Abfahrt stieg ich im Bus hinten ein und sie vorne. Eine Station, nachdem meine Begleiterin ausgestiegen war, stieg auch ich aus. Megh kam fünf Minuten später mit einem Taxi nach. Ein dreißigminütiger Fußmarsch brachte uns weit weg von Kontrollposten in ein kleines, ruhiges Dorf, das nur aus einfachen Holzhütten und staubigen Wegen zu bestehen schien. Zum geringen Trost der BewohnerInnen feierten sie an diesem Tag, so wie alle Jahre, die Unabhängigkeit von England. Natürlich waren die meisten von ihnen seit der Besatzung den Anblick der Weißen gewohnt, nur für einige Kinder galt dies nicht. Zur Feier des Tages kochten die DorfbewohnerInnen in einem Riesentopf reichlich Essen, damit auch jede und jeder satt werden würde. In einem Haus spielten sie mir auf einem Keyboard Lieder vor und gaben im Zuge dessen ein paar echt lässige burmesische Gesänge von sich. Für die Kinder wurden in der Zwischenzeit Laufspiele veranstaltet und diejenigen, die Lust dazu hatten, an einem in der Luft hängenden, mit Öl beschmierten Stamm hochzuklettern, um sich ein Band zu schnappen, das am oberen Ende befestigt war, hatten die Gelegenheit dazu – das ganze Spiel fand übrigens in der ortseigenen Müllgrube statt. Nach mehrmaligem Bitten der Kinder versuchte auch ich mein Glück und endete mitsamt der schwarzen Ölmasse auf meinem Körper im Plastikhaufen.

Einige der Älteren sprachen bedeutend besser Englisch, als ich es tat. Und mit einigen konnte ich Gespräche führen, im Zuge derer ich über ihr großes Wissen über die Welt ziemlich erstaunt war. Ich hatte an diesem Tag kaum das Gefühl, dass es diesen Menschen an Lebensfreude fehlte. Sie hatten alle ein Dach über dem Kopf, etwas zu essen und das Allerwichtigste: Sie hatten ihre Gemeinschaft, in der sie erstarken und wachsen konnten.

Megh und zwei ihrer Freunde erzählten mir einiges über die nach wie vor andauernden Konflikte und ernüchterten mich in Hinblick auf meinen Plan, über Land in den Westen zu reisen.

Die gesamten Gebiete im Westen waren für TouristInnen gesperrt. Speziell die Grenzübergänge, da sich dort häufig sehr viele Flüchtlinge befanden, die nach Bangladesch oder in die indischen Nordoststaaten fliehen wollten. In den westlichen Medien zeigte sich dies in Form von Berichterstattungen über Flüchtlingsunglücke auf hoher See in Richtung Thailand, Bangladesch oder Malaysia und Indonesien. Nicht nur den muslimischen Rohingya, denen man die Staatsbürgerschaft verwehrte, sondern allen Muslimen trat man im ganzen Land feindlich gegenüber. Solange die Regierung nicht damit aufhört, die muslimische Minderheit zu diskriminieren und sie nicht als BürgerInnen ihres Landes anerkennt, wird es weiterhin zu Ausschreitungen zwischen Buddhisten und Muslimen kommen. Moscheen wurden niedergebrannt und im März 2013 kam es in Zentralmyanmar nach einem Streit zwischen einem Mönch und einem Muslim zu Auseinandersetzungen, die schlussendlich 43 Menschen das Leben kosteten.

Die Regierung wollte mit ihrer Art von Hilfeleistungen diese Probleme lösen. Sie forderte eine Trennung der Lebensräume dieser beiden religiösen Bevölkerungsgruppen. Durch die Konflikte waren bereits Hunderte Menschen ermordet worden und 125.000 mussten in Flüchtlingslagern leben, denn die Rohingyas wurden nun schon seit mehreren Generationen wie illegale Einwanderer aus Bangladesch behandelt. Ein Gesetz aus dem

Jahre 1982, das die Regierung sehr einfach abändern könnte, hindert die Minderheit daran, die Staatsbürgerschaft zu beantragen. Weiteres empfiehlt die Regierung den Unterdrückten, einen Rückgang der Geburtenrate anzustreben. Im Bundesstaat Arakan dürfen die Betroffenen seither nur noch maximal zwei Kinder haben. Doch das rassische Abschotten von Minderheiten und das langsame Auflösen oder gar aktive Ausrotten unterdrückter Familien hat bisher noch nirgendwo auf der Welt zu einem friedlichen Miteinander beigetragen.

Da die Sicherheitskräfte vorwiegend zu den buddhistischen Rakhine helfen, enden die Kämpfe auf muslimischer Seite meist blutig. Dieser einst rein ethnische Konflikt wurde durch Unterstützung der Regierung in einen Anti-Islam-Konflikt verwandelt, der sich inzwischen zu einen Kampf um den an Bodenschätzen reichen Shan- und Kachin-Staat ausgeweitet hatte. Bereits im Juni 2011 kam es zwischen den staatlichen Truppen und den KIA, der unabhängigen Armee von Kachin, zu einem Feuergefecht, das 70.000 Männern, Frauen und Kindern das Leben gekostet hatte. Die burmesische Armee setzte Kindersoldaten ein, brannte Dörfer nieder und vergewaltigte und tötete ZivilistInnen. Im Shan-Staat wurde gegen die SSA, die Shan-Staat-Armee, gekämpft, von wo aus wiederum 15.000 Menschen flüchten mussten. Die meisten von ihnen hofften an der thailändischen Grenze auf Hilfe.

Da Aung San Suu Kyi, die Tochter eines bereits verstorbenen Freiheitskämpfers und Nationalhelden, einst mit einem Briten verheiratet gewesen war, konnte sie einige Medienauftritte im Westen absolvieren und genoss dort mehrheitlich Anerkennung, was ihr eine gewisse Stärke verlieh. Sie selbst, die sich allerdings nicht für die Rechte der Rohingyas einsetzt, sagte einmal, dass mit der neuen Regierung ein wichtiger Grundstein gelegt worden war, allzu vieles würde sich allerdings in den nächsten Jahren nicht ändern. Somit ist die größte Stärke des Volkes noch immer seine letzte Hoffnung.

20

Da ich im Sperrgebiet nicht übernachten durfte, traf ich mich nach meiner Rückkehr noch ein weiteres Mal mit Sunita. Sie war eine junge Frau im Alter von etwa dreißig Jahren. Ihren Mann hatte sie schon seit zwei Jahren nicht mehr gesehen, denn er musste in Malaysia an Bauprojekten arbeitet. Gemeinsam hatten sie eine Tochter, die inzwischen acht Jahre alt war. Während Sunitas Aufenthaltes in Myanmar passten ihre Eltern und das Hausmädchen auf die Kleine auf. Sunita selbst war zwar noch nie in Europa gewesen, aber ihr Vater hatte in England Jura studiert. Sie fühlte sich hier in Myanmar etwas einsam und freute sich wieder auf ihre Rückkehr nach Bangladesch. Als mir die schlanke, in einem bunten Sari gekleidete Frau gegenübersaß, fragte sie mich völlig ungeniert, ob ich sie gern hätte und hübsch fände. In Österreich oder auch in Indonesien hätte eine solch offene Frage eine völlig andere Bedeutung gehabt. Da es mir völlig neu war, eine Frau mit indischen Zügen so freizügig sprechen zu hören, antwortete ich ihr überdurchschnittlich höflich und zurückhaltend, doch insgeheim fand ich sie schärfer als thailändisches Curry und süßer als indischen Chai.

Während ich Sunita von meinen wieder verworfenen Plänen für die Ausreise über Land berichtete, unterbrach sie mich. Sie meinte, ich würde nur ein gültiges Visum benötigen, das ich seit meinen Aufenthalt in Bangkok besaß, der Rest sei kein Problem. Da diese Grenzgebiete zu ihrem Arbeitsfeld gehörten, stand sie in engem Kontakt mit den dortigen Behörden.

Nachdem wir beide am nächsten Morgen sehr früh aufgestanden waren, händigte mir Sunita persönlich einen Passierschein für die Strecke bis zur Grenze aus. Auf der anderen Seite in Bangladesch würde mich jemand abholen. Ich durfte aber nur mit Personenschutz, das bedeutet, in einem Armeetransporter, der die Strecke ohnehin fuhr, mitreisen. Zum Abschied umarmten wir uns noch einmal und danach begab ich mich auf einer holprigen Straße in Richtung Westen.

Im hinteren Teil des Wagens saßen unter einer Plane einige schwerbewaffnete Soldaten. Sie alle waren jünger als ich. Noch nie hatte einer von ihnen auf einen Menschen geschossen. Diese Burschen wussten nur, dass sie im Ernstfall zu den Einheimischen, den BuddhistInnen, helfen würden. Die Schwelle zwischen den Anweisungen der Regierung und den eigenwilligen Kampfeinsätzen der jeweiligen Armee war schon längst verschwunden. Ich spürte die Anspannung, die in jedem Einzelnen um mich herum vorhanden war. Keiner von ihnen war sich sicher, ob er mit diesem Lkw auch wieder lebendig zurück zu seiner Familie gebracht werden würde.

Natürlich hatte im Dschungel kein Guerillakämpfer Interesse an mir, doch es war schon ein seltsames Gefühl, dass da draußen zwischen den dunklen Minenfeldern Menschen waren, die uns hätten angreifen und töten können. Die beklemmende Stille dieser Dunkelheit jagte nicht bloß mir einen kalten Schauer über die Haut, der sich bis ins tiefste Knochenmark drang.

Als wir nach vielen holprigen Stunden unversehrt die Grenze zu Rakhaing erreichten, wurden die neu angekommenen Soldaten umgehend aus dem Transporter in ihre Lager gebracht. Für diese jungen Männer würde für die nächsten paar Monate das normale Leben mit Familie und FreundInnen in einer gewohnten und sicheren Umgebung nur noch eine ferne, blasse Sehnsucht sein. Und für manche unter ihnen würde es keine Rückkehr mehr geben.

Nach wenigen Fragen und ohne Probleme wurde mir die Durchreise nach Bangladesch gewährt. Ich folgte einem aus Brettern zusammengenagelten Zaun, der mich vor Angreifern schützen sollte. Tatsächlich sah ich einige in Handschellen gefesselte Frauen, Männer und sogar Kinder, die auf ihrer Flucht in ein besseres Leben im dichten Dschungel erwischt worden waren. Sie wurden hier zusammengepfercht in einen LKW geladen und abtransportiert. Auf der anderen Seite, wo bereits ein bengalischer Soldat mit einem Motorrad auf mich wartete, bekam ich meinen Einreisestempel. Der Mann freute sich offensichtlich sehr über meine Ankunft: Er strahlte über das ganze Gesicht und erzählte den anderen Soldaten, dass ich einer seiner besten Freunde sei. Auf einer schmalen Straße, die über viele trockene Hügel führte, auf denen das Grün nur an wenigen Stellen wucherte, wurde ich in eine Kaserne gebracht, wo ich von den Soldaten verpflegt wurde. In Tanchi im Distrikt Chittagong, wo sie stationiert waren, waren sie vor burmesischen Übergriffen sicher. Einer der Soldaten verriet mir, weshalb es hier dennoch immer wieder zu Problemen kam.

Es hatte wieder einmal mit England begonnen. Unter dessen imperialistischer Herrschaft erhielt die autonom verwaltete Provinz Chittagong Hill Tracts einen besonderen Status, was den sich hier noch immer abspielenden ethnisch motivierten Konflikt mit sich brachte. Nach dem Abzug der Kolonialherren gehörte Bangladesch zu Pakistan, das 1947 in dieser Region eine intensive ökonomische Entwicklung ankurbelte. Daraufhin siedelte die damals amtierende Regierung einige FlachlandbewohnerInnen hier an und sie baute um die Gegend von Rangamati einen Staudamm, was wiederum zur Flucht von Hunderttausenden führte. Mittlerweile hatten auch viele bengalische SiedlerInnen die einheimische Bevölkerung in den Chittagong Hill Tracts von ihrem Land verdrängt, allerdings konnten weder die einen noch die anderen ihre Ansprüche rechtlich nachweisen. Die heutige Regierung Bangladeschs führt eine ähnliche Politik fort, in der die Gewinnung der Bodenschätze Gas und Öl wichtiger ist als die in diesem Gebiet lebenden Menschen. Dieses Verhalten erschwert die Umsetzung des Friedensabkommens von 1997 erheblich.

Die bengalische Seite der Grenze war für mich wie ein Spiegelbild von Myanmar. Hier gibt es eine Minderheit von Christen und buddhistischen Bergstämmen, die am Fuße der braunen, trockenen Hügel in Wellblech-, Holz- und Lehmhütten leben. Die Mehrheit wird von den dunklen, muslimischen Bengalen gebildet.

Ein solcher Bengali starrte mich ständig an und begann ein Gespräch mit mir, das in etwa wie folgt ablief:
Er: „Hallo, wie geht's?"
Ich: „Danke, gut. Und selbst?"
Er: „Danke, gut. Und selbst?"
Ich, etwas lachend: „Danke, gut. Und selbst?"
Er: „Danke, gut. Und Tschüss", und weg war er.

Irgendeiner der Soldaten hatte mir irgendetwas organisiert, was mich mit irgendwem irgendwohin führen sollte. Mr. Irgendwer stellte sich zehn Minuten später als Pacho heraus. Pacho war ein Bekannter einer meiner Tausenden neuen besten Freunde. Der dicke Bengali fuhr mich auf seinem Motorrad über die vielen Hügel der Umgebung. Nach einem kurzen Stopp am Nilgiri-Aussichtspunkt hielten wir in der kleinen Stadt Bandarban. Das Nest besteht aus Betonbauten, die mich an Indien oder gar an einen alten Science-Fiction-Film erinnerten. Dort wurde ich, ohne zu realisieren, wie mir geschah, auf Puri, frittierte Teigtaschen, Cha, Kondensmilch-Tee und Dal, Linsen, eingeladen. Während ich mich mit dem öligen Essen amüsierte, kam ein Polizist um die Ecke und fragte mich, ob ich der australische Tourist aus Myanmar sei. Naja, fast. Da ich in Bangladesch nicht in jedes Hotel einchecken durfte, hatten sie mir bereits eines reserviert.

Ich war beeindruckt, denn bisher hielten alle ihr Wort und waren im Vergleich zu indischen Verhältnissen recht gut organisiert. Auf dem Markt gab es hier die hübschen, schüchternen, mit Tanaka bemalten Burmesinnen und die Bengali, die mich im Allgemeinen mit Vorliebe anstarrten. Ich traf auf eine Bengali-BuddhistInnen-Gruppe und einige Burmesinnen, die mit Sari und Kopftuch herumspazierten und dabei auffallend mit dem Kopf wackelten. Ich war erstaunt darüber, wie rasch wieder einmal mein Bild von Menschen und dem Verhalten, das ich von ihnen erwartete, über den Haufen geworfen wurde.

Nach meiner ersten Nacht in diesem recht netten und so was von billigen Hotel weckten mich morgens Vogelgesänge und Pachos Rufe nach mir. Mein Aufpasser schien ein beliebter Kerl zu sein, denn sobald er auch nur mit dem Finger ansatzweise schnippte, sprangen alle auf und tanzten nach seiner Pfeife.

Während ich mich dann zum Frühstück wieder an Frittiertem berauschte, versammelte sich vor dem Essensstand eine schwerbewaffnete Polizeieskorte. Wieder fragte mich einer, ob ich Mr. Australia aus Myanmar sei. Die Polizei ließ mehrere UNO-Fahrzeuge passieren, die sich an der Grenze um Frieden bemühen. Unabhängig davon fand gerade eine Demonstration von etwa vierhundert Männern, die alle eine rote Schleife um ihre Stirn trugen, statt. Im Laufe dieser Zusammenkunft kam es zu kleineren Drängeleien, die von den Nachrichtenteams, die zwischen den Demonstranten postiert waren, in Form von verwackelten Bildern und unter der Überschrift „Terroristische Aufstände" an die Weltöffentlichkeit verkauft werden konnten. Tatsächlich aber winkten die Polizei und die Aufmarschierenden freundlich in meine Richtung, machten Fotos von mir und schüttelten mir die Hände. Sogar zwei Männer in Handschellen, die in einem Polizeibus abtransportiert wurden, riefen mir etwas zu und fragten mich, was denn so abgehe.

Abends kutschierte mich Pacho über eine Brücke, die über einen braunen Fluss führte, zu den umliegenden Stupas. Als mich dort ein burmesischer Schüler zu sich nach Hause einladen wollte, machte mein dicker Freund ihm so viel Angst, dass der Kleine schnell das Weite suchte. Denn, so Pacho, mir dürfe ja nichts passieren. In einem der Dörfer fand gerade eine burmesische Stammes-Besprechung statt. Frauen, die ihre Babys stillten, in bunten, eigenhändig bestickten Kleidern, mit Tätowierungen und schönem Schmuck erinnerten mich an Südostasien. Bei dieser Besprechung ging es um die Konflikte, mit denen die Menschen hier konfrontiert waren, und mein Aufpasser Pacho stellte mir einen seiner Freunde vor. Dieser Burmese war schon viel in der Welt herumgekommen. Er schuftete auf einem Frachtschiff, weshalb er ein halbes Jahr auf hoher See und die andere Hälfte in Bangladesch verbrachte. Außerdem war er für einige muslimische Bengali eine Art Dealer, denn wie viele Stammesmitglieder braute auch er Palmwein und das Feuerwasser Arrak. Wir fuhren zu dritt auf einem Motorrad an den mit Öllampen ausgestatteten Rickschars vorbei immer tiefer in die Hügel bis zur geheimen Brauerei, seinem Zuhause. Dort waren mehrere Bengali-Männer zu Besuch, von denen manche schon kräftig einen an der Waffel hatten. Halbnackte, nur in Lumpen gehüllte Omas stellten uns in der Bambushütte Gläser auf den Fußboden und schenkten uns ein. Pacho erzählte mir, dass viele Bengali die buddhistischen BurmesInnen gern hätten.

Sie wollen im Gegensatz zu seinem Volk der Bengali nicht kämpfen, sie sind anderen gegenüber sehr tolerant und offen. Seine bengalischen Brüder und Schwestern hingegen durften der Ehre halber nicht sehen, dass hier nachts heimlich Alkohol getrunken wurde. Und was für welcher! Oha, mir brannte das Teufelszeug sämtliche wuchernden Viren, die sich in den vergangenen Monaten in meinem Körper angesammelt hatten, aus den Eingeweiden und verwandelte die AGHS in einen kurzzeitigen Schwindelanfall. Auch ein Joint machte die Runde, den ich allerdings dankend ablehnte. Bisher hatte ich mit Drogen durchaus interessante Erfahrungen gemacht, aber nun war ich in meinem Leben an einem Punkt angelangt, an dem sie mich mehr einschränken als weiterbringen würden, weshalb ich ihren Konsum in den Hintergrund stellte.

Als sich die Öllampen langsam ihrem Ende zuneigten, begaben wir uns auf den Rückweg. Heil am Ziel angelangt, blieb ich vor meinem Hotel stehen und betrachtete den schönen Sternenhimmel. Ich beschloss, alleine durch diese vom Mond beleuchtete Nacht zu spazieren. Weit weg von allen Häusern legte ich mich auf einer Anhöhe auf einen Felsen und schloss die Augen. Als mir ein sanfter, lauwarmer Wind übers Gesicht wehte, strich ich mit meiner Hand über meinen Oberkörper und musste an Jenny denken. In meiner Erinnerung fühlte ich sie dicht an mich herangekuschelt auf meiner Brust liegen. Bei diesem Gedanken berührte ich mich selbst, was ich in diesem Moment sehr genoss. Als ich Jennys warmen Körper auf meinem fühlte, begann sie, sich mit langsamen Bewegungen in eine andere, zweite Gestalt zu verwandeln. Ein dunkelbrauner nackter Körper saß nun auf meinem Schoß und küsste mich. Es war die wunderschöne Sunita, mit der ich in ihrem Hotelzimmer eine gemeinsame Nacht verbracht hatte. Hinter ihrem pechschwarzen Haar glänzten ihre magischen Augen wie zwei dunkle Diamanten. Die Hände der beiden Frauen umgriffen mich und schmolzen ineinander. Ich war ihnen in meiner Ektase völlig ausgeliefert. Verschiedenste Erinnerungen vergangener Tage begannen, sich miteinander zu vermischen. Schwitzende braune Haut umschlang mich von vorne, während von hinten lange weiße Finger über meinen Rücken glitten. Es war ein wundervoll friedlicher Augenblick, in dem ich all meine Bedürfnisse akzeptieren durfte.

Während dieser meiner anerkennenden Erkenntnis mir selbst gegenüber strichen mir auf einmal zwei weitere Hände übers Gesicht. Diese vergangene Erinnerung führte mich wieder auf dem Steg unter den Milliarden Sternen und ich spürte die zarten Lippen von Agnes, dem thailändischen Kathoey. Es gab nun keine Grenzen mehr zwischen einer sexuellen und einer geschlechtlichen Zugehörigkeit. In meiner Leidenschaft und Sehnsucht flossen meine Erlebnisse ineinander. In Zeiten der Zuneigung lassen wir uns fallen. Wir geben uns einander hin. In dieser klaren Nacht auf einem kühlen Stein konnte ich diese Gefühle nicht mehr getrennt von den verführerischen Gestalten betrachten.

Ich dachte an Jenny und es machte mich vollkommen glücklich, sie vor meinem inneren Auge mit ihrem Freund strahlen zu sehen. Ich erinnerte mich auch an die schöne Sunita und die zärtliche Agnes. In meinem bisherigen Leben traf ich immer wieder auf Menschen, mit denen ich eine wundervolle Zeit teilen durfte. Es waren schöne Momente, an die ich mich gern zurückerinnerte: Unabhängig von der konkreten Person und abseits des jeweiligen Geschlechts tauschten wir miteinander gegenseitige Emotionen und Bedürfnisse, die wir in diesen Augenblicken verspürten.

Es ist also tatsächlich so, wie Jan der Seemann gesagt hatte: Es ist kein egoistisches Nehmen. Es ist ein vollkommenes Sich-Hingeben. Zuneigung kann in so vielen verschiedenen Erscheinungen auftreten. Wenn ich mich ihr hingebe, muss ich mich ihr ausliefern. Dies ist aber nur mit unbedingtem Vertrauen möglich. Erst dann kann etwas wachsen. War es das, was der alte Kapitän gemeint hatte?

Und als ich diese Erkenntnisse über meine Bedürfnisse erlangte, packte mich der Wind von allen Seiten. Als ob er mich mit seinen Böen wie eine Feder durch die Luft tragen, mich mir selbst und meiner Welt ausliefern, mich den Zuneigungen des Lebens hingeben wollte. Es nicht auf Einzelheiten beschränken, dem Leben als Gesamtes absolutes Vertrauen schenken, das war meine bedingungslose Liebe.

In einem vollgestopften Bus ging es quietschend nach Rangamati. Da die Bengali sich sehr gerne mit mir unterhielten, erfuhr ich in Hinblick auf ihr Land zahlreiche Tipps.

Ich fand ein sehr schäbiges Hotel, allerdings mit grandiosem Seeblick. Mit drei langbärtigen Opas zog ich mir dort am Abend Bollywood-Filme und Frauen-Ringkämpfe, die das Testosteron zum Überlaufen brachten, rein. Die prüden Rauschebärte fanden die tanzenden und sich prügelnden Frauen in ihrer spärlichen Bekleidung extrem unsittlich, konnten ihre großen Augen jedoch nicht mehr von der Glotze abwenden.

Da mich die stickige Luft und die beißenden Bettwanzen in meinem Zimmer beinahe verrückt machten, verbrachte ich die Nächte auf der Terrasse. Von dort aus hatte ich eine gute Aussicht auf wackelige, mit verrostetem Wellblech und Holz verkleidete Baracken, die am Seeufer auf langen Stangen standen. Unter diesen Häusern befand sich häufig eine Heerschar von Menschen, die im Wasser zwischen den Müllhaufen sich und ihre Wäsche wuschen. Ich sah auch Kinder, die, wie jene in Laos, im sinkenden Plastik nach Metallstücken suchten. Daneben wurden mithilfe einfacher Bretter morsche Boote wieder fahrtauglich gemacht.

Mit drei jungen Burschen, die hier übers Wochenende Urlaub machten, fuhr ich mit einem Boot früh morgens hinaus auf den See. Im aufsteigenden Nebel hatten dort bereits die ersten Fischer ihre Netze ausgeworfen. Die schrulligen Stelzenhäuser am Ufer, BurmesInnen, die aufgrund des niedrigen Wasserstandes am Ufer Reis anpflanzten, und ein Heugeruch von den bereits abgeernteten Feldern ließen mich diesen Ausflug kein bisschen bereuen. Dieser vertraute Duft verhalf mir außerdem dazu, mich wieder an meine Kindheit zurückzuerinnern.

Als wir noch Kinder waren, durften wir in den Heuhaufen spielen, die sich unter den Dächern der Bauernhöfe befanden, und von den Giebeln in das weiche, getrocknete Gras springen. Vage erinnerte ich mich daran, dass ich im Alter von fünf Jahren durch den morschen Boden brach und acht Meter in die Tiefe stürzte. Wie durch ein Wunder verletzte ich mich an den darunter stehenden Maschinen kein bisschen. Nach diesem Ereignis wurde uns verboten, dort zu spielen. Dennoch gingen wir heimlich ins Heu, da wir dort zum Tode verurteilte Katzenbabys versteckt hielten. Sobald der alte Bauer nämlich eines der Babys sah, drehte er ihm mit bloßer Hand den Hals um und brach ihm das Genick. Der arme Kerl starb mit 89 Jahren, als er beim Einwickeln der Strohballen in Folie eine streunende Katze in die Maschine werfen wollte. Doch das Tier wehrte sich und zerkratzte ihm bei diesem Versuch das halbe Gesicht. Daraufhin stolperte er und fiel selbst in die Maschine. Nachdem man die eingewickelten Strohballen bereits geschlichtet hatte, bemerkte man an der Folienoberfläche den Abdruck seiner Hände und seines Gesichtes. Welch Ironie.

Meine drei Begleiter waren nicht nur dem Anschein nach sehr modebewusst und starrten während unseres Ausflugs auffallend oft auf ein anderes Boot, in dem zwei modisch gestylte Männer und eine Frau ohne Kopftuch saßen. Im traditionellen Bangladesch ist es nicht üblich, dass sich die vermeintlich unbeholfenen Frauen Männern derart freizügig zeigen: Sie könnten ihr doch etwas antun. Oder noch schlimmer: Die Frau könnte die Männer verführen. Das meinte zumindest unser Steuermann zu diesem Thema. Eine dieser gefährdeten und gefährlichen Damen lud mich später zu sich und ihrem Mann nach Hause ein. Ich hatte die beiden auf der Straße kennengelernt. Sie waren Mitglieder des burmesischen Chackma-Stammes und bekannten sich zum Buddhismus.

Der Mann hieß Akash und verkaufte Medikamente. Die Frau war Krankenschwester und trug einen Namen, den ich ihr nur schwerlich abkaufen konnte: Che Guevara. Zumindest sprach man ihn so aus. Die beiden teilten die Hausarbeiten gerecht unter sich auf und hatten keine hierarchische Beziehung, in der, wie ich es hier bereits mehrmals beobachten konnte, immer der Mann das letzte Wort behielt. Che erzählte mir ein wenig über die derzeitige Lage im Distrikt Chittagong.

Die Regierung begann damit, das Land, auf dem bereits seit mehreren Generationen die verschiedenen Stämme leben, für sich zu beanspruchen. Da diese sehr traditionsbewussten Menschen keine Dokumente besitzen, die ihnen das offizielle Recht geben, auf diesem Boden zu leben und ihn zu bebauen, waren sie nun im Nachteil. Und auf ähnliche Art und Weise wie auch in Myanmar wird hier behauptet, dass die BuddhistInnen den MuslimInnen das Land wegnehmen würden.

Dadurch wurde verschiedenen Völkern in den letzten Jahren immer mehr Gebiet genommen. Die Gier auf, oder auch Notwendigkeit für den Boden wurde in Bangladesch zu einem sehr großen Problem. Pro Quadratmeter leben hier rund 1.100 Menschen, Bangladesch ist damit das am dichtesten besiedelte Land der Welt. Gleichzeitig ist es jedoch auch ein gutes Beispiel dafür, dass dank höherer Bildung die Geburtenrate um einiges zurückgehen kann. Eine Frage aber blieb weiterhin bestehen: Wohin sollten all die Menschen, die meist ohne Geld auskommen mussten?

Einige wollten es über die Grenzen nach Indien schaffen, doch die scharfe Munition der schießfreudigen Inder zerstörte oft die Träume dieser Flüchtlinge. Indien grenzt sich in den letzten Jahren mit einem über 3.000 Kilometer langen Stacheldraht, der teilweise unter Strom steht, von seinem Nachbarn ab. Als offizieller Grund dafür wird die Angst vor einer hohen Zuwanderung muslimischer ExtremistInnen, Waffen-, Drogen- und MenschenhändlerInnen sowie Klimaflüchtlingen angegeben. Die meisten Opfer sind jedoch Bauern und Bäuerinnen, die billige Rinder aus Indien kaufen, und ArbeiterInnen, die sich nur etwas Geld dazuverdienen wollen. Vom Januar 2000 bis Juni 2011 wurden 976 BangladescherInnen, darunter auch Kinder, an dieser Grenze von indischen Soldaten getötet, 990 weitere Menschen wurden im selben Zeitraum verletzt, 226 Flüchtlinge festgenommen, 14 Frauen vergewaltigt und 184 Menschen gelten bis heute vermisst.

Viele der Land- und Mittellosen enden gewissermaßen als Alternative dazu in den Slums von Chittagong-Stadt und Dhaka, wo sich aus Gründen einer mangelhaften Hygiene immer mehr Krankheiten ausbreiten.

Während des Monsunregens stehen bis zu siebzig Prozent des gesamten Landes unter Wasser. Hier befinden sich auch die großen Deltas der Himalayaflüsse Ganges und Brahmaputra. Wenn Indien und Nepal die Dämme schließen, trocknen die Felder in Bangladesch aus und in der Folge hungern die Menschen. Öffnen sie jedoch die Dämme bei Hochwasser, dann kommt es zu Überflutungen, die für die Bevölkerung tragische Konsequenzen nach sich ziehen. Kaum ein anderes Land der Welt wird von der Klimaerwärmung derart schlimm getroffen wie dieses. Ende der 1990er Jahre wurden aufgrund des Hochwassers 16 Millionen Menschen heimatlos. 2004 forderten reißende Überflutungen rund 800 Todesopfer. Verschärfend wirkt sich außerdem die Tatsache aus, dass dieses Land in einer Gegend liegt, in der zirka alle drei Jahre heftige Wirbelstürme entstehen, die regelmäßig für Hunderttausende Tote verantwortlich sind. So zerstörte der Wirbelsturm Mahasan im Jahre 2013 50.000 Hütten, was die Flucht von einer Million Menschen zur Folge hatte. Gleichzeitig wurden die Leichen von sechs Frauen und 18 Kindern gefunden, die der muslimischen Rohingya-Minderheit in Myanmar angehörten. Ihr Boot war gekentert, aber die Regierung Myanmars gab dennoch offiziell bekannt, dass es keine Toten gegeben hätte.

Vor allem wegen dieser Naturkatastrophen könnte Bangladesch ein Vorbild für den Rest der Welt sein: Aufgrund der hohen Umweltverschmutzung wurden bereits in vielen Teilen des Landes Plastiktaschen verboten und durch Papier- und Jutesäcke ersetzt. Die hohe Abgasverschmutzung in der Hauptstadt Dhaka führte dazu, dass der Ankauf von Diesel- und Benzinfahrzeugen von staatlicher Seite her untersagt wurde, weshalb allmählich im ganzen Land mit Naturgas betriebene Kompressorfahrzeuge angeschafft werden. In den europäischen Alpen konnten wir in den letzten Sommern ebenfalls katastrophale Temperaturschwankungen verzeichnen: Einige Wiesen wurden entweder von Dauerregen abgetragen oder mussten wegen monatelangen Dürreperioden künstlich bewässert werden. Doch wie lange verfügen wir angesichts steigender Pestizidvergiftungen von ganzen Landstrichen noch über sauberes Wasser? Alleine der Gedanke daran ließ den Boden unter meinem Gewicht knarren. Hier in Bangladesch war dieses Schreckensszenario bereits Realität. Wie Akash ironisch gestand, konnten er und auch Pharmakonzerne dank der immer häufiger auftretenden Seuchen, die durch den Entzug von sauberem Trinkwasser hervorgerufen werden, eine Menge zusätzliches Geld einsacken. Demnach wird nicht mit der Gesundung, sondern mit der Erkrankung von Menschen Gewinn gemacht.

Zur Erforschung von Malaria oder Noma werden kaum Gelder ausgegeben, denn die Betroffenen haben meist kein Geld für Medikamente, weshalb sie für die Pharmaindustrie keine relevante Zielgruppe darstellen. Die Pharmalobby hält die Preise der Medikamente lieber hoch, lässt dadurch einige sterben und streicht den Gewinn ein, der mit jenen erzielt wird, die sich Pharmaprodukte leisten können. So wird zum Beispiel die Krankheit

Noma von der Weltgesundheitsorganisation, kurz WHO, die ein Teil der UNO und von der Pharmaindustrie hochgradig beeinflusst ist, in ihren Berichten nicht einmal erwähnt. Die Aufgabe der WHO ist es eigentlich, sich auf die Bekämpfung von ansteckenden Krankheiten, die sich zu Epidemien entwickeln können, zu konzentrieren – Noma entsteht jedoch „nur" durch Hunger. Aber immer mehr Menschen werden auf dieser Welt von diesem Hungerleiden angesteckt. Wenn wir nichts dagegen unternehmen, könnte bald der Hunger selbst zu einer weltweiten Epidemie werden. Forschungsgelder werden übrigens lieber für lukrative Projekte wie den Kampf gegen Haarausfall und Übergewicht ausgegeben und für das Bewerben der daraus resultierenden Produkte gibt man mehr Geld aus als für die Forschung an sich.

In Indien durften identische Kopien der Marken-Medikamente preisgünstig hergestellt werden. Dadurch konnten sich Tausende Erkrankte ihre teils lebensnotwendige Medizin leisten, doch seit 2005 verbietet die WTO aufgrund einer Patentrechtsverletzung die Erzeugung solcher Produkte: Pharmakonzerne wie Boehringer Ingelheim und Novartis verklagten den Staat Indien, weil dieser internationales Patentrecht verletze.

Der frühere Präsidenten Südafrikas, Nelson Mandela, war Mitgründer eines Gesetzes, das es den Kranken in seinem Land möglich macht, kostengünstig Medikamente herzustellen, während die Pharmaindustrie ohnedies immer noch Milliarden für sich einstecken kann. Allerdings wurden amerikanische Politiker durch gezielte Lobbyarbeit für die Machenschaften der Pharmaindustrie benutzt, weshalb Amerika Südafrika mit drastischen Handelssanktionen drohte, wenn es seine Praxis in Hinblick auf die Medikamente beibehalten würde. Doch Südafrika bekam Unterstützung von zahlreichen AIDS-Gruppen aus den Industriestaaten, die so viel Druck erzeugten, dass sich die Pharmakonzerne schlussendlich zurückziehen mussten.

Doch diese Geldgier schreckt auch vor illegalen Menschenversuchen nicht zurück. Durch zahlreiche geheime Tests tragen die Armen des Südens dazu bei, die Forschungsergebnisse der für den Norden bestimmten Medikamente zu verbessern.

Im Rahmen eines AIDS-Programms der Vereinten Nationen wurde mit HIV infizierten Schwangeren Placebomedizin verabreicht. Man riskierte somit bewusst die Ansteckung Tausender Babys.

Der Pharmakonzern Pfizer wiederum ließ im Zuge illegaler Versuche an knapp hundert nigerianischen Kindern das Antibiotikum Trovan testen. Einige Kinder bezahlten dies mit schweren Hirnschädigungen und elf starben an den Folgen. Durch gute Lobbyarbeit wurde Trovan in den USA und

Europa trotzdem zugelassen, nach mehreren Todesfällen in den Vereinigten Staaten schränkte man die bedingungslose Anwendung allerdings ein. Aber solche Praktiken sind an sich nichts Neues: Schon SS-Führer Heinrich Himmler war an grausamen medizinischen Menschenexperimenten interessiert.

Selbst vor den natürlichen Produkten, die uns unsere Umwelt im Überfluss zur Verfügung stellt, wird nicht haltgemacht. Die Chemieindustrie, die unter dem Wahn leidet, die gesamte Welt zu ihrem Eigentum erklären zu müssen, dachte sich, dass ein Patentrecht auf Kräuter doch eine feine Idee sei. Also schickten Bayer und Monsanto, um einmal mehr die üblichen Verdächtigen zu nennen, einige ihrer Leute zu den indigenen Völkern im Amazonas. Dort wurden deren uralte Heilpflanzen ausfindig gemacht, patentiert und anschließend als nunmehriges Eigentum der Pharmariesen an die breite zivilisationserkrankte Masse verkauft.

Zum Leben braucht der Mensch Wasser und Nahrung. Böden, Felder, Pflanzen und Samen wurden bereits zu spekulativen Marktgütern privater Eigentümer erklärt. Das auf Kapitalanhäufung basierende System des Westens hat sich inzwischen global ausgebreitet und hat die Gesellschaft durch die steigende Konkurrenz und den damit einhergehenden Druck nachhaltig geprägt, was unter anderem auch die weltweit immer häufiger auftretenden psychischen Erkrankungen beweisen. Alles muss immer schneller gehen, immer höher, immer weiter, immer mehr. Wachstum als unerreichbares Ziel. Doch noch existieren Lebensweisen, die vorbildhaft sind. Ein Beispiel dafür findet sich neben dem indigenen Volk der Zapatista in Mexiko auch in Bhutan, das allerdings ebenfalls bereits von den Zwängen der Globalisierung gefährdet ist. Aber noch schickt dort der König Beamte durch sein Land, die sein Volk, und zwar Angehörige aller Wohlstandsgruppen, nach ihrem Glückszustand befragen, denn in Bhutan gilt das Bruttoinlandsglück als offizieller Entwicklungsmaßstab, was den Menschen in den Mittelpunkt stellt.

Nach der Übernachtung fuhr ich in einem Bus in die Stadt Chittagong.
Bereits in den vergangenen Tagen machte ich die Erfahrung, dass die Bengali mich zwar sehr gerne anstarrten, mir aber umso weniger gerne zuhörten. Viele waren derartig nervös, wenn es darum ging, mit mir zu sprechen, dass ich bereits die nächste Frage gestellt bekam, bevor ich auf die vorhergehende überhaupt hätte antworten können. Außerdem erklärten sie mir gerne Alltägliches oder befragten mich danach, wie zum Beispiel ein Mann mittleren Alters, der auf mich zukam, eine Papaya hoch hielt und sagte:

„Das ist eine Frucht. Was ist deine Religion?", während sich einige Leute um uns versammelten.

„Ich bin Atheist."

„Acha, tik tik Christ", war seine Antwort.

„Nein, ich habe keine Religion. Hörst du mir zu?"

Er erwiderte: „Acha, tik tik, dumirzu. Und welche Religion?"

„Ich habe keine. Welcher Religion gehörst du an?"

Um uns standen nun schon über 15 Männer, die schweigend, jedoch drängelnd unserer tief philosophischen Konversation lauschten.

Als mir mein Gesprächspartner auf meine letzte Frage hin antwortete, hob er seine Hand und zeigte in Richtung Hafen.

„Acha, tik tik. Dort drüben sind Schiffe, die schwimmen auf dem Wasser. Danke, Mister Dumirzu, für das Gespräch."

Er und alle anderen Männer schüttelten mir die Hand und blieben danach wie einbetonierte Pfeiler regungslos stehen. Obwohl ich die gesamte Aufmerksamkeit aller erntete, bemühte ich mich sehr darum, mich offensichtlich unaufmerksam durch die bewegungsfreien männlichen Pfosten in Richtung der auf dem Wasser schwimmenden Schiffe durchzuquetschen. Doch der Weg dorthin führte mich zunächst durch die Stadt.

Die Millionenstadt Chittagong ist ein ziemliches Drecksloch. An den Bahngleisen reiht sich kilometerweit eine vermoderte, aus Planen und Gräsern zusammengebastelte Hütte an die nächste. Bei Dunkelheit leuchten auf den Gleisen in Abständen von nur wenigen Metern Hunderte kleine Feuer, auf denen die hier lebenden Familien ihr Essen kochen. Neben den Straßen stinkt es erbärmlich aus den Abwassergräben. Dazwischen laufen Ratten über halbtote Körper. Manche dieser Menschen zogen an meinem Hosenbein und forderten mich auf, ihnen Geld zu geben. Ich fühlte mich nicht gefährdet, ging aber trotzdem schnell weiter. Ich war kurz darauf allerdings sichtlich überfordert, als ich einen Mann dabei beobachtete, wie er einer in Lumpen gehüllten Frau ins Gesicht schlug und sie an den Haaren quer über die Straße zog. Reflexartig wollte ich hinstürmen, als mich plötzlich fünf verwahrloste Kinder entdeckten und umzingelten. „Geld, Geld! Gib Geld!", war das, was sie mir unentwegt zuriefen. Ich wandte mich von der schreienden Frau ab und versuchte, die an mir ziehenden und mich kratzenden Kinder wieder loszuwerden. Eine andere am Boden liegende Bettlerin hielt nun auch noch mein anderes Bein fest und wollte mir aus Respekt die Füße küssen.

Als sich uns daraufhin drei junge Männer näherten, hoffte ich auf deren Hilfe, aber diese Typen waren sich meiner prekären Lage nicht bewusst und fragten nur nach meinem Namen und aus welchem Land ich stamme.

Ein weiteres Mal in meinem Leben war ich von einer Situation völlig überfordert und die Schwere der AGHS überkam mich wie ein Monsunregen. Unkontrolliert stieß ich die Kinder zur Seite, trat der Frau aus Versehen auf die Hand und flüchtete in irgendeine Richtung, während ich im steinharten Asphalt tiefe Fußabdrücke hinterließ.

Ruhe hatte ich hier unter den Menschenmassen noch kaum gefunden, aber dafür jemanden, der mich ablenkte. Sein Name war Sheikh und er wollte mir die Umgebung zeigen. Nachdem ich wieder ein wenig hergestellt war, nahm er mich mit auf eine kurze Fahrt mit seinem Motorrad. Mit plattgedrückten Reifen aufgrund meines schweren Gewichtes ging es vorbei an halb eingestürzten Betonbauten und ich erhaschte einen Blick über eine Wand. Dahinter warteten Abertausende Container auf ihren Transport in die ganze Welt während sich einige Menschen in kleinen Paddelbooten auf die andere Seite des Karnaphuli-Flusses bringen ließen. Hinter all dem Leben, das sich am Flussufer abspielte, türmten sich im tiefen Gewässer die größten Transportschiffe, die ich je gesehen hatte. Ihre Kranmasten ragten kreuz und quer viele Meter hoch in den Himmel. Dutzende dieser Monster drängelten sich durch die Meeresenge. Dazwischen schaukelten kleine Fischerboote, deren erstes Ziel es war, nicht von den überirdisch großen Monsterschiffen plattgewalzt zu werden. Als ich meinem Freund für den Blick auf dieses Spektakel dankte, sagte er mir, dass er mir noch mehr zu bieten hätte. Deshalb fuhren wir bald darauf durch ein verstopftes Straßennetz stadtauswärts.

Dort zeigte sich uns ein Bild, komponiert aus Metallplatten, Stahlträgern und vielen anderen Eisenwaren, an denen fleißig herumgeschweißt wurde. Abseits der staubigen Landstraße folgten wir einer kleinen Gasse, die uns in ein Dorf führte. Schnell versammelten sich Kinder um mich. Um nicht allzu viel Aufsehen zu erregen, setzten wir uns zunächst in die hinterste Ecke eines Teeladens. Nachdem sich Sheikh mit ein paar Kindern unterhalten hatte, fragte er mich, ob ich einen Schiffsfriedhof sehen wolle. In diesem Augenblick dachte ich an den indischen Hafen von Alang und stimmte seinem Angebot aufgeregt zu.

Zwei Burschen kannten den geheimen Weg, wollten uns diesen aber nur zeigen, wenn wir eine Gebühr von 100.000 Euro entrichten würden. Glücklicherweise konnte ich sie auf fünfzig Cent, ein Foto mit mir und eine Tasse Milchtee herunterhandeln.

Am Rande der aus Holz und Bambus gebauten Hütten ragten meterhohe Betonwände aus dem Boden, die mit Stacheldraht eingezäunt waren. Wir schlichen uns zwischen den kleinen Gebäuden an den mit dicken Gewehren bewaffneten Wachen vorbei. Zwischen zwei Ziegelwänden fanden wir einen kleinen Durchgang. Sheikh und ich folgten den Jungen, die uns zu einem großen Abflussrohr führten, in dem eine schleimige und irrsinnig stinkende Flüssigkeit direkt ins Meer geleitet wurde. Als sich meine Augen von der seltsamen Brühe lösten, wagte ich einen Blick hinter mich – und der blies mich aber so was von weg:

Containerschiffe wie jene, die zuvor noch im Hafen friedlich im Wasser getrieben waren, lagen mir hier auf einem der größten Schiffsfriedhöfe der Welt zu Füßen. Es war für mich beinahe unvorstellbar, dass diese nun langsam am Strand vor sich hin rostenden Ungetüme einmal von Menschenhand gefertigt worden waren.

Ich fühlte mich wie inmitten eines Weltuntergangsszenarios gefangen, denn ein schleimiger Ölteppich breitete sich unter mir kilometerweit über den Boden aus. Die schwarzen Wellen spülten tote Fische heran und nahmen herumliegende Elektrokabel, Plastikmüll und anderes Gift mit ins Meer. Bis zum Horizont war der Strand mit Glassplittern, spitzen Eisengegenständen und tonnenschweren Tankern übersät. Manche dieser teils in Stücke geschnittenen Monster trugen japanische, norwegische oder deutsche Schriftzüge auf ihrem schon teilweise abgeblätterten Lack. Auf vielen der Schiffskadaver befanden sich Männer, die sich teilweise nur mit einer Handsäge bewaffnet durch zentimeterdickes Stahl kämpften. Viele von ihnen bewegten sich nur mit kurzen Hosen und Hemd bekleidet auf dem tödlichen Untergrund. An vielen Stellen der Stahlkolosse blitzte es gleißend-grell vor lauter Schweiß- und Schneidearbeiten. Aus nicht allzu weiter Ferne sah ich, wie im Wasser Dutzende Männer an einem Seil zogen, das fünfzig Meter über ihren Köpfen an Hunderten kiloschweren Stahlplatten befestigt war. Nachdem es kurze Zeit später einen lauten Knall getan hatte, lag dieser bedrohliche Schrott nur ein paar Meter neben den Männern im aufbrausenden Meer. Die Männer mussten es nun schnell mit nackten Beinen aus dem verseuchten Wasser schaffen, denn wie an jedem anderen Tag auch nahte zu dieser Tageszeit die Flut und viele Bengali können nicht schwimmen.

Sheikh übersetzte für mich, was die Burschen zu erzählen hatten. Wie schon viele andere zuvor war auch einer ihrer Freunde, Khorshed Alam, hier an diesem Strand zu Tode gekommen. Um für seine Familie Geld zu verdienen, brach Khorshed gezwungenermaßen die Schule ab. Nach verschiedensten Jobs begann er im Alter von 16 Jahren mit der Schwerstarbeit auf dem Schiffsfriedhof. Diese Arbeit gilt als einer der gefährlichsten Berufe überhaupt. Es gibt keine Schutzkleidung, keine Arbeitsverträge, das Trinkwasser vor Ort ist aufs Schwerste verschmutzt und Mahlzeiten müssen sich die Arbeiter mit ihrem täglichen Verdienst von zwei Euro selbst besorgen und finanzieren. Da die Beschäftigung Minderjähriger prinzipiell illegal ist, wurde Khorshed neben anderen seines Alters zu Nachtschichten eingeteilt, die zwölf Stunden dauern, denn nachts finden in der von Monsun und anderen starken Regenfällen geprägten Region keine Kontrollen statt. Als während einer solchen Schicht eine schwere Stahlplatte aus einem Schiffsrumpf herausgeschnitten wurde, wurde diese von einer Windböe erfasst und erschlug den 16-jährigen Jungen. Die örtlichen Abgeordneten stritten daraufhin zwar vehement ab, dass auf ihrem Schiffsfriedhof Kinder arbeiten, doch Khorshed Alam war eines dieser Kinder, die offiziell nicht existieren.

Allerdings konnten Bangladeschs Umweltverbände vor Gericht einen Teilsieg gegen die Abwrackmafia erzielen. Richter des zweithöchsten Gerichtes im Lande verboten den Einsatz von Minderjährigen. Die volljährigen Beschäftigten sollten in Zukunft ein zweimonatiges, von der Marine-Akademie überwachtes Training absolvieren. Weiteres wurden bessere Sicherheitsvorkehrungen versprochen.

Das Gerichtsurteil war nun schon mehrere Jahre alt, solange jedoch kein neues Gesetz verfügt wird, dass sich für die Rechte der Arbeiter einsetzt, wird sich praktisch kaum etwas ändern. Die mit Asbest und anderen krebserregenden Materialien verunreinigten Öltanker, ausrangierten Luxusliner und Frachtschiffe, die oft aus den Industrieländern stammen, werden weiterhin bei Springflut an Land gezogen und verschmutzen unaufhörlich die südlich gelegenen Meere dieser Welt.

21

In den vergangenen Tagen war mein unaufhaltsames Streben nach dem eigentlichen Ziel meiner Suche etwas in den Hintergrund geraten, wodurch ich allerdings zugänglicher für anderes geworden war. So hatte ich den Tipp meines Gästehausbetreibers angenommen, mit dem Zug nach Chandpur zu fahren und von dort aus auf einer Fähre durch den Süden des Landes zu schippern.

Es gelang mir problemlos, ein Zugticket zu kaufen. Die Leute warteten in einer Reihe nacheinander aufgefädelt, der Zug kam zu einer halbwegs pünktlichen Zeit und traf auf demjenigen Bahngleis ein, das mir am Schalter genannt worden war. Das einzige Hindernis war jedoch, überhaupt in einen der überfüllten Waggons zu gelangen. Sie waren bis zum Rand mit kleinen, großen, dicken, dünnen, runden und eckigen Bengali vollgestopft, sodass es mir selbst nach mehrmaligen Versuchen unmöglich war, einen Platz zu ergattern. Auch als ein Bahnhofangestellter mit einem Stock auf PassagierInnen einschlug, um solcherart mehr Platz zu gewinnen, half uns das kein Stück weiter. An den Seitenwänden hielten sich einige fest und auf dem Dach eines Waggons nahmen auch schon ein paar Burschen Platz. Und als sich das Gefährt in Bewegung setzte, begann ich, am Bahnsteig auf und ab zu laufen, um vielleicht doch noch eine Lücke zu ergattern.

Währenddessen riefen mir aus einem der hinteren Fenster drei Männer aus ihrem Abteil etwas zu und winkten. Im Lauftempo warf ich ihnen meinen Rucksack entgegen und schaffte es dank ihrer Hilfe gerade noch rechtzeitig, durch das geöffnete Fenster hineinzuklettern. Ich war in einem Abteil gelandet, in dem sich einerseits Soldaten und andererseits eine große Anzahl schwerer Kisten befanden. Diese jungen Männer kamen ebenfalls aus den östlichen Grenzgebieten und waren auf dem Rückweg nach Dhaka.

Als die Dunkelheit langsam hereinbrach, wollte ich mir im Sitzen etwas Schlaf gönnen. Unverhofft, doch für mich durchaus nicht überraschend weckten mich die Männer aus unzähligen Gründen immer wieder auf. Angekündigt von einem Schlag auf meine Schulter wurde ich beispielsweise gefragt, ob ich Chips essen wolle. Nachdem ich das verneint hatte, wurden mir trotzdem welche in meine Hand und auf meinen Schoß gelegt.

Ein anderes Mal wurde ich grob wachgeschüttelt und ich wurde gefragt, weshalb ich denn schliefe. Auch wenn sich solche Ereignisse regelmäßig wiederholten, sah ich das Ganze als eine Art Herausforderung, die ich nutzen konnte, um meine Grenzen zu erweitern.

Nach meiner Ankunft musste ich um fünf Uhr morgens hinter dem Zielbahnhof drei Stunden lang in der Dunkelheit auf die Fähre warten. Dieses

Gefährt mit dem Namen Rocket glich einem Ungetüm aus dem Zweiten Weltkrieg. Es rauchte, stank und hatte seine besten Jahre eindeutig schon seit Langem hinter sich. Dank des Paddelantriebs, der sich an den Seiten des Bootes befand, kam ich mir wie Tom Sawyer auf dem Mississippi vor, umgeben von vielen dunkelhäutigen Huckleberry Finns. Die Rocket war ebenso wie der Zug mit Frauen, Männern und Kinder überfüllt. Ob auf dem Dach, außerhalb des Geländers, überall, wo es nur möglich war, hatte jemand Platz genommen. Es existierten zwar ein paar wenige Schlafkabinen, doch die größte Fläche boten offene Areale an Deck und im ersten Stock, wo ich mich inmitten der Menschenmassen mit angewinkelten Beinen auszuruhen versuchte. Währenddessen luden mich mehrere Männer zu sich nach Hause ein, aber in meinem müden Zustand lehnte ich ein klein wenig gereizt jedes Angebot ab. Da ich bei so vielen Aufmerksamkeit erregte und mich diese beengende Situation wieder in eine Schwerhaftigkeit versinken lassen wollte, steckte ich meinen Kopf zwischen meine Beine, um den Bengalis klarzumachen, dass ich einfach nur ein paar Stunden Schlaf brauchte. Aber selbst diese Maßnahme verschaffte kaum Abhilfe.

Ich wusste nicht wirklich, wohin diese Reise mich führen würde, dennoch beschloss ich ermüdet von meiner Suche, an der Endstation der Fähre auszusteigen. Ich versuchte, mich nun ausschließlich von meiner Umgebung und meinem noch recht unergründeten inneren Gefühl leiten zu lassen.

Als ich einige Minuten später wieder die Augen öffnete, war es schon Tag geworden und die Sonne strahlte vom Himmel. Wir befanden uns auf einem breiten, braun gefärbten Fluss, auf dem starker Verkehr herrschte. Hölzernen Piratenbooten ähnliche Gefährte schipperten an uns vorbei, die allesamt voll besetzt mit in Weiß gekleideten Männern waren. Diese Gestalten waren auf dem Weg zum Gebet in die Moscheen.

Vorbei an einer saftig grünen Vegetation ging es noch mehrere Stunden durch die vielen Flussläufe bis in die Kleinstadt Khulna, wo ich die Fähre verließ. Dank meiner inzwischen gesammelten Reiseerfahrung fiel es mir relativ leicht, mich dort zu orientieren. Bereits mit wenigen Blickkontakten oder einer ortsüblichen Geste kam ich weiter. So zeigt das für Indien typische Kopfbaumeln in Bangladesch hauptsächlich einseitig in eine Richtung. Die kleinen Unterschiede wurden mir oft erst nach längerem Aufenthalt klar, das Wissen darum vereinfachte meinen Alltag aber erheblich. Auch die sich ständig wiederholenden Fragen hatten in jedem Land ihre eigene Form.

Wenn mich Bengali sprachlich nicht verstanden, dann sagten sie zum Beispiel nicht wie die Inder „Mich, nur wenig Englisch sprechen", sondern

„Mich, nicht viel Englisch sprechen". Da die Menschen in Bangladesch oft wild durcheinander auf mich einquasselten, hörte mir meist kaum jemand zu, weshalb mir wohl auch immer alles 197-mal erklärt wurde. In den nun schon 16 Monaten meiner bisherigen Reise hatte ich mir aber dank solcher und ähnlicher Erlebnisse schon einiges an Geduld antrainiert, was meine Anfälligkeit für AGHS-Anfälle durchaus abschwächte.

Und diese Geduld half mir nach der Ankunft in dieser mit klingelnden Fahrradglocken überfluteten Stadt auch dabei, ein Zimmer zu finden.

Auf den Straßen sah ich tagsüber fast nur Männer, die ihren verschiedenen Beschäftigungen nachgingen. Die wenigen muslimischen Frauen, die ich zu Gesicht bekam, trugen nicht immer ein Kopftuch und auch die indische Kultur hatte hier ihre Spuren hinterlassen. Das sah ich an den Nasenringen der Frauen oder ihren Saris, aber auch an der roten Tika auf der Stirn. Im Gesicht mancher Frau, die sich hinter völligem Schwarz verschleiert hielt, zeigten sich mir feine Lachfalten. Mir hinterherhuschende Blicke würdigte ich daher mit einem „As-sa-lam wa-lai-kum". Außerdem begleitete ich den Geschäftsmann Abdul in sein Büro. Dort stellte mir Abdul seine Sekretärin vor und fragte mich – für mich sehr überraschend – gerade heraus, ob ich mit ihr Sex haben wolle und ob ich sie anschließend nach Österreich mitnehmen könne. Ich versuchte, auch diesen beiden die tatsächliche sexuelle Situation in Europa zu erklären, scheiterte jedoch an ihrem allzu festgefahrenen Gedankengut, das sie sich aus Medien und unrichtigen Mythen zurechtgezimmert hatten. Als die zierliche Angestellte Abdul und mich beschämt wieder verließ, kamen dem graubärtigen Mann die Tränen. Er war 67 Jahre alt und hatte, zu seinem Unbehagen, niemals geheiratet. Der Alte fühlte sich sehr einsam und die Hoffnung auf eine eigene Familie war schon längst hinter seinem faltigen Gesicht verblasst. Den kulturellen Zwang, einer in der Tradition begründeten Enthaltsamkeit aufgrund seiner Ehelosigkeit zu folgen, hatte er mit dem mehrmaligen Besuch einer Prostituierten durchbrochen. Diese geheimen Momente ließen ihn kurzzeitig vergessen, noch nie den Kuss einer ihn Liebenden erhalten zu haben.

Langsam neigte sich die brennende Kerze auf dem Bürotisch ebenso wie das Leben des einsamen, alten Mannes dem Ende zu. Und einsam ließ ich ihn in seiner Trauer zurück.

Erst in den abendlichen Straßen zeigten sich die Frauen, die mir vereinzelt zuwinkten oder sich zu meiner Verwunderung gar von ihren Ehemännern mit mir fotografieren ließen. Gespräche nach dem Muster

„Wo kommst du her?",
„Aus Austria",
„Acha, South Korea, sehr gut"

hielten mich bei Laune und tankten mein Energielevel wieder auf. Egal, wo ich hinlief: Dort, wo man mich wahrnahm, stand ich unmittelbar im Mittelpunkt des Interesses und war zu neunzig Prozent von Männern umgeben, die mich zuerst regungslos anstarrten, bevor ich so viele Hände schütteln musste, dass mein Armgelenk eine ausführliche Inspektion nötig gehabt hätte.

Einer dieser Schüttler war der schmächtige Student Apurbo, den ich in sein aus Beton- und Bambushäusern bestehendes Dorf begleitete. Für mich fast schon selbstverständlich, wurde ich auch dort sogleich von Männern umzingelt, die mir aber diesmal so nahekamen, dass ein beängstigendes Gedrängel entstand. Stolz stellten mir diese Kerle eine ziemlich zerzauste Frau vor, mit der ich ihrer Vorstellung nach ebenfalls Sex haben sollte. Sie behandelten die Erwachsene recht grob und stießen sie nach meiner Zurückweisung verächtlich zur Seite. Ein Mädchen, das mit mehr Respekt behandelt wurde, erzählte mir, dass diese Art von Männern der Grund war, weshalb sie sich freiwillig ihr gesamtes Gesicht verhüllte.

Schon des Öfteren hatte man mir in Bangladesch mit primitiven Sprüchen Frauen wie ein Stück Vieh angeboten. Stolz erzählten mir manche Herren, dass sie heimlich Prostituierte aufsuchten. Dem einen oder anderen gefielen aber auch moderne, emanzipierte Frauen recht gut, doch da dies kulturell bedingt nicht der Tradition entsprach, lehnten sie das jedoch schlussendlich in seiner Gesamtheit ab, womit sie sich selbst ihren persönlichen Ansichten in den Weg stellten.

Aufgrund meines geäußerten Dranges, mehr von der Umgebung sehen zu wollen, führten mich der Hindujunge Apurbo und zwei seiner Freunde durch exotische Märkte, auf denen lautstark Obst, Gemüse und Vieh feilgeboten wurden. Im nahegelegenen Hafen tobte ebenfalls das Geschäft: Im Fluss trieben Bambusstämme, die an Land zugeschnitten und weiterverarbeitet wurden. Ein paar wenige, bunt bemalte Boote hatte man zur Restaurierung ans Ufer gezogen, wo sie mit robusterem Stahl verschweißt wurden. Einige Männer trugen auf ihren Köpfen geflochtene Körbe, die mit Kohle vollbeladen waren. Diese wurden auf LKWs geladen und dann nach Indien verschickt. Für jede Ladung, die die Männer vom Boot zum hundert Meter entfernten Kohlehaufen beförderten, erhielten sie zwei Taka, das sind etwa zwei Cent, als Bezahlung. Am Ende des Tages erhielt ein jeder von ihnen einen Durchschnittslohn in Höhe von zwei Euro.

Des Weiteren befanden sich dort auch Holzboote, deren Ziegelladungen am Ufer zu Blöcken gestapelt wurden. Staubige junge Männer trugen auf ihren Köpfen je zwei Ziegel nebeneinander, die zu Neuner-Reihen gruppiert wurden. Diese Ziegel wurden in den vielen Hochöfen, die ich aus geringer Distanz sehen konnte, hergestellt. Aus den rund zwanzig Meter hohen Schornsteinen qualmte unaufhörlich schwarzer Rauch empor.

In der näheren Umgebung wurden mit einem Spaten auf künstlich befeuchteten Flächen große Lehmbrocken ausgestochen, die ebenso wie die Ziegel auf dem Kopf in einem Korb in die Nähe des Rauchfangs transportiert wurden. Männer, ihre Frauen und deren Kinder beförderten die feste Masse in eine Art Mischmaschine, in der sie mit Wasser in eine cremige Mixtur verwandelt wurde. Soweit klingt das Ganze fast wie ein Backrezept für einen feinen Kuchen, doch es ging noch weiter. Die Masse wurde in eine Torten..., nein, Ziegelform eingebracht, dadurch an die Standardnorm angepasst und unter der Sonne vorgetrocknet. Diese rechteckigen Steine wurden rund um den Hochofen und in gewissen Abständen zueinander tausendfach aufgestapelt und am oberen Ende mit querliegenden Ziegeln verschlossen. Das ergab insgesamt eine wackelige, rund dreißig mal dreißig Meter große Fläche, auf der man vorsichtig einen Fuß vor den anderen setzen konnte. Im Boden befanden sich in kurzen Abständen Deckel. Diese wurden immer wieder geöffnet, um Kohle in den inzwischen angefeuerten Hochofen zu werfen. Das heißt, dass sich unter unseren schmelzenden Schuhsohlen ein brodelnder Vulkan befand, in den übrigens schon einige gestürzt waren.

Nachdem sich dieser aufregende Tag dem Ende neigte, unterhielt ich mich noch mit Apurbo über die Streitigkeiten zwischen den Mitgliedern verschiedener Religionen. Ein gutes Beispiel dafür, wie schnell Massen mobilisiert werden können, lieferten mir die im Fernsehen gesendeten Nachrichten. Dort wurde nämlich gerade berichtet, dass in Afghanistan christlich-amerikanische Soldaten den Koran verbrannt hatten. Daraufhin fragte mich Apurbo, weshalb Christen anderen Religionen gegenüber derart respektlos und wütend auftreten. Religionen werden heute meist nur als Vorwand verwendet, um ganz andere Gründe für Konfrontationen zu verschleiern, denn häufig geht es eigentlich um Öl, Waffen und die Beseitigung einer politischen Führung, die der Verwirklichung anderer Ansinnen im Wege steht. Außerdem sind KriegsberichterstatterInnen und andere ReporterInnen meistens nicht an einer Aufklärung der Allgemeinheit interessiert, sondern auf der Suche nach einer guten Geschichte, die ihre persönliche Handschrift trägt.

Da war zum Beispiel der von 1980 bis 1989 dauernde Krieg zwischen dem Iran und dem Irak: In den Matschun-Sümpfen, dem angeblichen Kriegsschauplatz, zündeten JournalistInnen in Benzin getränkte alte Panzer und Autos an und ließen während der Fernsehübertragung eigens damit beauftragte Soldaten mit ihren Waffen durchs Bild laufen, obwohl der Krieg in Wirklichkeit bereits zu Ende war. Ähnliches wiederholte sich, als eine CNN-Reporterin vom kongolesischen Bürgerkrieg live vor Ort berichtete. Die tragischen Szenen, die sich hinter ihr abspielten, stammten jedenfalls nicht aus besagtem Gebiet. Ein weiteres Beispiel liefert der Fernsehjournalist Michael Born, der Mitte der 1990er Jahre den Medien gefälschte Dokumentarfilme anbot, die ihn später als Filmfälscher in die unrühmliche Medien-Geschichte eingehen ließen. Aber auch in Österreich halten sich Medien wie die „Kronen-Zeitung" oder die „Tiroler Tageszeitung" nicht immer an die Empfehlungen des österreichischen Presserats und werden für ihre parteiischen Artikel unter anderem vom Antirassismus-Komitee kritisiert.

Nach Skandalen gönnen sich nicht nur Menschen, sondern auch Konzerne gerne eine gut geplante mediale Image-Pflege. Die weltweit größte PR-Agentur mit einem jährlichen Umsatz von etwa 230 Millionen Euro trägt den Namen Burson-Marsteller. Ist das nötige Kleingeld vorhanden, stellt die Agentur jedes Unternehmen als unbestreitbar sauber und ganz und gar unschuldig dar.

Nur ein paar Beispiele aus schon bekannten Gebieten: Im ölreichen Nigeria konnte die korrupte Regierung während des Biafra-Krieges auf tatkräftige und öffentlichkeitswirksame PR-Unterstützung von Burson-Marsteller zählen.

Nach dem katastrophalen Atomunglück im indischen Bhopal verhalf sie Union Carbide zu einem aufpolierten Ansehen.

Nachdem der Tanker Exxon Valdez vom Ölkonzern Exxon an der Nordküste Amerikas zerschellt war, bedurfte es auch in diesem Fall einer verfälschten, beschönigten Darstellung, die an die globale Allgemeinheit adressiert war.

Auch Monsanto half die Agentur professionell weiter, nachdem es im Rahmen der Anwendung des von diesem Konzern entwickelten Turbo-Hormons für Rinder zu einer Reihe schwerwiegender Zwischenfälle gekommen war.

Außenstehenden fällt eine Beurteilung der tatsächlichen Ereignisse oftmals schwer. Mir war inzwischen klargeworden, dass dieses sich gegenseitige Anstacheln und einander Manipulieren meist politisch und ökonomisch diktiert wird, da die Dahinterstehenden die konkrete Realität im Lichte ihres eigenen Interesses abwandeln. Solche verzerrten Bilder hatten in mir zuvor immer wieder Zwänge hervorgerufen, die mich anschließend in eine aussichtslose Schwerhaftigkeit gedrängt hatten.

Aburpo und seine Freunde hatten für mich einen Ausflug in die Sundarbans geplant und legten dafür in der Zwischenzeit ihre Arbeit oder das Studium beiseite. Im kleinen Gemeinschaftsauto des Dorfes fuhren wir zu acht durch saftige Reisfelder vorbei an Schrimps- und Fischteichen und durch kleine Dörfer, in denen uns Menschen zuwinkten. An der Anlegestelle von Mangla mieteten wir einen Kapitän und sein kleines Holzboot gleich mit dazu. Die Sundarbans sind das größte Mangrovenschutzgebiet der Erde. Es besteht aus unzähligen Inseln und Kanälen, in denen sich die weltweit höchste Population an Tigern und einigen anderen Wildtieren aufhalten. Doch was mich auf der Hinfahrt erwarten sollte, war etwas völlig anderes, als ich mir erhofft hatte, denn ich bemerkte, dass auf einer Halbinsel sehr viele Männer mit ihren Booten angelegt hatten. Auf mein mehrmaliges Bitten hin machten wir direkt vor der Landmasse halt. Hossain, ein Mann, der ebenfalls mit uns an Bord war, erklärte mir, dass die hier lebenden Frauen besonders böse seien. Es handle sich hierbei um sehr schlechte und gefährliche Menschen, weshalb wir diesen Platz nicht ... Das letzte Wort hatte ich nicht mehr wahrgenommen, da ich bereits händeschüttelnd bei den Damen gestanden war.

Diese Halbinsel ist eine Art Bordelldorf. Nachdem ich diverse Angebote diverser Prostituierter dankend abgelehnt hatte, setzte ich mich für eine gepflegte Tasse Tee zu ihnen. In einem Holzschuppen unterhielten wir uns unter Zuhilfenahme der wenigen englischen Worte, die sie kannten. Diese angeblich verteufelten Wesen fragten mich mithilfe der üblichen Standardfloskeln aus, und ich konnte diese Fragen inzwischen bereits beantworten, noch bevor sie geäußert wurden. In Bangladesch ist das älteste Gewerbe der Welt offiziell illegal, doch dieser Platz hier ist offensichtlich ein vom Staat geduldeter Menschenzoo, in dem sich eine Freudenhütte an die nächste reiht. Der Besitzer des Teeladens, in dem wir uns momentan befanden, war der Mann einer dieser Liebesdienerin. Ihre Mutter war im selben Gewerbe tätig und ihre kleine Tochter, die auf meinem Schoß saß, würde wohl eines Tages dasselbe Schicksal ereilen.

Als mir die Smalltalk-Themen langsam ausgingen, schlüpften drei der Burschen, die mit mir auf dem Boot gewesen waren, durch die Hintertür hervor. Nachdem wir für die Rückfahrt abgelegt hatten, unterhielt ich mich mit den Jungs über das Geschehene. Sie waren der festen Überzeugung, in der verruchten Kammer eine gute Tat vollbracht zu haben. Aus ihrer Perspektive betrachtet, wollte das schlechte Weib doch nur Geld. Ja, sie wäre förmlich süchtig danach. Den Gedanken, dass die Frau auch nur ihre Familie irgendwie durchfüttern musste, verwarfen die Jungs schnell. Wegen der angeblichen Sexsucht der Damen hatten sie nur eine weitere gute Tat vollbracht, das war ihre feste Überzeugung.

Ich hatte mich durchaus darum bemüht, ihre Einstellung und Ansichten verstehen oder wenigstens nachvollziehen zu können, doch es gelang mir nicht, sie zu durchschauen. Genauso wenig verstanden die Jungs meine Beweggründe. Aber als sie mir sagten, dass ich recht hätte und die zuvor Verteufelten nun auf einmal doch einen guten Geist hätten, wusste ich, dass sie mir lediglich aus Respekt meiner Person gegenüber zustimmten, ohne das Gesagte tatsächlich zu empfinden.

Ein solches Nichtverstehen passiert sekündlich tausendmal auf der ganzen Welt, wenn sich entweder verschiedene Kulturen oder auch einzelne Menschen derselben Herkunft miteinander austauschen. Manche Dinge würde und konnte ich wohl nie verstehen, und dabei war meine westliche, aufklärerische Weltanschauung oft nicht diejenige, die das zu verantworten hatte, obwohl sie mir in meinem Leben zuvor als die einzig wahre aufgezwungen worden war. Doch stand es mir nicht zu, das von mir als Abweichung Empfundene wertend zu verurteilen, denn meine Art des Handelns hat immer eine Wechselwirkung zur Folge. Unter Menschen kann das Auftreten eines Einzelnen nie ohne Beeinflussung anderer vollzogen werden, und darin liegt auch etwas sehr Erfreuliches. Wir leben in einem Netzwerk, das uns alle mit allem und allen verbindet. Die Globalisierung trägt die sogenannten westlichen Werte verstärkt hinaus in die Welt. Das führt natürlich einerseits dazu, dass mehr und mehr Menschen den „zivilisierten" käuflichen Verführungskünsten erliegen und KapitalistInnen sein wollen, denn dies wird ihnen als rentables Lebensziel verkauft. Doch genauso wenig, wie wir auf der nördlichen Welthalbkugel so sein können wie die Völker des Südens, können auch sie kulturell und historisch bedingt nicht so sein wie die Bevölkerung der Industrienationen. Genauer betrachtet können nicht einmal Einzelpersonen zu hundert Prozent wissen, was in ihrem Gegenüber vorgeht, weshalb es eines beiderseitigen respektvollen Umgangs mit dem oder der anderen bedarf.

Zu Beginn meiner Reise war mir noch vieles sehr fremd gewesen und jede neue Herausforderung oder Konfrontation ließ mich in einen Druck versinken, den die AGHS in mir hervorrief. Später sah ich plötzlich im gesamten Leben der Menschheit eine Einheit. Eine große Familie. Dieses Konzept blieb für mich weiterhin aufrecht. Einerseits sind wir Menschen alle sehr ähnlich und andererseits doch so verschieden. Alles scheint einer Widersprüchlichkeit zu folgen. Mitgefühl und Toleranz sind wohl die stärksten Motoren in Richtung eines gemeinsamen Friedens.

Per Anhalter fuhr ich nun wieder in einem LKW weiter in Richtung Barisal. Ich wagte es ein weiteres Mal, dem Leben zu vertrauen und meine Suche nur noch im Hintergrund im Auge zu behalten, denn da es mir in einem am Wegesrand gelegenen kleinen Dorf recht gut gefiel, blieb ich dort auch.

Nachdem ich mich etwas orientiert hatte, führte mich mein Weg am Wasser entlang, wo ich zwischen duftenden Blumen ein kleines Nickerchen hielt. Denn dort war es ohne die vielen Hupgeräusche und in Abwesenheit von Männern, die mich anstarrten, so überaus schön ruhig und friedlich.

Erst nach einer ganzen Weile näherten sich zwei ältere, in farbenfrohe Tücher gehüllte Frauen und betrachteten mich neugierig. Daraufhin kamen auch junge Mütter mit ihren Kindern dazu und alle zusammen schlossen einen Kreis um mich. Einige andere setzten sich daneben und blickten wie ich auf die Blumen, die mich an den Garten meiner Mutter erinnerten.

Meine Mama verbrachte jeden Frühling die meiste Zeit mit dem Umpflanzen ihrer Blumen ... Dazwischen gehört hier noch etwas Blaues, dort noch etwas Gelbes und um die Steine vergrub Mama auch noch etwas Blühendes ... In meiner Vorstellung roch und schmeckte ich all das duftende, saftige Obst, das von den Ästen unserer selbst gepflanzten Bäume hing: Marillen, Pfirsiche, Äpfel, Zwetschgen und Birnen. Jedes Jahr wimmelte es in den Sträuchern von Erdbeeren, Himbeeren, Stachelbeeren und anderen Früchten. Wie schön es doch gewesen war, im Schatten unseres großen Nussbaumes zu schaukeln. Der war bei Weitem größer als der meines Opas. Manchmal hatte ich beim Schaukeln so viel Schwung, dass meine Eltern Angst bekamen, ich würde ihnen am Ende davonfliegen. Vielleicht wollte ich das auch, aber das ist wohl der Wunsch eines jeden Kindes. Einfach nur fliegen.

Die Frauen Bangladeschs, die mich nun eingekreist hatten, hielten sich angenehm zurück und ließen mir die Ruhe, die ich in diesem Moment brauchte. Die Männer waren noch in den Städten beim Arbeiten. Eine der älteren Damen machte mir verständlich, dass ich ihr auf eine Tasse Tee folgen solle. Schön langsam begleiteten sie mich alle in ihr Dorf. Die dortigen Häuser hatte man mit Wellblech bedeckt und die Wände mit gelb, rot, blau, grün und orange bemaltem Holz verkleidet. Mir wurde im Hof ein Stuhl gebracht, auf den ich mich setzen sollte, und ich aß einen Apfel, den ich als Geschenk erhalten hatte. Alle schienen sich hier ausreichend versorgen zu können.

Als Stunden später die Dämmerung den Tag verabschiedete, hockte ich mit Blick in Richtung des offenen Feuers neben den Frauen, die das Abendessen zubereiteten, und gönnte mir die 1.352. Tasse Tee dieses Tages. Als mir ein Englisch sprechender Mann auf die Schulter klopfte, um mich zu begrüßen, drehte ich mich um und verschluckte vor Schreck beinahe meinen heißen Tonbecher. Nachdem ich mir die Tasse wieder aus meinem Hals geholt und mich beruhigt hatte, guckte ich etwas blöd aus der Wäsche und begann zu zählen. Eins ... zwei ... drei ... Hinter mir standen in absoluter Stille und wortwörtlicher Starre, mit großen, auf mich gerichteten Augen gezählte 89 Männer, die nun wieder aus der Stadt zurückgekehrt waren. Seit wann waren sie schon hinter mir? Seit Tagen? Keine Ahnung, aber ich fuhr meine beiden Schüttler aus, setzte mir ein Lächeln auf und begann mit meiner inzwischen bestens einstudierten Begrüßungsshow.

Anfangs waren sie sehr still, aber nach meinem Handschlag wachten sie wohl auf und jeder Einzelne stellte sich selbst wie eine kleine, nervige Fliege in den Mittelpunkt, indem sie untereinander um meine Aufmerksamkeit kämpften. Erst nachdem die Frauen wieder aus den Häusern gekommen waren und das Abendessen gebracht hatten, entspannte sich die Lage und wir genossen einen schönen Abend.

Ein Langbärtiger spielte mir auf seiner einseitigen Bambusgitarre Lieder vor, während mir ein Mädchen stolz indische Tänze präsentierte. Ich verspürte hier kaum eine Hierarchie zwischen Mann und Frau. Das hatte vielleicht auch damit zu tun, dass trotz der Ansammlung im Moment weniger Männer als sonst anwesend waren, denn einige waren gerade in den Sundarbans beim Fischen.

Wie bereits früher schon wurde ich auch hier darum gebeten, ein Gastgeschenk mitzubringen. Selbst für die schöne Sunita in Myanmar sollte ich als Zeichen der Anerkennung einen Sari besorgen.

Altaf bevorzugte stattdessen ein Huhn, das später geschlachtet wurde. Als mich die Leute fragten, ob ich bei ihnen schlafen wolle, obwohl sie Muslime waren, beschlich mich ein beschämendes Gefühl. In den beiden Nächte, in denen ich in diesem Dorf zu Besuch war, schlief ich in einem Einzimmerhaus bei einem Mann, seiner Frau und deren Kindern – und einige Nachbarn übernachteten auf der Betondecke über uns im Freien.

Während meines Aufenthalts ereilte eine im Dorf lebende, schon ergraute Frau eine furchtbare Nachricht. Ihr Sohn, der in den Sundarbans zum Fischen gewesen war, war von einem Tiger zu Tode gebissen worden. In diesen Sundarbans kam es immer wieder zu derartigen tragischen Unglücken. Da von November bis Ende Februar die ideale Zeit ist, um Fische, Haie und Schrimps zu fangen, versammeln sich dort in dieser Periode Jahr für Jahr sehr viele Fischer. Manche Familien leben in diesem Schutzgebiet als Einsiedler in großen, überdachten Booten. Andere wiederum arbeiten im Wald und schlafen in Baumhäusern, um vor den Tigern sicher zu sein. Jährlich sterben in den Sundarbans etwa 120 Menschen in Folge eines Angriffs der bengalischen Tigern. Das bedeutet, dass in etwa jeden dritten Tag ein Opfer zu beklagen ist. Weshalb die Tiere auf den Geschmack von Menschenfleisch gekommen sind, kann mehrere Ursachen haben. Ein möglicher Grund ist, dass die Hindus ihre Verstorbenen im Wasser bestatten. Die toten Körper können sich in Ästen verfangen und dann von Raubkatzen erwischt werden. Mittlerweile schwimmen die Bestien sogar nachts hinaus zu den Booten der Fischer und holen sich ihre Beute in lebendigem Zustand. Ein solches Schicksal könnte auch dem Sohn der Alten widerfahren sein. Die arme Trauernde war mit den Nerven völlig am Ende. Sie ließ ihren Tränen freien Lauf und zitterte am ganzen Leib. Da sich die Stimmung im Dorf nun drastisch verändert hatte und Altafs Frau Alfia ihren Bruder, einen Fischer, schon lange nicht mehr besucht hatte, entschlossen wir uns, am Tag darauf zusammen mit den beiden Töchtern des Paares ins nahe gelegene Barisal zu fahren.

Dort saßen in einem dreistöckigen Haus neun Frauen und warteten auf den Einbruch der Dunkelheit, denn erst dann durften manche von ihnen auf die Straßen der Kleinstadt treten. Die Tagesstunden verbrachte ich mit den Frauen im Haus. Jedes Mal, wenn aus den Moscheen die Gebete des Muezzins erklangen, zogen sie sich ihre dünnen Kopftücher über ihr Haar. Nach anfänglicher Schüchternheit schmolz zwischen uns das Eis. Ausschlaggebend dafür war meine Fotokamera, die von den Müttern dazu genutzt wurde, mit ihren Töchtern Fotoshootings zu veranstalten, für die sie überraschend ungehemmt posierten. Anfangs schminkten sie nur sich, doch später bekam auch ich eine Gesichtsbehandlung aus dem Farbtopf. Wir lachten viel und abends, als ich neben Alfis Bruder Somon am Einschlafen war, begann eine der Frauen, mir die Haare zu kämmen. Als ich am nächsten Morgen aufwachte, saß sie entweder schon wieder oder vielleicht sogar noch immer mit der Bürste in der Hand da, schnappte sich ein weiteres Mal meinen Kopf und begann, die darauf wuchernde Mähne zu bändigen, denn meine waren die ersten blonden Haare, die sie je gesehen hatte.

Minuten später kam es zwischen Somon und seiner Schwester zu einem heftigen Streit. Der anfangs so nette junge Mann war innerhalb kürzester Zeit so sehr überhitzt, dass sämtliche seiner Sicherungen zu platzen schienen. Er stieß seinen sehr ruhigen Vater beiseite und schlug der Schwester mit der flachen Hand ins Gesicht. Als die Mutter auf ihn losging, verließ der Vater die Wohnung. Unkontrolliert und instinktiv widersetzte ich mich meiner nahenden Schwerhaftigkeit und sprang aus meinem Stuhl, um die beiden auseinanderzubringen. Daraufhin lief Somon in die Küche, griff sich ein Messer und ging auf Alfi los. Reflexartig riss ich ihm die Waffe aus seiner Hand, wobei ich mir am Unterarm einen langen Schnitt zuzog. Das hatte zur Folge, dass Somon stürmend das Haus verließ. Glücklicherweise war die Wunde nicht tief und konnte mit einer Bandage versorgt werden.

Das Geschrei der Streitigkeiten hatte die anderen Frauen aus ihren Wohnungen hervorgelockt. Sie konnten nicht nachvollziehen, weshalb ich in diesen Zwist eingegriffen hatte. Für Alfi war es eine klare Sache: Wenn ihr Bruder wütend auf sie war, dann trug eindeutig sie die Schuld daran. Als Somon am Abend zurückkam, bedienten ihn daher die Frauen von vorne bis hinten, und zwar als Wiedergutmachung für das, was sie ihm angetan hatten. Ich verurteilte Somons Haltung weiterhin, weshalb ich ihm stillschweigend aus dem Weg ging. Mit Unterstützung der Frauen versuchte er zwar, mit mir wieder Freundschaft zu knüpfen, doch in dieser letzten Nacht, in der ich hier zu Gast war, zeigte ich ihnen eine klare Grenze auf, die Somon mit seinem Verhalten für mich eindeutig überschritten hatte.

Schon oft hatten mir Bengali stolz von ihrer Hauptstadt erzählt und da ich dort auch das letzte Visum meiner Reise beantragen musste, entschied ich mich dazu, dieser 15-Millionen-Metropole einen Besuch abzustatten. Dhaka, ich war auf dem Weg zu dir. Wieder fuhr ich auf der voll beladenen Rocket auf den vielen Flussarmen – nun allerdings in Richtung Hauptstadt. Auf diesen vielbefahrenen Gewässern ereigneten sich immer wieder Unfälle. 2011 starben auf einer Fähre 32 Menschen, nachdem sie ein Schiffswrack gerammt hatten. 2012 verloren nach einem Zusammenstoß mit einem Frachtkran südöstlich von Dhaka über 110 Menschen ihr Leben und im Jahr darauf ereignete sich im selben Fluss eine Kollision mit einem Frachtschiff, bei der 14 Menschen ertranken. Die Liste solcher Ereignisse ließe sich noch weiter fortsetzen.

Als sich in der Metropole am nächsten Morgen hinter den Betonburgen das Morgengrauen zeigte, nistete ich mich in der Altstadt ein. Völlig überraschend war es überall totenstill. Die Straßen waren so gut wie menschenleer und die meisten Restaurants und Geschäfte hatten geschlossen. Aufgrund der nach den Neuwahlen entstandenen Unruhen war ein Generalstreik ausgerufen worden. Alle, die ihre Geschäfte dennoch geöffnet hatten, mussten der Polizei entweder Schmiergeld zahlen oder wurden von ihr mit Knüppeln verprügelt.

Diesen ersten Tag hatte ich aufgrund meiner übergroßen Müdigkeit noch mehr oder weniger verschlafen. Am nächsten machte ich mich mit dem Stadtbus auf den Weg zur Botschaft. Aber dieses Mal war alles anders, weshalb ich nach einer Weile den Bus wieder verließ. Wo kamen plötzlich all die Leute her und die vielen Fahrzeuge, die vor lauter Stau keinen Meter mehr vorwärtskamen? Und auch in jeder der vielen Seitengassen kamen Menschenmassen ins Stocken.

Dhaka zeigte sich mir in sehr beeindruckenden, aber auch sehr traurigen

Bildern. Über all den mehrstöckigen und halb verfallenen Betonhäusern hatte sich eine staubige Wolke über die Stadt gelegt. Die größeren Busse drängten die kleineren zur Seite, weshalb diese innerhalb kürzester Zeit an fast jeder Stelle ihrer Karosserie ziemlich verbeult waren. Dazwischen drängelten sich Tausende Radrikschas durch das Chaos, die in mir eine ständige Angst um das Überleben meiner Zehen auslösten. Als ich die erste Straße überquerte, landete ich gleich auf der Motorhaube eines Wagens. Mit ein paar blauen Flecken ging es weiter. Wohin ich auch blickte, sah ich dreckige Straßen und Fahrräder im Kampf mit motorisierten Vehikeln. An jeder Ecke war der Verkehr zum Erliegen gekommen. Die meisten Ampeln funktionierten nicht und Polizisten versuchten, dem gnadenlosen Treiben Herr zu werden. Mit ihren Bambusknüppeln schlugen sie so lange auf die RadfahrerInnen ein, bis diese wieder zurück hinter die Kreuzung fuhren. Unter den fröhlich funkenden Stromleitungen hatte man auf Bambusstelzen provisorische Märkte aufgebaut, die mit großen Laken abgehangen waren, um sie vor den Staubböen und der brennenden Sonne zu schützen. Etwas außerhalb der Stadt wucherten Müllberge, zwischen denen Menschen in Wellblech- und Plastikhütten hausten. In den verrottenden Müllbergen suchten armselige Gestalten nach diversem Brauchbaren. Kilometerlange Slums breiteten sich am Straßenrand aus. Dort stank es an vielen Stellen nach Urin und Exkrementen. Neben Frauen und Kindern, die am Boden kochten, spritzten sich Männer Heroin. Ich musste mitansehen, wie Menschen ihre halbverfaulten Gliedmaßen hinter sich herzogen, und beobachtete andere, die nur mehr auf den Tod warteten. Eine dieser Gestalten hatte eine Art provisorischen Seitenausgang am Leib und um diese Wunde wucherte eine sehr schlimme Entzündung. Einmal mehr versuchte mir ein Gefühl des vollkommenen Überfordertseins eine Hochdruck-Schwerhaftigkeit aufzuerlegen.

Von hinten klopfte mir ein kleines Mädchen auf die Schulter und bat mich um Geld. Als ich mich zu ihr umdrehte, kam mir das blanke Entsetzen. Ich erschrak derartig, dass ich mir meine Hände vor den Mund halten und schnell davonlaufen musste, denn an ihrer Hand führte das dürre Kind eine blinde Frau, deren Gesicht einmal mit Säure verätzt worden war. Immer wieder kommt es in Bangladesch zu solchen Ausschreitungen, an deren Ende Männer ihren Frauen als Bestrafung ätzende Flüssigkeiten über den Kopf schütten. Ihr gesamter Kopf glich keiner menschlichen Form mehr. Sie hatte weder Augen oder Nase noch ein vollständiges Gebiss. Es war ein unvorstellbar grausamer Anblick, der sich wie ein tonnenschwerer Schatten über mich und meine Atemwege legte.

Doch zwischen all dem Leid und Sterben herrschte auch eine magische

Energie aus Leben und Freude, die meinen Lungen den Weg freihielt, um Atem zu schöpfen, und die ich nicht übersehen durfte. In den ersten Tagen fiel es mir etwas schwer, mich dem Tempo der Stadt auszuliefern. Doch nachdem ich in ihren Rhythmus hineingefunden hatte, machte mir das Ganze Spaß. Überall brodelte das Geschäft und es wurde Handel getrieben. Dhaka belieferte die ganze Welt mit Textilien. Hier musste ich mich nur an Stoffresten orientieren, die unter vielen Fenstern lagen, um Kleiderfabriken auf die Spur zu kommen.

Im Fluss Burigangu reihte sich ein stehendes Schiff an ein anderes. Aber zwischen all dem Stahl bekam ich die exotischsten Bilder zu sehen. Es wurde gehämmert und geschweißt, Boote wurden gestrichen und ausgebeult, befüllte Jutesäcke ausgeladen und Obst und Gemüse fanden tonnenweise ihren Weg über den Fluss in die Stadt. Durch das ständige Drängeln und Schieben konnten sich außerdem kaum mich anstarrende Menschenmassen um mich herum versammeln. Manche versuchten es trotzdem und endeten in den Radspeichen der vielen Rikschas oder in den Getrieben der Motor- und Elektrotaxis. Da mir die wenige noch verbliebene Aufmerksamkeit dennoch zu viel wurde, ging ich inzwischen meist erst bei Dunkelheit zum Essen und mein Gesicht und meine engelsgleichen Goldlocken versteckte ich unter einer Kapuze.

Einmal ging ich in eines der hohen Betongebäude und verschaffte mir im Dachgeschoss einen beeindruckenden Ausblick über die Stadt. Während die Dunkelheit hereinbrach, gingen auf den Straßen, bei den Männern und Frauen an den Nähmaschinen und auf den Paddelbooten der Personenfähren die Öllampen an. Dank all dieser Eindrücke, die ich hier nur in Bruchteilen wiedergeben kann, vergaß ich neben meiner AGHS auch beinahe auf meinen Visumsantrag.

Nachdem ich mich zu diesem Zweck in das Verwaltungsgebiet der Stadt aufgemacht hatte, zeigte sich mir Dhaka von einer anderen Seite: saubere Straßen, mit Bäumen und Blumen geschmückt, noble Wolkenkratzer, an deren Glasfront sich die Sonne spiegelte, und exquisite Restaurants, in denen Speis und Trank zu europäischen Standardpreisen verkauft wurden.

Durch wohlhabende Wohnsiedlungen, deren Häuser sich hinter dicken Zäunen versteckten, fand ich spazierend meinen Weg zur indischen Botschaft. Dort musste ich im Büro einer Sekretärin zunächst um Aufmerksamkeit kämpfen, die ich aber erst bekam, nachdem die junge Frau von ihrem endlosen SMS-Schreiben Abstand genommen hatte. Mit einem ausdrucksfreien Gesicht warf sie einen kurzen Blick in meinen Reisepass und teilte mir völlig teilnahmslos mit, dass ich aufgrund meines Notpasses kein Visum mehr beantragen könne.

In den vergangenen Tagen war mir klargeworden, dass ich dorthin zurück wollte, wo alles angefangen hatte, nämlich in den Himalaya. Es war ein sehr beängstigendes Gefühl, all das, was ich mir über die letzten Monate hinweg selbständig aufgebaut hatte, einfach so zu beenden. Von Tag zu Tag war diese meine Welt größer geworden und es fiel mir immer schwerer, mein Leben hier aufzugeben. Ich könnte Bilder davon zeigen, Geschichten erzählen oder sogar ein Buch darüber schreiben. Doch so richtig teilen konnte ich meine Erfahrungen mit niemandem. Nur ich würde diese erlebten Gefühle in und um mich verstehen. Diese Reise war das größte Geschenk, das mir das Leben bisher gemacht hatte, und der Gedanke daran, nicht mehr weitersuchen zu dürfen, wirkte auf mich bedrückend. Doch ich wollte nicht mehr zulassen, dass sich die Anthro-Gravitation- und Hochdruck-Schwerhaftigkeit so einfach, geradezu leicht auf mein Leben auswirkte. Deshalb glaubte ich dank meiner gesammelten Erfahrungen der vergangenen Monate zu wissen, wie ich mit der Sekretärin zu reden hätte:

„Es ist alles meine Schuld ... Ich liebe Indien ... Sie machen einen so guten Job ... Lassen Sie mich Ihre Kultur studieren ... Hören Sie auf Ihr Herz ..."-Bla-bla-bla und noch vieles mehr an Gefühlsduselei sollte sie erweichen.

Zwei Tage und eine dreistündige, fünf Kilometer lange Busfahrt später: Die nun Fingernägel feilende Sekretärin fragte mich, weshalb ich denn schon wieder hier sei, man würde mich doch telefonisch kontaktieren. Wenn ich noch von niemandem angerufen worden wäre, dann bekäme ich auch kein Visum mehr. Es war ihr in diesem Zusammenhang offensichtlich herzlich egal, dass ich keine Kontaktnummer besaß. Die steigende Gravitation der Schwerhaftigkeit stellte mich auf eine weitere Probe und versuchte sich über mich und mein gewachsenes Selbstvertrauen zu stülpen. Ohne entnervt im Boden versunken zu sein, verließ ich das Gebäude und besuchte mehrere europäische sowie die bengalische Botschaften. Aber auch dort konnte mir niemand weiterhelfen. Das bedeutete also, dass die indischen Behörden das letzte Wort haben würden. Und somit fand ich mich kurz darauf wieder vor der sich nun schminkenden werten Madame und konfrontierte sie mit folgenden Worten:

„Meine liebe Dame, ich bin Jurist der Europäischen Union und befinde mich hier in Bangladesch auf Reche... (ich konnte dieses Wort nicht einmal richtig aussprechen ...) auf Recherchearbeit für mein Buch, in dem ich über die tolle Zusammenarbeit zwischen westlichen und asiatischen Unternehmen berichte. Verweigern Sie jedoch die Kooperation mit mir, werden wir uns vor einem internationalen Gericht wiedersehen."

Ich hatte absolut keine Ahnung von dem, was ich da von mir gegeben hatte, doch meine wiedererlangte Klarheit über das, was ich wollte, verlieh mir Stärke.

Mit zurückhaltender Stimme und suchenden Worten erklärte mir die Dame, dass ich am darauffolgenden Tag wiederkommen solle. 18 zugenommene Kilogramm – nicht wegen der AGHS, sondern aufgrund der vielen Abgase in meiner Lunge – und 24 Stunden später tanzte ich gespannt und angespannt gleichermaßen ins Gebäude. Nach einer halben Stunde des Wartens musste ich dem dicken, schnauzbärtigen Boss der Botschaft eine ausführliche, aber unterhaltsame Begründung auftischen, weshalb ich von ihm ein Visum erhalten solle.

„... Ich bin blöd ... Sie sind toll ... bla bla bla ... sonst der Gerichtshof gegen Sie ... bla bla bla ... Danke." Tatsächlich händigte er mir das bereits auf dem Schreibtisch liegende Visum aus. Mit meinem letzten, vier Monate gültigen Ticket fühlte ich mich kurzzeitig vor der Bürokratie, die wohl nur zu dem einen Zweck erfunden worden war, um meine Nerven zu zerschmettern, sicher. Doch dann machte es patsch! Der aus seiner Tasse schlürfende Inder knallte mir am unteren Rand meines Visums einen Stempel drauf, und auf diesem stand: „Gültig ab einem Monat nach Antrag." Ich sollte noch einen weiteren Monat warten, bis ich einreisen durfte, denn er war aus mir unerklärlichen Gründen zu der Überzeugung gelangt, dass ich von nun an noch vier Wochen Bangladesch vor mir hatte, doch ich musste der Realität entsprechend bereits in wenigen Tagen das Land verlassen. Seine darauffolgende 45-minütige Antwort mit im Takt, aber keinesfalls taktvoll baumelnden Kopf lautete in der Kurzversion etwa wie folgt:

„Atcha, das ist jetzt sehr, sehr schlecht. Aber kein Problem ... Sie können jetzt gehen ... Atcha, ich erlaube Ihnen die Ausreise ... Atcha, ob Sie von den Bengali eine Ausreiseerlaubnis erhalten, weiß ich jedoch nicht, aber ich erlaube es ... Atcha, der Stempel ist kein Problem, aber Sie können nicht ausreisen. Das ist aber kein Problem ... Atcha, stimmt, das ist ein Problem ... Atcha, ich weiß ganz genau, was ich Ihnen sage, darum wünsche ich Ihnen einen schönen Aufenthalt in Indien ... Atcha, das weiß ich auch nicht ... Möchten Sie Chai? ... Atcha, und genau aus diesem Grund würde ich auch gerne nach Europa reisen."

Ach, du Scheiße, um was ging es bitte in diesem Gespräch? Völlig verwirrt nahm ich meinen Reisepass an mich und war davon überzeugt, am nächsten Tag einfach ein weiteres einmonatiges Bangladesch-Visum beantragen zu müssen.

Da ich in den folgenden Stunden nichts Wichtiges mehr zu erledigen hatte, begab ich mich zu Fuß auf den Rückweg. Ich kam an einem kleinen

Tümpel vorbei, in dem Kinder badeten. Daneben standen Hütten und ich wurde von deren BewohnerInnen herbeigewunken, also stattete ich ihnen einen Besuch ab, der geradewegs zu einem freiwilligen freudigen Bad in der schmutzigen Pfütze führte. Aber meine unbedachte Aktion lockte wieder einmal viele andere aufs Besucherparkett. Aus diesem Grund ließ ich bereits nach kurzer Zeit das Baden sein und trocknete mich rasch ab. Aber das nützte alles nichts mehr, denn ich wurde auf meinem Rückzug aus dem Wasser von den Fremden verfolgt. Die Kinder waren von meinem Besuch noch so sehr aufgedreht, dass die anfänglichen Spielereien ausarteten und sie begannen mich immer stärker zu zwicken und zu kratzen. Wegen der schier grenzenlosen Kinder und der zahlenmäßig mehr und mehr werdenden Erwachsenden wollte ich nun wirklich schnell verschwinden. Sie alle zogen immer stärker und unnachgiebiger an mir und meinen Kleidern. Eine verwahrloste Frau, die mich ebenfalls bedrängte, sagte immer wieder „Geld, Geld, ficken, ficken". Die herumstehenden Männer lachten nur. Kurz darauf begannen sie ebenfalls damit, an meinen Haaren zu ziehen und mich herumzustoßen – als ob jede und jeder ein Stück von mir haben wollte. Meine Stopp-Rufe nützten nichts und ich begann, mich mit Tritten zur Wehr zu setzen. Glücklicherweise entkam ich und schaffte es auf die andere Straßenseite. Die Männer, Frauen und Kinder liefen mir im sicheren Abstand hinterher. Ich stürmte in das erstbeste Gebäude, das sich als ein feines Hotel entpuppte, und bekam dort von den Sicherheitskräften auch gleich Unterstützung gegen meine Angreifer. Es dauerte über eine Stunde, bis die ungebremste Meute vor dem Gebäude endgültig verschwand. Ich fühlte mich völlig überfordert und ein mir altbekanntes Gefühl breitete sich in meiner Brust aus.

Ich versuchte mithilfe einer bewussten, ruhigen Atmung und aller Klarheit, die ich in diesem Augenblick aufbringen konnte, über mich, meine aktuelle Situation und die sich nun anbahnende Schwerhaftigkeit Herr zu werden. Vor diesem weiteren Anfall wollte ich nicht mehr unbeholfen davonlaufen. Ich wollte die AGHS nicht mehr über mich bestimmen lassen. Ich musste lernen, mit ihr umzugehen und sie zu verstehen, damit ich dieser hochdruckhaften Schwere entgegentreten konnte. Langsam war ich mir nicht mehr sicher, ob ich ohne diese Krankheit überhaupt würde leben können, denn bisher zeigte sie sich nur, wenn ich mich in einer Situation gegen meinen Willen verlor oder mich etwas überforderte – wenn ich nicht zu mir stand und mir den Druck auf meinen Schultern selbst auferlegte. Womöglich war es gar keine Krankheit, die ich mit und in mir trug, doch um dieser Schwerhaftigkeit nicht kraftlos ausgeliefert zu sein, musste ich noch mehr über mich und meine Umwelt, in der ich lebte, in Erfahrung bringen. Und daran hatte auch ein gewisser Hussein, mit dem ich ins Gespräch kam, seinen Anteil.

Er hatte vor einem Jahr gemeinsam mit einem Freund eine kleine Kleiderfabrik aufgebaut und versuchte, die Produkte zu exportieren. Schließlich verabredeten wir uns für den darauf folgenden Tag für einen Fabrikbesuch im nahegelegenen Savar.

Ich hatte eine grauenvolle Nacht hinter mich gebracht. Lag das etwa an dem Bad, das ich im Tümpel genommen hatte? Auf jeden Fall bekam ich schlimmste Magenschmerzen und musste mich mehrmals übergeben. Als mir Stunden später meine Verdauung endlich wieder weniger zu schaffen machte, beschloss ich, nach Savar zu fahren. Dort angekommen, herrschte am Fluss ein Gewühl aus HändlerInnen und KäuferInnen. Es war Markttag. Erst nach einer Weile fand ich Hussein an seinem Verkaufsstand, den er meinetwegen einem Freund überließ. Auf einer Riksche ging es zunächst zu seinen Eltern, die mir zur Stärkung eine Portion Reis schenkten. Danach besuchten wir seine Frau, die an einer Grundschule lehrte. Kaum waren wir dort, bemerkte ich auf dem Weg ins LehrerInnenzimmer, wie die Kinder, die gerade ihre tägliche Mittagspause genossen, aufgeregt miteinander tuschelten. Ich war überrascht, dass die Kleinen gar nichts zu essen bekamen, und erfuhr kurz darauf, warum:

In den Vereinten Nationen haben zwar vor allem ausbeuterische Institutionen wie die Weltbank und die WTO das Sagen, es gibt dort aber auch das WFP, das Welternährungsprogramm, das bis 2009 im Durchschnitt 22 Millionen Kinder mit Schulessen versorgte. Zusätzlich wurden auch einige Familien mit zumeist regional produzierten Lebensmitteln ernährt. Die Schulspeisung veranlasste viele Eltern dazu, ihre Kinder in Bildungseinrichtungen zu schicken, und der volle Magen steigerte natürlich auch die Konzentrationsfähigkeit der Kleinen, was wiederum zu besseren Schulabschlüssen und zu höher qualifizierten Jobs für den nationalen Arbeitsmarkt führte. Es genügen bereits 45 Euro, um ein Kind ein ganzes Jahr lang mit Schulessen zu versorgen. Doch dann kam die Wirtschafts- und Finanzkrise, die auch in Europa zu Strukturanpassungsprogrammen, sprich Kürzung von Sozialleistungen und Rettung der Banken, führte. Das Wohl der Spekulanten entwickelte sich zum Leidwesen von einer Million Kindern in Bangladesch, weltweit war ein Vielfaches davon betroffen. 1.700 Milliarden Euro hatte man zur Ankurbelung der Banken freigegeben, dafür wurden jedoch sozialen Organisationen wie dem WFP und anderen Einrichtungen die Gelder drastisch gekürzt. Wären die dauerhaft hungernden Menschen dieser Welt ebenfalls potenzielle WählerInnenstimmen, so gäbe man aller

Wahrscheinlichkeit keine Gelder zur Rettung der Banken aus, die uns in die Krise getrieben hatten, sondern zur Beseitigung des Hungers.

Nachdem ich mich im Büro der LehrerInnen bei Husseins Frau vorgestellt hatte, gab es hinter mir einen lauten Knall. Die Tür sprang auf und mindesten 500 Milliarden Kinder kletterten an mir hoch. Keiner der Erwachsenen konnte die Kleinen beruhigen und da sich die Freude noch in – zumindest für bengalische Verhältnisse – sicheren Grenzen hielt, machte mir das Ganze auch nichts aus. Aber es wurden immer mehr und der Raum füllte sich bis an die Decke. Kurz bevor sich die Betonwände nach außen wölbten, flüchteten Hussein und ich durch das Fenster, das in den Innenhof führte. Überall waren diese kleinen, winkenden Pfoten, vor denen ich zwar flüchtete, in denen ich aber gleichzeitig meinen einzigen Ausweg sah. Ich fühlte mich wie Mick Jagger, wortwörtlich begraben unter seinen treuesten Fans, und ließ mich in die Menge fallen. Diese zappelnden Hände hoben mich über die Köpfe der Kinder hinfort und hievten mich in die Freiheit. Als wir bereits mehrere Kilometer zwischen uns und das Schulgebäude gebracht hatten, erblickte ich noch immer Kinder in blauer Schuluniform, die Hussein und mich unermüdlich verfolgten.

Bevor es in die Kleiderfabrik ging, machten wir in Savar aber noch halt an einer Gedenkstätte für die Millionen Menschen, die ihr Leben im Kampf für die Unabhängigkeit ihres Landes lassen mussten. Diese fünfzig Meter hohe Skulptur ist ein wichtiges Symbol für die Identität der Menschen in ganz Bangladesch.

Nachdem wir in der Fabrik angekommen waren, erzählte mir Hussein, dass es in den vergangenen Jahren immer wieder zu Todesfällen in den Kleiderfabriken gekommen war. Erst kürzlich waren hier im Industrieviertel von Savar in der Fabrik Tazreen bei einem Großbrand 112 Menschen entweder qualvoll verbrannt oder sie stürzten sich beim Versuch, den Flammen in dem neunstöckigen Gebäude durch die Fenster zu entkommen, in den Tod. Das war bereits der dritte Vorfall dieser Art in nur drei Monaten gewesen. Westliche Unternehmen wie Walmart, Ikea, Carrefour, Kik, Lidl und C&A hatten in dieser Fabrik Textilwaren produzieren lassen. Als man den Besitzer festnahm, wurden den rund 1.600 Angestellten ihre letzten drei Monatslohnzahlungen vorenthalten, weshalb sie in den Hungerstreik traten.

Seit 2006 hatten in der Bekleidungsindustrie insgesamt bereits über 1.000 Menschen ihr Leben gelassen. Vor allem Frauen fanden dabei den Tod, für den meist die leicht entflammbaren Materialien in Kombination mit nicht oder nicht ausreichend vorhandenen Brandschutzmaßnahmen verantwortlich zeichneten.

Nur zwei Monate nach dem tragischen Unglück von Tazreen kam es zu einem weiteren Brand. Glücklicherweise brach das Feuer während der Mittagspause aus, weshalb sich die meisten der 300 Arbeiterinnen nicht im Gebäude befanden. Dennoch starben sieben Personen, die Produkte für Kik und andere westliche Unternehmen herstellten.

In der Textilfabrik Karichi, wo einmal mehr Kik produzieren ließ, starben bei einem Großbrand 259 Menschen.

Nicht nur in Bangladesch kam es zu solchen tragischen Unglücken. So gingen in einem pakistanischen Sweat Shop rund 300 Menschen qualvoll zugrunde – und auch in diesem Fall taucht der Name Kik als größter Einkäufer auf.

2011 wurden von der EU gerade noch rechtzeitig für Kik produzierte Jeans abgefangen, in denen krebserregende Stoffe nachgewiesen wurden. Diese stammen von chemischen Färbemitteln, die in der chinesischen Stadt Xitang, dem größten Jeans-Produzenten der Welt, bereits unzählige Böden und Gewässer vergiftet hatten und für die dort Lebenden todbringend sein können. Doch da China nun langsam für arbeitsrechtliche Verbesserungen sorgt und die Angestellten vermehrt angemessen bezahlt werden, werden folglich die Kosten für westliche Unternehmen immer höher. Deshalb zieht die Karawane der geizigen Kleiderindustrie weiter, und zwar in die noch billigeren Produktionsländer Bangladesch und Myanmar, so wie sie einst von Europa nach China abwanderte.

Die in etwa 4.000 Textilfabriken Bangladeschs sind der wichtigste Wirtschaftsmotor des Landes. Die meisten Textilexporte gehen nach Europa, doch schon lange kritisierten Gewerkschaften und die „Kampagne für saubere Kleidung" die nachlässigen Sicherheitsvorkehrungen der Fabriken. Diese Kampagne war übrigens Mitbegründerin eines Brandschutzabkommens, das der Sicherheit ArbeiterInnen dienen sollte, die in den Fabriken schuften. Die Umsetzung dieses Abkommens ist natürlich mit Kosten verbunden, die für die Anschaffung von Feuerlöschern oder zur Sanierung und Schaffung von Notausgängen in halbzerfallenen Fabriken aufgewendet werden. Aufgrund der Kosten für den notwendigen Sicherheitsschutz trat er dann aber – in gewisser Weise logischerweise – erst gar nicht in Kraft, denn viele Discounterketten und andere Trendsetter weigern sich meist, ihn zu unterzeichnen.

Zudem weigerten sich C&A, Kik und andere Anbieter über eine lange Zeit, den verunglückten Opfern eine Entschädigung zu zahlen, und das, obwohl beispielsweise C&A einen jährlichen Umsatz von über 100 Millionen Euro erwirtschaftet. Die Näherinnen, die im Zuge solcher Katastrophen verletzt wurden, kamen anschließend ins Krankenhaus und wurden dort behandelt. Sie waren allerdings nicht sozialversichert, weshalb sich einige von ihnen für die medizinische Versorgung ihrer Verletzungen hoch verschulden mussten. Die „Kampagne für saubere Kleidung" appelliert deshalb an die KäuferInnen, die betreffenden Unternehmen per E-Mails zur Leistung einer gerechten Entschädigung an die Betroffenen oder deren Hinterbliebene aufzufordern. Diese Protestmails bewirkten bisher, dass Kik Entschädigungen an die pakistanischen Opfer und deren Familien zahlte. Für eine faire Bezahlung und menschenwürdige Arbeitsbedingungen sorgte dieses Abkommen jedoch bisher noch nicht.

Das Arbeitsrecht und der staatliche Mindestlohn werden bewusst niedrig gehalten, da die westlichen Unternehmen anderenfalls, wie bereits erwähnt, in noch billigere Länder weiterziehen. Der monatliche Mindestlohn liegt in Bangladesch derzeit bei etwas über dreißig Euro und zählte zu den niedrigsten in ganz Asien. Erst eine Entlohnung in Höhe von neunzig Euro wäre existenzsichernd.

Wie ist es beispielsweise möglich, dass ich mir bei H&M ein T-Shirt von guter Qualität um 4,95 Euro kaufen kann, das zuvor noch um den gesamten Erdball geschickt wurde?

China, Indien und die USA sind die weltweit größten Baumwollproduzenten. Allerdings wird lediglich in den Vereinigten Staaten der Anbau dieses Rohstoffes vonseiten der Regierung gefördert, um den Preis günstig zu halten. Die amerikanische Regierung subventioniert also im weiteren Sinne das billige H&M-T-Shirt und macht den Bäuerinnen und Bauern in den Ländern des Südens das Leben schwer, denn sie erhalten als Folge davon lediglich den viel zu gering angesetzten Weltmarktpreis: Tausende gehen bankrott und enden in den Slums oder werden gar in den Selbstmord getrieben.

Die Baumwolle aus Texas wird per Schiff nach Bangladesch geschickt, wo das Leibchen inklusive dem Preisschild, das die 4,95 Euro ausweist, fertigproduziert wird. Der gesamte Kostenanteil beträgt pro Shirt etwa einen einzigen Euro.

Pro T-Shirt kostet H&M die mehrwöchige Fahrt in riesigen Frachtschiffen durch den Suezkanal nach Europa etwa sechs Cent. Von der Baumwollplantage bis in die Läden des Modeunternehmens summieren sich die Kosten für ein Shirt auf den Betrag von etwa 1,40 Euro. Abzüglich Raummieten, Bezahlung der Angestellten und der Werbeausgaben verdient H&M immer noch etwa sechzig Cent pro verkauftem Stück. Bei einer Auflage von mehreren Millionen Einzelprodukten wird damit immer noch verdammt viel Geld gemacht.

Würde ein T-Shirt einen einzigen Euro mehr kosten, könnte für die Sanierung der Fabriken und eine Entlohnung von existenzsichernden neunzig Euro im Monat gesorgt werden. Doch Unternehmen wie H&M trauen ihren Fabrikmanagern in Bangladesch oft nicht über den Weg, weshalb auch nicht davon ausgegangen wird, dass diese den zusätzlichen Euro tatsächlich an die Näherinnen ausbezahlen würden. Zudem müssten sich auch andere Unternehmen wie Adidas oder Primark, die oft in denselben Produktionsstätten einkaufen, dazu bereit erklären, diesen einen zusätzlichen Euro für ein Erzeugnis zu bezahlen, denn nur so könnten auch tatsächlich höhere Löhne ausbezahlt werden.

Für diesen einen Euro mehr müssten jedoch auch höhere Zölle, Steuern und dergleichen bezahlt werden – was bei einer Auflage von mehreren Million T-Shirts eine fette Knete abgibt. Eine Idee wäre deshalb, dass Nike, Puma, Tommy Hilfiger oder auch C&A bei jedem Einkauf einen Prozentsatz, sprich den einen Euro pro T-Shirt, in einen Fonds einlegen, der direkt für den Mindestlohn der ArbeiterInnen aufgewendet wird. Doch die Markenfirmen wollen aufgrund ihrer auf Konkurrenz basierenden Ideologie, die ihnen die Sicht auf menschenwürdige Arbeitsbedingungen versperrt, kaum Kooperation zeigen. Die Nachfrage bestimmt den Preis, der sich in den prekären Arbeitsbedingungen widerspiegelt. Aber es wäre ein Fehler, Produkten aus diesen Länder auszuweichen, denn diese Praktik würde solchen Staaten bzw. ihren Bevölkerungen die Lebensgrundlage entziehen. Gefangen in einem System, das von anderen bestimmt wird, sollte man zumindest auf fair produzierte und gehandelte biologische Kleidung umsteigen und das die korrupten Unternehmen auch lautstark wissen lassen. Andernfalls kommt es aller Wahrscheinlichkeit bald zur nächsten Katastrophe.

Bereits beim Betreten von Husseins kleiner Fabrik kam mir eine Luft entgegen, die mir im Hals kratzte. Der von den zugeschnittenen Stoffen herumfliegende Feinstaub und die mit Plastikfolien verklebten Fenster, die das Eindringen der Sonne verhindern sollten, erschwerten das Atmen in den feucht-modrigen Räumen. Aus diesem Grund trugen nur wenige der hier arbeitenden Frauen und Männer einen Atemschutz.

An jeder Ecke lagen Überreste von Textilien. Die Tische, auf denen sich die Nähmaschinen befanden, standen eng aneinandergereiht und auf ihnen wurde wortwörtlich im Akkord gearbeitet. Ich entdeckte in dieser Fabrik Artikel von Puma und Tommy Hilfiger. Ob es sich dabei um Fälschungen handelte, konnte ich als Laie nicht feststellen. Hussein hatte auch Kinder angestellt, die mit ihren kleinen Händen selbst um 22 Uhr noch anspruchsvolle, filigrane Tätigkeiten verrichteten. Auch seine Tochter Fatima, die erst 13 Jahre jung war, half tatkräftig mit.

Bei der Besichtigung der Fabrik dachte ich daran, mit wie viel Stolz in der

Brust Hussein gerade noch eben zuvor an der Gedenkstätte, dem nationalen Stolz Bangladeschs, gestanden war. Für ihn und sein Land war eine neue Zeit angebrochen. Er und sein Volk wollten nie wieder unterdrückt werden. Unter der Herrschaft Fremder hatten die Bengali schon zu viel Leid ertragen müssen. Dank seiner neuen Firma hatte Hussein die Möglichkeit, seinen drei Kindern eine Schulbildung zu ermöglichen, und außerdem gab er seinen 42 Angestellten durch die Bezahlung eines fairen Lohns eine Chance auf ein besseres Leben. Die Erfüllung dieser Träume auf ein besseres Leben war aber noch lange nicht mit den entsprechenden Erwartungen einer Person zu vergleichen, die in Westeuropa aufwächst.

Das Leben davor
oder: Von künstlichen Grenzen und der AGHS

Kurz nach Tonis zehnten Geburtstag entwickelte sich in ihm die Anthro-Gravitation- und Hochdruck-Schwerhaftigkeit. Zu dieser Zeit war der gläserne Himmel noch nicht erbaut und die Dorfgemeinschaft hatte beschlossen, Toni eine Bleiweste anzulegen.

Bevor man den Jungen in seine schwere, graue Rüstung steckte, hatte er durch seine speziellen Fähigkeiten große Aufmerksamkeit auf sich gezogen und dadurch eine Vielzahl von Neugierigen in das verschlafene Kaff im Innviertel gelockt. Ganze Wagenladungen an TouristInnen wurden herangekarrt, um den Wunderknaben zu begutachten. Selbst WissenschaftlerInnen aus aller Welt zeigten Interesse an seinen Fähigkeiten. Lediglich dank der Tatsache, dass Toni von seinen Eltern nicht zum Kauf freigegeben wurde, wurde er nicht von Ärzten in Stücke zersägt und unter Zuhilfenahme von Metzgerwerkzeug unter einem Mikroskop unter die Lupe genommen. Anfängliche Versuche diverser Konzerne, auf Toni ein Patentrecht zu erhalten, wurden ebenfalls nur knapp verhindert, zu verdanken war dies den Demonstrationen von einigen engagierten BürgerInnen und AktivistInnen.

Gegen das Phänomen des globalen Tourismus, das hier in diesem Kaff alleinig die Person Tonis als Ausgangspunkt und Zieldestination gleichermaßen hatte, konnten sich die DörflerInnen zu Beginn allerdings noch nicht wehren. Als selbst in Reiseführern über Tonis Fähigkeiten berichtet wurde, wurde die Gemeinde quasi über Nacht von den Einnahmen der eilig Herbeiströmenden abhängig. Für diese Neuankömmlinge stellte so gut wie jeder Haushalt im Dorf provisorische Unterkünfte zur Verfügung. Häufig waren die Fremden begeistert von den mehrstöckigen traditionellen Häusern, die mit Flachbildfernsehern inklusive 5.000 Kanälen, zwei Badezimmern, einer Doppelgarage, einem Computerzimmer und häufig sogar mit einer Sauna und einem Whirlpool ausgestattet waren. Selbst die vermeintliche Hausmannskost, die aus Reis, Knödel, Pizza, Gröstl, Spaghetti, Burger, Schnitzel, Pommes, Käse, Brot, Kuchen und Plunderteilchen bestand, begeisterte die kulturfremde Meute. Und sogar die bereits seit Langem totgeglaubten Handwerksmärkte gaben ein kräftiges Lebenszeichen von sich und schossen wie Pilze aus den Böden. Käuflich erwerben konnte man dort ein paar geschnitzte Marienfiguren, tote, ausgestopfte Waldtiere und auf eine Holzplatte montierte Hirschgeweihe. Aber das Highlight waren die traditionell hochindustrialisierten Billigprodukte der Großtischlerei, von denen eines dem anderen exakt glich. Dank dieser Machart und den untrennbar dazugehörigen Dumpingpreisen musste sich dank dieser Monotonie niemand in seinem konkurrenzorientierten Dasein gestört oder gar benachteiligt fühlen.

Aber schon bald zeigte sich der Tourismus von seiner Kehrseite, denn er hatte im Dorf zu einer immensen Anhäufung von Müll und zu einer Dorfgemeinschaft, die sich immer mehr um die zahlenden Gäste stritt, geführt. Das hatte vor allem einen Grund: Im Laufe der Zeit begannen viele, sich um die besten Fotos mit dem Motiv Toni zu prügeln. Sie versuchten, den Buben mit Geschenken in ihr Haus zu locken, in dem fotogeile TouristInnen gierig auf eine Vorstellung hofften. Unbeholfen ließ sich der Bub von einer Menschenansammlung zur nächsten schieben. Ob er dies alles überhaupt wollte, darüber war sich Toni nicht im Klaren.

Der sich touristisch angehäufte Wohlstand inmitten einem der ohnehin schon reichsten Länder der Erde hätte somit beinahe zum Zerfall der örtlichen Gesellschaft geführt. Daneben existierte allerdings noch eine andere Bewegung, die das gesamte Dorf erfasst hatte, nämlich jene, die sich die Suche nach einem Verantwortlichen für das alles zu ihrer Aufgabe machte. Dank dieser Grüppchenbildungen konnten sich die Menschen wenigstens an irgendetwas orientieren und die eigene Schuld und Verantwortung weit von sich weisen. Passend vor den Bürgermeisterwahlen fand ein Kandidat, der kurz zuvor wegen antisemitischen, antiislamischen, antieuropäischen und allgemeinen Anti-gegen-alles-Fremde-Facebookeinträgen aus dem örtlichen Gemeinderat geworfen worden war, einen handfesten Schuldigen.

Dieser Mensch mit Namen Adolf-Christ Straffe vertrat die Meinung, dass nicht jede und jeder Einzelne durch die Gier nach immer mehr Geld und dem damit entstandenen Ausverkauf der Werte Schuld an dem Streit im Dorf trug. Laut seinen öffentlich getätigten Worten waren, wie schon so oft zuvor in der Menschheitsgeschichte, die anderen dafür verantwortlich zu machen. Und diese anderen waren alle, die außerhalb der Dorfgemeinschaft standen, jener Dorfgemeinschaft, die dem armen Schachner-Buben das Leben so sehr erschwerte. Deshalb wurde versucht, ihm auf eine recht eigenwillige

Art und Weise zu helfen, ohne dabei auf das glückverheißende Geld verzichten zu müssen.

Wenn es Toni nämlich gelungen war, sich vor den Massen zu verstecken, um mit seinen FreundInnen im Wald zu spielen, wurden den TouristInnen stattdessen Billiglohn-Doppelgänger aus dem Osten aufgeschwatzt, die zu einem solchen Zweck offensichtlich gerne von den Konservativen in Kauf genommen wurden – trotz ihrer fremden Herkunft.

Diese Art des paranoischen und menschenverachtenden Verhaltens lag in der gestörten psychosexuellen Entwicklung, in der frühen Kindheit Straffes. Straffes Hungergefühl wurde als Säugling von seiner Mama nur selten gestillt, weshalb er bereits in dieser frühen, namentlich der oralen Phase ein gestörtes Verhältnis allem gegenüber entwickelt hatte, bei dem es sich um das Aufnehmen im materiellen wie im geistigen Sinne handelt. Dadurch konnte sich auch seine soziale Ader nie vollständig ausbilden, was ihn ein kleines bisschen beeinträchtigte, wenn es um die Art ging, wie er seine Mitmenschen betrachtete. Da dem Straffe-Baby also selten Liebe geschenkt worden war, fühlte es sich abgelehnt und wurde dafür mit lebenslangem Urmissvertrauen bestraft. Als oral Gestörter verweigerte er sich für den Rest seines Lebens reflexartig allem Neuen, was er stets als Bedrohung empfand, und sagte somit chronisch Nein zu allem, was er nicht kannte – und er kannte nicht viel. Das permanente Vermissen der Mutterbrust führte dazu, dass das kleine Straffilein nach Autonomie und Selbstbestimmtheit strebte, die er, etwas spät, aber doch, im Alter von vier Jahren beim selbstständigen Kontrollieren seiner Darmentleerung schließlich erfüllt fand. In dieser nun analen Phase erhielt er, indem er über das Hergeben oder Behalten seiner Gackiwurscht selbst entscheiden konnte, das erste Mal Macht über etwas. Diese Machtspielchen führten in ihrer Folge dazu, dass A.-C. nun damit begann, liebend gerne mit seinen Fäkalien zu spielen. Da dies allerdings niemand so toll fand, entstand in ihm das Gefühl, dass nicht nur dieser kleine Teil von ihm, sondern er als Gesamtes weder von seiner Mami noch von der Gesellschaft im Allgemeinen auch nur im Geringsten gebührend anerkannt werden würde. Sämtliche seiner nunmehrigen Zwangsneurosen ließen sich also auf seinen frühesten Lebensabschnitt zurückführen. Mit seinem überkontrollierten Verhalten, seinen unantastbar fixen Ideen, seinem Problem damit, sich irgendwo anzupassen und deshalb dies der Einfachheit halber von den anderen, den Fremden, einzufordern, die dann seiner Ansicht nach genau so zu sein hatten, wie er selbst glaubte zu sein, entwickelte er in seiner inneren Unsicherheit vergleichsweise rasch einen sogenannten „analen Charakter". A.-C. Straffe war mithilfe seiner primitiven, aber für die breiten Masse klar verständlichen Schuldzuweisungen Bürgermeister des Dorfes geworden. Mit seinen komplexitätsreduzierenden Aussagen fügte sich das neue, gemeinhin charismatische Gemeindeoberhaupt in die Anforderungen, die der Populismus stellt, nahtlos ein.

Der sich im 19. Jahrhundert etablierte Nationalstaat ist eine Art Schutz- und Versorgungseinrichtung für Menschen, der neue Modelle der Vergemeinschaftung formte. Diese neue kulturelle Vielfalt führte zur Lockerung traditioneller Institutionen wie der Kirche oder der althergebrachten Familienstruktur und hatte einen Individualisierungsschub zur Folge. Mehr Wohlstand und Freizeit, bessere Bildung und der sich seit den 1970er Jahren etablierte Konsum verhalfen der Ausbildung individueller Bastelbiografien zum Durchbruch. Seit den 1980er Jahren werden die ethnischen, regionalen, sprachlichen und religiösen Identitäten politisch geltend gemacht. Zum einen aufgrund des wachsenden Misstrauens gegenüber den amtierenden Regierungen und zum anderen wegen dem Bedürfnis nach kultureller Orientierung und Zugehörigkeit in einer globalisierten Welt, denn in dieser komplexen, flexiblen und mobilen Gesellschaft empfindet der oder die Einzelne jede politische Entscheidung als sehr undurchsichtig.

Nach 1945 wurde in Westeuropa wieder an das Parteiensystem zwischen linken Sozialisten und Sozialdemokraten und rechten Christdemokraten und Konservativen angeknüpft, die sich anschließend dank des Booms des Wiederaufbaus jahrzehntelang etablieren konnten. Durch die Globalisierung, die weltweite Vernetzung, kommt es zu einem Strukturwandel, da sich GewinnerInnen und VerliererInnen immer weiter voneinander entfernen, weshalb die Politik einerseits den Sozialstaat reformiert und beispielsweise anhand von EU-Richtlinien immer weitreichender in gesellschaftliche Bereiche eingreift. Andererseits betreibt sie aufgrund des Wettbewerbsdrucks eine Liberalisierungspolitik, in der sich der Staat vermehrt zurückzieht und die Konzerne und Banken ihrer Eigenverantwortung überlässt. Das führt dazu, dass die traditionellen Parteien immer häufiger mit Korruptionsvorwürfen konfrontiert werden, die bereits in den 1970er und 1980er Jahren den Grünen und den rechten Populisten den Weg in die Parlamente ebneten.

Dort, wo die Linken mit ihren universal gültigen Prinzipien wie Umwelt-, Friedens- und sozialpolitischen Themen keinen als wirksam empfundenen Schutz bieten, befinden sich die Rechten wieder auf dem Vormarsch. Durch die fortschreitende Medialisierung sind alle Parteien und ihre einzelnen Vertreter dem Druck der Presse dauerhaft ausgeliefert, was zum Beispiel Vertraulichkeit beinahe unmöglich macht. Aus dieser medial vollzogenen Personalisierung ziehen vor allem rechtspopulistische Parteien einen Mehrwert. Im Unterschied zum Rechtsextremismus, der ideologisch in rassistischen Traditionen verankert ist, orientiert sich der Rechtspopulismus an aktuellen Ängsten und einfachen Erklärungsmustern. Für diese Bewegung stellt die EU das Einfallstor der Globalisierung dar und sie möchten die „gute" Gruppe, der sie – natürlich ohne Frage – selbst angehören, vor dem „bösen" Fremden schützen. Als dieses „Böse" werden in der Regel Regierungseliten und MigrantInnen bezeichnet, was ein Anti-Parteien-Gefühl verstärkt und Menschen gegeneinander aufhetzt. Sowohl die österreichische FPÖ als auch die italienische Lega Nord, der französische Front National, die britische Ukip, die deutsche AfD oder die niederländische PVV orientieren sich an einer „Catch all"-Bewegung. Ohne handfeste Lösungsvorschläge zu liefern, erreichen sie mit geplanten medialen Ausrutschern in Form von antisemitischen, antiislamischen und rassistischen Äußerungen eine breite Masse. Diese rechtspopulistische Bewegung verbreitet sich im Osten Europas, in den postkommunistischen Staaten, in einem bedrohlichen Ausmaß. Ideologiebedingt dafür verantwortlich sind die Erfahrungen der dortigen Bevölkerung mit dem Kommunismus. Denn das, was einst als richtig angesehen wurde, gilt nun als falsch. Wenig verwunderlich, verzeichnet das damals Unterdrückte somit umso mehr Zulauf.

Mit ihrer typischen Rhetorik verstärken die Rechten die Angst vor einer Bedrohung der, oder besser gesagt unserer, kollektiven Wir-Identität. Diese nationale Wir-Identität verschwimmt heute allerdings in einer globalisierten und entgrenzten Welt mit ÖsterreicherInnen und Nicht-ÖsterreicherInnen, mit EuropäerInnen und Nicht-EuropäerInnen wodurch der Nationalismus seine Legitimität verliert. Durch diese entgrenzten Arbeitsplätze und Migrationsbewegungen wurde es immer schwieriger, diese nationale Wir-Identität klar zu bestimmen. Die Angst vor der Ausgrenzung durch die Konkurrenz auf dem Arbeitsmarkt oder um Sozialwohnungen und Kindergartenplätze schafft Fremdenfeindlichkeit als Reaktion auf die Bedrohung der kollektiven Identität – was bei den Rechtspopulisten zur verstärkten Betonung der nationalen Identität führt und bei der erwerbstätigen Bevölkerung auf immer mehr Widerhall stößt.

Daran knüpfte nun auch der neue Bürgermeister des kleinen Dorfes am Fuße des Hausruckwaldes an. Durch eine, wie er behauptete, göttliche Eingebung glaubte er, seine Schützlinge vor den Risiken der Globalisierung schützen zu müssen oder gar zu können. Die entsprechende übernatürliche Erkenntnis war ihm gekommen, als er bei seiner abendlichen Jause die Käseglocke auf dem heimischen Küchentisch verschlossen hatte und dabei eine Fliege einsperrte. Und da sich die Dorfgemeinschaft gerade nicht nur im Verfall, sondern auch in einer Art Schockzustand befand, und zwar aufgrund einer Perspektivlosigkeit und der daraus entstandenen Angst vor dem Fremden an sich, nutzte A.-C. diese Umstände gewinnbringend für sich.

Nachdem sein Plan in die konkrete Umsetzung mündete, wurden in den darauf folgenden Wochen und Monaten mit großer medialer Präsenz und in Form von Werbeplakaten Sprüche wie „Unser Land in ‚ner Glaswand" oder „Hinaus das Fremde, zieht hoch die Wände" öffentlichkeitswirksam propagiert. Währenddessen wurden alle TouristInnen zurück in ihre Heimat ausgewiesen und zusätzlich wurde über sie ein lebenslanges Einreiseverbot verhängt: sicher ist sicher. Kurze Zeit später wurde ohne bürgerliche Abstimmung, aber mithilfe mehrerer Hubschrauber die weltgrößte Käseglocke aller Zeiten über das kleine Innviertler Dorf gestülpt.

A.-C. Straffe fürchtete sich also höchstpersönlich vor der Welt und ließ das alle spüren, indem er zum Beispiel verpflichtende Überstunden einführte, um die aufgrund der undurchdringlichen Käseglocke fernbleibenden lebensnotwendigen Güter aus den Nachbargemeinden irgendwie ersetzen zu können. Teile des Hausruckwaldes, die sich unter der Kuppe befanden, mussten für großangelegte Plantagen gerodet werden, um die benötigte Menge an Nahrungsmittelmassenproduktion aufrechterhalten zu können, wobei bereits ein gemäßigter, ökologisch nachhaltiger Güteraustausch mit den Nachbargemeinden für den Erhalt des Mischwaldes völlig ausgereicht hätte.

Im weiteren Verlauf übernahm Straffes Partei immer wieder Punkte aus linken Paarteiprogrammen wie nachhaltiger Konsum, ökologischer Anbau und Förderung des sozialen Miteinanders, doch trotz dieser politischen Taktik, die auf die breite Mitte der Gesellschaft abzielte, zog sie lediglich eine weitere, sich vor der Welt verschließende Panikmache nach sich. In symbolischer Hinsicht wurde dies von A.-C.s lange gehegtem Traum untermalt: Anstatt den Euro zu unterstützen oder gar eine regionale Währung zu schaffen, führte er den Straffme ein, der an konsumorientierte Bedingungen geknüpft war.

Als Kind selten geliebt, erfüllte Straffe seine Kernaufgabe als Politiker, nämlich die wirtschaftliche Tätigkeit insgesamt zu steigern, mit großem Eifer, der nach Anerkennung geradezu schrie. Er hatte in diesem Zusammenhang jedoch nicht bedacht, dass die Kommunikation die eigentliche Grundeinheit sozialen Lebens darstellt, und mittels Kommunikationstechnologien wie Handys oder Internet die Gesellschaft nicht mehr an nationalstaatliche und geografische Grenzen gebunden ist. In einfachen, gering differenzierten Gesellschaften, wie beispielsweise noch bei den Alten im Ort, dominierte zwar nach wie vor die Kommunikation in ihrer direkten Ausprägung wie am Stammtisch oder bei Vereinstreffen. Doch die Jüngeren hatten durch die sozialen Medien bereits kulturellen Austausch betrieben, was die Durchsetzung des Kässeglockenbauprojektes in einem Kompromissvorschlag enden ließ. Da die Mehrheit vieler Jugendlicher ohne elektronischer Kommunikation wie Facebook, WhatsApp, Twitter oder Instagram nicht mehr lebensfähig war, durfte die Stromversorgung über die Außenwelt weiter bestehen bleiben.

Weitere Folgen von Straffes Plans waren, dass die von der Industrie erzeugten Abgasstoffe unter der gläsernen Glocke hängenblieben, was zu einer drastischen Klimaerwärmung führte. Dieser schlechte Sauerstoff, der verdörrende Felder und ein eingeschlossenes Denken der Menschen nach sich zog, bewirkte auch eine rasch um sich greifende allgemeine Depression. Es handelte sich dabei um eine unaufhaltsam um sich greifende Epidemie, die die Menschen immer langsamer und müder werden ließ. Manche erlitten Anfälle des Gravitations-Hochdrucks, die die Betroffenen Hunderte Kilos bis hin zu mehreren Tonnen schwerer werden ließen.

Da das wirtschaftliche Wachstum Vorrang hatte und Straffes Gemeinderat mehrheitlich aus ehemaligen Industriebossen bestand, votierte man jedoch gegen eine Abgassteuer und eine Co2-Reduktion sowie die Nutzung von erneuerbaren Energien. Neoliberale Slogans wie „Geht's der Wirtschaft gut, geht's den Menschen gut" vernebelten wortwörtlich die Einsicht, weshalb man zu Beginn die Schadstoffe in Gebiete außerhalb der Glaswand beförderte – in die sogenannte Atmosphäre.

Um das zu bewerkstelligen, wurden durch die geschützte Zone Tunnel gefräst. Am obersten Punkt der Kuppe ließ die Straffe-Regierung Ventilatoren für den Luftaustausch, eine Sprinkelanlage zur Bewässerung und Schneekanonen zur Gewährleistung der winterlichen Beschneiung montieren. Ohne das Eingeständnis, mit solchen Maßnahmen nicht den Ursprung des grundsätzlich falschen Systems zu hinterfragen, summierten sich die sich anhäufenden Kosten ins Unerschwingliche. Aus diesem Grund musste man kurze Zeit später bei so manchen Banken Kredite aufnehmen, die natürlich an diverse Bedingungen geknüpft waren. Damit verschwand allerdings bei manchen die fortgeschrittene Entfremdung von der Umwelt und sie gewöhnten sich daran, über vorgefertigte Grenzen des Denkens hinauszuschauen. Langsam, aber doch musste sich die regionalistisch orientierte Partei Straffes eingestehen, dass es zur Gesundung der Gesellschaft ein gewisses Maß an kulturellem Austausch braucht.

Während diesen Ereignissen spielten Kinder wie Toni, Burny und Trendy den DorfbewohnerInnen immer wieder gerne Streiche. Sie nützten überaltertes Gedankengut und verkleideten sich als bösartige Nachbardörfler und erschreckten damit nicht nur die Wirtshausbrüder oder den gesamten Näherinnenverein. Die Angst im Dorf wurde durch solche Streiche so sehr angekurbelt, dass man vorsichtshalber den Nikolaus in Untersuchungshaft steckte, als er am 6. Dezember kam, um seine Geschenke zu verteilen. Aufgrund seiner türkischen Herkunft galt er nämlich als illegaler Einwanderer. Sein Begleiter, der Krampus, der dank seiner Maske einem verrücktgewordenen Mitglied der Rockband Slipknot glich, wurde noch am Abend seiner Festnahme auf ein burgenländisches Festivalgelände abgeschoben.

Als Toni bei solchen und anderen Spielereien sein Superheldentalent immer öfter einsetzte, befürchteten die Erwachsenen, dass der Junge und die anderen Kinder, die dank Toni ihre Supertalente ebenfalls entdecken und entfalten konnten, die schützende Glaswand zum Einsturz bringen könnten. Wenig verwunderlich, wurde unter der Leitung des engstirnigen Bürgermeisters einstimmig beschlossen, dem Lausbuben, der als Kopf der Truppe galt, den Garaus zu machen, weshalb ihm eine Bleiweste angelegt wurde, die ihn fesseln sollte. Ein paar Tage nach Tonis zehntem Geburtstag schnallte ihm daher der Dorfarzt die schwere Zwangsjacke um, die mit mehreren

Klettverschlüssen und stählernen Schlössern geschlossen wurde. Um den vorgefallenen Unannehmlichkeiten einen historischen Abschluss zu verleihen, wurde Toni als Sündenbock auserkoren, der für die gesamten Unruhen verantwortlich gemacht wurde.

24 Stunden täglich – und das sieben Tage die Woche – lastete nun dieses bleierne Gefängnis auf seinen Schultern. Toni sollte dadurch daran gehindert werden, seine Superkräfte weiterhin einzusetzen. Aber es sollte auch als eine Art Mahnmal für mögliche NacharmerInnen gelten.

Anfangs waren seine Kräfte jedoch noch stark genug, um sich dem Gewicht auf seinen Schultern erfolgreich zu widersetzen. Deshalb versuchte man, diese unheimliche Macht zusätzlich zu zerstören, und zwar mit einer gut geplanten Einschränkung seiner Lebensfreude.

Toni durfte aus diesem Grund nun immer seltener im Wald und auf den Bäumen spielen. Nach jedem Einsatz seiner, wie man sie nannte, gefährlichen Waffe nahm man dem Jungen ein weiteres Stück seiner ursprünglichen Freiheit. Die Leute begannen ihm einzureden, dass es im Wald und auf den Wiesen zu gefährlich sei und er seine Kindheit deshalb besser sinnvoll vor dem Fernseher oder hinter Schulbüchern verbringen solle. Dort, wo sich niemand um ihn kümmern musste und alle wussten, dass er keinen Blödsinn anstellen würde können.

Um auch die letzten UnruhestifterInnen ein für allemal zu beseitigen, begannen die Eltern, ihre früher frei und im Freien spielenden Kinder in strukturierte Vereine zu stecken. Manche erfuhren im Fußball-, Tennis- oder Volleyballverein, dass Spiele klaren Regeln zu folgen haben, nämlich in Form einer effektiven Konkurrenzbereitschaft, innerhalb derer es zu siegen gilt.

Aus dem zwanglosen Fangenspiel aller Kinder im Wald wurde ein von einem Schiedsrichter kontrolliertes Machtspiel, das sich dadurch auszeichnete, dass nur die GewinnerInnen weiterhin mitspielen durften.

Anstatt dem kreativen Bau der Baumhäuser, bei denen sich jede und jeder Einzelne mit ihren bzw. seinen individuellen Stärken einbringen konnte, wurden nun vorgefertigte Baupläne herumgereicht, denen die Kinder gefälligst zu folgen hätten.

Ihre Kräfte, und somit ihre Kreativität, wurden eingeschränkt und die Kinder gehörten nun nur noch entweder der Gruppe der guten oder der schlechten, der talentierten oder der untalentierten Lebewesen an.

Diejenigen, die im Laufe ihres Kindheitsalltags am besten in Richtung Konkurrenzbereitschaft hin sozialisiert worden waren, hatten später bessere Chancen auf ein Studium oder gar auf einen finanziell bessergestellten Job. Die als schlecht, schwach, dumm und unnütz Eingestuften würden später für niedrigere und miserabel entlohnte Tätigkeiten eingesetzt.

Die Kinder begannen daraufhin, sich von sich aus in Hierarchien einzustufen. Solche, die als Stärkste, Beste, Modernste oder Hübscheste galten, führten von nun an ihren Klassen und Banden an und bekamen von den einzelnen Mitgliedern ihrer Gruppen immer mehr Macht verliehen. Das ging wie von selbst.

Jene wie Toni hingegen, die zum Beispiel mit einer Bleiweste geschwächt wurden, schloss dieses System von vornherein kategorisch aus. Durch dieses Gefesseltsein, das den Einsatz ihrer Superkräfte verhindern sollte, wurden die Gepeinigten im Laufe der Zeit mehr und mehr zu Außenseitern, denen ihre zwanghaften Versuche der Anpassung einen krassen Bruch ihres Selbstvertrauens bescheren konnten. So waren aus Tonis selbstgemaltem Comic geometrische Skizzen geworden und aus seinen frei erdachten Geschichten schlecht benotete Schularbeiten. Und aus seinen früher heiß herbeiersehnten Hoffnungen, Superheld oder Träumer zu werden, erwuchs die Erkenntnis, dass man sich nur durch zwanghaftes Verhalten in die Gesellschaft integrieren kann, denn von der Allgemeinheit wurden nur solche akzeptiert, die das System im Moment unbedingt brauchte.

Wie bereits erwähnt, trafen Toni und ich uns also auf der Feier zu seinem zehnten Geburtstag. Zu diesem Zeitpunkt war ich einem jungen, kreativen und vor Selbstvertrauen strotzenden Burschen begegnet. Einem Burschen, den es in seinen ersten Jahren noch viel Spaß gemacht hatte, zur Schule zu gehen, denn sie ermöglichte ihm eine urtümliche Freiheit im Denken und außerdem konnte er dort seine Superkräfte nach Belieben ausleben, indem er sie mit dort neu erworbenen Freundschaften und Lerneinheiten verband. Tonis individuelles Bedürfnis nach dem Ausleben seiner eigenen Menschlichkeit sowie eine im guten Maße ausgewogene Strukturierung des Unterrichtes ließen ihn zunächst in allen Phasen seines Lebens aufblühen.

Durch den schulischen Lernstoff erhielt die Natur, in der er und seine FreundInnen so gerne spielten, eine noch vielfältigere Lebendigkeit. Außerdem lernten die Kinder zu Beginn selbstständig, wie sie sich in der Klassengemeinschaft so verhalten konnten, damit alle zu einem friedlichen Beisammensein beitragen. Doch die Notengebung wurde im Laufe der Jahre mehr und mehr und immer ernsthafter. Das war auch notwendig, da sie ja der konkurrierenden Sozialisation dienen musste. Damit lag es an den Schulnoten, dass in den darauf folgenden Jahren immer weniger individuelle Bedürfnisse zugelassen wurden.

Kritzeleien unter der Schulbank, das Abdriften in Tagträume oder das Schummeln bei Schularbeiten galten als Regelverstöße, die mit dem Abschreiben von einzelnen Seiten aus dem Wörterbuch, schlechten Noten und nötigenfalls sogar mit dem Ausschluss aus der Gemeinschaft bestraft wurden. Dieses schnelllebige System schloss selbst solche Kinder aus, deren unangepasstes Verhalten oft nur Ausdruck eines Sehnens nach etwas Aufmerksamkeit und Liebe war.

So galten Tonis Superkräfte oft nur mehr als nichts weiter als ein weiterer Regelverstoß, der unter allen Umständen sanktioniert gehört, bevor er sich wie ein Parasit verbreiten konnte. Denn schon einmal, vor einigen Jahren, hatte sich dieser, von den Erwachsenen gefürchtete Virus der infantastischen Superkraft auf alle anderen Kinder des Dorfes übertragen. Nur ein paar wenige Alte konnten sich noch vage an diese Epidemie erinnern. Zu diesen wenigen gehörte auch die schrullige Waldfee Hermi, die vom Waldrand aus diese Eigentümlichkeiten mitverfolgt hatte.

Auch sie war in ihrer eigenen Kindheit ebenso wie einige ihrer FreundInnen von solchen rebellischen Superkräften besessen. Für Hermi war das alles jedoch nichts Bedrohliches, kein böser Geist, der den Menschen Leid zufügen wollte. Doch auch sie hatte sich zu Beginn schwer damit getan, ihr Talent richtig einzusetzen. Und genau deshalb war sie damals als junges Mädchen von der Allgemeinheit ebenfalls für das vermeintlich von ihr erzeugte Chaos immer wieder bestraft worden. Doch das kleine Ding war schlau und schrieb jeden Abend in ihr Tagebuch. Dadurch behielt sie ihre Kräfte in Erinnerung und konnte im Laufe ihres Lebens lernen, diese gezielt einzusetzen.

Nachdem sie zu einer jungen Frau herangewachsen war, wurde die Welt, die Hermi umgab, immer größer. Es spielte sich plötzlich nicht mehr alles nur in und an einem Ort ab. Die Erde war nun keine Scheibe mehr und wurde ein schier endloser Spielplatz mit unzähligen FreundInnen in einer noch vielfältigeren Natur. Dabei war ihr klargeworden, dass sie nicht nur auf ihre eigenen Superkräfte konzentriert sein durfte, denn auch andere verfügen über ähnliche Stärken wie sie.

Zum einen behielt sich Hermi ihr tief verwurzeltes Bedürfnis nach dem kleinen Dorf inmitten einer großen, weiten Welt. Zum anderen war sie aber auch offen für neu Erlerntes außerhalb ihrer Gemeinde, ihres Landes, ihres Kontinents. Außerhalb ihres Selbst. Nur dieser goldene Mittelweg zwischen ihren persönlichen Bedürfnissen und einer ihr künstlich erscheinenden Welt ermöglichte es ihr, für sich selbst und für andere ein glückliches Dasein zu schaffen. Noch heute, im fortgeschrittenen Erwachsenenalter, trug sie ihre Kräfte mit sich und wusste diese gezielt einzusetzen.

Nachdem Toni erfahren hatte, dass man ihn eine Bleiweste anlegen würde, versuchte auch er verstärkt, sich seinen Zugang zu seiner Heldenkraft zu bewahren. Als Vorankündigung des Ganzen suchte ihn in der Nacht vor seinem ersten runden Geburtstag ein beängstigender Traum heim. Er war darin eines Morgens mitten im Leben eines 26-Jährigen aufgewacht. Alle seine FreundInnen waren aber nach wie vor Kinder, nur Toni musste sich plötzlich und ohne jegliche Vorbereitung durch das Leben eines jungen Mannes kämpfen.

Als der Bub erschrocken aus diesem Zukunftsszenario aufwachte, wurde ihm klar, dass er unter keinen Umständen ohne den Schutz seiner Superkräfte in die Welt der Erwachsenen einmarschieren wollte.

Als wir beide am darauf folgenden Tage zur Feier seines Wiegenfestes die zehn Kerzen auf der Geburtstagstorte gemeinsam ausbliesen, wünschten wir uns etwas für unsere jeweilige Zukunft, und sobald die Zeit gekommen sein würde, sollte sich dieser gemeinsame Wunsch erfüllen. Da nur ich davon wusste, lag es ganz allein in meiner Macht, darüber zu entscheiden, wann es so weit sein sollte, doch in Sorge um den heranwachsenden Toni hoffte ich, nie davon Gebrauch machen zu müssen.

Die Zeit kurz nach seinem zehnten Geburtstag war ausschlaggebend dafür, dass er die ihm damals noch völlig unbekannte Krankheit namens Anthro-Gravitation- und Hochdruck-Schwerhaftigkeit entwickelte. Das schwere Ding um seinen Körper sollte das rebellische Kind, das durchaus mehr war als nur der Bub des Schachners, endgültig in die vorgenormte Form der Sozialisierung pressen.

Da Hermi vor vielen Jahren bei sich selbst erste Anzeichen einer AGHS bemerkt hatte, verfolgte sie auf dem Marktplatz nur allzu aufmerksam die Gerüchte um Tonis Zustand. Dabei stellte sie den Erwachsenen unbequeme Fragen, die sich auf diese Weise nicht aus ihrer Verantwortung für die aktuell vorzufindenden gesellschaftlichen Strukturen ziehen konnten. Jede und jeder trug Mitschuld an Tonis Zustand, ja, sogar am Zustand aller, denn jede einzelne Handlung, alles Normierte und auch Unangepasste, jedes Gesetz, das verabschiedet wird, und das daraus geformte und genormte System waren die Gründe dafür, dass eine AGHS überhaupt erst ausbrechen konnte.

Alle Menschen tragen es schon immer in sich. Bei manchen bleibt es ein Leben lang im Verborgenen, bei anderen wiederum zeigt es sich sowohl in schwächerer als auch in stärkerer Ausprägung. Doch tendenziell sind heute viel mehr Menschen davon betroffen und die Krankheit tritt inzwischen häufig in einer viel intensiveren Form auf als noch vor wenigen Jahren. Außerdem führt sie nun immer öfter zu einem vorzeitigen Ende, und zwar direkt in den Selbstmord.

Doch die sehr wenigen Forschungsarbeiten, die über die AGHS angefertigt werden, belegen, dass der menschliche Körper von Geburt an eine naturgegebene Abwehrfunktion in sich trägt. So ist AGHS nicht bloß eine Krankheit, mit der man sich aufgrund eines schwachen Immunsystems rein physisch anstecken kann, wie fälschlicherweise oft geglaubt wird. Sie ist viel komplexer und prägt sich beim Einzelnen durch einen sich nicht vorhandenen oder nur mangelhaften Austausch zwischen der äußeren und der inneren Welt aus. Aus diesem Grund spiegeln sich alle Vorkommnisse, die im Äußeren passieren, im nicht physischen Inneren und umgekehrt. Das Innere ist das Gefühl, das Menschliche, oft auch Seele genannt. Doch damit es überhaupt zu einem tatsächlichen Ausbruch der Anthro-Gravitation- und Hochdruck-Schwerhaftigkeit kommt, muss im Vorfeld das Immunsystem geschwächt werden – und dazu trägt das aktuelle Wirtschaften in der globalen Welt drastisch bei. Sowohl fossile als auch humane Ressourcen werden in allen Lebensbereichen mehr und mehr ausgebeutet, was unser aller Innerstes ebenso verseucht wie das permanente Konkurrieren um maßlos überbewertete Machtstellungen. Die Heilerin Hermi und wenige andere sind der Beweis dafür, dass jeder einzelne Mensch, egal ob weiß oder schwarz, dick oder dünn, SozialarbeiterIn oder BankerIn, ein solcherart geformtes Immunsystem in sich trägt. So sind wir alle dafür verantwortlich, es mit einer erfüllenden Lebensweise aufrechtzuerhalten. Doch mit dem Anlegen der Weste wurden Tonis Superkräfte gefangen gehalten. Wie bereits berichtet, war das vor seinem zehnten Geburtstag noch ganz anders. Die damaligen Ereignisse hätten das gesamte heutige Weltsystem verändern können: Schon im letzten Kapitel des Buches über die Schwerhaftigkeit des Lebens, das Toni von Hermi erhalten hatte, war über die Transformation dieser Schwerhaftigkeit in die Leichtigkeit berichtet worden. Der erfolgreichen Bekämpfung der AGHS liegt zuallererst ein wieder ursprünglich gewordenes Sich-Erinnern zugrunde, denn in dieser Erinnerung steckt die Superkraft der AGHL, der Anthro-Gravitation- und Hochdruck-Leichtigkeit.

22

Nach dem Fabrikbesuch mit Hussein hatten sich unsere Wege wieder getrennt und ich legte mich aufgrund meiner Magenschmerzen in meiner Unterkunft zu Bett. Die darauf folgenden beiden Nächte wachte ich immer wieder schweißgebadet und mit Fieber auf. Mir war heiß und kalt zugleich und nach anfänglicher Übelkeit musste ich mich mehrmals übergeben. Meine Augen nahmen zu diesem Zeitpunkt nur noch einen kleinen Teil meines Horizontes wahr. Alles um mich herum war unscharf geworden und meine Sinne spielten verrückt. Alles, was ich in den letzten vierzig Stunden zu mir genommen hatte, kam innerhalb kürzester Zeit an allen denkbaren und undenkbaren Stellen meines Körpers wieder an die Oberfläche.

Daher musste ich zwei weitere Tage mit starken Magenkrämpfen im Bett verbringen und nahm nur frisches Wasser und trockene Kekse zu mir. Erst am dritten Tag konnte ich wieder aufstehen und begab mich inklusive meiner andauernden Übelkeit ein weiteres Mal zur bengalischen Botschaft.

Schon auf dem Weg dorthin fühlte ich eine ungewöhnlich angespannte Stimmung unter den vielen Menschen um mich herum. An meinem Ziel angelangt, hatte die Botschaft allerdings an diesem Tag aus mir zu diesem Zeitpunkt noch völlig unerklärlichen Gründen nur für äußerst dringende Notfälle geöffnet. Da meine Aufenthaltsberechtigung bereits seit einem Tag abgelaufen war, konnte ich immerhin ein Gespräch mit einem der Verantwortlichen erbitten. Der Zuständige war ein dürrer Mann mit einer großen Brille auf der Nase, der mir aufgrund der derzeitigen Aufstände und des tragischen Unglücks, wie er sagte, keine Visum-Verlängerung ausstellen konnte.

Ohne zu wissen, was denn Schlimmes geschehen war, begann ich, wie schon so oft, eine lange Diskussion, in deren Verlauf ich alles mir in den Sinn Kommende versucht hatte, und trotzdem gescheitert war. Mit den brüllenden Worten des Beamten, dass er im Moment entschieden Wichtigeres zu tun habe, als sich mit den Lappalien eines Reichen herumzuärgern, musste ich das Gebäude ohne verlängerte Aufenthaltsgenehmigung wieder verlassen. Geübt darin, mich Herausforderungen zu stellen und Rückschläge einzustecken, ließ ich gekonnt die Schwerhaftigkeit nicht mehr Herr über mich werden. Ich war mir nun etwas klarer darüber, wer ich war und was ich wollte, und konnte nun zum ersten Mal selbst über den Verlauf meiner AGHS bestimmen.

Doch was war mit den Bengali los, weshalb herrschte eine derartige Anspannung? Der Massenansturm von Menschen machte es mir beinahe unmöglich, zurück in mein Hotel zu gelangen. Selbst das Busnetz war lahmgelegt und so musste ich mir den Rückweg durch den unbeschreiblichen Verkehr mit einem Taxi erkämpfen und erkaufen. Erst nachdem ich an meinem Ziel angelangt war, erfuhr ich den Grund für die Unruhe und das gesamte Ausmaß dieser Katastrophe.

Daraufhin wollte ich mich sofort auf den Weg zurück zu Hussein und seiner Tochter machen. Doch was hätte ich tun können?

Überall, wo ich in den Gassen hinblickte, sah ich schreiende Menschen. Ein wütender Pöbel warf mit Steinen auf herannahende Polizisten, alle Straßen waren blockiert. Ich steckte hier fest und musste glauben, was mir die Nachrichten im Fernsehen zu berichten hatten.

Das gesamte Fabrikgebäude in Savar war aufgrund seiner maroden Bausubstanz in sich zusammengestürzt und hatte Tausende unter sich begraben. Die Übertragung im Fernsehen zeigte den grauenvollen Kampf der Verzweifelten, die versuchten, ihre unter Betonbrocken begrabenen FreundInnen und Familienmitglieder mit bloßen Händen zu befreien. Bei dem Unglück waren über 1.130 Menschen zu Tode gekommen und weitere 1.500 schwer verletzt worden. Als ob das Schicksal nicht schon genug angerichtet hätte, verschuldeten sich die überlebenden Verletzten in den folgenden Monaten aufgrund der Krankenhauskosten, die auf sie zukamen, sie aber nicht aufbringen konnten. Die internationale Arbeitsorganisation ILO initiierte daraufhin einen Entschädigungsfonds, gegen den sich Unternehmen wie Kik, Adler Modemärkte, NKD, KANZ/Kids Fashion Group, Güldenpfennig, Mango, Benetton und C&A noch über zwei Jahre hinaus wehren würden. Erst 2015 konnte aufgrund des großen Drucks der KonsumentInnen und mit einer anonymen Spende der Entschädigungsfonds mit 30 Millionen Dollar gefüllt werden. Dass das so lange dauern musste, ist das skandalöse Ergebnis der sozialen Nicht-Verantwortung der Unternehmen. Europäische PolitikerInnen und Regierungen haben daher die Pflicht, dafür zu sorgen, dass Firmen und HändlerInnen in Zukunft zur Verantwortung gezogen werden.

Aufgrund weiterer internationaler Protesten und raschen Unterschriftensammelaktionen wurden darüber hinaus 31 Markenfirmen zur Unterzeichnung eines Brandschutzabkommens gezwungen. Seitdem sind sie rechtlich zur Einhaltung eines transparenten Abkommens verpflichtet, das die lokalen Gewerkschaften einbindet und die Unternehmen finanziell an den Sanierungen der Fabriken beteiligt. Nichtsdestotrotz wurde später die Tatsache aufgedeckt, dass beispielsweise das spanische Unternehmen Inotex, dem die Modemarke Zara gehört, seine Produkte weiterhin von Subunternehmen produzieren lässt, die in ähnlich menschenunwürdiger Art und Weise arbeiten lassen und somit wirtschaften.

Auch wenn die Proteste erste Zeichen setzten, bedarf es noch weiterer Menschen, die sich der Bewegung anschließen, denn die Frage, was mit den Hinterbliebenen geschieht, ist noch lange nicht geklärt. Unzählige Menschen, wie die nun verwitwete Frau von Hussein und Mutter seiner Kinder, haben nun niemanden mehr, der sie versorgen kann. Für viele überlebende Opfer führte diese Katastrophe auf direktem Weg in die Slums. Der Versuch einer humanen Gerechtigkeit mit einer finanziellen Unterstützung zeigt wieder einmal, wie sehr der sich selbst überlassene Markt ein unbezahlbares Menschenleben mit Geld in der Waagschale auszugleichen versucht.

In den Tagen nach dem Unglück war es auf den Straßen von Dhaka immer wieder zu blutigen Krawallen gekommen. Aufgrund der vielen Proteste vor Ort wurden etwa zweihundert Textilfabriken kurzzeitig dichtgemacht.

Bald darauf belagerten Hunderttausende Mitglieder islamischer Organisationen die Hauptstadt Dhaka und lieferten sich mit der Polizei Straßenschlachten, im Zuge derer einige Menschen erschossen wurden. Diese Aufständischen sahen in dem Chaos und der ökonomischen Unterdrückung des Westens eine Chance für sich und versuchten nun, die Einführung islamischer, nicht demokratischer Gesetze zu erzwingen. Die Proteste richteten sich auch gegen Kriegsverbrecherprozesse, in denen Gräueltaten aufgearbeitet werden sollten, die im Unabhängigkeitskrieg von 1971 geschehen waren. Das Unglück von Savar war Auslöser dafür, alte Wunden wieder bluten zu lassen, und das Land spaltete sich nun aufgrund seines Traumas, seines Hasses und seiner Verzweiflung.

Inmitten dieses Ausnahmezustandes, der mich gerade umgab, machte ich mir um meine eigene Sicherheit Sorgen und wollte deshalb schnellstmöglich aus der Stadt oder gar aus dem Land verschwinden. Aus diesem Grund nahm ich, ohne mir Gedanken über mögliche Konsequenzen zu machen, meinen Reisepass zur Hand, fuhr mit einer erhitzten Rasierklinge unter das aufgeklebte Indien-Visum und löste es von meiner künstlichen Identität. Nur durch gezielte und ruhige Bewegungen des Rasiermessers gelang es mir, den Teil des Stempels mit dem Aufdruck „Gültig ab einem Monat nach Antrag" abzutrennen. Anschließend brachte ich das in seiner Größe empfindlich geschrumpfte Visum an derselben Stelle an, an der es zuvor geklebt hatte. Auf die Stelle, an der sich nun an einer Seite meines Reisepasses der freiliegende Streifen befand, würde ich bei meiner Ausreise einen Finger legen, ohne das Dokument aus meiner Hand zu geben.

In den Westen des Landes, wo Savar liegt, konnte ich derzeit ohnehin nicht reisen. Darum entschloss ich mich kurzerhand dazu, auf einen der noch wenigen fahrenden Züge in Richtung Osten aufzuspringen.

Am Bahnhof war es mir in meinem kränklichen Zustand und unter den aufgebrausten Menschen nur schwer möglich, das richtige Gleis zu finden. All die Ereignisse, die um mich herum geschehen waren, schwächten meinen Kampf gegen die AGHS dermaßen, dass ich nur mehr sehr langsam vorankam. Wegen dieser Schwerhaftigkeit, die mich lähmte, wollte ich nun noch dringender aus diesem so faszinierenden, aber zugleich kräfteraubenden Land. Als ich unter der tropischen Mittagssonne und inmitten einer Menge von starrenden, aufgeregten Menschen felsenfest auf einem unter mir zerberstenden Boden aus Beton stand und mich dabei meine Magenkrämpfe quälten, wusste ich, dass ich schnellstmöglich in die Berge zurückmusste.

Nachdem sich diese zweifellose Klarheit über mich gelegt hatte, war es mir gelungen, mich meinem Druck ein weiteres Mal zu widersetzen. Selbstbewusst und durchaus erleichtert forderte ich ein paar Männer, die um mich herum standen, auf, mir dabei zu helfen, mich auf das Dach des Zuges zu hieven. Dort oben, umgeben von anderen sich verzweifelt festhaltenden Freiluft-Reisenden, begann für mich eine wenig erfreuliche Fahrt. Mir war immer noch schwindelig, ich war müde und hatte in der Hitze sehr damit zu kämpfen, nicht vom holprigen Waggon zu stürzen. Nach einer vierstündigen Zugfahrt schaffte ich es gerade noch vor Schließung der Grenze, mich meiner Ausreise zu nähern. Dort angelangt, machte ich den bengalischen Behörden mit ruhiger Stimme klar, dass der Grund meines überzogenen Visums das Unglück von Savar gewesen sei. Die Zahlung von etwas Schmiergeld verhalf mir zu mehr Glaubwürdigkeit, weshalb ich schlussendlich passieren durfte. Zweihundert Meter weiter überspielte ich bei den indischen Behörden erfolgreich meinen tatsächlichen gesundheitlichen Zustand und begann unterhaltsame Gespräche, die den Blick meiner Gegenüber in mein Gesicht und nicht auf mein Visum lenken sollten. Dabei löste ich meinen Finger kein einziges Mal von meinem Reisepass – zumindest bis zu jenem Zeitpunkt, an dem einer der Männer aus reiner Neugierde begann, alle Seiten des Dokumentes durchzublättern. Ohne mir darüber im Klaren zu sein, an wen oder was ich gerade dachte, hatte ich in meinen Gedanken zu beten begonnen. Meine innere Stimme versuchte, alle Kräfte und alles sonstige Übernatürliche heraufzubeschwören, um mir zur Seite zu stehen. Mein Puls raste, als der mir gegenüber Sitzende plötzlich beim Durchblättern stoppte. Er hob seinen Kopf über das kleine Büchlein und schenkte mir ein Lächeln, wie ich es erfüllender niemals zuvor erlebt hatte: Patsch! Ohne dass meine Fälschung enttarnt worden wäre, hatte ich meinen Einreisestempel erhalten.

Ich war wieder in Indien und freute mich wie nie zuvor über die Fragen des Beamten, ob ich sein Land mochte, ob ich verheiratet sei und was ich über den Hinduismus wüsste. Währenddessen tranken wir die beste Tasse Chai, die ich in meinem bisherigen Leben je getrunken hatte.

Selbst die TouristInnenpreise und die bizarren Richtungsanweisungen auf den Straßen störten mich in diesem Moment kein bisschen mehr.

Doch einen Tag später war die Freude wieder verblasst und alles beim Alten. Mich nervten nun wieder die InderInnen, die mich unentwegt fotografierten, weshalb ich mir die Frage stellte, zu welchem Preis ich mir das alles noch antun wolle, denn ich musste mir eingestehen, dass nicht alles tatsächlich so aufregend und abenteuerlich gewesen war, wie ich es auf diesen Seiten bisher niedergeschrieben hatte. In diesem Tagebuch stehen eigentlich nur jene Dinge, die bei mir am meisten Eindruck hinterließen. Zwischen solchen Erlebnissen füllten sich die langen Stunden immer wieder mit dumpfer Langeweile und dröhnender Einsamkeit.

Inzwischen sehnte ich mich von Zeit zu Zeit nach den zurückhaltenden EuropäerInnen, die mich einfach nur in Ruhe ließen. Die Menschen auf dem alten Kontinent betrachtete ich nun aus einer distanzierteren, reiferen Perspektive. Sie sind nicht weniger freundlich als andere Völker, es dauert oft nur eine Weile, bis sie auftauen, vielleicht, weil sie nun schon zu lange und zu tief im Sumpf des kapitalistischen Lebensstiles feststecken.

In den vielen Momenten meiner Reise, die zwischen den aufregenden Erlebnissen lagen, saß ich oft nur herum und es gelang mir nicht, den Augenblick zu genießen. Vielmehr dachte ich dann an das Befremdliche, mein einstiges Zuhause. Diese Erlebnisse legte ich bewusst zur Seite, denn je weniger ich darüber nachdachte, desto leichter fiel es mir, diese Sehnsüchte zu verdrängen. Ich vergrub sie tief in mir und zog ohne Rast weiter, denn ich hatte Angst davor, sehnsüchtige Erinnerungen zu wecken, die Angst, ein unstillbares Verlangen danach zu haben, mich in diesem meinem Zuhause endlich zugehörig zu fühlen, obwohl ich genau dem erst vor wenigen Monaten entflohen war.

Was war es nun, das mich noch vorantrieb? Ich brauchte den anderen und vor allem mir selbst nichts mehr zu beweisen. Es bedeutete mir auch nichts mehr, Anerkennung durch das Preisgeben sich anhäufender Reisegeschichten zu erlangen. Ebenfalls abgelegt hatte ich den Kampf mit meinem Ego, indem ich glaubte, andere unbedingt eines Besseren belehren zu müssen.

Mein wachsendes Verständnis für mich selbst und die Welt, in der ich lebte, gab mir die Macht, alles, was ich im Leben vorfand, kritisch zu hinterfragen und nach meinem persönlichen Maßstab darüber zu entscheiden. Diese Herangehensweise, nicht alles als naturgegeben zu betrachten, war meine tiefste Meditation, meine goldene Mitte, mit der ich das Ausbrechen der Anthro-Gravitation- und Hochdruck-Schwerhaftigkeit besiegen konnte. Ein grobes Weltbild anhand einzelner Beispiele hatte mir Wege aufgezeigt, die mich nun nicht mehr verzweifeln ließen. Nun spornten sie mich dazu an, neue Steine auf Pfaden zu pflastern, die für alle in ein gutes Leben führen.

Als die Nahrungsmittelversorgung in Indien noch von regionalen LandwirtInnen erledigt wurde, versorgten sie ihre eigenen Dörfer. Ihre besten Böden wurden ohne Gifte bewirtschaftet und brachten für alle Menschen ausreichend Essen hervor. Doch mit der Kolonialisierung fand dieses friedliche Miteinander ein Ende. Eine imperialistische Ideologie aus dem Westen traf auf soziale Traditionen, die den Völkern ein freies Leben ermöglichte. Selbst als die Briten Untersuchungen zur Verbesserung der indischen Landwirtschaft anstellten, mussten sie sich eingestehen, dass die traditionelle Landwirtschaft perfekt an die örtlichen Bedingungen angepasst war.

Sogar die Weltbank, die mit ihren Krediten die Modernisierung der Landwirtschaft aktiv vorantreibt, musste in einem ihrer Berichte zugeben, dass KleinbäuerInnen ihre Böden mit natürlichen Düngemitteln und der traditionellen Herangehensweise der Wasserversorgung optimal bewirtschafteten.

Doch diese Art des lokalen Wirtschaftens ist mit der neoliberalen Idee des freien Handels unvereinbar. Die freie Marktwirtschaft wird von ihren Eliten als Gottes alleiniger richtiger Weg betrachtet, an dem niemand rütteln darf.

Die Erfindung der Dampfmaschine bahnte der Energiewirtschaft den Weg, und zwar in Richtung des Abbaus fossiler Ressourcen wie Kohle, später Erdöl, Erdgas und Uran. Nach kurzer Zeit war der Einfluss der entsprechenden Unternehmen in Wirtschaft und Politik so groß geworden, dass sie schon damalige Gegenentwicklungen erneuerbare Energien betreffend nicht zum Zuge kommen ließen. Die Wärme der Sonne und die Kraft des Windes stellt die Natur unentgeltlich zur Verfügung und aus diesem Grund verschwand bereits 1878 die erste solar betriebene Dampfmaschine und 1891 die ersten Windstromerzeugnisse, was die Grundlage der Macht darstellt, über die die üblichen verdächtigen Energiekonzerne bis heute so gut wie uneingeschränkt verfügen.

Der zur Stärkung der Wirtschaft entstandene Freihandel, der freie Völker in der Regel in gelähmte Kulturen verwandelt, die unter diktatorische Regime verbannt werden, entreißt den Menschen ihre Freiheit und rekrutiert sie zur Sklaverei modernster Machart. Mit den Freihandelsabkommen TTIP, CETA oder TISA versuchen multinationale Unternehmen und einige ÖkonomInnen ihre Werte über demokratische Rechte zu stellen. Giftiges Fracking in den Böden, Chlorhühner und Hormonfleisch in Kühlregalen sind neben der Privatisierung von Dienstleistungen, der Senkung von Umweltstandards und den Klagerechten von Konzernen gegenüber Nationalstaaten nur vergleichsweise kleine Bereiche ihrer teuflischen Gier. Doch reicht es nicht, für diese Ausbeutung alleine die Konzerne in die Verantwortung zu nehmen, denn auch sie sind eigentlich lediglich eine Reaktion auf ein konservatives System, das sich Richtung Abgrund bewegt und damit droht, alles mit sich in die Tiefe zu reißen.

Als es in den 1920er Jahren durch die damalige Wirtschaftskrise zur großen Depression kam, wurde mit den nur wenigen noch vorhandenen Arbeitsplätzen das Konkurrenzdenken verschärft. Damals löste dieses nicht funktionierende System des Wirtschaftens eine Angst vor dem drohenden sozialen Abstieg aus und ermöglichte den Rechten einen Krieg anzuzetteln, der das heutige Europa dazu verpflichtete, auf dem internationalen Parkett auf ewig als Friedensmacht aufzutreten.

Auch die Asienkrise 1997 führte zu einer rassistisch motivierten Ablehnung ausländischer ArbeiterInnen und ethnischer Minderheiten. Durch den Zerfall der Sowjetunion entbrannten in der Bevölkerung gefährliche juden- und ausländerfeindliche Einstellungen. Und die Finanzkrise, die 2008 in den USA ihren Anfang genommen hatte und aus der wenig später als Resultat einer neoliberalen Schocktherapie die globale Wirtschaftskrise erwuchs, öffnete den Rechten mit ihren plumpen Schuldzuweisungen ein weiteres Mal Tür und Tor zu einer orientierungslosen Bevölkerung.

Im Ersten Weltkrieg hatten die ÖsterreicherInnen den SerbInnen die Schuld für das Ausbrechen der grauenvollen Schlachten zugeschoben. Im Zweiten Weltkrieg übertrug das „Tausendjährige Reich" dieses kriegsauslösende „Böse" auf Juden und Jüdinnen. Und heute werden GastarbeiterInnen aus der Türkei oder anderen Ländern beschuldigt, den Einheimischen die Arbeitsplätze wegzunehmen. In den 1970er Jahren wurden diese günstigen Produktivkräfte noch gezielt angeworben und verhalfen uns zu jenem Wohlstand, an dem sie dann ebenfalls teilhaben wollten. Trotz der Vielfalt der europäischen Völker, deren Schutz in diversen Rechten verankert ist, schuften beispielsweise auf österreichischen Feldern tagein, tagaus nicht-einheimische ErntehelferInnen für teilweise 2,50 Euro pro Stunde. Ähnliches trägt sich in der italienischen Stadt Prato zu, wo sich rund 3.000 Kleiderfabriken in den Händen von chinesischen Multis befinden. Die wie SklavInnen gehaltenen ArbeiterInnen werden in den Fabriken gedemütigt und auf den italienischen Straßen mit Rassismus bestraft. Es liegt nicht in der Natur des Menschen, rassistisch zu sein, doch wohnt genau das dem derzeitigen System inne, das diese Art des Denkens reproduziert.

Europa hat zwar mit der Schaffung des Schengener Raums seine Binnengrenzen beseitigt, allerdings rüsteten die EuropäerInnen ihre Außen- und Innengrenzen der Festung, wie schon damals die Sozialistische Einheitspartei Deutschlands mit der Berliner Mauer, gegen Eindringlinge immer stärker auf. Solche vermeintlichen Gefahren, die oft nur Kriegsflüchtlinge, häufig Kinder mit einem oder gar ohne Elternteil, sind, färben seit Beginn des Arabischen Frühlings das Mittelmeer blutrot. Mit dem Anstieg der Flüchtlingszahlen steigt auch die Zahl der Ertrunkenen, die in die Tausende gehen. Dennoch verpulvert Europa lieber jährlich rund neunzig Milliarden Euro für die Sicherheitsagentur Frontex, anstatt dieses Geld in eine nachhaltige Entwicklungshilfe zu investieren. Somit kommt die „finanzielle Hilfe" erst gar nicht bei den in Not geratenen Menschen an. All jene, die es aller Unwahrscheinlichkeit zum Trotz dennoch bis hinein in die Festung Europa schaffen, werden immer häufiger mit Rechtsradikalismus konfrontiert und aus diesem Grund teils zu Tode geprügelt. In diesem Zusammenhang gelang es islamfeindlichen Organisationen wie der deutschen Pegida, die Bevölkerung vor der Realität zu bewahren und mit billigen Parolen für sich zu gewinnen, ohne sich allerdings dem politischen Versagen in Sachen Immigration in irgendeiner Form anzunehmen. Der Traum vom Frieden in Europa verblasst in der realen Kälte der Konservativen, denn wenn man das Abendland nur mit schlecht verstecktem Rassismus verteidigen kann, stellt sich die Frage, was es dabei noch zu verteidigen gibt.

Auch hier in Süd- bzw. Südostasien zeigen die Medien und politische Orientierungen, wie modernes Leben nach westlicher Idee auszusehen hat. Ein traditionelles Leben auf dem Land gilt als armselig. Ein Leben in der Stadt, das Teilhaben am wirtschaftlichen Erfolg, das sind die Ziele der Moderne. Westliche Kleidung, Fast Food und das Lebensgefühl des Konsumbürgers bzw. der Konsumbürgerin spiegeln das propagierte Lebensglück wider. Ein Wohlstand, für den Wälder gerodet, Dörfer verbrannt, regionale Märkte zerstört und Menschen in Hungersnöte gedrängt werden.

Mit niedrigen Preisen zerstören wir die heimische Wirtschaft in den Ländern, die ich besucht hatte, und machen uns die dort lebenden Menschen untertan. In der Mongolei beispielsweise wurden schon seit Jahrtausenden die unzähligen Rinder der Einheimischen genutzt, um Milchprodukte zu erzeugt, doch heute wird dort vorwiegend billigere englische Butter verkauft.

In Indien wird Saatgut von Monsantos und Cargills Terminatoren angepflanzt, bevor man deren hauseigenes Pflanzengift versprüht.

In Nigeria exportieren Shell und Exxon Mobil das Gold unserer Zeit, Öl.

In Westafrika holen sich Nestlé, Kraft und Ferrero ihre Kakaobohnen. PepsiCo, Danone und Coca-Cola saugen das saubere Trinkwasser aus Pakistan, Nordamerika, Afrika und anderen Erdteilen ab und verkaufen es unter anderem an jene, deren Brunnen nun genau deshalb versiegt sind. Palmöl und Biosprit holen sich BP und Unilever auf Kosten des Regenwaldes, der dort lebenden LandwirtInnen und der Hungernden.

Unsere genormten Bananen von Chiquita, Del Monte und Dole kommen aus Lateinamerika und in Bangladesch lassen Kik, Primark, Adidas, C&A, Puma, H&M und Nike für uns billige Kleider und Turnschuhe herstellen.

Globales Denken sei modern, wird uns weisgemacht. Aber dieses globale System schafft Ölkriege, Hunger, Ausbeutung, Versklavung und Hass auf die Mitmenschen.

Das globale Denken wird von den Agrar- und Chemiekonzernen mitbestimmt und führt durch giftige Pestizide und dadurch hervorgerufene Genveränderungen zum Tod der Pflanzenvielfalt. Die daraus resultierenden patentierten Monokulturen sind nicht nur für geschmacklich fade und gesundheitlich fragwürdige Lebensmittel verantwortlich, sondern auch für eine vereinheitlichte menschliche Kultur.

Die mediatisierte Massenkultur sieht nur mehr das, was sie sehen soll. Von der Modewelt lassen wir uns eine monotone, blutig hergestellte Kleidung aufschwatzen.

Krankenhäuser, Schulen und Universitäten werden privatisiert und es entsteht ein einheitliches Bildungsangebot, an dem nur mehr eine Elite, die es sich leisten kann, teilhaben darf. Das Bildungssystem selbst wird in Europa beispielsweise im Zuge des Bologna-Prozesses auf die Interessen des Marktes abgestimmt.

So wie manchen Bauern und Bäuerinnen von Chemieunternehmen gelehrt wird, dass Pestizide und Monokulturen wichtig sind, so werden auch die Studierenden missioniert und zu GlaubensanhängerInnen des freien Marktsystems degradiert, denn kritische Menschen sind für sein Bestehen gefährlich. Kritische Menschen stellen Dinge in Frage und führten in der Vergangenheit Revolutionen an.

Der Mensch sollte nur in jene Richtung denken, in die ihn unser System lenkt und wofür es ihn in der Folge braucht. Die neoliberale Propagandasprache spiegelt sich im Alltag wider: Geiz ist geil. Und geht es der Wirtschaft gut, so geht es angeblich auch den Menschen gut. Der Einzelne dient nur noch dem Produzieren und dem Konsumieren.

Kaufen, kaufen, kaufen!

Doch offensichtlich tut den dynamischen Völkern dieses starre System nicht gut. Kriminalität, Ausgrenzung und der Zerfall von Familien wird in vielen Gebieten zum problemerfüllten Alltag. Der Markt fordert immer mehr Flexibilität und Unabhängigkeit. Die Landenteignungen in Brasilien und Nigeria lassen die Kriminalität in den dadurch entstandenen Slums steigen und schaffen wachsenden Hass auf jenen, der dafür verantwortlich ist, nämlich der Westen. Ein derartiger Hass auf die Industriestaaten begründet auch Terrororganisationen wie den Islamischen Staat im Irak und in Syrien, oft schon alleine aufgrund der geschichtlichen Zusammenhänge. Die derzeitigen sozialen Missstände lassen sich aber noch mit Gitterzäunen, Alarmanlagen und Polizeieskorten in Schach halten. Doch die Unterdrückten, die es auf beiden Seiten der Zäune gibt, werden sich nicht ewig zurückhalten lassen.

In der derzeit praktizierten Form der Marktgesellschaft sind Millionen von Menschen in ihrer Existenz bedroht. So gut wie jede und jeder hat sich bisher anhand einer angepassten Lebensführung des Einzelnen in die Gesellschaft integriert. Dieses Gefühl des Dazugehörens ist ein grundlegendes Bedürfnis des Menschseins, dessen Befriedigung immer mehr Menschen verwehrt wird. Der Markt wird als größter Antrieb eines selbstbestimmten Lebens in Freiheit betrachtet, doch stoßen aufgrund der aktuell steigenden Arbeitslosigkeit sowie der demografischen Entwicklung Krankenversicherungen und Pensionsvorsorgen bereits an ihre Grenzen, wodurch es vermehrt zu Finanzkürzungen im Bildungswesen und in der Krankenversorgung kommt. Das ökonomische System und die Regellosigkeit des Marktes bedrohen uns alle.

Menschen, die diese Lebensstrukturen hinterfragen und sich auf der Innenseite mit dessen tieferen Sinn auseinandersetzen, gelten nach wie vor als ExotInnen.

Die gesellschaftlichen Formen kristallisieren sich durch die konstruktive Teilnahme des Menschen daran heraus. Deshalb gibt es für die Gestaltung unserer Welt nur eine Vorgabe: den Menschen selbst, denn er ist das Maß aller Dinge und muss wieder in den Mittelpunkt „verrückt" werden. Noch vor wenigen hundert Jahren glaubte man an Hexen und das Frauenwahlrecht war etwas Undenkbares, Utopisches. Doch aus Utopien wie diesen entstanden Menschenrechte, Straffreiheit von gleichgeschlechtlichen Beziehungen, Demokratien, Bildung, Meinungs- und Religionsfreiheit. Das Handeln Einzelner bildete insgesamt eine Masse, die in der Vergangenheit bereits mit starkem Willen Reformen durchbrachte.

Die Macht des Kapitalismus in Form der neoliberalen Logik war noch nie so groß wie heute und unser Wissen darum hat ein noch nie dagewesenes Ausmaß erreicht.

Erst ein kleiner Teil der Gesellschaft hat inzwischen langsam damit begonnen, sich darüber klar zu werden, dass Wohlstand und Lebensqualität nicht unbedingt auf Wirtschaftswachstum basieren müssen, denn diese Art des Wachstums trägt keineswegs zu Nachhaltigkeit, Freiheit, Gerechtigkeit oder Frieden bei. Durch das zunehmende Bewusstsein für die daraus entstandenen ökologischen Probleme wird seit den letzten Jahren die sogenannte „Green Economy" als grüne Wachstumsstrategie beworben. Aus ökonomischer Sicht sollte die Natur geschützt werden, indem sie einen Preis erhält, der über den Markt geregelt wird. Kauft beispielsweise Nestlé in Kanada Ländereien mit sauberen Gewässern, könnten sie durch die weitere Verschmutzung und der dadurch immer knapper werdenden Ressource Wasser immer mehr Geld damit verdienen. Weiters entstünden durch die Nutzung „Grüner Energien" wie Soja und Palmöl weltweit noch mehr Monokulturen. Diese Taktik kritisiert weder das derzeitige Konsummodel noch die kapitalistischen Strukturen selbst und gibt dem Neoliberalismus nur einen grünen Anstrich. Doch ein grundlegender Wandel findet dadurch nicht statt, so zeigten die UN-Klimakonferenzen und der 2012 abgehaltene Weltgipfel in Rio de Janeiro, dass Länder des Nordens sowie des Südens Umweltstandards auf Kosten des Wirtschaftswachstums senken wollen. Das europäische Klima- und Energiepaket für das Jahr 2030 mit den Zielen der Reduktion klimaschädlicher Treibhausgase, des Ausbaus erneuerbarer Energien und einer umfassenden Energieeinsparung kommt mit einer schwächelnder Motivation daher. So vergeben Weltbank und regionale Entwicklungsbanken in Afrika, Indien oder China grüne Wachstumsentwicklungspläne, bei denen strittig ist, wer von diesen Krediten wirklich profitiert. Wichtiger wäre es, die Kredite auf eine sozial gerechte und ressourcenarme Entwicklung umzustellen.

Es wird etwas Anderes auf die Welt kommen. Doch ob dies mit oder ohne menschlicher Bevölkerung stattfinden wird, hängt von der Natur ab, der wir selbst angehören. Schon von klein auf wurde mir anerzogen, was ich alles nicht tun darf. Ich durfte das nicht, jenes war falsch, ich sollte nicht so viele Fragen stellen. „Fall nicht negativ auf", hieß es, „Iss das", „Zieh jenes an", „Trag diese Markenkleidung", „Du sollst mehr lernen, mehr arbeiten, mehr Geld verdienen und dich mehr durchsetzen". Aber selten wurde ich gefragt, was ich eigentlich will und brauche. Und dann plötzlich musste ich – noch grün hinter den Ohren – direkt nach dem Schulabschluss Lebensentscheidungen treffen. Der nun eingeschlagene Pfad sollte mein gesamtes zukünftiges Leben weisen. Doch auch im Zuge dieser mich überfordernden Wahlfreiheit begleiteten mich wieder neue Regeln, die mir sagten, dass das und jenes nicht gehe, und träumen konnte ich auch nicht mehr. „Sei freundlich, sei stark, sei ehrgeizig, kämpfe, sei nicht faul", die Sätze, die mein Leben formen sollten, kannten keine Pausen. An diesem Punkt hatte ich bereits vergessen, was ich für mich und mein Leben überhaupt brauchte.

Da bot sich mir dann nur mehr die Logik des Gegebenen an. Ellbogen raus und ab in den Kampf.

Damit wurden allerdings meine Freiheit und meine Umwelt gleich mit zerstört. Da Geld mehr wert ist als ein Menschenleben, muss ich diesen Kampf auf der richtigen Seite führen. Die Familien in den Slums oder die kleinen Kinder auf den Plantagen und in den Kleiderfabriken haben nichts davon, wenn ich sie bemitleide und darüber jammere, wie ungerecht die Welt doch sei. Die Zeiten einer AGHS, die mich unterdrückt, einer Welt, die mich beherrscht und in der ich mich auf dem Geraubten ausruhen kann, gehört für mich endgültig der Vergangenheit an.

Die politische Energie der Regierungen, der Parlamente und der Zivilgesellschaft müssen dazu gebracht werden, die mächtigen fossilen und agrarischen Lobbys zu beseitigen, um den Weg in eine wirklich grüne Wirtschaft und gerechtere Welt zu ebnen. Wir brauchen Verträge, die die Entwicklungsländer vor dem uneingeschränkten freien Welthandel schützen. Gelder müssen in die Bereiche Entwicklung und Bildung gesteckt werden, nicht in Werbungen, die uns eine nicht wirkliche Realität vorgaukeln. Es bedarf neuer Versorgungsstrukturen, einer Abkehr vom Wachstumszwang und einer gerechten Umverteilung von Gütern. Eine sozial-ökologische Produktion muss gefördert werden, Konzerne sollen nur mehr dort vor Ort Handel treiben, wo auch ihre Fabriken stehen, dann würden ihre Drohungen eine mögliche Abwanderung betreffend abgeschwächt und sie müssten sich wieder an die demokratischen Spielregeln halten.

Gleiches gilt für Banken. Sie sollen keine Riesenstaudamm-Projekte finanzieren und dafür das Geld im Ausland anlegen, sondern die regionalen Dörfer, Städte und ihr Land stärken. Demokratisch-ökologische Banken machen vor, wie das geht. Das können die Entwicklungsländer aber nur leisten, wenn unsere Institutionen ihnen ihre gesamten Schulden erlassen. Wir müssen dringend die Rodungen des Regenwalds stoppen, die unweigerlich zu Überflutungen, Landflucht und als Folge davon zu Seuchen führen.

Die Lebensmittelversorgung sollte wieder direkt dem Menschen gehören und darf nicht ein paar wenigen Konzernen zur Gewinnmaximierung dienen. Aus diesem Grund muss auch ein Verbot der Spekulationen auf Grundnahrungsmittel institutionalisiert werden.

Der Lebensstil der Menschen in den Industrienationen verletzt die Rechte der globalen Menschenmehrheit. Es bedarf einer Globalwirtschaft, in die sich die Menschen miteinbeziehen dürfen, und keiner konkurrierenden Volkswirtschaft. Es helfen dabei weder der gesunde Menschenverstand noch die daraus entstandene Einsicht, dass das alles ungerecht ist:

Bio-Fairtrade-Kaffee trinkende VielfliegerInnen und Ökostrom verbrauchende SUV-FahrerInnen sind keine Seltenheit. In den Konsumdemokratien herrscht der Glaube, dass nur die Anhäufung von weiteren Konsumgütern zu einem höheren Entwicklungsstatus führt, und zwar basierend auf den Versprechen von Freiheit und Fortschritt. Der Zwang, permanent Güter anzuhäufen, (ver-)führt wiederum zur Illusion solcher vermeintlicher Freiheitsgewinne.

Nur Konsum, Mobilität und Technologien, die uns die Arbeit abnehmen, können ständig weiterentwickelt werden, ohne dass dem Grenzen gesetzt wären. Noch wäre ein Kurswechsel weg von diesem uns umklammernden System politischer Selbstmord, denn diejenigen, die von dieser neoliberalen Logik abhängig sind oder davon profitieren, bilden längst die politische Mehrheit. Solange sich die Ideologie der Konsumgesellschaft nicht verändert, kann auch auf politischem Wege nur weniges geschehen. Eine Demokratisierung der Gesellschaft und des Wirtschaftssystems sowie die nachhaltige Bewahrung unserer natürlichen Lebensgrundlagen sind notwendig, um neue Formen der Produktion und Lebensweisen entwickeln zu können.

Alleine meine kritische Auseinandersetzung mit den bestehenden Verhältnissen und die Freiheiten, daraus selbstständig Konsequenzen ziehen zu können, beweist, dass wir BürgerInnen auch ohne Parlamentsbeschlüsse eigenständig handeln können.

Beim G7-Gipfel im Jahre 2015 protestierten Massen vor den Toren dieses Treffens der wirtschaftlich reichsten Länder der Erde.

Hunderttausende waren Jahrzehnte zuvor bereits auf die Straßen gegangen, als es zu den von Amerika geführten Kriegen gegen Vietnam und dem Irak gekommen war.

Weitere Hunderttausende sorgten dafür, dass gentechnisch veränderten Lebensmittel nun als solche gekennzeichnet werden müssen. Ebenso viele demonstrieren im Rahmen der europäischen BürgerInneninitiative gegen die geplanten Freihandelsabkommen.

Und 2014 kam es zur ersten globalen und zugleich größten Klima-Demo aller Zeiten.

Greenpeace, WWF, Amnesty International, Avaaz, Via Campensina, Rettet den Regenwald, Südwind, ATTAC und viele Nichtregierungsorganisationen mehr waren von Menschen gegründet worden, die sich über die zahlreichen global stattfindenden Ungerechtigkeiten empörten.

VorreiterInnen wie die genannten Organisationen kreieren neue Formen der gesellschaftlichen Lebensformen wie das Venus-Projekt oder jenes der sogenannten Hyperdemokratie, die den Menschen wieder im Zentrum sieht. Die in England entstandene Bewegung „Transition Town" nimmt neben jener der Commons und der Gemeinwohlökonomie mit ihren Ideen der gemeinschaftlichen Organisation und Nutzung von Gütern und Ressourcen in den öffentlichen Debatten immer mehr an Fahrt auf. Noch tiefgreifendere Veränderungen zeigt die indigene Bevölkerung der Zapatisas im südöstlichen Mexiko. Durch die neoliberalen Angriffe des Staates und internationaler Konzerne erkämpften sie sich ihre Länder zurück und leben seither in einer völlig hierarchiefreien Gesellschaft. Komplementärwährungen, demokratische Banken oder die Vielzahl von Sharing Economies müssen aufgrund des inzwischen entstandenen öffentlichen Drucks in politischen Debatten diskutiert werden. Wie bereits erwähnt: Utopien dürfen und müssen wieder gelebt werden.

Es sind aber auch kreative Ideen von Einzelnen oder Kleingruppen, die aktiv zum Wandel beitragen. Ein paar Jugendliche nennen sich Schokoguerilla und machen mit Stickern die KonsumentInnen auf das blutige Geschäft mit den konventionellen Kakaoplantagen aufmerksam. Ein anderes Beispiel sind „kritische Stadtführungen": In einem solchen Rahmen besuchen Schulgruppen Filialen von Global Playern wie McDonalds oder H&M. Andere AktivistInnen verkleiden sich als Clowns und erregen mit ihren ernstgemeinten lustigen Protestaktionen Aufsehen. Gewöhnliche BürgerInnen beginnen damit, Petitionen zu unterzeichnen und lösen sich von dem Gedanken, als Einzelne den Wandel nicht aktiv mitgestalten zu können.

Von einfach nur laut schreienden, unorganisierten Vandalen allerlei Geschlechts bis hin zu Massenversammlungen: Alle diese Gruppen verfolgen ihren eigenen Weg, sei es im Namen des Tier- oder Umweltschutzes, der Frauenrechte, des Kampfes für einen fairen Konsum oder neuer Formen des Zusammenlebens. Sie alle sind durch ein gemeinsames Ziel miteinander verbunden. Ein Zusammenhalt, der die Missstände in der Welt nicht einfach so hinnimmt.

Wenn wir, das Volk, regieren wollen, dann können wir uns dafür bereits auf lokaler Ebene engagieren, denn wir müssen unsere regionalen Produkte, Firmen und Märkte wieder vermehrt fördern. Inzwischen existieren bereits die ersten „Ökodörfer", in welchen hauptsächlich erneuerbare Energien verwendet werden und die BewohnerInnen decken ihren Bedarf an Lebensmitteln ausschließlich mit Produkten aus der Region.

In manchen Ländern gibt es bereits solidarische Landwirtschaften oder eine sogenannte Foodcoop, in der sich die KonsumentInnen direkt mit den Bauern und Bäuerinnen zusammenschließen. Wenn wir unsere lokalen Bäuerinnen und Bauern durch den Kauf von nachhaltigen, regionalen Produkten stärken, zwingen wir die Multis zum Umdenken. Diesem Mentalitätswechsel würden dazu führen, dass wir unsere Umwelt wieder aktiver wahrnehmen, da wir dann mit eigenen Augen sehen, wie uns Mutter Natur optimal versorgt. Zusätzlich brächten wir dadurch auch den ProduzentInnen wieder mehr Wertschätzung entgegen.

Heute drehte sich das Leben aller hauptsächlich um Fragen der eigenen Identität, um die eigenen Wünsche und Bedürfnisse. Dahinter verbirgt sich die Ausbildung der individuellen Fähigkeit.

Dieser Wandel lässt sich heute häufig bei Jungen beobachten, die momentan ein hohes Maß an Freizeit genießen dürfen, während andere meist in alten Traditionen verhaftet bleiben und mit der neuen Weltanschauung in Konflikt geraten. Die Konsequenz daraus ist, dass man bei der Antwort auf Fragen wie zum Beispiel wer man eigentlich ist und ob man wirklich glücklich ist oft mitten in einer Selbstverunsicherung landet. Religionen, ExpertInnen und andere SchwindlerInnen versuchen uns wiederum darauf ihre vorgefertigten Antworten zu liefern. Auf der Suche nach der Selbsterfüllung probierte auch ich vieles aus. Manche gehen joggen, meditierten oder grenzen sich selbst von sozialen Verpflichtungen aus. Einige wechseln ihre PsychiaterInnen öfter als ihre Socken und reisen von einem Fleck der Erde zum nächsten. Zu Letztgenannten muss auch ich mich zählen. Womöglich begleitet mich diese Unsicherheit mein Leben lang, vielleicht geht es mir aber auch überhaupt nicht darum, mich selbst und ein Leben abseits meiner Hochdruck-Schwerhaftigkeit zu finden.

Wahrscheinlich geht es mir eher darum, dass ich mich überhaupt auf die Suche begeben habe, denn erst der Aufenthalt in einer fremden Kultur ließ mich das Leben mit meinen eigenen Augen sehen, die zu Beginn meiner Reise noch meistens von vorurteilsbehafteten Bilder, die in meinem Kopf existierten, überlagert wurden. Durch den bewussten Umgang mit meiner Umwelt musste ich die äußere Welt auch in mir drinnen entdecken. Erst durch das Erkennen der äußeren Ungerechtigkeit und den Twist in meinem Inneren konnte ich mich dahingehend orientieren, welche Richtung ich zur Gesundung meines Lebens und meiner Umwelt künftig werde einschlagen müssen. Nur so können weitere Fragen ersichtlich werden, die ich womöglich erst eines Tages werde beantworten können.

Ich darf mich nicht nur auf das materielle Kapital fixieren. Wichtiger ist es mir, soziales Kapital anzuhäufen. Das sind die alltäglichen Beziehungen, die mich in einem Netzwerk mit den Menschen verbinden. Wir leben in einer ständigen Austauschbeziehung mit anderen, was ein gegenseitiges Respektieren und Akzeptieren erfordert, um an einer Gruppe oder einer Gesellschaft teilhaben zu können. Allein die Systemkritik an sich wird die

Ursachen nicht von Grund auf ändern können. Das System prägt die Menschheit, doch dieses gefräßige Monster mit seiner maßlosen Ideologie wird auch von denselben erschaffen. Würde ich mir meiner Stärken und Schwächen, meiner Werte und Ideale nicht bewusst werden, so könnte ich meinen Nachkommen keine Fertigkeiten mit auf ihren Weg geben, die zur Bewältigung der Herausforderungen in einer globalisierten Welt notwendig sind. Auch sie würden dann, wie viele andere, von der Anthro-Gravitation- und Hochdruck-Schwerhaftigkeit überwältigt werden. Unsere Kinder lernen von dem, was wir ihnen vorleben, und wenn wir sie mit dem derzeitigen System blind spielen lassen, dann würde es ihnen aus den Händen gleiten und das Leben auf diesem Planeten könnte im Zuge dessen in Abertausende Scherben zersplittern.

Aus all diesen Gründen will ich von nun an etwas mehr über mich selbst schreiben. Über die Person, die es in Österreich nicht mehr ausgehalten hatte. Ich hatte einfach nicht vor, mein Leben lang auf diese Art weiterzusuchen. Ich konnte und wollte jedoch auch nicht mehr in mein früheres naives Leben zurück. Wenn ich mir diese kritisch denkende Person, zu der ich inzwischen geworden war, in Europa erhalten wollte, musste ich mehr über dieses Ich erfahren, das aus den heimischen engen Grenzen vor vielen Monaten geflüchtet war. Nur so werde ich die AGHS endgültig verstehen und meiner Suche wieder einen Sinn verleihen können.

23

Nur mühsam fand ich mit der Bahn in das indische Silchar, denn die Infrastruktur im politisch sehr vernachlässigten Nordosten des Landes ist kaum vergleichbar mit jener Zentralindiens. Bei der Weiterfahrt nach Silchar sah ich wieder einmal Bambushütten und qualmende Schornsteine, die auf Ziegelfabriken verwiesen. Ein Zug sollte mich auf einer Strecke von mehr als fünfhundert Kilometern in Richtung Norden bringen. Dieser transportierte mich auf einer Holzbank, eingequetscht wie ein Gurkerl im Glas zwischen unzähligen InderInnen, sehr, sehr langsamst durch eine gebirgige Landschaft. Währenddessen erblickte ich des Öfteren burmesische Gesichter, die neugierig aus ihrem windschiefen Zuhause spähten. Abgesehen davon verhielt ich mich während der gesamten Fahrt, trotz der holprigen Fahrt und dem Gestank aus der Toilette, besonders still und unauffällig.

Zwar wurde mir im Vorfeld gesagt, dass die Endstation Tinsuka sei, aber das stimmte nicht, wie ich viele Fahrstunden später bemerkte. Vielmehr endete die Reise in irgendeinem heißen Dreckloch direkt an der Grenze zu Burma, von wo aus ich in den Bundesstaat Arunchal Pradesh einreisen wollte. Doch beim Passieren der Schranke verlangten Polizisten von mir die dafür notwendige Eintrittsgenehmigung, die ich allerdings nur in Begleitung eines TouristInnenführers erhalten hätte. In diesem Moment plagten mich meine Magenschmerzen und die Gewissheit, in meinem derzeitigen Zustand der AGHS leichter ausgeliefert zu sein, viel zu sehr, um mich gleich in das nächste Abenteuer zu stürzen. Aus diesen Gründen hatte ich mich dazu entschlossen, den Nachtzug in die im Westen gelegene Stadt Siliguri zu nehmen. Zuvor musste ich aber stundenlang im Bahnhof wartend ausharren, und zwar umgeben von Soldaten, mich belehrenden Typen, von denen mich einer 43-mal umarmte und mir 75-mal die Hände schüttelte, und Omas, die mir Hindi-Lieder vorsangen und dazu tanzten. Meine Übelkeit und eine komplizierte Ticketbuchung verschärften die Situation. Trotz meines Zustandes war ich aber relativ gelassen, denn es war eine kühle Nacht und ich freute mich schon darauf, die Berge des Himalaya wiederzusehen.

Als ich mich endlich in einem bereits ziemlich überfüllten Abteil wiederfand und gerade beinahe eingeschlafen war, weckten mich zwei Polizisten, während sie auch schon dabei waren, meinen Rucksack zu durchwühlen. Mit einer Taschenlampe blendeten sie mir ins Gesicht und fragten mich, ob ich verheiratet sei, Kinder hätte, alleine reisen müsse und – voller Angst in der Stimme – ob ich ein Terrorist sei. Nachdem ich ihnen den Unterschied zwischen Terrorist und Tourist erklärt hatte, waren sie sichtlich, wenn auch

Kopf schüttelnd erleichtert.

Nach meiner Ankunft ging es mitten durch einen Wolkenbruch hindurch hinein in die bekannte Berg- und Teestadt Darjeeling. Hier leben viele ziemlich alternative Nepali, aber auch dunkle InderInnen, die sich mehr zu Nepal und seinem Bundesstaat Sikkim zugehörig fühlen als zum Rest des Subkontinents, denn noch bis 1975 war das ehemalige Königreich Sikkim unabhängig.

Die Stadt Darjeeling beherbergt eine verkehrsreiche Bushaltestelle und die Masse an vorwiegend indischen TouristInnen trägt auch nicht unbedingt zu einer ruhigen und sauberen Bergkulisse bei.

Mitten im Menschengewühl lernte ich den jungen Simon aus dem Bundesstaat Nagaland kennen. Der Vielkiffer wirkte auf mich etwas tollpatschig, da er sich mehrmals versehentlich neben eine Bank gesetzt hatte und dabei immer wieder zu Boden stürzte. Stolz präsentierte mir der Hotelangestellte und Hobby-Rapper folgende selbstkomponierten Zeilen: „I like the lady, cause I am shady, and I smoke some weed, that's why I need sweets." Tief ergriffen von diesem überaus faszinierenden Text, lauschte ich ihm und seiner Lebensgeschichte weiterhin zu. Im Luxushotel, in dem Simon kellnerte, traf er häufig auf sehr reiche InderInnen und ebenso wohlhabende WestlerInnen. Der Junge war ziemlich überrascht davon, dass er unter den Menschen aus dem Westen immer wieder homosexuelle Pärchen ausfindig machen konnte, denn die Möglichkeit einer gleichgeschlechtlichen Beziehung war ihm bis zu dieser Entdeckung völlig unbekannt gewesen und er wusste nicht, wie er dazu stehen und ob er das Ganze nun gut oder schlecht heißen solle.

Im buddhistisch geprägten Darjeeling begegnete ich auch einigen Gläubigen, die auf ihrer Mala, einer hölzernen Gebetskette ähnlich eines christlichen Rosenkranzes oder einer islamischen Misbaha, beteten.

Auf einem zentral gelegenen Hügel stand außerdem ein mit Gebetsfahnen geschmückter und von Affen bewohnter BuddhistInnentempel, in dessen Nähe ich etwas Ruhe fand und einige meiner Liedtexte auf einem Stück Papier verewigte. Ich unterhielt mich dort mit vielen Menschen, aber weniger über meine Reise als vielmehr über Gewöhnliches aus deren Alltag. Darüber hinaus tat ich eigentlich nicht viel, außer zu rasten, die oft verdeckte Aussicht auf den heiligen, 8.534 Meter hohen Kanchendzonga zu genießen und mich in Frühlingstemperaturen gehüllt an das nach wie vor befremdliche Daheim auf dem alten Kontinent zu erinnern.

Einmal bei solchem Kaiserwetter schlichen wir, also Trendy, Burny und ich, uns heimlich an den Rand der Glaskuppe über unserem Dorf, um das Leben außerhalb zu beobachten. Hinter diesem durchsichtigen Vorhang befanden sich einige Überwachungskameras zum Schutz vor illegalen Eindringlingen. Alle Ansässigen, die somit zum Club der privilegierten DorfbewohnerInnen gehörten, durften – sofern die Außenlage nicht gerade von anderen, als fremd eingestuften Ortschaften bedroht wurde – ausgestattet mit einem gültigen Dokument unsere Festung durch eine Schleuse verlassen und auf dieselbe Weise auch wieder einreisen. Diejenigen, die draußen in der sogenannten Weltgemeinschaft lebten, konnten unser abgeriegeltes Dorf nur dann betreten, wenn sie nachgewiesenermaßen bestätigen konnten, dass ihrem Besuch ausschließlich wirtschaftliche Interessen zugrunde lagen und sie nur in diesem Zusammenhang so wenig als möglich mit der traditionellen Bevölkerung kommunizieren würden, um deren Gebräuche und Traditionen nicht durch unerwünschten Fremdkontakt zu gefährden, denn in der Vergangenheit war es schon des Öfteren zu kulturell bedingten Missverständnissen zwischen dem urtümlichen Herdeninstinkt der einheimischen LandbewohnerInnen und dem vielfältigen Einzelverhalten exotischer StädterInnen gekommen.

Im Fokus der erwähnten Kameras und ihren Aufzeichnungen, die aus dem Hause der Spionage-Spezialisten-GmbH „National Spy Activities", kurz NSA, stammten, stand alles, was sich in- und außerhalb der Käseglocke bewegte. Auf diese Art wurde versucht, den vermeintlichen Gefahren zu trotzen, die man für die etablierte Gesellschaftsform ausfindig gemacht hatte. Diese Maßnahme zielte darauf ab, diejenigen gleich von vornherein auszusondern, die nicht in das Bild des genormten Rasseverhaltens passten. Der Bürgermeister A.-C. Straffe strebte nach einer Dorfgemeinschaft, die sich ausschließlich aus den Besten zusammensetzen sollte. Für freischwebende Geister war darin kein Platz vorgesehen. Wir, die Jungen, galten damals als solche frei Herumschwebenden. Da gab es zum Beispiel den kleine Edi Schneedann, der es geschafft hatte, Videoaufzeichnungen der NSA zu stehlen und durch ein geheimes, unter der Käseglocke gegrabenes Loch nach außen zu schmuggeln. Die Dorfgemeinde wollte ihm daraufhin einen lebenslangen Hausarrest auferlegen, aber Edi wurde mit leeren Händen erwischt und somit hatte man keine Beweise. Die betreffenden Aufzeichnungen waren zu diesem Zeitpunkt nämlich schon auf ihrem Weg ins globale Web. Um sich dem grimmigen Gesicht Straffes zu entziehen, fand der Lausbub Asyl bei seiner Großmutter außerhalb der Festung. Solche und andere lustige Streiche dieser Art wurden uns Kindern mit zunehmender Sozialisierung abtrainiert, und zwar mithilfe verschiedenster Foltertechniken wie dem Erteilen von Schulnoten, die uns einer Beurteilung unterzogen und von den Alten als mehr als lebensnotwendig, nämlich als überlebensnotwendig, angesehen wurden.

In Sicherheit vor dem Beurteilungsregime der heimatlichen Bildungseinrichtungen verbrachte ich die folgenden Tage in den indischen Bergen mit Übelkeit und Brechanfällen im Zimmer meiner Unterkunft. Selbst ein Arztbesuch ließ mich über die Befindlichkeit meiner Magenprobleme nicht mehr als ein „Oh, Australia, beautiful country" erfahren. Die Zahnrädchen meines Körpers liefen nur mehr sehr langsam ineinander, weshalb ich begann, mir einerseits darüber und andererseits über eine wankend heraufziehende Schwere ein klein wenig Sorgen zu machen. Doch glücklicherweise lernte ich in meiner Unterkunft die sehr lustige Argentinierin Magdalena kennen, die versuchte, mich mit Globuli und Bananen aufzupäppeln. Körperlich bemerkte ich zu Beginn noch keine Veränderung, doch die Anwesenheit Magdalenas und ihre recht schlechten Englischkenntnisse brachten mich oft zum Lachen.

Sie vertauschte immer wieder ähnlich klingende Wörter. Es begann mit einem „I like shoes and one soap". So bestellte sie in einem Restaurant anstatt eines Saftes, juice, und einer Suppe, soup, eine Seife, soap und Schuhe, shoes, woraufhin ein Mann zu ihr geschickt wurde, der solche Dinge des täglichen Gebrauchs nebenan in seinem Laden verkaufte. Und als die Argentinierin in seinem Sortiment nichts Passendes fand, sagte sie anstatt „That sucks", also „Das ist scheiße", „That socks", „Das sind Socken".

Obwohl wir oft nur schweigend nebeneinander saßen, fühlte es sich an, als ob wir bereits jahrelang die besten Freunde gewesen wären. Und gerade dieses freundschaftliche Gefühl, wo bereits Blickkontakte zum Verständnis der oder des anderen führen, stärkte mich ein weiteres Mal.

Daher beschlossen Magdalena und ich, per Anhalter in den Bundesstaat Sikkim zu reisen. Ohne längere Wartezeiten fuhren wir in bunten LKWs durch tiefe Täler, über wackelige Brücken, vorbei an Teeplantagen und über staubige und teils regennasse Pässe. In manchen Ortschaften, in denen wir zum Essen haltmachten, freuten sich die dortigen LadenbesitzerInnen so sehr über unseren Besuch, dass sie uns einluden. Außerdem schenkte uns eine wild auf ihrem Kaugummi herumkauende Frau ein gebundenes, rund dreißig Kilogramm schweres Buch über einen Politiker aus Sikkim. Da uns dieser zusätzliche Ballast aber das Vordringen in die höher gelegenen Dörfer immens erschwert hätte, überließen wir das Werk sehr schlechten Gewissens einem der Lastwagenfahrer. Meine Freundin und ich blieben zwischendurch immer wieder für ein paar Tage in solchen kleinen Bergorten, die teils auf freiliegenden Hügeln standen, von denen aus wir hinunter in die Täler blickten. Nachts ähnelten die flackernden Lichter der Hütten im Tal der Milchstraße, über die wir schier schwerelos spazierten.

Ich vertraute weiterhin ganz auf Magdalenas Intuition, weshalb wir mit

Freude, ich aber mit einem nach wie vor anhaltenden Unwohlsein im starken Regen unterwegs waren. Zum Teil gingen wir zu Fuß, teils nutzten wir Armee-Lastwägen, um in das ruhige Dorf Yuksom zu gelangen. Dort angekommen, fanden wir in einem Holzhaus, das mich an Omas altes Bauernhaus daheim erinnerte, ausreichend Ruhe. Nur das Gackern der Hühner, das Singen der Vögel und das Platschen erfrischender Regentropfen begleitete uns in diesen Tagen, die noch ihr spätes Winterkleid angelegt hatten. Diese kühle Zeit weckte in mir einige vertraute Stimmungen.

Zum Beispiel jene an einem längst vergangenen Samstagabend, an dem ich länger wach bleiben durfte, um noch etwas in meiner Zeichenmappe zu malen. Papa war, wie so oft, schnarchend auf dem alten Sofa vor dem Fernseher eingeschlafen und Mama strickte warme Socken für den bevorstehenden Winter. Dann tat es plötzlich einen lauten Knall. Schon vor Sonnenuntergang war das Licht in einem unwirklichen Goldgelb erstrahlt, was oft der Vorbote eines aufziehenden Gewitters war. Das Pochen und das dumpfe Krachen der aufeinanderprallenden Wolken häufte sich und befreite den eingesperrten Regen aus seinem aufgetürmten Verlies. Zeitgleich mit dem ersten Blitzschlag war in der gesamten Nachbarschaft das Licht erloschen, was bedeutete, dass die gesamte Stromspannung lahmgelegt war. Damit mich nun in dieser diffusen Düsternis auch wirklich keines der von mir per Zeichenhand erschaffenen Monster unter den Tisch ziehen konnte, hatte ich meine Füße hastig auf die Bank hochgelegt. Papa schnarchte derweil unbekümmert weiter, immer noch lauter als der Donner selbst. Mama drängte in der Zwischenzeit die Dunkelheit mit einer von ihr entflammten Kerze ein kleines Stück weit aus dem Zimmer und lenkte meine unruhige Aufmerksamkeit auf das warme Feuer.

Wenn ich während eines solchen Ungewitters zu Besuch bei meinen Großeltern war, erzählte mir Oma die Geschichte, wie der Himmelsvater über den Wolken Kegelscheiben spielt und es bei jedem Treffer krachen und donnern lässt. Währenddessen bebte das gesamte Holzhaus, in dem wir uns befanden. Nur in solchen Nächten hielt ich die Vorhänge fest verschlossen, da ich vom tobenden Herrscher des Himmels nicht entdeckt werden wollte. Nachdem ich mich unter meiner Bettdecke verkrochen hatte, warfen die Erwachsenen immer wieder einen Blick in mein Schlafzimmer, der mich wohl beruhigen sollte.

An einem solchen Abend wurde ich von meinen, durch mein Gefühl der Isolation oft in Vergessenheit geratenen etwas älteren Schwestern Anna und Miriam aus meiner kuscheligen Festung geholt, denn wieder einmal musste die Feuerwehr in vielen überfluteten Häusern das Wasser abpumpen. Auch bei uns schoss von der Straße aus das Wasser bis zu dreißig

Zentimeter hoch durch die Fenster in das alte Ziegelgewölbe des Kellers. Bald erreichte es dort einen Pegel von einem Meter. Bei derartigen Überflutungen kam es immer wieder dazu, dass die alte Kläranlage hinter unserem Haus ausgespült wurde. Da mein Vater ebenfalls bei der Feuerwehr war, kümmerte es sich in solchen Fällen höchstpersönlich um diese schwer verdauliche Angelegenheit.

Aus heutiger Sicht sind mir die Gründe dafür zwar völlig unklar, aber in einer dieser Nächte entschloss ich mich dazu, professioneller Superheld zu werden. Während mein Papa schwer mit dem dicken Absaugschlauch und den Klopapierüberresten zu kämpfen hatte, erzählte ich ihm von meinen Zukunftsplänen. Erfreulicherweise war er davon begeistert und meinte, dass die verstopften und überfluteten WC-Rohre ebenfalls nur mit Superkräften gereinigt werden könnten. Viele Jahre später musste ich dann die Erfahrung machen, dass meine Wahl, Wasserinstallateur zu werden, um den Leuten aus ihrer Scheiße zu helfen, nun doch nicht ein erfülltes Heldendasein mit sich brachte.

Rings um das indische Yuksom standen alte Wälder, die großflächig mit Moos bewachsen waren. Magdalena und ich entdeckten dort einige faszinierend schöne Spazierwege. Wir genossen die Aussicht, besuchten einen buddhistischen Tempel und ansonsten relaxten wir im saftigen Grün. Dabei fragte ich mich, was meine FreundInnen in Österreich in jenem Augenblick wohl gerade tun würden, denn es war bereits April geworden und die voralpinen Regionen waren in dieser Zeit schon aus ihrem Winterschlaf erwacht. Trauerten einige von ihnen bei einer letzten Ski- oder Snowboardfahrt der kühlen Jahreszeit hinterher oder genossen sie bereits den Frühling mit seinen Schneeglöckchen? Was waren ihre Pläne für den Sommer? Und dachten sie noch manchmal an mich?

Und während ich im indischen Frühling bei Einbruch der Dunkelheit an einem traditionellen Tonga-Bier nippte, hatte ich Erinnerungen an den österreichischen Herbst. Stunden später offenbarte sich mir im tiefen Schlaf ein Traum: Ich war wieder heimgekehrt und alle meine FreundInnen und Bekannten waren während meiner Abwesenheit zu anderen Personen geworden. Ihre äußerliche Gestalt glich zwar noch ihrer ursprünglichen, sie verhielten sich jedoch völlig untypisch und nicht ihrem früheren Wesen entsprechend. Mir war, als ob ich vor einigen Jahren selbst eine ähnliche Verwandlung durchlebt hätte, mich aber nicht mehr konkret daran erinnern konnte. Waren es diese vertrauten Gesichter, die sich verändert hatten? Oder war ich es, der sich verändert hatte und deshalb nun alles aus einer neuen Perspektive betrachtete? War ich womöglich gereift und ein Stück weit mehr zu mir selbst geworden? Dieses Gefühl tauchte nun wieder in aller Klarheit auf und glich einer inneren Stimme, die mich aus dem passiven Leben eines vermeintlich Fremden erweckte. Eine Art vergangenes Ich, das mich zu erreichen versuchte, um mich daran zu erinnern, wer ich einst gewesen war. Doch am Ende dieses intensiven Traumes waren wir alle wieder die Gewohnten und ich fühlte mich wieder beschwert durch meine AGHS, ganz so, wie ich es noch vor dem Antritt meiner Reise empfunden hatte.

Nachdem ich wieder aufgewacht war, fand ich mich ausgeruht, aber noch ein wenig meinem Traum nachhängend in dem kleinen Bergdorf wieder. Meine rassige Reisebegleitung hatte in der Zwischenzeit Interessantes über den zwei Tagesmärsche entfernten Goecha-la-Pass in Erfahrung gebracht. 2011 kam es in Sikkim zu einem schweren Erdbeben, das sogar in der Hauptstadt Neu-Delhi, in Tibet, Bhutan, Nepal und Bangladesch zu spüren war. Viele Gebäude und sogar Felswände stürzten damals ein, was über hundert Menschen das Leben kostete. Aufgrund der Erdbebenschäden waren mehrere Abschnitte des Passes noch immer gesperrt.

Inzwischen war ich von der Idee angetan, nicht mehr nur alleine meinen Weg gehen zu müssen, sondern auf Magdalena vertrauen zu können. Also begaben wir beide uns mit unseren mit Proviant gut befüllten Rucksäcken auf unsere Wanderung. Außerdem hoffte ich, zwischen kalten Eiswänden und rauem Gestein vielleicht Antworten auf meine weiteren Fragen zu erhalten. Es lag eine etwa achtstündige Gehzeit vor uns, bis wir zu Hütten gelangen würden, die wir als unser Nachtlager auserkoren hatten. Auf dem sehr einfachen Wanderweg, der über Hängebrücken und an Wasserfällen vorbeiführte, begegneten wir Trägern mit ihren Jaks, die uns in Nepalesisch und Hindi etwas erzählten, das in unseren Ohren fremdartig bis befremdlich klang.

Nachdem wir etwa sechs Stunden marschiert waren, legten wir eine längere Pause ein und trafen währenddessen auf einen Englisch sprechenden TouristInnenführer. Ob wir nicht wüssten, dass wir hier nur mit einer professionellen Begleitung unterwegs sein dürften, fragte er uns. Er war sehr höflich und bat uns, wieder umzukehren, denn weiter oben würde man unsere Berechtigung kontrollieren.

Sollten wir uns nicht kooperativ zeigen, müsse er uns leider aus Gründen, die ihm sein Arbeitgeber vorgab, die Polizei hinterherschicken. Ich hatte den Eindruck, dass viele seiner Äußerungen lediglich irgendwelche Ausreden waren, weshalb ich mich seiner Aufforderung widersetzte. Ich wich ihm aus und konterte, dass wir viel Erfahrung hätten und uns sicher keinen Typen ans Bein binden würden, der diesen Wanderweg langsamer hochstapfen würde als wir selbst. Nachdem ich ihm meinen etwas direkt formulierten Standpunkt klargemacht hatte, bemerkte ich, dass ich mich inmitten einiger Felder voll mit noch nicht erblühten Walderdbeeren befand. Die Vegetation hier glich jener in den Alpen. Als ich das letzte Mal diese Früchte gesammelt hatte, wäre meine Reaktion auf diesen netten Kerl dieselbe wie jetzt gewesen. Doch seitdem war nun doch einiges geschehen. Ich blickte also ein weiteres Mal zu ihm hoch und sagte ihm, dass wir umkehren würden, doch sollte er uns eine ehrliche Antwort auf die Frage geben, weshalb wir ohne Führer hier nicht erwünscht waren. Diesem jungen Nepali war durchaus bewusst, dass man diese Strecke bei normaler Fitness ohne jegliche Probleme meistern konnte. Aber dann fragte er uns, wovon unserer Meinung nach die Menschen im Dorf Yuksom sonst leben sollten, wenn nicht vom Tourismus. Die Bauern und Bäuerinnen verdienen ihr Geld, in dem sie den TouristInnen ihre Yaks zur Verfügung stellen, die mit dem Gepäck vollbeladen werden. Die jüngeren Männer jagen als Köche oder als Bergführer ihrem Lebensunterhalt hinterher. Ich verstand, hatte dadurch aber ein persönliches Problem mehr: Wie könnten mir die Berge Sikkims nun Aufschluss geben, da wir dort unerwünscht waren?

Es wurde ein zwar mühsamer, aber dennoch erleichternder Rückmarsch, der mir eine reifere Handlungsweise aufgezeigt hatte, die mir mein Verhalten zur Verfügung stellte. Es war, als ob mir irgendjemand oder irgendetwas eine Aufgabe auferlegt hätte, die ich nun für mich zufriedenstellend bewältigen konnte. Durch dieses Ablegen meines alten, sich zu anderen in Konkurrenz befindlichen Schutzschildes provozierte ich bei meinem Gegenüber nicht mehr Widerstand, einem Widerstand, der nach Macht strebte. Vielmehr begegnete ich dank meines neuen Verhaltens einer grundlegenden Ehrlichkeit, von der nicht nur ich als Person, sondern auch dieser Nepali und sein Umfeld profitieren würden.

Im Laufe der Zeit wurde Magdalena und mir bewusst, dass man in Sikkim auch für viele weitere Gebiete Eintrittsgenehmigungen inklusive Begleitschutz benötigte. Deshalb beschlossen wir, in diesem Bundesstaat nicht länger weiter umherzuziehen.

Für einen kurzen Zwischenstopp ging es gemeinsam zurück in die Tropen. In Jeeps, per Anhalter und in Zügen machten wir uns also auf in die Millionenmetropole Kolkata.

Auf den ersten Blick wirkt die „Stadt der Freude", wie dieses Monstrum auch genannt wird, wie das absolute Gegenteil seines Zweitnamens. Nach offiziellen Meldungen leben hier etwa 15 Millionen Menschen, inoffiziell sind es aller Wahrscheinlichkeit nach um die dreißig Millionen. Die nach wie vor in großen Scharen hierher Ziehenden bringen heute in einem höheren Ausmaß Armut und Elend in die Stadt, als sie früher für Reichtum und Stolz verantwortlich zeichneten. Auf den Straßen hungern Obdachlose, leerstehende britische Herrenhäuser verfallen und ein unübersichtliches Gewirr aus überfüllten Straßen und ebensolchen Märkten bestimmt das rege Treiben in dieser Stadt.

Bis 1911 war Kolkata, das man früher unter dem Namen Kalkutta kannte, die Hauptstadt der Kolonie Britisch-Indien und Sitz des britischen Vizekönigs. Dank seines hervorragenden Zugangs zum Meer entstanden hier einige Handelsniederlassungen und der Stadt ging es wirtschaftlich gut. Bei ihrem Weggang hatten die BritInnen der einheimischen Bevölkerung zwar monumentale Bauten, Museen und ein nach wie vor bestehendes intellektuelles Angebot in Form von gesellschaftskritischen Filmen und der größten Bibliothek Indiens hinterlassen, doch leider kann man diese Errungen- und Hinterlassenschaften nicht essen. Nur etwa fünf Prozent der Stadtbevölkerung gelten als reich. Der Großteil schlägt sich als Tagelöhner durchs Leben und verdient am Tag rund einen bis maximal drei Euro, und das ohne jegliche rechtliche Absicherung. Mit diesem geringen Lohn muss in vielen Fällen die gesamte Familie ernährt werden. Um zu überleben, durchsuchen in manchen Stadtteilen Kinder die offene Kanalisation nach Müll, der sich vielleicht noch verkaufen lässt. Kilometerlange Lager aus Planen erstrecken sich direkt neben dem Straßenrand. Dort hausen zum Beispiel verstümmelte Frauen, die mit ihren Babys im Arm um Essen oder Kleingeld betteln. Wie bereits in Dhaka oder Chittagong musste ich auch hier mitansehen, wie sich einige, die vom Boden nicht mehr aufkamen, Heroin spritzten.

In Kolkata erfuhr ich auch, weshalb es auf dieser Welt immer weniger hungernde Kinder gibt: Sie sterben einfach weg, wie ich mit meinen eigenen Augen mehr als einmal beobachten musste.

Sogar auf einer TouristInnenstraße traf ich nicht nur superrelaxte Shanti-TouristInnen, die mit ihrem Leben selbst nicht so richtig zurechtkamen, sondern auch einige Obdachlose, die sich an diesem Ort gezielt angesiedelt hatten. Das nahegelegene Mutter-Theresa-Haus versorgt sie mit Essen und die internationalen VolontärInnen auf freiwilliger Basis mit Unterhaltung. Ich für meinen Teil war mir immer noch nicht im Klaren darüber, ob es gut ist, wenn ich als Westler die Kinder so eng an mich heranlasse und mit ihnen spiele, denn die Kleinen verlieren dadurch jegliche Scheu und kleben wie Pech und Schwefel an ihren neuen reichen FreundInnen. Allerdings führt das in ihrem indischen, vom Kastensystem geprägten Alltag zu erheblichen Schwierigkeiten.

Nachdem Magdalena, die sich als meine Ehefrau ausgab, um sich die indischen Männer vom Leibe zu halten, und ich in eine recht exotische, aber durchaus sehr abgefuckte Unterkunft eingecheckt hatten, spazierten wir durch die vielen Gassen. Hinter versteckten, chaotischen Märkten gelangten wir in einen Slum, wo etwa fünfzig Menschen zwischen Müllhaufen in kleinen, Höhlen ähnlichen Behausungen lebten. Überraschenderweise wurden wir dort von ein paar Kids auf Englisch angesprochen. Sie waren etwas zerlumpt, schienen jedoch relativ gesund und glücklich zu sein. Ohne zu betteln erzählten sie uns, dass sie bis vor Kurzem noch eine Schule besucht hätten. Eine europäische Organisation hätte ihnen diese Ausbildung finanziert. Es handelte sich dabei um eine Patenschaft, mit der ein Irgendjemand für das Essen und die Schulbildung dieser Kinder aufkommt, in dem er Monat für Monat ein paar Euro überweist. Nun waren sie jedoch bereits seit drei Monaten nicht mehr in dieser Schule gewesen und hatten somit auch keinen Unterricht, sie bekamen kein Schulessen und ihnen wurde dadurch die Chance auf eine berufliche Ausbildung genommen: Als der oder die edle anonyme SpenderIn die Zahlungen einstellte, gefährdete er damit gleichzeitig die Existenz der Kinder dramatisch.

Da war es nur ein geringer Trost, dass ich sie mit meiner kleinen Kamera spielen ließ, die sie für die Anfertigung künstlerischer Selbstporträts nutzten.

Auch Magdalena war eine leidenschaftliche Künstlerin und porträtierte mit ihrem Bleistift immer wieder Menschen, die sich darüber oft beherzt freuten. So kontaktierte ein Gärtner in einem Park seinen Chef im Büro, der sich unbedingt sein Porträt ansehen solle. Dieser ließ dann auch sogleich seinen Schreibtisch alleine zurück und trudelte zehn Minuten später mit einer Rikscha ein. Dann bedankte er sich bei uns einfach nur deshalb, weil wir in seinem Park saßen. Es gab mir ein schönes Gefühl, dass manchen ihre Mitmenschen offensichtlich wichtiger sind und die berufliche Tätigkeit zweitrangig ist. Nachdem auch er von Magdalena gezeichnet worden war, durften wir aus den Fenstern in seinem Büro im 16. Stockwerk die Stadt von oben betrachten. Danach tranken wir mit dem Boss noch literweise leckeren, in Tonbechern servierten Chai und erkundeten danach, wieder zu zweit, die sich hier angesammelte kulinarische Vielfalt des Landes. Da meine Magenprobleme, indischen Teeladenbesitzern ähnlich, kamen und gingen, wie es ihnen passte, hielt ich mich zumindest von Frittiertem fern.

Eines Abends waren die Argentinierin und ich gemeinsam ins Kino gegangen, was ich keineswegs bereute. Es war uns ganz egal, welcher Film in welcher Sprache uns in diese skurrile Welt Bollywoods mitreißen würde. Der Saal war bis an die Decke überfüllt. Rings um uns saßen Männer und Frauen, die Magdalena und mir die Handlung erklärten, in der die permanent Flirtenden und Tanzenden eingebettet agierten. Wenn im Film gesungen wurde, dröhnte es in unseren Ohren von allen Seiten: „Achta, jetzt singen sie ein Lied" und wenn geheult wurde: „Achta, sie sind traurig" und beim erbitterten Endkampf zwischen zwei Männern, die um ihre heiß ersehnte und jungfräuliche Geliebte kämpften, hieß es „Achta, das ist der Endkampf zwischen den zwei Männern, die um ihre heiß ersehnte und jungfräuliche Geliebte kämpfen." Tik, tik! Dabei wurde bei jedem Auftritt des Helden laut gejubelt und gepfiffen. Bei den Großaufnahmen seines Gegners schmissen die KinobesucherInnen Popcorn auf die Leinwand und buhten ihn einstimmig aus. Aber glücklicherweise gab es ein Happyend, dem sich die InderInnen fieberhaft und sich gegenseitig in den Armen liegend entgegensehnten. Das Ende des Filmes, der mit einem Kuss angedeutet wurde, löste bei uns allen eine unaussprechliche Erleichterung in Form eines tiefen Seufzers aus. Damit konnte kein Hollywoodfilm in westlicher Tradition und aus ebensolcher Produktion mithalten, denn das Publikum war das Highlight unseres Kinoabends.

Immer wieder wurden wir aufs Neue von der Skurrilität dieses Landes überrascht. Beim Riskieren unser beider Leben, wir überquerten eine mehrspurige Straße mit undefinierbar vielen Fahrspuren, stiegen die FahrerInnen aufs Gaspedal, während sie geradewegs direkt auf uns zusteuerten, dann steckten sie ihre Köpfe aus dem Seitenfenster und riefen „Hallo Mister und Misses! Wie gehen tut, haben ihr Kindler, woher kommen ihr und welcher Religion haben tut?".

Auch der Versuch eines Taxisfahrers, vor unserem Gästehaus seinen Wagen zu parken, geriet zum Erlebnis. Ein Mann, der sich etwas Kleingeld hinzuverdienen wollte, half ihm mit für mich nach wie vor völlig befremdlichen Handbewegungen. Der Fahrer vertraute seinem Helfer und fuhr im Rückwärtsgang langsam seitlich auf eine Wand zu. „Tik, tik", „Geht, geht", waren die Worte des Einweisers.

Derweil berührte die Stoßstange des Wagens bereits die Hausmauer und glitt wenig elegant an der Wand entlang. „Tik, tik", „Geht, geht", war die einzige Reaktion des Winkenden auf das sich mehr und mehr verbeulende Blech. Mit meinem Zeigefinger klopfte ich dem Einweiser etwas erstaunt auf die Schulter, einfach nur um zu fragen, ob er bemerkt habe, dass sein „Tik, tik" nun nicht mehr mit dem aktuellen Zustand des Autos übereinstimmte. Sein herumbaumelnder Kopf äußerte als Antwort darauf nur ein „No ploblem". Daraufhin machte ich den Taxifahrer darauf aufmerksam, dass ich mir nicht so recht sicher sei, ob sein werter Herr Einweiser für diese Art von Tätigkeit auch tatsächlich die dazu erforderliche Professionalität und Kompetenz an den Tag lege. Denn selbst ich, der ich ein Laie auf dem Gebiet der hochkomplexen Parkplatzeinweisungstechnik indischer Prägung war, konnte unschwer erkennen, dass sein gerade noch fahrbarer Untersatz in der Zwischenzeit zu einer Einheit mit der sich dahinter befindlichen Ziegelwand geworden war.

Noch deutlicher hätte ich es ihm beim besten Willen nicht erklären können, woraufhin er mir mit wackelndem Kopf, der mir aus dem Seitenfenster des alten Taxis entgegengrinste, nur ein „Achta, no ploblem" übermittelte.

In unserem Hotel herrschten ebenfalls Wohn- und Lebensverhältnisse, die sich nur schwer mit meinem westlichen Bewusstsein vereinen ließen. Auf der Dachterrasse unserer Unterkunft hatten wir mit anderen TouristInnen viel Spaß und unten im Eingangsbereich waren zwei Angestellte für noch mehr Lachflashs verantwortlich. Der eine, Dilip, freute sich immer sehr über BesucherInnen, doch wusste er nie, ob er Zimmer frei hatte oder nicht. Somit antwortete er auf jede Anfrage mit den uns schon bekannten, für Indien typischen Worten „Not possible". Wir brachten die Gäste höchstpersönlich immer wieder eigenhändig zu jenen Zimmern, auf die von Dilip vergessen worden war. Dilip kam dabei jedes Mal die Erleuchtung: „Achta, possible, verly good my fliend". Nanda war der andere und betätigte sich als Männchen für alles. So nannte er es zumindest, denn außer Bollywood-Filme zu schauen und nachts mit Sonnenbrille aufs WC zu gehen, tat er nur wenig. Mit einer ähnlich passiven Anwesenheit reagierte er auch, als vor unserer kleinen Zimmertür das Toilettenrohr platzte und uns von allen Seiten verdautes Curry entgegenspritzte. „No ploblem", hieß es. Aber sicher war es das! Denn unsere Schlafkammer verwandelte sich in eine befüllte Kläranlage. Dilip persönlich wollte sich daher sofort darum kümmern. Drei Stunden später sagte er mir, ich selbst solle das übernehmen, denn nun sei er zu müde. Seine vollständige Erklärung begann auf Englisch mit „ploblem", dann wechselte er zu Hindi und redete weiter, bis er 17 Minuten später mit „Chai tlinken, sehr gut" seinen Monolog beendete. In der Zwischenzeit fanden Magdalena und ich im Gebäude ein anderes Zimmer, von dessen Existenz die beiden scheinbar nichts wussten.

Erst am nächsten Tag kam ein barfüßiger Mann mit einer elastischen, zusammengerollten Bambusstange vorbei und behob das ploblem, ähm Problem.

Trotz all diesen doch recht faszinierenden und teils amüsanten Eindrücke wollten wir beide wieder aus Kolkata raus. Nachdem wir es allerdings in dem überfüllten Bahnhof erst nach geschlagenen drei Stunden endlich geschafft hatten, Zugtickets zu kaufen, spazierten wir noch einmal am Fluss entlang. Dort stürzten sich unter anderem ÄrztInnen und AnwältInnen zur seelischen Reinigung in die mit Müll überladenen Fluten. Der Fluss Hooghly ist ein Seitenarm des heiligen Ganges und hier war die religiöse Waschung noch ein Bestandteil des täglichen Lebens. Zehntausende strömten, ähnlich wie in Varanasi, jeden Tag zu den Ghats, um sich von ihren Süden zu befreien, und an diesen Ufern verbrennen die Familien ihre Verstorbenen. Kinder und Priester gelten wie überall in Indien als rein und werden deshalb nicht in Form von Asche dem Fluss übergeben. In diesem Fluss fließen die industrialisierte Welt und die traditionelle ineinander. Einerseits besitzt das Heilige Wasser eine religiöse Reinheit, mit der sich die weltlichen Sünden abwaschen lassen. Deshalb reinigt man sich auch seit Generationen das Gesicht und den Mund mit der nun hochgradig verschmutzten Brühe und trinkt davon. Die Kehrseite dieser natürlichen Ressource findet sich in der Moderne: Neben den Menschenleichen und Tierkadavern landen auch ungefilterte giftige Industrieabwässer im Fluss und kurz darauf im Ozean.

Der Glaube an das Leben im Wasser muss keinen religiösen Hintergrund haben. Bei mir wurde aus dem Glauben an die Reinheit des Wassers ein klares Wissen über seine Zerstörung. Ich sah diese verschmutzten Gewässer und die dennoch so glücklichen Menschen. Ihr Glaube an Gott oder an die Götter lässt für sie ihre Armut, die Verschmutzung und das Hungern in dieser Stadt in manchen Momenten in den Hintergrund treten. Sie waschen das Weltliche von sich und der Glaube an die damit erlangte Reinheit lässt sie erstrahlen. In ganz besonderen Augenblicken stimmt es: Kolkata ist tatsächlich die Stadt der Freude.

Bei unserer Weiterreise mit dem Zug teilte ich mir mit Magdalena eine Schlafbank, bis wir in die Stadt Patna gelangten. Einerseits machte mich das traurig, denn dort würden sich unsere Wege wieder trennen und ich fühlte mich sehr wohl mit dem Gedanken, in ihr eine gute Freundin gefunden zu haben, mit der ich gemeinsame Erlebnisse teilen hatte können. Magdalena war noch am Anfang ihrer Reise. Ihr Weg sollte sie in den Süden führen, meiner mich aber in den Norden.

Nach unserer Verabschiedung lag noch eine lange Zugfahrt bis in die Stadt Haridwar am Fuße des Himalayas vor mir. Ein komisches Gefühl durchdrang mich aufgrund des Wissens, vor etwa 18 Monaten schon einmal hier gewesen zu sein. Nichts hatte sich verändert und doch sah und erlebte ich alles so anders, ich sah inzwischen nicht nur mit anderen Augen. Die Stadt Patna überforderte mich nicht mehr: die Menschen, der Dreck, das Chaos und die Armut. Das alles war mir nun keineswegs mehr fremd. Dieses Mal bewegte ich mich sehr vertraut und selbstbewusst durch die Welt des Subkontinents. Der Zug führte mich vorbei an Varanasi, wo manche TouristInnen ein-, andere ausstiegen. Diese waren nun dort, wo ich mich bereits schon einmal aufgehalten hatte, und erlebten nun ihre ganz persönlichen Geschichten.

Im Zug waren viele Kinder und von denen wusste ich nun auch, dass viele von ihnen für etwa zwanzig Euro an Schlepper verkauft werden. Erst kürzlich befreiten AktivistInnen in Bihar achtzig der über zehn Millionen indischen KindersklavInnen. Mir war klar, dass einige dieser Sieben- bis 14-Jährigen, die mich gerade anstarrten, in Kürze als SchweißerInnen, KleidererzeugerInnen oder SteinklopferInnen arbeiten würden. Letztere hatten in der Vergangenheit Pflastersteine für europäische Städte wie Köln oder Berlin hergestellt.

Die im Fahrtwind an mir vorüberziehende Landschaft war in dieser Jahreszeit gezeichnet von goldenen, im Wind wehenden Reis- und Weizenfeldern. Ich sah keine armseligen Lehm- und Bambushütten mehr, vor denen bemitleidenswerte Menschen schufteten. Mir erschienen dieselben Häuser nun als kleine, nette Hütten, vor denen bunt gekleidete Frauen friedlich mit einem aus Naturmaterialien hergestellten Sieb ihre Ernte von verdorbenen Körnern reinigten.

Vor 18 Monaten durchreiste ich diese Strecke bereits einmal, allerdings nur an der naiven Oberfläche ihrer sichtbaren Gegebenheiten. Doch nun begannen sich die Enden eines Kreises miteinander zu verknüpfen, vielleicht sogar zu schließen und ich konnte mit einem tieferen Blick neue Erfahrungen sammeln. Ich befand mich auf der inneren Seite eines solchen Möbiusbandes und meine Schwerhaftigkeit war nun keine undurchdringliche Macht mehr.

Den ganzen Tag über saß ich an der offenen Zugtür und ließ die Welt an mir vorüberziehen. Als sich die rote Sonne hinter dem Dunst des Abends zu verstecken begann, gingen in den Hütten kleine Lichter an. Die Temperaturen glichen einer angenehmen Sommernacht und Milliarden kleiner Glühwürmchen am Rande der Gleise wiesen uns den Weg. Und ähnlich der Fische in Indonesien hoben sich einige in die Lüfte und erstarrten zu Sternen.

Etwas ermüdet schloss ich für einen kurzen Augenblick meine Augen und begann zu träumen. Als ich sie wieder öffnete, war meine kleine Nachbarin mit einigen unserer FreundInnen zu Besuch gekommen, um mich abzuholen.

Noch bevor der gläserne Himmel aufgebaut worden war, spielten wir Kinder im Sommer beinahe täglich im Wald. In den Sommermonaten existierte für uns keine Zeit, es zählte nur der Moment. So wie meine Eltern mussten auch die der anderen viel arbeiten und konnten es sich aus finanziellen Gründen meistens nicht leisten, uns mit vollverplantem Urlaubsstress zu quälen. Jene FreundInnen, die mit ihren Erziehungsberechtigten dennoch fortfliegen mussten, erzählten uns die langweiligsten Geschichten darüber, wie sie am überfüllten Strand herumgelegen und bei durchstrukturierten Ausflügen zu Tieraquarien und Kinderdiscos gezerrt worden waren. Außerdem besuchten sie manchmal Naturschutzgebiete, wo die Kinder aber gar keine Baumhäuser bauen durften. Unsere FreundInnen wussten oft selbst nicht, weshalb sie damit bestraft worden waren. Das Grauenvollste an solchen Urlauben waren die Gehirnwäschen, die man bei einigen Kindern durchführte. So lautete zumindest die fast wissenschaftlich bewiesene Theorie von uns Daheimgebliebenen über die Hirnsauger vom Planeten Urlaubanien. Wie genau in den offenen Köpfen unserer FreundInnen herumgewühlt worden war, darüber gab es verschiedenste, fast tatsächlich wahre Geschichten. Jedenfalls verhielten sich alle, die aus Urlaubanien zurückkehrten, völlig befremdlich. Sie begannen damit, uns auszulachen, weil wir, die Armen, wie sie uns plötzlich nannten, es uns nicht leisten konnten, in Flugzeugen herumzureisen. Denn Fliegen, so sagten sie, sei sehr modern, weshalb alle, die dazugehören wollten, dieser Flug-Pflicht nachkommen müssten.

In diesem Alter waren wir mehrheitlich allerdings noch von den gesellschaftlich beauftragten Hirnmetzgern verschont geblieben, weshalb uns die geheimnisvolle Welt direkt hinter unserem Garten völlig ausreichte. In dieser Welt konnten wir unsere umgepolten FreundInnen mit Schlamm, Grasflecken, Dreck und allem anderen, was sonst noch so auf den Kleidern verboten war, in kürzester Zeit wieder umprogrammieren. Danach waren sie wieder frei vom Zwang, neue Schuhe, Hosen, Jacken oder Flugzeuge, Autos und Villen haben zu müssen. Irgendwelche Regeln, die nicht die Kinder, sondern die Erwachsenen aufgestellt hatten, mussten wir im Wald weder befolgen noch befürchten. Ohne dabei beobachtet zu werden, konnten wir tun und lassen, wozu wir gerade Lust hatten.

Oft sammelten wir Zweige, aus denen wir etwas Igluartiges bauten. Mit abgeschnittenen, herumliegenden Fichten- und Tannenästen konnten wir unser Lager vor den AngreiferInnen schützen. Diese Feinde waren andere Kinder, die sich zu Banden zusammengeschlossen hatten. Die gegenseitigen Angriffe endeten glücklicherweise nur selten mit Tränen und blauen Flecken. Manchmal bekamen wir von den im Holz arbeitenden Männern alte Pfosten und Bretter, mit denen wir uns ein ganzes Areal aufbauten. Wir steckten mitten im Wald Zäune auf und gruben Löcher, die wir mit Zweigen und Laub bedeckten, damit unsere GegnerInnen hineinstürzen. Es wurden Pfeile und Bögen gebaut, Speere geschnitzt und wir bastelten Steinschleudern. Mit der Erde des feuchten Waldbodens beschmierten wir unsere

Gesichter oder knüpften Zweige und anderes Gehölz an unsere Kleider, um im Dickicht des Waldes nicht erkannt zu werden. Aus Papas Werkstatt stibitzte ich mir Hammer und Nägel, die wir für den Bau unserer Baumhäuser brauchten. Einen Plan benötigten wir dafür hingegen nicht, da uns unsere kindlich-künstlerische Freiheit als alleiniges Konzept absolut ausreichte. Zwischen den Bauarbeiten erforschten wir das Leben unter Steinen, in Bächen oder auf Bäumen. Wir spielten Verstecken oder Ochs am Berg, bei dem wir uns an jemanden heranschleichen mussten. Am Bach bauten wir Staudämme und beobachteten kurze Zeit später die im gestauten Wasser schwimmenden Fische. Wenn wir schnell genug waren, konnten wir sie mit bloßer Hand ergreifen, danach gaben wir sie aber wieder vorsichtig ihrem Lebensraum, dem Wasser, zurück.

Hin und wieder erlaubten uns die Erwachsenen, am Waldrand zu zelten. Wir waren oft mehr als acht Kinder und organisierten uns selbständig. Jene, die handwerklich gut waren, stellten die Zelte auf. Diejenigen, die geschickt mit Holz umgehen konnten, bauten Bänke und machten Feuer. Der Rest holte still und heimlich Äpfel von den umliegenden Bäumen und Maiskolben aus den Feldern, die wir neben Würsten und Brot am Lagerfeuer grillten. Wenn keine Wolken am Himmel zu sehen waren und wir allen Mut zusammennahmen, schliefen wir außerhalb des Zeltes und hofften darauf, einige Sternschnuppen zu sehen. Dann wurde ich außerordentlich müde und fand einen tiefen Schlaf, durch den mich schöne Träume begleiteten.

Als ich meine Augen öffnete, war ich wieder in Indien. Es war eine Bereicherung, mich wieder an Vergangenes zu erinnern, mir mit freiem Kopf wieder für jene Dinge Zeit zu nehmen, die ich früher gerne gemacht hatte.

Damals war die Natur für mich, für den Menschen noch etwas Vollkommenes gewesen. Er bewegte sich in und mit ihr. Der Bauer richtete seine Feldarbeiten nach seinen Erfahrungswerten, indem er einen kurzen Blick in den Himmel tat und sogleich wusste, ob das Wetter umschlagen würde oder nicht. Die Bäuerin kannte alle Pflanzen und Heilkräuter und alle konnten sich dank der üppigen Mengen, die ihnen ihre Wälder, Felder und Weiden zur Verfügung stellten, ausreichend versorgen. Heute spielen einige Gott und verändern die Gene der Pflanzen, um deren Resistenz gegen wirtschaftsschädigendes Ungeziefer zu stärken und das Wachstum unnatürlich zu beschleunigen. Neue Techniken sollten es Bäumen ermöglichen, die bereits verseuchten Böden selbst zu reinigen und zusätzlich besseres Holz zu liefern. Das US-amerikanische Pentagon finanziert zudem ein Projekt, in dem ForscherInnen Bäume erschaffen sollen, die bei einem Angriff mit chemischen Waffen ihre Farbe verändern. Aber wovor sollte eigentlich mehr gewarnt werden?

Wir glauben heute, so vieles über die Natur zu wissen, und sind der Meinung, sie mit Giften und Experimenten optimieren zu können. Das Wissen um die Natur mag gewachsen sein, doch die Fähigkeit, mit ihr zu leben, kommt uns immer mehr abhanden. Zwar entstehen nach wie vor viele Naturschutzgebiete, die wir Menschen und unser Planet insgesamt auch bitter nötig haben. So achtet man in europäischen Städten vermehrt darauf, dass diese immer grüner werden, und es gibt heute neben einer wachsenden Anzahl von Tierschutzorganisationen auch immer mehr VegetarierInnen und VeganerInnen. Doch all diese Einrichtungen und Maßnahmen halten die Entfremdung des Menschen von der Natur kaum zurück. Niemals zuvor gab es je derart viele organisierte Naturparks, TierrechtlerInnen oder gesundheitsfördernde Sportstätten, doch fehlt vielen von ihnen der Bezug zur Natur. Mehrheitlich leben die betreffenden Leute selbst in Städten und die einzigen Kontakte, die sie mit Tieren jemals haben, finden im Zoo, bei einer Bootstour zur Walfischbeobachtung oder beim Schmusen mit ihren Haustierchen statt. Dennoch fördern diese von mir hoch geschätzten AktivistInnen eine unentbehrliche Bewusstseinsschaffung in Hinblick auf die Tierfabriken. Wir benötigen aber keine TierschützerInnen, wenn sich die FleischesserInnen für einen bewussten Konsum entscheiden würden. Früher gab es freilebende Tiere, heute in Tierfabriken gezüchtete Chlorhühner und Hormonfleisch. Früher gab es Lebewesen, über deren Existenz man sich bewusst war, heute in Plastik verpackte Putenbrust, Hühnerkeulen und Schweinswürste. Bei Lebensmitteln lernen die bewussten KonsumentInnen alle bösen E-Nummern auswendig und wissen, welche Produkte sie nicht in ihrem Haushalt und ihren Körpern haben möchten. Es bräuchte aber nur moralisch vertretbare und nicht ökonomisch diktierte Regeln, damit es erst gar nicht zu solchen immer schlimmer werdenden Verhältnissen kommt. So hat sich das wachstumsorientierte System, dessen Haltbarkeitsdatum längst abgelaufen ist, schon längst in uns eingepflanzt und entfernt den Menschen immer weiter von der Natur, den Tieren – und schlussendlich von sich selbst.

Kinder, die heute aufwachsen, haben bereits in der Schule einen ökologisch korrekten Lehrplan, wo ihnen beigebracht wird, die Natur zu schützen. In geschlossenen Schulräumen erfahren sie von all den Grausamkeiten, die wir Menschen unserer wichtigsten Ressource antun, und das schreckt viele auf. Kaum eines dieser Kinder will die Natur noch weiter zerstören. Wie viele Baumhäuser ich als Kind mit meinen FreundInnen baute – und wie viele Nägel dafür in Baumstämme geschlagen wurden ... Natürlich war das nicht gut, doch die Bäume stehen immer noch. Und die Verbundenheit zu ihnen hält ewig.

Den Kindern, die heute heranwachsen, werden die natürlichen Freiräume genommen, aber nicht die richtigen Alternativen geboten.

Sobald sich eines der Kids auf einen Ast schwingt, heißt es als Erstes, dass dies gefährlich sei, und dem folgt dann eine Kritik, denn der Baum würde durch das Kinderspiel in arge Mitleidenschaft gezogen werden. Diese Generation kennt die Natur oft nur mehr aus Fernsehdokumentationen und dem Schulunterricht, denn eine gefährliche und zugleich leidende Umwelt lädt nicht gerade zum Spielen ein. Selbiges gilt für die Naturschutzzonen, in denen man nur anschauen, aber nichts anfassen darf. Dort ist es keinem Kind erlaubt, sich auf den Bäumen inmitten der Äste auszutoben. Keines darf Steine in den Teich werfen oder Lehmgesichter auf Stämme malen. Stattdessen bekommen sie großen Ärger, wenn sie auch nur einen kleinen Staudamm errichten. Für die sich nach Kreativität und Bewegung sehnende junge Generation ist aus Sicht der heutigen Gesellschaft kaum noch Platz verfügbar.

Man hat versucht, mit Sportstätten und Spielplätzen künstliche Alternativen zu schaffen. Doch was kann man auf einer frisch gemähten Wiese anderes spielen als Fußball? Ich erinnerte mich wieder daran, welchen Spaß wir Kinder daran gehabt hatten, uns neue Spiele einfallen zu lassen. In diesen Momenten agierten wir ohne Vorgaben und konnten unserer Kreativität freien Lauf lassen. Doch all die organisierten Aktivitäten wie Fußball, Basketball, Volleyball und so weiter grenzen den kindlichen erfinderischen Reichtum komplett aus. In Deutschland musste 2011 aufgrund von Beschwerden eigens ein Gesetz geschaffen werden, das das Spielen städtischer Kinder ausdrücklich als keine Ruhestörung definiert.

Unsere antrainierte Art des Denkens nimmt uns die Zeit für unsere Kinder, obwohl wir über viel mehr Freiheiten als früher verfügen könnten. Die unzähligen Möglichkeiten, die uns heute gegeben sind, lassen uns nicht mehr zur Ruhe kommen. Früher schrieben wir einen Brief an eine bestimmte Person. Da mag es in der Jetztzeit logisch erscheinen, nur eine lieblose E-Mail zu schicken, was ja um ein Vielfaches schneller geht. Aber wir senden diese eine E-Mail nicht an einen ausgewählten Menschen. Heutzutage gehen zehn Nachrichten fast gleichzeitig an mindestens ebenso viele Personen. Außerdem haben wir heute viel mehr Möglichkeiten, uns Wissen anzueignen. Doch das raubt uns unsere Zeit. Immer verkürzter kommt sie uns vor. Da habe ich nur schnell die Weltnachrichten verfolgt und die Mails gecheckt und plötzlich ist der halbe Tag vorüber. Wo bleibt da noch Zeit für die Kinder, die immer häufiger an diagnostizierbaren psychischen Krankheiten leiden, oder sogar für mich selbst? Was also tun mit all der Energie als sie achtlos hinunterschlucken. Weshalb unternehmen so wenige etwas dagegen und lassen ihre Kinder beispielsweise im Zimmer an der Glotze kleben und Ballerspiele zocken, wo doch der einfache Aufenthalt in der Natur vielleicht die wirksamste Medizin gegen all diese Krankheiten darstellen könnte? Das Gehirn speichert jedes gelernte Detail ab und durch die stetige Wiederholung ein und derselben Handlung wird sie nach und nach eingeübt – und man übt sich selbst darin, besser zu werden. Denn das Gehirn lernt immer, ob man will oder nicht. Die Frage ist nur, was es lernt. Das deutsche Fernsehen liefert etwa siebzig Morde pro Woche frei Haus. In mehr als der Hälfte dieser nicht immer frei erfundenen Tötungsdelikte tut die dem Tod vorangehende Gewalteinwirkung dem Anschein nach nicht weh. Denn die Verprügelten jammern nicht oder, wenn sie es denn laut Drehbuch überleben, lachen sogar kurz darauf wieder frisch, fröhlich und munter vor sich hin – ganz so, als wäre nichts geschehen. Diese Bilder liegen nicht einfach nur in den Köpfen herum. Wenn ich viel auf Bäume klettere, übe ich mich darin und werde immer besser. Sehe ich viel Gewalt, erhalte ich die Möglichkeit, mich darin ebenfalls zu üben und stetig zu verbessern.

Doch genauso, wie ich mich der großen Welt öffnete, haben auch alle anderen die Möglichkeit, da draußen in der großen Welt die eigene Belastbarkeit zu trainieren und darauf aufbauend zu einer optimierten Selbsteinschätzung zu gelangen.

Das Spielen im Wald und in der Natur stirbt aus, da diese natürlichen Ressourcen selbst zur Neige gehen. Die Kreativität der Kinder geht dadurch verloren und deren Nachkommen würden das dann schon gar nicht mehr vermissen, denn sie würden es dann überhaupt nicht mehr anders kennen, als einfach nur wie eine vorprogrammierte Maschine zu funktionieren.

Der Zerfall der Natur führt mitunter zum Zerfall der Gesellschaft. Wir sind dafür verantwortlich, dass wir in unseren Kindern, aber auch in uns selbst Werte frei von allen Zwängen aufleben lassen, denn wir sind ZeitzeugInnen dieses Wandels. Die Erwachsenen selbst müssen als Vorbilder und ihrer selbst willen wieder hinaus in die Natur. Wenn es regnet, schimpfen wir, dass es nass ist. Scheint die Sonne, dann ist es zu heiß. Und der Schnee, der uns einst so verzauberte, schafft in der entfremdeten Gesellschaft nur mehr Probleme und vermeintlich unnütze Arbeit. Wir selbst drückten einst mithilfe der eigenhändig geschaffenen Schneemänner oder Schneeengel unsere Gefühle aus. In der Baumrinde und in jedem Flusslauf konnten wir Dinge sehen, die sonst keiner wahrnahm. Mit unserer Fantasie kreierten wir unsere eigene Welt, die wir schätzten, respektierten und mit anderen teilten. Heute verhindern Reiseführer, Internet, Dokumentationen jede Überraschung und lassen uns glauben, bereits alles zu wissen. Dieses

Wissen basiert aber lediglich auf dieser reinen Oberflächlichkeit, von der ich mich zu distanzieren versuchte.

Es war mir wichtig, mich mit realen Menschen, mit anderen Kulturen anzufreunden und auszutauschen. Ich lernte dabei einiges über den wahren Grund, weshalb sich das Leben an sich in diese Richtung entwickelte. Doch einen Wandel, eine Veränderung des Ganzen konnte ich hier draußen an dieser Oberfläche nirgends bewirken. Um die Natur und das Leben tiefer begreifen zu können, musste ich wohl zuerst mit negativen Erlebnissen wie meiner AGHS auseinandersetzen, um genau an jenen Punkt zu gelangen, an dem ich nun war. Mein Weg war es, nach Asien zu gehen, doch um sich Zeit für sich und seine Bedürfnisse zu nehmen, könnte auch schon der Wald hinter dem eigenen Garten als Umfeld ausreichen. Es gilt, die Oberfläche zu überwinden und sich in sein Inneres und jenes seiner Umwelt hineinzufühlen.

24

Ich stand nun ein weiteres Mal am Fuße des höchsten Gebirges der Erde. Dort, von wo aus der noch klare Ganges aus den Bergen ins Flachland fließt. Haridwar ist eine typische indische Stadt. Viel Lärm, Dreck und Läden, in denen jeglicher Kram verkauft wird. Am Fluss stehen Tempel, denen die kühle Frische als Bademöglichkeit für PilgerInnen dient. Hier trifft sich ein bunter Haufen von ganz in Weiß gekleideten Rajasthanis mit großen, roten Turbanen und langen Schnurrbärten mit prachtvoll gekleideten Frauen, die an den Armen weiße Ringe tragen. Eine Menge interessanter Sadhus hatten sich versammelt, die sich ebenso wie alle anderen an einer abendlichen Puja am Flussufer beteiligten. Mit einer Tasse köstlicher Mandel-Kardamom-Milch in der Hand betrachtete ich das ganze Szenario brav im Hintergrund bleibend. Trotz der zwei netten Tage in dieser Stadt wurde in mir die Sehnsucht nach den weißen Gipfeln immer größer.

Nicht mehr der verbissene Drang danach, Antworten für meine Fragen zur AGHS zu finden, sondern ein wohltuendes Gefühl, mehr über mich und die Welt zu erfahren, wies mir nun die Richtung. Eine elfstündige Busfahrt mit viel Gehupe führte mich an Stauseen und grünen Wäldern vorbei und wir schlängelten uns auf vielen Serpentinen hoch in das Gebirge. Als wir uns der Endstation langsam näherten, sah ich schon von weiter Ferne, wie mir schimmernde Gipfel entgegenlachten, aber sie lagen noch einige Täler und Haarnadelkurven entfernt. Von Uttarkashi aus ging es durch Nadelwälder und dürre Felder vorbei an Dörfern in das höher gelegene Jankichatti. Die Straße verlief teilweise nur einspurig, weshalb es für mich nur wenig Sinn ergab, dass sowohl der Busfahrer als auch der sich uns nähernder Gegenverkehr aufs Gaspedal stiegen, sobald sie einander erblickten. So standen sich schließlich immer wieder zwei sich gegenseitig anhupende Fahrzeuge gegenüber, das Ganze übrigens jedes Mal begleitet von dröhnender Musik aus den Radios aller beteiligter Fahrzeuge. Kolonnen, die sich auf beiden Seiten gebildet hatten, unterstützten das Hornkonzert tatkräftig, wobei manche zu drängeln versuchten und dadurch den blechernen Knoten immer noch fester schnürten.

Erst ein zehnminütiger Streit, eine Prügelei, eine darauf folgende Mittagspause oder eine Tasse Chai zur Versöhnung lösten das Chaos nach Stunden wieder auf. Auf diese Weise gelangten wir nach einer etwa sechsstündigen Fahrt endlich in das verregnete Geisterdorf. In dem kleinen, zwischen Bergen eingekesselten Kaff standen auf der linken Seite ein paar geschlossene Hotels und rechts auf einer Anhöhe eine Ansammlung von alten Stein- und Holzhäusern, einige davon an der Vorderseite des Eingangs mit schönen

Holzgravierungen versehen. Zwischen diesen Häusern führte mich ein gepflasterter Weg an einem Tempel, schnaufenden Arbeitseseln und lachenden Kindern vorbei geradewegs zu einem älteren Herren, bei dem ich die Nacht hindurch auf dem Fußboden schlafen durfte.

Erst am nächsten Tag, als der Alte mit dem verwitterten Gesicht seine Esel mit Brennholz belud, zeigte er mir mit einer Handbewegung, dass ich nach Yamunotri wandern könne. Getrieben vor Neugierde und ausgestattet mit gestärktem Vertrauen führte mich ein ausgebauter Spazierweg immer näher an die Schneeberge, die sich an diesem kühlen Morgen im Sonnenlicht zeigten. Entlang des Weges hatten bereits die ersten Rhododendron-Bäume zu blühen begonnen und erfüllten die klare Luft mit duftendem Leben.

Oben angekommen, musste ich feststellen, dass es in dieser sehr kalten Schlucht nur einen Ashram und einen Tempel gab, die beide in eine Felswand gebaut waren. Im Inneren des Gebäudes schlug ich neben ein paar in Orange gekleideten alten Sadhus mein Lager auf, denn hier in Yamunotri endet der Weg und von hier aus geht es nur mehr zurück. Es ist der Ort, wo der heilige Fluss Yamuna entspringt. In wenigen Tagen sollte hier eine Eröffnungsfeier stattfinden, für die aus dem tiefer gelegenen Dorf die Statue der Gottheit Yamuna hochgebracht werden würde, um sie den Sommer über im Altar des Tempels aufzubewahren.

Aktuell waren wir neun Leute, die im Ashram wohnten. Zwei davon waren Großbauern, die jedes Jahr zur Tempeleröffnung eine große Menge an Reis und Kartoffeln an die PilgerInnen spendeten.

Morgens nahmen wir begleitet von starkem Eisregen im Heiligen Wasser, einer heißen Quelle, die in ein Becken geleitet wurde, unser Bad. Nachts konnte mich eine dicke Decke in meinem zwei mal 1,5 Meter kleinen Schlafraum, der am Tag nur ein offenes Loch für die Lichteinstrahlung bot, etwas warmhalten. Das Essen wurde draußen am Boden unter einem Wellblechdach zubereitet und serviert.

Richtig warm wurde mir erst, als wir gemeinsam mit den Vorbereitungen für das Eröffnungsfest begannen.

Zwei Tage lang kochten wir mehrere hundert Kilo Reis und Aloo, Erdäpfel. Dazu bereiteten wir in dicken Wannen Massen an Curry zu. Zwiebel und Knoblauch sind im Ashram verboten, da sie das Temperament eines Menschen in Aufruhr versetzen. Die Babas, mit denen ich arbeitete, behandelten mich fast wie einen gewöhnlichen Pilger, was meine wiederkehrenden Magenschmerzen zumindest ein wenig linderte. Wir lebten hier gemeinsam und arbeiteten dem gleichen Ziel entgegen. Auch wenn sich einige unserer Ansichten in Hinblick auf Hygiene unterschiedlich gestalteten, traf ich zumindest mit meinen plattgerollten Puris jedes Mal genau ins sprudelnd heiße Öl und musste sie nicht erst wieder vom Fußboden abkratzen. Bei der Zubereitung am Boden durften meine nackten Füße jedoch nicht in Richtung des Essens zeigen, den das galt als unrein.

Als der Tag der Zeremonie gekommen war, brachte man die Statue auf einer Trage und mit musikalischer Begleitung in ihre Sommerresidenz. Von der restlichen Eröffnung des Tempels bekam ich jedoch nur wenig mit, da ich beim Kochen mithalf. Die Ärmeren, der unteren Kaste angehörig, sammelten Holz zum Feuermachen. Die Wohlhabenderen, zu denen auch ich gezählt wurde, kochten und teilten als symbolischer Akt des sozialen Miteinanders das Essen aus. Wir gingen mit einem Schöpfer und einem Eimer voll mit Essen ausgestattet barfuß um die am Boden sitzenden PilgerInnen. Durch meine Tätigkeit abgelenkt, fielen mir die starrenden Blicke auf mich nur geringfügig auf.

Trotz meiner Übelkeit und der Magenkrämpfe fühlte ich mich unter Aloobaba und den Hunderten PilgerInnen recht wohl. Aus den Hunderten Herbeigereisten wurden im Laufe des Tags Tausende, die sich teils zu Fuß, teils auf Eseln oder in einem Korb auf dem Rücken eines Trägers die einstündige Wanderung heraufgekämpft hatten.

Später, nachdem die Zeremonie beendet war, die Massen sich wieder verflüchtigten und die Dämmerung das Licht verdunkelte, lud uns der Guru des Ashrams dazu ein, mit ihm im Tempel zu speisen. Eröffnet wurde das Mahl mit einer Puja. Wir saßen vor dem Altar und musizierten mit Trommeln und Schellen. Es stand mir frei, mitzumachen. Dann begannen die Gläubigen zu singen und verbeugten sich vor dem Altar. Dabei bekam jeder der anwesenden Männer ein paar Nüsse und Bananenstücke zum Essen in die offene Hand. Erst danach folgte eine reichliche Portion unseres Abendessens, das der Baba zuvor aber noch vor die Gottesstatue stellte. Der Guru nahm der Statue die kleine Krone ab, sprach ein paar Worte in Hindi und schloss den Vorhang zu der Heiligkeit, die nun schlafen sollte. Das Essen war somit gesegnet und wurde gerecht unter uns aufgeteilt.

Dieser hier lebende Guru wohnte seit über vierzig Jahren teils völlig alleine in dem Ashram und war seither auch nie mehr aus der Schlucht herausgekommen. Jeder Sadhu betet zu seinem eigenen Lieblingsgott. Die Rituale sind kein Muss, sie erinnern die Gläubigen nur an bestimmte Weisheiten. Der Guru, der mich nicht nach meiner religiösen Zugehörigkeit fragte, meinte, es wäre egal, ob ich ein muslimisches Ritual vollziehe und dabei an eine Hindu-Gottheit denke oder in der Bibel lese. Der Hinduismus bietet so viele Rituale, Gottheiten und Philosophien. Derzeit leben über sieben Milliarden Kulturen auf diesem Planeten, denn jeder Mensch schafft sich in dem vorhandenen Repertoire an Erfahrungen seine eigene Welt, mit der er versucht, sich zu identifizieren. Der Zugang des Hinduismus eröffnet in dieser Hinsicht eine breite Palette an Möglichkeiten, in der sich jede und jeder zurechtfinden kann. Gott ist überall und Gott ist alles, darum unterscheidet Gott nicht zwischen einzelnen Weltreligionen, so der Guru. Sie sind nur ein Medium, das es den Menschen mit ihrem Glauben erleichtern sollte, sich an das Gute zu halten. Aber was nun gut ist, muss man selbst entscheiden.

Der langbärtige Typ hatte echt etwas auf dem Kasten. Aber ich erlebte immer wieder, wie sich Menschen so sehr an einen Gott oder eben mehrere Götter klammern, dass sie darüber zwar immer mehr erfahren, sich selbst dabei aber völlig vergessen. Gott bekommt auf diese Art und Weise tatsächlich eine unaufhaltsam größer werdende Macht, nämlich vom Glauben selbst, den man in ihn hineinsteckt – man könnte es auch investieren nennen.

Obwohl ich mich hier wohlfühlte, fand ich an diesem Ort unter den vielen Menschen, dem Müll und dem Lärm nicht das, wonach ich suchte, wonach ich mich sehnte.

Nachdem ich mich ein weiteres Mal übergeben musste, ging es mir bedeutend besser, und ich begab mich nach mehreren Tagen der Rast zunächst zu Fuß und später per Anhalter und mit dem Bus auf meinen weiteren Weg ins Ungewisse.

Irgendwie hatte ich es nach zwei turbulenten Tagen auf der Straße geschafft, in die laut hallende Stadt Joshimat zu gelangen, die wunderschön gelegen in einer Schlucht angesiedelt ist. Die darauf folgenden drei Tage lag ich in meiner Unterkunft nur im Bett. Außer Wäschewaschen und mich zu übergeben ergab sich neben einem Hin und Her zwischen Freude und dem Gefühl des Hochdrucks nicht viel. Ich ernährte mich in dieser Zeit ausschließlich von Toastbrot und Bananen und ließ mich trotzdem nur schwer unterkriegen. Nachdem ich aufgrund meines verlorenen Gewichtes meinen Gürtel enger schnallen musste, befolgte ich annähernd regelmäßige Essenszeiten. Denn nur auf diese Weise wusste ich in etwa, wann mich der nächste Toilettenbesuch quälen würde.

Trotz meiner Zurückhaltung hatte ich einen italienischen Vater und seine Tochter kennengelernt. Emilio war Koch und schon oft mit der 17-jährigen Melanie nach Indien gereist. Sie gaben mir den Tipp, hinter der Stadt einen Berg hochzuwandern, um dort die Aussicht zu genießen und dabei neue Energie zu tanken.

Auf halber Strecke, nachdem ich bereits durch Nadelwälder einen steilen Hang hinaufgewandert war und endlich kein Hupgeräusch mehr vernehmen konnte, zogen über mir dichte Wolken auf. Ich hatte Lust, mich zu bewegen, und ging auch ohne Fernsicht weiter über eine Wiese bis zum höchsten Punkt dieses Berges. Als ich dort ankam, setzte ich mich hin und stopfte mir mein trockenes Weißbrot in die Backen. Es schwebten ein paar kleine Schneeflocken auf meine Nasenspitze und zerschmolzen dort. Es war schon so lange her, dass ich eine solche Flocke gesehen hatte. Als mir Bilder von in Vergessenheit geratenen Wintertagen vor meinem inneren Auge erschienen, brachen Sonnenstrahlen durch die Wolkendecke und in kürzester Zeit fand ich mich auf einer saftig grünen Almwiese wieder. Mit einer Rundumsicht auf weiße Gipfel, die meisten von ihnen über 6.000 Meter hoch, erlebte ich ein Hochgefühl der Erinnerung, die mein angeschlagenes körperliches Befinden mitsamt der Schwerhaftigkeit mit sich forttrug.

Die Luft war so klar und frisch und die Weiden mit Löwenzahn gelb gefärbt. Ich ließ mich in das kurze Gras fallen und lauschte in meinen Gedanken den Almkühen beim Grasen. Sie hatten Glocken um den Hals gebunden, die hinüber bis zu den nächsten Almen auf der anderen Seite des Tales hallten. Als ich mich somit wie von Zauberhand im wunderschönen Salzkammergut wiederfand, wartete ich gerade mit meiner Familie auf die Großeltern, die mit der Zahnradbahn bergwärts fuhren, um anschließend auf einer der bewirtschafteten Hütten zu Mittag einzukehren. Papa und Opa aßen dort wie so oft ihren heißgeliebten Schweinebraten, Mama eine leckere Bergkäse-Platte mit eingelegten Sauergurken. Oma, meine Geschwister und ich schnabulierten am liebsten Süßes. So gab es für uns Zwetschgenwuchteln, Germknödel, Kaiserschmarrn oder Apfelstrudel. Der Ausblick auf den Wolfgangsee war an diesem Tag einfach nur traumhaft. Wir hatten kaum eine zeitliche Begrenzung und die Eltern ließen uns ungebremst im Wald spielen. Meine beiden Schwestern mussten mich immer wieder von hohen Bäumen herunterholen, da ich in meinen jungen Jahren noch kein Gespür für meine Grenzen entwickelt hatte und sie deshalb auch noch nicht kannte. Ich wusste nicht mehr, wie ich es geschafft hatte, dort immer wieder aufs Neue hinaufzuklettern. Ich wusste aber noch ganz genau, wie sich meine Schwester Miriam beim Versuch mich aufzufangen aber so was von krass in einer Kuhflade überschlug. Von Kopf bis Fuß, quer über ihr Kleid war sie mit Kacke beschmiert. Erst Stunden später konnte sie sich im warmen See den Gestank von Körper und Kleidung waschen.

Vor dem großen Wasser hatte ich immer etwas Angst und fuhr darum lieber mit dem Schlauchboot hinaus. Aber am Seil, das an manchen Bäumen angebracht war, traute ich mich dafür meterweit hinauszuschwingen. Die Zeit zwischen dem Loslassen des Strickes und dem Aufprall auf dem Wasser erschien mir wie eine halbe Ewigkeit. Als ob ich in diesem Augenblick alles um mich herum anhalten könnte und einfach nur einen Ritt in der

Schwerelosigkeit genießen durfte. Abends ging es dann zurück in unser damals noch gläsernerhimmelfreies Dorf, wo ich nichts lieber tat, als abends alleine im Garten zu liegen und mich an den Ausflug zurückzuerinnern. Das gab mir ein Gefühl der Leichtigkeit.

Genau so ein Gefühl wie in diesem Moment hatte ich nun rund 15 Jahre später hier in Indien. Es war so erleichternd, dass es mich schon fast automatisch den halben Weg zurücktrug. Zu sehr war ich in meinen Erinnerungen verhaftet, sodass ich gar nicht bemerkte, wie mir geschah. Emilio und seine Tochter boten mir an, sie nach Bardinath zu begleiten. Dorthin gelangten wir auf sehr schmalen Schotterstraßen, die über tiefe Schluchten führten, auf einem LKW immer weiter hinein in die hohen Berge. Wir begegneten unzähligen PilgerInnen, die bei Temperaturen um den Gefrierpunkt nur in orangefarbene Kutten gehüllt barfuß eine mehrwöchige Wanderung auf sich nahmen. Denn auch hier, in dieser kleinen Bergstadt, wurde der Tempel für die kommende warme Jahreszeit eröffnet. Wohlhabende verteilten im Zentrum der Ortschaft auf offener Straße Essen für die ausgezehrten männlichen sowohl auch weiblichen Babas, die ihre Nächte unter Planen oder vor Häusern verbrachten. Wir drei fanden in einem weiteren Ashram Platz zum Schlafen. Dort halfen zwei junge Burschen, die sich Melanie gegenüber etwas aufdringlich verhielten, ehrenamtlich.

Wieder einmal hatte mich die Reaktion auf mein Herkunftsland sehr belustigt und beinahe in den Trancezustand eines Lachflashes befördert. „Achta, Austria Herzegowina. Sehr schönles Land das ist." Diese beiden nicht unbedingt allwissenden Jungs kochten jeden Tag und freuten sich so sehr über unseren Besuch, dass sie kaum mehr von unserer Seite wichen. Auch hier gab es heiße Quellen, in denen sich unsere Ashram-Köche und andere neugierige Männer um Emilio und mich versammelten und uns bei dunstender Luft und gefrierenden Haaren volllaberten.

Ähnlich wie meinem Magen erging es auch jenen der beiden Venezianer. Der gelernte Koch Emilio meinte, das komme wohl von den für unseren Geschmack zu vielen Gewürzen in den indischen Gerichten. So baten wir unsere beiden Jungs, kein Masala mehr ins Essen zu geben. Trotz deren Zustimmung gab es keine Veränderung der Gewürzmenge. Am dritten Tag, nachdem Kasi, einer der Köche, immer noch sagte „Achta, keine Gewülze, kein Öl. Ich verstehen. Ich abslolut nichts davon hinlein welden geben. Velsplochen. Nur ein bisschlen", begann Emilio für uns alle in der Küche Pasta zu kochen. Kasi und Mahesh, so hieß der andere, funkten ihm andauernd dazwischen, weil sie nicht wahrhaben wollten, dass man auch mit nur wenigen Gewürzen genießbares Essen zubereiten kann. Da der italienische Chefkoch die beiden 19-jährigen Burschen mit seinen temperamentvollen Handbewegungen allerdings einschüchterte und ins Schwitzen brachte, konnte er sich durchsetzen. Für mich war es freudig unterhaltsam, zwei so verschiedene Verhaltensweisen zu beobachten. Mahesh führte die aggressive Körpersprache Emilios übrigens auf Zwiebel und Knoblauch zurück, die er angeblich im Dorf zu sich genommen hatte.

Als das viele Essen gekocht war, hatte der Chefkoch die geniale Idee, einen Teil davon an die halb erfrorenen Sadhus draußen auf der Straße zu verteilen. Mit großen Erwartungen strömten sie herbei und zogen ihre Aluschüsseln unter den Kutten hervor. Doch als sie sahen, dass es etwas gab, was sie nicht kannten, verleugneten sie magenknurrend ihren Hunger und lehnten mit ähnlich lautender Begründung wie mein Opa – „Was der Bauer nicht kennt, frisst er auch nicht" – dankend ab.

Nur ein einziger Baba fasste seinen ganzen Mut und kostete. Die anderen graubärtigen Gesichter versammelten sich daraufhin noch enger um uns und beteten, dass ihrem Freund in dieser wohl größten Herausforderung seines Lebens kein Leid zustoßen möge. Zitternd schob dieser seine Hand mit der Schüssel vor den Topf. Emilio hielt daraufhin einen Esslöffel voll Pasta darüber. Im Gesicht des wagemutigen Helden herrschte tiefste Anspannung. Hier standen sich nun zwei von Grund auf verschiedene Krieger gegenüber. Der eine: Meister der Gewohnheit. Der andere: unangefochtener Meister des Kochlöffels. Und in diesem Moment wusste wohl nur ich, wie gefährlich eine Kritik an den Kochkünsten eines italienischen Pasta-Kochs sein kann. In dieser angespannten Situation begann sich ein Tropfen des roten tomatisierten Goldes langsam vom Löffel zu lösen und platschte mit einem furchteinflößenden „Blub" in der Schüssel des Babas. Die Augen der Männer wurden daraufhin erschreckend groß. Manche von ihnen hielten die Tragik nicht länger aus und verschwanden auf eine wärmende Tasse Chai oder eine beruhigende Chillum. Der auserwählte Sadhu streckte seine Zunge vorsichtigst dem Essen entgegen und berührte es. Es herrschte Totenstille. Wir alle warteten gespannt auf die ersten Worte dieses vor Wagemut strotzenden Heiligen. Sein Kopf baumelte langsam nach links und nach rechts. Und dann war es so weit. Er äußerte jene Worte, auf die die Menschheit wohl schon seit Anbeginn der Erfindung des Kochrezepts sehnsuchtsvoll gewartet hatte. Sie lauteten: „Achta, achta. Sehr gut, sehr gut. Aber Ploblem. Nicht gut, nicht gut."

Kasi hielt sich in diesem Augenblick einen Sack voll Masala über den Kopf und allen Sadhus entströmte ein erleichtertes „Aaaaccchhhttaaa!" Somit wurden die gewürzgeilen Opas doch noch satt.

Uns hielt nun nichts mehr an diesem Platz und nach einer kurzen Fahrt, die uns aus Bardinath hinausführte, wanderten wir auf einem einfachen

Weg hinauf nach Gangaria. Da die PilgerInnen-Saison der Sikh noch nicht begonnen hatte, war das kleine Dorf, das sich inmitten von Gebirgszügen befindet, noch so gut wie leer. Wir räumten unsere Rucksäcke in eine der verlassenen Hütten, machten Feuer und Emilio erzählte mir bei einer heißen Tasse Tee, dass die Religionsgemeinschaft der Sikh vor etwa fünfhundert Jahren im indischen Bundesstaat Punjab entstanden war, wo sich auch ihr Heiligtum, der Goldene Tempel, befindet. Grob skizziert, ist ihre Religion eine Mischung aus dem Hinduismus und dem Islam. Viele der stolzen Sikh sind an den „fünf Ks" zu erkennen. Es handelt sich dabei um Kesha, ihr ungeschnittenes Haupt- und Barthaar, Kangha, ein Kamm, Kara, ein stählernes Armband, Kachi, die Kniehosen, und Kirpan, ein dolchartiges Schwert.

Nach einer bitterkalten Nacht auf dem Betonboden der Hütte wollten wir uns das nahegelegene Tal der Blumen ansehen. Doch da waren keine Blumen, denn das Feld war noch von Frühjahrsschnee bedeckt. Auch zum höher gelegenen See von Hemkund konnten wir nicht vordringen, da uns winterliche Verhältnisse den Weg versperrten. Zwischen dem schmelzenden Weiß und den teils blühenden Rhododendren präsentierten sich uns im Schmelzwasser wie Inseln aufragende Müllhaufen. Leider konnte ich die schöne Aussicht hinter dem Dreck kaum genießen, da ich mich auf dem halb freigeräumten Weg von starken Krämpfen geschüttelt Schritt für Schritt vorkämpfen und übergeben musste. Was auch immer mich gerade heimsuchte, meine innere Kraft, die ich mir in den letzten Monaten antrainiert hatte, konnte das beileibe nicht zerstören. Musste auch ich, so wie die Sadhus, meinen Körper an die äußersten Grenzen bringen, um meine Antworten zu erhalten, meine Erleuchtung zu erlangen? Mir war vielmehr, als ob das an der Oberfläche aus meinem Körper schwindende Gewicht in einem tieferen Sinne der Ballast meiner AGHS war. Zumindest sah ich es so und beharrte darauf, dass hinter all dem Körperlichen noch etwas viel Bedeutungsvolleres stand.

Etwas Bedeutungsvolles dieser Art war wohl auch das freundschaftliche Verhältnis zwischen Melanie und Emilio, Tochter und Vater. Sie zu beobachten, war für mich ein beeindruckendes Erlebnis. Soweit es ihm möglich war, ließ Emilio seine Tochter ihre eigenen Erfahrungen machen. Er würde immer für sie da sein, doch hielt er sich bei Entscheidungen, die sie treffen musste, bewusst zurück. So beschloss sie selber, mit den Sadhus in Bardinath an der Chillum zu rauchen. Auch wenn Emilio das nicht so toll fand und es sich in Indien für eine Frau auch nicht sonderlich schickte. Ich hatte allerdings das Gefühl, als erziehe er sie aktiver als andere Eltern, die ihren Kindern im Vorhinein vieles verbieten.

Als mir meine Eltern in jungen Jahren etwas zu verbieten versuchten, verlieh das der Sache erst diesen besonderen Reiz, es heimlich zu tun, auch wenn es mich eigentlich gar nicht interessierte. Emilio wusste über seine Tochter Bescheid, so war er auch der Erste, dem sie anvertraute, dass sie lesbisch war. Mit ihrer Mutter, die getrennt von ihrem Vater lebte, konnte Melanie noch nicht über ihre sexuelle Neigung reden. Doch für Emilio war klar, dass er immer hinter ihr stehen würde, denn das einzig Wichtige für ihn war, sie glücklich zu sehen. Und glücklich konnten sich Emilio und seine Tochter gegenseitig nur machen, wenn sie sich beiderseits so akzeptierten, wie sie waren.

Es fiel mir nicht gerade leicht, mich von meinen beiden italienischen FreundInnen zu verabschieden, doch zog mich ein inneres Gefühl in andere Regionen. Und da die Pässe noch geschlossen waren, führte nur ein Weg dorthin: über Kaschmir. Der kurvenreiche Rückweg nach Haridwar in dauerhupender und aus Boxen dröhnender Beschallung kostete mich beinahe alle meine Sinne. Dort stand ich dann am Bahnhof über zwei Stunden in der Schlange, um ein Ticket zu kaufen, während sich unentwegt Menschen an mir vorbeidrängten. Sobald ich nur einen halben Meter Abstand zur Person vor mir ließ, wurde ich von hinten angeschoben. Es war brennend heiß, ich schwitzte und wie schon so oft wurde ich von allen Seiten gestoßen. Ich bekam entweder einen Ellbogen ins Gesicht oder unbeabsichtigte Tritte an mein Schienbein. Doch dieses eine Mal wurde es mir zu viel. Ich fühlte mit aller Macht meine für mehrere Wochen besiegt geglaubte Schwerhaftigkeit. Mir wurde schlecht und mein Kreislauf machte mir zu schaffen, bis ich plötzlich weiche Knie bekam und zur Seite wegkippte.

Ich weiß nicht, wie lange ich bewusstlos am Boden lag, wohl nur ein paar Sekunden. Es standen jedoch einige InderInnen um mich herum und starrten verwirrt auf mich, der ich inmitten eines zertrümmerten Betonbodens lag, herab. Nachdem ich mich im Schutt noch eine Weile ausgeruht hatte, meine Gedanken ordnen und mich wieder auf meine Kräfte konzentrieren konnte, richtete ich mich auf. Diesen erschwerten Zustand betrachtete ich nun als ein Zeichen, das darauf hinwies, dass ich an meiner Situation schleunigst etwas ändern sollte. Und diese Gelegenheit wollte ich nun auch nützen.

Da der Zug nach Jammu von hier aus startete, hatte ich gute Chancen, in der dritten Klasse einen Platz zu ergattern, und entschloss mich deshalb, die Reise ohne Ticket anzutreten. Die ersten Zwischenstopps verbrachte ich alleine an der offenen Tür des Zuges. Ich hoffte, dass etwas frischer Wind meinem Körper guttun würde. Doch auch das half nur bedingt. Nur weil ich keine Lust auf ein Gespräch mit den FreundInnen eines Inders hatte, tischte mir dieser eine Lüge auf, um mich vielleicht doch noch zum Reden zu überreden: Er meinte, es sei illegal, an dem Platz zu sitzen, an dem ich es mir bequem gemacht hatte, und ich würde dafür ins Gefängnis kommen.

Ohne ihn für seine Boshaftigkeiten zu verurteilen, ließ ich diese Lügengeschichten und Ammenmärchen an mir abprallen und schickte ihn fort, was ihn offensichtlich sehr beleidigte. Nach dieser klaren Entscheidung – vor allem mir selbst gegenüber – stoppte glücklicherweise das Anwachsen meines Gewichtes und ich brauchte mir keine Sorgen mehr darüber zu machen, dass sich der stählerne Boden unter mir noch weiter verbiegen würde.

Die darauf folgende Nacht wurde für mich jedoch zu einem Horrorerlebnis. Ähnlich wie im Zug in Bangladesch stürmten um 22 Uhr 16 Soldaten herein und verschlossen alle Türen hinter sich. Kurze Zeit später begann es zusätzlich, aus den schmutzigen Toiletten grauenvoll nach Urin zu stinken. Als ob das nicht schon reichen würde, pinkelte einer neben meinem Kopf durch das Türgitter hinaus ins Freie.

Meine Füße lagen überkreuzt auf fremden Körpern. Ein Kopf auf meinem Schenkel und zwei Hände in meinem Gesicht. Vielleicht musste ich mich nachts auch deshalb wieder mehrmals schmerzvoll erleichtern.

Als während einer solchen Sitzung einer der Kerle ungeduldig wie ein Irrer an die Klotür schlug, entlud ich die sich in mir angesammelte Schwerhaftigkeit. Nach einem mehrmaligen, aber erfolglosen „Shanti, shanti" meinerseits verschaffte ich mir mit einem herzhaften „Fuck you" die erhoffte Ruhe. Auch wenn es sicherlich bessere Wege gibt, seinen Unmut auszudrücken, gewann es für mich kurzzeitig an immenser Bedeutung, den sich in mir ansammelnden Druck ohne Umschweife frei heraus seine Bahn nach außen zu gewähren. Und als mich dann auch noch einer aus meinem bitter nötigen Schlaf weckte, um ein Foto mit mir zu machen, holte ich noch einmal tief Luft. Ohne zu explodieren und den Zug mit meinem Gewicht ins Verderben zu reißen, kehrte ich dieses Mal in mich. Ich bemühte mich, die Gegebenheiten einfach so hinzunehmen und mir darüber klar zu werden, was ich für mich brauchte. Diese Nacht war wohl einer meiner absoluten Tiefpunkte während meiner gesamten Reise und doch konnte ich etwas Wesentliches lernen.

Nach meiner Ankunft um fünf Uhr morgens fuhr ich in einem kleinen Bus umgeben von groß gewachsenen MuslimInnen vom Bahnhof zur Bushaltestelle. Während der langen Fahrt ins Gebirge konnte ich mich etwas erholen. Ich fühlte mich in diesem Teil Indiens, als ob ich in einem anderen Land angekommen wäre. Mächtige Menschen gehüllt in Kaschmiri-Ponchos und kopftuchtragende Frauen, die in Steinhäusern lebten, füllten das Bild. Am Abend erreichte ich die Stadt Srinagar, wo ich sofort von finster dreinschauenden Männern umzingelt wurde, die versuchten, mir ein Zimmer anzudrehen. Das hier waren nicht mehr die kleinen, mit dem Kopf wackelnden Inder, die ich bereits kannte. Diese Männer hatten einen härteren Kern – oder zumindest schien es mir so. Wohl auch aufgrund meiner gereizt-kränklichen Stimmung wurde ich in dieser Nacht mit unzähligen Lügengeschichten und falschen Versprechungen konfrontiert. Als mir allerdings klar wurde, dass ich im Freien schlafen und am nächsten Tag aus diesem unfreundlichsten Ort Indiens verschwinden würde, blieb ein Mann vor mir stehen. Ob ich krank sei und ob ich bei ihm schlafen wolle, fragte er mich. Ich rief mir wieder kurz ins Gedächtnis, dass ich nur das bekäme, was ich nach außen hin zeige. Daher erzählte ihn ihm freundlich, dass es mir körperlich nicht so gut gehe und ich im Moment recht müde von den vielen Lügengeschichten sei, die ich mir anhören musste. Daraufhin lachte er nur und lud mich auf sein Hausboot ein, wo er mit seiner Familie lebe und auf dem ich mich ausruhen könne. Ich dürfe dafür auch so viel bezahlen, wie ich es für richtig halte. Ich vertraute ihm und wir setzten mit einem Paddelboot zu seiner nahegelegenen Unterkunft über.

Am nächsten Morgen, oder besser gesagt am folgenden Nachmittag, denn ich hatte den halben Tag verpennt, ging es mir bedeutend besser. Die zwei Männer, also mein Gastgeber dessen Namen ich nicht kannte und sein Bruder Ghafur und ihre beiden Schwestern betrieben wie viele andere in diesem Gebiet Hausboothotels. Erst jetzt im Tageslicht sah ich, dass sich Dutzende dieser auf den ersten Blick sehr nobel erscheinenden Holzboote neben dem unseren befanden.

Ich durfte mit den vieren in ihrer Küche essen. Für das Essen wollten sie kein Geld, und zwar mit der Begründung, dass doch jeder Mensch Essen brauche. Und essen musste ich so richtig viel, um wieder zu Kräften zu kommen. Es herrschten angenehme Temperaturen und in den ersten 35 Stunden meines Aufenthalts beobachtete ich nur die Adler, die über uns kreisten und sich im Sturzflug Fische rissen. Der See, auf dem sich zumeist indische Hindu-TouristInnen verkleidet in Königsroben herumpaddeln ließen, lag idyllisch eingebettet zwischen grünen Bergen. Mit der Zeit legte ich meine Skepsis Ghafur gegenüber ab, der mir quasi zur Begrüßung erzählt hatte, dass Kashmiris die USA hassen, weil sie Saddam Hussein ermordet hatten, und Juden nicht mochten, da diese im Gaza viele MuslimInnen töten. Noch wusste ich kaum etwas über den Konflikt zwischen Juden und Jüdinnen und MuslimInnen, obwohl ich mit diesem Thema hier schon mehrmals konfrontiert worden war.

Doch die Begegnung mit einem jungen Mann, der Safran-Gewürze verkaufte und ein Freund Ghafurs war, half mir diesbezüglich weiter. Dieser Freund, Hadi, fragte mich ein einziges Mal, ob ich etwas kaufen wolle. Seine zweite Frage war, ob ich ihn zum See begleiten möchte, während er seine Waren unter die TouristInnen zu bringen versuche.

Hadi war ein echt netter Kerl, der sich schwer damit tat, ein paar Rupies zu verdienen. Ich paddelte, er sprach potenzielle Kundschaft an und wurde immer wieder ignoriert. Manche machten ihm leere Versprechungen, dass sie später etwas kaufen würden, sich dann aber nicht mehr blicken ließen. Es war recht deprimierend zu beobachten, wie oft mein Kollege angelogen oder ignoriert wurde. Als wir den Spieß umdrehten und er das Paddel und ich den Verkauf übernahm, wurde mir, als Weißem, eine höfliche, an mir ziemlich interessierte Art der Diskriminierung entgegengebracht. Aber auch diese füllte Hadis Taschen nicht mit Geld.

Als wir gemütlich durch die Wasserstraßen paddelten, an denen sich schwimmende Märkte angesiedelt hatten, und dabei unser geschäftliches Glück herausforderten, klärte mich Hadi über den Konflikt zwischen Indien und Pakistan auf.

Der Streit zwischen den beiden Staaten besteht nun schon seit 1947.

Als die britischen Herrscher, wohl auch wegen ihren kräftezehrenden Kampf gegen Hitler, der aus diesem Grund in Indien oft als Befreier gefeiert wird, ihre indische Kolonie verließen, wurde der Subkontinent in Pakistan und Indien aufgeteilt. Den königlichen Herrschern Kaschmirs stand es jedoch frei, welchem der beiden neuen Staaten sie sich anschließen mochten. Dieses mehrheitlich muslimische Gebiet war damals von einem Hindu regiert, dem die indische Regierung militärische Unterstützung gegen die immer stärker werdenden pakistanischen Kämpfer zusagte. Im Gegenzug verpflichtete er sich dazu, sich dem Subkontinent anzuschließen. Es kam auf beiden Seiten zu militärischen Einsätzen, was bisher zu drei Kriegen um Kaschmir geführt hatte.

Heute ist Kaschmir eines der am höchsten militarisierten Gebiete der Erde. Der Bevölkerung Kaschmirs wäre ein unabhängiger Staat am liebsten, aber westliche Hilfsorganisationen wie die UNO halten sich mehrheitlich aus dem Konflikt heraus, damit die wirtschaftlichen Beziehungen mit Indien intakt bleiben.

Doch dieser Krieg betrifft auch den Westen, denn er hat das Potenzial, nicht nur diese Region, sondern die gesamte Welt in eine Krise zu stürzen. Zum Ersten sind Pakistan und Indien gefährliche Atommächte und zum Zweiten entstanden hier in der Vergangenheit viele Terrororganisationen, die diese Atomwaffen gerne in die Finger bekommen würden.

Nachdem afghanische Freiheitskämpfer, sogenannte Mudschaheddin, Ende der 1970er Jahre von Saudi-Arabien, Großbritannien und den USA finanziert worden waren und somit die sowjetischen Besatzer erfolgreich zurückdrängen konnten, setzte auch Pakistan Ende der 1980er Jahre in Kaschmir solche Söldner im Kampf gegen die indischen Truppen ein. Nachdem im über zehn Jahre währenden Afghanistankrieg die Mudschaheddin, finanziert von Pakistan und dem Iran, an die Macht gekommen waren, entfachte sich in dem Land mit den vielen Stämmen ein Bürgerkrieg, bei dem die radikalislamischen Taliban ab 1996 weite Teile des Landes unter ihre Kontrolle bringen konnten und daraufhin strikte Gesetze verabschiedeten. Später mischte sich Indien ein, weil es gegen Pakistan war, und 2001, nach dem Anschlag auf das World Trade Center in New York, begann der Angriff der USA auf Afghanistan, was den Sturz der Taliban zur Folge hatte.

Mit dem Zerfall der Sowjetunion glaubte man, dass für den Westen der Weg nach Afghanistan und damit zu seinen Rohstoffen nun frei wäre. Das heizte in der Folge einen Wettlauf der westlichen Ölkonzerne auf das Erdöl und Erdgas in der Kaspi-Region und Mittelasien an. In der Zwischenzeit begann Pakistan mit dem Wiederaufbau seiner Infrastruktur, die größtenteils von den Golfstaaten und den Saudis finanziert wurde. Der Handel mit den Taliban kam Pakistan und dem US-Ölkonzern Unocal damals ebenfalls zugute, denn inzwischen konnten sich die Taliban überwiegend eigenfinanzieren und nahmen mit ihren Transitgeschäften jährlich mehrere Milliarden US-Dollar ein. Seitdem Pakistan aber aufseiten des Westens, also für die Bekämpfung des Terrorismus, steht, werden auch die Pakistani von diesen mit Hass erfüllten ExtremistInnen angegriffen.

Aus diesem ungelösten Konflikt entwickelte sich neben den Taliban auch die früher von Osma bin Laden angeführte Al-Qaida, die ebenso über die Grenzen hinaus zu einer Bedrohung geworden war.

In letzter Zeit wurde es trotz kleinerer Scharmützel, wie dem in Varanasi um das höchstgelegene Schlachtfeld der Welt, glücklicherweise wieder etwas ruhiger und beide Staaten bemühen sich um den Aufbau wirtschaftlicher Beziehungen. Doch was es mit den MuslimInnen und der Judenfeindlichkeit nun auf sich hat, konnte mir auch Hadi nicht erklären. Doch einer seiner Freunde, der sich gerade in einer Moschee befand, war recht gebildet und sollte mir bei dieser Frage noch entscheidend weiterhelfen.

Am Rande des Sees befinden sich mehrere kleine Inseln. Auf einer davon liegt ein kleines Dorf, an dessen Ufer dieses muslimische Gebetshaus steht. Darin befanden sich sechs langbärtige, mit kleinen Mützen und weiten

Roben bekleidete Männer. Freudig empfingen sie mich und verwöhnten mich mit einer Tasse Tee. Unter ihnen befanden sich ein Tierarzt und ein Professor für Theologie, der als Mufti, das ist ein islamischer Gelehrter, bezeichnet wird. Diese Männerclique traf sich hier einmal im Monat, um das Wochenende beim gemeinsamen Gebet zu verbringen. Sie freuten sich sehr über mein Interesse an ihrer Religion und standen auch kritischen Fragen zum Hass der Muslime auf Israel und zu extremistischen Bewegungen offen gegenüber. Und ich begriff, dass es von großer Bedeutung ist, über die Vorgeschichte Bescheid zu wissen, um mehr über diese kontroversen Dinge in Erfahrung zu bringen.

Derzeit leben in Indien etwa 140.000 Millionen MuslimInnen. Leider kommt es im ganzen Land immer wieder zu Auseinandersetzungen mit den Hinduisten. Einer der schlimmsten Angriffe auf die muslimische Minderheit ereignete sich Anfang der 1990er Jahre, nachdem Tausende Hindus eine Moschee zerstört hatten, was im ganzen Land zu Aufständen und insgesamt rund 3.000 Toten führte.

Die Gelehrten erzählten mir vom Propheten Mohammed, der um 600 nach Christus als ein viel reisender Kaufmann in Mekka lebte. Mit etwa vierzig Jahren begann er, seiner religiösen Berufung nachzukommen und empfing Offenbarungen vom Erzengel Gabriel. Als er zu Beginn versucht hatte, diese seine neuen Erkenntnisse unters Volk zu bringen, begegnete ihm die Öffentlichkeit meist nur mit Ablehnung und Spott. Die damals in dieser Gegend überwiegend jüdische Bevölkerung zwang ihn schließlich, von Mekka nach Medina zu fliehen, von wo aus er gemeinsam mit seinen AnhängerInnen im Zuge vieler Kriege seine Lehren durchzusetzen versuchte. In dieser Phase begann der erste Zwist zwischen den beiden Religionen. So änderte Mohammed zum Beispiel die Gebetsrichtung von Jerusalem nach Mekka. Nachdem er später diese Stadt erobert hatte, forderte er seine Gefolgschaft auf, dorthin zu pilgern. Nach seinem Tod wurde Mohammed auch in Mekka beerdigt.

Der Ursprung der heute aktiven extremistischen Terrorgruppen und der jüdischen Verfolgung liegt jedoch noch weiter zurück und findet seine Quelle im Westen.

Der Mensch neigt seit jeher dazu, alles Böse und Schlimme auf unserem Planeten als eine Art Verschwörung anzusehen. Diese Verschwörungen werden durch Mythen, die mehrheitlich aus der Einbildung weniger stammen, von Generation zu Generation überliefert. Ausgangspunkt für solche Verschwörungsideologien ist der religiöse Glaube, der das Böse als Sündenbock ausgemacht hat. Im Christentum trägt dieses Böse den Namen des Teufels.

Schon im Neuen Testament ist niedergeschrieben, wie sich die vermeintlich teuflischen Juden in der Synagoge des Satans versammelten und sich gegen Jesus verbündeten. Jesus selbst soll sie deshalb als Kinder Satans beschimpft haben. Wobei man nicht außer Acht lassen darf, dass die christlichen MissionarInnen während der Entstehung des Neuen Testaments eine Abneigung gegenüber all jene verspürten, die sich den Lehren des abendländischen Glaubens verschlossen. Alle Feinde des Christentums, vor allem die Juden und Jüdinnen, wurden daher als Kinder des Teufels gebrandmarkt.

Laut der Überlieferung soll sich eine jüdische Hure mit dem Teufel eingelassen haben, woraus der Antichrist hervorging, der nach Palästina wanderte, von wo aus er gegen Gott tätig wurde. Solche antijudaistischen Erzählungen findet man im Neuen Testament mehrmals. Den Juden und Jüdinnen wurde aber vor allem die Ermordung Jesu, dem Sohn Gottes, als die Erfüllung ihres teuflischen Plans zugewiesen.

Über die Generationen hinweg nährten nun die immer weiter ausgeschmückten Geschichten die Phantasie der Menschen. Die Schuld an den vielen mittelalterlichen Kriegen und Seuchen wurden dem Teufel und eben auch seinen vermeintlichen Kindern zugeschoben. Die Verfolgung der Juden und Jüdinnen und im Weiteren ihre Ermordung zog sich durch die Jahrhunderte. Im Orient verbreitete sich eine christliche Legende über jüdische Ritualmorde. Durch solche Erzählungen wurden die Juden und Jüdinnen nicht selten sicherheitshalber sozusagen prophylaktisch totgeschlagen, bevor sich Gefahren wie die Pest in den Städten zeigten. Es entstanden hetzerische Gruppierungen und selbst der Reformer Martin Luther stand den Juden und Jüdinnen feindlich gegenüber. Luther sprach sich, wie auch im Falle der „ZigeunerInnen", für eine straffreie Vernichtung des ganzen jüdischen Volkes aus. Man müsse ihnen ihre Berufe und ihren Besitz, den sie, so Luther, den Christen gestohlen hätten, entziehen. Die von der Gesellschaft auch auf diese Weise ausgeschlossenen Juden und Jüdinnen sollten zur Zwangsarbeit verpflichtet werden. Mit diesen und ähnlich lautenden Äußerungen war der Grundstein für Hitlers Gedankengut, das in der Massenvernichtung im Dritten Reich gipfelte, gelegt.

Für das Attentat in Sarajevo im Jahre 1914 auf den österreichisch-ungarischen Thronfolger Franz Ferdinand, was der endgültige Auslöser für den Ersten Weltkrieg war, wurde zuerst ein samt und sonders erfundener jüdischer Professor dafür verantwortlich gemacht. Deutschland und Österreich verloren diesen Krieg, der neben einigen anderen Faktoren als Rassenumwandlungsversuch vonseiten der Juden und Jüdinnen gegenüber dem reinen Blut des deutschen Volkes bezeichnet wurde.

Da die Juden und Jüdinnen laut der zahlreichen sie betreffenden Unterstellungen die Weltherrschaft an sich reißen möchten, würden sie sich folgerichtig auf die Seite der Mächtigen und Reichen stellen.

Die naive Bevölkerung war von Mythen, propagierenden Geschichten aus Zeitungen und hetzerischen Schuldzuweisungen verblendet und konzentrierte ihren Frust immer mehr auf ihre jüdischen Mitmenschen. Wie noch heute, führte auch in früheren Zeiten das instabile Wirtschaftsgehabe zu Kriegen. Dieses schwer zu fassende System ist etwas Nichtmaterielles. Doch das Judentum mit seinen AnhängerInnen kann man greifen und wurde deshalb, wie wir es heute von einigen RechtspopulistInnen in Bezug auf den Islam kennen, als das personifizierte Böse dargestellt.

All diese Verschwörungen des Weltmachtstrebens fanden auch ihren Weg nach Russland. Dort, wo es Anfang des zwanzigsten Jahrhunderts zur Revolution gekommen war, wurden ebenfalls die Juden und Jüdinnen dafür verantwortlich gemacht. Unter anderem aus der Angst der Deutschen und der Russen vor einer Diktatur der Juden und Jüdinnen ließen sie sich selbst unter Hitler und Stalin in totalitäre Staaten einsperren.

Diese Angst ist der Nährboden für das, was man sät – und erntet.

In Nazi-Deutschland bzw. für Hitler war es unter anderem das Buch „Die Weisen von Zion" und in Russland „Die Protokolle der Weisen von Zion", die, trotz nachweislicher enthaltender Unwahrheit, eine Weltverschwörung des Judentums propagierten. Lenin war der Führer der russischen Revolution, die eine klassenlose Gesellschaft anstrebte. Kulaken, also Großbauern, wurden verfolgt und Religionen verboten. Alles, jeder Besitz sollte an die einzige noch existierende Partei übergehen. Vor dem Schatten der tatsächlich grausamen Wahrheit war dies die Partei der Proletarier, der besitzlosen Arbeiter und Bauern. Wie schon Karl Marx sah auch Lenin in der menschlichen Urgesellschaft ein friedliches Miteinander, ohne einer konkurrierenden Klasse von AusbeuterInnen und Ausgebeuteten. Also glaubten die Sowjetbürger gerne, dass sich hinter dem kriegslüsternen faschistischen Westen eigentlich die Juden und Jüdinnen verbargen.

Lenin strebte eine Weltrevolution des Proletariats an, die unter Stalin allerdings in eine totalitäre Diktatur umgewandelt wurde. Dieses Streben nach der Weltherrschaft deutete Hitler wiederum ausschließlich als eine dunkle Machenschaft der Juden und Jüdinnen und das war Wasser auf die Mühlen der Propaganda gegen alles Kommunistische und für einen geplanten Vernichtungskrieg. Der in Jerusalem geborene muslimische Husseini, der zu dieser Zeit in seinem palästinensischen Heimatland gegen die Juden und Jüdinnen kämpfte, war in Kontakt mit Hitler getreten. Gemäß einer internen Erklärung solle sich Nazi-Deutschland demnach für die Unabhängigkeit der Araber einsetzen. Als Gegenzug tat Husseini alles, was in seiner Macht stand, um Hitler beim Kampf gegen England und die Juden und Jüdinnen zu unterstützen.

Dieser Kontakt zum Westen brachte nun weitere antijudaistische Legenden in die arabische Welt. Dort glaubt man heute noch vielerorts, dass die Politik der USA von Israel und damit von den Juden und Jüdinnen gesteuert werde. Diese Stimmung unterstützt das ins Arabische übersetzte Buch „Die Weisen von Zion", das – von oben gesteuert – mit den religiösen Ansichten der dortigen Bevölkerung vermischt und radikalisiert wurde und dem dort vielerorts bis heute eine unbestreitbare Echtheit zugewiesen wird.

Noch vor dem Ende des Zweiten Weltkriegs waren viele Nazis mit ihren Reichtümern nach Lateinamerika geflüchtet, wo sie und einige andere faschistische Söldner unter anderem in Bolivien Aufnahme fanden. Ziel war es, dort ein Viertes Reich aufzubauen, doch so weit kam es glücklicherweise nie. Dennoch spielen ehemalige SS-Offiziere in den südamerikanischen Regierungen noch heute eine prägende Rolle.

So hatte der ehemalige Gestapo-Chef von Lyon eine wichtige Schlüsselrolle bei der Verhaftung und Ermordung Che Guevaras inne. Vielfach sind es die Kinder und Enkel der inzwischen meist verstorbenen SS-Leute, die das Erbe der Nazis heute weitertragen. Im deutschsprachigen Europa war bis 1950 die symbolische Entnazifizierung abgeschlossen und die ehemaligen Mörder flüchteten sich mitsamt ihren zur Gänze wieder hergestellten bürgerlichen Rechten rasch in die allgemeine Vergessenheit. Derweil vertraten in Lateinamerika deutschstämmige Bolivianer, von denen sich manche im Krieg an den Verbrechen am Balkan beteiligt hatten, die Führung der Landwirtschaftskammer eines Multi-Konzerns.

Nun waren sie Großgrundbesitzer, hatten ganze Viehwirtschaften, Binnenschiffsflotten und zählten Chemiekonzerne zu ihrem Eigentum. Das Netz ihrer Handels- und Finanzbeziehungen, das von ihrer rassistischen und menschenverachtenden Weltanschauung geprägt ist, umspannt heute den gesamten Planeten.

Und nach den Ereignissen des Zweiten Weltkriegs, der Teile seines argumentativen Ursprungs im Neuen Testament fand, kam nun zusätzlich der Terrorismus ins Spiel.

Die überlebenden Juden und Jüdinnen, die unter den Nazis bestialische Erniedrigungen erlitten hatten, brauchten damals wieder ein Zuhause. Unter Beaufsichtigung der UNO wurde auf palästinensischem Boden der Staat Israel gegründet. Für die Juden und Jüdinnen bedeutete dies das Ende eines 2.000-jährigen Exils, für die PalästinenserInnen jedoch den Beginn einer massenhaften Flucht und Vertreibung aus ihren Dörfern und Siedlungen. Nachdem die Briten und die Franzosen zuvor im Nahen und Mittleren Osten ihre Kolonien gehabt hatten, wurde nun auch die Gründung dieses zionistischen Staates mit der Unterstützung „jüdischer Terrororganisationen" als eine weitere westliche Kolonisation auf Grund und Boden der muslimischen Bevölkerung angesehen. Die gedemütigten AraberInnen suchten die Schuldigen, die sie in Israel, den Juden und Jüdinnen und deren Verbündeten, dem Westen, fanden. Diese Abneigung liegt nicht in den Wurzeln des Islams begründet und auch im Koran spielt das Judentum nur eine untergeordnete Rolle, denn die Juden und Jüdinnen sind für den Islam keine Mörder des Gottessohns wie für die Christen. Der heute immer noch vorhandene Judenhass dieser Ausprägung hat seinen Ursprung im christlichen Abendland.

Um all diese Mythen und Ereignisse herum baute sich in Palästina die Widerstandsbewegung Hamas auf, die einen Heiligen Krieg mit dem Ziel der totalen Vernichtung Israels führt. Die Juden und Jüdinnen, so das entsprechende Gedankengut, nützen den Holocaust des Zweiten Weltkrieges, um sich an den sogenannten Wiedergutmachungszahlungen, die Deutschland leistet, zu bereichern. Ja, selbst der ehemalige iranische Präsident Ahmadinedschad propagierte dies vor seinem Volk. Aber auch im Westen gibt es immer noch solche, die sich dahingehend äußern, dass der Massenmord an den Juden und Jüdinnen nie stattgefunden habe.

In Jerusalem liegt nicht nur der Ursprung des Islams, sondern auch der jüdischen Religion. Im Jahre 70 nach Christus erreichten die Römer in der heiligen Tempelanlage der Juden und Jüdinnen. Sie vertrieben die jüdische Bevölkerung in den meisten Fällen zwar nicht, beherrschten aber deren Gebiet. Aus diesen und anderen Gründen zogen die Juden und Jüdinnen fort und verbreiteten sich in aller Herren Länder. Da dies auf den äußeren Druck einer Besatzungsmacht heraus geschah, empfanden die damaligen Menschen diese Diaspora dennoch als echte Vertreibung, weshalb noch heute viele Gebete von den Sehnsüchten nach dem Tempel handeln.

Bereits vor dem Ende des Zweiten Weltkrieges hatten sich wieder einige Juden und Jüdinnen um das von den Palästinensern regierte Jerusalem angesiedelt. Als Großbritannien die Herrschaftsmacht über diese Völker, die sich immer öfter feindlich gegenüberstanden, verlor, baten sie die Vereinten Nationen um Vermittlung. Die UNO forderte nach dem Zweiten Weltkrieg eine Teilung Palästinas in einen arabisch-palästinensischen und einen jüdischen Staat. Diese Bekanntgabe führte in der arabischen Welt zu zahlreichen Aufständen und zu Gefechten zwischen beiden Völkern, bis 1948 mit Unterstützung der USA der jüdische Staat Israel ausgerufen wurde. In der Nacht vom 14. auf den 15. Mai 1948, an dem Tag, an dem

Israel gegründet wurde, marschierten die Armeen Ägyptens, Transjordaniens, Syriens, des Irak und des Libanon in Palästina ein, mit dem Ziel, die Verkündigung rückgängig zu machen. Dank finanzieller Unterstützung aus den USA und der Waffen aus Europa endete der erste Nahostkrieg nach einigen Monaten mit dem Sieg Israels. Er wurde von der arabischen Welt als Sieg der Juden und Jüdinnen über die MuslimInnen interpretiert.

Es entspricht aber viel eher der Realität, dass die heutige israelische Regierung unter Ministerpräsident Netanjahu Palästina besetzt. Der Westen hält sich jedoch zurück und ist mit seinem Verbündeten nicht streng genug. Die amerikanischen SteuerzahlerInnen unterstützen Israel jährlich sogar mit mehreren Milliarden US-Dollar. Vor allem Deutschland wagt es aufgrund seiner NS-Vergangenheit nicht, die Regierung Israels lautstark zu kritisieren. Meiner Meinung nach müssten Europa und die USA auf Israel mehr Druck ausüben.

Der Gazastreifen ist ein Gebiet, das im Süden an Ägypten angrenzt und von rund 1,5 Millionen PalästinenserInnen dicht aneinandergedrängt besiedelt ist. Es handelt sich dabei meist um Flüchtlinge der Kriege zwischen den Völkern der Region. Die israelische Regierung erschwert ihnen den Zugang zu Berufen und lässt sie hungern, indem die Landwirtschaft zerstört wird. 2008 wurden während einem Angriff rund 1.500 PalästinenserInnen, darunter 350 Kinder, ermordet. Es kamen unter anderem Testwaffen zum Einsatz, die in den Körpern der Opfer explodierten.

Dennoch: Eine Einstaaten-Lösung kommt für Israel derzeit schon deshalb nicht in Frage, weil seine Bevölkerung im Vergleich zu den MuslimInnen nicht mehr die Mehrheit bildet. Und das, obwohl bereits vor Generationen Jüdinnen und Juden sowie PalästinenserInnen die Seite und die Religion wechselten und deren Kinder heute das Blut beider Völker in sich tragen. Das wohl einzige friedenssichernde Verhandlungsziel ist daher die Schaffung eines unabhängigen Staates für das palästinensische Volk. Außerdem sollten beide Völker in Sicherheit und innerhalb international anerkannter Grenzen leben dürfen. Immerhin gibt es vonseiten des EU-Parlaments mittlerweile eine symbolische Anerkennung des Palästinenserstaates.

Auch wenn sich Israel mit antiislamischen Äußerungen zurückhält, führten die USA in Afghanistan und im Irak antiislamistisch motivierte Kriege, wobei mir mit Folgendem die extremistischen Beweggründe nähergebracht wurden. So propagierte der ehemalige US-Präsident George W. Bush sein Versprechen, einen Kreuzzug gegen den Terrorismus führen zu wollen. Unter Beeinflussung mit solchen antiislamischen Parolen stehend, begann die westliche Bevölkerung damit, immer mehr islamische Begriffe ins Respektlose und Negative zu projizieren. Dies erschwert muslimischen BürgerInnen in westlichen Staaten oft den Alltag und begründet wiederum die Abneigung, die ihnen entgegengebracht wird. Doch die MärtyrerInnen, die terroristischen SelbstmordattentäterInnen sind unvereinbar mit dem islamischen Glaubensgebot. Jene TerroristInnen berufen sich zwar auf den Koran, doch tatsächlich praktizieren sie wohl eher das genaue Gegenteil dessen, was dieser lehrt.

Die antiislamischen Parolen des Westens dienen oft nur als Rechtfertigung der Ausbeutung lokaler Ressourcen wie Öl, die zu einem weiteren Ansteigen des Hasses zwischen den Kulturen führen. Die Demütigung, vom Westen seit Jahrhunderten unterdrückt zu werden, und der Versuch, sie ihrer Kultur zu berauben, hatte neben den extremistischen antijüdischen auch antiwestliche Terrororganisationen hervorgebracht. Solche Terrororganisationen setzen sich aus Dschihadisten zusammen deren Mitglieder sich zum Heiligen Kampf verpflichten. Sie gewinnen weltweit an Zulauf und verbinden sich entweder oder zersplittern sich in unzählige eigenständige ideologiegetriebene Organisationen. Die im Westen bekanntesten sind die Hisbollah im Libanon, die weltweit operierende Al-Qaida, die selbst im Bosnien- und Kosovokrieg mitkämpfte, die im Norden Nigerias herrschende Boko Haram, was übersetzt so viel wie „Das Verbot der westlichen Lehren" bedeutet, die Al-Shabaab in Somalia, die Taliban in Afghanistan oder der IS, der Islamische Staat.

Die von diesen Organisationen rekrutierten jungen Männer finden in ihrer häufig existentiell aussichtslosen Lage der kapitalistischen Unterdrückung nun eine Lebensperspektive und eine Zugehörigkeit und sind bereit, für den Heiligen Krieg, der von vielen Konzernen und Regierungen finanziert wird, im Kampf gegen den Westen zu sterben. Die Leidenden, die Hungernden und die aus diesen Verhältnissen erwachsenen Terroristen dieser Welt werden immer mehr und immer lauter. Es ist die Mitverantwortung der Industriestaaten, diese Menschen im Vorfeld nicht ihrer Lebensgrundlage und Ehre zu berauben. Mit weiteren Waffenlieferungen und Kampfeinsätzen schüttet man nur Benzin ins immer größer werdende Feuer. Nur durch die Schaffung solidarischer Perspektiven und konstruktiver Dialoge kann die Ideologie des Terrors erfolgreich und dauerhaft bekämpft werden.

Die Männer, die mich über die verworrenen religiösen Verhältnisse aufklärten, luden mich zur Übernachtung in die Moschee ein. Vor dem Betreten des Gebetsraums wuschen wir uns die Hände, die Füße und das Gesicht. Das war die sogenannte Evolutionsreinigung.

Respektvoll legten sie beim gemeinsamen Abendessen das Stück Fleisch, welches ich verweigerte, zur Seite. Selbst bei der Verköstigung folgten sie ihren Ritualen. So nahmen die Männer beim Trinken zuerst zwei ganz kleine Schlucke, bevor sie richtig tranken. Wir aßen gemeinsam von einem Teller und nachdem wir gesättigt waren, strichen wir noch einmal mit dem Zeigefinger darüber und leckten die Speisereste ab, denn das Ablecken des Fingers regt Nerven und die Verdauung an.

Der Koran gab ihnen Anweisungen für alle denkbaren Lebenslagen vom sexuellen Akt bis zur Alltagsbewältigung, an die sie sich zu halten hatten.

Selbst meine Zweifel an der Existenz Allahs konnte ich in der Moschee offen äußern. Und diese Gläubigen äußerten im Gegenzug ihre Angst vor dem westlichen Einfluss. Sie fürchteten, dass ihre Kinder in die Hölle kämen, sollten sie nicht mehr dem Glauben ihrer Väter folgen. Die Männer versuchten, wie Millionen andere Eltern auch , aus ihrer Überzeugung heraus ihre Kinder vor etwas zu bewahren, von dem sie glaubten, dass es ihnen schaden könnte.

Nachdem mich Mr. Ali gefragt hatte, an welchen Gott ich denn glaube, fand ich darauf keine konkrete Antwort und legte mein Zugeständnis ab, mich keiner der großen Weltreligionen angehörig zu fühlen. Ich war mir im selben Augenblick aber vollkommen im Klaren darüber, dass manche Sichtweisen wie jene der Rolle von Alis Frau, die eine Daseinsberechtigung ausschließlich in ihrer Form als Ehefrau hatte, ganz und gar nicht meinen Werten entsprach. Ich hatte aber kein Interesse daran, ihn von meinen westlich geprägten Ansichten zu überzeugen, denn es bestand die große Wahrscheinlichkeit, dass auch seine Frau diesen Überzeugungen ihres Glaubens, oder mehr noch ihrer kulturellen Praktiken folgte. Noch bis spät in die Nacht unterhielten wir uns über solche und andere Themen und Riten.

Ein abschließendes Gebet, dessen Tonfall mich spürbar berührte, ließ in mir die Frage aufkommen, wer oder was dieser Allah eigentlich sei. Wer oder was ist Gott und weshalb befähigt der Glaube daran Menschen zu undenkbaren Dingen? Egal ob zum Guten oder zum Schlechten.

Bevor meine Fahrt mit dem Bus nun weitergehen sollte, blickte ich noch einmal von einem Hügel aus über das Srinagartal.

Ich genoss die Stille und freute mich über den Duft der bunten, wildwachsenden Blumen, die mich hier umgaben. Tatsächlich sehnte ich mich wieder nach den heimischen duftenden Wiesen und den saftigen Früchten und erfreute mich einmal mehr an dem Gedanken an mein Zuhause daheim.

In der Ferne zeigten sich mir weiße Gipfel und die kreisenden Adler über mir hielten Ausschau nach ihrem Futter, während ich meine Aufmerksamkeit meinem Inneren zuwandte, das mehr und mehr zum Vorschein kam.

An einem längst vergangenen Tag zogen Wolken um mich herum auf, die etwas Regen mit sich brachten. Der Sommer hatte sich schon vor mehreren Wochen verabschiedet und die kühleren Temperaturen kleideten die morgendlichen Stunden in einen dicken Mantel aus Reif. Unser kleines Vogelhäuschen im Garten war inzwischen regelmäßig von jenen Vögeln ausgebucht, die es nicht in den Süden zog.

Die Blätter der heimischen Bäume hatten sich rostbraun gefärbt und lösten sich bereits bei einem leichten Windhauch von ihrem Ast. Tag für Tag glitten immer mehr von ihnen zu Boden und bedeckten das nasse Gras. Mama und Papa brachten die letzten Kürbisse in den Keller und machten den Garten wintertauglich. In dieser Jahreszeit ging ich mit meinen FreundInnen am Wochenende oft zu den Waldlichtungen, wo in wenigen Jahren der gläserne Vorhang errichtet werden sollte. Die in unserem Dorf ansässigen Jäger befüllten dort die Futterstände für das Wild, das sich sehr nahe an unseren Ort heranwagte. Früh am Morgen oder während der Abenddämmerung konnten wir immer die größte Anzahl von Rehen und Hirschen beobachten. Beim Anschleichen achteten wir darauf, dass wir uns ihnen in Gegenrichtung des Windes näherten. So rochen die Tiere uns erst sehr spät und wir konnten uns unbemerkt bis auf wenige Meter vortasten.

Wenn das Wetter und der Wind noch nicht zu kalt pfiffen, saß ich hier von Zeit zu Zeit stundenlang alleine im langen Gras und zeichnete mit einem Bleistift an einem meiner Comics, wobei ich ganz in mich gekehrt war. Oft bemerkte ich erst spät, dass sich das Wild um mich versammelt hatte und friedlich auf der Wiese fraß.

Ganz in der Nähe unseres Baumhauses befand sich ebenfalls eine Futterstelle und auch dort schlichen sich nach langem Warten unserseits häufig direkt unter uns Waldtiere vorbei. Eichkätzchen besuchten uns in unserer Behausung ebenso wie Spechte, die sich mit meinen FreundInnen und mir den Baum teilten. Von den Ästen über unseren Köpfen hingen viele dicke und dünne Lianen herab, die sich vom Boden aus am Stamm hinaufschlängelten und nun im Wind frei wehten. Juicy, die unter vielen Allergien litt, war die Leichteste von uns und konnte sich deshalb am besten von einer zur anderen schwingen. Im Gegensatz zum Magnesium in Turnunterricht verursachte ihr beim Lianenschwingen der Dreck an den Händen keinen Ausschlag.

Die vielen Lianen befanden sich meist an Bäumen, die an einem steilen Abgrund zu einem Bach hinunterführten. Im Herbst kam es hier durch das viele Laub und die angespülten Äste oft zu Überschwemmungen, sodass sich für uns ein großflächiges Gebiet des Bodens in ein wahres Schlammparadies verwandelte. An einem solchen Tag schaffte es Juicy, sich von den Lianen neben unserer Baumbehausung zu den höhergelegenen anderen Pflanzen zu schwingen. Nach der vierten befand sie sich schon etwa drei Meter über der stark abfallenden Böschung. Beim Versuch, die fünfte zu erreichen, riss diese ab und Juicy landete mit dem Kopf nach unten auf dem Schlammboden und blieb darin stecken. Zappelnd streckte sie uns ihre Beine entgegen, denn der Rest ihres Körpers war auf Tauchgang. Nachdem Burny, Kränky, Trendy und ich sie an den Beinen zurück ins Trockene gezogen hatten, saß erstmal nur ein zum Leben erwachter Dreckklumpen vor uns, bis sie sich später im Bach waschen konnte.

Seit diesem Tag waren Juicys Hautausschläge bedeutend weniger geworden. Der Arzt führte dieses Wunder allerdings auf den positiven Effekt der von seiner Hand verschriebenen Medikamente zurück. Heute als Erwachsene arbeitet Juicy als Landschaftsgärtnerin, Kräuterpädagogin und bietet nebenbei Heilbäder-Behandlungen mit Schlammpackungen an.

Nach dieser schönen Reise zurück in meine Kindheit brachte mich ein Bus auf holprigen Fahrbahnen an mächtigen weißen Felsspitzen vorbei noch tiefer hinein in die indischen Berge. Teilweise waren die Straßen, an deren Rändern es Hunderte Meter in die Tiefe ging, nur einspurig passierbar. Einige meterhohen Schneefelder kreuzten unseren Weg. Doch die vielen freundlichen, hier oben stationierten Soldaten hatten bereits gute Arbeit geleistet und die Straße freigeräumt.

Je länger die Fahrt dauerte, desto seltener zeigten sich grüne Wiesen und umso öfter überwog trockenes Geröll, das manche Flussläufe verändert hatte.

In der kleinen Stadt Kargil war es ebenso trocken und dürr. Dort wurde um die Steinhäuser herum nur ein kleines Gebiet bewässert und in eine lebensfähige Oase verwandelt. Zwischen den wenigen Sträuchern und Bäumen wurde auf speziell dafür angelegten Terrassen Getreide angebaut. Die Flussläufe, die einen grünen Streifen mit sich zogen, schlängelten sich aus dem pakistanischen Karakorum-Gebirge hinein in den indischen Himalaya. Etwas oberhalb des Ortes befanden sich ein Militärstützpunkt und mehrere in die Erde gegrabene Bunker, die mit Sandsäcken und Stacheldraht abgeriegelt waren. Der laute Knall explodierender Sprengsätze bei Übungseinsätzen erinnerte mich daran, dass der Konflikt in diesen Breiten und Höhen noch Feuer hatte.

Da es mir körperlich wieder schlechter ging, pausierte ich zwei Tage lang in einem kleinen Schlafsaal, wo ich viele Einheimische kennenlernen durfte. Einer war ein zerzauster alter Mann, dessen ledrige Haut dem Leder eines Yaks glich, der mich auf mein nun auch für Außenstehende unverkennbares Untergewicht aufmerksam machte. Der Alte war aus dem weit entferntem Zanskar-Gebiet angereist und befand sich nun auf dem Weg in die Stadt Leh, um dort seine Tochter zu besuchen. Von Leh hatte ich schon zuvor gehört. Da ich aufgrund meines Visums nur mehr vier Wochen reisen durfte, sollte diese relativ nahegelegene Stadt auch auf meiner Route liegen.

Obwohl ich mich schon seit Monaten darauf vorbereiten hatte können, bewirkte der Gedanke an das nahe Ende meiner Reise ein sehr seltsames Gefühl. Doch bisher hatte mich etwas daran gehindert, mich um meine Rückkehr zu kümmern: Dieser Schritt schmerzte in mir irgendwie. Es war, als müsste ich all das, was ich mir in den letzten Monaten aufgebaut hatte, einfach so auf den Tag genau mit konkreten, mir von der Außenwelt auferlegter Fristsetzung hinter mir lassen und achtlos wegwerfen. Ich war mir noch nicht im Klaren darüber, ob ich zu einem solchen Schritt schon bereit war. Denn noch kannte ich die Lösung meiner Fragen zur AGHS nicht. Aber noch hatte ich Zeit, weshalb ich mein inzwischen wieder deutlich höher geschätztes Zuhause gedanklich noch beiseitelegen wollte, um mich auf den einen Moment, in dem ich mich Sekunde um Sekunde im Hier und Jetzt befand, zu konzentrieren.

Es schien, dass Kargil einen Grenzpunkt zwischen MuslimInnen und BuddhistInnen darstellt. Aber auch diese Grenze verschwamm.

Kashmiris mit ihren gelbgrünen Augen beteten zu Buddha und EinwohnerInnen tibetischen Ursprungs trugen je nach Geschlecht entweder Kopftücher oder einen langen Bart, der bei den Männern hier aber weniger dicht wucherte als bei anderen, denen ich im Laufe meiner Reise begegnet war.

Nachdem ich einen Obdachlosen zum Mittagessen eingeladen hatte, wurde mir dafür am nächsten Morgen von ein paar Bäckern gedankt, indem sie mir kostenlos traditionelle Tandooris, süßes Weißbrot, und gesalzenen Tee servierten. In den letzten Monaten hatte ich schon öfter jemandem aus meiner reinen Überzeugung heraus geholfen und auf irgendeine Art und Weise war mein Tun immer zu mir zurückgekommen. Als ich jedoch versuchte, eine dieser Situationen zu meinen Gunsten zu beeinflussen, geschah entweder nichts oder ich musste dafür einen erhöhten Preis bezahlen. Es war, als ob sich mein Schicksal von alleine fügen würde, sobald ich mir über meine Gefühle und Werte bewusst geworden wäre und dem Lauf der Dinge vertraute. Dieses Gefühl empfand ich damals selten bewusst, aber es weckte meinen Mut zu vertrauen, der sich mir immer häufiger zeigte. Die Festung, die ich um meine erdachten Grenzen herum errichtet hatte, bekam Risse wie einst der gläserne Himmel und dahinter krochen erste Lichtstrahlen hervor, die mir immer mehr Klarheit verschafften.

Ein solcher Strahl der Überzeugung erreichte mich, als ich an der Kreuzung der Stadt Leh mit dem Zanskar-Tal stand und mich eine innere Stimme in das Ungewisse zu locken versuchte, denn es fühlte sich gut an, an das fremde Zanskar zu denken. Und die Situation schickte mir eindeutige Zeichen, denn die sonst so stark befahrene Straße nach Leh war an diesem Tag von jeglichem Fahrzeug wie leergefegt, sodass sich wie in einer toten Westernstadt maximal ein Büschel Stroh über die Fahrbahn verirrte. Nach vierzig Minuten des Wartens kam ein PKW. Das Fahrzeug blieb stehen, ich stieg ein und begleitete den Fahrer, Abdul, in der folgenden Stunde bis zu seinem Zuhause in Richtung Ungewissheit. Umgeben von öden Bergen, war ich inmitten eines fruchtbaren kleinen Dorfes gelandet.

Abdul lebte dort mit seiner Frau und drei Kindern im Haus seiner Mutter. Die religiösen Praktiken wurden hier nicht so streng befolgt. Dennoch wurden einige Rituale durchgeführt, ohne zu wissen, weshalb. Das Argument, dass man es schon immer so gemacht hätte, war auch hier eines, das den meisten völlig ausreichte. So feierte die Familie auf Wunsch der Kinder neben ihren muslimischen Festen auch Weihnachten. Abdul begründete das folgendermaßen: „Hauptsache, die Kinder sind glücklich."

So wie meine Übernachtungsstätte bestand auch der größte Teil des Dorfes aus sehr einfachen Stein- und Lehmhäusern, an einigen wenigen von ihnen war eine Satellitenschüssel angebracht. Verwinkelte Pflasterwege führten zu anderen Häusern, deren Holztüren oft mit Yakfell bedeckt waren, um die Kälte des Winters nicht hineinzulassen. Solche versteinerten Dörfer hatte ich in Nepal mit meinen Augen gerade mal vage wahrgenommen und nun war ich so sehr in diese Welt hineingewachsen, dass ich sie mit all meinen Sinnen erspüren konnte.

Mein Gastgeber arbeitete als Lehrer in der zweiräumigen Schule inmitten des Dorfes. Einmal begleitete ich ihn dorthin. Auf dem Weg winkten mir Menschen in allen Altersklassen zu, selbst jene Frauen, die ihr Gesicht schüchtern hinter einem Tuch versteckten.

In der Klasse angekommen, durfte ich mitansehen, wie der Schulunterricht seiner ganz eigenen Struktur folgte. Das Erbe der Briten war die Schuluniform, die sich die Eltern erst einmal leisten können mussten. Aus diesem Grund wurde sie oft über mehrere Generationen hinweg weitergereicht. Die Hemden der Kinder waren durchlöchert und die Schuhe bestanden teilweise nur mehr aus Gummifetzen anstatt einer Sohle.

Dafür wurden immerhin die Schulbücher vom Staat bezahlt. Als ich mir diese jedoch genauer ansah, erschrak ich, denn in den Büchern waren Kinder abgebildet, die in ihren wohlhabenden britischen Häusern lebten. Eine darin angeführte Aufgabenstellung verlangte von den SchülerInnen, für alle Gegenstände, die sich in einem gezeichneten Haus befanden, das richtige englische Vokabel zu finden und in einen Satz einzufügen. Die zerlumpten indischen Kinder sollten sich demnach ihre Köpfe darüber zerbrechen, was die abgebildete kleine Hannah in ihre Schublade ins vierte Fach einräumen musste. Oder welches Buch im Bücherregal neben dem Schrank und dem Fischaquarium fehlte. Mit welcher Formel kann man in Mathematik die Höhe des Eiffelturms berechnen, wie viele Liter Benzin braucht der Bauer, wenn er drei Felder anstatt einem mit seinem Traktor bewirtschaftet und welches der Tiere ist der Schäferhund und welches der Dalmatiner?

Solche und ähnliche Aufgaben mussten die Kinder, deren Eltern mit Ochsen die Felder umgruben, erarbeiten. Sie besaßen weder ein eigenes Schlafzimmer noch hatten sie jemals etwas von einem Eiffelturm gehört. Diese Bücher waren billig imitierte Lehrbücher aus dem Westen, die mit den Lebensgewohnheiten der InderInnen nichts zu tun hatten. Die Kinder wurden dadurch zu minderwertigen Kopien gemäß westlicher Weltanschauungen abgerichtet. Im Gegenzug verlernten sie aber, wie man ohne ein motorisiertes Gerät die Felder bebaut. Wie man sich selber versorgt und wie sie im Dorf ihre Konflikte auf ihre eigene Art und Weise regeln können.

In allen südlichen Ländern wird den Kindern ein Schulsystem aufgezwungen, das kaum etwas mit ihrer eigenen Welt zu tun hat. Unser Bildungsideal überrollt die Bevölkerungen und man glaubt, dieses westliche Wissen auf die gesamte Welt übertragen zu können. Aus Büchern lernen Kinder, wie man mit Traktoren und giftigen Pestiziden Felder bewirtschaftet, wie man mit Kern- und Wasserkraftwerken Strom erzeugt und wie man mit Beton und Stahl Häuser baut. Dieses Wissen ist für sie unbrauchbar und hat einen bitteren Beigeschmack, denn es vermittelt ihnen ganz nebenbei, was wir Westler alles haben, sie aber nicht.

Anders als in den schön gemalten Villen in den Schulbüchern waren die Wände hier in der Schule modrig. In den beiden Räumen der Schule mussten vier unterschiedliche Schulstufen ihren Platz finden. Abdul und seine KollegInnen mussten in einem Raum gleichzeitig zwei unterschiedliche Stufen unterrichten. Bei Schönwetter wichen die LehrerInnen in den Hof aus. Dazu kam, dass auch die Jüngsten keinen Kindergarten besuchten, sondern am Schulareal herumschnupperten, was ein ziemliches Chaos zur Folge hatte. Die am Boden sitzenden Kinder waren am Malen, Rechnen oder am Raufen, woran sie die Lehrkräfte kaum hinderten. Jede halbe Stunde wurde eine andere Klasse unterrichtet. Neben der Sprache Urdu wurde den Kindern auch Englisch und Hindi gelehrt. Zu Mittag erhielten sie eine von der Regierung gesponserte Schulspeisung. Ich musste dabei an die hungernden SchülerInnen aus Bangladesch denken, deren Schüsseln wohl noch länger leer bleiben würden. Nach einem weniger strengen Unterricht wurde als Abschluss eines jeden Schultages eine Stunde gemeinsam Kricket gespielt. Abdul und ich aßen nicht in der Schule, sondern bei seinen FreundInnen. Dort gab es, wie hier üblich, Fladenbrot, Joghurt und gekochte Salatblätter. Während unserem Mahl erklärte er mir die Gründe, warum er von dem Schulessen nichts zu sich nehmen wollte. Ein eher unbedeutender Grund war, dass das reichliche Essen nur für die Kids da sein solle. Doch sein zweiter hatte einen sehr tragischen Beigeschmack, denn im Bundesstaat Bihar waren 2013 nach einer solchen Speisung 25 Schulkinder im Alter von sieben bis elf Jahren an einer Vergiftung gestorben. Anfangs klagten viele über Magenschmerzen, bis die ersten bewusstlos zusammenbrachen und Schaum vor dem Mund hatten. Dann starben einige innerhalb kürzester Zeit. Die damals verwendeten Lebensmittel stammten von Monokultur-Plantagen und waren deshalb mit starken Pestiziden versehen. Es wird vermutet, dass darauf vergessen wurde, dieses Lebensmittel vor der Verarbeitung und dem Verzehr gründlich zu reinigen, was für die Opfer dieses tragische Schicksal zur Folge hatte. Aber auch in anderen Schulen in der Region war es bereits zu weiteren ähnlich gelagerten Vorfällen gekommen, als etwa fünfzig Kinder aufgrund ihres mit purem Gift behandelten Essens erkrankt waren. Die Kinder hier in Zanskar aßen weiterhin gesund und munter ihr Schulessen. Ein fragwürdiger Dank an die grüne Revolution.

Abdul zeigte mir im Rahmen eines Spaziergangs, wie die Menschen im Dorf das Getreide zu Mehl verarbeiten. Einzig und allein per Wasserantrieb, wobei sich die kostbare Flüssigkeit durch ein ausgetüfteltes Bewässerungssystem schlängelte, wurde eine Steinplatte in Bewegung gesetzt, welche die Körner zermahlte. Auf den umliegenden Feldern wurden Kartoffeln angepflanzt, die zur Überwinterung und zum Schutz vor Frost in einem tiefen Erdloch eingebuddelt wurden.

Ich half, Brennholz zu sammeln, das in sehr geringen Mengen in der Umgebung herumlag. Die Menschen hier schneiden immer nur so viele Bäume nieder, wie sie benötigen, und sie achten darauf, dass sie wieder in ausreichender Anzahl nachwachsen können. Dann sammelten wir den Kot der Tiere ein, formten ihn mit unseren Händen zu Fladen und aßen sie ... natürlich nicht, Blödsinn! Aber wir ließen sie vor dem Haus in der Sonne trocknen, um die Kacke später als guten Brennstoff zu verwenden.

Die vielen Ziegen und die wenigen Yaks wurden hauptsächlich für die vor Ort hergestellten Milchprodukte gebraucht. Hier stellt jede und jeder ihre bzw. seine eigene Butter und eigenes Joghurt her. Besitzt jemand keine Ziegen, tauscht man Mehl oder anderes gegen Milch ein.

Geschlachtet wird eine Ziege erst dann, wenn ihre Nachkommenschaft gesichert ist. So kann sich das Dorf von seinen eigenen Erzeugnissen und unabhängig von äußeren Einflüssen selbst ernähren. Doch wer wird diesen friedlichen Lebensstiel in Zukunft weiterführen, wenn die Kinder aus Büchern und Filmen lernen, die auf das moderne Leben des Westens abzielten?

Abdul war jedoch sehr zuversichtlich für die Zukunft seines Dorfes, denn in den nächsten Jahren würde man die Straßen hier asphaltieren und das würde einen Zuwachs an Tourismus und Handel mit sich bringen. Er selbst freute sich darauf, Cola in einem Dorfladen kaufen zu können, obwohl er das Getränk noch nie gekostet hatte. Außerdem hoffte er auf den Ausbau des Stromnetzes, um sich mehr indische und amerikanische Filme ansehen zu können. Abdul war sehr daran interessiert zu sehen, wie die restliche Welt so lebte. Trotz meiner zu Beginn großen Skepsis bekam ich ein gutes Gefühl, als ich ihn so sprechen hörte. Mir saß ein Mann gegenüber, der sich auf seine Zukunft freute. Auch er würde seine Erfahrungen machen. Ob gute oder schlechte: Abdul und die DorfbewohnerInnen würden daraus lernen.

25

Nach einer Tasse gesalzenen Milchtee und einem Fladenbrot mit Joghurt hielten Abdul und ich früh am Morgen einen der wenigen vorbeifahrenden LKWs an, die Lebensmittel in Richtung der in Zanskar liegenden Dörfer transportierten. Nachdem ich die ersten beiden Mitfahrpreisvorschläge des Fahrers und seines etwa 15-jährigen Helfers abgeschmettert hatte, blieb der Lenker nach dreißig Metern doch noch stehen und akzeptierte mein überaus faires Angebot.

Anfangs ging es noch durch die von Menschenhand angelegten grünen Oasen hindurch, begleitet wurden wir von einer wunderschönen weißen, in der Sonne schimmernden Bergkette. Je länger wir auf dieser ausgespülten Schotterpiste unterwegs waren, desto seltener zeigten sich Häuser und umso unfruchtbarer wurde das Land. Nur manches Mal sahen wir indische StraßenarbeiterInnen, die in kleinen Planenlagern hausten. Hier erstrecken sich ewige Steinwüsten, die vorwiegend von Murmeltieren bewohnt werden. Holprig ging es über mehrere ansehnliche Pässe, die uns einen kilometerweiten Rundumblick auf die schier endlose Bergkette ermöglichten.

Nachdem die Fahrt schon mehrere Stunden gedauert hatte, platzte inmitten der vielen 6.000 Meter hohen Gipfel einer unserer Reifen. Im Schritttempo rollten wir noch einige Kilometer bis zum nächsten Ort, wo der Fahrer den Schaden beheben konnte. Diese Zeit nützte ich weniger, um mich umzusehen, sondern um meinen Magen, dem diese Höhe zu schaffen machte, in den Griff zu bekommen. Es war, als ob sich mein erleichtertes inneres Wohlbefinden mit meinem schweren äußeren Unbehagen einen erbitterten Kampf lieferte.

Nachdem der Platten wieder repariert worden war, trafen wir bei der nächsten wackeligen Passüberquerung auf einen im Jahre 2006 verunglückten, vor sich hin rostenden Bus, in dem damals mehrere Menschen zu Tode gekommen waren. Das war kein beruhigender Anblick, während wir von schroffem Gestein, beißender Kälte und langen Gletscherzungen umgeben waren. Nach einer etwa zwanzigstündigen Fahrt erreichten wir nachts das letzte Dorf in Zanskar, Padum, wo ich auf dem Boden eines Hauses einen Schlafplatz fand.

Am nächsten Morgen, als ich noch halb verschlafen aus dem Haus ging, blies es mich aber so was von aus den ausgelatschten Schuhen. Diese Reaktion hatte nichts mit dem stark wehenden Wind zu tun. Ich war nur absolut positiv von der überraschenden Kulisse geflasht.

Padum ist eine sehr kleine buddhistische Stadt bzw. ein größeres Dorf inmitten des Himalayas. Auch hier befinden sich neben den endlosen Steinfeldern, durch die sich ein türkisfarbener Gletscherfluss zieht, einige wenige grüne Streifen. Es ist ein wildes, wüstenähnliches Hochland. Die Ansiedelung besteht aus einem alten Dorfkern, in dem weiße Häuser stehen, deren Türen und Fensterrahmen rot bemalt sind. Einige alte Steinruinen dienen den Yaks als Behausung. Ein paar ebenso historische Stupas, das sind buddhistische Kapellen, wiesen den Weg zu einem kleinen, auf einer Anhöhe gelegenen Tempel. Von dort aus sah ich eine Gompa, ein Kloster, die auf einem anderen Hügel Platz fand, um den tibetische Gebetsfahnen im Wind wehten.

Die Menschen hier tragen lange, rote Filzmäntel. Die Frauen haben zusätzlich ein Stück Yackfell um ihre Hüfte gebunden und eine dicke Wollmütze auf dem Kopf, aus der zwei Haarzöpfe heraushängen. In ihren aus Zweigen geflochtenen Körben sammeln sie den Dung der Rinder, den auch sie zum Feuermachen verwendeten.

Aber selbst hier war das 21. Jahrhundert bereits ansatzweise eingezogen. So sammelte sich der Müll langsam am Straßenrand. Vereinzelt bettelten Kinder um Stifte, Süßigkeiten oder Geld. Die wenigen Läden im Zentrum verkauften nicht nur Nützliches aus Indien, sondern auch gespritzte Äpfel aus China oder Power-Ranger-DVDs und Action-Figuren. Um einige Häuser herum stapelten sich leere Whiskyflaschen, die mich an die tragischen Einzelschicksale in Myanmar denken ließen.

Erst in den 1960er Jahren, als es in Tibet vermehrt zu Konflikten gekommen war, trieb die indische Regierung im nahegelegenen Ladakh und hier in Zanskar die Entwicklung voran und verband mit neuen Straßen diese Jahrtausende alte Kultur mit dem Rest der Welt. In den 1970ern und 1980ern kamen die ersten TouristInnen, wodurch zwei unterschiedliche Weltbilder aufeinanderstießen.

Von außen betrachtet, wirkt unsere westliche Kultur für Bergvölker oftmals erfolgreicher als die ihrige. Oft lassen TouristInnen an nur einem Tag bereits hundert Euro in der Region. Die traditionelle Lebensweise kam ganz ohne Geld aus. Verschiedene Arbeiten für Nahrungsmittel, Kleidung und Wohnen wurden früher mit zwischenmenschlichen Hilfeleistungen oder Tauschhandel beglichen. Mit Geld kaufte man sich hier, wenn überhaupt, nur Luxusgüter wie Silber oder Gold. Natürlich wussten oder verstanden manche nicht, dass man im Westen für die Beschaffung von Essen und Kleidung, anders als hier bei ihnen zu Hause, Geld benötigt. Doch die vielen zwischenmenschlichen Aspekte, die wir mit Geld regeln, und die Medien, die darüber berichten, wie wir unsere Maschinen für uns arbeiten lassen, lösen in dieser so friedlichen Kultur den Glauben daran aus, selbst arm zu sein. Denn die Bilder zeigen keine FabrikarbeiterInnen oder

Obdachlose, keinen psychischen Druck des Wirtschaftens, dem man mit Leistungspillen standzuhalten versucht.

Trozt meiner Kritik, oder gerade deswegen, hoffe ich einerseits darauf, dass dieses hier Niedergeschriebene nie jemand lesen wird. Nur um zu verhindern, dass sich Massen in dieses Gebiet verirren. Andererseits sollten die Menschen in Zanskar auch das Recht darauf haben, an der Welt da draußen teilzuhaben. Umso wichtiger ist es, mir klar darüber zu sein, was ich mit meinem Verhalten den Menschen gegenüber zerstören oder aber auch erschaffen kann. Diese projizierten Bilder des Westens stehen vor allem bei der jungen Generation im krassen Kontrast zu den Ansichten der Alten. Die Erfahreneren möchten, dass auch die Jungen zum alleinigen Nutzen des ganzen Dorfes auf den Feldern arbeiten. Doch das löst bei ihnen wiederum eine Art Minderwertigkeitskomplex aus. In ihrer Wahrnehmung sind wir im Westen die Sauberen, Wohlhabenden, Allwissenden und sie die Schmutzigen, Armen, Unterentwickelten. Es herrscht kein Verständnis dafür, dass man auch in Büros hart arbeiten muss, nicht nur am Pflug hinter den Ochsen. Darum sind diese InderInnen, ja, sogar alle Völker in den häufig von uns als aufholbedürftige Entwicklungsländer bezeichneten Regionen unserem westlichen System in so vielen Aspekten schutzlos ausgeliefert.

Das Verlangen nach Wohlstand löst einen Zwang nach Konsums aus. Eine Art Statussymbol soll nach außen getragen werden. Jeans, Sonnenbrillen und Mp3-Player scheinen wichtiger geworden zu sein als familiärer Zusammenhalt.

Heute vergleichen sich viele Jugendliche, aber auch manche Ältere nicht mehr mit den realen Nachbarn. Sie wollen so sein wie jene, für die im Fernsehen beim Wettsingen die Höchstzahl an Votings auf sich vereinen können oder in den sozialen Medien die meisten Fans haben und damit Berge von Geld stapeln. Diese Generation distanziert und entfremdet sich von den Wertvorstellungen ihrer eigenen Kulturen. Alt und Jung, Mann und Frau, BuddhistInnen und MuslimInnen – sie alle entfernen sich durch diesen real erlebten Verlust an Selbstwert immer weiter voneinander. Der ständige Drang danach, nicht nur gut, sondern besser als alle anderen zu sein, bringt die Krankheit des Westens mit sich. Früher waren diese Menschen noch jemand gewesen und sie waren reich mit dem, was sie hatten. Heute lässt sie eine Weltwirtschaft glauben, zu den Armen und Unterentwickelten zu gehören. Und auf finanzieller Ebene werden sie auch tatsächlich dazu degradiert, denn die lokale Wirtschaft und die damit zusammenhängende Gemeinschaft werden durch subventionierte, also vom Staat geförderte Produkte, die südlich des Himalayas in Massen hergestellt werden, systematisch zerstört. Aus einer traditionellen Gemeinschaft wird ein konkurrierender Kampf ums Überleben.

In Zanskar lebt eine buddhistische Mehrheit, die vom muslimischen Kaschmir aus verwaltet wird. Ihre traditionelle Lebensweise war von weit weniger Spannungen gekennzeichnet, als es heute der Fall ist. Die BuddhistInnen fühlen sich von der Staatsregierung oft benachteiligt und versuchen, sich politisch durchzusetzen. Daraufhin meint die muslimische Minderheit, in ihren Rechten bedroht zu sein.

Auch in Myanmar kommt es zu Spannungen zwischen BuddhistInnen und MuslimInnen. Die Hindu-Regierung in Neu-Delhi hat Probleme mit dem muslimischen Volk in Kaschmir. Auf dem „alten Kontinent" fühlen sich EuropäerInnen von muslimischen MitbürgerInnen bedroht. Die USA führen einen Kreuzzug gegen die Dschihadisten des Heiligen Krieges. Und in vielen anderen Gebieten der Welt verursacht der religiöse Glaube in Gegenüberstellung zur kapitalistischen Ideologie wachsende Konflikte.

Sind diese Lebensweisen des Wirtschaftens und der Religionen miteinander vergleichbar oder stehen sie in einem krassen Gegensatz zueinander? Das eine schließt das andere doch nicht aus. Denn in jedem Fall tritt in der unterschiedlichen Betrachtung sowie auch in der Darstellung der Gemeinsamkeiten von Religionen und der kapitalistisch bzw. neoliberalen Ideologie ein konkurrierendes Gehabe auf. Was ist es, das die Menschen so sehr an den Glauben an Gott bindet? Warum dieses Streben nach Macht, nach Geld? Gott und Geld können in Menschen unvorstellbare Kräfte freisetzen. Sind sich Religionen und die Finanzwirtschaft so fremd oder sind sie nur ein gegensätzliches Produkt eines evolutionär bedingten, nach Macht strebenden Konkurrenzdenkens?

Als mir all diese Gedanken durch den Kopf gingen und ich mir diese Fragen stellte, saß ich still auf einem Stein und tat einen tiefen Blick in das sich vor mir erstreckende Tal zwischen den Bergen. Das Einzige, was ich währenddessen hörte, waren singende Schulklassen, ein paar zwitschernde Vögel und Betende, die mit einer Daumenbewegung über die vielen Holzperlen ihrer Kette ein sich immer wieder wiederholendes Mantra aufsagten. Ich genoss diese friedliche Stille und hatte dabei derart bewusste Gedanken, wie ich sie bisher noch nicht gekannt hatte.

Nach einem tiefen Atemzug verbreitete sich in meinen Lungen die frische Bergluft und brachte mich zum Lachen. Dieses schier Endlose um mich herum und in mir durchströmte mich in jenem Moment mit neuen Energien. In meinem Kopf ordnete sich meine persönliche Weltanschauung, die mir ein Gefühl der Leichtigkeit und Freiheit verschaffte. Je klarer ich mich und meine Welt verstand, desto mehr fand ich zu mir. Der Druck in mir und das schwere Gewicht auf meinen Schultern, die sich in Form der AGHS gezeigt hatten, bestimmten nun abermals nicht mehr mein Leben.

In vielen friedlichen Herbststimmungen in meiner Kindheit saß ich ebenfalls gerne im Freien, so zum Beispiel unter dem Nussbaum in unserem Garten. Dort zeichnete ich nur allzu gerne an meinem selbsterdachten Comic. Ich war stolz auf meine erfundenen SuperheldInnen und wie sich deren Abenteuer weiterentwickelten. Meine Lieblingsgeschichte trug den Namen „Cosmic und Cyclone gegen die intergalaktischen Mächte der Chicago Boys". In dieser Geschichte ging es darum, dass die bösen, in Anzüge gekleideten Chicago Boys versuchten, das gesamte Universum unter ihre Macht zu stellen. Ihre Köpfe bestanden aus einem markanten Skelett mit goldenen Diamantenzähnen und wenn sie einen damit bissen, konnte man selbst zu einem solchen herrschsüchtigen Monster werden und das eigene Gesicht verwandelte sich währenddessen langsam zu einem Totenkopf. Die Macht der Chicago Boys breitete sich auf Erden immer weiter aus und sie beanspruchten immer mehr irdische Besitztümer für sich. Durch diesen andauernden Abbau von den zuvor allgemein zugänglichen Ressourcen hatte sich in meiner Geschichte der Planet um ein Vielfaches verkleinert, wodurch die Menschen darauf nur mehr spärlich Platz fanden. Da die Menschen von den Gründen dafür nichts wussten und durch die Habgier der Boys bestand die Gefahr, dass die Erde bis in ihre kleinsten Bestandteile aufgebraucht werden und dadurch ein Loch im Universum hinterlassen würde, worin die Gesamtheit allen Seins aufgesogen werden könnte. Um das zu verhindern, lebten auf dem weit entfernten Planeten Commons in einer Transition Town die zwei HeldInnen Cosmic und Cyclone, die für die Rettung der Erde auserwählt worden waren. Aufgrund der dicken Smogdecke in der Stratosphäre konnten sie allerdings nicht auf dem Erdball landen. Cosmic hatte die Fähigkeit, mit ihrem friedlichen Gemüt und klaren Gedanken heldenhafte Aufgaben zu bewältigen. Zum Glück hatte sie lange Dreadlocks, denn diese konnte sie durch die giftige Wolkendecke hindurch zu Boden lassen, um somit ihre HeldInnenkraft – verbunden mit jener des Cyclone – der bedrohten Menschheit zu schicken. Dieser tobende Cyclone war es auch, der mit seiner Faust auch einmal auf den Tisch schlagen konnte, wenn Worte nicht mehr weiterhalfen. Seine stürmische Schlagkraft hatte er auf dem Weg zur Erde mit der Kraft von Cosmics zu einem kosmischen Wirbel verbunden. Für die Menschen, die sich als Auserwählte fühlten, war dies in Form eines Energiefeldes spürbar, mit dem sie sich selbst in SuperheldInnen verwandeln konnten und in einem gewissen Rahmen Zugriff auf die geistige Überlegenheit Cosmics oder die konstruktive Schlagkraft Cyclones hatten.

Um diese sich nun aktivierenden SuperheldInnen zu stoppen, schickten die teuflischen Chicago Boys ihre Monster in den Kampf um die Erde und das Fortbestehen des Universums. Da gab es den toxischen Dr. Atomatic, dessen Knochen aus radioaktiven Brennstäben bestanden und der alleine durch seine Muskelmasse und die ihn stärkenden Kernkraftwerke nukleare Energie aus den verseuchten Böden ziehen konnte. Madame La Peste war eine weitere Ausgeburt der Chicago Boys, die im Stile einer Mary Poppins mit ihrem Pestizid sprühenden Regenschirm über Böden und Menschen flog. Ihre Poren sonderten ebenfalls sprühende Gifte ab und das Gesicht bestand aus einer zu Fleisch gewordenen Gasmaske, was sie aber unter einem Schleier versteckt hielt. Neben vielen anderen, wie dem gefräßigen Gambling Shreptile, der sich mit seiner Fressvorrichtung durch alle Lebensmittel durchbiss, um somit einen künstlichen Mangel zu erzeugen, gab es auch noch die Drilling Exploita, die sich mit ihren Beinen, bestehend aus immensen Bohrern, an fossilen Rohstoffen stärkte und dadurch Feuer speien konnte.

Leider erfreuten sich nicht alle an meinen Comics und Geschichten, so wie ich es tat. Dabei ist mir heute erst wieder eingefallen, weshalb ich damals sogar zum Schulpsychologen musste.

In einer Deutschschularbeit mussten wir eine Geschichte schreiben, in die wir sechs vorgegebene Wörter einbauen mussten.

Die Wörter lauteten Sonne, Familie, Grillen, Spaß, Lagerfeuer und Waldtiere. Was sonst hätte mir dazu einfallen können, als dass eine Familie die Waldtiere einfing und diese genüsslich auf dem Lagerfeuer grillte. Da jedoch die Sonne die Freundin der verspeisten Tiere war, entfachte sie ein Lagerfeuer in Form eines Waldbrandes. Dabei hatte sie viel Spaß daran, die Familie als Rache für den Tod ihrer Freunde ebenfalls zu grillen.

Für diese Geschichte hatte ich mir für die doppelt verwendeten Wörter Lagerfeuer und grillen sogar eine Belohnung in Form eines Extra-Sternchens erwartet. Es kam aber alles ganz anders, denn seitdem durfte ich bei Schularbeiten keine frei erfundenen Geschichten mehr schreiben. Meine Kreativität wurde als Gefahr betrachtet, sie wurde aus dem Schulunterricht entfernt und meine Noten wurden daraufhin besser. Anders herum hätte es mir allerding viel mehr Freude bereitet.

In meiner Freizeit war ich dafür oft stundenlang am Zeichnen und dachte mir Fantasiegeschichten aus – ob unter der Sonne oder neben dem warmen Kamin im Wohnzimmer. Doch weil mich das angeblich oft zu unkontrollierten Höhenflügen verleitet hatte, wurde mir der gesamte Spaß daran genommen. Heute als Erwachsener glaubte ich, dass man wohl nur versucht hatte, mich auf den „richtigen" Weg zu führen, der jedoch nur den Vorstellungen des kleinen Kaffs entsprach, nicht jenen meiner kindlichen Freiheit und Bedürfnisse. Solche Verbote hatten nur dazu geführt, dass ich jene Dinge vergaß, die mir als Kind so viel Freude bereitet hatten. Hier auf dem Stein im Zanskar-Tal hatte ich kein Comicheft in meiner Hand, in dem ich mich hätte austoben können. Aber dafür konnte ich nun in dieses Tagebuch schreiben, und zwar was und wie ich es wollte. Ich konnte das Negative, die zwanghaften Regeln, in mir nur dann schwächen, wenn ich das Gute, meine Interessen und Überzeugungen, stärkte. Durch meine negativen oder positiven Gedanken konnte ich mir so vieles einreden, dass ich am Ende selbst daran glauben konnte. Glaube - das ist wohl das Schlüsselwort, das Menschen entweder in den Wahn treiben kann oder ihnen ein friedliches Zusammenleben ermöglicht.

Ich hatte gelernt, die AGHS, meine Schwächen und das Schlechte in der Welt nicht nur zu akzeptieren, sondern aktiv verändern zu wollen, wodurch ich meine Aufmerksamkeit auf mögliche Lösungen, auf positive Auswege konzentrieren konnte. Erst durch diese motivierende Sichtweise der Dinge fühlte ich mich viel leichter und gestärkt für das Leben. Doch derzeit wird die von der Mehrheit anerkannte Weltsicht noch von zwei der überzeugendsten Glaubensbekenntnisse geprägt, die einen der größten Einflüsse auf die Menschheit ausüben. Zum einen ist das der Machterhalt durch den unbedingten Glauben an den einen Gott, zum anderen die fast uneingeschränkte Herrschaft des Geldes über unser Denken und Handeln.

Beim Frühstück in Padum fragte mich jemand, ob ich zum Kloster von Karsha wandern würde. Nachdem ich mir etwas darüber erzählen lassen hatte, bejahte ich die Frage und begab mich auf den Weg dieser zweistündigen Wanderung. Durch das ewige Weit des Tales hatte ich schon von Beginn an gesehen, wo sich mein angestrebtes Ziel befand. Für mich fühlte es sich jedoch lange Zeit so an, als ob ich mich auf dieser Ebene kaum vorwärtsbewegte.

Karsha ist ein Dorf mit nur wenigen EinwohnerInnen, umgeben von einer Handvoll grüner Büsche. Die paar rotweißen tibetischen Häuser befinden sich am Fuße eines Berges, in dessen Steilwand über dem Dorf ein mächtiges altes Kloster thront. Jahrhundertealte Serpentinenwege führten mich durch dieses Geisterdorf hoch zu dem Gebäude. Von oben wurde mir eine Fernsicht über das gesamte Tal und auf sämtliche Gletscherspitzen um Zanskar geboten. Direkt unter mir befanden sich die schönen Häuser, auf deren Flachdächern getrocknete Äste und Getreidevorräte aufbewahrt werden. Um das Kloster spazierten im Uhrzeigersinn die wenigen in Rot gekleideten Mönche mit orangen Mützen um einen bunten Schrein herum und drehten dabei eine große, mit Ornamenten verzierte Gebetsmühle. Diese kleinen Khorten, so heißen die Gebetsmühlen, aber auch aufgetürmte, mit herausgemeißelten Schriftzügen versehene Steine werden oft einfach als „Mani" bezeichnet und sind ein Symbol des Weisen Pfades, der Tugenden wie Mitgefühl sowie den Erleuchtungsgeist beinhaltet. Dieser Pfad ist für die Gläubigen eine Art wunscherfüllendes Juwel.

Da ich meine Augen nicht von den zackigen Gipfeln und den in der Abendsonne leuchtenden weißen Stupas lassen konnte, bat ich einen hier herumspazierenden Mann um eine Übernachtungsmöglichkeit. Er stimmte dem zu und nachdem wir in seinem kleinen Haus angekommen waren, erhielt ich als Gastgeschenk Namkeen-Tee, der entweder aus Kräutern oder Schwarztee mit Yak- oder Ziegenmilch und einem großen Stück fettiger Butter, die in Yakleder aufbewahrt wird, hergestellt wird. Als Krönung wurde noch eine Prise Salz hinzugefügt. Die mit Yakledersch uhen und Wollmütze bekleidete Gastgeberin mischte für die Zubereitung dieses Gebräus diese heiße Brühe, die sich in einem langen Holzrohr befand, mithilfe von Pumpbewegungen mit einer Apparatur, die einer steinzeitlichen Fahrradpumpe ähnelte.

Das Haus, in dem wir uns nun befanden, bestand aus mehreren Räumen und verfügte zum Teil über solarbetriebenes Licht. Im Wohnzimmer, das mit schönen Teppichen und einer Sammlung an Kochtöpfen und verzierten Tassen eingerichtet war, durfte ich auf einer dicken Matte übernachten. Im Haus meiner GastgeberInnen gab es zum Abendessen für die beiden jungen Töchter und mich gekaufte Lebensmittel aus Padum. Unsere Speisen stammten vorwiegend aus dem fruchtbaren Bundesstaat Punjab. Das Mahl war simpel, aber schmeckte dank einiger Gewürze richtig lecker. Die beiden Alten tranken nur Buttertee und aßen in Wasser gedämpftes Mehl mit Joghurt. Diese teigige Masse nannten sie Pahpha. Gekocht wurde auf einer kleinen Holzofenplatte und auf einem Gaskocher.

Meine Notdurft konnte ich in einer Hütte verrichten, die aus nichts weiter bestand als aus in der Sonne getrockneten Steinen. Dort führte eine kurze Holzleiter zu einem kleinen Loch im Boden: Nach Verrichtung seines Geschäftes bedeckte man mithilfe eines Holzspatens den natürlichen Kompost mit etwas Erde. Zuvor wurde ich bereits darauf hingewiesen, dass man sich in diesen Breiten den Hintern – wenn überhaupt – nur mit einem Stein oder eben gar nicht abwischt.

Die Familie sprach einen tibetischen Dialekt, den sie selbst Boddhik, die buddhistische Sprache, nannten. Lediglich mit den Töchtern konnte ich mich auch mit wenigen englischen Worten und nicht nur mit Händen und Füßen unterhalten.

In dieser Gegend folgt man dem Vajrayana-Buddhismus und verehrt deshalb den aktuellen Dalai Lama als 14. Inkarnation von Buddha. So tragen einige der Gläubigen einen angesteckten Button mit dem Abbild des Dalai Lamas an ihrem Gewand. Es dauerte bis ins elfte Jahrhundert, bis sich diese Form des Buddhismus in Tibet in die alte schamanische Bön-Religion, die voller Dämonen, Zauberer und schwarzer Magie ist, integrieren konnte. Jene Dämonen der alten Welt wurden als besiegt erklärt und fungieren seither als Beschützer der buddhistischen Lehre. Der Mahayana-Buddhismus stellt die Weiterentwicklung des Vajirayana-Buddhismus dar, der zu dieser einzigartigen Form einer farbenprächtigen, aber schwer zu verstehenden religiösen Kultur von Buddhas, Gottheiten, Heiligen, Weisen und Gurus vermischt mit vielen Mythologien wurde.

Die Flucht des Dalai Lamas im Jahre 1959 aus seinem Sommerpalast in Lhasa, der sich Tausenden TibeterInnen anschlossen, schuf im Westen eine starke buddhistische Bewegung. Daraus entwickelte sich eine Art Trend, sich dieser gewaltlosen Philosophie anzuschließen, die mit ihren meditativen Praktiken für viele als idealer Gegenpol zur hektischen westlichen Welt dient.

Da es mir körperlich wieder weniger gut ging, beschloss ich, einen weiteren Tag hierzubleiben. Zum Schutz vor der starken Sonneneinstrahlung hier auf über 3.000 Metern hatte mir die Ama, also Mama, etwas Ghee, so nennt man hier Butterschmalz, zum Eincremen gegeben. Zwar half ich am Morgen den Kindern mit den Wasserkanistern, die sie mehrmals täglich mit Flusswasser befüllen und wieder zurück zum Haus schleppen mussten, doch den Rest der Zeit schrieb ich einen Text zu einer Melodie, die mir eingefallen war. Außerdem lernte ich ein paar Wörter des tibetischen Dialektes, während ich nebenbei in die Stille der Berge blickte.

Es fiel mir auf, dass die BewohnerInnen dieser Region trotz aller Freundlichkeit sehr viel zurückhaltender und weniger offen für Neues waren als anderswo, was mich ein klein bisschen an mein Heimatdorf zu jedem Zeitpunkt erinnerte, als uns dort die ersten TouristInnen besucht hatten. Dennoch wurden mir so manche Lebensweisen in Zanskar recht schnell vertraut. Ähnlich wie einst die Massen heranströmender Schaulustiger in meinem Geburtsort in Oberösterreich hatte auch ich zu Beginn meiner Reise diese Ähnlichkeit aller Menschen übersehen. Es war mir fremd gewesen, mit Fingern zu essen, auf dem Boden zu übernachten und für mich neue, exotische Kleider zu sehen. Heute betrachte ich mehr die Gesamtheit, die sich in der Natur und in allen menschlichen Kulturen zeigt. Denn alles nimmt in irgendeiner Form Nahrung auf, muss sich ausruhen und hüllt sich in eine Art von Kleidung.

Selbst am darauf folgenden Morgen wollte ich noch nicht aus diesem traumhaft-friedlichen Gebiet verschwinden. Doch Aba, der Vater, erklärte mir in einer Mischung unserer beider Sprachen, dass ich bis zur Hochebene Ladakh wandern konnte. Es sei dafür zwar noch früh im Jahr, da die Pässe teilweise noch im Schnee lagen, doch trieb man bereits die ersten Yaks über die Hochlandweiden ins nächste Dorf. Ich solle dabei nur den Spuren dieser Tiere folgen und würde laut seiner Auskunft die Tour in etwa zehn Tagen schaffen. Das war zeitlich zwar sehr knapp, allerdings wurde mir das erst bewusst, nachdem ich mich bereits zum Aufbruch entschlossen hatte und bereits zwei geschlagene Stunden in der Ebene unterwegs war.

Dieses Mal war die Wanderung jedoch anders jene, die ich in Nepal unternommen hatte. Die Leere der Landschaft brachte auch Leere in meinen Kopf. Meine Erfahrungen als Reisender ließen mich die Welt im Himalaya nun nicht mehr von außen betrachten. Ich fühlte mich sogar ein klein wenig zugehörig, da ich mich an den alltäglichen Arbeiten beteiligte. Während des Fußmarsches legte ich zwischendurch immer wieder Pausen ein. Nicht weil ich müde war, sondern weil ich mir die Zeit nehmen wollte, das Ganze hier von innen zu erleben, es zu fühlen. Das Gefühl der Zeitlosigkeit schien sich dabei nicht mit meiner Visumsdeadline vereinbaren lassen zu wollen.

Als ich nun diese Leere genoss, sah ich schon von Weitem, dass sich mir ein Sandsturm näherte. Und als es nach einer Stunde so weit war, winkten mich zwei Frauen, die hinter einer Steinmauer Schutz vor den Naturgewalten suchten, zu sich. Diese beiden Hirtinnen, die sich eigenhändig diesen kleinen Schutzwall aufgebaut hatten, hüteten die vor dem Sturm flüchtenden Yaks. Sie boten mir eine Tasse Buttertee mit Mehl an, das ich in meinem auf dem Feuer erhitzten Getränk zu einem Brei verrühren sollte. Durch den Sturm hatte ich jedoch bereits genügend Staubiges in meinem Getriebe und lehnte deshalb diese Art der Verköstigung dankend ab.

Als sich die Sicht wieder besserte, musste ich mich lediglich am weiteren Verlauf des Tales orientieren. Nach ein paar Stunden des Gehens erspähte ich hinter einer wilden Ziegenherde eine kleine Ansammlung von halb zerfallener Steinhäusern. Die Stupas dort schienen jahrhundertealt zu sein, ebenso wie die wenigen Männer, die ich dort antraf. Ich konnte die Nacht über bei ihnen verbringen. Der kalte Wind hatte tiefliegende Wolken über die Ebene getrieben, die langsam an den rotbraunen Felswänden zerschellten. Einmal mehr umschlang mich eine magische Stille. Neben dem melodischen Pfeifen einzelner Windböen verstand ich nun auch das Gebet, welches die Alten beim Drehen der Mala beziehungsweise Mani-Ketten aufsagten. OM MANI PADME HUM.

Während uns die vom Staat gesponserten Solarzellen am Abend Licht im Raum ermöglichten, aß ich mit den Männern gedämpfte Momos. Die Opas waren ein lustiger Haufen von Relikten aus dem europäischen Mittelalter. Gekleidet waren sie alle in die auf einem wackeligen Webstuhl hergestellten Mänteln aus Yakwolle. Dafür wird den Tieren Fell ausgerissen, das dann zu einem Faden gefilzt und auf eine Spule aufgewickelt wird. Einer dieser Abas zeigte mir stolz seinen neuen Mantel, den er sich in der Stadt Leh gekauft hatte. Mit eingenähter Marke am Kragen war dieser viel günstiger gewesen als die Eigenprodukte.

Auch in diesem Dorf lebten nur mehr sehr wenige Leute. Jene, die in dieser Natur noch zurechtkamen, waren die Alten. Die Jungen waren nach Leh gezogen, wo sie ihrem Glück nachjagten.

Erstaunt durchblätterten die Herren mein Tagebuch der Leichtigkeit und fragten sich dabei woher ich kam. Mit einem Holzstock ritzte ich auf den Lehmboden eine Weltkarte und versuchte ihnen mit einer Mischung aus Englisch und dem tibetischen Dialekt zu erklären, was ein Kontinent ist und welches bekannte Land sich auf welchem Erdteil befindet.

Nachts bekam ich wieder ein eigenes Zimmer und hielt unter dicken Felldecken einen tiefen Schlaf. Nachdem ich morgens von kleinen, auf mich zustürmenden Ziegen und Schafbabys geweckt worden war, half ich mit, sie mithilfe eines Stockes auf die kargen Felder zu treiben. Untertags aßen wir nur Pahpah und tranken dazu Namkeen Chai.

Um meinem nach wie vor dauerkrampfenden Magen etwas auf die Sprünge zu helfen, tranken wir am Abend Chaang. In einem Eimer gor dieses aus Weizen hergestellte Getränk schon seit einigen Tagen zu einem alkoholischen Gebräu heran. Sobald ich aus meiner kleinen Tasse einen Schluck nahm, wurde mit einer Kelle gleich wieder nachgeschenkt. Eine Handgeste und das Wort „Don" verwiesen darauf, dass ich weiterzutrinken hatte. „Trinken, Don. Trinken, Don." Und je mehr wir alle davon intus hatten, desto öfter hieß es: „Don, Don, Don!" Bald war jeder von uns angeheitert und die zahnlosen Relikte lachten sich so sehr einen ab, dass ich Angst hatte, sie würden gleich einen Herzplatten erleiden. Dann erkannte ich mit meinen inzwischen etwas schielenden Augen, dass manche von ihnen gar keine Filz- und Wollmützen trugen, wie ich zuvor auf den ersten Blick angenommen hatte. Denn auch deren letzte Dusche lag wohl mindestens so lange zurück wie meine, was ihre Haarpracht sichtlich formte.

Am nächsten Morgen wachte ich tatsächlich ohne Magenschmerzen, dafür mit einem brummenden Schädel auf. Zu dieser frühen Stunde wurden die rituellen kleinen Kupfertassen, die am Fenster platziert waren, neu mit Wasser befüllt, und indem man duftenden Weihrauch im Haus verbreitete, wurde dieses gesegnet. Als ich für Kost und Logis erwartungsgemäß einen gerechten Betrag bezahlte, schaute man mir tief in die Augen. Ohne den

Betrag zu zählen, steckten sie ihn in ihre Taschen. Diese Männer hielten noch am Glauben ihrer Religion fest, nicht am Glauben an das Geld. Mit einem freundlich gemeinten Gruß „Tschule, tschule" verabschiedete ich mich daraufhin auch von diesen meinen Gastgebern.

Noch vor dem Antritt meiner Weiterreise ließ ich mir den Namen des nächsten Ortes aufschreiben und versuchte nun, diesen auch auszusprechen. Nachdem mein Weg für längere Zeit am Fluss entlanggeführt hatte, zweigte er in höher gelegenes Gebirge ab. Die meiste Zeit befand ich mich auf über 4.000 Metern. Mit jedem weiteren Tag in dieser Höhe wurde mein Atemzug länger und tiefer. Zur Rast hielt ich oft in Dörfern, wo ich zum Essen eingeladen wurde und mit den HirtInnen in ihren mit Zweigen überdachten Steinhütten Salztee trank. Manches Mal blieb ich die Nacht hindurch bei ihnen und begleitete sie und ihre Tiere in ihre Dörfer, die sich abseits meiner ursprünglichen Route befanden. Wir passierten dabei über 5.000 Meter hoch gelegene Pässe, die mit Gebetsfahnen geschmückt waren. An meinem bisher letzten allein bezwungenen Pass hatte ich unbemerkt den ausgetretenen Pfad der Tiere verloren und für mehrere Stunden gelang es mir nicht mehr, ihre Spuren zu finden. Als ich etwas außer mir in der Ferne ein paar Pferde und Himalaya-Rinder sah, lief ich ihnen querfeldein entgegen. Die Tiere wurden gerade zurück in die von Steinen umbauten Nachtweide gebracht.

In den nächsten Tagen versuchte ich, wieder etwas zu Kräften zu gelangen, und lebte mit zwei Hirten mit Namen Tipunzok und Jampel in deren kleinen Steinhütte umgeben von überwältigenden Bergen, welche mich mehrere Tagesmärsche von der Zivilisation trennten. Etwa einmal pro Monat kam ein anderer Hirte mit neuem Proviant auf diese Weide, da die zwanzig Yaks, ein paar Pferde und die 34 Esel des Dorfes von den Bewohnern abwechselnd gehütet wurden. Durch meine langen Aufenthalte und das Abzweigen in andere Dörfer, die mehrere Tagesmärsche abseits lagen, war ich bereits viel länger auf dem Weg, als ich geplant hatte. Außerdem hatte sich meine Route in der Zwischenzeit von der zuvor anvisierten nördlichen Himmelsrichtung entfernt und ich bewegte mich in Richtung der aufgehenden Sonne.

Zu Zeiten des morgendlichen Räucherns war das Wasser der Gletscherflüsse in Ufernähe oft noch gefroren. Erst später, unter der sich rasch erwärmenden Sonne, konnten wir das Nass zum Kochen auf dem Feuer verwenden. Für die kalte Jahreszeit sammelten wir schon jetzt das wenige herumliegende Holz ein, welches wir von seiner Rinde befreiten, damit es während der Überwinterung nicht verfault. Zu Mittag bereiteten wir Tag für Tag aus Tsampa Kolak zu: Tsampa ist ein Gerstenmehl, das in heißem

Tee mit Zucker und Butter zu einem energiespendenden Brei namens Kolak verrührt wird. Zwischendurch füllten wir unsere Bäuche mit einem Löffel voll mit trockenem Tsampa, der gut gezielt im Mund landen sollte und nicht wie bei mir in meinen Haaren oder im Gesicht meiner Gastgeber. Nur abends gab es etwas gekochten Blattsalat, Joghurt und Pahpah oder Chapati, selten auch Reis. Jedes Mal, bevor wir mit dem Abendessen begannen, wurde gebetet und währenddessen kleine Portionen unserer Speisen an die Wände und auf die heißen Steine am Feuer geklatscht. Dies symbolisiert die Dankbarkeit für das Essen, das mein dürrer Körper auch bitter nötig hatte. Auch wenn die Route technisch gesehen nicht schwierig war, bedeutet für mich aufgrund meiner körperlichen Befindlichkeit jeder Schritt einen ungeheuren Energieaufwand. Dazu kam, dass sich meine Schuhe quasi nur noch durch Erinnerungsfetzen an die einstige Sohle an meiner Fußfläche befanden. Mit Schnüren, Yakleder und Stoffresten konnte ich zumindest den ersten fair produzierten Yakturnschuh der Himalayaregion entwickeln, unbeabsichtigte Lüftungslöcher inklusive.

Wenn wir morgens die Esel, Pferde und die Himalaya-Rinder hinaustrieben, kam ich oft nicht hinterher. Die ersten Tage konnte ich mich auch kaum gegen die Tiere durchsetzen. Anstatt sich von mir treiben zu lassen, drehten sie den Spieß um und die Yaks mit ihren mächtigen Hörnern verfolgten mich. Und ich schaffte es erst, eine Kuh zu melken, nachdem ich in Folge ihrer Tritte mehrmals in der Kacke gelandet war. Aber danach wurden wir doch noch Freunde und meine Berta ließ sich daraufhin von mir melken. Nachts schliefen wir die meiste Zeit unter freiem Himmel in der Nähe der Weide. Sterne, größer als ich sie mir je hätte erträumen können, leuchteten in der Finsternis und erinnerten mich an meinen provisorischen Kalender, denn dort hatte ich nun mit einer leicht zittriger Hand das letzte dort verbliebene Datum weggestrichen. Es war der 12. Juli, mein Geburtstag und gleichzeitig das Ablaufdatum meines Reisepasses.

Einst wurde an einem Tag diesen Datums eine Überraschungsparty zu meinen zehnten Geburtstag abgehalten. Viele meiner FreundInnen und einige Bekannte meiner Eltern waren dazu eingeladen worden. Mama hatte mir meine spezielle Lieblingstorte gebacken, worüber ich mich sehr gefreut hatte, und zwar mit Obst, Sahne, Marzipan, Topfen und einem Boden aus saftigem Zucchini-Kuchenteig. Nachdem wir uns die Bäuche vollgeschlagen hatten und zuerst noch warten mussten, weil Mama immer sagte „Mit vollen Bauch geht man nicht ins Wasser" und ich dann immer fragte „Warum?" und sie mir antwortete „Weil ich das so sage" und meine Frage dann natürlich lautete „Warum sagst du das so?", äußerte sie als Antwort „Weil es so ist und wenn du noch lange weiter fragst, bekommst du keine

Torte mehr." ... Ja, so war das gewesen ... auf jeden Fall hatten wir uns dann mit Badehosen bewaffnet, waren auf unseren Nussbaum geklettert und bevor Kränkys Mutter vor Angst ihren Standardsatz „Komm sofort runter, bevor du dir und dem Baum weh tust!" ausrufen konnte, detonierten wir mit einer Arschbombe im wackeligen Schwimmbecken. Nachdem wir das etwa 3,4-milliardenmal gemacht hatten, wollte ich noch höher klettern. Mein Freund Kränky war allerdings der festen Überzeugung, dass er sich das nicht traute, da er – so sagten zumindest seine Eltern – an einer schwerwiegenden Höhenkrankheit litt, ohne Entsprechendes je ausprobiert zu haben. Beim Baumhausbau war immer er derjenige, der das Kellergeschoss in Form einer Höhle baute. Auch Burny war für den hohen Aufstieg nicht gemacht, da ihn der bloße Anblick von etwas, das sich über seiner Kopfhöhe befand, mit Schweißausbrüchen und Panikattacken konfrontierte. Juicy bekam schon beim Hinaufschauen Ausschlag und in Trendy tobte der Zweifel, diese Aktion nicht stylisch genug bestehen zu können. So musste folglich ich, „El Tarzanikus" Toni, an den Start. Der sich bereits beim geringsten Stupser in alle Richtungen bewegende Ast befand sich etwa fünfzehn Meter über dem Boden. Von dort oben aus konnte ich eine Wasserbombe ablassen, deren Wirkung das Ausmaß einer siebenfachen Nuklearzündung hatte. In diesen jungen Jahren fühlte ich mich immer, wenn ich mir aus vollster Überzeugung etwas in den Kopf gesetzt hatte, leicht wie eine Feder und stark wie einer meiner Superhelden.

Glücklicherweise waren die Erwachsenen schon alle etwas beschwipst von der Früchtebowle, weshalb sie nur mehr bedingt Interesse an uns Kindern, ihrer künftigen Pensionsvorsorge, hatten.

Ich huschte so geschwind auf den Ast des Baumes, als ob ich hinaufgeflogen wäre. Behutsam kroch ich am hölzernen Arm nach vorne und richtete mich zwischen dem knirschenden und zitternden Laub langsam auf. Dabei erblickte mich Kränkys Mutter, die nur mehr ein lallendes „Der arme Baum ... Prost" von sich geben konnte. Ohne dies zu berücksichtigen, setzte ich lautstark ab, wobei meine Badehose am Ast hängen blieb und zerriss. Nackt und mit tosendem Geschrei krachte ich mit doppelter Lichtgeschwindigkeit in das Becken unter mir, sodass sich die Seitenwände nach außen drückten, dem Druck bald nachgaben und platzten. Gleichzeitig schossen Hunderte Liter Wasser ungebremst und direkt auf die rund zwanzig Erwachsenen zu, die vor der Garage auf recht wackeligen Beinen noch feuchtfröhlich feierten. Das Nass erfasste die Besoffenen und stürzte mit ihnen in einer ungeheuerlichen Wucht in die Garage, was einen Kurzschluss ergab, als das Wasser den Stromschalter erfasste, und daraufhin das Tor blitzartig zufiel. Ich lag derweil nackt auf unserem zerstörten Planschbecken. Meine

FreundInnen standen erstaunt und zutiefst erschrocken um mich herum. Kränky glaubte sich verletzt zu haben, Burny raste im Kreis um seine eigene Achse, Juice bekam vom Chlor Ausschlag, Trendys Haare lagen falsch und unsere Eltern waren mitsamt unserem Poolwasser in der Garage eingesperrt. Davon abgesehen, dass diese Party meine bis dato letzte gewesen war, erinnere ich mich heute wieder gerne daran zurück, wie ich damals beinahe federleicht wie ein Vogel zwischen den Bäumen hindurch von Ast zu Ast schweben konnte.

Die beiden indischen Hirten Tipunzok und Jampel hatten wohl keine Geburtstagsfesterinnerungen, den für BuddhistInnen haben solche Feiern weniger Bedeutung. Nur der Geburtstag des Dalai Lamas wird gebührend geehrt.

Immer noch hing ich meinen Erinnerungen nach und fragte mich, was alle meine alten und neuen FreundInnen in diesem Moment wohl tun mochten. Und ich begann damit, meine Denkweise immer mehr zu kontrollieren. In den letzten Monaten traten unangenehme Ereignisse meiner Vergangenheit immer mehr in den Hintergrund und ich konnte mich wieder öfter an die schönen, wirklich wichtigen Erlebnisse in meinem Leben erinnern. Jene, denen ich mir immer bewusster wurde und die meinem Selbstvertrauen und somit mir mehr und mehr Stärke verliehen. Es war, als ob mich meine eigene Vergangenheit, das Kind in mir, immer öfter einholen würde. Nun war es nicht mehr so wichtig, was passieren würde, wenn ich aus Indien ausgereist sein würde. Denn mein Hier und Jetzt an diesem Platz fühlte sich in mir in diesem Augenblick richtig an. In diesem ewigen Moment, in dem ich das Tor zu meinem Innersten erreicht hatte, vermisste ich niemanden mehr. Im Gegenteil. Ich freute mich darauf, meine FreundInnen wiederzusehen. Ich freute mich darüber, dass der Zeitpunkt kommen würde, an dem es meinem Körper wieder gut gehen würde. Ich freute mich auf die vielen Aufgaben des Alltags, die ich in Zukunft zu bewältigen haben würde. Ich freute mich auf den Tag, an dem wir aufhören würden, die Länder des Südens zu unterdrücken und ihnen ihren Stolz und ihre Lebensgrundlagen zurückgeben würden. Ich freute mich auf die Zeit, wenn ich mit Gleichgesinnten die Welt aktiv mitgestalten würde. Und ich freute mich auf den Tag an dem Wünsche und Träume wieder in erfüllt wurden. Ich freute mich auf das Leben.

Am Tag vor meiner Weiterreise zeigte mir der immer lachende Tipunzok hinter dem Feld, wo die Tiere stachelige Pflanzen abfraßen, eine spektakuläre Aussicht auf die ewigen Weiten des Himalaya. An der Klippe, wo wir standen, ging es etwa 2.000 Meter senkrecht in die Tiefe. Hier oben fühlte ich mich absolut frei. Zum Abschied legte jeder von uns einen kleinen, besonders schönen Stein auf einen anderen. Das gilt als Zeichen des Respekts dem Dalai Lama und dem Sitz der Götter gegenüber.

Für mich würde es weitergehen.

Nach Antritt meiner Wanderung hatte ich ein etwas seltsames Gefühl, da sich in der Ferne immer mehr dunkle Wolken zu einem mächtigen Verbund zusammenschlossen und ich an diesem Tag noch über einen Pass musste, was einen mehrstündigen Aufstieg auf bis über 5.000 Meter bedeutete. Jampel meinte aber, dass mich mein Gefühl in die Irre führe, denn laut seinem buddhistischen Kalender käme der Regen erst am folgenden Tag.

So ignorierte ich meine innere Stimme und folgte einem steilen Aufstieg entlang eines Flusses. Aufgrund vieler Schnee- und Geröllawinen nahm dies sehr viel Zeit in Anspruch. Auf zugefrorenen Abschnitten konnte ich die auf Umwegen verstrichenen Stunden mit dem schnellen, unkomplizierten Wechseln des Ufers wieder etwas aufholen. Allerdings war das Eis teilweise so dünn, dass meine mit viel gutem Willen gerade noch als Schuhe zu definierenden Beinkleider schön durchspült wurden und sich in zwei unangenehme Eiswürfel verwandelten. An anderen Stellen baute ich mir mit großen Steinen kleine Trittflächen, um das Gewässer zu überqueren.

Im tiefen Talkessel über dem Flussbett wurden die zuvor von kompetenter Seite noch als ungefährlich eingestuften Wolken förmlich angesogen und umzingelten mich kurze Zeit später von allen Seiten. Auch wenn ich meine Hand vor Augen kaum mehr sehen konnte, konnte ich mich in dieser geradlinigen Schlucht zumindest nicht verlaufen. Nach einer halben Ewigkeit im kalten Nebel begann es nun zu schneien, aber es regnete nicht, insofern hatte Jampel also recht behalten. Sowie ich meine Wasserflasche an einer kleinen Quelle auffüllte, blickte ich auf und fünf Meter neben mir, auf der anderen Seite des kalten Flusses, sah mir ein brauner Wolf tief in die Augen. Das Einzige, was uns voneinander trennte, war eine dünne Eisschicht über dem fließenden Wasser. Ohne auch nur einen Mucks zu tun, löste das Tier nach einer halben Ewigkeit seinen durchdringenden Blick von mir und folgte dem Lauf des Flusses hinauf ins gräuliche Nichts der Wolken.

Ich tat es ihm gleich. Dort oben war der Wind stärker geworden und ich endete an einer Flussgabelung, an der ich nicht wusste, wie es weitergehen sollte, in einem Schneesturm. Ich war durchnässt, mir war kalt und das Wetter verhielt sich immer wütender. Neben meinen Schuhabdrücken im Schnee bemerkte ich glücklicherweise noch die bereits langsam im weißen Nichts verschwindende Spur der Wolfspfoten. Er war nach rechts gelaufen. Ich fragte mich, was er wohl hier oben in dieser toten Gegend zu suchen hatte. Mir schien, dass die Antwort darauf nur lauten konnte, dass er auf der

Suche nach etwas Fressbarem war. Das, so hoffte ich, würde er in der Nähe des nächsten Bergdorfes finden. Deshalb entschloss ich mich, denselben Weg einzuschlagen.

Mit zunehmender Müdigkeit rutschte ich auf meinen glatten, provisorischen Schuhsohlen immer wieder auf Geröll und Neuschnee aus. Doch glücklicherweise führten mich die im Schnee nur mehr schwerlich zu erkennenden Wolfsspuren nach einer halben Ewigkeit zu der Stein-Mani mit den Gebetsfahnen hoch oben auf dem Pass. Dabei schickte ich dem Berg ein dankbares OM MANI PADME HUM.

Dort oben angekommen, verlor sich mein ausgetretener Pfad allerdings schnell endgültig unter neuem Schnee. Ich konnte keine einzige Spur mehr erkennen. Meine kalten Füße trugen mich hundert Meter nach links. Nichts. Hundert Meter in die andere Richtung. Ebenso wenig. Doch plötzlich huschte hinter meinem Rücken wie aus dem Nichts der Wolf an mir vorbei und gab mir eine Richtung vor, von der ich fühlte, dass ich ihr vertrauen konnte. Denn schon einmal vor mehreren Jahren hatte mir im stürmischen Hausruckwald ein Hund den Weg zur Fee Hermi gezeigt. Mit zitternden Knien und gefrorenen Schuhen stieg ich vorsichtig, ohne zu wissen, wo die nächste Klippe lauerte, tiefer. Der weiße Boden ging weiter unten in vereisten Schlamm über und ich wurde dort auf eine Menge gefrorener Yackspuren aufmerksam. Nach kurzer Zeit gelangte ich somit wieder auf einen Trampelpfad, der mich – so dachte ich – geradewegs in das Tal mit dem Dorf führen sollte. Doch da war nichts. Nichts außer einem Fluss, ein paar roter Büsche und Steinwalle, hinterlassen von HirtInnen, die bereits vor Langem weitergezogen waren. Ausgetretene Trampelpfade verloren sich im Nichts. Stundenlang lief ich dieses Tal hektisch von oben nach unten ab und rief dabei in alle Richtungen. Doch mein Echo, welches sich im Wind verlor, war die einzige Antwort auf mein Rufen. Mit jeder Sekunde wurde der Sturm schlimmer und das Licht kapitulierte vor der nahenden Dunkelheit. Ich versuchte, absolut cool zu bleiben und einen klaren Gedanken zu fassen. Noch nie zuvor hatte ich mich so frei und glücklich gefühlt wie in dieser Phase meines Lebens. Durch meine eigenen Entscheidungen war ich hierher gelangt, wo ich selbst darüber bestimmte, sein zu wollen. So wie es war, ergab es Sinn.

Ohne irgendwelche Reservekleider und deshalb nur in meine völlig durchnässte Jacke gehüllt, baute ich mir einen hohen Schutzwall aus Steinen für die bevorstehende Nacht, um mich vor der beißenden Kälte bestmöglich schützen zu können. Doch die Nacht hindurch tat ich vor lauter Zittern am ganzen Körper kein Auge zu.

Der nächste Tag begann genauso vernebelt, wie der vorherige zu Ende gegangen war. Nun gesellten sich aber zu meinem ohnehin großen Hunger sehr starke Magenkrämpfe hinzu. Der Boden unter mir war schleichend an mir festgefroren und versuchte nun, dies mithilfe einer dünnen Schneeschicht zu vertuschen. Doch hinter den Wolken konnte ich ganz leicht erkennen, wo die Sonne Erhellung brachte. Da es meinem Gefühl nach noch früh am Morgen sein musste, konnte ich somit die Himmelsrichtungen bestimmen. Und im Osten musste sich auch mein Ziel, das Dorf, befinden. Am Ende meiner Kräfte stapfte ich zielstrebig einen rutschigen Geröllhaufen hinauf, dessen höchsten Punkt ich erst Stunden später nach einigen Pausen erreichen konnte. Dort oben taten sich inmitten dieser vom Wind gepeitschten Einsamkeit zwei mächtige Gipfel empor. Mit ihren dunklen Zacken und der weißen, aus Schnee geformten Krone präsentierten sie sich mir als die beiden Herrschenden über dieses Gebiet. Diese Mächtigen übertrafen die Wucht der Alpen um ein Vielfaches. Und die pfeifenden Windgeräusche, die an ihnen abprallten, hörten sich an, als ob sie mich auslachten.

   Schon mein Vater hatte mir bei meinen ersten Versuchen auf Skiern im Salzkammergut Geschichten über die erhabenen Berge erzählt. Er, der leidenschaftliche Wintersportler, der sich sonst immer an alle Regeln hielt, vermittelte mir dabei, wie ich meine Grenzen selbstständig kennenlernen konnte. Selbst wenn ich der beste Rennläufer aller Zeiten sei und über jeden Fels springen könne: Wenn ich den Berg nicht kenne, nützen mir mein ganzer Mut und erlernte Techniken nichts. Ich musste also um die Launen des Berges Bescheid wissen. So solle ich den Fels nicht befahren, wenn er mir zornig erschien. Wenn er sich von seiner gnädigen Seite zeige und mir positive Zeichen gebe, bräuchte ich hingegen keine Angst vor einem Unglück haben. Meine Grenzen wurden von den Zeichen, die der Berg mir gab, abgesteckt. Von diesem Tage an sammelte ich jedes Mal den Müll auf, den Menschen im Gebirge hinterließen, und entsorgte ihn anschließend im Tal: Solange ich den Berg respektiere, solange wird er mich nicht im Stich lassen.

   Auch in den Tiefen des Himalaya hatte ich ihm auf diese Art meinen Respekt gezollt. Ich sah daher noch ein weiteres Mal zu den ganz in Weiß Gekrönten auf, die absolut keinen Grund dazu hatten, mich auf ewig bei sich zu behalten. Der Wind, der so stark an ihnen zerschellte, wirbelte daraufhin die Wolken auf und für den Bruchteil einer Sekunde erblickte ich in weiter Entfernung auf dem halbtoten steinigen Boden mindestens fünfzig Ziegen. Ich wurde also damit beschenkt, meine richtige Richtung erkennen zu dürfen, in die ich nun im erneut herabfallenden Nebelschleier stürmte. Jetzt wusste ich mit Gewissheit: Diese Berge waren mir gnädig.

Die meckernden Tiere wurden von einer Ama begleitet, die auf sie Acht gab. Und als diese mich von Kopf bis Fuß völlig Dreckigen, Hungrigen und Unterkühlten bemerkte, begann sie herzhaft zu lachen und winkte mir, was bedeutete, dass ich ihr folgen solle. Ihr zweistöckiges Haus war nicht weit entfernt und in ihrem Wohnzimmer konnte ich mich am offenen Feuer bei einer Tasse Tee aufwärmen. Tsewang Dolma, so lautete ihr Name, lebte hier mit ihrem Mann, der sich aber gerade aufgrund von Herzproblemen im Krankenhaus von Leh befand. Zwei ihrer älteren Töchter lebten als Nonnen in Bodhgaya. Der Sohn und eine weitere 17-jährige Tochter, die gerade anwesende Gigmit, kamen nur manches Mal übers Wochenende nach Hause, da auch diese beiden eine buddhistische Schule besuchten. Wie alle Nonnen hatte Gigmit eine Glatze und im Gegensatz zu ihrer stets an der Sonne auf dem Feld arbeitenden Mutter hatte sie eine weiche, blasse Haut. Tsewang Dolma trug ihre langen, pechschwarzen Haare zu zwei Zöpfen geflochten, die am unteren Ende verknotet waren. Gekleidet war sie in Yakfell und dickem Mantel, ähnlich den Menschen in den anderen Dörfern.

Nach zwei aufeinanderfolgenden Tagen voller Schneefall und Kälte zeigte sich eine warme Sonne, die mir wieder zu Kräften verhalf. Ich ging mit Dolma hinaus auf die Felder, die um die paar wenigen Häuser in dieser Gegend verstreut lagen und von Tag zu Tag immer grüner wurden. Durch effektive Wasserkanäle, die man mit nur wenigen Spatenstichen umleiten konnte, wurden jeden Tag andere Felder bewässert. Die Frauen lachten während dieser Feldarbeit viel und ich gab ihnen wohl genügend Anlass dazu, denn als völlig Unerfahrener stellte ich mich bei dieser Arbeit am Anfang etwas bescheuert an. Die Frauen strichen mit einem langen Stiel über den nassen Boden und schafften so immer wieder kleine Bahnen, in denen sich das Wasser weiter um die Pflanzen ausbreiten konnte. Während also die Felder mehrheitlich von Frauen bestellt wurden, kümmerten sich die Männer um Arbeiten wie Körbeflechten und Wegepräparieren. Dabei herrschte aber keine für mich ersichtliche, von außen aufgezwungene Geschlechtertrennung. Abwechselnd ging jeder Mann und jede Frau einmal mit den Ziegen in die umliegenden Berge. Mal kochte der Mann, mal die Frau. Aus meinen westlichen Augen betrachtet, stand Gleichberechtigung hier an der Tagesordnung.

Ich half meiner Ama auch beim Austreiben der jammernden Ramas, den Ziegen. Anders als HirtInnen, die ihre Herde mit Stock und Brüllen unter Kontrolle halten, pfiff sie ihren kleinen Schützlingen zu. Manche Ziegenbabys, die noch zu wackelig auf den Beinen waren und darum mit dem allgemeinen Tempo nicht mithalten konnten, musste ich ihr nachtragen. Ama Dolma hatte eine Art Katapult dabei, in das sie einen Stein legen konnte, um damit einzelne Flüchtlinge aus weiter Distanz zielsicher anzuschießen. Dank dieser Lektion lernten sie, brav in ihrer Herde zu bleiben.

Wie schon zuvor bei den HirtInnen, aßen wir auch hier immer wieder dieselben Speisen. Zu unserem begrenzten Menüplan gesellte sich allerdings ein leckeres Thukpa, das sind kleine Teignocken, die in einer sättigenden Gemüsesauce gekocht werden.

Wenn wir auf den Feldern beschäftigt waren, legten wir dort in der Sonne gemeinsam eine Pause ein und aßen, obwohl sich die Wohnhäuser mit ihren kleinen Küchen nur ein paar Meter weit entfernt befanden. Ich wurde wie ein Freund behandelt, der sich dieser Gemeinschaft zugehörig fühlen durfte. Sie nahmen mich wie einen Bruder, einen Sohn in ihre Familien auf.

Auch früher daheim hatte ich die Morgenstunden, in denen ich bei Mama in der Küche gesessen war, eine Tasse Tee getrunken und mir dabei die Sonne durch das Fenster ins Gesicht gestrahlt hatte, sehr genossen. Sie hatte oft schon zu früher Stunde mit der Zubereitung des Mittagessens begonnen, um sich ihre Arbeitszeit im Garten später am Tag besser einteilen zu können. An einem dieser besagten Tage war ich zeitig aufgestanden und hatte bereits mit dem Zeichnen begonnen, während ich noch meine morgendliche Marmeladesemmel aß. Am Nachmittag besuchte mich Burny, der sich wegen des intensiven Programms, das seine Eltern für ihn zusammengestellt hatten, anderweitig abreagieren wollte. Aus diesem Grund entschlossen wir uns dazu, mit unseren alten BMX-Rädern eine Runde auf unserer selbstgebauten Waldstrecke zu fahren und der komplett in seinem Eishockey-Schutzanzug vermummte Kränky sollte uns begleiten. Einige Jahre zuvor hatten die damaligen Dorfjugendlichen zwischen den Hügeln des Waldes verschiedene BMX-Strecken angelegt. Der Weg führte über Wurzeln, Steine, durch eine kleine Halfpipe und über mehrere aufgeschüttete Erdhaufen, die wir als Rampe benützen konnten. Die Mutigsten unter uns wagten es, im wildwuchernden Wald auf den abgelegeneren Strecken zu fahren, die mit Brennnesseln und gefährlichen Dornen aufwarten konnten. Als coolster Held unserer Kindergang galt nur der, der mit kurzer Hose in diesen Dornendschungel hineinfuhr und am anderen Ende dieser Strecke des Todes wieder lebendig ausgespuckt wurde. Schon in Zeiten unseres Kindergartenalltages grassierten Geschichten über unglaublich waghalsige Menschen, die beim Versuch, den Todesritt zu durchfahren, für immer von der uns bekannten Erdoberfläche verschwanden. Grausame Mythen von Stacheln, die einen in Stücke zerschneiden konnten, und kinderfressenden Monstern oder Gerüchte, dass der Pfad direkt in die Hölle führen würde, wurden bis zu jenem Tage von uns nie angezweifelt. Und an diesem Tag ebnete Kränky seiner Zukunft einen neuen Weg.

In den Sommerferien stand der mollige Lockenkopf beinahe jeden Tag vor dem dornigen, dunklen Eingangstor ins Ungewisse. Ausgestattet mit einer Lupe hatte er Monate zuvor heimlich damit begonnen, die tödlichen Stacheln der Fichtennadeln, Brennnesseln und Brombeerstauden auf ihre Art des Tötens hin zu untersuchen. Dieser Ort, den seine Eltern für ihn zu einer verbotenen Zone erklärt hatten, zog Kränky magisch an. Ständig von den Erziehungsberechtigten in seinem Spieltrieb beschnitten, hatte sich dieser Bursche, der von vielen unterschätzt wurde, nicht nur für sich, sondern auch für alle nach ihm kommenden Generationen von BMX-FahrerInnen ein Ziel gesetzt. An diesem Tag aller Tage standen wir also wie schon so oft zuvor an jenem Eingangstor. Kränky brannte sichtbar ein Feuer in den Augen, so wie ich es noch nie bei irgendjemandem zuvor gesehen hatte. Entschlossen legte er seine Lupe beiseite, öffnete die Schnüre seines Schutzanzuges und zog ihn mitsamt seinem Fahrradhelm aus. Angst und Stolz gleichzeitig durchdrangen mich, als sich dieser Hellrider seine Hosenbeine hochkrempelte. Es hätte nichts gebracht, Kränky aufhalten zu wollen. Dieser apokalyptische Reiter hatte sich etwas in den Kopf gesetzt, wovon ihn kein irdisches Wesen abhalten konnte. Mit angezogenen Bremsen stieg der Meister seines Gefährtes in die Pedale, sodass sich der Staub des Bodens in alle Richtungen explosionsartig ausbreitete, und als dieser sich wieder legte, war er auch schon verschwunden und wir erblickten nur noch die Reifenspuren seines BMX' am Boden vor uns. Die Sekunden des ungewissen Wartens erschienen uns wie Tage, wenn nicht gar Wochen, und als wir schon nicht mehr daran glaubten, Kränky jemals wiederzusehen, kam uns der Höllenreiter am Ausgang des Waldes entgegen. Sein Körper sah aus, als hätte er gegen ein überdimensional großes Reptil aus einer fremden Galaxie gekämpft. Ganz so, wie ein Kind aussehen muss, nachdem es mit dem Fahrrad durch den Wald gefahren war. Bei diesem Anblick dachten wir, er würde ohnmächtig, woraufhin ihn seine Mutter im Krankenhaus auf alle möglichen inneren Körperschäden hin untersuchen lassen würde. Nein, damit lagen wir falsch. Etwas Fremdartiges hatte sich in Kränkys Gesicht festgebissen und es reichte von einem Ohr zum anderen. Es war etwas, was wir bisher noch nie bei ihm gesehen hatten. Die anfängliche Anspannung und Ungewissheit, das Adrenalin und die schmerzenden Beine hatten in Kränkys Gesicht ein grenzenloses Grinsen gezaubert. Noch nie zuvor hatte er sich so lebendig gefühlt.

Einige Jahre später war Kränky erwachsen und einer der besten und erfolgreichsten Extremsportler überhaupt. Er hatte als erster Mensch den Mount Everest im Rückwärtsgang bestiegen. Daneben war er der schnellste Läufer in einem Pferderennen – natürlich ohne Ross. Weiters gehörte Kränky nach wie vor zu den erlesenen wenigen, die einem weißen Hai auf offener See einen faulen Zahn gezogen hatten. Und erst kürzlich gestand er seiner Mama, die ihm immer noch jeden Abend an seinem Bett sitzend eine Gute-Nacht-Geschichte vorlas, dass er sein BMX bereits freihändig lenken konnte.

Nachdem wir die Arbeiten auf Amas Feldern beendet hatten, zog ich mich etwas zurück und vertrat mir ein klein wenig die Beine. Mit der Sonne zeigte sich mir glücklicherweise auch die restliche Umgebung. Zwischen den noch jungen grünen Sprossen der wenigen Sträucher standen braune Ziegelhäuser, deren BesitzerInnen sich im Umkreis von rund drei Kilometern angesiedelt hatten. In weiter Ferne erkannte ich den Pass, den ich im Schneesturm überquert hatte. Und die beiden königlichen Gipfel über dem Dorf spendeten den BergbewohnerInnen ihre weiße Krone in Form von Wasser.

Ich half Dolma gerne bei der Arbeit, doch sie sagte mir jeden Tag, dass es ihr leidtue, keine Zeit für mich zu haben, weil doch ihr Mann sonst bei der Arbeit mit anpackte und der nun fehle. Nach mehreren Übernachtungen bei Dolma wechselte ich auf ihre Bitte hin das Haus und nistete mich bei den Nachbarn ein.

Dort lebte Frau Angmo, die ein sehr gutes Englisch sprach. Sie hatte es sich aus Büchern selbst beigebracht und ihre Neugier auf Bildung war noch lange nicht gestillt. Nachdem sie mich gefragt hatte, ob die Erde tatsächlich rund sei, versuchte ich, ihr diese Tatsache mithilfe eines runden Wollknäuels verständlich zu machen. All diese Dinge über Gravitation, Kontinente und unterschiedliche Jahreszeiten waren für Angmo Neuheiten, die ich ihr nur mühsam erläutern konnte. Sie entschuldigte sich mehrmals für ihre Fragen und dafür, dass sie nie eine Schule von innen gesehen hätte. Sie wollte so gerne die Fähigkeiten besitzen, um mit einem Computer arbeiten zu können. Die Leute hatten ihr gesagt, dass man ein solches Gerät einfach haben müsse, wolle man schlau werden. Allerdings lebte diese nette Frau mit ihrer Familie in einem Haus, das dank einer kleinen Solarzelle pro Tag nur für wenige Stunden Strom hatte.

Wir gingen in ihren Keller und dort zeigte mir Angmo Dutzende Säcke voll mit Reis. Die Regierung spendet den Dörfern jeden Monat bis zu 35 Kilo Weizen und dreißig Kilogramm Reis. Dahinter steht das Public Distribution System, kurz PDS, welches das indische Volk vor einer Hungerkrise bewahren soll. Sicherlich setzte einst Mahatma Gandhi in seinem Kampf gegen den Hunger die ersten wichtigen Schritte für ein solches Projekt. Ghandi hatte diesen unerschütterlichen und inzwischen legendären Kampf begonnen, da die einstigen britischen KolonialherrInnen die Kornkammern ausschließlich für ihre Soldaten freigegeben hatten, was in der Folge zur bengalischen Hungersnot geführt hatte.

Auch wenn die Welthandelsorganisation (WTO) diesen Schutz vor dem Hungertod aufgrund der Ideologie des Freien Marktes verbieten lassen wollte, erhielten diese betroffenen InderInnen ihre Lebensmittel. Da sie als Gegenleistung die Bergwege reparieren mussten, spornte dies die wenigen Jungen an, sich etwas Eigenes zu schaffen, auf das sie stolz sein konnten.

In den weiteren Tagen bei Angmo verbrachte ich sehr viel Zeit damit, einfach nur im Moment zu sein, wodurch meine Magenkrämpfe in den Hintergrund traten. Ich richtete meine Aufmerksamkeit auf meine Umgebung inmitten dieser wundervollen Berge und auf mein Innerstes. Das viele Lachen der Menschen um mich herum half mir dabei, auch in mir große Freude ausbrechen zu lassen. Mit zunehmender Selbstzufriedenheit fiel mir auf, dass mir Tag für Tag mehr und dichter wachsende Pflanzen ein Stück weiter aus dem Boden entgegenwinkten. Gleichzeitig zog der frühlingshafte Duft immer vielseitigere Vögel und Insekten an. Ansonsten glich ein Tag dem anderen und das Leben mit Angmo und ihrem Mann Thustop schien keine Zeit zu kennen. Früher hatte ich mich vor diesem Alltäglichen gegraust. Doch nun freute ich mich langsam wieder auf eine solche Routine, der auch eine vertraute Geborgenheit innewohnt und die nun gar ein Zuhause für mich war.

Die BuddhistInnen, bei denen ich mich aber im Moment noch befand, kreisten mit ihren Daumen um die 108 hölzernen Mala-Perlen ihrer Gebetsketten und sprachen dabei das mir mittlerweile recht vertraute OM MANI PADME HUM. Der Laut „OM" symbolisiert die unreine Sprache und den unreinen Geist des Übenden. Durch das Lösen unreiner Zustände erreicht man durch Transformation das Reine. Der Laut steht außerdem für die Reinheit und Erhabenheit von Körper, Sprache und Geist des Buddhas. Für Hindus ist er der „absolute Laut", aus dem das Universum mit all seinen Göttern und Göttinnen einmal entstanden war.

Das MANI ist der Pfad der Weisheiten und Methoden, die zur Erleuchtung führen sollen.

PADME steht für diese erlangte Weisheit, die Erkenntnis des Pfades, auf dem man sich befindet. Es symbolisiert die endgültige Realität, die Leere und die daraus entstandene Leichtigkeit.

Und das HUM weist auf die Vereinigung von MANI und PADME hin, also auf den Pfad der Weisheit und die damit erlangte Erkenntnis, denn beide sollen nie voneinander getrennt angestrebt werden. Um jene Antworten zu erhalten, muss man sich auf die Reise begeben, auf der eines zum andern führt.

Die meisten brabbelten das OM MANI PADME HUM einfach so vor sich hin, bohrten dabei in der Nase, rülpsten und gähnten sich zu Tode. Jeden Tag fielen mir dabei weitere kleine Neuheiten auf. Einige führten zum Beispiel Selbstgespräche in einem Ausmaß und in einer Intensität, als handle es sich dabei um eine Disziplin aus dem Leistungssport. Und alle blieben relaxt, wenn die bereits abgewaschenen Teller von Essensresten noch schmierig waren. Dass sich die Alten ihre Haare mit aus Leh importieren Mitteln färbten, nahm ich ebenfalls zur Kenntnis. Neben vielem anderen musste ich außerdem mitansehen, wie Thustop und seine FreundInnen von Ferne herbeitransportierte Produkte dieser und ähnlicher Machart, die nicht mehr zu gebrauchen waren, darunter leere Batterien und weitere chemische Produkte, in einem tiefen Loch hinter den Feldern vergruben.

Eines Abends besuchte uns ein Lama, ein Mönch, der aus einem anderen Dorf angereist war. Wie in den meisten anderen Häusern auch, verfügten Angmo und Thustop über einen Tempelraum, in dem sie tägliche Zeremonien, also Pujas, wie das Befüllen der Kupferschüsseln mit Wasser oder das nächtliche Anzünden einer Ölkerze, vollzogen. In diesen Räumen durften nur die Lamas übernachten. Jener Lama, der uns besuchte, trug den Namen Toshi und er bat mich, ihn in das nahegelegene Kloster zu begleiten, denn dort fand eine Feier zu Ehren von Buddhas Geburtstag statt. Dankend willigte ich ein.

An diesem letzten Abend meines Aufenthaltes in ihrem Haus stellte mir Angmo noch ihre verstorbene Mutter vor. Sie war im Körper eines sechsjährigen Jungen wiedergeboren worden, der von seinem früheren Leben nichts mehr wusste. Die Menschen im Dorf hatten Angmo darauf aufmerksam gemacht, als das Kind bereits im Alter von zwei Jahren von seiner früheren Tochter zu sprechen begonnen hatte. Nach einer erlangten Wiedergeburt dauert es oft nicht lange, bis die heranwachsenden Kinder die weisen Geister in sich vergessen und diese dann verstummen. Das Letzte, was ihre Mutter im Körper des Jungen zu Angmo gesagt hatte, war, dass sie niemals vergessen dürfe, woher sie komme und wer sie sei, außerdem müsse sie sich an die Leben davor erinnern, an all die Erfahrungen, die Angmo im Laufe ihrer verschiedenen Wiedergeburten gemacht habe. Denn bei der Reinkarnation soll nicht alles wieder von Neuem beginnen. Die ersten Jahre nach der Geburt eines Kindes sind jene, in denen es noch unbeeinflusst von seiner Umgebung freie Gedanken in sich trägt. Es ist sich im Inneren seiner selbst dem Kreislauf seiner Wiedergeburt bewusst. Nur wenn es sich dieses Bewusstsein bewahren kann, kann es auch mit jeder Wiedergeburt der Reinheit näherkommen und auf eine höhere Stufe aufsteigen. Nur durch diese somit Stück für Stück fortschreitende Leichtigkeit des Lebens gelangt der Mensch ins Nirwana ...

Das Leben davor
oder: Die Leichtigkeit des Lebens

Im letzten Kapitel des Buches über die Schwerhaftigkeit des Lebens, das Toni von der Geistheilerin Hermi erhalten hatte, wurde unter anderem von der Transformation der Schwerhaftigkeit in die Leichtigkeit berichtet. Der Bekämpfung der AGHS liegt ein sich wieder ursprüngliches Erinnern zugrunde, denn in diesen Erinnerungen steckt die Superkraft der AGHL, der Anthro-Gravitation- und Hochdruck-Leichtigkeit.

Diese Leichtigkeit wurde Toni mit der ihm auferlegten ihn sozialisierenden Bleiweste immer weiter abtrainiert und geriet mit der Zeit vollkommen in Vergessenheit. Genauso, wie sie einst bei den meisten Erwachsenen in Vergessenheit geraten war. Das Chaos im Dorf, die vielen Zwischenfälle mit Toni und den anderen, die einmarschierten TouristInnen, die Frage nach der Sinnhaftigkeit der Glaskuppe, die als Symbol einer künstlich erzeugten, aber doch durchschaubaren Grenze galt, und die verschollene Leichtigkeit der Menschen waren dem allumfassenden Druck des kulturellen und wirtschaftlichen Alltages gewichen.

Nur mehr wenige konnten sich noch an einzelne Ereignisse dieser Art erinnern, doch propagierte die Partei des Bürgermeisters Straffe mit dieser zwanghaften Gewohnheit unter der Käseglocke so sehr den Sicherheits-, Fortschritts- und Wohlstandsaspekt, dass die breite Masse damit begonnen hatte, ihm der Einfachheit halber Glauben zu schenken. Nur wenige hinterfragten wie Hermi die vorgegebenen Arbeitsschritte, die immerwährende Ausbeutung aller Ressourcen und die künstlich erzeugte Knappheit von Gütern. Das Leben als Mensch in seiner alleinigen Daseinsberechtigung als ProduzentIn und KonsumentIn unter dieser Glashaube, die den Rest der Welt weit von sich wies, wurde von der Mehrheit allerdings nicht mehr in Frage gestellt und ein Ausweg schien unmöglich. „Es ist halt so, wie es nun einmal ist", wurde allgemein als alleroberstes Gebot akzeptiert.

Selbst viele Menschen weit außerhalb der Glaswand hatten damit begonnen, eine solche oder zumindest ähnliche Lebensweise als von Gott gegeben hinzunehmen, und begannen ebenfalls, sich vor den von anderen Köpfen erdachten Gefahren hinter gläsernen Festungen einzuschließen. Sie alle folgten dem Weg einer Religion, in deren abgeschotteten Himmel nur jene eintreten durften, die diese inzwischen weitverbreitete Weltanschauung teilen oder wenigstens akzeptierten.

Doch diese Art des fremdenfeindlichen Nirwanas wird seit Beginn der Industrialisierung immer wieder gefährdet, denn selbst nach einem langen und dunklen Winter sprießen im Frühling wieder Sprossen, die wie aus dem Nichts eine Vielfalt an Farben in das Leben bringen. Und manche der von oben herab verglasten Ortschaften erlebten schon baldigst wieder das Ende ihres Winterschlafes.

Eine solche aufstrebende, sich in all ihren Möglichkeiten entfaltende natürliche Pflanze keimte auch in Toni. Und vor dem Bau des gläsernen Vorhangs, dem Tragen seiner Bleiweste und seinem zehnten Geburtstag hatte er durch sie noch in allen Facetten seiner menschlichen Vielfalt geblüht.

Zu dieser Zeit kannte mich Toni noch nicht. Ich war allerdings schon damals bereits in seinem tiefsten Unterbewusstsein verankert, sodass man uns beide nicht getrennt voneinander betrachten konnte. Diese jungen Jahre prägen uns bis heute und werden es auch in unserem weiteren Leben tun.

Oftmals erscheint es uns, als hätten wir auf diese Zeit vergessen. Doch dem ist nicht so. Wir müssen nur den richtigen Zeitpunkt abwarten, bis wir für die Erinnerung an uns beide, an das Wir in uns, bereit sind. Und heute, hier im Himalaya, will Toni nicht mehr unbewusst von seiner Vergangenheit gesteuert werden. Es wird langsam Zeit, dass sich der Kreis unseres gemeinsamen Möbiusbandes endgültig schließt und wir uns wieder einander bewusst werden, denn:

Die ersten Jahre nach der Geburt eines Menschen sind jene, in denen er noch unbeeinflusst von seiner Umgebung freie Gedanken in sich trägt. Er ist sich in seinem Innersten seiner selbst und seiner Teilhabe am Kreislauf des Lebens bewusst. Nur wenn man sich diese Reinheit des Kindes bewahrt, kann man in eine höhere Stufe aufsteigen. Nur durch die damit einhergehende fortschreitende Leichtigkeit des Lebens erlangt die Weltgemeinschaft ein selbstbestimmtes und erfülltes Leben in ruhigem Frieden, in ihrem eigenen Nirwana.

Die beim jungen Toni und mir stark ausgeprägte Anthro-Gravitation- und Hochdruck-Leichtigkeit begleitete uns seit unserem frühesten Dasein. Sie zeigte sich, als wir mit fünf Jahren durch den morschen Boden acht Meter in die Tiefe stürzten und uns dabei kein bisschen verletzten. Sie begleitete uns, als wir stundenlang unter dem schattigen Nussbaum schaukelten oder man uns von anderen hohen Bäumen wieder herunterholen musste. Außerdem ist die AGHL jene Macht, die unseren Stift in der Hand führt und diese fantastische Geschichten schreiben und zeichnen lässt. Diese natürliche und absolut menschliche Superkraft lässt den Moment zeitlos werden und überwindet das Gefühl der Schwerhaftigkeit. Sie ist die Ursprünglichkeit der Leichtigkeit des Lebens.

Bereits im Kreißsaal, nachdem Toni seinen ersten irdischen Schrei getan hatte, zeigte sich seine Hochdrucks-Leichtigkeit und machte es nach der Durchtrennung der Nabelschnur den ÄrztInnen schwer, ihn wieder einzufangen. So fand man den Neugeborenen erst nach einigen Minuten auf einem Lampenschirm an der Zimmerdecke wieder. Nur durch die Anerkennung seiner selbst, durch die Liebe und Geborgenheit, die man ihm schenkte, konnte Toni in dieser ersten Lebensphase ein unbedingtes Urvertrauen dem Leben gegenüber entwickeln. Bereits in den ersten Monaten seines Daseins schaffte er es, auf das Dach seines Elternhauses zu klettern. Als sich der Bub in den folgenden Jahren immer wieder vor dem Zubettgehen drückte, versteckte er sich oft dort, wo ihn selbst die Erwachsenen mit ihren massiven Körperformaten nicht mehr erreichen konnten. Mit diesen und vielen anderen Streichen machte er es nicht nur seinen Eltern, sondern auch den anderen Menschen im Dorf nicht immer leicht.

Für Mutter und Vater war es häufig extrem mühsam, bei Vollzeitbeschäftigung auch noch drei Kinder großzuziehen, von denen eines auch noch über aktivierte Superkräfte verfügte. Tonis ältere Geschwister, Anna und Miriam, mussten sich deshalb nach der Schule oft um den Haushalt und ihren kleinen Bruder kümmern. Die Schwestern hatten ihren Eltern verheimlicht, dass sie den jungen Helden oft aus Bequemlichkeitsgründen an der Leine hielten, denn allzu oft schon hatten sie den Ausreißer von irgendetwas Hohem herunterholen müssen.

So steckte er immer wieder auf Tannen zwischen den Zweigen oder er blieb mit seiner dicken Windel an den Zeigern der Kirchenuhr hängen.

Im Schnitt einmal pro Woche kappte der kleine Toni die öffentliche Stromzufuhr zu den Haushalten des Dorfes, und in diesen Fällen musste er immer wieder aus einem Hochspannungsleitungsgewirr herausgeknotet werden.

Im Herbst diente der Bub seinen beiden Schwestern als praktischer Stabilisator ihrer selbstgebastelten Flugdrachen. Zu diesem Zweck banden Sie den Unruhestifter an das Kreuz, setzten ihm zum Schutz einen aus Zweigen geformten Helm auf und liefen los. Nach anfänglichen Startproblemen gelang den Kindern nach dem siebten Trainingstag der Durchbruch. Der Schachner-Toni, Bub einer rührigen Handwerkersfamilie, war in den Himmel aufgefahren. Als der Pfarrer wieder einmal damit beschäftigt war, die Zeiger an der Kirchenuhr einzustellen, ereilte ihn ein geradezu unchristlicher Schock. Bevor er ohnmächtig von der Leiter stürzen und in den Büschen landen konnte, hatte er noch folgende Worte von sich gegeben: „Ja, Kruizfix, Kreuzteufel noch eins! Jesus, du lebst!"

Die vielen unerhörten und ungehörigen Unruhen und Scherereien, die der Bub mit seiner immer stärker werdenden Kraft anrichtete, entwickelten sich auf dem Freitagsmarkt unter den Erwachsenen zum Tagesgespräch.

Aber um Toni versammelten sich im Laufe der Zeit neben vielen KritikerInnen ebenso schnell zahlreiche AnhängerInnen. Der unter dem Pantoffel seiner Mutter stehende Kränky war wohl einer der ersten Fans, die Toni für sich begeistern konnte. Aber auch die Kleinsten brabbelten in ihren Kinderwägen in geheimer Babysprache über den für sie hoffnungsvollen Revolutionsanführer der Strampelbrigade. Aber schon bald erstarben die rebellischen Baby-Träume nach einer Erhöhung der Muttermilchzufuhr und einer Reform der von den Eltern vorgegebenen Spielzeiten in der unzweifelhaften Hilflosigkeit stinkender Windeln.

Das viele gemeinsame Spielen in der Natur ermöglichte Toni und seinen kindlichen Jüngern eine gegenseitige Aktivierung ihrer jeweiligen Superkräfte. Somit hingen schon bald darauf immer mehr Kinder in den Stromleitungen ab und Fahrräder wurden nach langer Suche auf Schuldächern wieder gefunden, Pfeile und Bögen in Baumkronen und Klassenzimmerdecken wurden wie von Geisterhand mit Kreide bemalt.

So gut wie überall, wohin das Auge reichte, sah man lachende und spielende Mädchen und Burschen, die mit ihren Superkräften eine über die Dorfgrenzen hinausreichende, wachsende Aufmerksamkeit auf sich zogen. Manche AnthropologInnen und PhilosophInnen sprachen in diesem Zusammenhang von einer göttlichen Gabe. Kirchen und Banken befürchteten wiederum eine nachhaltige Verteuflung der Kinder. TouristInnen enthielten sich in der Regel ihrer Meinungen und konzentrierten sich lediglich auf das Schießen spektakulärer Fotos.

Das kleine Dorf wurde allmählich zum PilgerInnenort für depressive Stadtkinder, die es leid waren, mit BabysitterInnen, Steckdosen, Klobürsten und Innenwänden spielen zu müssen.

Schon von Ferne sah man immer häufiger, wie sie sich bewaffnet mit ihren Fahrrädern dem Kaff am Hausruckwald näherten. Es grenzte förmlich an ein Wunder, dass es diese Kinder mit der bloßen Kraft ihrer Beine bis in die Innviertler Gegend schafften, denn ihre vom schlaff auf Sofas Herumlümmeln verstümmelten Beine waren nicht daran gewöhnt, sich länger als eine Minute hindurch in bewegtem Zustand zu befinden.

Staunend betrachteten diese Kleinen, die meist in florierenden Wirtschafts- oder Industriegebieten lebten, die Riesenzahnstocher, die um die Dorfhäuser herumstanden. So nannten sie aufgrund ihrer städtisch geprägten Unwissenheit die Bäume. Eifrig und voller Begeisterung lernten sie in einem liebevollen Miteinander, wie sie zwischen diesen Ungetümen spielen und darauf herumklettern konnten. Auf manchen der Bäume und Sträucher wuchsen auch diese seltsamen bunten Dinger, die sonst in den Supermärkten bedrohlich leuchtend wie Plastik aus Regalen und Kisten herausglänzten. Die Dorfkinder nannten es Obst und aßen es liebend gerne, da es hier draußen nach saftiger Natur und nicht nach Karton und Styropor schmeckte. Einige der Neuankömmlinge hatten vor Himbeeren, Stachel- und Brombeeren eine wortwörtlich tierische Angst, denn sie verwechselten aufgrund von fehlender Erfahrung zum Beispiel Braunbären mit Erdbeeren. Andere bunte Farbkleckse wurden von den DorfbewohnerInnen als Blumen bezeichnet. Manche der Stadtkinder mit ihren vielen Allergien hatten zu Beginn Angst, daran zu riechen. Aber mit zunehmender Superkraft wagten sie sich, ganz so wie Juicy mit ihrem verrotzten Riechkolben, immer näher an die Blüten heran.

Bisher hatten die Stadtkinder nur ihren grauen Wohnblock gekannt und noch nie etwas von einem Baumhaus gehört. Als sie ihren Erstkontakt mit dieser Art der Unterbringung herstellten, schmerzten ihnen beim Hochklettern an der befremdlichen Strickleiter ihre zarten und sauberen Hände. Einigen von ihnen war es zunächst nicht möglich, ihre Finger in die richtige Position zu bringen, denn vom vielen Computerspielen waren diese in die typische Form des Joystickbedieners verwachsen.

Wasser kannten sie auch nicht mehr, nur aus der Leitung im Badezimmer und den Flaschen am Esstisch. Hier bestaunten Hunderte Kleine mit großen Augen, wie es sich seinen Weg durch die Natur suchte und in immer mächtiger werdende Bäche mündete. Darin lebten Fische, die ohne Konservenbüchse drumherum überraschenderweise viel glücklicher aussahen als tot und eingesperrt in eine künstlichen Blechbegrenzung. Außerdem lachten sogar die hier frei herumlaufenden Hunde bedeutend mehr beim Spielen auf den Wiesen und Fangen von Holzstöcken als beim Herumlaufen auf gepflasterten Einkaufsmeilen oder dem Nachjagen von Straßenbahnen und Autoreifen.

Auch die Katzen schienen sich außerhalb eines Hauses an einem echten Kratzbaum viel wohler zu fühlen. Leider vergebens suchten die Stadtkinder auf dem Land nach einer lilafarbenen Kuh, die mit gentechnisch veränderten Zusätzen Milchpulver in Schokolade verwandeln kann. Seltsam schienen auch die vielen unverpackten Brüste und Haxen zu sein, an denen Federn, Flügel und ein Kopf, der pausenlos gackerte, angebracht waren. Einer der urbanen Unwissenden rief bei diesem Anblick seinen Ekel laut aus sich heraus, da es sich hier, so reimte er es sich zumindest zusammen, überraschenderweise um Lebewesen handelte– und er sich an deren zerlegten Einzelteilen schon so oft in frittierter Form erfreut hatte. Kopflos, wie sich nun ein für alle Mal herausstellte.

Jene Kinder, die durch das viele Fernsehen rechteckige Augen bekommen hatten, wussten aus Dokumentationen, dass die Natur geschützt gehört. Aus diesem Grund hatten sie sehr viel Angst davor, sich in ihr frei zu bewegen. Es war für sie befremdlich, dass die Umwelt größer war als nur das genormte Maß des Bildschirms. Ihre Augäpfel normalisierten sich an der frischen Luft jedoch bereits in den ersten Stunden und konnten somit erstmals eine dreidimensionale Landschaft erkennen, die sich darauf freute, als Spielplatz dienen zu dürfen.

An diesen legendären Tagen in den Sommerferien hatten sich anfangs bis zu zwanzig Kinder versammelt und es wurden immer mehr, die an dieser Welt teilhaben wollten. An den Abenden zeigten die Dorfkinder den StädterInnen, wie sie ihre Schlafsäcke auszurollen hatten. Zelte gab es keine, da die Nächte meist einen sternenklaren Himmel versprachen. Es wurde häufig die Frage gestellt, was denn nun genau ein solcher Stern sei, denn in der Stadt kannten sie nur das Licht der Straßenlaternen. Mit Einbruch der Dunkelheit machte sich deshalb Angst vor der für die StädterInnen so fremden und unbekannten, geradezu außerirdischen Natur breit.

Sie kannten die Nacht nur ausgeleuchtet mit Elektrizität, doch die Wärme des Lagerfeuers erinnerte die meisten ein klein wenig an das Backrohr in der Küche ihrer Eltern und beruhigte die Kinder im Alter von sieben bis 14 wenigstens ein bisschen.

Als sich in einer solchen Nacht die ersten Himmelskörper zeigten, waren die Kinder noch hellwach und bemerkten, dass ihr Trinkwasser zur Neige ging. Burny, Trendy, Juicy, Kränky und Toni hatten schon öfter am Waldrand hinter dem Dorf ihre Nächte verbracht und wussten deshalb ganz genau, wo sich die nächste Wasserquelle befand. Toni und Juicy erklärten sich dazu bereit, für die Bande, die nun auf rund 120 AbenteurerInnen herangewachsen war, Wasser zu besorgen. Doch dazu benötigten sie Freiwillige, um ihnen beim Transport zu helfen. All jene, für die bereits das Lagerfeuer eine völlig ausreichende Mutprobe dargestellt hatte, warteten am lodernden Licht. Die restlichen 24 Kinder stellten sich der Aufgabe und wagten angeführt von ihren neuen FreundInnen Toni und Juicy dicht aneinander gereiht ihren Weg ins Ungewisse.

Ein schmaler Pfad führte die mucksmäuschenstille Meute hinein in das Dunkel des Waldes. Mit fortschreitenden Schritten wurden die tratschenden Stimmen der anderen und die flackernden Flammen hinter ihnen immer stiller und kleiner, bis plötzlich fünf der Wandernden zu schreien begannen. „Mami, Papi, Hilfe, Hilfe, eine Riesenschlange!", gaben sie lautstark von sich.

Blitzgeschwind stürmten sie aus dem Wald hinaus zurück in die bekannte Sicherheit. Die Übergebliebenen hefteten sich daraufhin so dicht an ihre neunjährigen Führungsspitzen, dass sie Toni und Juicy bei jedem zweiten Schritt fest auf die Ferse traten.

Kurze Zeit später erkannten die weiterhin Mutigen das Lagerfeuer hinter sich nur mehr an einem rot flackernden Schleier, der sich über die Dunkelheit gelegt hatte, als sich plötzlich wie aus dem Nichts etwas Mächtiges und Wildgewordenes über ihren Köpfen zu bewegen begann. „Mami, Papi, Hilfe, Hilfe, ein Monstervogel!", hallte es durch den Wald, als weitere Kinder in Richtung Feuerstelle flüchteten.

Die jetzt noch Übriggebliebenen nahmen nun aufgrund ihrer angsterfüllten Nähe Toni und Juicy die Luft zum Atmen. Vom Feuer und dessen erwärmendem Licht sahen sie aus dieser Entfernung nichts mehr. Mit großen Augen und einer etwas wackeligen Balance näherte sich der kleine Rest gespannt seinem Ziel, als die Stadtkinder plötzlich vor Schock erstarrten. Leise, bevor auch sie wie ein Blitz im Dunklen verschwanden, flüsterten sie einander zu, was sie mit ihren Händen gerade eben vor sich ertastet hatten. „Toni, Juicy, Hilfe, Hilfe, ein menschenfressender Bär!"

Die Flüchtlinge, die sich am Lagerfeuer allesamt wieder erholt hatten, konnten nach der Rückkehr von Toni und Jucy nicht glauben, dass diese beiden all die Schlangen-, Vogel- und Bärenattacken unversehrt überstanden hatten und heil aus dem Wald spaziert waren. Die beiden kamen jedoch mit viel zu wenig Wasser zurück.

Die walderprobten Dorfkinder erklärten den Ängstlichen, dass man die Natur nachts nicht mit den Augen des Tages sehen dürfe. Deshalb sollten sie ihre vorgefertigten Bilder vergessen und versuchen, mit den Augen der Nacht zu sehen. Ganz so, wie es einst ihre Eltern für sie als Trost oder zur guten Nacht getan hatten, begannen nun die Kinder des Waldes mit einem Mutlied ähnlich eines Mantras, das durch Wiederholung und Miteinstimmen der anderen die Gemeinschaft als Ganzes stärken sollte.

„Nitschi tai tai enowai, oranika oranika, hey jou hey jou, ouwai."

Daraufhin begaben sie sich gemeinsam und singend ein weiteres Mal in das Dunkel der Nacht und näherten sich der Stelle, an der noch vor wenigen Minuten die Schlange gewesen war. Erst jetzt, nachdem sich die Augen an die Dunkelheit gewöhnt hatten, sahen sie das Riesenvieh viel klarer. Ohne sich von ihrer blinden Angst Streiche spielen zu lassen, erhaschten sie einen Blick auf die Schlange, die sich als gemeine Baumwurzel entpuppte.

Erleichtert gingen sie alle gemeinsam weiter, bis weit hinter ihnen nur mehr der Schein des Lagerfeuers zu erkennen war. Und wieder ließ manchen das Schlagen der Schwingen über ihren Köpfen einen eisigen Schauer in die Glieder fahren.

Doch auch hier stellte sich der monströse Greifvogel als etwas völlig anderes, nämlich im Winde wehende Äste, dar.

Ohne sich gegenseitig die Schuhe unfreiwillig auszuziehen oder den anderen die Atemluft zu stehlen, gelangten die sichtlich erleichterten Kinder in der völligen Dunkelheit des Waldes schlussendlich erneut zum vermeintlich menschenfressenden Bären.

Nachdem anfangs noch gezögert wurde, begannen sie nun ein weiteres Mal damit, das Fell des Tieres mit ihren Händen zu befühlen. Dabei stellte sich heraus, dass der böse Bär nur ein mit Moos bewachsener Stein war, hinter dem sich die ersehnte Wasserquelle befand.

Jetzt, nach der schrittweisen Erlangung dieser Klarheit, wurden sie mit einem viel tieferen Blick in den mit Sternen übersäten Himmel belohnt. Dabei verschwamm das Oben mit dem Unten und die Kinder verloren das Gefühl des festen Bodens unter ihren Füßen. Raum und Zeit schmolzen ineinander und ein ewiger Augenblick war ihnen so nahe und bewusst wie schon lange nicht mehr. Die Natur war ihnen in diesem Moment nicht mehr fremd. Jetzt war sie zu ihrer Freundin geworden.

Ausgeschlafen und eine große Spur mutiger erwachten die Kinder am nächsten Tag unter einer Morgensonne, die sie freundlich anlachte. Sie mussten feststellen, dass mit jedem Einzelnen von ihnen etwas geschehen war. Die letzten Stunden in dieser freien Natur und mit den neuen FreundInnen hatten bei ihnen allen bisher ungeahnte Superkräfte freigesetzt.

Ähnlich wie zuvor die Stadtkinder wurden in der Folge auch deren Eltern über die Nachrichtenströme elektronischer Medien auf das Dorf aufmerksam gemacht. Nachdem die zu hundert Prozent einer Erwerbsarbeit nachgehenden Mütter und Väter nach über 24 Stunden bemerkt hatten, dass alle 15 Fernseher in jeder Wohnung ausgeschaltet waren, wurden sie stutzig. Nach mehreren Blicken in den Kühlschrank und nach dem Durchzappen aller in jedem Haushalt verfügbaren 954.002 TV-Kanäle fiel ihnen auf, dass sie einen Teil ihrer Wohnungseinrichtung, einen Teil ihres großen Besitzes vermissten, nämlich ihre Kinder.

Nachdem daraufhin jeder Elternteil einzeln und luftdicht verpackt mit seinem luftverpestenden Großstadtgeländewagen oder Privathubschrauber im Dorf eingetroffen war, drohte diese Meute zu allererst mit einer Klage, sollten sie ihre Wertgegenstände tatsächlich hier auffinden.

Und das taten sie. Als sie an der Waldlichtung ihren Nachwuchs erblickten, erstarrten ihre wütenden Gesichter, in deren Ausdruck sich eine kurze Erinnerung an ihre eigene Kindheit widerspiegelte. Für einen Augenblick hatten die vielen SuperheldInnen die reine Kindlichkeit in den Erwachsenen wieder wachgerüttelt, bevor diese ihr inneres Kind, den wilden Geist, wieder wegsperrten und die Ausreißer zurück auf den harten Boden der strukturierten Realität holten.

Die Eltern erteilten ihren Kleinen eine gehörige Standpauke über deren Unverantwortlichkeit ihnen, sich selbst und der kultivierten Natur gegenüber. Laut der Ansicht der zornigen Großen hätten

Riesenschlangen, monströse Greifvögel oder menschenfressende Bären ihre so schutzlosen Kleinen ratzfatz in Tausende Fetzen reißen können. Um dem Grauen ein Gesicht zu geben, zeigten sie auf die fremdartig gefiederten Tiere, von denen die Kinder bereits wussten, dass sie Hühner genannt wurden und so wenig gefährlich waren wie die Großen erdachten Monstertiere. Zwischen den noch reinen Kindern und ihren nicht mehr ganz sauberen Eltern hatte sich eine Kluft aufgetan, die unschwer zu erkennen war.

Die strafenden Worte der Erwachsenen waren ausschließlich nutzenorientiert, um zukünftig weitere Unannehmlichkeiten dieser oder ähnlicher Art von vornherein zu vermeiden. Die Kinder jedoch hatten andere Gründe, um hier zu sein. Sie handelten auf Grundlage von Bedeutungen, die durch das soziale Miteinander entstehen. Diese Bedeutungen in ihrem Leben hängen von ihren Vorerfahrungen ab. So wie jede nutzenorientierte Handlung eine andere beeinflusst, prägt auch jede einzelne Liebesbeziehung die darauf folgende mit. Noch stand es den Jungen frei, wer und wie sie werden wollten. Doch war es klar, das jedes dieser Individuen in die Gesellschaft hineingeboren worden war, vor der sie sich nicht verleugnen konnten. Sollten die Kinder die in dieser prägenden Sommernacht erlebten Abenteuer in sich behalten können, würde dies ihren weiteren Lebensweg und somit auch den künftigen Verlauf, den die gesamte Gesellschaft nehmen würde, mitbestimmen.

Nachdem die zornigen Businessmenschen dem Dorf eine gehörige Anzeige wegen „verantwortungslosem Spielenlassen von Kindern in der freien Natur" und einen damit noch größeren Medienboom eingebracht hatten, fuhren die StädterInnen mitsamt ihrem kindlichen Gepäck zurück in ihre nutzenorientierte Welt der Konsum-KonkurrentInnen. Beim Abschied blickte die wieder eingefangene Beute traurig der Natur und ihren neugewonnenen FreundInnen hinterher, doch das währte nur so lange, bis die Bildschirme auf den Kopfstützen der Autositze aktiviert wurden und damit begannen, den Kleinen ihre kindliche Reinheit nach der kurzen natürlichen Unterbrechung weiter auszusaugen.

Dieses Ereignis markiert bis heute den Höhepunkt der Bewegung von Kindern, die sich erhoben hatten, um wenigstens für einzelne Augenblicke ihres Lebens eigenhändig und eigenwillig ihre Leichtigkeit zu erlangen. Nach mehrmaligen privaten, aber dennoch von den SteuerzahlerInnen finanzierten Krisensitzungen mit den vor Ort herrschenden OligarchInnen im schön gepflegten Garten des

Bankdirektors Herrn Bilderberger, die direkt daran anschließend stattfanden, wurde unter Ausschluss der Öffentlichkeit der Bau der Glasglocke beschlossen, die in Zukunft die gesamte Dorfgemeinschaft vor den vielfältigen Gefahren der Außenwelt inklusive deren Eindringlingen schützen sollte. Dank seiner Propaganda hatten die BewohnerInnen des kleinen Kaffs in Oberösterreich mit tatkräftiger Unterstützung ihres Bürgermeisters A.-C. Straffe die Richtigen gefunden, denen sie dauerhaft und ohne jegliche Selbstkritik die Schuld an allem geben konnten. Nämlich allen anderen, die sich zufälligerweise und ohne ihr Zutun außerhalb des gläsernen Vorhangs befanden.

Die geschichtlich und gesellschaftlich prägenden Prozesse der letzten Jahrhunderte, die in dem kleinen Dorf vor sich gegangen waren, hatte bei den BewohnerInnen zu einer Umwandlung von Fremdzwängen vonseiten der von der öffentlichen Hand vorgegebenen Kontrollen und Gesetze durch ihre individuelle Selbstkontrolle geradewegs in den Selbstzwang geführt. Dieser Selbstzwang wurde zum neuen Standard, der von diversen Peinlichkeitsgefühlen bis hin zu neuen, das Fremde zuverlässig abwehrenden Grenzen reichte. Demnach entwickelt sich die Gesellschaft durch die langfristige Umwandlung der Außenzwänge in Innenzwänge weiter. Jede Verhaltensveränderung eines Einzelnen steht in Beziehung zu den langfristigen Veränderungen der Gesellschaft. Noch vor wenigen Jahren hatten im Dorf Kooperativen das Sagen, in denen man sich gegenseitig unterstützte. Nachdem der konservative Straffe mit seinen hasserfüllten Parolen gegen das Fremde und die arbeitsscheue Jugend zu predigen begonnen hatte, löste dies eine konkurrierende Entwicklungsdynamik aus. Nicht nur AusländerInnen, sondern auch NachbarInnen oder langjährige FreundInnen konnten nun schnell zu FeindInnen werden.

Nach der Erbauung der gläsernen Kuppe gab es zu Beginn noch häufig Zwischenfälle mit den rebellischen Kleinen, die immer wieder an die Glasdecke prallten und im Zuge dessen das transparente Ungetüm, das als unzerstörbar galt, beschädigten, was kleine, oberflächlich betrachtet fast unscheinbare Risse nach sich zog. Auf kurze Sicht gesehen tat die konservativ abgeschottete Sozialisation in den folgenden Wochen und Monaten ihr Werk. Doch der kleine Sprung an der Oberfläche des bis dahin undurchdringlichen Himmels, den die Kleinen verursacht hatten, zeigte, dass auch diese Grenze, genauso wie alle vor ihr gezogenen, wohl nicht für die Ewigkeit gemacht war. Ebenso, wie die natürliche Sonneneinstrahlung den Riss wie von selbst weiterführen würde, genauso würden sich auch die Geschichten über die urtümliche Leichtigkeit des Lebens verbreiten. A.-C. Straffe und seine AnhängerInnen hatten nicht bedacht, dass die wechselseitige Abhängigkeit, oder besser noch die Ergänzung von dem einen mit dem anderen, ein grundlegendes Merkmal der gesellschaftlichen Entwicklung darstellt. Langfristig würde auch seine Weltanschauung ähnlich wie das stahlharte Gehäuse der himmlischen gläsernen Halbkugel seine Risse abbekommen.

Die Zukunft der Einzelnen und der dörflichen Gesellschaft, die alle miteinander bildeten, war nichts Unkontrolliertes oder Statisches. Sie war offen und wurde von allen BewohnerInnen mitgeformt.

Als die Kinder nach ihrer Nacht im Freien mutiger und stärker denn je unter der strahlenden Morgensonne aufwachten, hatten sie die Macht der Anthro-Gravitation- und Hochdruck-Leichtigkeit erfahren. Sie waren nun jene, die hinter die Schatten des Lebens blicken und die Lügen ihrer Kultur erkennen konnten. Diese Erkenntnis würde von der Masse nie verstanden werden, geschweige denn würde man ihnen glauben. Denn in diesem Augenblick wusste jede einzelne Superheldin und jeder einzelne Superheld unter ihnen, dass sie die Macht hatten, einfach alles erreichen zu können. Ihnen war ein Blick auf die Hinterbühne des Lebens gewährt worden. Durch diesen Blick begann für einen kurzen Augenblick die Erde fürchterlich zu beben. Dadurch bekamen die zu Glas gewordenen Umrisse der Häuser, der Kirche, der Straßen, der Laternen, der Autos und aller anderen Kulturgüter Risse und explodierten in unendlich viele Scherben. Auch die gläserne Hülle, die die Körper der Erwachsenen umgab, wurde auf einmal sichtbar und perlte wie scharfkantige Schuppen von deren Haut. Nur durch das freie Bewusstsein hatten die unsichtbaren Barrieren ihres konstruierten Lebens mit Kinderaugen betrachtet Sprünge und Risse bekommen. Die gläsernen Hüllen der ihnen auferlegten Grenzen wurden für den Bruchteil einer Ewigkeit aus ihrer Welt verdrängt. Für einen Moment lang erlangten die Kinder ihre urtümliche Freiheit wieder.

Währenddessen erstarrten die grimmigen Gesichter der Erwachsenen im luftleeren Raum.

In diesem ewigen Augenblick stoppte die Zeit und die Erdanziehungskraft verlor sich im Nichts.

Vor den erstaunten Gesichtern der Erwachsenen schwebten also rund zweihundert Kinder einige Meter über dem Boden. Kinder, wie einst sie selbst, die in diesem Augenblick die Leichtigkeit des Lebens für sich entdeckten.

26

Um gemeinsam den Geburtstag Buddhas zu feiern, begleitete ich Lama Toshi und andere zum nahegelegenen buddhistischen Kloster. Dort befanden sich bereits einige Menschen aus den umliegenden Dörfern. Auch viele Junge waren eigens aus Leh angereist, um an dem Fest teilzunehmen. Für alle gab es Suppe, Pahpah und einen Löffel voll Joghurt, den man direkt in die Hand serviert bekam. Seine Tasse musste man selbst mitbringen. Zusätzlich erhielt jede und jeder ein ganzes Stück einer süßen Teigmasse namens Tschotba.

Viele ältere Frauen trugen über ihren weinroten Mänteln eine kurzärmelige Seidenweste. Um ihre Hälsen hingen alte Stein- und Silberketten. Um Ihre Schultern trugen sie einen ebenso schönen, mit Mustern bestickten Umhang, der mithilfe einer Masche gebunden wurde. Die Mehrheit trug über ihrem zu Zöpfen geflochtenen Haar selbstgestrickte Wollmützen. Auf den Köpfen einiger weniger Amas befand sich ein schwerer, mit polierten Steinen, Silberschmuck und Perlen verzierter Hut, der an den Seiten wie große, spitze Ohren abstand und nach hinten lange über den Rücken hing. Von den etwa 250 Menschen, die sich hier versammelt hatten, wurde ich behandelt, als wäre ich selbst Buddhist und stach deshalb kaum aus der Menge heraus.

Nach dem Essen begaben wir uns zu einem im Freien liegenden Veranstaltungsplatz, wo wir am Wegesrand nebeneinander stehenblieben. Wir verbeugten uns vor dem Bild des Dalai Lama, das an uns vorbeigetragen wurde. Daneben am Festplatz war eine Bühne aufgebaut, auf der die Lamas das Bild des wiedergeborenen Buddhas aufstellten. Als Opfergabe wurden Schüsseln mit Feigenreis und Tassen befüllt mit Tee hinzugestellt. Anschließend bekamen auch wir Reis in die bloße Hand und Tee in unsere Tassen. Daraufhin hielt in der Mitte der Bühne der Lama mit dem höchsten Rang Ansprache in tibetischem Dialekt. Währenddessen saßen auf der Bühne links von ihm die Nonnen und Mönche und rechts Ehrengäste wie jene, die immer wieder mit der indischen Regierung zugunsten ihres Dorfes verhandelten, und in diesem Kreis sollte auch ich mir einen Platz finden. Schulklassen führten Tänze auf und gaben ihr Theaterspiel zum Besten. Diese Vorführungen waren eine Mischung aus Traditionellem und Modernem, Westlichem, und wurden von so manchen Lamas mit ihren Handykameras für die Ewigkeit festgehalten. Als Zeichen der Anerkennung und der Gastfreundschaft überreichte mir der gelehrteste Lama zum Abschluss der Veranstaltung einen Seidenschal, den er mir um meine Schultern legte. Ich war deshalb furchtbar nervös und fühlte mich von diesen Menschen, die mir nun nicht mehr fremd waren, sehr geehrt.

In den darauf folgenden Tagen lebte ich bei Lama Toshi im Kloster. Das Gebäude war schon ein sehr altes, das an einem steilen Hang terrassenförmig angelegt verschiedene Schlafmöglichkeiten bot. Seine weiß und rot getünchte Farbe bröckelte am sonnenverbrannten Bauwerk an manchen Stellen bereits zu Boden.

Toshi und die anderen 14 alten und die sieben jungen Mönche saßen die meiste Zeit über in ihrer winzigen Zweizimmerwohnung, wo sie aus den Kanjur, der Niederschrift der Lehren des Buddha, brabbelnd lasen. Manchmal kamen uns ein junger Bursche und eine Frau besuchen und brachten für Toshi Geschenke wie eine Autobatterie, Fernseher und DVD-Player.

Ich half dem Lama jeden Tag dabei, kleine Zettel mit verschiedensten freundlichen Botschaften einzurollen, mit einer Schnur zu versehen und für die DorfbewohnerInnen in den Steinritzen der Stupa zu hinterlegen.

Um uns Bewohner des Klosters zu den Mahlzeiten zu rufen, wurde in eine Art Horn geblasen, dessen Klang durch das gesamte Tal hallte. Dreimal am Tag erhielten wir traditionelle Hausmannskost. Davor und auch danach wurde zum Dank mit tiefer Stimme gebetet. Immer derselbe Mönchsnovize kochte und wurde dabei von einigen männlichen Bewohnern der benachbarten Häuser unterstützt. Ob beim Essen oder beim Spazierengehen: Die Menschen hier waren am Dauerlachen, ganz so, als ob sie ein paar falsche Kräuter in ihren Tee gemischt hätten. Hier durften frei heraus Witze über Einzelne von uns sowie auch über den Dalai Lama selbst gemacht werden.

Auch im Gebetsraum, über dem sich eine Galerie befand und in dem viele verzierte, jahrhundertealte Seidentücher von den Wänden und der Decke hingen, war der Spaß immer ein willkommener Freund. In diesem Raum befanden sich ein Bild des Dalai Lama sowie einige weiterer Gemälde und Wandmalereien, die das Leben Buddhas abbildeten. An der Seite war eine Vielzahl buddhistischer Leerbücher in Regalen untergebracht, die gut geschützt in einem Holzumschlag aufbewahrt wurden. Der Dalai Lama selbst hatte vor wenigen Jahren in diesem Raum mit den anderen Mönchen und Nonnen meditiert. Außerdem wurden in diesem Raum auch Pujas abgehalten, allerdings nur für jene, die Lust dazu verspürten. Und wenn wir uns zu einem solchen Ritual versammelten, war unsere große Freude daran herzlich willkommen. Ich hatte mir angewöhnt, währenddessen an den vielen Gebetsmühlen zu drehen und das OM MA NI PADME HUM aufzusagen, ohne allerdings dabei den Dalai Lama anzubeten. Es machte mir einfach nur Spaß, an etwas teilzuhaben, das niemanden ausschließt. Alle waren willkommen, egal ob weiß oder schwarz, egal ob jung oder alt, und der soziale Status oder ein bestimmtes religiöses Bekenntnis waren hier ebenso unbedeutend. Es gab genügend Trommeln, Schellen und Rasseln für jede und jeden von uns. Alle Anwesenden sagten durcheinander und in beliebigen Melodien, aber immer mit einem freundlichen Ausdruck im Gesicht, die für sie wesentlichen Lehren auf. Zwischendurch gab es immer wieder Teepausen. Währenddessen erzählte mir einmal der Älteste, wie toll er andere Religionen fände. Gut damit vertraut, zählte er mir einige ihrer besseren Eigenschaften auf. Er meinte, jede und jeder solle auf ihre bzw. seine Weise Gutes tun und glücklich werden. Wer das nicht könne, solle sich zumindest bemühen, weniger Schlechtes zu verbreiten. Danach drückte mir der Alte eine Trommel in die Hand und sagte, dass er nun schlafen gehen würde. Er habe keine Lust mehr, Mönch zu sein. Aber ich, so meinte er, sei noch jung und fit genug, um vorübergehend einen hervorragenden Ersatz für einen Lama abzugeben, denn dank meines guten Karmas könne ich, wie er mir anvertraute, alles werden. Danach sah ich ihn schlafend in der Sonne liegen. Schon die schrullige Hermi hatte mir einmal gesagt, dass ich für meine Suche ein gutes Karma brauche. Dieses Karma bezieht sich in erster Linie auf meine Beziehungen in meiner Welt. Es spiegelt all meine Reaktionen auf die von mir vollzogenen Handlungen wider.

Tage später drückte mir der Älteste wieder seine Trommel in die Hand. Ein weiteres Mal sagte er mir, dass er kein Mönch mehr sein wolle und lächelte dabei. Er verabschiedete sich von mir, würde jedoch bald wiederkommen, und verließ den Gebetsraum. An jenem Tag wachte er unter der strahlenden Sonne liegend nicht mehr auf.

Nach einem alten tibetischen Ritual, das seinen Ursprung in der Bön-Religion hat, werden Mönche manchmal mit einer sogenannten Himmelsbestattung beigesetzt. Aus Respekt dürfen schaulustige TouristInnen an einem solchen Ritual nicht teilnehmen. So war es unter anderem in China bereits zu Verhaftungen gekommen, weil sich manche nicht daran gehalten und unerwünschter Weise versucht hatten, sich einen Platz unter den Angehörigen zu erkaufen. Als mich die Lamas jedoch aufgrund meiner Freundschaft zu ihnen und den DorfbewohnerInnen einluden, daran teilzuhaben, bedankte ich mich aufrichtig und willigte ein.

Abseits der Siedlungen wurde unter freiem Himmel der Leichnam des Verstorbenen in eine Sitzposition gebracht. Währenddessen las ein anderer Lama aus dem Buch des Todes, um die Seele des bis jetzt im alten Mönchskörper Gefangenen auf ihre Reise zwischen Tod und möglicher Wiedergeburt vorzubereiten.

Drei Tage nach Beginn der Zeremonien wurde der Geist des Toten beschworen, nicht wieder ins Leben zurückzukehren. Nach mehreren Segnungen des Ältesten und einigen Gebeten und Opfergaben an das Kloster begann das eigentliche Ritual.

Der felsige Boden, der über das Jahr hindurch oft gefroren ist, eignet sich in dieser luftigen Höhe nicht für eine Erdbestattung. Zudem hält der spirituelle Glaube daran fest, dass eine Erdbestattung einer Verletzung des Bodens gleichkommt, außerdem wird das wenige Holz zum Überleben benötigt und kann deshalb nicht für eine Feuerbestattung verwendet werden. Also wurde der tote Körper im Antlitz der uns umgebenen Gipfel und im reinigend-räuchernden Duft verbrennender Wacholderzweige auf eine Plattform gelegt, woraufhin ihn ein Bestatter, Tomden genannt, entkleidete. Dann schnitt er die Leiche mit einem großen Messer von Kopf bis Fuß auf, sodass das Fleisch und die Knochen offen vor uns lagen.

Trotz dieser ungewohnten Bilder herrschte eine wundervolle Stimmung ohne Traurigkeit, denn die Seele unseres Freundes hatte die nun zu beseitigenden Überreste des Körpers schon längst verlassen.

Danach reinigte der Zeremonienmeister durch Räuchern den Leichnam. Erst dann zerlegte er diesen in kleine Teile, vermischte das Fleisch mit Tsampa und verfütterte die Stücke an die vom Geruch angelockten Geier, die in diesem Gebiet sehr verehrt werden. Der Tomden zerstampfte die Knochen, fügte Gerstenmehl hinzu und warf diese Mischung wiederum den Raubvögeln zum Fraß vor. Während der Bestatter spirituelle Sprüche aufsagte, zerschlug er den Schädel des Lamas, um dadurch absolut sicherzugehen, dass die Seele nun tatsächlich frei sein konnte. Dieses Ritual erschien mir sehr friedlich und war beendet, nachdem die Vögel die letzten Stücke des nun in Frieden ruhenden Lamas mit sich in die Lüfte getragen hatten.

Auch für mich war es nun wieder an der Zeit, mich zu erheben und weiterzuziehen. Zuvor begab ich mich allerdings noch ein letztes Mal in den Tempel, wo ich zum Dank eine Spende in eine Box steckte, die sich direkt vor dem Bild des Dalai Lamas befand. Die Geldkiste war auf selber Höhe wie der abgebildete Erleuchtete. Beides wurde von Millionen von Menschen verehrt. Was ist es, das Menschen immer wieder dazu veranlasst, Geld auf dieselbe Ebene zu stellen wie spirituelle Gottheiten?

Da ich alleine im Gebetsraum war, schloss ich hinter mir die Tür und setzte mich vor diese beiden vermeintlichen Erlöser. Als ich meine Augen schloss, kam mir eine Erinnerung, die bis in meine frühe Kindheit zurückreichte.

Schon in frühen Jahren hatte ich an etwas geglaubt, das außerhalb der Welt steht, das alles erschaffen hatte. Wenn ich mir die Sterne ansah, zeigte ich mit dem Finger darauf und fragte danach, woraus diese gemacht worden, wie sie entstanden oder woher sie gekommen waren. Auch andere Kinder stellen ihren Eltern diese und ähnliche Fragen, bevor sie mit den Ansichten der verschiedenen Religionen überhaupt in Berührung kommen. Durch meine Beobachtungen versuchte ich, die Erfahrungen, die sich mir boten, mit logischen Schlussfolgerungen zu verknüpfen. So erschufen für mich die Wolken all die vielen Sterne, denn sobald sie des Nachts wichen, begann der ganze Himmel zu leuchten. Meine Umgebung lehrte mich außerdem, dass Feuer Rauch erzeugt, wodurch die Wolken wiederum folgerichtig aus den vielen Kaminen der Häuser stammen mussten. Nachdem ich zu sprechen gelernt hatte, konnte ich meine Eltern über all die Phänomene dieser Welt befragen, wodurch sie für mich zu allwissenden SuperheldInnen wurden. Mama und Papa organisierten mir meinen knochenharten Babyalltag. Sie wuschen mich, zogen mich an und aus, zauberten irgendwie Lebensmittel herbei und ließen den Kühlschrank auf wundersame Weise immer wieder voll werden. Sie kochten, schafften es, dass der Kamin warm wurde und abends Licht brannte. Meine Eltern konnten mich mit ihren übernatürlichen Kräften stundenlang im Arm halten, mich wickeln und wussten sogar, wie man tonnenweise Windeln auftrieb, deren späteren Inhalt und Gestank sie dann wieder im Nichts verschwinden ließen. Sie ließen Dinge erscheinen und verschwinden und hatten auf alles irgendeine gute Antwort.

Erst mit fortschreitendem Alter stellte ich fest, dass meine Eltern doch nicht alles wussten, weshalb ich meine Erziehung nicht mehr ihnen alleine überlassen wollte und mich selbst daran aktiv beteiligte. Ich erlernte selbstständig, wie man krabbelt und später war es meine eigene Entscheidung, wenn auch noch unbewusst, auf eigenen Beinen zu stehen und zu gehen. Aber nicht nur einfach gehen: Meine aktive Teilhabe ermöglichte es mir, meine Bewegungen den unterschiedlichen Oberflächen wie Treppen oder flachem Fußboden individuell anzupassen. Ich beobachtete Bienen und lernte, dass sie ähnlich wie ich vom bloßen Duft einer Blume angelockt werden. Diese Tiere fressen sich an ihren Schätzen satt und fliegen dann weiter zur nächsten. Durch meine Beobachtungen brachte ich mir selbst bei, wie sich Blumen vermehren.

Mit jedem Tag meines jungen Lebens konnte ich mit all meinen Sinnen mehr und mehr an der Natur teilhaben.

Ich brauchte einerseits Menschen um mich, die mich begleiteten und führten, und konnte andererseits schon so vieles selbst entscheiden. Seit dem Tag meiner Zeugung befand ich mich inmitten eines natürlichen Netzwerks von Menschen, das auf Mitgefühl und Gemeinschaft gründete. Doch die Form des Netzwerkes änderte sich mit meinem Älterwerden, denn ich stieß im Laufe der Zeit auf etwas, wodurch sich Massen bewegen und steuern lassen. Etwas, dem man für alles eine Erklärung zuspricht und so viel Macht gibt, sodass es Menschen entweder ein glückliches oder ein grausames Leben beschert.

Die entsprechenden Zuschreibungen finden sich in Religionen und den dazugehörigen Ansichten zu Gott wieder. Laut solcher Glaubensbekenntnisse sind die Gottheiten der verschiedenen Religionen selbst die Vollkommenheit und nichts, was ihnen nur der menschliche Geist zugewiesen hat. Indem man sich Gebeten widmet oder Tempel, Moscheen oder Kirchen besucht, ist man seinem Gott näher und kann im Zuge dessen sogar selbst ein Stück göttlich werden. Allerdings spricht man mit solchen Ritualen dem wertfreien Übernatürlichen menschlich-wertende Bedürfnisse zu. Um die Götter wohlzustimmen und noch mehr von ihnen zu erhalten, hatte man irgendwann damit begonnen, ihnen Opfergaben darzubringen. Je wertvoller diese Opfer, umso fröhlicher und dem Menschen wohlgesonnener die Gottheiten. Das ist der Grund, weshalb in verschiedenen früheren Kulturen immer wieder hübsche Jungfrauen als Geschenk hingerichtet wurden. Doch wusste das Fußvolk nicht so recht, welche Wertschätzung ihre Opfer von den Göttern tatsächlich erfuhren. Um diesem Problem Abhilfe zu verschaffen, ließen etwa die Priester im antiken Europa jene Stangen, an denen Stiere vor ihrer rituellen Schlachtung befestigt worden waren, in kleine, runde Scheiben zerschneiden. Auf diesen wurde dann das Abbild ihres Gottes eingraviert und jenen ausgehändigt, die ein Opfer dargebracht hatten. So glaubte man, sich ein Stück Göttlichkeit aus dem Jenseits ins Diesseits holen zu können.

Zwei dieser Gottesmünzen waren mehr wert als eine, und damit war beispielsweise der klassische Handel entstanden. Um sich dann davon ausreichend Nahrungsmittel kaufen zu können, liehen sich BürgerInnen die Münzen der PriesterInnen aus, die ihnen darauf eine Leihgebühr verrechneten. Solche Tempel waren demnach die ersten Banken und jene PriesterInnen ihre gefälligen Kredithaie.

Jesus von Nazareth selbst hatte die HändlerInnen noch vertrieben. Er befürwortete eine Trennung von Geld und Volk. Sein Argument: Geld verleite die Menschen zu geizigem Verhalten. Doch Jahrhunderte später waren es christliche Kaiser gewesen, die mit jener Macht liebäugelten, die sie auf diese Weise erlangen konnten. Aus dieser Zeit stammt auch die Legende von Robin Hood. Die Kriege der Kaiser drängten dem damaligen Volk die Geldwirtschaft auf.

Noch heute findet man im Wortgebrauch die Verbundenheit der Kirche mit dem lieben Geld. So kann eine Messe eine Automesse sein, auf der die neuesten Wagen einem kaufkräftigen Publikum präsentiert werden, oder ein Gottesdienst. Güter haben einen Preis, was sich auf den Lobpreis zurückführen lässt, wofür man einen Erlös erhält: die Erlösung. Das Wort Kredit stammt vom lateinischen Credo, was übersetzt Glaube bedeutet. In beiden Gegenüberstellungen finden sich auch die Wörter Schuldner und Gläubiger. Durch das organisierte Christentum als etablierte Staatsmacht, dass nur recht wenig mit der Lehre Christi zu tun hat, wurde eine strenge Hierarchie aufgebaut. So wurde den Menschen ein massives Schuldgefühl eingeimpft, indem man ihnen ihre natürlichen Wünsche und Bedürfnisse in Form der Erbsünde als unmoralisch und minderwertig präsentierte. Dieses Schuldgefühl der ewigen Verdammnis schafft aus Gläubigen die idealen KonsumentInnen, zwanghaft gesteuerten AbnehmerInnen kirchlicher Gnademittel wie Beichte, Absolution und Ablass. Indem wir zu ProduzentInnen und KonsumentInnen wurden, vollziehen wir heute nach wie vor Opfergaben, wenn vielleicht auch in abgewandelter Form. Selbst der monotheistische Gottesglaube spiegelt in unserer Geschichte die verschiedenen Herrschaftsstile wider. Begonnen von der Monarchie mit ihren über alles stehenden KönigInnen über Diktaturen einer Führerin bzw. eines Führers bis zur heutigen Demokratie westlichen Zuschnitts, die von einem einzelnen Präsidenten oder einer Präsidentin gekrönt wird.

Wir besitzen also ein einziges, weltweit anerkanntes Maß, mit dem wir unsere vielseitigen Verlangen kurzzeitig befriedigen können. Das ist das Geld. Damit erhalten wir in unserer Gesellschaft Schmuck, Gold, Essen, Trinken, Sex, Gewalt, Krieg und Macht. Geld agiert stellvertretend für all unsere Bedürfnisse. Für diese Bedürfnisse brauchen wir einen Austausch, den Handel, der eine Zugehörigkeit nach Wunsch schafft, aber nur für diejenigen, die welches besitzen. Dem Geld hatte man einst die Macht verliehen, sich in so gut wie alles andere verwandeln zu können. In einen Laib Brot, ein Auto, einen schönen Körper, in ein faltenfreies Lächeln, aber auch in Angst, Terror, Hunger oder Tod.

Wie damals die antiken PriesterInnen sind heute die UnternehmerInnen die VermittlerInnen zwischen Gott und der Menschheit. Das Unterschreiben eines Arbeitsvertrages schafft wie die Taufe den Eintritt in eine Gemeinschaft. Die Predigten erhalten wir in Form von Plakaten, Zeitschriften, Liedern, Filmen und Werbungen. Und die Pension ist uns ein heiliges Sakrament.

Der Religion des Geldes liegt ebenfalls ein bedingungsloser Glaube zugrunde, denn glaubt man nicht an Gott, so kann er für die jeweilige Person auch nicht existieren. Selbiges gilt für das Geld. In vielen Köpfen ist es universell und vollkommen. Es ist nicht mehr nur wie Gott, der Glaube an seine Existenz und seine uneingeschränkte Macht lassen es selbst zu einem allmächtigen Gott werden. In diesem Zusammenhang wird von der

Öffentlichkeit häufig darauf vergessen, dass etwas Vollkommenes nicht erst zu etwas derart Perfektem heranwachsen kann, da man ihm dadurch seine unausgesprochene Reinheit und Allmacht abspricht. Denn Geld besteht nur aus Metall oder Papier.

Mit der Entstehung der Banken bekam die heutige Demokratie einen allmächtigen Gegner. Im 18. Jahrhundert legalisierten im französischen Versailles Wohlhabende das Recht auf Privatbesitz und führten die Verzinsung, sprich die Leihgebühren, ein. Von diesem Tag an durften die Reichen den Armen Geld leihen, um ihnen im Nachhinein auf legalem Wege noch mehr zu nehmen. Auch der demokratische Staat brauchte das mehr und mehr werdende Geld der Banken in Form von Staatsanleihen, deren Zinsen er sich wiederum vom ohnehin schon über den Tisch gezogenen Volk holte: Die Reichen wurden reicher und die Armen immer ärmer.

Gilt heute jemand als kreditwürdig, wird ihr oder ihm von der Bank ohne mit der Wimper zu zucken eine Million Euro aufs Konto überwiesen. Von diesem Betrag existieren allerdings lediglich ein paar Prozent als konkretes Geld. Um sich solche großen Summen in bar ausbezahlen zu lassen, müsste man wegen der Vorbereitungen für die Bereitstellung vermutlich mehrere Tage warten.

Mit dem rein virtuell existierenden Geld kann man sich mittels einer Überweisung beziehungsweise Einzahlung auf ein anderes Konto etwas kaufen. Durch dieses Weiterleiten durch Dritte und Vierte summieren sich jeweils die Zinsen, wodurch für die Banken Geld erzeugt wird.

Der entsprechende Markt besteht aus einer stetig wachsenden Anzahl von solchen, die etwas wollen, und jenen, die das Geld dazu haben, um sich dieses auch leisten zu können. Selbiges lässt sich auf Entwicklungs- und Schwellenländer übertragen. Angenommen, ein solcher Staat bekommt zehn Million Euro für die notwendige Entwicklungshilfe, dann muss er dafür insgesamt fünfzehn Millionen Euro berappen. Grund dafür sind die Zinsen, die sich in der Schuldenspirale anhäufen. Nur durch ein derart künstliches, konstruiertes Ungleichgewicht kann der erzeugte Wert des Geldes erhalten bleiben, ohne eine Inflation auszulösen.

Einen Weg in die möglicherweise richtige Richtung weisen inzwischen rund 5.000 Komplementärwährungen, die sich global einer steigenden Beliebtheit erfreuen. Es handelt sich dabei um Regionalwährungen, von welchen angenommen wird, dass sie nur im jeweiligen Ort, in der jeweiligen Region lokal funktionieren. Somit kann mit diesem Geld nicht irgendwo im Amazonas Regenwald gerodet werden.

In der Gemeinde Wörgl in Österreich gab es während der großen Depression in den 1930er Jahren bereits ähnliches Geld, das Wörgler Freigeld.

Die Scheine verloren bereits nach einem Monat des Besitzes ihren Wert, weshalb es konsequenterweise in Umlauf bleiben musste. Dadurch wurden sogar viele neue Arbeitsstellen geschaffen und ein wirtschaftlicher Aufschwung eingeleitet. Trotz dem Zwang des Weiterreichens aufgrund des Verfallsdatums und der Koppelung an eine ökonomische Wachstumsideologie diente diese Währung als mögliche Lösung dem Aufbau einer Gemeinschaft und der Abschaffung von Hunger. Da sich die Zentralbank durch diesen Erfolg allerdings bedroht fühlte, verbot sie das Wörgler Freigeld nach kurze Zeit. Wer weiß, vielleicht hätte diese Idee die Wirtschaft insgesamt retten können und Hitler wäre in der Folge möglicherweise nie an die Macht gekommen.

Mit dem real existierenden Geld fällt es den Menschen einer kleinen, regionalen oder lokalen Gemeinschaft leichter, die Kontrolle zu behalten, denn sie alleine bestimmen, wie viel davon in Umlauf ist. Und nur die Dorfgemeinschaft ist dafür verantwortlich, für welche Finanzierungen es verwendet wird.

Auch in Japan existiert neben der Haupt- eine Komplementärwährung. Diese trägt den Namen Fureai Kippu und dient als Pflegewährung. Helfe ich beispielsweise drei Stunden einem Menschen in seinem Haushalt, kann ich diese dafür aufgebrachte Zeit jemandem anderen schenken, wodurch sich eine andere Person um diesen Hilfsbedürftigen kümmert. Oder ich spare mir die Zeit für mich selbst auf, falls auch ich eines Tages Unterstützung brauchen werde. Diese Pflegewährung mitsamt ihren Dienstleistungen wird der eigentlichen nationalen Währung immer häufiger vorgezogen, da als Belohnung eine immaterielle, solidarische Genugtuung winkt.

Beim Fureai Kippu geht es weniger darum, staatliche oder professionelle Systeme zu ersetzen. Vielmehr sollen die Menschen stärker dazu motiviert werden, einander zu helfen.

Der brasilianische Palmos, der enteignete FischerInnen vor einem Leben in den Slums bewahren und den betreffenden Dörfern Wohlstand bringen soll, ist ein weiteres Beispiel. Ähnliches gilt für den Schweizer WIR-Franken, der versucht, den gesamten Mittelstand zusammenzuhalten.

Das digitale Zahlungssystem Bitcoin erfreut sich ebenfalls einer hohen Nachfrage. Trotz seiner rein virtuellen Existenz und der noch offenen rechtlichen Fragen weist die Zukunft der Zahlungsmittel in diese Richtung. Doch eines muss in jeder Entwicklung eine unantastbare grundlegende Überzeugung sein: Nicht das Geld, sondern der Mensch ist das Maß aller Dinge.

Nachdem ich meine weitere Wanderung angetreten hatte und mehrere

Stunden zu Fuß unterwegs war, führte mich mein Pfad auf einen weiteren schneebedeckten Pass. Wieder machte mir mein Körper zu schaffen und vor Erschöpfung quälte ich mich nur langsam den Berg hoch. Währenddessen hatte ich in alle Richtungen eine schier endlose Sicht. Der Weg hinter mir war bereits zu meiner Vergangenheit geworden und doch würde er die weitere Richtung meines Lebens mitbestimmen.

Keuchend erblickte ich über mir einen Himmel, der das reinste Blau in sich trug, das ich in meinem Leben bisher gesehen hatte. Die Stille des Berges umarmte mich und begann, die vielen Bildfetzen der vergangenen Monate hinter meinen Augen zu einem geordneten Bild zu formen. Mir war, als ob sich dieses Blau des Himmels mit dem Blau des Gletschersees in Nepal vereinte und gleichsam das Tor zu meinem Innen aufstieß. Zwei solch unterschiedliche Erinnerungen ergaben in demjenigen, zu dem ich inzwischen herangewachsen war, nun endlich eine erste Vollständigkeit. Mit einer noch nie dagewesenen Reinheit konnte ich die Tiefe jenes Möbiusbandes erkennen: Die vollkommene Klarheit meines Innersten selbst.

Wieder drehte ich mich in alle Richtungen und hielt an dem Weg, der sich vor mir hinab in ein tiefes Tal erstreckte, inne. Doch ich konnte kein Ende dieses vor mir liegenden Pfades erkennen. Mir war jetzt klar, dass die Reise in alle Zeiten mit mir und ich in ihr weiterwachsen würde.

Erschöpft und doch so glücklich setzte ich mich auf einen Stein neben den Gebetsfahnen, die unaufgeregt im Wind wehten. Ich dachte in diesem Moment an die Heilerin Hermi, die mir dabei geholfen hatte, mein inneres Buch über die Schwerhaftigkeit meines Lebens aufzuschlagen. Durch dieses Bewusstwerden der unnatürlichen Missstände in dieser Welt konnte ich an meiner Schwerhaftigkeit arbeiten.

Selbst der schräge Wissenschaftler am Flughafen von Singapur, der sich mir als doppeltes Wesen vorgestellt hatte, fand bei mir mit seinen Worten neuen Anklang. Ohne mir darüber klar gewesen zu sein, folgte ich seinem Ratschlag, im Laufe der Zeit immer weniger meinen Augen und Ohren zu folgen als vielmehr meinem Gefühl. Nur durch meine aktive Teilhabe am Leben wurden mir viele Fragen von anderen, aber auch von mir selbst beantworten. Mein inneres Gefühl ließ die Dinge der äußeren Welt immer klarer in Erscheinung treten. Was für mich unbedeutend war, verblasste im Hintergrund. Ob die Menschen in meinem Dorf, die Fischer in Indien, die Obdachlosen in Bangladesch oder die Menschen im Park von Bangkok: Sie alle prägten mich und hatten mich zu dem gemacht, der ich heute bin.

Das Äußere beeinflusste mein Innerstes, doch nur ich hatte die freie Wahl, darüber zu entscheiden, wie ich es nützen wollen würde. Ganz so, wie es mir Kapitän Jan damals dargelegt hatte: Alles ist ein Kreislauf, der eines

Tages nach innen führen wird.

Innen, da war ich jetzt. Es stimmt, wir leben in einem Netzwerk, in dem wir uns gegenseitig ergänzen, aus dem wir nicht hinaus können. Diejenigen, die mit Herzensblut um unser aller Ökosystem kämpfen, diejenigen, die auf den einzigen und wahrhaftigen freien Markt schwören, Grüne, Konservative, Liberale, Atheisten, Gläubige. Sie alle haben etwas gemeinsam, denn sie alle wissen, dass wir Teil des Ganzen sind, einer Weltgemeinschaft, die miteinander verknüpft ist und deren Teile sich gegenseitig beeinflussen. Denn sie alle behaupten von sich, am Wohlergehen der Welt teilzuhaben. Diese Teilhaberrolle aller stellt das Denken von „Wir und die Anderen" in Frage und wird zur notwendigen Voraussetzung für ein besseres Leben für eine jede und einen jeden von uns. Diese Fähigkeit, sich gegenseitig zu beeinflussen, lässt Individuen, Gruppen und Staaten an einer weltweiten Gesellschaft teilhaben und verleiht ihnen zugleich eine globale Verantwortung. Moses, Konfuzius, Buddha, Jesus, Mohammed, Mahatma Gandhi, Martin Luther King jr., Mutter Teresa und Nelson Mandela sind Beispiele dafür, wie bereits ein einzelnes Individuum die Welt gestalten und verändern kann und viele Menschen inspiriert. Manche nennen sie Apostel, andere Eliten und wieder andere RevolutionärInnen. Unterschiedliche Namen, die auf eine Handvoll Individuen verweisen, die ihrer Verantwortlichkeit als Menschen nachgekommen sind und dadurch noch heute Massen mitreißen.

Es ist, wie ich es schon im Hinduismus lernen durfte. Ein großes Spinnennetz verbindet die Geburt und das Sterben, den Menschen und das Universum. Dieser ständige Einklang von allem mit allem treibt den ewigen Kreislauf an. Es gibt kein tatsächliches Leben und Sterben. Es gibt nur ein ewiges daran Teilhaben.

Der älteste Lama hatte wohl recht damit gehabt, als er mich ein letztes Mal anlächelte und sagte, dass er wiederkommen würde. Denn anders konnte es sich meine jetzige Anschauung der Welt nicht mehr erklären. Ich atme heute dieselbe Luft, die vor Millionen von Jahren bereits ein Urmensch in sich getragen hatte. Ein ewiger Kreislauf in einem vollkommenen Netzwerk. Heute kann ich mit Stolz auf meine bisherige Reise zurückblicken.

Ihren Anfang hatte sie übrigens überhaupt nicht in Nepal gefunden. Sie führte mich viel weiter weg, und zwar zu all den wiedererlangten Erinnerungen aus meiner Kindheit.

Meine klare neue Erkenntnis über mich selbst betrifft das junge Kind in mir, das schon immer da war. Doch dieses, mein reines Ich hatte ich vergessen und mich leiten lassen von all dem Falschen da draußen. Wie der Wissenschaftler aus Singapur trug auch ich diese innere Stimme, jenen unbewussten Wegweiser, in mir. Dabei hatte dieses junge Ich immer wieder versucht, mich zu wecken. Es war wie bei dem Baba, der auf Sri Lanka in der Höhle lebte: Wie er hatte auch ich meinen vergessen geglaubten Ursprung, meine eigene Vergangenheit, wiedergefunden.

Wie oft hatte ich mich dabei nicht wiedererkannt. Das Leben, das ich geführt hatte, war naiv und blind gewesen. Ich wachte auf und hielt mich selbst in einem falschen Leben, einem fremden Körper gefangen. Verzweifelt suchte ich aber gleichzeitig nach irgendetwas, was mir zu jener Zeit noch nicht bewusst war. Selbst als es mich damals auf dem Aussichtsturm im Schneesturm vor meinem Absprung zurückhielt, wollte ich es nicht erkennen. Es war die Angst vor jenem Kind, welches wie Angmos wiedergeborene Mutter noch über sich selbst Bescheid weiß. Die Furcht davor, eines Tages in einem alten Körper aufzuwachen und zu erkennen, dass ich mein Leben vergeudet hatte. Feige war ich gewesen, weshalb ich lange Zeit unter einer schützenden Glashaube in meiner naiven Festung gelebt hatte.

Doch genau diese Warnungen hatten das zum Inhalt, was ich mir an meinem zehnten Geburtstag gewünscht hatte. Ich wünschte mir, dass ich mich als Erwachsener an das Kind in mir erinnern können würde. Deshalb versuchte mein zehnjähriges Ich in den darauf folgenden Jahren, mich, den Vergessenden, immer wieder aufzuwecken.

Nach diesen kurzen Atemzügen des Erwachens war nun endgültig die Zeit gekommen. Meine Klarheit darüber, ein denkendes Individuum zu sein, macht aus mir einen Bürger von Welt, von dieser Welt. Ich denke, also bin ich. Doch bin ich mehr als nur ein rational denkendes Wesen. Mit meiner eingeübten Spiritualität, meinem neu entstandenen Mitgefühl und Verständnis anderen Völkern gegenüber habe ich durch meine Empfindungen meine eigene Existenz, die meiner Mitmenschen, ja, auch jene der Tiere, Pflanzen und all der anderen Erscheinungen, die das Universum hervorbringt, erfasst. Mein Mitgefühl basiert auf einer ethischen Intelligenz, einer gesellschaftlichen Solidarität, die mir und meiner Kultur ihre eigene Handschrift verleiht. Daher ist Mitgefühl keine erlernte Fertigkeit, sondern eine naturgegebene Fähigkeit von Herz und Verstand, die mich Mensch sein lässt. Ich fühle, also bin ich.

Als ich mich oben auf dem Pass wieder an mein Leben davor und mein erzählerisches Ich erinnern konnte, verlor ich das Gefühl des Bodens unter meinen Füßen. Alles glich plötzlich einer vollkommenen Schwerelosigkeit. Ich war in diesem Augenblick wieder ich geworden, im Einklang mit mir selbst. Es waren meine Superkräfte, meine Leichtigkeit des Lebens. Ich konnte wieder fliegen.

Meine Reise hatte mich zurück zu mir geführt und endete im Ursprung: bei der Frage nach Gott. In einem ewigen, vollkommenen Kreislauf kann nichts außerhalb Stehendes, nichts Erschaffenes existieren. Meine kindlichen Fragen kreisten um die Erschaffung der Welt, so wie ich sie wahrnahm und spürte. Jedes einzelne Etwas kann all die Fähigkeiten entfalten, zu denen es in dieser Phase seines Kreislaufes fähig ist. Nur durch meine frei gewählte Reflektion, die selbst Teil des Ganzen ist, schaffe ich mir selbst die Welt so, wie ich sie sehen und fühlen will. Jedes einzelne Etwas ist in seiner Erscheinung sein eigener Gott. Der ewige sich austauschende Kreislauf ist Gott. Nur so kann das Leben jeder und jedes Einzelnen mit vollkommenem Respekt gewürdigt werden. Denn alles ist Gott.

Meine Reise von Tausenden Kilometern begann bereits mit dem ersten kleinen Schritt.
Ich kann alle meine Fähigkeiten entfalten. Denn ich bin Gott.
Ich kann ein Mensch sein.
Ich kann auf Erden leben. Ich kann atmen.
Ich kann fühlen. Ich kann meine Welt wahrnehmen.
Ich kann träumen.
Ich kann Kontinente erobern. Ich kann Völker unterdrücken. Ich kann Panzer bauen. Ich kann Kriege führen. Ich kann mir selbst mehr und mehr stehlen. Ich kann die Natur beherrschen. Ich kann die Menschheit beherrschen. Ich kann Grenzen schaffen. Ich kann mich wegdrehen. Ich kann blind sein.
Ich kann hinschauen. Ich kann kritisch denken. Ich kann aktiv werden. Ich kann meine Stimme erheben. Ich kann mein Verhalten bestimmen. Ich kann Nachhaltigkeit entwickeln. Ich kann Solidarität schaffen. Ich kann Länder führen. Ich kann Mauern einreißen. Ich kann erneuern. Ich kann lachen. Ich kann Leben schaffen.
Ich kann träumen.
Ich kann meine Welt wahrnehmen. Ich kann fühlen.
Ich kann atmen. Ich kann auf Erden leben.
Ich kann ein Mensch sein. Denn ich bin Gott. So wie du.